L'Héritage

Katherine Webb

L'Héritage

Traduit de l'anglais par Sylvie Schneiter

ÉDITIONS
FRANCE
LOISIRS

Titre original : *The Legacy*
Publié par Orion Books, an imprint of the Orion Publishing Group Ltd, Londres.

Tous les personnages de ce livre sont fictifs. Toute ressemblance avec des personnes, vivantes ou mortes, relève de la simple coïncidence.

Édition du Club France Loisirs,
avec l'autorisation des Éditions Belfond.

Éditions France Loisirs,
123 boulevard de Grenelle, Paris.
www.franceloisirs.com

ISBN : 978-2-298-03924-5

À Maman et à Papa

Prologue

1905

Caroline recouvra ses esprits. À mesure que son hébétude se dissipait, elle prit conscience qu'une myriade de pensées voletaient dans son esprit tels des oiseaux en cage, si rapidement qu'elles étaient insaisissables. Elle se leva en chancelant. L'enfant était toujours sur le lit. Une sueur froide lui glaça le dos. Son espoir, c'était qu'il se fût volatilisé ou, mieux encore, qu'il ne se fût jamais trouvé là. Agrippant la courtepointe glissante avec toute la force de ses petits poings, il avait traversé comme à la nage, très lentement, l'étendue de soie verte et s'était propulsé de l'autre côté du lit. Il était devenu tellement grand, tellement robuste. Ailleurs, dans une autre vie, il aurait été un guerrier. Ses cheveux avaient la noirceur de la nuit. Il scruta le bout du lit avant de tourner la tête vers Caroline. Il émit un son, un seul, *bah*. Si ridicule que cela puisse paraître, elle fut persuadée qu'il s'agissait d'une question. Ses yeux se remplirent de larmes et ses jambes menacèrent à nouveau de se dérober sous elle. Il était réel. Il était bel et bien ici, dans sa chambre, à Storton Manor, et il avait désormais assez de vigueur pour l'interroger.

Sa honte formait un nuage qui lui obstruait la vue. À la manière d'un écran de fumée plongeant tout dans la pénombre, il l'empêchait de penser. Elle ne savait que faire. De longues minutes s'écoulèrent, puis elle crut entendre des pas dans le couloir, devant sa porte. Son cœur bondit dans sa poitrine. En fin de compte, elle n'avait qu'une certitude : le bébé ne pouvait rester ici. Ni sur le lit, ni dans sa chambre, ni au manoir. C'était hors de question. Les domestiques ou son mari ne devaient en aucun cas apprendre qu'il s'y était trouvé. Peut-être le personnel l'avait-il déjà découvert, avait perçu ou entendu quelque chose cependant qu'elle gisait, sans connaissance, sur le sol. Pourvu que non. Avait-elle attendu longtemps ainsi, accablée de terreur et de chagrin ? Pas suffisamment pour que l'enfant se lasse d'explorer le lit. Il était encore temps d'agir ; elle n'avait pas le choix.

Caroline s'essuya le visage, contourna le lit et prit le garçon dans ses bras, trop honteuse pour le regarder dans les yeux. Ils étaient noirs également, insondables comme des taches d'encre. Il était plus lourd que dans ses souvenirs. Elle l'allongea et le déshabilla, sans oublier les langes, si grossiers qu'ils fussent, pour éviter qu'ils ne la trahissent d'une manière ou d'une autre. Elle les jeta dans l'âtre, sur les braises du feu matinal, où ils dégagèrent sur-le-champ une fumée malodorante. Balayant la pièce d'un regard perplexe, elle finit par remarquer la taie d'oreiller à la tête du lit. Une guirlande de fleurs jaunes d'une extrême délicatesse était brodée sur l'épais tissu. Caroline retira l'oreiller et le remplaça par le bébé qui se débattait. Elle exécuta ce geste avec tendresse car ses mains avaient conscience de son amour pour lui quand bien même son cerveau le refusait. Toutefois, elle ne l'enveloppa pas dedans, elle s'en servit comme d'un sac pour le transporter ainsi qu'un braconnier le ferait pour des lapins. Des larmes surgies du tréfonds de son être lui inondèrent le visage, mais elle ne pouvait s'arrêter, elle ne pouvait s'autoriser à l'aimer de nouveau.

Il pleuvait à verse. Caroline traversa la pelouse, le dos endolori, le cuir chevelu hérissé de chair de poule, avec la sensation que la maison l'épiait. Une fois en sécurité, hors de vue, sous les arbres, elle reprit son souffle ; ses phalanges étaient blanches d'avoir serré la taie pour la maintenir fermée. L'enfant gigotait et grognait à l'intérieur, en revanche, il ne criait pas. La pluie ruisselait dans les cheveux de la jeune femme, coulait de son menton. *Elle ne me lavera jamais*, se dit-elle avec un désespoir résigné. Au fond de la propriété, au point de jonction entre ses limites et les collines, il y avait une mare d'où partait le ruisseau qui coulait à travers le village. Profonde, étale, ombragée. Par une journée nuageuse comme celle-ci, mêlée d'eau de pluie, ce serait une cachette idéale où enfouir un secret. La pensée qui s'imposa à elle lui coupa le souffle, la glaça. *Non, je ne peux pas*, implora-t-elle. *Je ne peux pas*. Elle l'avait déjà privé de tant de choses.

Elle continua à marcher, non vers la mare, mais à l'opposé de la maison, priant pour qu'une autre possibilité se présente. Lorsque ce fut le cas, Caroline trébucha sous l'effet du soulagement. Une roulotte était garée dans une clairière, à l'orée des bois, près du chemin. Le poney noir et blanc attaché à côté arrondissait sa croupe pour se protéger du mauvais temps. Des filets de fumée s'échappaient du tuyau d'une cheminée fichée dans le toit. *Des romanichels*, pensa-t-elle, pleine d'espoir. Ils le trouveraient et l'emmèneraient. Elle ne le reverrait jamais. Elle ne serait pas obligée de lui faire face. On s'occuperait de lui. Il aurait une vie.

Le bébé se mit à pleurer, incommodé par la pluie qui transperçait la taie. Rajustant le sac sur ses épaules, Caroline se fraya un chemin entre les arbres jusqu'au bout de la clairière, plus loin du manoir pour éviter que les empreintes n'indiquent cette direction. Cela donnerait ainsi l'impression, espérait-elle, que celui ou celle qui avait abandonné l'enfant avait emprunté le chemin en venant du sud. Elle le déposa au milieu des racines d'un grand hêtre où le sol était relativement sec et s'empressa de prendre ses distances tandis que les pleurs s'intensifiaient. *Prenez-le et partez*, supplia-t-elle.

Comme elle revenait sur ses pas dans les bois aussi vite et silencieusement que possible, les cris du bébé la poursuivirent puis décrurent. Quand le silence régna enfin, Caroline chancela. Elle s'immobilisa, déchirée entre l'envie d'avancer et celle de revenir sur ses pas. *Je ne l'entendrai plus jamais*, pensa-t-elle, sans en éprouver le moindre soulagement. Bien que ce fût la seule solution, elle en eut le cœur glacé car elle comprit qu'il n'y aurait aucun moyen d'échapper à son acte, de l'oublier. Tel un chancre, il était enraciné en elle et, de même qu'il était inconcevable de retourner en arrière, elle n'était plus certaine de pouvoir aller de l'avant. Elle toucha son ventre où était blotti l'enfant qu'elle attendait, afin de lui transmettre la chaleur de ses mains comme pour lui prouver qu'elle était toujours vivante, capable d'éprouver des sentiments, et qu'elle aimerait ça. Puis elle rentra lentement au manoir. Elle s'apercevrait, beaucoup trop tard, que si elle avait pris soin de déshabiller le bébé, elle l'avait abandonné dans une belle taie brodée ; le visage enfoui dans l'oreiller, elle s'efforça de le chasser de sa mémoire.

Quel calme en vérité ! Un tel calme qu'il trouble,
Qu'il gêne la méditation par son étrange,
Son extrême silence.

Samuel Taylor Coleridge,
Gel à minuit[1]

1. Traduction de Pierre Leyris, Paris, Gallimard, « Bibliothèque de la Pléiade », 2005. Toutes les notes sont de la traductrice.

1

Au moins, est-ce l'hiver. Comme nous ne venions d'ordinaire qu'en été, la maison semble différente. Ni aussi horriblement familière ni aussi imposante. Storton Manor, sinistre et massif, couleur du ciel bas d'aujourd'hui. Un édifice victorien néogothique aux fenêtres à meneaux en pierre, à la charpente vermoulue, verdie par le lichen. Des feuilles mortes s'amoncellent contre les murs et la mousse s'étend jusqu'au seuil du rez-de-chaussée. Je descends de la voiture et respire calmement. L'hiver a été très anglais jusqu'à présent, humide et boueux. Les haies qui se profilent au loin ont l'air de plaies violacées. J'avais décidé de porter des teintes chatoyantes, pour braver le lieu dont l'austérité pèse sur ma mémoire. À présent, je me sens grotesque, clownesque.

À travers le pare-brise de ma Golf blanche en piteux état, j'aperçois les mains de Beth et les pointes effilées de sa longue tresse, striée de gris, ce qui semble trop tôt, beaucoup trop tôt. Elle avait une hâte fébrile d'arriver, or la voilà figée comme une statue. Ses mains pâles et fines mollement croisées sur ses genoux, elle attend, passive.

Quand nous étions petites, nos cheveux blonds, presque blancs brillaient comme ceux d'anges ou de jeunes Vikings ; au fil des années, ils ont perdu leur éclat et sont devenus d'un châtain terne. Je teins les miens pour les éclaircir. Nous nous ressemblons de moins en moins. Je me souviens des têtes rapprochées de Dinny et Beth en train de comploter : les cheveux si noirs du garçon, ceux de Beth si blonds. À l'époque, j'étais dévorée de jalousie ; maintenant leurs têtes symbolisent le yin et le yang dans mon imagination. Ils s'entendaient comme larrons en foire.

Les fenêtres aveugles reflètent les arbres nus du parc. Ils paraissent plus grands et se penchent trop vers la maison. Il faudrait les élaguer. Suis-je en train de penser à ce qu'il y a à faire, à des améliorations ? Est-ce que je me figure habiter ici ? Le manoir nous appartient désormais ; les douze chambres, les plafonds démesurés, le majestueux escalier, les pièces du sous-sol aux dalles patinées par des pieds serviles. Tout est à nous. À condition que nous y vivions. C'est ce que Meredith souhaitait depuis toujours. Meredith, notre grand-mère, rancunière et mesquine. Elle voulait que notre mère vienne s'y installer avec nous tous, et la regarde mourir. Meredith a réagi au refus de maman en rompant ses liens avec elle, de sorte que nous avons pu continuer à mener une vie heureuse à Reading. Si nous n'y emménageons pas, le manoir sera vendu et l'argent versé aux bonnes œuvres. Meredith : une philanthrope par-delà la tombe, par esprit de contradiction. La maison nous appartient, mais uniquement pour un temps car je ne crois pas que nous supporterons d'y habiter.

Il y a une raison à cela. Si je tente de la capter, elle s'évapore. Seul un prénom remonte à la surface : Henry. Le garçon qui a disparu, qui s'est tout à coup volatilisé. Les yeux rivés aux branches qui donnent le vertige, je me dis que je sais pourquoi nous ne pouvons vivre ici, pourquoi il est même insensé que nous soyons ne serait-ce que venues. *Je sais*. Je sais pourquoi Beth refuse de sortir de la voiture. Vais-je devoir, pour qu'elle y consente, recourir aux cajoleries pour la convaincre d'avaler quelque chose ? Aucune plante ne pousse entre ici et la maison, il y a trop d'ombre. À moins que le sol ne soit empoisonné. Une odeur de pourriture, de moisissure s'en élève. *Humus*, le mot employé pendant le cours de sciences naturelles me revient. Des milliers d'insectes grignotent, travaillent, digèrent la terre. Il n'y a pas un bruit. Le moteur est arrêté. Le silence règne dans les arbres, dans la maison, partout. Je remonte dans la voiture.

Beth fixe ses mains. Je ne crois pas qu'elle ait levé les yeux vers le manoir. Soudain, je doute d'avoir eu raison de l'emmener ici. Soudain, je crains d'avoir trop tardé et la peur me noue l'estomac. Les tendons de son cou saillent comme autant de cordelettes. Elle est tassée sur son siège, silhouette anguleuse tout en pointes et en arêtes. Elle a tellement maigri, elle a l'air si fragile. Ma sœur a tellement changé. Des facettes de sa personnalité sont impénétrables. Elle a fait des choses que je ne comprends pas, eu des pensées que je n'imagine pas. Ses yeux, rivés sur ses genoux, sont vitreux et immenses. Maxwell veut de nouveau la faire hospitaliser. Quand il m'en a parlé au téléphone il y a deux jours, je l'ai rembarré. Mais à présent, quels que soient mes efforts pour m'en empêcher, je ne traite plus Beth de la même manière. Et je lui en veux. C'est ma grande sœur. Elle devrait être plus forte que moi. Un large sourire aux lèvres, je lui tapote le bras : « On entre ? J'ai besoin d'un remontant. » Ma voix résonne dans le petit habitacle. Je me représente les flacons en cristal de Meredith, alignés dans le salon. Enfant, je m'y faufilais et examinais les mystérieux liquides, les regardais accrocher la lumière, les débouchais pour les humer, enfreignant l'interdit. En un sens, c'est grotesque de boire son whisky maintenant qu'elle est morte. Par ma sollicitude, j'essaie de montrer à Beth que je sais qu'elle n'avait aucune envie de revenir ici. Elle pousse un profond soupir, sort et s'avance à grands pas vers la maison. Je me dépêche de la suivre.

Même si, comme tous les lieux de l'enfance, il semble plus petit à l'intérieur, le manoir n'en reste pas moins immense. À Londres, je partage un appartement en colocation ; lors de mon emménagement, il m'avait paru grand car il y avait assez de pièces pour qu'on ne soit pas obligé d'écarter le linge qui séchait pour regarder la télé. Ici, le gigantisme du vestibule me donne l'envie ridicule de faire la roue. Nous hésitons avant de poser nos sacs au pied de l'escalier. C'est la première fois que nous venons seules, sans nos parents, et nous trouvons cela tellement étrange que nous tournons en rond comme des moutons. Nos rôles sont définis par les habitudes, les souvenirs, les usages. Dans cette maison, nous sommes des enfants. Il vaut mieux ne pas s'y appesantir car Beth vacille, l'affolement gagne son regard.

« Mets la bouilloire en route, je vais nous chercher de quoi boire un café arrosé.

— Voyons, Erica, ce n'est même pas l'heure du déjeuner.

— Et alors ? On est en vacances, non ? »

Sauf que ce n'est pas vrai. Absolument pas. Je ne sais pas à quoi correspond ce séjour, mais pas à des vacances en tout cas.

« Je me contenterai de thé », répond Beth en se dirigeant vers la cuisine.

Son dos est menu et ses épaules pointent d'une manière inquiétante à travers le tissu de son chemisier : elle a maigri depuis la dernière fois que je l'ai vue, seulement dix jours auparavant. J'ai envie de la secouer, de la forcer à aller bien.

Il fait froid et humide dans la maison ; j'appuie sur les boutons d'un compteur antédiluvien jusqu'à entendre les bruits de démarrage : plainte de tuyaux enfouis, glouglous de l'eau. Des cendres infectes s'amoncellent dans les cheminées ; la corbeille à papier du salon contient des Kleenex et un trognon de pomme pourrie. Empiéter ainsi sur la vie de Meredith me rend mal à l'aise, légèrement nauséeuse. Comme si je risquais d'apercevoir son reflet au détour d'un miroir – physionomie revêche, cheveux teints en un or artificiel. Je m'immobilise devant la fenêtre et contemple le jardin d'hiver, une pagaille de plantes aux immenses tiges, effondrées, non taillées. Les senteurs de nos étés me reviennent : crème solaire à la noix de coco ; soupe à la queue de bœuf au déjeuner, quelle que soit la chaleur ; parfums capiteux et suaves des roses et de la lavande autour du patio ; odeur âcre et lourde des gros labradors de Meredith, exhalant leur haleine chaude sur mes mollets. Comme c'est différent maintenant ! Ces souvenirs pourraient remonter à des siècles et concerner quelqu'un autre. Quelques gouttes de pluie ricochent sur la vitre, je me sens à des années-lumière de tout et de tout le monde. Beth et moi sommes vraiment seules ici. Dans cette conspiration du silence. Au bout de tant d'années où rien n'a été résolu, où Beth s'est détruite à petit feu, où j'ai tout occulté.

D'abord, nous devons trier afin de mettre de l'ordre dans l'accumulation d'affaires et d'objets. Il y a tellement de pièces, tellement de meubles, tellement de commodes, de placards et de cachettes dans cette maison. La perspective de sa vente et de l'interruption de la lignée familiale qui s'est perpétuée jusqu'à Beth et moi devrait m'attrister. Il n'en est rien. Peut-être parce qu'elle revenait de droit à Henry ; la cassure date de sa disparition. L'espace d'un instant, j'observe Beth qui sort des mouchoirs en dentelle d'un tiroir pour les poser sur ses genoux. Elle les prend un par un, examine les motifs, effleure les fils. La pile qu'elle forme n'est pas aussi impeccable que celle du tiroir. Cela ne rime à rien. Voilà le genre de choses qu'elle fait et que je ne comprends pas.

« Je vais me promener. »

Refoulant mon exaspération, je me lève, les genoux ankylosés. Beth sursaute comme si elle avait oublié ma présence.

« Où vas-tu ?

— Me balader, je viens de te le dire. J'ai besoin de prendre l'air.

— Ne traîne pas », me recommande Beth.

Encore un tic qui la prend parfois, me parler comme si j'étais une gamine têtue, comme si je pouvais fuguer. Je soupire : « Non. Une vingtaine de minutes, pour me dégourdir les jambes. » Je crois qu'elle se doute du but de ma promenade.

Mes pas m'entraînent. La pelouse en lambeaux est bosselée – mer clapoteuse d'herbes pliées qui me mouillent les pieds. Tout était si bien entretenu, si magnifique autrefois. En fait, j'avais vaguement pensé que les choses allaient à vau-l'eau depuis le décès de Meredith, il y a un mois. C'est ridicule, le jardin était visiblement négligé depuis plusieurs saisons. Quant à nous, nous l'avons négligée, elle. J'ignore comment elle s'occupait de tout cela avant sa mort – pour peu qu'elle s'en soit occupée. Elle n'était vraiment pas au centre de mes préoccupations. Cela faisait des lustres que Beth et moi n'accompagnions plus nos parents, qui lui rendaient visite environ tous les ans. On le comprenait, je crois ; on ne nous l'a jamais vraiment reproché ; on ne nous a jamais harcelées pour nous obliger à y aller. Peut-être Meredith aurait-elle aimé nous voir, peut-être pas. Cette femme difficile à saisir n'était pas une grand-mère affectueuse. Elle n'avait même pas été maternelle – notre mère était partie dès qu'elle l'avait pu. Certes notre arrière-grand-mère, Caroline, habitait encore le manoir du temps de son enfance et de sa jeunesse : une autre source de désagréments. Meredith est morte brusquement, d'une attaque. Un jour elle était sans âge, une vieille dame, d'aussi loin que remontent mes souvenirs, et le lendemain elle n'existait plus. La dernière fois que je l'ai vue, c'était aux noces d'argent de mes parents, dans un hôtel surchauffé aux sols recouverts de tapis pelucheux. Elle trônait à table comme une reine, parcourant la pièce d'un regard glacial et perçant, les lèvres pincées.

J'arrive à la mare artificielle. Elle n'a pas du tout le même aspect en hiver, mais elle est toujours là, au coin d'un grand pré à l'herbe rase, s'étirant à l'est. Les bois qui la longent à l'ouest mouchetaient en été sa surface d'une lumière verte, une couleur projetée par les branches qui s'agitaient et bruissaient de chants d'oiseaux. À présent dénudées, ces mêmes branches sont peuplées de freux braillards qui croassent et se querellent. Par les chaudes journées de juillet, la mare exerçait un attrait irrésistible ; sous le ciel maussade d'aujourd'hui, en revanche, elle n'a pas plus d'intérêt qu'une flaque d'eau. Le défilé des nuages s'y reflète. Sa profondeur, je la connais. Dans notre enfance, elle était entourée d'une clôture dont les fils de fer ne résistaient pas aux assauts de jeunes déterminés. Cela valait la peine de s'égratigner les mollets, de s'y accrocher les cheveux. Au soleil, elle était d'un bleu limpide. D'après Dinny, elle était encore plus profonde qu'elle ne le paraissait, l'eau nous jouait des tours. Je ne l'ai cru que le jour où il a plongé, après s'être empli les poumons d'air, battant des pieds pour descendre. Son corps brun a ondulé et rapetissé sous mes yeux ; je l'ai regardé continuer à battre des pieds même quand il donnait l'impression d'avoir atteint le fond argileux. Il a refait surface en haletant, me retrouvant éberluée, admirative.

Cette mare alimente le ruisseau qui traverse le village de Barrow Storton, au pied du versant de cette grande colline, à partir du manoir. Elle est gravée dans ma mémoire, elle a dominé mon enfance. La première fois que j'y ai nagé, Beth pataugeait au bord. Je me rappelle son anxiété : les berges étaient escarpées et, vu qu'elle était l'aînée, ce serait sa faute si je me noyais. Je plongeais à de multiples reprises pour atteindre le fond comme Dinny, sans y parvenir, et j'entendais les menaces stridentes de Beth chaque fois que je reprenais mon souffle. Je flottais tel un bouchon, grâce à mes cuisses potelées et à mon ventre rond. Avant de me laisser approcher de la maison, ma sœur m'avait obligée à faire le tour du jardin au pas de course pour me sécher et me réchauffer, afin de ne pas avoir à expliquer ma pâleur et le claquement de mes dents.

Au loin, derrière moi, la maison se profile entre les arbres nus. Je ne l'avais jamais remarquée auparavant car les frondaisons la dissimulent en été, mais là elle attend, aux aguets. Que Beth s'y trouve toute seule a beau m'inquiéter, je n'ai pas envie de rentrer. Je continue mon chemin, enjambe la clôture et saute dans le champ. Un autre lui succède, puis on arrive au Downs – les dunes crayeuses du Wiltshire émaillées de vestiges préhistoriques, où l'on aperçoit ici et là des tanks ; parfois on y entend des exercices de tir. À l'horizon, on distingue le tumulus qui donne son nom au village, monument funéraire de l'âge du bronze en l'honneur d'un roi dont le nom et la célébrité sont tombés dans l'oubli : un tertre bas et étroit d'une longueur d'environ deux voitures, ouvert à une extrémité. En été, ce roi repose sous des orges sauvages, de flamboyantes jacobées et des myosotis, il écoute les incessants gloussements des alouettes. Aujourd'hui, il n'a droit qu'à des herbes desséchées, des chardons flétris et un paquet de chips vide.

Je m'arrête devant le tumulus et regarde le village, reprenant mon souffle après la montée. Il y a peu d'animation, hormis quelques colonnes de fumée et quelques habitants bien emmitouflés promenant leurs chiens jusqu'aux boîtes aux lettres. Du haut de la colline isolée, on dirait le centre de l'univers. *Village populeux !* Cette bribe d'un vers de Coleridge me vient soudain à l'esprit. J'ai étudié ses poèmes avec mes élèves, essayant de les convaincre de lire assez lentement pour qu'ils sentent les mots, qu'ils s'imprègnent des images ; peine perdue, ils ne se concentrent pas et bavardent comme des pies.

L'air est mordant là-haut, il m'encercle comme une vague glaciale. Mes chaussures sont trempées, si bien que j'ai les orteils engourdis. Une dizaine, voire une vingtaine de bottes en caoutchouc couvertes de toile d'araignée sont alignées au sous-sol. Il m'est arrivé une fois de ne pas en secouer une paire avant d'y glisser un pied nu qu'un autre occupant a chatouillé, une expérience abominable. J'ai perdu l'habitude de vivre à la campagne, je ne suis pas équipée pour les accidents de terrain, un sol mal entretenu. Pourtant, si l'on me posait la question, je répondrais que j'y ai grandi. Les débuts d'été, interminables et uniques, se démarquent dans ma mémoire comme autant d'îles dans un océan de journées d'école et de week-ends humides trop uniformes pour m'avoir laissé des souvenirs.

À l'entrée du tumulus, le vent émet un gémissement sourd. Je dévale les degrés en pierre deux par deux et fais sursauter une fille qui se trouve à l'intérieur. Se redressant, elle se cogne la tête au plafond, étouffe un cri, s'accroupit à nouveau, les mains sur le crâne.

« Zut, désolée ! Je ne voulais pas vous tomber dessus… Je ne savais pas qu'il y avait quelqu'un », dis-je en souriant. La lumière blafarde éclaire des boucles d'or tirées sous un foulard turquoise, un visage jeune et un corps étrangement informe, drapé dans une longue jupe en mousseline. Elle me lance un regard en coin, n'apercevant sûrement que ma silhouette sombre qui se détache sur le ciel. « Ça va ? » Elle ne me répond pas. De minuscules bouquets chatoyants aux tiges attachées par un ruban ont été introduits dans les fissures du mur devant elle. S'adonnait-elle en silence à des dévotions dans un sanctuaire imaginaire qu'elle s'approprie juste le temps nécessaire ? À peine voit-elle le regard que je pose sur ses offrandes qu'elle se lève, le visage renfrogné et me bouscule sans un mot. Son absence de forme est en fait un excès de forme – la lourdeur de la grossesse. Elle est très belle, très jeune et son ventre est distendu. Lorsque j'émerge de la tombe, je regarde la pente dévalant vers le village. Elle marche de l'autre côté, vers l'endroit d'où je suis venue, vers les bois proches du manoir. D'un pas farouche, balançant les bras.

Ce soir-là, le premier, Beth et moi dînons dans le bureau. Le choix peut paraître bizarre, mais c'est la seule pièce où il y a une télévision. Nous mangeons des pâtes, les plateaux posés sur nos genoux, les nouvelles nous tiennent compagnie ; les banalités nous ont manifestement désertées et nous ne sommes pas prêtes à aborder de vrais sujets. Le serons-nous un jour ? Je n'en suis pas sûre. J'ai pourtant des questions à poser à ma sœur. J'attendrai afin de les formuler correctement, dans l'espoir qu'elles l'aideront à aller mieux. Que la vérité la libérera. Beth traque les pâtes dans son assiette avant d'en attraper une avec sa fourchette. Elle ne la met dans sa bouche qu'après l'avoir portée plusieurs fois à ses lèvres. Certaines n'y arrivent jamais – elle les laisse tomber et en choisit d'autres. Je le remarque du coin de l'œil, de même que je remarque son corps décharné. Les images de la télévision se reflètent dans ses yeux avec un éclat sombre.

« La venue d'Eddie pour Noël, tu trouves que c'est une bonne idée ? me demande-t-elle tout à coup.

— Évidemment. Pourquoi ça ne le serait pas ? On va rester un certain temps pour tout régler, alors autant passer Noël ici. Ensemble. Ce n'est pas la place qui manque.

— Non, je veux dire… faire venir un enfant ici. Dans ce… lieu.

— Beth, ce n'est qu'une maison. Il l'adorera. Il ne sait pas… Ça va être le pied pour lui, j'en suis persuadée, il y a tant de coins et de recoins à explorer.

— C'est un peu grand et vide, non ? Un peu isolé aussi. Ça risque de le déprimer.

— Et si tu lui suggérais d'inviter un copain ? Appelle-le demain… pas pour toute la durée des vacances de Noël, bien sûr. Des parents qui travaillent seront trop heureux d'avoir quelques jours de répit supplémentaires avant la réapparition de leur petit vandale, non ?

— Hum. » Beth roule des yeux. « À mon avis, aucune des mères dont les enfants fréquentent cette école ne fait quelque chose d'aussi banal que de travailler pour vivre.

— Des bonnes à rien dans ton genre ?

— Exactement, acquiesce-t-elle, impassible.

— L'ironie de la chose, c'est que tu en es une authentique. Du sang bleu coule pratiquement dans tes veines.

— Pas tellement plus que dans les tiennes.

— Si. L'aristocratie a sauté une génération en ce qui me concerne », dis-je avec un sourire. J'avais dix ans lorsque Meredith m'avait dit : *Ta sœur a la physionomie des Calcott, Erica, et je crains que, toi, tu n'aies tout pris du côté de ton père*. Je m'en fiche toujours autant qu'à l'époque. Le sens de « physionomie » m'avait toutefois échappé. Je m'imaginais qu'elle parlait de mes cheveux, qu'on m'avait coupés très court à la suite d'un accident avec un chewing-gum. Quand elle s'était détournée, je lui avais tiré la langue et maman m'avait menacée du doigt.

Beth rejette aussi cette histoire d'aristocratie. Elle s'était battue avec Maxwell – le père d'Eddie – pour que leur fils aille à l'école communale du village, un petit établissement sympathique, dont un coin de la cour était aménagé en espace nature : frai de grenouille, larves de libellule desséchées ; primevères au printemps, pensées ensuite. En revanche, Maxwell avait gagné au tirage au sort pour les études secondaires. Pour le mieux peut-être. Eddie était pensionnaire toute l'année scolaire. Ainsi, Beth disposait de longues semaines pour se reconstruire, arborer un sourire rayonnant.

« On meublera la maison. On décorera les pièces. Je dénicherai une radio. Ce ne sera pas comme... » Je ne termine pas ma phrase, ne sachant plus trop ce que je m'apprêtais à dire. Le petit poste de télévision du bureau crache des parasites courroucés qui nous font sursauter.

Il est presque minuit, Beth et moi sommes montées dans nos chambres. Les nôtres depuis toujours. Nous y avons retrouvé les mêmes courtepointes, lisses et décolorées. Cela m'a paru d'abord irréel mais, au fond, pourquoi changer la literie de chambres qui ne servent jamais ? Beth ne doit pas plus dormir que moi. Le silence de la maison est aussi assourdissant qu'un carillon. Le matelas s'affaisse sous mon poids : les ressorts sont fatigués. Une aquarelle aux couleurs délavées est accrochée au mur. On y voit des bateaux dans un port, or je n'ai jamais entendu parler d'un voyage de Meredith sur la côte. Je tends le bras derrière la tête de lit en chêne sombre, laisse courir mes doigts sur les montants jusqu'à ce que je le sente. Il est cassant maintenant, couvert de poussière, ce bout de ruban – un ruban en plastique rouge provenant d'un cadeau d'anniversaire. Je l'avais attaché là à huit ans pour avoir un secret que je serais la seule à connaître. Ainsi, je pouvais y penser dès le retour à l'école. L'imaginer à l'abri des regards, intact, quand on ferait le ménage, quand on entrerait dans la pièce. Je savais qu'il existait. Une relique à moi toute seule, que je retrouverais toujours.

On frappe un petit coup à la porte et le visage de Beth apparaît. Ses cheveux ne sont plus nattés, ils encadrent son visage, ils la rajeunissent. Elle est parfois d'une telle beauté qu'une douleur fuse dans ma poitrine, me comprime les côtes. La lueur de la lampe de chevet projette des ombres sur ses pommettes, sous ses yeux, révèle le modelé de sa lèvre supérieure.

« Tu vas bien ? Je n'arrive pas à dormir, chuchote-t-elle comme si elle craignait de réveiller quelqu'un d'autre dans la maison.

— Oui, Beth. Je n'ai pas sommeil non plus, c'est tout.

— Ah. » Elle s'attarde dans l'embrasure de la porte, hésite. « C'est tellement bizarre d'être ici. » Ce n'est pas une question, j'attends. « J'ai un peu l'impression… d'être Alice dans *De l'autre côté du miroir*, tu comprends ? Tout est familier, en même temps il y a quelque chose qui cloche. Comme si on remontait le temps. À ton avis, pourquoi nous a-t-elle laissé la maison ?

— Je n'en sais vraiment rien. Pour se venger de maman et d'oncle Clifford, j'imagine. C'est du Meredith tout craché », conclus-je en soupirant.

Beth s'attarde, elle a l'air d'une petite fille. En cet instant, on dirait que le temps ne s'est pas écoulé, que rien n'a changé. Elle pourrait avoir douze ans de nouveau et se pencher sur moi, redevenue une enfant de huit ans, pour me réveiller et m'empêcher d'être en retard au petit déjeuner.

« Je crois qu'elle l'a fait pour nous punir, reprend-elle tout bas, visiblement accablée.

— Non, Beth, nous n'avons rien fait de mal.

— Cet été-là ? Non. Non, je suppose que non. » Elle me lance un regard perplexe, et j'ai le sentiment qu'elle tente de percevoir quelque chose, une vérité à mon sujet. « Bonne nuit, Rick », murmure-t-elle, employant mon diminutif de garçon manqué avant de disparaître.

J'ai tant de souvenirs de cet été-là. Le dernier où tout allait bien, celui de 1986. Le désespoir de Beth en apprenant la séparation du groupe pop Wham ! Les cloques que j'avais sur le torse à cause des coups de soleil, qui me démangeaient, éclataient sous mes ongles et me donnaient la sensation d'être malade. La carcasse de lapin dans les bois que j'allais examiner tous les jours, consternée et fascinée par sa lente décomposition, son ramollissement ; il me donnait l'impression de respirer jusqu'au moment où je l'avais poussé avec un bâton pour en être sûre et compris que le mouvement provenait d'asticots voraces qui se le disputaient. Le mariage de Sarah Ferguson et du prince Andrew que j'avais regardé sur la minuscule télévision de Meredith, le 23 juillet, et l'envie douloureuse ressentie à la vue de la majestueuse robe de mariée.

Je me rappelle la danse que j'avais inventée pour accompagner le tube de Diana Ross, *Chain Reaction*. Je m'étais déguisée avec un boa piqué à Meredith sur lequel j'avais trébuché : une pluie de plumes. Du coup, je l'avais caché dans un tiroir, la peur au ventre, trop terrifiée pour avouer mon forfait. Je me rappelle les journalistes et les policiers, se faisant face de part et d'autre des grilles de Storton Manor. Bras croisés, les policiers avaient l'air de s'ennuyer et d'étouffer dans leurs uniformes. Les journalistes, eux, piétinaient et tripotaient leur matériel, parlaient devant des caméras ou des magnétophones, à l'affût de nouvelles. Je me rappelle le regard de Beth rivé sur moi tandis que l'un des agents m'interrogeait sur Henry, me demandant où nous avions joué, ce que nous avions fait. Son haleine sentait les pastilles à la menthe, le sucré virant à l'aigre. Je crois le lui avoir dit, m'être sentie mal ; et Beth me fixait de ses yeux agrandis par l'angoisse.

Malgré ce tourbillon de pensées, je finis par m'endormir une fois habituée aux draps froids, à l'obscurité insolite de la chambre. Sans parler de l'odeur envahissante, même si elle n'a rien de déplaisant. Les maisons sont toujours imprégnées de l'odeur de leurs occupants – un mélange de savon, de déodorant, de cheveux en mal de shampooing. Leur parfum, leur peau. Les plats qu'ils préparent. Nous avons beau être en hiver, les effluves, évocateurs et perturbants, flottent dans chaque pièce. Je me réveille une fois et crois entendre Beth bouger dans la maison. Puis je rêve de la mare ; j'y nage, j'essaie de plonger pour attraper quelque chose au fond sans y parvenir. Le choc de l'eau glacée, la pression dans mes poumons, la peur atroce de ce que mes doigts trouveront.

Le départ

1902

Je serai inébranlable, se rappela Caroline, observant tante Bathilda à la dérobée à travers ses cils baissés. La vieille dame vida méthodiquement son assiette avant de reprendre la parole :

« Je crains que tu ne commettes une grave erreur, mon enfant. » La lueur dans les yeux de sa tante n'exprimait cependant pas la peur. Plutôt de l'indignation, de l'autosatisfaction, en fait, comme si, malgré ses protestations, elle triomphait. Caroline examina son assiette où la graisse de la sauce s'était figée en une croûte peu appétissante.

« Vous me l'avez déjà fait observer, tante Bathilda. » Aussi basse et empreinte de respect que fût sa voix, sa tante la foudroya du regard.

« Je me répète, mon enfant, parce que tu ne sembles pas m'entendre. » Les joues de Caroline s'enflammèrent. Elle arrangea ses couverts et sentit le poids lisse de l'argent sous ses doigts. Elle remua un peu le dos ; son corset la serrait trop. « Et cesse de t'agiter », ajouta Bathilda.

Excessivement éclairée, la salle à manger de La Fiorentina était cloîtrée derrière des fenêtres que la vapeur des plats chauds et les exhalaisons avaient gainées d'une buée opaque. Une lumière jaune ricochait par intermittence sur les verres, les bijoux et l'argenterie rutilante. L'hiver avait été long et rigoureux. Et bien que le printemps se fût annoncé lors d'une semaine prometteuse où les oiseaux s'étaient égosillés, les crocus avaient éclos et les arbres du parc s'étaient nimbés de vert, une longue période de pluie froide s'était abattue sur New York. Caroline surprit son reflet dans plusieurs miroirs qui se relayaient autour de la pièce, amplifiant le moindre de ses mouvements.

« Je vous écoute, ma tante. Je vous ai toujours écoutée.

— Tu le faisais auparavant parce que tu y étais obligée, je le sais bien. Maintenant que tu t'estimes assez grande, tu ne tiens aucun compte de mon avis. Pour la décision la plus importante de ta vie, à ce moment crucial, tu m'ignores. Ma foi, je me réjouis que mon pauvre frère ne soit plus de ce monde pour voir à quel point j'ai manqué à mes devoirs envers sa fille unique. » Et Bathilda de pousser un soupir de martyre.

« Vous n'avez pas manqué à vos devoirs, ma tante », murmura Caroline à contrecœur.

Après avoir débarrassé leurs assiettes vides, un garçon apporta du vin blanc sucré pour remplacer le vin rouge. Bathilda en but à petites gorgées, ses lèvres laissèrent une tache de gras sur le liseré doré du verre. La vieille dame choisit un éclair à la crème sur le chariot à dessert, en découpa un gros morceau et l'enfourna. La chair poudrée de son menton s'étala sur son col de dentelle. La gorge de Caroline, qui la regardait avec dégoût, se serra.

« Vous ne m'avez jamais donné l'impression que j'étais chère à votre cœur », chuchota-t-elle si bas que sa phrase fut noyée par le brouhaha des voix, le bruit de convives en train de manger, boire, mastiquer, avaler. Des effluves de viande rôtie et de soupe au curry flottaient dans l'air.

« Ne marmonne pas, Caroline. » Bathilda termina son éclair et essuya la crème aux commissures de ses lèvres. *Il n'y en a plus pour longtemps. Plus pour très longtemps*, se dit Caroline. Sa tante était une forteresse. Les barricades des bonnes manières et de la richesse encerclaient un vide intérieur, généralement comblé par de bons petits plats et du sherry. Il n'y avait aucune place pour un cœur, de l'amour, de la chaleur humaine. Un désir de provocation embrasa la jeune fille.

« M. Massey est un homme bien, sa famille est respectable..., commença-t-elle, adoptant un ton raisonnable.

— La moralité de cet homme n'entre pas en ligne de compte. Corin Massey fera de toi une bonne à tout faire, il ne te rendra pas heureuse, la coupa Bathilda. Comment le pourrait-il ? Il est d'un rang inférieur au tien, nettement inférieur, par la fortune, l'éducation – dans tous les domaines.

— Vous le connaissez à peine ! » s'écria Caroline.

Bathilda lui décocha un regard sévère : « Puis-je te rappeler que c'est aussi ton cas ? Tu as beau avoir dix-huit ans et ne plus dépendre de moi, n'ai-je mérité aucun respect alors que je t'ai élevée, me suis occupée de toi, t'ai appris… ?

— Vous vous êtes occupée de moi avec l'argent que mes parents ont laissé, fit observer Caroline non sans une pointe d'amertume.

— Ne m'interromps pas, je te prie. Notre nom, très honorable, t'aurait assuré une position ici, à New York. Or tu décides d'épouser un… fermier, de t'éloigner de tout et de tous ceux que tu connais pour aller vivre au milieu de nulle part. J'ai échoué, c'est indéniable. En dépit de mes efforts, je ne suis parvenue à t'inculquer ni le respect, ni le bon sens, ni les bienséances.

— Mais je ne connais personne ici, ma tante. Pas vraiment. À part vous, protesta tristement Caroline. En outre, Corin n'est pas un fermier, c'est un éleveur de bétail qui a réussi. Ses affaires…

— Ses affaires, parlons-en ! Elles auraient dû rester dans sa région reculée et non lui permettre de venir ici pour s'attaquer à des jeunes filles impressionnables.

— J'ai suffisamment d'argent. » D'un air de défi, Caroline releva le menton. « Nous ne serons pas pauvres.

— Ton argent, tu ne l'auras que dans deux ans. D'ici là, nous verrons si cela te convient de vivre des revenus d'un fermier. Combien de temps garderas-tu ta fortune une fois qu'il aura mis la main dessus et aura trouvé le chemin des tables de jeu !

— Ne dites pas des choses pareilles. C'est un homme bien, il m'aime et… je l'aime », affirma

Caroline. Il l'aimait. Se laissant traverser par cette pensée, elle ne put s'empêcher de sourire.

Lorsque Corin avait demandé la main de Caroline, il lui avait déclaré être tombé amoureux d'elle dès qu'il l'avait aperçue. C'était au bal des Montgomery qui inaugurait le carême, un mois auparavant. Depuis son entrée dans le monde, Caroline enviait le plaisir que les autres jeunes filles semblaient tirer de telles réceptions ; elles dansaient, riaient, bavardaient avec aisance. Caroline, pour sa part, était toujours accompagnée de Bathilda et elle se trouvait en position de faiblesse, n'osant parler au cas où sa tante en profiterait pour la corriger ou la gronder. Corin avait changé tout cela.

Pour le bal des Montgomery, Caroline choisit sa robe en soie fauve et les émeraudes de sa mère. Autour de sa gorge mince, le collier, froid et lourd, parait son décolleté d'un éclat d'or dont le chatoiement faisait étinceler ses yeux gris.

« Vous avez l'air d'une impératrice, mademoiselle », dit Sara avec admiration. Elle brossa les cheveux blonds de Caroline, les épingla en chignon au sommet de sa tête avant d'appuyer un pied sur un tabouret pour tirer les lacets de son corset. La taille de Caroline faisait des jalouses et Sara ne manquait jamais de la serrer le plus possible. « Aucun homme présent ne vous résistera.

— Tu crois ? » demanda Caroline, hors d'haleine. Comme elle n'avait pas de véritable amie, personne n'était plus proche d'elle que Sara, une jeune fille aux cheveux noirs, toujours souriante. « En revanche, j'ai bien peur qu'ils ne résistent pas à ma tante », enchaîna-t-elle avec un soupir. Bathilda avait découragé plus d'un prétendant timoré ; autant de jeunes gens qu'elle estimait indignes de sa nièce.

« Votre tante a de grands espoirs pour vous. C'est normal qu'elle fasse très attention à celui que vous épouserez.

— À ce rythme, je n'épouserai personne et resterai condamnée à l'écouter me répéter à quel point je la déçois !

— Mais non, voyons ! L'homme qu'il vous faut arrivera et il conquerra votre tante, si c'est la condition pour vous avoir. Regardez-vous, mademoiselle ! Vous allez les éblouir, j'en suis sûre. » Les regards des jeunes filles se croisèrent dans le miroir. Caroline passa le bras au-dessus de son épaule et serra les doigts de la femme de chambre pour se donner du courage. « Tout ira bien », la rassura Sara, qui s'approcha de la coiffeuse pour y prendre de la poudre et du fard à joues.

Caroline, jeune fille de la haute société jusqu'au bout des ongles, pure et timide, descendit le majestueux escalier menant à l'étincelante salle de bal des Montgomery. Éclats de rire et pierres précieuses emplissaient la pièce, saturée de fragrance de vin et de parfum de crème capillaire. Bavardages et sourires allaient et venaient, tour à tour amicaux, amusés ou méchants. Caroline remarqua que l'on admirait sa robe et ses bijoux, que sa tante se déridait ; on lui lançait des regards directs tandis que des commentaires étaient échangés à voix basse derrière des doigts fins et des fume-cigarettes en écaille. Elle parlait peu, quelques mots pour ne pas déroger à la politesse, une attitude qui avait le mérite d'emporter l'approbation de sa tante. Elle sourit et applaudit avec les autres au moment où Harold Montgomery exécuta son numéro consistant à verser à flots le champagne d'un magnum dans une pyramide de verres. Chaque fois le liquide débordait et éclaboussait le pied des coupes, et les gants des dames seraient tachés par la suite.

Il faisait une chaleur étouffante dans la salle. Caroline se redressa. Le vin amer qu'elle buvait lui tournait la tête, la sueur la picotait sous les bras. Des feux flambaient dans toutes les cheminées. La lumière que déversaient les centaines de bougies électriques des lustres était si vive qu'elle voyait le pigment rouge sur les lèvres de Bathilda couler dans les rides autour de sa bouche. C'est alors que Corin apparut devant elles. Caroline entendit à peine les présentations de Charlie Montgomery tant le regard franc du nouveau venu et sa cordialité la captivèrent. Elle rougit, lui aussi. Il chercha les premières paroles à lui adresser.

« Comment allez-vous ? » lança-t-il.

On eût dit qu'ils étaient deux vieux camarades se retrouvant pour une partie de whist. Il s'empara de la main gantée de dentelle comme pour la serrer et, s'apercevant de sa bévue, la lâcha brutalement, la laissant retomber mollement sur la jupe de la jeune fille. Celle-ci rougit davantage, sans oser jeter un coup d'œil à Bathilda, qui décochait un regard incendiaire au jeune homme. « Désolé, mademoiselle… Je, hum… vous voulez bien m'excuser ? » marmonna-t-il avant de s'incliner et de disparaître dans la foule.

« Quel jeune homme extraordinaire ! s'exclama Bathilda, d'un ton cinglant. Au nom du ciel, où l'avez-vous trouvé, Charlie ? » Les cheveux noirs de Charlie Montgomery, aussi lisses qu'une toile cirée, brillèrent dans la lumière quand il tourna la tête.

« Oh, ne faites pas attention à Corin, il a un peu perdu l'habitude de tout ça, rien de plus. C'est un de mes cousins éloignés. Sa famille réside à New York mais il vit dans l'Ouest depuis des années, dans le Territoire de l'Oklahoma. Il est revenu en ville pour l'enterrement de son père.

— C'est extraordinaire, répéta Bathilda. Jamais je n'aurais cru qu'on dût prendre l'habitude des bonnes manières. » À cette remarque, Charlie sourit vaguement. Caroline, elle, observa sa tante et conclut qu'elle ne se rendait pas compte de l'antipathie qu'elle inspirait.

« Qu'est-il arrivé à son père, demanda la jeune fille à Charlie, se surprenant elle-même.

— Il était dans l'un des trains qui sont entrés en collision dans le tunnel de Park Avenue le mois dernier. Une catastrophe, ajouta Charlie avec une grimace. On a fait état de dix-sept morts et d'une quarantaine de blessés.

— Quelle horreur ! » souffla Caroline.

Charlie acquiesça : « Il faut absolument électrifier les trains, automatiser les signaux afin d'éviter que des conducteurs somnolents ne provoquent de telles tragédies.

— Comment un signal fonctionnerait sans personne pour le faire marcher ? » s'enquit la jeune fille.

Bathilda poussa un petit soupir d'ennui, aussi Charlie Montgomery les pria-t-il de l'excuser et s'éloigna-t-il.

Dans la foule, Caroline chercha les cheveux cuivrés de l'inconnu qui lui inspirait de la compassion – tant à cause de son deuil que de sa maladresse sous le regard impitoyable de Bathilda. Elle comprenait le terrible chagrin qu'on pouvait éprouver à la perte de parents proches. Elle but distraitement un peu de vin ; devenu chaud entre ses mains, il lui irrita la gorge. Les émeraudes griffaient sa poitrine et l'étoffe fluide de sa robe effleurait ses cuisses, comme si sa peau désirait soudain être touchée. Lorsque Corin surgit à son côté une minute plus tard pour l'inviter à danser, elle accepta en silence ; son cœur qui battait la chamade l'empêchait de parler. Corin, les yeux baissés, ne remarqua pas le regard foudroyant de Bathilda qui s'exclama :

« Non mais, vraiment ! »

Ils dansèrent une valse lente. Caroline qui se demandait pourquoi Corin avait choisi une danse si lente et s'était décidé si tard dans la soirée, en devina la raison au manque d'assurance de ses pas et à la timidité avec laquelle il l'enlaçait. Elle lui adressa un sourire confus. Après un moment de silence, il prit la parole :

« Je vous supplie de m'excuser, mademoiselle Fitzpatrick, pour ce qui s'est passé et parce que… je crains de ne pas être un danseur accompli. Cela fait un certain temps que je n'ai pas eu la chance d'assister à une réception de ce genre, ni de danser avec une jeune fille si... euh... » Il hésita. Elle sourit à nouveau, baissant les yeux comme on le lui avait appris. Elle ne parvint cependant pas à les garder ainsi longtemps. Elle sentait la chaleur de la main de Corin au creux de ses reins, on aurait dit que rien ne séparait leurs peaux. Ayant soudain l'impression d'être nue, elle en fut à la fois troublée et excitée. Il avait un visage très hâlé et le soleil avait doré ses sourcils et sa moustache. Une mèche rebelle de ses cheveux qui n'étaient pas enduits de brillantine tombait sur son front, elle faillit la remettre en place. Dans les yeux noisette qu'il posait sur elle, Caroline crut déceler une sorte de bonheur surpris.

À la fin de la danse, il prit la main de Caroline pour la ramener à sa place et le gant de la jeune fille s'accrocha à sa paume durcie. Prise d'une impulsion, elle la retourna et l'examina. Elle appuya le pouce sur chaque cal à la naissance de chaque doigt. Elle compara la largeur de cette main d'homme à la sienne qui, du coup, semblait être celle d'une petite fille. Comme elle écartait les lèvres, pour le faire remarquer, elle s'aperçut que ce serait le comble de l'inconvenance. Un peu mortifiée par sa puérilité, elle se rendit compte qu'il respirait profondément.

« Est-ce que vous allez bien, monsieur Massey ?

— Oui... Très bien, merci. L'air est un peu confiné ici, non ?

— Approchez-vous de la fenêtre pour vous rafraîchir », lui conseilla-t-elle, prenant son bras pour le piloter dans la foule. L'atmosphère, chargée de la transpiration et du souffle des participants, en outre alourdie par la fumée, la musique et les voix, était suffocante.

« Merci », lui dit Corin. Les grandes fenêtres à battants avaient beau être fermées à cause de la température glaciale de février, le froid s'infiltrait malgré tout, procurant une oasis de fraîcheur et de répit aux surmenés. « Je ne suis plus accoutumé à voir un si grand nombre de personnes rassemblées sous un même toit. C'est fou comme on perd vite ce genre d'habitude. » Il haussa une épaule avec trop de désinvolture pour sa tenue de soirée.

« Je ne suis jamais sortie de New York, laissa échapper Caroline. Enfin, uniquement pour me rendre dans la maison de vacances de ma famille, sur la côte... Je voulais dire... » Quoi ? Elle ne le savait plus trop. Qu'il était un étranger pour elle, presque une figure mythique, parce qu'il avait pris ses distances avec la civilisation et décidé de vivre dans une contrée sauvage.

« Cela ne vous plairait pas de voyager, mademoiselle Fitzpatrick ? »

Et elle comprit que quelque chose commençait entre eux. Une sorte de négociation – un sondage.

« Ah ! te voilà, mon enfant. » Bathilda fondit sur eux. Apparemment, elle pouvait repérer une telle négociation de très loin. « Viens, je te prie, je veux te présenter à lady Clemence. » Caroline n'avait d'autre choix que de se laisser entraîner. Elle jeta toutefois un regard par-dessus son épaule et esquissa un salut de la main.

« Ne sois pas ridicule, ma fille ! » Bathilda interrompit le cours de ses pensées, la ramenant au présent et à la table du déjeuner à La Fiorentina. Tu te conduis comme une gamine amoureuse ! Moi aussi, j'ai lu le roman de M. Wister[1], qui t'a manifestement rempli la tête d'idées romanesques. Sinon, je ne vois pas ce qui te pousserait à vouloir épouser un cow-boy. Tu apprendras que *Le Cavalier de Virginie*[2] est une œuvre de fiction et n'a pas beaucoup de rapport avec la réalité. N'as-tu pas également lu les descriptions des dangers, du vide, de la rudesse de la vie sur la Frontière ?

— Ce n'est plus la même chose. Corin m'en a parlé. D'après lui, le pays est d'une telle beauté qu'on voit la main de Dieu dans le moindre brin d'herbe... » À ces mots, Bathilda grogna sans élégance. « Et M. Wister en personne reconnaît que l'époque barbare qu'il dépeint est révolue. Woodward est une ville prospère, Corin dit...

— Woodward ? Qui a entendu parler de Woodward ? Dans quel État est-ce situé ?

— Je... Je l'ignore, avoua Caroline, pinçant les lèvres avec ressentiment.

---

1. Owen Wister (1860-1938), écrivain américain dont l'œuvre s'inspire du Far West.
2. Traduction de Suzanne et Marcel Tenec'hdu, Paris, Marabout, 1964.

— Dans aucun État, voilà pourquoi tu ne le sais pas. Aucun État de l'Union. C'est une contrée inexplorée, peuplée de sauvages et de toutes sortes d'hommes de sac et de corde. Ma parole, j'ai entendu dire qu'on ne trouvait pas de dames à l'ouest de Dodge City – uniquement des femmes de la pire espèce ! Imagines-tu le paganisme de cet endroit ? » La poitrine de Bathilda, emprisonnée dans sa robe grenat, se souleva. Une bouffée de chaleur marbra son visage jusqu'à la naissance de ses cheveux gris fer, relevés en une coiffure bouffante. Caroline n'en crut pas ses yeux : Bathilda était bouleversée.

« Bien sûr qu'il y a des dames ! Je suis persuadée que ce sont des exagérations, lui assura-t-elle.

— Je ne vois pas d'où tu tiens cette certitude alors que tu ne sais rien. Comment saurais-tu quoi que ce soit, Caroline ? Tu n'es qu'une enfant ! Il est capable de raconter n'importe quoi pour séduire une femme aussi raffinée et riche que toi. Et tu bois ses paroles ! Tu vas quitter ton foyer, ta famille, renoncer à toutes les perspectives qui s'offrent à toi ici pour vivre dans un lieu où tu seras anonyme, où tu n'auras pas de société à fréquenter et aucun réconfort.

— Je ne manquerai pas de réconfort », insista Caroline.

Une semaine après le bal, Corin avait emmené Caroline à la patinoire de Central Park, en compagnie de Charlie Montgomery et de sa sœur Diana, qui avaient eu le tact de prendre leurs distances. Le mois de février touchait à sa fin. Des flocons de neige tombaient du ciel d'un étrange blanc jaunâtre ; ils paraissaient d'abord noirs puis pâlissaient à mesure qu'ils s'approchaient des arbres dénudés avant de s'écraser sur le sol.

« Quand j'étais petit, ça me faisait toujours un peu peur de patiner ici : je m'attendais à passer à travers la glace. » Corin sourit tout en avançant à petits pas prudents. Il marchait plus qu'il ne patinait.

« Vous n'auriez pas dû vous inquiéter, monsieur Massey. On vide presque toute l'eau au début de l'hiver pour que ce soit complètement gelé. »

Le froid âpre rougissait leurs joues et condensait leur haleine qui formait des plumules effilochées. Ses mains gantées enfoncées dans ses poches, Caroline décrivit un grand cercle autour de Corin.

« Vous êtes très douée, mademoiselle Fitzpatrick. Beaucoup plus que moi.

— Quand j'étais petite, ma mère m'emmenait ici tout le temps. Cela fait toutefois un moment que je ne patine plus, car Bathilda ne s'y intéresse pas.

— Où est votre mère ? » Corin moulina des bras pour garder l'équilibre. La neige s'était accumulée sur le bord de son chapeau, lui donnant un air joyeux.

« Mes parents sont morts depuis huit ans. » Caroline s'immobilisa devant Corin, qui s'arrêta également. « Il y a eu une explosion dans une usine un soir qu'ils rentraient chez eux. Un mur s'est effondré et... leur attelage s'est retrouvé piégé en dessous », expliqua-t-elle calmement.

Corin tendit les mains comme pour la soutenir, puis les laissa tomber : « Quelle tragédie ! Je suis vraiment désolé.

— Charlie m'a raconté ce qui était arrivé à votre père, moi aussi, je suis désolée. » Caroline se demanda si la similitude des accidents cauchemardesques qui les avaient privés l'un et l'autre de leurs familles l'avait également frappé. Elle regarda ses patins, où ses orteils s'engourdissaient. « Venez, monsieur Massey, bougeons avant que la glace ne se fende. » Elle lui tendit la main. Il la prit en souriant. En revanche, il fit la grimace lorsqu'elle l'entraîna dans son sillage et qu'il vacilla comme un enfant.

Quand la patinoire fut noire de monde au point qu'il devint presque impossible d'avancer, ils burent un chocolat chaud dans le pavillon. De leur table située près de la fenêtre, ils observèrent de jeunes garçons s'élancer avec insouciance entre les adultes. Caroline s'aperçut qu'elle n'avait pas froid comme à l'ordinaire. Peut-être la proximité de Corin suffisait-elle à la réchauffer – on eût dit que son sang circulait plus vite que jamais.

« Vous avez des yeux absolument extraordinaires, mademoiselle Fitzpatrick, lui dit Corin, avec un sourire gêné. Ils sont tellement brillants qu'ils se détachent sur la neige comme des pièces d'argent ! »

Peu habituée aux compliments, Caroline ne sut comment réagir, aussi fixa-t-elle sa tasse, décontenancée.

« Bathilda trouve qu'ils sont froids. Elle se désole que je n'aie pas hérité de la nuance bleue de ceux de mon père », précisa-t-elle, remuant lentement son chocolat. Corin tendit un doigt pour lui relever le menton. La jeune fille eut l'impression d'avoir reçu une décharge électrique.

« Votre tante a tort », affirma-t-il.

Il fit sa demande en mariage à peine trois semaines plus tard. La glace commençait à fondre dans les parcs et le ciel délavé prenait une teinte plus intense. Il lui rendit visite un mardi après-midi, sûr de la trouver seule : c'était le jour où sa tante jouait au bridge avec lady Atwell. Au moment où Sara l'introduisit dans la pièce, le visage de Caroline s'embrasa, sa gorge se dessécha et, quand elle se leva pour l'accueillir, ses jambes flageolèrent. Apparemment, dès qu'elle le voyait, un cocktail explosif de joie et de terreur avait raison d'elle et il se renforçait à chaque rencontre. Tout en fermant la porte, Sara adressa un petit sourire excité à sa maîtresse, à court de mots.

« Comme c'est gentil à vous de passer, réussit enfin à formuler Caroline, d'une voix chevrotante. J'espère que vous allez bien. » Au lieu de répondre, Corin tritura son chapeau, amorça une phrase, s'interrompit, glissa un doigt dans son col qu'il tira comme pour le desserrer. Abasourdie, Caroline attendit sans le quitter des yeux. « Ne voulez pas... vous asseoir ? » finit-elle par proposer. Corin lui lança un regard et parut se décider.

« Non, je ne vais pas m'asseoir », déclara-t-il, d'un ton bourru qui fit tressaillir Caroline.

Ils restèrent longtemps plantés l'un en face de l'autre, dans une impasse. Puis Corin traversa la pièce en deux grandes enjambées, entoura de ses mains le visage de Caroline et l'embrassa. La pression de sa bouche ébranla tellement la jeune fille qu'elle n'esquissa pas un mouvement pour l'en empêcher ni pour se dégager comme elle l'aurait dû. La douceur inattendue des lèvres de Corin, la chaleur de son corps la bouleversaient. Le souffle coupé, elle eut un vertige tandis qu'une étrange sensation de tiédeur se propageait dans son ventre.

« Monsieur... monsieur Massey..., bredouilla-t-elle, lorsqu'il s'écarta sans lâcher son visage, la scrutant avec insistance.

— Caroline... venez avec moi. Épousez-moi. »

La jeune fille eut du mal à trouver une réponse : « Vous m'aimez ? » finit-elle par lâcher. Et, palpitante, elle attendit les mots qu'elle souhaitait tellement entendre.

« Ne le savez-vous pas ? N'avez-vous pas deviné ? s'étonna-t-il. Je vous ai aimée dès le premier regard. Dès la première minute. » En proie à un indicible soulagement, Caroline ferma les yeux. « Vous souriez, poursuivit Corin, lui effleurant la joue. Cela signifie que vous acceptez de m'épouser ou que vous vous moquez de moi ? » Caroline lui prit la main et la pressa contre son visage.

« Que j'accepte, monsieur Massey. C'est mon désir le plus cher.

— Je vous rendrai heureuse », promit-il, avant de l'embrasser à nouveau.

Bathilda refusa d'annoncer les fiançailles de sa nièce avec Corin Massey. Elle refusa de l'aider à préparer son trousseau, à acheter des vêtements pour le voyage, à remplir ses malles en cuir, se bornant à la regarder plier soigneusement jupes à godets et chemisiers brodés, flambant neufs.

« J'imagine que tu te considères émancipée pour te conduire de manière aussi catastrophique. À l'instar de *La Jeune Fille* de Gibson[1]. »

Bien que vexée par la pertinence de la pique, Caroline ne riposta pas. Elle mit ses bijoux dans une pochette en velours bleu qu'elle rangea dans son vanity-case. Au bout d'un moment, elle partit à la recherche de Bathilda dans leur spacieuse demeure de Gramercy Park et la trouva assise sous un rayon de soleil printanier si éblouissant qu'il la rajeunissait. Caroline lui redemanda d'annoncer ses fiançailles. Elle tenait à ce que les choses soient faites dans les règles, comme il se devait. Peine perdue, sa requête tomba dans l'oreille d'une sourde.

« Il n'y a pas matière à réjouissance, la rabroua Bathilda. Je suis contente de ne plus être là pour répondre aux questions à ce sujet. Je retourne à Londres, où je serai hébergée par une cousine de mon cher et défunt mari, une dame à laquelle je suis liée depuis toujours par une grande affection et une grande estime. Plus rien ne me retient à New York.

— Vous rentrez à Londres ? Mais... quand ? » lança Caroline, d'un ton plus affable. À son grand

1. Personnification de l'idéal féminin américain, précurseur de la pin-up, inventé aux alentours de 1900 par l'illustrateur satyrique Charles Dana Gibson.

dam, elle prenait conscience que, malgré le fossé qui les séparait, sa tante Bathilda représentait sa seule famille.

« Dans un mois, lorsque le temps sera plus clément.

— Bien. » Caroline croisa les mains et serra ses doigts entrelacés. Bathilda leva les yeux du livre qu'elle lisait ostensiblement, son regard était presque agressif. « Alors nous ne nous verrons plus beaucoup, dorénavant, murmura la jeune fille.

— En effet. Cela aurait été pareil si j'étais restée à New York. Tu vas résider bien au-delà de la distance que j'aurais pu parcourir confortablement. Je te donnerai mon adresse à Londres car tu dois évidemment m'écrire. Tu trouveras sûrement des gens pour te tenir compagnie, d'autres épouses de fermiers », conclut-elle avec un petit sourire avant de se replonger dans son livre.

Il sembla à Caroline que son col de dentelle l'étranglait. Un frisson de peur la parcourut. Elle ne savait plus si elle devait se précipiter vers Bathilda ou la fuir.

« Vous ne m'avez jamais montré d'amour, chuchota-t-elle, d'une petite voix craintive. Je ne comprends pas pourquoi cela vous surprend que je coure après quand on m'en donne. » Sur ces mots, elle sortit avant que Bathilda ne puisse se gausser de ce sentiment.

Aussi Caroline se maria-t-elle sans personne pour la conduire à l'autel, sans famille pour la représenter. Elle choisit une robe de mousseline blanche, diaphane, au buste orné de dentelles, au col et aux poignets agrémentés de ruchés. Ses cheveux, relevés, étaient maintenus par des peignes en ivoire. Elle ne portait pas d'autres bijoux que des perles à ses oreilles, aucun maquillage, et lorsqu'elle se regarda une dernière fois dans la glace elle se trouva quelque peu pâle. Bien qu'il ne fît pas chaud, elle avait pris l'éventail en soie de sa mère qu'elle tripota nerveusement pendant le trajet jusqu'à la petite église de l'Upper East Side, proche du quartier où Corin avait grandi. Lorsqu'elle y entra, elle aperçut Sara, assise toute seule du côté réservé à la mariée, et l'absence de ses parents lui serra le cœur. Vêtu d'un costume d'emprunt, une cravate autour du cou, Corin avait lissé ses cheveux en arrière. Ses joues étaient un peu irritées car il s'était rasé de près. Il tira sur son col quand elle s'avança dans l'allée centrale mais, à peine eut-il croisé son regard anxieux qu'il sourit et se détendit comme si rien d'autre ne comptait. Sa mère et les deux frères aînés qui assistaient à la cérémonie furent solennels lors de l'échange de vœux du couple devant le pasteur. Toujours en grand deuil, Mme Massey réserva le meilleur accueil à sa nouvelle bru, mais son chagrin, encore trop récent, l'empêchait de ressentir une joie sans mélange. Il faisait une fois de plus tellement humide qu'une odeur de brique mouillée et de cire régnait dans l'église, sombre et silencieuse. Caroline n'en avait cure. Son univers se réduisait à l'homme en face d'elle, l'homme qui lui prenait la main, l'homme qui la couvait d'un regard possessif, l'homme qui s'engageait avec tant de conviction. Une fois qu'ils furent unis devant Dieu, Caroline fut envahie d'une allégresse incoercible qui jaillit sous la forme d'un flot de larmes ; Corin les recueillit sur le bout de ses doigts et les sécha par des baisers. Avec lui, sa nouvelle vie commençait enfin.

Quelle ne fut pas la consternation de la nouvelle mariée, quand Corin, bouclant ses valises, lui annonça qu'il partait le lendemain.

« Nous aurons notre nuit de noces chez nous, dans la maison que je nous ai construite, pas ici, dans un lieu où on pleure toujours mon père. Je suis venu pour un enterrement, je ne comptais pas trouver une femme, expliqua-t-il en lui embrassant les mains. J'ai quelques problèmes à régler, sans compter la maison à aménager pour ton arrivée. Je veux qu'elle soit parfaite.

— Elle le sera, Corin », lui assura-t-elle, peu habituée à s'adresser à un homme par son prénom. Ses baisers lui brûlaient la peau, l'oppressaient. « Je t'en prie, laisse-moi t'accompagner.

— Accorde-moi un mois, pas un jour de plus, mon cœur. Tu me suivras dans quatre semaines à partir d'aujourd'hui et j'aurai tout préparé. Tu auras ainsi le temps de faire tes adieux à tes amis et moi celui de me vanter auprès des miens d'avoir épousé la plus jolie fille d'Amérique. »

De guerre lasse, Caroline accepta. Dieu sait pourtant si le ciel parut s'assombrir avec ce départ.

Elle rendit visite à d'anciennes camarades de classe pour leur dire au revoir : toutes se révélèrent soit occupées soit absentes. Finissant par comprendre qu'elle était *persona non grata*, elle passa les quatre semaines chez elle, à supporter le silence pénible régnant entre sa tante et elle ; à faire et défaire ses bagages ; à écrire d'innombrables lettres à Corin et à contempler par la fenêtre une vue à présent dominée par le nouveau Fuller Building – un monstre en forme de fer à repasser qui s'élevait à quatre-vingt-sept mètres dans le ciel. Caroline n'aurait jamais imaginé que l'être humain puisse construire un édifice d'une telle hauteur. À force de le regarder, elle se sentit diminuée et les premiers doutes s'infiltrèrent dans son esprit. Depuis le départ de Corin, on aurait presque dit qu'il n'avait jamais été là et que tout était un rêve. Les sourcils froncés, elle faisait tourner son alliance sur son annulaire tout en luttant pour maintenir ces pensées à distance. Qu'est-ce qui était horrible au point de l'empêcher de l'emmener sur-le-champ ? Qu'avait-il à cacher – des regrets de l'avoir épousée précipitamment ? Sara perçut son trouble.

« Il n'y en a plus pour longtemps maintenant, mademoiselle, lui dit-elle un jour en apportant le thé.

— Sara… tu veux bien rester un moment ?

— Naturellement, mademoiselle.

— Crois-tu… Crois-tu que tout ira bien dans le Territoire de l'Oklahoma ?

— Bien sûr, mademoiselle ! C'est-à-dire… j'y suis jamais allée, alors je sais pas trop. N'empêche… M. Massey va bien s'occuper de vous, ça, je le sais. C'est sûr et certain qu'il vous emmènerait pas dans un endroit qui vous déplairait.

— D'après Bathilda, je devrai travailler jusqu'à ce que j'hérite, cela signifie… que je serai la femme d'un fermier.

— Pour sûr, mademoiselle, mais pas de la même espèce que les autres.

— Est-ce que c'est pénible de tenir une maison et tout ce qui s'ensuit ? Toi, tu t'en tires à merveille, Sara – est-ce si dur ? » demanda Caroline, s'efforçant de ne pas trahir son anxiété. Et Sara de la regarder avec une étrange expression où se mêlaient l'amusement, la pitié et la rancœur.

« Ça peut l'être, mademoiselle, répondit-elle, d'un ton plutôt catégorique. Sauf que vous serez la maîtresse de maison ! Vous serez libre de faire comme bon vous semble, et vous aurez de l'aide, ça c'est sûr. Vous tracassez pas, mademoiselle ! Peut-être que ça vous prendra du temps de vous habituer à une vie tellement différente de la vôtre mais vous serez heureuse, j'en doute pas.

— Oui, n'est-ce pas ?

— M. Massey vous aime. Et vous l'aimez – comment vous seriez pas heureuse ?

— En effet, je l'aime. » Caroline serra la main de la femme de chambre. « C'est indéniable.

— Et je suis vraiment contente pour vous, mademoiselle, enchaîna Sara, les larmes aux yeux.

— Ne pleure pas, je t'en prie ! Comme j'aimerais que tu m'accompagnes.

— Moi aussi, mademoiselle », dit doucement Sara, s'essuyant les yeux avec le bord de son tablier.

Enfin, une lettre de Corin arriva. Elle était truffée de mots d'amour et d'encouragements et il la suppliait d'avoir encore un peu de patience. Elle galvanisa Caroline, qui la lut une vingtaine de fois par jour jusqu'à en connaître le moindre mot par cœur. Au terme des quatre semaines, elle embrassa la joue rubiconde de Bathilda et chercha, en vain, un signe de regret sur la physionomie de sa tante. Sara l'accompagna seule à la gare ; elle sanglota, inconsolable, à côté de sa jeune maîtresse tandis que les chevaux bais trottaient avec élégance dans les rues et les avenues animées.

« Je sais pas comment ça se passera sans vous, mademoiselle. Je sais pas si Londres me plaira ! » pleurnicha-t-elle.

Incapable de parler à cause de son tumulte intérieur, Caroline serra la main de Sara. Ce ne fut qu'en face de la locomotive qui crachait fumée et suie, tapissait ses narines d'une odeur de fer brûlant et de scories, qu'il lui sembla avoir trouvé une complice aussi heureuse qu'elle de ce voyage. La jeune femme ferma les yeux quand le train s'ébranla ; la toux solennelle de la vapeur accompagna la fin de son ancienne vie et le début de sa nouvelle existence.

2

Le frère de ma mère, mon oncle Clifford, et sa femme Mary, veulent la vieille armoire à linge de la chambre d'enfants, la table ronde XVIIIe du bureau et la collection de miniatures exposées dans une vitrine au pied de l'escalier. J'ai beau ne pas être persuadée que cela corresponde à la volonté de Meredith, qui a précisé que ses enfants pouvaient prendre un souvenir, cela m'est égal. D'autres objets atterriront sans doute dans le camion de Clifford à la fin de la semaine, et si Meredith en aurait été scandalisée, moi pas. Le manoir est imposant, il n'est cependant pas comparable au château de Chatsworth. Il ne contient pas de pièces de musée, hormis quelques tableaux. Ce n'est qu'une grande et vieille baraque pleine d'antiquités, probablement de valeur mais dont personne n'a jamais pris soin. Ma mère, quant à elle, n'a demandé que les photos de famille que je trouverai. Sa pudeur et sa générosité me vont droit au cœur.

Pourvu que Clifford envoie assez de déménageurs. L'armoire à linge est énorme. Elle se dresse sur le mur du fond de la chambre : une masse d'acajou à pignons et frises ; un temple à échelle réduite en l'honneur de l'amidon et de la naphtaline. À l'arrière, se cache un escabeau en bois qui grince et tremble sous moi. Je sors des piles de linge des étagères et les laisse tomber par terre ; plates et lourdes, elles font trembler les tableaux. La poussière qui s'envole me chatouille les narines. Beth apparaît dans l'embrasure de la porte, elle s'est précipitée pour voir les dégâts. Il y a tant de draps qui ont servi à une succession de générations. Suffisamment usés pour qu'on les remplace, pas assez pour qu'on les jette. Il est possible qu'on ne les ait pas touchés depuis des décennies. Tout à coup, je me souviens de la gouvernante de Meredith montant l'escalier le souffle court, les bras chargés ; elle avait des joues rouges crevassées, de grosses mains affreuses.

Une fois l'armoire vidée, j'hésite. Sans doute pourrais-je donner ces draps à une œuvre caritative, mais je ne me sens pas d'attaque pour les fourrer dans des sacs-poubelle, les descendre dans la voiture et les emmener, en plusieurs trajets, à Devizes. Alors que je les empile de nouveau contre le mur, une légère tache de couleur noyée dans tout ce blanc retient mon regard. Des fleurs jaunes. Trois taies d'oreiller aux coins brodés au fil de soie de fleurs jaunes à tiges vertes qui accrochent la lumière. J'effleure du pouce les points délicats ; des années d'utilisation ont satiné le tissu. Je suis sûre de reconnaître quelque chose, quoi ? Aucun souvenir. Ai-je déjà vu ce motif ? On dirait des fleurs des champs, effilochées. Je suis incapable de trouver leur nom. Contrairement aux autres parures qui comportent quatre taies, celle-ci n'en a que trois. Je les repose, les recouvre de draps. Je me surprends à froncer les sourcils, j'essaie de m'en empêcher.

Clifford et Mary sont les parents d'Henry, enfin, ils l'étaient. Lors de sa disparition, ils se trouvaient à Saint-Tropez. Ce que la presse a injustement monté en épingle, comme s'ils l'avaient laissé chez des inconnus ou tout seul à la maison. Nos parents n'étaient pas en reste dans ce domaine, nous passions souvent les vacances ici. Ils partaient presque tous les ans pendant deux voire trois semaines. En Italie pour de longues randonnées ou aux Caraïbes pour faire de la voile. Leur absence m'enchantait autant qu'elle m'effrayait. Elle m'enchantait parce que Meredith ne nous surveillait pas beaucoup, ne se lançait jamais à notre recherche quand nous étions partis depuis des heures. Nous nous sentions libres, nous vagabondions comme des sauvages. Mais elle m'effrayait car, à l'intérieur, Meredith était la seule à avoir autorité sur nous. Nous devions rester avec elle. Prendre nos repas avec elle, répondre à ses questions, inventer des mensonges. Il ne m'était jamais venu à l'esprit que je ne l'aimais pas ou qu'elle était antipathique. J'étais trop jeune pour en prendre conscience. Il n'empêche que je me jetais toujours sur ma mère à son retour, agrippant mes mains moites à ses jupes.

Beth me gardait encore plus près d'elle quand nos parents n'étaient pas là. Si elle marchait devant moi, elle tendait la main, dépliant ses doigts fuselés pour que je les attrape. Et si je ne le faisais pas, elle s'arrêtait, s'assurant d'un coup d'œil par-dessus son épaule que je la suivais. Une année, Dinny lui construisit une cabane dans un hêtre au fin fond du bois. Il disparut pendant des jours après nous avoir interdit de l'épier. Le temps était capricieux, le vent ridait la surface de la mare, trop fraîche pour que nous y nagions. En l'attendant, nous nous amusâmes à nous déguiser dans une chambre d'amis, à faire des châteaux avec des pots de fleurs vides dans l'orangerie, à aménager un repaire secret au cœur du globe de l'if taillé de la grande pelouse. Dinny réapparut en même temps que le soleil. En l'apercevant qui nous faisait signe d'un coin du jardin, les yeux de Beth pétillèrent.

« Elle est prête, annonça-t-il, dès que nous l'eûmes rejoint.

— C'est quoi ? voulus-je savoir. Allez, dis-nous !

— Une surprise », se contenta-t-il de répondre, souriant timidement à Beth.

Nous lui emboîtâmes le pas entre les arbres. Je lui parlais de notre repaire dans l'if, mais la vue de la cabane me réduisit au silence. Elle était nichée dans l'un des plus grands hêtres, au tronc lisse et argenté, dont l'écorce se plissait aux ramifications des branches, comme la peau au creux du coude ou à l'arrière du genou. Dinny y grimpa en deux temps trois mouvements, sous mes yeux, pour s'asseoir parmi les frondaisons. Il avait construit une plate-forme de planches solides là où l'arbre s'évasait. En guise de murs, de vieux sacs d'engrais bleu clair, cloués sur un cadre en bois, gonflaient comme les voiles d'un bateau. Le chemin menant à cette forteresse était indiqué par des boucles de corde nouée ou des bouts de bois fixés à l'arbre pour former une échelle discontinue. Le silence ne fut troublé que par le souffle ensorcelant du vent et le bruissement des murs de la cabane.

« Comment vous la trouvez ? » Les bras croisés, Dinny nous interrogeait du regard.

« Elle est géniale ! J'en ai jamais vu une aussi chouette ! m'exclamai-je, sautant d'un pied sur l'autre.

— Elle est magnifique – tu l'as construite tout seul ? enchaîna Beth, souriante, les yeux levés vers la cabane bleue.

— Oui, montez pour la visiter, elle est encore mieux à l'intérieur. » Sur ce, il descendit et tendit le bras vers la première prise de main.

« Allez, Beth ! l'exhortai-je, parce qu'elle hésitait.

— D'accord ! dit-elle en riant. Toi d'abord, Erica, je te ferai la courte échelle.

— On devrait la baptiser ! Non, c'est toi Dinny qui dois lui trouver un nom ! jacassai-je en relevant ma jupe pour la coincer dans ma culotte.

— Que pensez-vous de tour de guet ou de nid de pie ? » proposa-t-il.

Nous préférions le second, ce serait donc Le Nid de pie. Beth me hissa sur la première branche, mes sandales zébrèrent la pellicule de lichen. Impossible, en revanche, d'atteindre la prise suivante. Le bout de mes doigts avait beau la frôler, je ne pouvais m'y cramponner en toute sécurité. Dinny me rejoignit. Il me laissa poser le pied sur son genou plié mais, à ce moment-là, je ne réussis pas à tendre la jambe vers le barreau suivant.

« Descends, Erica ! » finit par crier Beth.

Rouge de colère, au bord des larmes, je protestai : « Non, je veux monter !

— Tu es trop petite, descends ! » insista-t-elle.

Dinny retira son genou et sauta de l'arbre, je n'eus d'autre choix que d'obéir. Une fois redescendue, je fixai dans un silence maussade mes jambes trop courtes, ces imbéciles. Mes genoux étaient écorchés, sauf que j'étais trop démoralisée pour m'intéresser au sang qui coulait sur mon mollet.

« Alors Beth, tu montes ? » lança Dinny.

J'eus le cœur lourd d'être exclue, de ne pas participer à la découverte de la merveilleuse cabane.

« Non, si Erica ne peut pas », répondit-elle.

Je levai les yeux vers Dinny, puis m'empressai de les détourner pour ne pas voir la déception de son regard, l'effacement de son sourire. Il s'adossa à l'arbre, croisant les bras d'une manière défensive. Beth hésita un instant comme si elle cherchait ses mots, avant de me prendre par la main : « Viens, Rick. On doit aller nettoyer ta jambe. »

Deux jours plus tard, Dinny revint nous chercher. Cette fois, le tronc était criblé de bouts de bois et de cordes. Beth sourit à Dinny quand je me précipitai vers l'escalier branlant et commençai à grimper, les yeux rivés sur la maison flottante.

« Attention ! » souffla Beth, se mordillant le bout des doigts lorsque, ratant une prise de pied, je perdis un peu l'équilibre. Elle me suivit, sourcils froncés par la concentration, sans regarder en bas. Un rideau composé de sacs désignait l'entrée. À l'intérieur, Dinny en avait disposé d'autres en plastique, bourrés de paille. Sur le cageot faisant office de table, il y avait une branche de persil dans une bouteille de lait, un paquet de cartes, des bandes dessinées. Bref, je n'avais jamais mis les pieds dans un tel palais. Sur un panneau destiné au pied de l'échelle, on peignit : *Le Nid de pie. Défense d'entrer sous peine de poursuites*. Lorsqu'elle le lut, maman éclata de rire. Nous passâmes des heures là-haut. Nous voguions au sein de nuages verts qui bruissaient tandis que des pans d'un ciel lumineux étincelaient au-dessus de nos têtes. Nous piqueniquions loin de Meredith et d'Henry. Je n'avais qu'une peur, c'était que ce dernier gâche tout. Qu'il abîme notre lieu magique, le ridiculise, en altère la magnificence. Par un coup de chance inespéré, il s'avéra qu'il avait le vertige.

Dans ma tête, Henry est toujours plus grand que moi, plus vieux. Il avait onze ans quand j'en avais sept, une différence d'âge qui semblait énorme à l'époque. Il était en effet grand et gros. Bruyant et autoritaire. Il disait que je devais lui obéir. Il était flagorneur avec Meredith, qui préférait les garçons. Il l'accompagnait les rares fois où elle venait dans les bois ; à plus d'une reprise, il l'aida à concrétiser un de ses sales tours. Henry avait un cou gras et un menton fuyant. Des cheveux châtain foncé. Des yeux bleu clair qu'il plissait, ce qui les enlaidissait. Une peau blafarde qui brûlait sur son nez en été. C'était un de ces enfants, je m'en rends compte à présent, qui sont des adultes en miniature. Au premier regard, on devine l'apparence qu'ils auront plus tard. Ses traits déjà dessinés, s'épaissiraient mais ne changeraient pas. Sa personnalité, sans charme, prévisible, s'affichait sur son visage. C'est injuste, après tout il n'a jamais eu l'occasion de me donner tort.

Eddie, lui, a toujours une bonne bouille de gamin et je l'adore. Nez pointu, tignasse ébouriffée, genoux fièrement cagneux au-dessus de jambes maigrichonnes sous son short d'uniforme. Mon neveu. Il étreint Beth sur le quai, l'air un peu penaud car ses camarades, assis dans le train, tambourinent sur la vitre, lèvent le doigt. Je les attends devant la voiture, les mains gelées, le sourire aux lèvres.

« Salut, bébé Eddie ! Edderino ! Eddius Maximus ! » Je le prends dans mes bras, le serre contre moi et le soulève de terre.

« C'est Ed maintenant, tatie Rick, proteste-t-il, avec une pointe d'exaspération.

— Bien sûr, désolée. Et toi, tu es prié de ne plus m'appeler tatie, on dirait que j'ai cent ans ! Jette ton sac à l'arrière, on y va. » Je résiste à l'envie de le taquiner. Il a onze ans. À cet âge, celui qu'Henry aura toujours, on se vexe. « Comment s'est passé le voyage ?

— Plutôt gonflant. Sauf qu'Absolom a enfermé Marcus aux toilettes. Il a crié comme un fou, c'était très marrant. »

Une odeur d'école se dégage d'Eddie. Acide et entêtante, elle flotte dans la voiture. Relents de chaussettes sales, de copeaux de crayon, de boue, d'encre et de sandwiches rances.

« Désopilant. J'ai dû aller voir le principal il y a quinze jours parce qu'il avait enfermé sa professeur de dessin dans la classe. Ils avaient bloqué la porte avec des casiers ! intervient Beth, d'une voix sonore et gaie qui m'étonne.

— Ce n'est pas moi qui ai eu l'idée, maman !

— Tu as tout de même participé, riposte Beth. Et si un incendie ou quoi que ce soit s'était déclaré ? Elle y est restée des heures.

— Ils n'avaient qu'à pas interdire les portables, pas vrai ? » lance Eddie en souriant.

Je lui fais un clin d'œil dans le rétroviseur et dis d'un ton léger : « Edward Calcott Walker, je suis consternée. »

Beth me foudroie du regard. Je ne dois pas faire alliance avec Eddie, même sur un sujet infime. Il est exclu que nous soyons tous les deux contre elle, ne serait-ce que pour une seconde. Elle m'en veut déjà d'avoir pris le parti de son fils.

« C'est une nouvelle voiture ? reprend celui-ci.

— Plus ou moins. La vieille Coccinelle a fini par rendre l'âme. Attends de voir la baraque, Ed, elle est gigantesque. » À notre arrivée, je guette sa réaction : il n'est manifestement pas impressionné. Sans doute le manoir a-t-il la taille d'une aile de son école et doit-il être plus petit que les maisons de ses amis.

« Je suis ravie que tu sois en vacances, mon chéri. »

Sur ces mots, Beth s'empare du sac de son fils. Un peu confus, il lui adresse un sourire en coin. Il sera plus grand qu'elle, il lui arrive déjà à l'épaule.

J'emmène Eddie faire le tour de la propriété pendant que Beth examine son bulletin scolaire. Nous montons jusqu'au tumulus, contournons les bois tristounets et nous retrouvons devant la mare. Il a déniché un bâton avec lequel il cingle l'air, décapitant mauvaises herbes et orties. Il fait moins froid aujourd'hui, mais humide. Il bruine et le vent fouette les branches.

« Pourquoi on appelle ça une mare artificielle, et pas une mare, tout simplement ? » demande Eddie.

Accroupi sur ses jambes souples et maigres, il frappe le bord de son bâton. Des rides se forment à la surface de l'eau. Les poches de son jean sont gonflées de trésors chapardés : une véritable pie. Des choses sans valeur – vieilles épingles de sûreté, marrons, tessons de porcelaine bleu et blanc venant des ordures.

« Le ruisseau y prend sa source. On a creusé cette mare il y a des lustres pour en faire un réservoir.

— On peut y nager ?

— Nous y nagions... Dinny, Beth et moi. En fait, je crois que ta mère n'y est jamais vraiment entrée. L'eau a toujours été froide.

— Chez les parents de Jamie, il y a un lac super – une piscine, sans chlore ni carrelage. Il a beau être plein de plantes et d'autres trucs, il est propre.

— Ça a l'air formidable. Pas en cette saison tout de même, hein ?

— Non, je ne pense pas. C'est qui Dinny ?

— Un garçon avec qui nous jouions quand nous venions ici dans notre enfance. Sa famille habitait les environs, alors... » Je ne termine pas ma phrase. Pourquoi ai-je cette sensation d'être indiscrète en parlant de Dinny ? Il savait tout faire avec ses mains carrées. Ses yeux sombres éclairés d'un sourire sous la mèche qui tombait sur son front. Ses cheveux où j'avais fiché des marguerites pendant qu'il dormait, les doigts tremblants à cause du rire que je réprimais et de mon audace. Être si près de lui. Le toucher ! « C'était un véritable aventurier. Un été, il a construit une cabane fantastique dans un arbre...

— On peut la voir ? Elle existe toujours ?

— Tu veux qu'on aille y jeter un coup d'œil ? »

Eddie acquiesce avec un grand sourire. Me précédant au pas de course, il prend un arbrisseau pour cible et le plaque au sol d'un coup administré à deux mains.

Les dents définitives d'Eddie ne sont pas encore alignées. On dirait qu'elles se bousculent pour trouver une place dans sa bouche. Il y a des brèches, et deux d'entre elles se chevauchent. Un appareil redressera bientôt tout ça.

« Comment les garçons du train t'ont appelé tout à l'heure ?

— Plante verte, avoue-t-il, avec une grimace contrite.

— Ça par exemple, et pourquoi ?

— Ben, c'est un peu gênant... je suis obligé de l'expliquer ?

— Absolument ! Pas de secrets entre nous. »

Eddie pousse un soupir : « Mlle Wilton garde une petite plante sur son bureau, j'sais pas ce que c'est. Maman a la même – des fleurs violet foncé, des feuilles duveteuses ?

— Ça ressemble à un saintpaulia.

— On s'en fiche. Bon, un jour elle nous a consignés dans son bureau à l'heure du déjeuner. J'ai dit que j'avais tellement faim que je serais prêt à avaler n'importe quoi. Ben a parié cinq livres que je serais pas cap de manger sa plante. Alors...

— Tu l'as fait ? » Levant un sourcil, je croise les bras tandis que nous marchons. Eddie, lui, ne peut s'empêcher d'avoir l'air plutôt content.

« Pas tout, précise-t-il, juste les fleurs.

— Eddie !

— N'en parle pas à maman, glousse-t-il, en se remettant à courir. C'était quoi ton surnom à l'école ?

— Je n'en avais pas vraiment, à part Rick. J'étais toujours la plus petite, à la traîne. Dinny m'appelait quelquefois Morveuse. »

Nous sommes plus proches que beaucoup de tantes et neveux, Eddie et moi. J'ai passé deux mois avec lui, le temps que Beth se rétablisse, se fasse aider. C'était une période tendue où il fallait continuer à vivre, feindre que tout était normal sans dramatiser. Nous n'avions pas de grandes conversations. Nous ne mettions pas nos cœurs à nu, nous ne nous répandions pas en confidences. Eddie était trop jeune, moi trop impatiente. En revanche, nous vivions des jours extrêmement pénibles où le chagrin le disputait à la colère et à la confusion. Nous étions tous les deux ébranlés. Les souvenirs de cette époque nous rapprochent. Maxwell et moi, on se querellait à voix basse derrière des portes closes, car il n'était pas question qu'Eddie entende son père traiter sa mère d'inapte.

De la cabane, il ne reste que quelques planches, verdâtres et visqueuses. On dirait l'épave pourrie d'un naufrage.

« Eh bien ! elle est foutue, dis-je, tristement.

— Tu pourrais la reconstruire. Je t'aiderai si tu veux, suggère Eddie, pour me remonter le moral.

— Pourquoi pas ? Encore que ce soit plus une activité d'été – il ferait un peu frisquet, sans compter la boue.

— Pourquoi vous avez cessé à un moment de rendre visite à mon arrière-grand-mère ? »

Une question innocente d'Eddie pour détendre l'atmosphère. Mais quelle question !

« Oh... tu sais. Quand on était plus grandes, on partait plus souvent... en vacances avec les parents, je ne me rappelle pas très bien.

— Pourtant, tu répètes à tout bout de champ qu'on n'oublie jamais les événements importants de son enfance. C'est ce que tu m'as dit quand j'ai remporté le prix d'élocution et de récitation. »

C'était pour être positive, car il l'avait reçu à l'époque où je m'occupais de lui. En fait, nous avons eu en même temps l'idée que le souvenir qui le poursuivrait à jamais, c'était celui du jour où il avait découvert Beth en rentrant à la maison. Je l'ai compris à son expression et, fermant les yeux, j'ai regretté de ne pouvoir revenir sur mes paroles.

« Eh bien, ça prouve que ce n'était pas si important, non ? dis-je, gaiement. Viens, il y a des tas d'autres choses à explorer. »

Nous reprenons le chemin de la maison, nous réfugiant dans l'orangerie lorsqu'il se met à pleuvoir. De là, nous passons d'un abri à l'autre, en nous faisant à peine mouiller, traversons les vieilles écuries jusqu'à la remise encombrée de bric-à-brac, au sol jonché de fientes. Nous comptons les nids d'hirondelles accrochés aux poutres comme des champignons. Eddie trouve une petite hache à la lame rouillée.

« Génial ! » Il la brandit en décrivant un grand arc.

Je lui attrape le poignet, pour tester le tranchant de la lame avec mon pouce : « Sois très prudent avec ça ! Et ne l'emporte pas dans la maison.

— Promis. » Il la laisse tomber et sourit au sifflement de l'air tranché. Dehors, l'obscurité gagne tandis que la pluie s'intensifie. Un flot d'eau boueuse coule devant la porte de la remise.

« Rentrons, d'accord ? Ta mère se demande sûrement où nous sommes passés.

— Elle devrait sortir pour voir la cabane, comme ça, elle nous dirait si elle pense qu'il faudrait la reconstruire. Elle le ferait, à ton avis ?

— Aucune idée, Ed. Tu sais qu'elle prend froid par un temps pareil. » Rien ne la protège des températures hivernales. Ni chair, ni muscles, ni épaisseur de peau.

Lorsque nous entrons bruyamment dans la cuisine, Beth s'est de nouveau attelée aux tartelettes de Noël. Elle roule la pâte, découpe des ronds qu'elle fourre de fruits confits, met au four, ensache. Elle a commencé hier, en prévision de l'arrivée d'Eddie, et ne semble pas prête à s'arrêter. La table est couverte de farine et de restes de pâte. Les effluves sont divins. Cramoisie, Beth émerge du four avec un autre lot et pose brutalement les plaques sur le plan de travail abîmé. Elle a rempli toutes les boîtes à biscuits ; plusieurs sacs sont entreposés dans le vieux congélateur de la cave. Je prends deux tartelettes et en donne une à Eddie. La garniture me brûle la langue : « Elles sont fabuleuses, Beth. »

Mon compliment est une façon de la saluer. Elle me décoche un petit sourire qui s'élargit lorsqu'elle se tourne vers son fils. Elle traverse la pièce pour déposer un baiser sur sa joue, laissant des empreintes de doigt farineuses sur ses manches.

« Bravo, chéri. Tous tes professeurs sont contents de toi », le félicite-t-elle. Je m'empare du bulletin, souffle la farine qui le recouvre et le parcours. « Sauf Mlle Wilton... », nuance-t-elle.

La dame au saintpaulia. Je demande à Eddie :

« Quelle matière enseigne-t-elle ? »

Il se trémousse.

« Le français, marmonne-t-il, entre deux bouchées.

— D'après elle, tu ne te donnes pas assez de mal et, quand tu le fais, ça démontre que tes résultats pourraient être bien meilleurs », poursuit Beth, tenant son fils par les épaules pour l'empêcher de s'échapper. Il les hausse de façon ambiguë. « Trois retenues ce trimestre, qu'est-ce que ça veut dire ?

— Le français, ça me saoule ! Et puis elle est trop sévère. Vachement injuste. Elle m'a filé une colle parce que Ben m'a balancé un petit mot ! C'était tout de même pas ma faute !

— Eh bien, essaie d'être un peu plus attentif, d'accord ? Le français est une matière importante. Absolument, insiste-t-elle lorsqu'il lève les yeux au ciel. Si tu ne parles pas cette langue, comment te débrouilleras-tu le jour où je serai riche et me retirerai dans le sud de la France ?

— En criant et en montrant du doigt ? » suggère-t-il.

Beth pince les lèvres. L'instant d'après, elle éclate d'un rire sonore et généreux que j'entends bien rarement. C'est plus fort qu'elle avec son fils.

« Je peux avoir une autre tartelette, demande Eddie, percevant la victoire.

— Oui. Ensuite, file prendre ton bain, tu es dans un état ! »

Eddie attrape deux gâteaux et sort de la cuisine en coup de vent.

« N'oublie pas de monter ton sac ! lui crie Beth.

— Je n'ai plus de mains !

— Plus envie, conviendrait mieux », me dit Beth, l'air contrit.

Plus tard dans la soirée, nous regardons un film. Beth est pelotonnée sur le canapé avec Eddie, un énorme bol de pop-corn posé entre eux. Le film n'intéresse pas vraiment ma sœur. Le menton posé sur l'épaule d'Eddie, elle ferme les yeux de contentement. Mes nœuds d'angoisse se distendent grâce à la flambée. Le week-end s'écoule rapidement : une séance de cinéma à Devizes, devoirs à la table de la cuisine, tartelettes de Noël ; Eddie dans la remise ou en maraude dans les écuries désertes, brandissant sa hache. Beth est sereine quoiqu'un peu absente. À court de farine, elle cesse de faire de la pâtisserie et passe de longs moments à observer son fils par la fenêtre, un sourire lointain aux lèvres. Je lui tends une tasse de thé.

« Je vais sûrement l'emmener en France l'été prochain, m'annonce-t-elle, sans interrompre sa faction.

— Je suis sûre que ça lui plairait beaucoup.

— En Dordogne peut-être ou dans la vallée du Lot. Nous pourrions nager dans les rivières. »

J'adore l'écouter faire des projets. Des projets d'avenir. Je suis ravie qu'elle soit capable de prévoir. Je pose le menton sur son épaule, regardant le jardin comme elle.

« Je t'avais dit qu'il s'amuserait ici. Noël sera formidable. » Les cheveux de ma sœur sont imprégnés d'une légère odeur mentholée, je les étale et les lisse sur son pull.

Maxwell débarque le dimanche après-midi. Il vient chercher son fils. J'appelle Beth tout en lui ouvrant la porte. Comme elle n'apparaît pas, je fais visiter le rez-de-chaussée à Maxwell puis lui prépare un café. Il y a cinq ans qu'il a demandé le divorce, à une époque où la dépression de Beth s'aggravait, où elle maigrissait à vue d'œil ; il ne le supportait plus. On n'élève pas un enfant de la sorte, s'était-il justifié. Il l'avait donc abandonnée et s'était remarié presque sur-le-champ avec Diane, une petite femme bien en chair, éclatante de santé – dents blanches, cachemires, ongles impeccables, pas compliquée. J'ai toujours estimé que la dépression de Beth était tombée à point nommé pour Maxwell, qui n'est cependant pas un vrai salaud. Il l'avait rencontrée à un bon moment, un point c'est tout. Elle avait alors une grâce infinie, une beauté discrète. On aurait dit un cygne ou un lis. Un ami des beaux jours, voilà ce qu'il s'est révélé être. À présent, son imperméable gris dégouline sur les dalles, mais la pluie ne peut abîmer l'éclat du luxe émanant de ses cheveux, de ses chaussures, de son teint.

« Elle est très imposante, cette maison, déclare-t-il, en buvant une gorgée de café chaud, bruyamment, ce qui me déplaît.

— Oui, j'imagine. » Je m'appuie au fourneau, les bras croisés. J'avais déjà du mal à trouver Maxwell sympathique quand il était mon beau-frère, désormais cela m'est presque impossible.

« De gros travaux sont indispensables, mais le potentiel est énorme », ajoute-t-il.

Maxwell travaille dans l'immobilier. Comment se débrouille-t-il avec le resserrement du crédit, me dis-je, non sans mépris. « Un potentiel énorme. » Il avait fait la même remarque à propos du cottage que Beth avait acheté près d'Esher, après le divorce. Il voit tout avec un œil de promoteur. Quoi qu'il en soit, Beth a conservé les portes gondolées, les cheminées qui ne tirent que si les fenêtres sont ouvertes. Le délabrement de sa maison l'enchante.

« Vous avez décidé ce que vous alliez en faire ? reprend-il.

— Non, pas encore. Beth et moi n'en avons pas encore vraiment discuté. »

Une bouffée d'exaspération colore son visage. Il déteste que la méfiance s'oppose au bon sens.

« Cet héritage pourrait vous rendre très riches...

— Nous serions obligées d'habiter ici. Je ne suis pas sûre que nous en ayons envie.

— Vous ne seriez pas obligées d'occuper toute la maison. Vous avez pensé à l'aménager en appartements ? Il faudra le planifier bien sûr, mais ça ne devrait poser aucun problème. Vous pourriez garder un appartement et la propriété foncière libre, placer le reste en bail de longue durée. Vous réussiriez un sacré coup tout en respectant les clauses du testament.

— Ça coûterait une fortune... Sans compter la récession, tu te rappelles ? Je croyais que le bâtiment et la promotion immobilière étaient au point mort.

— Nous sommes peut-être en récession maintenant, est-ce que ce sera encore le cas dans deux ou trois ans ? À long terme, les gens auront toujours besoin de se loger. » Maxwell réfléchit. « Il faudrait trouver des investisseurs, là je pourrais vous aider, ça risque même de m'intéresser... »

Il parcourt la pièce du regard avec un regain d'attention comme s'il dressait des plans, l'évaluait. Un spasme de dégoût me secoue.

« Merci, j'en toucherai un mot à Beth », conclus-je d'un ton sans appel.

Maxwell me dévisage avec sévérité et se tait.

Il fixe une nature morte représentant des fruits, accrochée au mur en face de lui et finit par s'éclaircir la voix si bien que je m'attends à sa question : « Et comment va Beth ?

— Très bien », dis-je, restant délibérément dans le vague.

L'exaspération se répand une fois de plus sur ses traits, lui plissant davantage le front : « Voyons, Erica ! Quand je l'ai vue la semaine dernière, elle était de nouveau très maigre. Elle se nourrit ? Est-ce qu'elle a recommencé à avoir un comportement bizarre ? »

M'efforçant de chasser les tartelettes de Noël de mon esprit, je réponds par un mensonge, un énorme bobard : « Pas que je sache. » Car en vérité elle va de plus en plus mal. J'ai remarqué sans en comprendre la raison le début de cette aggravation : après une indéniable amélioration, elle s'est effondrée à la mort de Meredith, qui, ce faisant, a réintroduit le manoir dans nos existences.

« Où est-elle ?

— Aucune idée, sans doute dans la salle de bains.

— Surveille-la, marmonne-t-il. Je n'ai pas envie qu'Eddie passe Noël ici si elle a une de ses crises. Il ne mérite pas ça.

— Elle n'en aura pas. À moins que tu n'essaies de la priver d'Eddie.

— La question n'est pas là, il s'agit de faire ce qu'il y a de mieux pour mon fils, et…

— Le mieux pour lui, c'est qu'il passe du temps avec sa mère, ça l'aide beaucoup. Son état s'améliore…

— Edward ne devrait pas être responsable de ça !

— Ce n'est pas ce que j'ai voulu dire.

— Je n'ai accepté qu'Edward vienne ici que parce que tu étais là pour veiller au grain, Erica. Beth a déjà montré à quel point elle pouvait être imprévisible, instable. La politique de l'autruche ne mène à rien, tu sais.

— Je connais ma sœur, Maxwell, elle n'est pas instable…

— Écoute, je comprends que tu la défendes, Erica, c'est tout à ton honneur. Sauf que ce n'est pas un jeu. La voir quand elle est au plus mal risque de traumatiser Edward à vie, et je ne suis pas disposé à laisser ça arriver. Pas une seconde fois !

— Baisse le ton, pour l'amour du ciel !

— Je veux seulement…

— Je sais ce que tu veux, Maxwell, mais Beth est la mère d'Eddie, c'est un fait. Personne n'est parfait, Beth ne l'est pas. En revanche, c'est une excellente mère, qui adore son fils. Si tu parvenais à t'en contenter, pour changer, au lieu d'être à l'affût et de réclamer la garde chaque fois qu'elle a un coup de déprime…

— Coup de déprime, ça tient de l'euphémisme, non, Erica ? »

Je ne peux que lui lancer un regard incendiaire parce qu'il a raison. Un bruit provenant de l'extérieur déchire le silence, nous échangeons un coup d'œil accusateur. Dans le vestibule, l'air gêné, Eddie balance son sac de gauche à droite, tordant son maigre poignet.

« Edward ! » s'écrie Maxwell. Un grand sourire aux lèvres, il s'approche de son fils qu'il étreint brièvement.

Je mets un certain temps à trouver Beth. La maison est plongée dans la pénombre aujourd'hui, comme le monde extérieur. Un dimanche hivernal où le soleil qui a donné l'impression de s'être à peine levé est sur le point de disparaître. Je vais d'une porte à l'autre, les ouvre, passe la tête, respirant l'odeur de renfermé de pièces longtemps condamnées. Nous avons pris un petit déjeuner tardif il y a quelques heures, assis à la longue table de la cuisine. Radieuse, Beth avait préparé du chocolat chaud et fait réchauffer des croissants au four. Trop radieuse, je m'en rends compte à présent. Je ne l'ai pas vue s'esquiver. J'appuie sur les interrupteurs à mesure de ma progression mais beaucoup d'ampoules sont hors d'usage. Enfin, je découvre ma sœur, recroquevillée sur le rebord de la fenêtre d'une des chambres du dernier étage. De là, elle peut voir la voiture argentée garée dans l'allée, zébrée et atomisée par la pluie qui fouette la vitre crasseuse.

« Maxwell est arrivé », dis-je, inutilement. Beth m'ignore. Elle pince sa lèvre inférieure entre deux doigts, l'appuie sur ses dents et la mord avec force. « Eddie s'en va. Tu dois descendre pour le raccompagner. Viens. Maxwell a des choses à te dire.

— Je ne veux pas lui parler. Je ne veux pas le voir. Je ne veux pas qu'Eddie parte.

— Je sais. Ce n'est que pour quelque temps. Et tu ne peux pas le laisser partir sans lui dire au revoir. »

Elle tourne la tête pour me foudroyer du regard. C'est fou ce qu'elle a l'air fatiguée et triste.

« Je t'en prie, Beth. Ils attendent… On doit descendre. »

Prenant une inspiration, elle se laisse tomber du rebord avec une lenteur délibérée – un mouvement de nage sous-marine.

Je claironne, trop fort : « Je l'ai trouvée ! Cette maison est assez grande pour qu'on s'y perde. »

Beth et Maxwell ne me prêtent aucune attention, en revanche Eddie sourit, un peu perdu. Si seulement Beth jouait un peu mieux la comédie de temps en temps, ne serait-ce que pour prouver qu'elle tient le coup. Je pourrais la secouer comme un prunier tant elle fait piètre figure devant Maxwell. Elle est plantée devant lui, les bras croisés, nageant dans un cardigan informe. Elle ne s'était pas battue quand il l'avait quittée. Un arrangement à l'amiable, l'expression consacrée, employée par les deux familles. *À l'amiable*. Le teint terreux, à cran, elle est loin d'avoir une attitude amicale. Ils ne se touchent pas.

« Content de te voir. Tu as l'air en forme, ment Max.

— Toi aussi.

— Ça t'ennuie si on ramène Eddie samedi prochain au lieu de vendredi ? Le concert de Noël de Melissa a lieu vendredi soir, et nous aimerions y aller tous ensemble, n'est-ce pas, Ed ? »

Eddie hausse une épaule tout en hochant la tête. Le pauvre garçon pourrait enseigner la diplomatie. Beth pince les lèvres, ses mâchoires se contractent. Elle ne tolère ni la moindre allusion à la nouvelle famille de Maxwell ni la moindre seconde qu'Eddie passe avec celle-ci. Mais la requête est raisonnable, alors elle s'efforce de l'être : « Bien sûr. Bien sûr, aucun problème.

— Super. » Maxwell esquisse un sourire d'homme d'affaires pressé. Un silence tombe, on n'entend que le bruit du sac qu'Eddie balance d'avant en arrière. « Vous avez des projets pour cette semaine ? demande l'ex-mari de ma sœur.

— Pas beaucoup – trier les affaires de la vieille dame et préparer Noël », dis-je avec entrain. Beth n'ajoute rien au programme.

« Bon, eh bien, on y va, d'accord, Ed ? » Maxwell pousse son fils vers la porte. « Alors, à samedi ! Bonne semaine toutes les deux.

— Attendez ! Eddie ! » Beth se précipite sur lui et le serre trop fort dans ses bras.

Si c'était possible, elle l'accompagnerait. Pour garder une emprise sur lui, éviter qu'il ne l'oublie et aime Diane ou Melissa. À peine la porte s'est-elle refermée que je me tourne vers ma sœur. Elle refuse de croiser mon regard.

J'explose : « Si seulement tu n'étais pas muette en face de Maxwell ! Tu ne peux pas être plus... » Je laisse ma phrase en suspens, gênée.

Beth lève les bras au ciel : « Non, je n'en suis pas capable ! Il veut me prendre Eddie. Comment pourrais-je faire semblant de l'ignorer ou de m'en foutre !

— D'accord, d'accord. » Elle passe les mains dans ses cheveux emmêlés. « Eddie reviendra vite. Il aime être avec toi, Beth, tu le sais… Il t'adore et quoi que Maxwell fasse, ça n'y changera rien. » Je la prends doucement par les épaules, tente de lui arracher un sourire.

« Oui, c'est vrai, soupire Beth. C'est juste que… Je vais prendre une douche. » Sur ses mots, elle se détourne de moi.

Eddie parti, la maison est de nouveau immense et déserte. Par un accord tacite, nous avons renoncé à trier les affaires de Meredith. Une entreprise titanesque, qui semble absurde tout à coup. Depuis le temps, le contenu du manoir s'est désagrégé. Tout enlever relève de l'impossible. Il faudra employer la force, peut-être des bulldozers – j'imagine une pelleteuse crantée en métal, forant tissus, tapis, papiers, bois et poussière. Une violence inouïe perpétrée à l'encontre des petits vestiges d'un si grand nombre d'existences.

« Jusqu'à présent, je n'avais jamais réfléchi à ce que deviennent les affaires d'une personne, après sa mort. » Ma remarque brise le silence de notre dîner. À notre arrivée, le garde-manger était rempli de soupes Heinz en boîte mais nous arrivons au bout du stock. Je vais bientôt devoir faire un tour au village.

« Qu'est-ce que tu veux dire ?

— Rien de plus, c'est la première fois que quelqu'un que je connais meurt. Je n'ai jamais eu à m'occuper des conséquences, à…

— À t'entendre, on a l'impression que c'est égoïste de mourir. C'est ce que tu penses ? » La voix de Beth est rauque et intense. Depuis le départ d'Eddie, elle a vraiment changé.

« Non ! Bien sûr que non. Ce n'est pas ça du tout. Simplement, on n'y pense jamais avant d'y être confronté… Qui va tout ranger. Où envoyer les affaires. Par exemple, que faire des chemises de nuit de Meredith, de ses bas ? Ou des provisions entreposées dans le cellier ? » Je m'empêtre ; je voulais aborder le sujet avec désinvolture.

« Quelle importance, Erica ? » me rembarre Beth.

Je me tais, arrache un bout de pain et l'émiette entre mes doigts.

« Aucune. » Je me sens parfois très seule avec Beth.

Ce n'était jamais le cas dans notre enfance. Il y avait peu de désaccords ou de disputes entre nous. La différence d'âge, peut-être, à moins que ce ne soit parce que nous avions un ennemi commun. Même quand on nous avait enfermées deux journées entières, deux longues journées ensoleillées, nous ne nous étions pas crêpé le chignon. Cette punition, c'était la faute d'Henry. Meredith nous avait interdit de jouer avec Dinny dès le début. Après que nous lui avions innocemment parlé de notre nouvel ami à l'heure du thé, elle nous avait défendu d'adresser la parole à aucun membre de sa famille ou de les approcher.

Nous l'avions rencontré à la mare où il nageait. Il ne faisait pas trop chaud. C'était le début de l'été, me semble-t-il, la nature était encore d'un vert luxuriant. Un vent frais soufflait, si bien que lorsque nous le vîmes, trempé, nous frissonnâmes. Ses vêtements étaient posés en tas sur la rive. Tous. Beth me prit la main, mais nous ne nous enfuîmes pas. Nous fûmes aussitôt fascinées. Nous eûmes aussitôt envie de le connaître – un garçon tout nu, mince, au teint sombre, aux cheveux mouillés, plaqués sur son cou, qui nageait et plongeait seul. Quel âge avais-je ? Quatre ou cinq ans, pas davantage.

« Vous êtes qui ? » demanda-t-il, s'immobilisant dans l'eau.

Je me rapprochai de Beth, serrai sa main.

« C'est la maison de notre grand-mère », expliqua Beth, désignant le manoir du doigt. Dinny s'avança un peu.

« Vous êtes qui ? répéta-t-il en souriant, les dents étincelantes, les yeux pétillants.

— Beth ! Il ne porte pas d'habits, chuchotai-je.

— Chut ! m'intima-t-elle, avec un drôle de petit bruit, très gai, un gloussement.

— Beth, alors. Et toi ? » Dinny me regarda, je levai un peu le menton.

« Moi, c'est Erica », déclarai-je, le plus dignement possible.

À ce moment précis, un jack russell marron et blanc surgit du bois et se précipita vers nous, aboyant et remuant la queue.

« Je m'appelle Nathan Dinsdale, et voici Arthur », dit le garçon, désignant le chien.

Dès lors, je l'aurais suivi n'importe où. Je mourais d'envie d'avoir un animal de compagnie – un vrai, pas le poisson rouge, le seul que nous ayons chez nous faute de place. J'étais tellement occupée à jouer avec le chien que je ne me souviens pas comment Dinny sortit de l'eau sans que Beth le voie nu. Je soupçonne qu'il n'en fit rien.

Nous continuâmes évidemment à le fréquenter, malgré l'interdiction de Meredith. Nous parvenions d'ordinaire à nous cacher en faussant compagnie à Henry avant de descendre au campement où Dinny vivait avec sa famille, en lisière de la propriété. De toute façon, Henry restait à l'écart. Non seulement il ne voulait pas désobéir à Meredith, mais elle lui avait transmis son mépris pour les gens du voyage. Il l'alimentait et le laissait se développer en une haine personnelle. Le jour où elle nous enferma, nos parents étaient partis pour le week-end. Nous étions allées acheter des bonbons et du Coca à l'épicerie du village, avec Dinny. En me retournant, j'avais aperçu Henry qui s'était aussitôt baissé derrière la cabine téléphonique, pas assez rapidement toutefois. Sur le chemin du retour, j'avais ressenti un picotement entre mes omoplates. Dinny nous avait faussé compagnie, disparaissant entre les arbres pour éviter le manoir.

Meredith nous attendait sur le perron. Henry avait beau être invisible, je savais comment elle était au courant. Elle nous empoigna par le bras, y planta ses ongles, se pencha vers nous, approcha sa figure livide de nos visages. « Si vous jouez avec les chiens, vous attraperez des puces », proféra-t-elle, d'un ton coupant. On nous traîna à l'étage ; on nous plongea dans un bain si brûlant que nos peaux devinrent cramoisies de colère ; je sanglotais tandis que Beth, furieuse, se taisait.

Ensuite, alors que je pleurnichais dans mon lit, elle me chapitra à voix basse en me caressant les cheveux de ses doigts tremblants de rage : « Elle veut nous punir en nous enfermant, nous devons lui montrer que ça nous est égal. Que nous nous en fichons. Tu comprends, Erica ? Ne pleure pas, s'il te plaît. » J'étais trop bouleversée pour lui prêter attention. Il faisait encore grand jour dehors, le bruit d'Henry jouant sur la pelouse avec un des chiens parvint jusqu'à moi, ainsi que la voix de Clifford assourdie par le parquet. On nous avait obligées à nous coucher par un après-midi d'août. Nous étions tenues de garder la chambre tout le week-end.

Dès le retour de nos parents, nous leur racontâmes l'épisode. « C'en est trop, Laura, je suis sérieux cette fois », s'indigna papa.

La joie et un élan d'amour pour mon père me submergèrent. « Je vais lui parler », promit maman.

À l'heure du thé, je les entendis dans la cuisine. Maman et Meredith.

« Il a l'air d'un gentil garçon. Très raisonnable. Je n'y vois aucun mal, mère.

— Ah bon ? Tu veux que tes filles s'expriment avec l'épouvantable argot du Wiltshire ? Qu'elles apprennent à voler et à jurer ? Qu'elles rentrent dans un état de saleté répugnant, avilies ? Dans ce cas, en effet, ça ne peut pas leur faire de mal, répliqua Meredith, glaciale.

— Mes filles ne voleraient jamais. Quant au terme avili, je le trouve exagéré.

— Moi pas, Laura. Tu as peut-être oublié les ennuis que ces gens nous ont causés au fil des années.

— Comment le pourrais-je ? lança maman en soupirant.

— Eh bien, ce sont tes enfants…

— Absolument.

— Mais si tu veux qu'elles vivent sous mon toit et sous ma responsabilité, elles devront respecter mes règles », conclut Meredith d'un ton sec.

Maman prit une profonde inspiration. « Si j'apprends qu'on les a de nouveau enfermées, elles ne reviendront plus, David et moi non plus », déclara-t-elle calmement.

La tension était cependant perceptible. Une vibration, ou tout comme. Meredith ne répondit rien. Comprenant au bruit de ses pas qu'elle se dirigeait vers moi, je me cachai. Une fois le champ libre, je rejoignis ma mère qui se concentrait sur la vaisselle, les yeux brillants. Je nouai mes bras autour de ses jambes et les serrai de toutes mes forces. Meredith ne changea pas d'avis, mais elle ne nous obligea plus jamais à garder la chambre. Au moins, maman avait-elle gagné sur ce point.

Lundi matin, plombé et humide. Mes doigts et orteils, gelés à mon réveil, le sont restés. À présent, le bout de mon nez l'est aussi. Quand ai-je eu aussi froid ? Je ne m'en souviens plus. Ça n'arrive pas à Londres, grâce à la chaleur moite du métro, à celle, excessive, des magasins et des cafés et à la pléthore de lieux où s'abriter de la moindre chute de température. Je suis dans l'orangerie qui flanque le côté sud de la maison, dominant une petite pelouse ceinturée d'arbres fruitiers. C'est ici qu'on nous expédiait lorsque nous étions trop bruyants, lorsque nous mettions la patience de Meredith à trop rude épreuve ; les adultes, eux, installés autour d'une table en fer forgé blanc, sur la terrasse orientée à l'ouest, buvaient du thé glacé et de la vodka. J'ai pour compagnons des plants de tomates squelettiques et un crapaud gras à souhait, planté près du robinet, d'où une eau vert-de-gris goutte sur une couche de lenticules couleur émeraude. J'avais oublié le silence de la campagne, il me déconcerte.

Il règne ici une senteur de terre féconde, malgré la saison. La pelouse réveille un de mes premiers souvenirs d'Henry : je devais avoir cinq ou six ans, lui neuf ou dix ans. Une chaude journée d'août d'un de ces étés qui semblaient éternels. L'herbe roussie qui craquait sous l'assaut de la canicule ; les dalles de la terrasse trop brûlantes pour les pieds ; les chiens trop assommés pour jouer ; mon nez qui pelait ; les bras de Beth constellés de taches de rousseur. On avait installé une piscine, tellement gigantesque qu'il y avait des échelons pour y monter. La toile de plastique bleue tendue à l'intérieur exerçait un attrait irrésistible même avant que l'eau ne coule. L'odeur de plastique chaud me revient. Une eau, glaciale sur nos peaux cuites, délicieuse et paralysante, jaillissait d'un tuyau raccordé clandestinement au réseau de distribution. Je gigotais dans mon maillot de bain rouge, prête à tout pour que la piscine se remplisse plus vite.

Henry y grimpa tout de suite, l'herbe accrochée à ses pieds se détacha et flotta. À peine les adultes eurent-ils battu en retraite qu'il s'empara du tuyau et l'agita dans notre direction. Il nous aspergea pour nous empêcher d'approcher. Je me souviens de mon envie folle de me mouiller. À mon rythme. D'abord les pieds, puis, peu à peu, le reste. Mais Henry m'éclaboussait dès que j'avançais. L'eau lui arrivait aux chevilles. Ses orteils ruisselants étaient blancs, de même que son corps mou aux mamelons légèrement saillants. Tout à coup il s'arrêta. Il me promit – il en fit le serment solennel – de me laisser entrer tranquillement, de ne plus m'arroser. Je l'obligeai à poser le tuyau avant de descendre prudemment. Mes pieds barbotèrent l'espace d'une seconde exquise dans l'eau gelée, après quoi Henry m'attrapa, me coinça la tête sous son bras, et plaqua le tuyau sur mon visage. De l'eau dans le nez, plein les yeux, le souffle coupé, je grelottais. Aux premières loges, Beth lui criait dessus. Je toussai et hurlai jusqu'à ce que maman accoure.

Si seulement Beth acceptait de sortir. J'ai lu quelque part que le plein air est idéal contre la dépression. Une promenade vivifiante, la communion avec la nature. Comme si on pouvait se débarrasser de la dépression de la même manière que d'une indigestion. J'ai beau douter de l'efficacité du traitement en cette saison, où le vent vous transperce jusqu'à l'âme, cela vaut sûrement mieux que d'errer dans la maison. Après avoir déniché une corbeille de jardinier et des sécateurs sur le banc, je prends la direction des bois.

Je fais une boucle en passant par la mare. Comme presque tous les jours. Apparemment, je n'arrive pas à m'en éloigner. Debout sur le bord escarpé, je donne des coups de pied dans des pierres calcaires et des silex. De vagues réminiscences me reviennent quand je me tiens ici. Où que je sois autour de Storton Manor, c'est le cas – instantanés associés à un paysage, une senteur, une pièce. Un ruban attaché derrière un lit. Des fleurs jaunes brodées sur une taie d'oreiller. Le moindre pas est un aide-mémoire. Ici, près de la mare, un souvenir plus significatif que le jeu, la nage ou l'attrait de l'interdit devrait remonter à la surface. Je ferme les yeux et m'accroupis, serrant mes genoux. Je me concentre sur l'odeur de l'eau et de la terre, sur le craquement des arbres. Un chien aboie, très loin, peut-être dans le village. Il est incontestable que je cherche à me remémorer un événement – mais quoi ? Je tends les doigts pour toucher l'eau, qui est très froide. Je l'imagine s'épaississant sous l'effet de cristaux de glace qui tissent des fils rigides. La peur de mon enfance d'y être engloutie m'envahit une fraction de seconde. Si l'eau jaillissait du fond comme par magie, ça pouvait marcher dans l'autre sens, non ? Une bonde gigantesque. Voilà comment je me représentais parfois la mare quand j'y barbotais, ce qui me procurait le même genre de frisson exquis que de penser aux requins quand on nage dans la mer.

En lisière des collines, là où les arbres disparaissent, le terrain s'effondre dans une vaste cuvette, envahie d'aubépines, de prunelliers et de sureaux où s'enchevêtrent des ancolies. Ici, le gel prend davantage, dure plus longtemps. Mon regard s'attarde sur du houx au cœur du fouillis incolore – les baies chatoient comme autant de joyaux. Je descends, glissant sur les touffes d'herbe, et une fois près du fourré, ne vois aucun moyen d'y pénétrer. L'air est immobile, nettement plus froid. Mon haleine forme des plumets tandis que je le contourne pour chercher un accès. On n'aperçoit que la pente en haut et de tous les côtés, et le bord à son point de rencontre avec le ciel. Une tentative pour m'y frayer un passage et je recule, égratignée partout.

Je retourne dans le bois. Pour l'instant, il n'y a que des bouts de lierre du jardin dans mon panier. Le bois n'est pas du domaine public, il n'est ni exploité ni sillonné de sentiers. Les prés de la propriété ont été soit loués, soit vendus à des fermiers du coin, je me demande si certains viennent y ramasser des fagots, élever des faisans, attraper des lapins au collet. En tout cas, je n'en vois pas la moindre trace. Le sol est jonché de feuilles, de ronciers, de bûches fendues et moisies. Des créatures invisibles s'écartent de moi, sans laisser d'autre empreinte qu'un infime bruissement. Glands et faînes traînent partout. Autour d'un arbre, de petites pommes jaunes pourrissent. Je fais attention où je pose les pieds pour ne pas trébucher. Aucun oiseau ne chante au-dessus de ma tête. Le seul bruit perceptible est le souffle du vent qui se faufile entre les branches dénudées.

Je ne regarde pas où je vais, c'est tout juste si je ne marche pas sur un homme accroupi. Je pousse un cri de surprise. Il est jeune. Il porte des vêtements disparates de couleurs vives et des dreadlocks.

Je prononce dans un souffle: « Désolée, bonjour. » Il se redresse, il me dépasse nettement; à ses pieds s'étale un gros lenzite du bouleau. Jaune et affreux. Il était en train de l'examiner, l'effleurant presque du nez. « Je… Je ne crois pas que ces champignons soient comestibles », dis-je encore avec un petit sourire. L'homme me fait face sans proférer une parole. Il est grand et élancé. Ses bras pendent le long de son corps tandis qu'il me dévisage; mal à l'aise, je m'éloigne de lui. Un instinct, peut-être, ou une absence dans son regard, m'avertit que quelque chose cloche. Reculant d'un pas, je tourne à gauche. Il s'avance et me bloque le passage. Je pars de l'autre côté, il me suit. Les battements de mon cœur s'accélèrent. Son silence est perturbant, il a quelque chose de menaçant, même s'il n'esquisse aucun geste dans ma direction. Une odeur musquée se dégage de lui. Je me demande s'il est défoncé. Alors que je tourne de nouveau à gauche, un sourire poisseux s'épanouit sur son visage.

Je crie, tendue : « Laissez-moi passer, d'accord ! » Peine perdue, il s'approche de moi. J'essaie de m'écarter mais je me prends le talon dans des ronces et tombe sur le côté. Des épines s'enfoncent dans mes mains, mes poumons se vident. Des feuilles volent autour de moi, leurs relents fétides planent. Je tourne la tête : l'homme se penche sur moi, me cachant le ciel. Je me débats pour libérer mon pied des broussailles, ne réussissant qu'à empirer les choses avec mes mouvements saccadés. J'ai envie de crier. La maison est si loin que Beth ne m'entendra sûrement pas, d'autant qu'elle ne sait pas que je suis ici. Personne d'ailleurs. La panique me fait trembler et m'empêche de respirer calmement. Puis des mains lourdes et fortes agrippent mes bras.

Je hurle comme une folle : « Ne me touchez pas ! Lâchez-moi ! Lâchez-moi ! »

J'entends une deuxième voix. Aussitôt, les mains me libèrent, me laissant retomber sans cérémonie sur le paillis.

« Harry ne voulait pas vous embêter. N'est-ce pas que tu ne voulais pas l'embêter, Harry ? » dit le nouveau venu en tapant l'homme sur les épaules. Je lève les yeux : Harry secoue la tête. À présent, je remarque qu'il est abattu, inquiet. Il n'est absolument pas violent ni pervers. « Il essayait seulement de vous aider », ajoute l'inconnu, avec une pointe de reproche. Harry recommence à scruter le champignon jaune.

Je m'explique, encore secouée : « Il... Je cherchais... des plantes pour la maison. J'ai cru que... Enfin, aucune importance. » Mon cœur se calme un peu, je me sens ridicule. L'inconnu tend la main pour que je me relève. Je marmotte un merci.

Le canon de la carabine à air comprimé coincée sous son bras luit d'un éclat terne. Je donne un coup de pied aux broussailles accrochées à mes pieds puis examine les piqûres sur mes mains. Des gouttes de sang y perlent. Après les avoir essuyées sur mon jean, je jette un coup d'œil à mon sauveur, un petit sourire gêné aux lèvres. Il m'observe avec une intensité troublante puis s'écrie :

« Erica ?

— Comment... Désolée, je vous connais ?

— Tu ne me reconnais pas ? »

Je le regarde mieux. Une masse de cheveux sombres attachés sur la nuque ; un large torse ; un nez légèrement busqué ; un front et des sourcils droits ; une bouche volontaire ; des yeux noirs étincelants. Le monde bascule, les traits se mettent en place pour former un visage incroyablement familier.

« Dinny ? C'est toi ? » J'ai le souffle coupé, le cœur en folie, les côtes comprimées.

« Personne ne m'appelle plus comme ça depuis une éternité. C'est Nathan maintenant. »

Son sourire manque d'assurance – s'il exprime du plaisir et la même curiosité que la mienne de tomber sur quelqu'un du passé, il est également circonspect, réservé. En revanche, son regard ne me quitte pas, on dirait le faisceau d'un projecteur éclairant chaque mouvement de mon visage.

« Je n'arrive pas à le croire, c'est vraiment toi ! Comment... Comment vas-tu ? Bon sang, qu'est-ce que tu fais ici ? » Je suis abasourdie. L'idée ne m'a jamais effleurée que Dinny avait grandi, lui aussi, qu'il avait vécu une autre vie, qu'il reviendrait à Barrow Village. « Tu as tellement changé ! » Les joues brûlantes comme si on m'avait prise en défaut, je sens les pulsations de mon pouls sous mes doigts.

« Toi, tu n'as pas changé, Erica. J'ai lu dans le journal l'annonce du décès de lady Calcott. Ça m'a fait penser à... ce village. Nous n'y sommes pas revenus depuis la mort de mon père, soudain j'en ai eu envie...

— Oh, non... ça m'attriste beaucoup de l'apprendre. » Beth et moi, nous aimions beaucoup Mickey, le père de Dinny. Il avait un bon sourire, des mains comme des battoirs, et nous donnait toujours un penny ou un bonbon qu'il prenait derrière nos oreilles. Maman l'avait rencontré à une ou deux reprises. Un petit tour d'inspection poli vu que nous passions tellement de temps chez lui et Maureen, la mère de Dinny, qu'on appelait Mo. Mickey et Mo. Chaque fois que Meredith risquait de nous entendre, nous avions recours à ce code : « On va rendre visite à Mickey Mouse. »

« C'était il y a huit ans. Il est parti vite. Il n'a rien vu venir. C'est la meilleure façon, j'imagine, dit calmement Dinny.

— Sans doute.

— Qu'est-ce qui a fini par emporter lady Calcott ? »

Son ton est empreint d'amertume et il ne me témoigne aucune sympathie pour cette perte.

« Une attaque. Elle avait quatre-vingt-dix-neuf ans, elle a dû être très déçue.

— Qu'est-ce que tu veux dire ?

— Il y a une longue lignée de centenaires chez les femmes de ma famille, mon arrière-grand-mère a vécu jusqu'à cent deux ans. Meredith était décidée depuis toujours à dépasser la reine. Nous sommes de bonne souche. » À peine ai-je prononcé cette phrase que je la regrette : la moindre allusion à la famille, la lignée, la naissance, est une maladresse.

Un silence vibrant tombe. J'ai tant de choses à lui dire que je ne sais par où commencer. Son regard intense se détache de moi, se tourne vers le manoir qui se profile entre les arbres et ses traits s'assombrissent.

« Écoute, je suis désolée de m'être emportée… contre Harry. Il m'a fait peur, c'est tout.

— Il n'y avait aucune raison, il est inoffensif », m'assure Dinny.

Nous baissons ensemble les yeux sur la silhouette bariolée, accroupie dans le terreau de feuilles. Dinny, si proche de moi que je pourrais le toucher. Dinny, en chair et en os alors que c'était presque un mythe à peine quelques minutes auparavant. Je n'en reviens pas.

« Est-ce que… quelque chose cloche chez lui ?

— Il est doux et amical et il n'aime pas parler. Si ça signifie que quelque chose cloche chez lui, alors oui.

— Oh ! je n'avais rien de malveillant en tête. » Ma voix est trop aiguë. Je prends une profonde inspiration.

« Tu cherchais du… houx ?

— Oui, ou du gui. Ou encore du lierre avec des baies. Pour décorer la maison.

— Viens, Harry, on va montrer le grand houx à Erica. » Dinny tire le grand garçon par la main, le pousse gentiment à avancer à pas lents.

« Merci », lui dis-je, toujours oppressée. Dinny me précède. Deux écureuils gris, ficelés par la queue, pendent sur son dos. Leurs yeux noirs, mi-clos, sont en train de sécher. La fourrure de leurs flancs est maculée de taches sombres. « Les écureuils, c'est pour quoi ?

— Le dîner », répond tranquillement Dinny. Il se retourne et, voyant mon expression, esquisse un demi-sourire : « Cette bestiole ne figure pas encore au menu des restaurants chic de Londres, n'est-ce pas ?

— Peut-être dans quelques-uns. En tout cas, pas dans ceux que je fréquente. Comment sais-tu que j'habite à Londres ? »

Faisant de nouveau volte-face, il jette un coup d'œil à mes bottes élégantes, mon jean foncé, mon gros manteau en laine souple. Aux pointes de ma frange.

« Une hypothèse, murmure-t-il.

— Londres ne te plaît pas ?

— Je n'y suis allé qu'une fois, lance Dinny par-dessus son épaule. Dans l'ensemble, je n'aime pas les villes. J'aime que l'horizon soit à plus de dix mètres de moi.

— Eh bien ! moi, j'ai besoin d'avoir des choses à regarder. »

Dinny m'attend pour marcher à côté de moi, son silence est presque complice. Je cherche comment le meubler. Il n'est pas beaucoup plus grand que moi, à peu près la taille de Beth. Ses cheveux sont attachés par un bout de lacet à chaussure, rouge, bien serré. L'ourlet de son jean est couvert de boue ; il porte un tee-shirt et un ample pull en coton. Le vent cingle son cou, je frissonne même si je suis emmitouflée, et il semble indifférent au froid. Nous grimpons sur une petite éminence. Je fais infiniment plus de bruit que les deux hommes, on dirait que leurs pieds butent sur beaucoup moins d'obstacles que les miens.

« Voilà, c'est là », annonce Dinny, en tendant le doigt.

J'aperçois un vieil arbuste noueux. Harry a ramassé un rameau qui en est tombé. Il enfonce les épines dans le gras de son pouce, tressaille, secoue la main, recommence.

Je coupe des branches, celles aux feuilles pointues, contenant le plus de baies. L'une m'échappe et me griffe le visage. Une fine éraflure sous l'œil, qui picote. De nouveau, Dinny m'observe avec une expression indéchiffrable.

« Comment va ta mère ? Elle est ici avec vous ? » J'ai envie de l'entendre parler, j'ai envie de savoir tout ce qu'il a fait depuis la dernière fois que je l'ai vu, j'ai envie qu'il redevienne réel, qu'il soit toujours mon ami. Tout à coup, je me souviens de ces silences. Ils ne me mettaient jamais mal à l'aise autrefois. Les enfants ne sont pas perturbés par quelque chose d'aussi anodin qu'un silence, ils le tolèrent avec une étrange patience.

« Bien, merci. Elle ne se déplace plus avec nous. À la mort de papa, elle a renoncé sous prétexte qu'elle était trop vieille pour ça ; en fait, je crois qu'elle en avait simplement assez d'être sur les routes. Ce qu'elle n'aurait jamais avoué à papa. Elle partage la vie d'un plombier qui s'appelle Keith. Ils habitent à West Hatch, juste de l'autre côté.

— Eh bien, salue-la de ma part. »

Il plisse un peu le front. Ai-je dit ce qu'il ne fallait pas ? Il a le genre de visage qui devient sévère voire agressif au plus léger froncement de sourcils. À douze ans, ça lui donnait un air studieux, sérieux. Je me sens aussi gourde qu'à cette époque-là.

Une fois mon panier rempli de houx, nous retraversons le bois pour nous rendre à la vaste clairière, où ils campent depuis toujours. Des arbres la protègent sur trois côtés, elle donne sur des champs à l'ouest et un chemin semé d'ornières la relie à la route. Plus on s'en approche, plus on patauge dans le sol mal drainé. L'été, le vert règne – hautes herbes aux tiges satinées, terre bien sèche et craquante. Harry nous suit en musardant, son attention volette d'une chose à l'autre.

« Et toi, tu vis ici maintenant ? finit par lâcher Dinny.

— Non. Enfin, je n'en sais rien. Sans doute pas. Pour l'instant. En tout cas pour Noël. Beth et moi avons hérité de la maison… » Ma phrase est d'un pompeux !

« Beth est ici, m'interrompt Dinny, se tournant vers moi.

— Oui, mais… Oui, elle est ici. » J'allais préciser, *elle a changé, elle refuse de sortir,* mais je me borne à ajouter : « Tu devrais venir lui dire bonjour au manoir. » Il s'en gardera, je le sais.

Il y a six véhicules dans le campement, davantage qu'autrefois. Deux minibus, deux camping-cars, un grand van pour le transport des chevaux et une ambulance de l'armée reconvertie. Dinny m'explique qu'elle est à lui. Des volutes de fumée s'échappent des cheminées, des ronds de cendres froides sont éparpillés sur le sol. Harry passe devant nous et s'assied sur une souche ; il ramasse quelque chose qu'il commence aussitôt à tripoter avec une grande concentration. Trois chiens se précipitent vers nous, en aboyant avec une apparente férocité. Je connais le mode d'emploi. Immobile, les bras ballants, j'attends qu'ils arrivent à notre hauteur, pour me flairer et voir si je ne m'enfuis pas.

« Ils sont à toi ?

— Deux seulement. Le noir aux taches fauves appartient à mon cousin Patrick. Voici Blot. » Dinny gratte les oreilles d'un bâtard noir à l'air méchant, qui a de gros crocs et des cicatrices. « L'autre, s'appelle Popeye. » C'est un chien plus petit, manifestement plus doux, au pelage marron, aux yeux gentils. Il lèche les doigts que lui tend Dinny.

« Alors… hum, tu travailles dans le coin ? Qu'est-ce que tu fais ? » Je retombe dans les banalités. Dinny hausse les épaules. L'idée me traverse, une fraction de seconde, qu'il a peut-être des revenus inépuisables, que c'est un voleur, un trafiquant de drogue.

Une pensée digne de Meredith, dont j'ai honte.

« Rien en ce moment. Le plus clair de l'année, nous sommes des travailleurs itinérants dans les fermes, les bars, les festivals. En cette saison, il n'y a pas de boulot.

— Ce doit être difficile. »

Dinny me lance un coup d'œil : « Tout va bien, Erica. »

Il ne m'interroge pas sur mes activités. J'ai sûrement épuisé tout le crédit d'une amitié d'enfance au cours de la petite marche jusqu'au campement.

« Ton ambulance me plaît beaucoup », dis-je, au désespoir.

À ce moment-là, la porte du véhicule s'ouvre violemment et une fille en descend avec difficulté. Une main au creux des reins, elle s'étire en faisant une grimace. Je reconnais immédiatement la fille enceinte du tumulus. Elle n'a pas plus de quinze ou seize ans. Dinny, lui, a le même âge que Beth, trente-cinq ans. Je la regarde, essayant de lui donner dix-huit, peut-être dix-neuf ans. En vain.

La fille aux boucles d'or, car ses cheveux sont d'un blond naturel qu'on voit rarement de nos jours, a un teint pâle, des cernes violacés sous les yeux. Le chandail en jersey rayé qui la moule révèle qu'elle est très proche du terme. Me voyant à côté de Dinny, elle s'approche de nous, la mine revêche. Je m'efforce de sourire, de paraître à l'aise. Elle a l'air plus féroce que Blot.

« Qui c'est ? » Les mains sur les hanches, elle s'adresse à Dinny.

« Erica, je te présente Honey. Honey, c'est Erica.

— Honey ? Ravie de te rencontrer. Désolée de t'avoir effrayée l'autre jour, au tumulus. » Mon ton enjoué m'horrifie, j'ai l'impression que c'est mon ton de prof.

Elle me regarde avec des yeux las : « C'était vous ? Vous m'avez pas fait peur, assure-t-elle, avec le grasseyement du Wiltshire.

— Peut-être, mais... » Je ne termine pas ma phrase.

Elle me dévisage longuement. Quel regard scrutateur pour un être aussi jeune ! Lorsqu'elle se tourne vers Dinny, je suis soulagée.

« Le poêle tire mal », lui annonce-t-elle.

Il soupire, s'accroupit pour caresser Popeye. Les premières gouttes de pluie s'écrasent sur nos mains et nos visages.

« Je m'en occupe dans une minute », répond-il gentiment.

Après l'avoir fixé, elle se détourne et rentre sans un autre coup d'œil. Je reste un instant abasourdie par cette fille.

Je lui demande, gênée, en espérant que Honey ne m'entendra pas de l'intérieur : « C'est... pour quand, bientôt non ?

— Un peu après Noël.

— C'est tellement proche ! Tu dois être très excité. Elle a préparé son sac pour la nuit à l'hôpital ?

— Elle n'ira pas à l'hôpital. Elle dit qu'elle veut l'avoir ici. » Dinny se lève : « Je ne sais pas si c'est une bonne idée. Tu connais quelque chose aux bébés ? » Il est anxieux.

« Moi ? Non, pas vraiment. Je n'ai jamais... Le gouvernement ne cesse de vanter les mérites de l'accouchement à domicile. Le droit de toutes les femmes, apparemment. Tu as une bonne sage-femme ?

— Il n'est pas question d'accouchement à domicile ni de sage-femme, elle veut l'avoir dans les bois.

— En décembre ! Elle est folle ?

— Je sais que nous sommes au mois de décembre, Erica, mais elle a le droit de choisir, comme tu dis, réplique-t-il, avec une pointe d'exaspération malgré son impassibilité. Elle pousse l'idée de l'accouchement naturel aussi loin que possible.

— Toi aussi, en tant que père, tu as le droit de choisir. Les premiers bébés peuvent prendre leur temps. Pour Eddie, Beth a été en travail pendant trente-six heures…

— Beth a un bébé ?

— Elle en a eu un. Il a onze ans. Il vient passer Noël, tu le rencontreras sans doute… Il s'appelle Eddie. C'est un garçon merveilleux.

— Elle est mariée alors ?

— Elle l'était. Elle ne l'est plus. » Je ne développe pas. Des questions au sujet de Beth, il en a, moi je ne l'intéresse pas.

La pluie tombe à nouveau plus fort. Je me voûte, enfonce plus profondément les mains dans mes poches ; Dinny ne semble pas le remarquer. Je songe à proposer de parler à Honey, puis, me souvenant de la dureté de ses yeux, j'espère que Dinny ne me le demandera pas. J'opte pour un compromis.

« Si Honey veut en discuter avec quelqu'un, elle pourrait le faire avec Beth. Son expérience serait une bonne mise en garde.

— Elle ne veut en parler à personne. Elle a… une volonté de fer, soupire Dinny.

— Ça ne m'a pas échappé. » Je suis incapable de supporter un autre silence. J'ai envie de l'interroger sur Noël. Sur les prénoms du bébé. Sur ses voyages, sa vie, notre passé. « Eh bien, je devrais rentrer. Me mettre à l'abri de la pluie », voilà tout ce que je réussis à formuler. « Ça m'a vraiment fait plaisir de te revoir, Dinny. Je suis ravie que tu sois revenu. Et aussi d'avoir rencontré Honey. Bon... on est là, si tu as besoin de quoi que ce soit...

— Moi aussi, je suis content de te voir, Erica. »

Dinny penche la tête d'un côté et me lance un regard angoissé, il n'a pas l'air joyeux.

« Eh bien, salut ! » Sur ce, je m'en vais, essayant d'adopter une allure décontractée.

Je ne parle pas de Dinny à Beth, quand je la retrouve en train de regarder la télé dans le bureau. Je ne sais pas vraiment pourquoi. Je crains sa réaction, imprévisible. Je suis agitée. J'ai l'impression que nous ne sommes plus seules. Je sens la présence de Dinny là-bas, derrière les arbres. À la manière d'une petite douleur au coin de l'œil. Le troisième angle de notre triangle. J'éteins la télé, tire les rideaux.

« Viens, on sort, lui dis-je.

— Je n'en ai pas envie. Pour aller où ?

— Faire des courses. J'en ai ma claque des soupes en boîte. En plus, Noël approche. Papa et maman viendront déjeuner, et que vas-tu donner à Eddie ? Les crackers rassis de Meredith ? »

Après un instant de réflexion, Beth se lève et met les mains sur ses hanches : « Mon Dieu, tu as raison, mille fois raison !

— Évidemment.

— On a besoin d'un tas de choses... dinde, saucisses, pommes de terre, desserts... » Elle compte les articles sur ses longs doigts. Noël est dans dix jours : je me garde bien de lui signaler qu'on a tout le temps. Profitant de sa soudaine vivacité, je lui montre la porte. « Sans oublier les décorations ! s'exclame-t-elle.

— Allez, viens. Tu feras une liste dans la voiture. »

On a embelli Devizes pour les fêtes. De petits sapins constellés de lampions blancs flanquent les entrées des magasins et hôtels le long de High Street. Un orchestre de cuivres joue. Un homme fait griller des marrons, des panaches de fumée s'élèvent de sa voiture à bras. À quelle activité se consacre-t-il le reste de l'année ? L'obscurité et la neige fondue nous rapprochent des gens blottis les uns contre les autres. Les oreilles protégées par nos foulards, nous faisons du lèche-vitrines, jouissant de la lumière jaune et chaude. De retour dans le monde, toutes les deux, après la solitude du manoir. C'est agréable et excitant, Londres me manque. À l'intérieur de chaque magasin, Beth fredonne les chants de Noël qui y sont diffusés et, tandis que nous avançons, je passe mon bras sous le sien, la serrant contre moi.

Quelques heures plus tard, Beth a mis les bouchées doubles. Nous avons huit fromages différents, un énorme jambon, des chipolatas, des crackers, des pochettes-surprises, une dinde que j'ai du mal à transporter jusqu'à la voiture et un gâteau qui a coûté ridiculement cher. Nous fourrons tout ça dans le coffre avant de retourner chercher boules, guirlandes, peinture dorée, verroteries, angelots de paille revêtus de robes en mousseline blanche. Il y a des arbres de Noël à vendre dans une ferme toute proche du manoir – nous nous y arrêtons sur le chemin du retour pour en commander un de trois mètres de haut, qui sera livré et installé le 23 décembre.

« Il tiendra dans le vestibule, ils pourront l'attacher à la rampe d'escalier », décréta Beth.

Je ne devrais peut-être pas la laisser dépenser de la sorte quand elle est fébrile, comme en ce moment. Je n'ose rassembler les tickets de caisse, additionner les sommes. Beth a de l'argent – la pension de Maxwell, ses travaux de traduction. Sûrement plus que moi. Nous n'en discutons cependant jamais. Elle vit chichement la plupart du temps. Elle économise sauf si Eddie a besoin de quelque chose. En revanche, Londres absorbe le mien : les trajets jusqu'au travail, le loyer, la vie quotidienne. Nous avons de la nourriture pour dix personnes alors que nous ne serons que cinq, mais Beth semble plus heureuse, ses traits sont moins tirés. La thérapie par le shopping. Non, ce n'est pas ça – elle aime donner. Je la laisse disposer des guirlandes sur le manteau de la cheminée, le front légèrement plissé par la concentration. Je mets la bouilloire en route. Je suis contente et somnolente.

Il y a un message de mon agence sur mon portable, qui me propose un remplacement dans une école à Ealing, à partir du 12 janvier. Mon pouce reste en suspens au-dessus de la touche de rappel. Bizarrement, je n'ai pas envie de la presser, de laisser la vraie vie s'imposer. Mais il faut bien gagner de l'argent ; il faut bien que l'existence reprenne son cours ; il faut bien farcir de littérature la tête d'élèves obtus. À moins que ce ne soit pas nécessaire. À moins que je m'installe ici. Plus de loyer. Juste l'entretien, mais ça me coûterait sans doute plus cher que mon logement actuel. Est-ce que ça vaudrait la peine pour cinq ans, voire dix ? Tenter de vivre ici suffisamment longtemps pour que nous soyons libres de faire ce que bon nous semble de l'héritage. Après quoi, nous pourrions vendre, prendre notre retraite à quarante ans, une fois l'immobilier de nouveau en hausse. Et si Beth perdait sa santé ? Et si je continuais à sentir une présence furtive dans mon dos ? Si seulement je pouvais l'apercevoir en me retournant. Je me souviens de tout ce qui s'est passé cet été-là, sauf de ce qui est arrivé à Henry.

Après l'année en question, nous sommes venues ici deux étés de suite. Notre mère nous surveillait de près, non pour nous protéger, non pour nous mettre à l'abri du danger, mais pour voir nos réactions, les évaluer. Je ne sais pas si j'étais différente, peut-être un peu plus silencieuse. Nous restions dans le jardin car nous n'avions plus envie de nous aventurer plus loin. Maman nous empêchait d'approcher Meredith qui, imprévisible à cette époque, piquait des crises, se répandait en invectives et accusations. Beth ne s'en repliait pas moins sur elle-même. Notre mère le remarqua, en fit part à notre père. Cela lui déplut. Et ce fut la fin de nos séjours au manoir.

Dehors, le coucher du soleil diapre l'horizon d'orange et de rose pâle. Je pulvérise le houx, la peinture moire ses feuilles sombres. C'est splendide. Les émanations me donnent le tournis, me rendent euphorique. J'en accroche à la rampe de l'escalier et en dispose sur les rebords des fenêtres lorsque Beth descend, les bras croisés, le visage chiffonné de sommeil. Elle va d'un endroit où j'en ai suspendu à un autre, l'effleure, vérifie la peinture du bout des doigts.

« Ça te plaît ? » J'ai mis la radio sur la station Classic FM. On passe *Le Bon Roi Wenceslas*. Beth bâille. Je chante : « *Silly bugger, he fell out/on a red hot cinder*[1] *!* » Je n'ai aucune voix.

« Tu es de bonne humeur », constate Beth. Elle s'approche de l'appui de fenêtre où j'éparpille des petites branches, remet des mèches derrière mes oreilles à ma place, caresse l'éraflure sous mon œil. C'est si rare qu'elle me touche. Je souris.

« Eh bien ! » Les mots me brûlent la langue. La tentation est quasi irrésistible, je ne sais toujours pas s'ils lui feront du bien ou du mal.

« Eh bien, quoi ?

— Dinny est ici. »

1. Célèbre chant de Noël. « Le pauvre imbécile, il est tombé sur des braises brûlantes ! »

L'amour

1902

C'était un long voyage que celui de New York à Woodward dans le Territoire de l'Oklahoma, de plus de trois mille kilomètres. Le train avalait les États, les uns après les autres, dans sa course vers l'ouest. Tout d'abord, le paysage qui défilait derrière la fenêtre impressionna Caroline. À mesure que les villes de l'État de New York s'éloignaient, les agglomérations se raréfièrent et s'espacèrent. Les forêts traversées étaient tellement épaisses et sombres qu'on les eût dites d'une autre ère, elles cernaient le train sur d'innombrables kilomètres. L'immensité époustouflante des champs de blé et de maïs paraissait écraser les villes de moins en moins importantes. Autour de l'une des gares, des habitations rudimentaires se blottissaient et des enfants jouaient, couraient le long de la voie ferrée, agitaient la main, quémandaient des pennies. Caroline tressaillit en s'apercevant qu'ils étaient pieds nus. Elle leur rendit leur salut quand le train repartit, puis se tourna pour regarder leurs précaires masures disparaître petit à petit tandis que la terre s'étirait de chaque côté. Ces régions à l'ouest sont vraiment sauvages, pensa-t-elle. Si des hommes y vivaient, ils ne les avaient pas encore façonnées, du moins pas comme New York. Se calant au fond de son siège, Caroline contempla les collines pourpres qui se profilaient au loin, avec un léger malaise cependant, car le train ne lui semblait plus imposant ; ce n'était qu'un point, un insecte rampant à la surface de l'incommensurable univers.

Au troisième et dernier changement, à Dodge City au Kansas, Caroline, accablée de fatigue, étouffait dans ses vêtements sales. Son estomac criait famine – le pique-nique préparé par Sara était terminé depuis un jour et demi – il était en effet inimaginable pour la femme de chambre que le voyage fût si long qu'une demi-douzaine d'œufs durs, un pâté en croûte et une tarte aux pommes ne constituent pas des provisions suffisantes. Caroline se joignit à ses compagnons de voyage pour déjeuner à El Vaquero, le restaurant du Harvey Hotel, situé près de la voie ferrée de Dodge City. Elle trouva que ce bâtiment en brique flambant neuf attestait la richesse et la stabilité de ce qui, encore récemment, était un territoire de la Frontière. Incapable de résister à sa curiosité, elle parcourut son environnement d'un regard discret.

Dehors, la rue, une piste en terre battue, grouillait de monde, de chevaux, de carrioles et de chariots ; le bruit, contrairement au tintamarre d'une rue de New York, était assourdi. Des chevaux de selle attachés les uns à côté des autres faisaient porter le poids de leur croupe sur un sabot arrière. De puissants relents de fumier provenant d'enclos à bestiaux des environs flottaient sur la ville, se mêlant étrangement aux odeurs de nourriture et de sueur des êtres humains et des animaux. L'estomac de Caroline hésitait entre borborygmes et répulsion. Des hommes marchaient d'un pas nonchalant, pistolet à la ceinture, chemise ouverte, et Caroline les fixait avec étonnement comme s'ils étaient sortis tout droit d'une légende. La nervosité accélérait les battements de son cœur, elle avait la gorge desséchée. L'espace d'un instant, elle regretta presque la présence indomptable de Bathilda, elle aurait aimé se cacher derrière la barricade de sa respectabilité. Confuse, elle redressa les épaules et relut le menu.

Le restaurant avait beau déborder d'activité, une serveuse en uniforme impeccable ne tarda pas à la servir, lui apportant un consommé aux vermicelles, des œufs pochés et du café.

« Vous allez loin, mademoiselle ? » demanda un homme, attablé à deux places d'elle.

Il se pencha de son côté en souriant. Elle rougit, choquée que cet homme pas rasé, aux manches lustrées, lui adressât la parole avec cette désinvolture.

« À Woodward, répondit-elle, ne sachant trop si elle devait se présenter avant de lui parler, voire si elle devait lui parler.

— Woodward ? Ben, c'est plus très loin vu tout le chemin que vous avez déjà fait – à votre accent, m'est avis que vous venez de New York, hein ? » Caroline hocha la tête et se concentra sur ses œufs. « Vous rendez visite à de la famille là-bas ? À Woodward, j'veux dire.

— Mon mari.

— Votre mari ! Si c'est pas malheureux ! N'empêche, c'est du bol que ce restaurant ait ouvert, pas vrai ? Avant, la cantine de Fred Harvey, elle était dans un wagon de marchandises sur pilotis ! Vous avez vu ça dans l'Est ? »

Caroline tenta d'esquisser un sourire poli.

« Fiche la paix à la dame, Doon. Tu vois pas qu'elle a envie de déjeuner tranquille ? » intervint un autre homme, assis près du premier.

L'air bourru, des rides profondes autour des yeux, il s'était escrimé à plaquer ses cheveux d'un côté avec un produit quelconque. Caroline osa à peine le regarder. Elle avait les joues en feu.

« Mes excuses, m'dame », marmotta le premier.

Caroline termina son déjeuner avec une précipitation malséante puis regagna le train, les mains dans son manchon en renard, malgré la douceur de l'air.

Après Dodge City, le paysage s'étendait à l'infini. Des kilomètres de prairie monotone tandis que le train prenait la direction du sud, sur la ligne de Santa Fe. Caroline se laissa aller sur la banquette, mourant d'envie de desserrer son corset. Trop fatiguée pour se conduire en femme de qualité, seule dans le compartiment de surcroît, elle colla sa tête à la vitre et contempla le ciel illimité, couleur coquille d'œuf. L'horizon n'avait jamais été si immense, plat, inaccessible. Peu à peu, son ampleur lui donna une sorte de vertige. Elle s'attendait à voir des montagnes couronnées de neige, des champs émeraude, des rivières au cours torrentiel, or la terre paraissait avoir aussi chaud, être aussi épuisée qu'elle. Caroline sortit de son sac son exemplaire du *Cavalier de Virginie* et se compara à Molly Wood, coupant les ponts avec sa famille, s'élançant hardiment vers une nouvelle vie dans une contrée inconnue. Le rêve se dissipa au bout d'un moment et la peur l'envahit de nouveau, alors elle pensa à son mari qui l'attendait à Woodward ; même si cela parut ralentir le train et prolonger le voyage, elle se sentit au moins un peu rassurée.

Le train arriva à Woodward en fin d'après-midi, cependant que le soleil couchant zébrait la fenêtre poussiéreuse de traînées orange. Caroline somnolait lorsque le chef de train passa devant son compartiment.

« Woodward ! Woodward, prochain arrêt ! » Le cri la réveilla, son cœur s'emballa. Rassemblant ses affaires, elle se leva si vite que la tête lui tourna et qu'elle dut se rasseoir, le souffle précipité. *Corin*, elle ne pensait qu'à lui. Le revoir au bout de tant de jours ! Comme le train s'arrêtait en ferraillant, elle lança un regard à l'extérieur dans l'espoir de l'apercevoir. La vitre lui renvoya son reflet, aussitôt elle remit de l'ordre dans sa coiffure, se mordit les lèvres et se pinça les joues pour leur donner de la couleur. Incapable de garder son calme, elle tremblait.

Caroline descendit du train avec raideur, la jupe collée aux jambes, les pieds gonflés dans ses chaussures. Le cœur battant la chamade, elle scruta le quai en planches de tous les côtés : il n'y avait pas l'ombre de Corin parmi les personnes descendues des wagons ou celles qui attendaient. Un soupir las s'échappa du train qui s'avança lentement vers une voie de garage où un château d'eau se découpait sur le ciel. Un vent chaud l'accueillit. Il chanta doucement à ses oreilles et fit voler du sable sous ses pieds. Après un nouveau regard circulaire, Caroline fut assaillie par une sensation de vide, de flottement, comme si la prochaine bourrasque risquait de l'emporter. D'une main nerveuse elle redressa son chapeau, sans cesser de sourire, les yeux fureteurs. Woodward semblait être une petite ville peu animée. Le vent avait sculpté de minuscules vagues dans la rue, large et sans asphalte, qui y menait. Des remugles de bétail se mêlaient à l'odeur de goudron chauffé au soleil sur le toit de la gare. Caroline traça une ligne dans la poussière du bout du pied.

Au départ de la locomotive, un silence différent s'abattit, uniquement troublé par le bruit de roues d'une carriole et le grincement du chariot tiré par le porteur qui redressait le dos pour faire contrepoids aux bagages de Caroline. Où était Corin ? Doutes et peurs montaient en elle : il regrettait sa décision, elle était abandonnée, elle devrait prendre le prochain train pour rentrer à New York. Elle fit un tour sur elle-même. Si seulement Corin pouvait apparaître ! Le porteur s'était arrêté. Il essayait de croiser son regard, à l'évidence pour lui demander où transporter ses valises. Corin absent, elle n'en avait aucune idée. Elle ne savait où aller, où séjourner, que faire. Elle sentit le sang se retirer de son visage et fut saisie d'un vertige qui l'affola. L'espace d'un instant terrifiant, elle se crut au bord de l'évanouissement, d'une crise de larmes ou des deux. Elle prit une profonde inspiration et chercha désespérément quoi faire, quoi dire au porteur pour dissimuler son égarement.

« Madame Massey ? » Caroline ne comprit pas tout de suite qu'on prononçait son nom d'une voix traînante. Elle ignora l'homme qui, son chapeau à la main, s'était approché et se tenait à son côté, dans une posture décontractée. Âgé d'une trentaine d'années, il avait cependant un visage buriné par les intempéries, lesquelles avaient aussi décoloré le bleu de sa chemise en flanelle. Ses cheveux en bataille étaient striés de mèches rousses et châtaines. « Madame Massey ? répéta-t-il, avançant d'un pas.

— Ah oui ! C'est moi, s'exclama-t-elle, interdite.

— Un plaisir de vous rencontrer, madame Massey. Derek Hutchinson. Ici, tout le monde m'appelle Hutch et ça m'irait que vous le fassiez aussi. » Il coinça son chapeau sous le bras et tendit une main que Caroline frôla du bout des doigts.

« Où est M. Massey ? demanda-t-elle.

— Corin comptait rentrer à temps pour venir vous chercher, m'dame, je sais qu'il y tenait, mais il y a eu des problèmes avec des voleurs de bétail et on l'a appelé pour qu'il donne un coup de main... Il sera rentré quand nous arriverons, j'en suis sûr », affirma-t-il, voyant le visage de Caroline se décomposer. Elle se mordit la lèvre inférieure pour refouler les larmes de déception qui lui brouillaient la vue. Dérouté par sa réaction, Hutch ne savait quelle attitude adopter.

« Je comprends », souffla Caroline. Elle chancela, prise d'une envie soudaine de s'asseoir. Corin n'était pas venu l'accueillir. Avec terreur, elle imagina les raisons susceptibles de le pousser à l'éviter. Hutch se racla la gorge et bougea bizarrement les pieds.

« Je... hum... Je sais qu'il voulait vraiment vous accueillir lui-même, madame Massey, mais quand il faut attraper des voleurs, les éleveurs ont le devoir de s'aider les uns les autres. Je suis venu à sa place, et je suis à votre service.

— C'est leur devoir? demanda-t-elle, timidement.

— Absolument.

— Vous êtes son domestique, alors ? »

Hutch sourit et releva le menton : « Pas exactement, m'dame. Pas exactement. Je suis contremaître au ranch.

— Je comprends, répéta Caroline, même si ce n'était pas le cas. Nous serons là-bas pour le dîner ? reprit-elle, luttant pour recouvrer son calme.

— Le dîner, m'dame? Vous voulez dire demain ?

— Demain ?

— De Woodward au ranch, il y a environ une cinquantaine de kilomètres. C'est pas tellement loin, trop tout de même pour se mettre en route ce soir. Une chambre vous attend à la pension de famille. Et un bon dîner aussi parce que vous m'avez l'air d'en avoir bien besoin si je peux me permettre. » Il examina sa mince silhouette et sa pâleur d'un œil averti.

« Cinquante kilomètres ? Mais... combien de temps cela prendra-t-il ?

— On partira tôt demain matin, et on devrait y être rendus le jour d'après... Je ne m'attendais pas à ce vous emportiez tant de valises et de malles, ça risque de ralentir un peu le chariot. Les chevaux sont frais et, s'il continue à faire beau, le trajet sera agréable, sans problème. » Hutch sourit. Et Caroline de rassembler ses forces pour lui rendre son sourire, malgré la lassitude qu'elle avait ressentie ne serait-ce qu'à entendre parler d'un jour et demi de voyage supplémentaire. Hutch s'avança, lui offrant le bras : « Voilà qui est mieux. Venez avec moi pour que nous vous installions. Vous avez l'air plutôt éreintée, madame Massey. »

Le Central Hotel de la grand-rue était tenu par une femme corpulente au visage revêche : Mme Jessop. Elle emmena Caroline dans une chambre propre à défaut d'être spacieuse, tandis que Hutch surveillait le transbordement des bagages du chariot de la gare à celui, couvert, qui les emmènerait au ranch. Mme Jessop se renfrogna lorsque Caroline demanda qu'on lui fît couler un bain chaud, aussi celle-ci s'empressa-t-elle de sortir des pièces de sa bourse pour l'amadouer.

« Très bien, je frapperai dès qu'il sera prêt », dit la propriétaire en la toisant d'un regard sévère.

Le loquet de la porte de l'établissement de bains fermait mal, en outre on apercevait le couloir par un trou dans le bois. Caroline le surveilla pendant qu'elle se lavait, terrifiée à l'idée de voir s'y inscrire un œil indiscret. Même s'il y avait peu d'eau, le bain lui redonna des forces. Le sang circula dans ses muscles ankylosés et son dos douloureux, et elle reposa enfin sa tête. Une odeur de serviettes humides et de savon de mauvaise qualité flottait dans la pièce. Les derniers rais d'une chaude lumière vespérale filtraient par les volets; de la rue, des voix mélodieuses aux accents inconnus lui parvenaient. Soudain, l'une d'elles retentit apparemment juste en dessous de la fenêtre :

« Ma parole, satané fils de pute ! Qu'est-ce que tu fous ici, bordel ? »

Le pouls de Caroline s'accéléra au son d'un langage aussi ordurier ; elle se redressa brusquement dans un éclaboussement, s'attendant à d'autres invectives ou à une bagarre. Au lieu de quoi, de gros éclats de rire résonnèrent, accompagnés de tapes sur des épaules. Se renversant dans l'eau qui refroidissait, elle tenta de retrouver une certaine sérénité.

Après s'être séchée avec une serviette rêche, elle mit une robe blanche et propre, renonçant aux bijoux de crainte de se démarquer de la clientèle. Sans l'aide de Sara, sa taille était un peu moins fine, ses cheveux un peu moins bien coiffés, elle n'en eut pas moins l'impression de s'être retrouvée lorsqu'elle descendit à l'heure du dîner. Elle chercha des yeux Derek Hutchinson. Ne le trouvant pas, elle interrogea Mme Jessop.

« Vous ne le reverrez pas ce soir, je le parie, affirma-t-elle, un petit sourire entendu aux lèvres. Il partait pour Dew Drop la dernière fois que je l'ai aperçu.

— Pardon, où se rendait-il ?

— Au Dew Drop Saloon, en face du pont de Miliken, près de l'entrepôt. Ce qu'il prendra comme nourriture, il la prendra là-bas, pas ici ! poursuivit-elle, avec un gloussement rauque. Il chevauche depuis des mois, un homme a des besoins. » Devant l'incompréhension de Caroline, Mme Jessop s'adoucit : « Allez donc vous asseoir, madame Massey, Dora vous apportera votre repas. »

Caroline obéit et dîna seule au comptoir, sans autre compagnie que Dora, une fille dévorée de curiosité, qui la soumit à un feu roulant de questions sur l'Est à chaque plat. De l'autre côté de la pièce, deux messieurs fourbus aux visages soucieux avaient une interminable discussion sur le prix du blé.

Au lever du jour, il faisait beau. Le ciel était limpide et il flottait dans l'air une senteur que Caroline ne connaissait pas, une senteur de terre humide et de buissons de sauge éclos dans la prairie aux environs de Woodward. Elle tranchait avec les odeurs de la ville – brique, fumée, sueur. Le soleil tapait quand ils se mirent en route pour la dernière étape du voyage. Hutch aida Caroline à monter dans le chariot et elle eut la chair de poule à la vue du six-coups glissé dans son ceinturon. Elle rabattit son bonnet, ce qui ne l'empêcha pas de plisser les yeux tant la lumière était aveuglante. À New York, le soleil ne brillait jamais avec autant d'intensité. Elle le fit remarquer à Hutch, qui acquiesça :

« C'est sûr, m'dame. J'suis jamais allé aussi loin à l'est ou au nord maintenant que j'y pense, mais c'est sûr que là où il y a plein de constructions, plein de gens qui vivent et meurent, l'air est vicié, et les rivières aussi. » Un coup de vent souleva le sable coincé sous les roues du chariot, il voltigea autour d'eux. Caroline tapa dans ses mains pour s'en débarrasser et les plis de sa jupe ne tardèrent pas en être recouverts. Hutch l'observa, sans sourire : « Une fois qu'on sera sortis de la ville, il y aura moins de sable, madame Massey. »

La traversée de Woodward fut rapide. Ils roulèrent dans la grand-rue, bordée de maisons en bois, hormis un ou deux bâtiments en dur. Des saloons, des banques, un bureau de poste, un opéra, une épicerie générale. Des chariots et des chevaux en nombre circulaient tandis que les piétons, des hommes pour la plupart, vaquaient à leurs occupations. À la sortie de la ville, Caroline, lançant un regard par-dessus son épaule, remarqua qu'il n'y avait pas d'étage derrière un grand nombre de façades en trompe-l'œil.

« Woodward se résume à ça ? demanda-t-elle, sans y croire.

— Oui, m'dame. Plus de deux mille âmes y vivent de nos jours, et elle ne cesse de grandir. Depuis qu'on a ouvert les terres des Cheyennes et des Arapahos au sud, les gens affluent, s'installent, les exploitent. Certains trouvent ça dommage de voir la prairie clôturée et labourée, pour moi c'est ça le progrès. Heureusement, il reste encore beaucoup de terres pour les troupeaux de bovins.

— Arapahos, qu'est-ce que cela signifie ?

— Ce sont des Indiens. Ils se trouvaient plus au nord mais le gouvernement les a déplacés ici, comme beaucoup d'autres... Le territoire qu'on est en train de traverser appartenait aux Cherokees jusqu'à récemment, même s'ils étaient installés plus à l'est. Pendant des années, ils le louaient à des propriétaires de ranchs ou à des éleveurs avant qu'on l'ouvre aux pionniers en 1893...

— Est-ce que c'est prudent pour des gens civilisés de vivre là où il y a des Indiens ? »

Hutch lança un coup d'œil en coin à Caroline, visiblement choquée : « Ils ont vendu leurs terres et se sont déplacés vers l'est. M'est avis qu'ils ont aussi peu envie d'avoir des visages pâles pour voisins que certains Blancs de côtoyer des Indiens.

— Dieu merci ! s'exclama-t-elle. Cela m'aurait empêchée de dormir de savoir que ce genre d'individus rôdaient sous ma fenêtre ! » Elle partit d'un petit rire nerveux, haut perché, et ne remarqua pas le regard songeur que Hutch promenait sur la prairie. Elle fit néanmoins comme lui et scruta l'horizon, l'estomac noué, à la pensée que des sauvages avaient peut-être scalpé des gens tout près, peu de temps auparavant. Deux lapins bondirent du bas-côté et s'élancèrent dans les taillis ; on ne vit plus que les pointes noires de leurs oreilles.

Des bâtiments se profilèrent à une vingtaine de kilomètres de la route. Caroline en fut ravie. Chaque kilomètre parcouru depuis Woodward lui avait paru un saut de plus l'éloignant de la sécurité, de la civilisation, quand bien même il la rapprochait de Corin. Elle mit ses mains en visière : « C'est la prochaine ville ? »

Hutch siffla les chevaux, deux alezans aux jambes robustes, à la croupe rebondie, et les arrêta. « Non, m'dame. C'est le vieux fort militaire, Fort Supply. Nous allons bientôt quitter la route, j'en ai peur, le chemin ne sera plus aussi carrossable.

— Fort Supply ? Il y a une garnison ici ?

— Plus maintenant, ça fait sept ou huit ans qu'il est vide.

— Pourquoi y avait-il des soldats ? Pour protéger les pionniers des Indiens, non ?

— C'était une des raisons, pour sûr. Mais ils étaient surtout chargés d'empêcher les Blancs d'occuper des terres indiennes. On pourrait donc dire qu'ils étaient là pour protéger les Indiens de gens comme vous et moi.

— Ah bon ! » Caroline se sentit un peu décontenancée. L'idée de soldats montant la garde si près du ranch lui avait plu, et elle s'était aussitôt imaginée dansant un quadrille avec des hommes en uniforme. À mesure qu'ils s'en approchaient, cependant, elle s'aperçut que le fort était bas, plutôt délabré, construit en bois et en pisé, non en brique ou en pierre. Les ouvertures obscures de ses fenêtres donnaient l'impression de les épier, elle se détourna en frissonnant : « Où va cette route maintenant ?

— Ma foi, nulle part, j'imagine. D'ici, elle mène à Fort Sill, mais cette portion est surtout utilisée par des gens comme nous, pour que le trajet en ville soit moins inconfortable », répondit Hutch. Regardant derrière eux, Caroline vit la poussière retomber dans leurs traces. Elle s'était représenté une contrée telle que Dieu l'avait créée, vierge de toute activité humaine, or il y avait déjà des ruines et une route n'aboutissant nulle part. « On va bientôt franchir la rivière North Canadian, madame Massey. Vous inquiétez surtout pas, ça nous posera aucun problème à cette période de l'année », reprit Hutch. Caroline lui adressa un sourire contraint.

La rivière, large et peu profonde, arrivait à mi-hauteur des roues et au ventre des chevaux. Une fois sur l'autre rive, Hutch lâcha les rênes et les animaux burent à longs traits. Des gerbes d'eau éclaboussèrent leur robe poussiéreuse et l'odeur de transpiration emplit les narines de Caroline. Essuyant les gouttelettes tombées sur sa jupe, elle ne réussit qu'à la salir davantage. Ils firent une pause pour déjeuner sur la berge ; un bouquet de peupliers dont les racines s'enfonçaient dans le sable mouchetait le sol de son ombre. Hutch étendit une épaisse couverture. Caroline accepta sa main pour descendre du chariot et s'installa le plus confortablement possible par terre, mais son corset l'empêchait d'être à l'aise. Elle parla peu car sa tranche de jambon exigeait une mastication malséante et le pain s'émiettait sur ses genoux. Des grains de sable grincèrent sous ses dents. Le silence n'était troublé que par le murmure de la brise entre les feuilles des peupliers qui se tordaient, frissonnaient, projetaient des éclats verts et argentés. Avant de repartir, Caroline arriva à extraire son ombrelle des bagages.

Le chariot avança plus lentement dans la prairie. Il butait sur des buissons d'armoise, s'enfonçait parfois dans du sable mouvant ou le lit marécageux d'un ruisseau. De loin en loin, ils croisaient des masures construites à la hâte pour abriter une famille, revendiquer une concession ou prendre un nouveau départ. Espacées les unes des autres, elles le furent de plus en plus à mesure qu'ils progressaient. Comme l'après-midi s'étirait, Caroline s'assoupit, oscillant sur le siège près de Hutch. Chaque fois que sa tête s'affaissait, un sursaut la réveillait.

« On va bientôt s'arrêter pour la nuit, m'dame. M'est avis que boire une tasse de café chaud et vous allonger, ça vous ferait pas de mal.

— Oh oui ! Je suis assez fatiguée. Nous devons être très loin de la ville maintenant ?

— C'est plus long en chariot. J'ai fait la route à cheval en une journée, sans effort. On n'a besoin que d'un bon cheval rapide, et votre mari élève quelques-unes des plus belles bêtes du Territoire de l'Oklahoma.

— Où allons-nous passer la nuit ? Est-ce qu'il y a d'autres habitations à proximité ?

— Oh non, m'dame. On va camper.

— Camper ?

— Tout juste. Ne vous tracassez pas comme ça, madame Massey ! Je suis un homme d'honneur qui sait être discret », la rassura-t-il, avec un sourire ironique face à sa stupéfaction.

Caroline ne comprit qu'après coup qu'il l'avait crue scandalisée par l'idée de passer la nuit seule avec lui. Les joues en feu, elle baissa les yeux qui se posèrent sur la peau du ventre dur et bronzé de Hutch, là où la chemise s'était entrouverte. Elle déglutit et fixa l'horizon. En fait, c'était la nuit en plein air qu'elle appréhendait, sans protection contre les animaux, les intempéries et autres déchaînements de la nature.

Avant le coucher du soleil, Hutch immobilisa le chariot dans un endroit plat au sol plus vert, plus luxuriant. Il aida Caroline à descendre. Elle resta debout, percluse de courbatures, ne sachant que faire. Hutch décrocha le chariot, retira les mors des chevaux et leur tapa l'arrière-train. Fous de joie, la queue en mouvement, ils s'éloignèrent en trottant et ne tardèrent pas à arracher d'énormes touffes d'herbe.

« Mais... ils ne vont pas s'enfuir ? demanda Caroline.

— Ils n'iront pas loin. De toute façon, ils parcourraient des kilomètres pour qu'on leur donne un quignon. » Hutch prit une tente dans le chariot qu'il monta en deux temps trois mouvements. Il étala des couvertures sur des peaux de bison en guise de lit et posa la mallette de toilette à l'intérieur. « Vous serez parfaitement bien là-dedans. Aussi bien que dans n'importe quel hôtel de New York », affirma-t-il.

Caroline lui jeta un coup d'œil : se moquait-il d'elle ? Puis elle entra sous la tente, fronçant le nez tant l'odeur des peaux était puissante. Le lit était néanmoins douillet tandis que les parois de la tente ballonnaient et s'aplatissaient sous l'effet du vent, comme animées d'un souffle léger. Le cœur de Caroline, rassérénée, s'apaisa.

Hutch eût tôt fait d'allumer un feu, près duquel il s'accroupit, surveillant une grande poêle qui grésillait et fumait. Il alimentait les flammes de morceaux d'une substance sèche et marron que Caroline ne reconnut pas.

« Quel combustible utilisez-vous ? demanda-t-elle.

— De la bouse », répliqua-t-il sans fournir davantage d'explications. Caroline s'en contenta. Le ciel se jaspait de rose et de violet, l'incandescence qui embrasait l'ouest cédait le pas au bleu nuit envahissant l'est. Le visage de Hutch rougeoyait à la lueur du feu. « La caisse qu'est là, c'est pour que vous vous en serviez de siège. » Il la montra avec une fourchette ; Caroline s'y assit docilement. Dans l'obscurité au-delà des flammes, un des chevaux s'ébroua et hennit doucement. L'instant d'après, un hurlement perçant retentit au loin, se répercutant dans la prairie jusqu'à leur campement.

« Qu'est-ce que c'est ? » lança Caroline, sautant sur ses pieds. Le sang reflua de sa tête, elle chancela et leva un bras que Hutch, se dressant sur-le-champ à côté d'elle, attrapa.

« Surtout restez assise, m'dame.

— Ce sont des loups ? s'écria-t-elle, incapable de maîtriser le chevrotement de sa voix.

— Des loups de prairie, tout simplement. Ils sont pas plus grands ni plus féroces que des chiens, ils s'approcheront pas, je vous le promets.

— Vous êtes sûr ?

— Autant que je le suis d'être ici, madame Massey. »

Serrant son châle autour d'elle, Caroline se recroquevilla sur la caisse dure, toutes les fibres de son corps tendues sous l'effet de la peur. Hutch parut percevoir son inquiétude, aussi reprit-il la parole: « On les appelle aussi des coyotes. Ils errent en meute et se disputent les os qui traînent ici et là. Ils ne braillent qu'à cause de ça – c'est à celui qui dénichera le meilleur bout de carcasse de vache à ronger. Le vol de poulets, c'est leur plus grosse bêtise mais ils ne le font que s'ils y sont obligés. M'est avis qu'ils ont appris à ne pas trop s'approcher des gens, sauf s'ils ont envie de se prendre une balle dans la queue... » Il continua à parler de la sorte, d'une voix basse, apaisante, ce qui eut le don de rassurer Caroline. De temps à autre, la mélopée des coyotes, lancinante et lugubre, leur parvenait.

« On dirait qu'ils souffrent de solitude », murmura-t-elle.

Hutch la regarda, ses yeux noyés dans l'ombre, avant de lui tendre un gobelet: « Buvez un peu de café, m'dame. »

Le soleil inondant la tente la réveilla. Caroline rêvait de Bathilda, qui la surveillait en train de faire ses gammes. *Poignets ! Poignets*, s'exclamait-elle, comme elle n'y manquait pas dans la réalité. Son cœur battit à tout rompre le temps qu'elle se rappelle où elle se trouvait. Sortant prudemment la tête de la tente, elle fut soulagée de n'apercevoir aucun signe de Hutch. À l'est, le ciel était éblouissant. C'était la première fois de sa vie que Caroline se levait aussi tôt. Elle s'étira, les mains au creux de ses reins, les cheveux hirsutes. Le goût amer du café de la veille au soir lui tapissait la bouche. Elle se frotta les yeux et découvrit que ses sourcils étaient pleins de sable. Son visage aussi en fait, sans parler de ses vêtements. La poussière qui s'était infiltrée dans ses manchettes, à l'intérieur de son col, la grattait. Au tas de couvertures froissées près des cendres froides, elle devina où le contremaître avait dormi.

« Bonjour, madame Massey », cria Hutch, la faisant sursauter. Il arrivait de la prairie située derrière le chariot, tenant les alezans par un licou dans chaque main. « Comment s'est passée votre première nuit de vachère ? » poursuivit-il avec un sourire.

Sans l'avoir vraiment compris, Caroline lui répondit avec bonne humeur : « Bonjour, monsieur Hutchinson. J'ai bien dormi, merci.

— J'emmène ces deux-là boire au ruisseau là-bas, ensuite je ferai le petit déjeuner. » Caroline jeta un regard circulaire. « J'ai mis un bidon d'eau ici, pour le cas où vous auriez envie de vous rafraîchir », enchaîna-t-il, tout en s'éloignant.

Le besoin le plus pressant de Caroline, c'était des toilettes. Après un instant de flottement, elle se rendit compte avec une horreur croissante qu'elle devrait se soulager dans les buissons. Sans doute le départ ostentatoire de Hutch était-il destiné à lui montrer qu'il ne serait pas témoin de cette indignité. Il avait posé des journaux et une serviette près du bidon. Consternée, elle fit le meilleur usage possible de ses piètres commodités. Hutch, à son retour, eut la délicatesse de ne pas chercher ce qu'il avait mis à sa disposition.

À midi, malgré le soleil de plomb, Caroline replia son ombrelle poussiéreuse sur ses genoux car son bras était affreusement ankylosé. Contemplant le ciel insondable, elle aperçut deux points sombres qui y décrivaient des cercles.

« Ce sont des aigles ? » Elle tendit la main et remarqua que son gant de dentelle était noir de poussière.

Hutch suivit son regard : « Rien que des buses, malheureusement. Il n'y a pas beaucoup d'aigles dans la prairie. Si vous allez dans les Rocheuses, vous verrez des oiseaux magnifiques. Vous en avez des yeux perçants, madame Massey. » Sur ce il se mit à fredonner : « *Daisy, Daisy, give me your answer do...* »

Caroline fixa l'horizon, se redressa et tendit de nouveau la main. « Quelqu'un vient ! s'exclama-t-elle.

— On est plus tellement loin du ranch, m'dame. Ça se pourrait que ce soit un de nos cow-boys, répondit Hutch, les lèvres étirées en un sourire subtil.

— Corin ? » Les mains de la jeune femme voltigèrent vers ses cheveux ébouriffés. Elle repoussa des mèches sous son bonnet. « Vous croyez que c'est M. Massey ?

— Ma foi, dit Hutch, sans cesser de sourire, tandis qu'elle s'arrangeait fébrilement. À ma connaissance, aucun homme du coin ne monte une jument noire comme celle-ci, alors ça pourrait bien être votre mari, m'dame. »

Caroline continuait à épousseter sa jupe, à se pincer les joues, n'ayant cure que Hutch remarque ses efforts, lorsque le cavalier s'approcha. Enfin, pour la première fois depuis leur mariage, plus d'un mois auparavant, elle vit Corin. Laissant tomber ses mains dans son giron, elle se redressa avec dignité malgré sa nervosité. Le cheval noir couvrit la distance restante rapidement, soulevant des gerbes de sable. Une fois à leur niveau, Corin arracha le foulard qui couvrait son visage, révélant un sourire radieux. Doré, superbe, il était conforme au souvenir qu'elle gardait de lui.

« Caroline ! s'écria-t-il. Quel bonheur ! » Il sauta de son cheval et se planta aux pieds de son épouse. Pétrifiée d'angoisse, celle-ci ne bougea pas du chariot qui le dominait. « Est-ce que tu vas bien ? Comment s'est passé le voyage ? »

N'obtenant pas de réponse, il se rembrunit. Voilà qui eut raison d'elle. Toujours à court de mots, plus soulagée de le voir qu'elle n'était disposée à le reconnaître, Caroline, au mépris des convenances, bascula de son siège dans les bras qu'il lui tendait. Si le couple ne culbuta pas dans le sable, ce fut grâce à la légèreté de la jeune femme. Derrière eux, les rênes dans une main, Hutch les observait en silence. Il adressa à son patron un signe de tête amical.

Un petit groupe était rassemblé devant la maison à l'arrivée du chariot qui amenait la nouvelle femme de Corin Massey. Ces jeunes gens aux vêtements usés et poussiéreux avaient cependant essayé de se coiffer et de rentrer leur chemise dans leur pantalon. La mine inquiète de Caroline qui lançait un nouveau regard désespéré à sa tenue crasseuse arracha un sourire à Corin. Les hommes effleurèrent leur chapeau et murmurèrent des paroles de bienvenue lorsque Caroline descendit. Elle leur répondit poliment.

« Je suis impatient de te faire visiter le ranch, Caroline. J'ai envie de tout te montrer, à moins que tu ne sois trop fatiguée, dit Corin, descendant de cheval.

— Oh, Corin, je suis épuisée. Bien sûr que tu dois tout me montrer, mais il faut d'abord que je me repose puis que je prenne un bain. »

L'air un peu déçu, Corin se rendit néanmoins de bon cœur à ses raisons. Au lieu de la grande maison blanche que Caroline avait imaginée, elle découvrit une construction en bois de plain-pied. On avait beau avoir peint la façade en blanc, le sable avait déjà sali le bas. Corin suivit son regard.

« Un vent de printemps s'est levé avant que la peinture ne sèche, expliqua-t-il, un rien penaud. Nous allons la repeindre, ne t'en fais pas. Heureusement, on n'a eu que le temps de peindre la façade, tout n'a pas été fichu. »

Caroline examina le côté, il était effectivement en bois nu.

« Je vais m'occuper de Catin, emmenez Mme Massey dans la maison, intervint Hutch, en prenant les rênes que tenait Corin.

— Catin ? répéta Caroline, abasourdie.

— Ma jument. » Corin eut un large sourire et donna une tape sur le front de celle-ci. Caroline ne connaissait pas grand-chose aux chevaux, mais l'animal lui sembla se renfrogner. « On ne trouve pas un cheval plus contrariant, au caractère plus abominable sur ces terres, c'est sûr et certain.

— Pourquoi la gardes-tu si elle est si désagréable ?

— Eh bien... » Corin haussa les épaules comme si cela ne lui était jamais venu à l'esprit. « C'est mon cheval. »

À l'intérieur, les murs étaient nus et aucun rideau n'était suspendu aux fenêtres. Il y avait suffisamment de meubles, mais disposés à la diable sans tenir compte des angles de la pièce. Un seul semblait à sa place, un fauteuil tiré devant un réchaud à charbon de bois, près duquel s'empilaient des revues sur le bétail et des catalogues de semences. Caisses et cartons étaient éparpillés sur le sol. Le sable crissait sous les talons de Caroline, qui fit le tour de la pièce, examinant tout. Quand elle leva les yeux sur son mari, elle ne parvint pas à cacher sa consternation. Le sourire de Corin s'évanouit.

« Écoute, je n'ai rien aménagé parce que j'ai préféré attendre ton arrivée et tes conseils. Maintenant que tu es là, nous allons tout installer rapidement. » Caroline inspira une bouffée d'air imprégné d'une senteur de chêne. « Cela m'a... pris plus de temps que prévu de faire construire la maison... Je suis désolé, Caroline.

— Mais non, voyons, je t'en prie ! s'exclama-t-elle, effrayée de le voir si déconfit. Je suis sûre que ce sera formidable, je sais exactement comment il faudra la décorer. C'est extraordinaire ce que tu as fait. »

Elle posa la tête sur la poitrine de son mari, savourant son odeur. Il releva les mèches tombées sur son front et la serra contre lui. Elle fondit, en proie à une sensation proche de la faim.

« Viens avec moi », chuchota Corin. Il lui fit franchir une porte au fond de la pièce principale, donnant sur une chambre où trônait un grand lit en fer forgé. Une jolie courtepointe multicolore le recouvrait. Caroline laissa courir les doigts dessus, elle était en soie et en satin, d'une douceur exquise. « J'ai fait expédier le lit de New York, précisa Corin. Il est arrivé juste avant toi. Quant à la courtepointe, elle appartient à ma mère. Pourquoi ne pas l'essayer ?

— Non, je la salirais. Elle est ravissante, Corin.

— Moi aussi, je suis sale, et je pense qu'il faut l'étrenner. »

Corin lui prit les mains avant de l'emprisonner dans ses bras.

« Attends ! Non ! » protesta Caroline, tandis qu'il l'attirait. Ils s'écroulèrent sur le matelas.

« Nous n'avons jamais eu notre nuit de noces », murmura-t-il.

Le soleil qui pénétrait à flots par la fenêtre nimbait ses cheveux d'un halo tout en plongeant dans l'ombre ses yeux noisette. Caroline était gênée par l'odeur que dégageait son corps, par la sécheresse de sa bouche.

« C'est vrai, mais ce n'est pas encore l'heure de se coucher. En plus, j'ai besoin d'un bain… et puis on pourrait nous voir.

— Mon amour, nous ne sommes plus à New York. Tu n'es plus obligée d'obéir à ta tante, nous n'avons plus à respecter les usages de la société… » Corin posa la main à plat sur le ventre de Caroline, qui retint son souffle précipité. Il ouvrit chaque bouton de son corsage qu'il écarta d'un geste tendre.

« Mais je…

— Mais rien du tout. Retourne-toi. » Caroline obéit. Corin fut un peu maladroit lorsqu'il dénoua les lacets de son corset. Délivrée, étourdie par la soudaine bouffée d'air, elle ferma les yeux. Corin la remit sur le dos et effleura les lignes de son corps avec les paumes calleuses qu'elle avait remarquées lors de leur première rencontre. Il couvrit ses paupières de petits baisers. « Tu es d'une telle beauté, murmura-t-il. On dirait que tes yeux sont des pièces d'argent. »

Affolée par la force de son désir, Caroline l'embrassa passionnément. Elle ne savait trop à quoi s'attendre, toutefois Corin avait désormais un droit que personne n'avait jamais eu sur son corps. Bathilda avait fait quelques sombres allusions à la souffrance et aux devoirs inéluctables, or rien n'était plus merveilleux que le contact de la peau de Corin sur la sienne. Et la douce insistance de son toucher, son va-et-vient entre ses cuisses, l'emplissait de sensations de chaud et froid presque douloureuses, tellement éloignées de ce qu'elle avait ressenti jusqu'alors qu'elle poussa un cri de plaisir ébloui, sans se soucier de l'inconvenance, ni de la présence de quiconque susceptible de l'entendre.

Corin fit faire le tour du ranch à sa femme en carriole : la propriété était immense et elle ne savait pas monter à cheval. Un fait qui l'avait au reste laissé pantois.

« Peu importe, tu apprendras vite », avait-il assuré.

Sauf que ces animaux aux dents affreuses et à la force brutale n'inspiraient aucune confiance à Caroline, à qui l'idée de se retrouver sur l'un d'eux ne disait rien qui vaille. Lorsque Corin lui présenta avec orgueil ses poulinières et Apache, l'étalon, elle hocha la tête sans parvenir à les différencier. À ses yeux, ils se ressemblaient tous. Il l'emmena visiter les différents corrals, parcs à bestiaux, enclos à glissières et baraques sommaires servant de dortoirs aux cow-boys. Caroline remarqua à quel point son mari était à l'aise, le manque d'assurance et la timidité qu'il montrait dans la société new-yorkaise avaient disparu. Ils passèrent devant une cahute minable, à moitié enterrée et recouverte d'un toit de planches et de chaume.

« Si tu étais venue plus tôt, ç'aurait été notre maison ! lui expliqua Corin.

— Ça ? s'écria-t-elle, épouvantée.

— Absolument. C'était ma première bicoque quand j'ai établi ma concession en 1893. J'y ai habité deux hivers de suite avant d'y installer une véritable maison – j'en ai trouvé une dans la prairie que j'ai transportée ici – tu crois ça ?

— Tu as volé une maison ?

— Il ne s'agit pas de vol. Un travailleur temporaire, qui a essayé d'occuper la terre avant que ce ne soit légal, a dû la construire. Quoi qu'il en soit, il est parti, à moins qu'on ne l'y ait forcé. Et elle était là, un repaire de crotales – je les ai virés, l'ai chargée sur un chariot à plateau et l'ai transportée ici. Une bicoque solide, mais sûrement pas assez spacieuse pour une famille. » Sur ces mots, il serra la main de Caroline, qui détourna les yeux.

« Une grande famille ? s'enquit-elle, timidement.

— Quatre ou cinq enfants devraient suffire, à mon avis ? Et toi qu'en penses-tu ?

— Quatre ou cinq enfants devraient suffire, répéta-t-elle en souriant.

— Tiens, ici, c'est l'enclos réservé aux juments qui mettent bas.

— Qu'est-ce que c'est ? demanda Caroline, désignant une tente conique derrière le corral des juments.

— C'est là qu'habite la famille de Joe. Tu vois la masure à côté ? Joe et sa femme y couchent, en revanche, les autres voulaient un tipi comme ils avaient toujours eu. C'est un peuple traditionaliste.

— Pourquoi... la famille de Joe habite-t-elle dans un tipi ? » enchaîna Caroline, perplexe.

Sa question étonna Corin : « Ce sont des Indiens, mon cœur. Ils aiment vivre comme ils l'ont toujours fait. Joe, lui, est plus ouvert. Il travaille pour moi depuis le début, à une époque où je ne pouvais le payer qu'en vêtements et boîtes de tabac Richmond à cinq cents. C'est l'un de mes meilleurs cow-boys...

— Des Indiens ? Il y a des Indiens ici ? » Le cœur de Caroline s'emballa, son estomac se noua. Elle n'aurait pas été plus choquée s'il lui avait dit qu'il laissait des loups rôder parmi les bêtes. « Hutch m'a affirmé qu'ils étaient tous partis, murmura-t-elle.

— La plupart en effet. Les autres membres de la tribu de Joe sont dans la réserve, à l'est, elle s'étend jusqu'à la rivière Arkansas. Ceux qui sont restés dans le Territoire de l'Oklahoma, c'est le chef Aigle-Blanc qui les dirige. Certains ont malgré tout repris la route du nord il y a quelques années ; le chef Ours-Debout les a reconduits dans le Nebraska. J'imagine qu'ils souffraient davantage du mal du pays que les autres... »

Caroline entendit à peine ce qu'il lui racontait sur l'histoire de la tribu. Que les sauvages au sujet desquels d'horribles récits circulaient dans l'Est depuis des décennies campent sur le pas de sa porte, elle n'en croyait ni ses yeux ni ses oreilles. Son sang se glaça et, arrachant les rênes à Corin, elle les tira pour donner l'ordre au cheval de rentrer.

« Hé... attends, qu'est-ce que tu fais ! » Corin tenta de lui reprendre les rênes. Le cheval protesta en secouant la tête, le mors cliqueta contre ses dents.

« Je veux m'en aller ! Je veux m'éloigner de ces gens », s'écria Caroline, tremblant de tous ses membres. Elle s'enfouit le visage dans les mains, ne songeant qu'à se cacher. Après avoir calmé le cheval, Corin les écarta et les serra dans les siennes.

« Écoute-moi ! insista-t-il, gravement, les yeux vissés à ceux de sa femme. Ce sont des gens bien. Des êtres humains, comme toi et moi. Ils veulent simplement vivre, travailler et élever leurs enfants ; peu importe ce que tu as entendu dire dans l'Est où on se plaît à présenter les Indiens comme des êtres d'une cruauté innommable, moi je t'affirme qu'ils ne cherchent à causer d'ennuis ni à toi ni à personne. Il y a eu des conflits dans le passé, souvent provoqués par nous, les Blancs. À présent nous n'avons qu'une envie, celle de nous entendre le mieux possible. Il a fallu à Joe un courage qui dépasse sûrement notre entendement pour installer sa famille près de nous. Tu m'écoutes, Caroline ? » Elle acquiesça, si difficile qu'il lui fût de le croire. Des larmes coulaient sur ses joues. « Ne pleure pas, ma chérie. Rien de ce qu'on t'a raconté sur les Indiens ne s'applique à Joe, je te le garantis. Viens maintenant, je vais te présenter.

— Non ! souffla-t-elle.

— Si. Ce sont tes voisins, et Joe est mon ami.

— Je ne peux pas, je t'en prie ! » sanglota-t-elle.

Corin sortit un mouchoir pour essuyer le visage de Caroline. Il lui releva le menton et lui adressa un sourire affectueux : « Mon pauvre chou. Allez, viens. Dès que tu les rencontreras, tu te rendras compte qu'il n'y a aucune raison d'avoir peur d'eux. »

Claquant la langue pour faire faire demi-tour au cheval, Corin prit la direction du tipi et de la masure. Cordes à linge, séchoirs, ficelles, outils et harnais s'accumulaient tout autour. Un feu était allumé devant la tente d'où émergea une petite femme aux cheveux gris fer, tenant une marmite noircie destinée à être posée sur les braises. Son dos était courbé, en revanche, ses yeux, sertis dans un réseau de rides, pétillaient. Silencieuse, elle se redressa et accueillit d'un signe de tête Corin qui sautait en bas de la carriole, tout en regardant Caroline avec intérêt.

« Bonjour, Nuage-Blanc, je suis venu te présenter ma femme », déclara Corin, effleurant le bord de son chapeau pour saluer respectueusement la vieille femme.

Comme il l'aidait à descendre, les jambes de Caroline flageolèrent. Elle eut beau déglutir, une boule dans sa gorge l'empêchait de respirer. Ses pensées tourbillonnaient à la manière d'une tempête de neige. Un homme sortit de la masure, suivi d'une jeune fille ; une autre femme d'âge mûr, à l'air sévère, surgit du tipi. Elle lança des paroles incompréhensibles à Corin qui, à la stupéfaction de Caroline, répondit.

« Tu parles leur langue ? » laissa-t-elle échapper. Puis elle eut un mouvement de recul car tous les yeux s'étaient tournés vers elle.

« Absolument. Bien, Caroline, voici Joe et voici Magpie, plus connue sous le nom de Maggie. »

S'efforçant de sourire, Caroline eut du mal à soutenir le regard des uns et des autres plus de quelques secondes. Quand elle y parvint, elle distingua un homme au teint sombre, au torse large malgré sa petite taille, aux cheveux longs, et une fille grassouillette dont les tresses étaient entrelacées de cordelettes de couleur. Ils avaient des pommettes saillantes, félines, et le front barré d'un pli. Magpie baissa la tête pour attirer l'attention de Caroline.

« Je suis très heureuse de vous rencontrer, madame Massey, dit-elle dans un anglais parfait, à l'accent toutefois prononcé.

— Vous parlez anglais », murmura Caroline, incrédule.

Magpie pouffa : « Oui, madame Massey. Mieux que mon mari alors que je l'apprends depuis moins longtemps, se vanta-t-elle. Je suis très contente que vous soyez là, il y a beaucoup trop d'hommes dans ce ranch. »

Caroline observa plus attentivement la jeune femme. Vêtue d'une jupe et d'un corsage simples, une couverture à teintes vives autour des épaules, elle était chaussée d'espèces de pantoufles souples que Caroline n'avait jamais vues. Son mari portait un épais gilet orné de perles par-dessus sa chemise ; d'un ton cassant, il marmotta quelque chose dans leur langue à Magpie, qui le rembarra. Caroline trouva la physionomie de Joe très sévère. Il ne souriait pas aussi facilement que sa femme, ses yeux étaient d'une noirceur inquiétante et sa bouche formait une ligne implacable.

« Je n'avais encore jamais rencontré de... Cherokee, reprit Caroline, enhardie par la cordialité de Magpie.

— Vous ne l'avez toujours pas fait », lança Joe, ironique, prenant la parole pour la première fois.

Il avait un timbre tellement rauque que la jeune femme ne le comprit pas tout de suite. Elle jeta un coup d'œil à son mari.

« Joe et sa famille sont de la tribu ponca, expliqua Corin.

— Pourtant... Hutch m'a dit que ces terres appartenaient aux Cherokees auparavant.

— C'est vrai. Bon... pour simplifier, il y avait beaucoup de tribus dans cette région – c'était un territoire indien avant de devenir le Territoire de l'Oklahoma. Joe et sa famille tranchent sur les autres car ils ont adopté certains modes de vie de l'homme blanc. La plupart des membres de sa tribu ont choisi de rester entre eux, dans des réserves. Ça a plu à Joe de s'occuper de bétail, et il n'a jamais regardé en arrière, n'est-ce pas, Joe ?

— Ça m'a surtout plu de te battre aux cartes, répondit le Ponca, tordant sa bouche en un rictus sardonique.

Comme ils s'éloignaient du tipi, Caroline fronça les sourcils : « Joe, c'est un drôle de nom... pour un Ponco...

— Ponca. En fait, il a un nom à coucher dehors dans sa langue. Il signifie plus ou moins Tempête-de-Sable. Joe, c'est plus facile à prononcer.

— Il n'a pas l'air de te respecter beaucoup, tu es son employeur tout de même. »

Le regard de Corin s'assombrit : « Il éprouve le plus grand respect pour moi, je t'assure, et j'ai dû le gagner. Les hommes tels que lui ne l'accordent pas parce qu'on est blanc, propriétaire ou patron, mais lorsqu'on a prouvé son intégrité, sa volonté d'apprendre, sa capacité à les respecter, eux, quand ils le méritent. Ce n'est pas tout à fait la même chose qu'à New York, Caroline. Ici, les gens doivent se prendre en main et s'entraider le jour où une inondation, une gelée ou une tornade risque de tout détruire en un instant... » Il laissa sa phrase en suspens. Un vent tiède souffla de la prairie, sifflant entre les rayons des roues de la carriole. Vexée par la remontrance, Caroline garda le silence. « Tu vas vite t'y habituer, ne t'inquiète pas », conclut Corin, d'un ton plus léger.

Quelques jours plus tard, ils partirent en carriole pour leur pique-nique de lune de miel. Le soleil effleurait l'horizon à l'est lorsqu'ils se dirigèrent vers l'ouest du ranch. Au bout d'environ trois heures, ils arrivèrent à destination. La terre ondulait en courbes voluptueuses autour d'un étang alimenté par un petit ruisseau. Les branches ployées de saules en ombrageaient le bord, frôlaient l'eau ici et là et ridaient le vaste ciel qui s'y reflétait.

« Comme c'est charmant ! s'exclama Caroline, souriant à Corin qui la soulevait de son siège.

— Je suis content que tu aimes ce coin. » Il lui planta un baiser sur le front. « C'est l'un de mes préférés. J'y viens de temps en temps, quand j'ai besoin de réfléchir ou que je suis déprimé...

— Pourquoi ne t'y es-tu pas installé, alors ? Pourquoi établir ton ranch à l'est ?

— C'était mon intention, mais Geoffrey Buchanan m'a pris de vitesse. Même si sa ferme est à trois kilomètres d'ici, sa concession s'étend jusqu'ici.

— Notre présence ne le dérangera pas ?

— J'en doute, il est du genre décontracté. Et, surtout, il n'en saura rien. »

Éclatant de rire, Caroline s'approcha de l'étang et trempa les doigts dans l'eau : « Tu viens souvent ici ? Cela t'arrive d'être démoralisé ?

— Oui, parfois, au début. Je me demandais si j'avais choisi la bonne concession, si je n'étais pas trop loin de ma famille, si la terre convenait au bétail. À vrai dire, ça fait plusieurs mois que je n'y suis pas revenu. Je me suis rapidement rendu compte que j'avais fait les meilleurs choix possibles. Rien n'arrive par hasard, c'est ma conviction. À présent, c'est une certitude.

— Ah bon, et pourquoi ? » Caroline se retourna, s'essuyant la main sur sa jupe.

« Grâce à toi. À la mort de mon père, il m'a semblé... que je devais rentrer à New York pour m'occuper de ma mère, mais, à peine arrivé, j'ai compris que je ne pourrais pas y rester. Puis je t'ai rencontrée et tu as accepté de m'accompagner ici... Le bien qui a pu découler de la perte de mon père, c'est toi qui le personnifies, Caroline. Tu es ce qui manquait à ma vie. » Il s'exprimait avec une telle clarté, une telle conviction, que la jeune femme fut bouleversée.

« Tu le penses vraiment ? » murmura-t-elle, s'approchant de lui. Le soleil qui lui brûlait la peau irradiait les yeux de Corin, les teintait d'ambre.

« Absolument. »

Caroline se haussa sur la pointe des pieds pour l'embrasser.

Ils étendirent des couvertures à l'ombre des saules, vidèrent le panier et dételèrent le cheval que Corin attacha à un arbre. Après s'être assise, les jambes soigneusement repliées sous elle, Caroline servit un verre de citronnade à son mari. Il s'allongea près d'elle, appuyé sur un coude, et déboutonna sa chemise pour laisser passer l'air frais. Caroline l'observait à la dérobée, elle ne s'était toujours pas habituée à l'idée qu'il lui appartenait ni à sa décontraction. Jusqu'à son arrivée au ranch, elle ignorait que les hommes avaient des poils sur le torse. Ceux de son mari frisottaient pour l'instant, mouillés par la chaleur de son corps.

« Corin ? lança-t-elle soudain.

— Oui, mon amour ?

— Quel âge as-tu ?

— Quoi ? Voyons, tu le sais !

— Non, justement. Je viens de m'en apercevoir... Tu fais plus âgé que moi... pas physiquement, quoique... un peu tout de même, mais surtout dans... d'autres domaines, s'empêtra-t-elle.

— J'aurai vingt-sept ans à mon prochain anniversaire, répondit-il, amusé. Bon... tu es épouvantée d'avoir épousé un barbon ?

— Ce n'est pas vieux ! J'aurai dix-neuf ans dans deux mois... simplement on dirait que tu as déjà passé le plus clair de ton existence ici. Tu es enraciné comme si tu y vivais depuis cinquante ans.

— Ma foi, la première fois que je suis venu, j'accompagnais mon père pour un voyage d'affaires – la prospection de nouveaux fournisseurs de viande. Mon père s'occupait de commerce de viande, je te l'ai dit? Il était le fournisseur des meilleurs restaurants de New York, et il a été question que je travaille avec lui. À peine débarqué, toutefois, j'ai compris que nous étions au mauvais bout de la chaîne. Du coup je ne suis pas reparti. Je n'avais que seize ans quand j'ai pris cette décision; je me suis initié à l'élevage des bovins au lieu d'en acheter la viande.

— Seize ans, répéta Caroline. Tu n'avais pas peur de te séparer de ta famille?

— Je n'ai jamais eu peur de grand-chose, expliqua Corin après un instant de réflexion. Du moins, jusqu'au jour où je t'ai invitée à danser. »

Rouge de bonheur, Caroline ajusta sa jupe: « Il fait vraiment chaud, non? Même à l'ombre.

— Tu veux connaître le meilleur moyen de se rafraîchir?

— Qu'est-ce que c'est?

— La nage, déclara Corin, qui sauta sur ses pieds et enleva sa chemise par la tête.

— La nage! Mais encore?

— Je vais te montrer. » Il retira ses bottes et son pantalon, qu'il écarta d'un coup de pied, avant de se précipiter, nu comme un ver, dans l'étang en poussant des cris de joie et en s'éclaboussant. Caroline se leva pour le regarder, abasourdie. « Viens, mon cœur, c'est extraordinaire!

— Tu es fou! s'écria-t-elle. Je ne peux pas nager là-dedans.

— Pourquoi donc? demanda-t-il, nageant sur toute la longueur de l'étang avec d'amples mouvements de bras.

— C'est... C'est vaseux. Et puis, c'est en plein air, n'importe qui pourrait me voir. En plus, je n'ai pas de costume de bain...

— Bien sûr que si, juste en dessous de ta robe... et qui verra quoi que ce soit, il n'y a personne à des kilomètres à la ronde – à part toi et moi. Allez, viens ! Tu vas adorer ça !

Caroline s'approcha du bord, délaça ses chaussures, hésita. La lumière du soleil dansait à la surface de l'eau, de minuscules poissons paressaient dans les flaques chaudes. Les rayons tombaient droit sur elle, lui brûlant le crâne et elle étouffait dans ses vêtements trop serrés. Elle se pencha, se déchaussa, ôta ses bas, déposa le tout sur la berge. Puis, relevant sa jupe jusqu'aux genoux, elle s'aventura dans l'étang à la hauteur des chevilles. La fraîcheur sur sa peau fut tellement exquise qu'elle dissipa ses ultimes réticences.

« Bonté divine ! souffla-t-elle.

— Alors, tu te sens beaucoup mieux, hein ? » Corin se dirigea vers elle. Ses fesses blanches, déformées par la réfraction de la lumière, luisaient sous l'eau.

Caroline pouffa : « Tu ressembles à une grenouille dans un seau.

— Ah vraiment ? » Il l'aspergea. Elle hurla et battit en retraite. « Allez, viens nager, chiche ! »

La jeune femme regarda par-dessus son épaule comme si des spectateurs avaient pu se matérialiser, prêts à vilipender son dévergondage. Puis elle ôta sa robe, délaça son corset, et les suspendit à une branche de saule. Elle garda sa chemise. Ses épaules dénudées frissonnaient. Persuadée d'attirer tous les regards, les bras croisés en guise de protection, elle regagna le bord de l'étang. Là, elle s'immobilisa, fascinée par la vase qui s'insinuait entre ses orteils. Elle n'avait jamais rien ressenti de tel. Aux anges, elle retroussa son jupon, plia les genoux et, quand elle leva les yeux, Corin la contemplait avec ravissement.

« Quoi ? lança-t-elle, interloquée.

— Regarde-toi... Quel courage ! Et, de ma vie, je n'ai vu une femme aussi jolie. » Ses mèches plaquées sur le front le rajeunissaient, on aurait dit un gamin. Caroline comptait barboter, mais, galvanisée par le contact de l'eau et le compliment de son mari, elle entra jusqu'à la taille ; sa chemise s'enroula autour de ses jambes, formant des plis translucides. Avec un rire nerveux, elle se laissa flotter. Une fois qu'elle eut les cheveux mouillés, l'étang lui parut froid. « Viens m'embrasser, réclama Corin.

— J'ai le regret de vous informer, monsieur, que je suis trop occupée à nager », pontifia-t-elle, s'éloignant d'un mouvement disgracieux. En fait, se rendit-elle compte avec étonnement, elle n'avait plus nagé depuis son enfance et les vacances dans la maison familiale.

« Ce baiser je l'aurai, même si je dois te poursuivre pour l'obtenir », lança Corin. Elle tenta de lui échapper en battant des pieds, sans grande conviction.

Le soleil se couchait lorsqu'ils arrivèrent au sommet de la dernière côte. En bas, les lumières du ranch luisaient doucement. Caroline avait la peau irritée et brûlée par les coups de soleil. Ça lui semblait bizarre de ne pas avoir de chemise sous sa robe, la sienne séchait à l'arrière de la carriole. Elle passa la langue sur ses lèvres, imprégnées de la saveur piquante de l'eau de l'étang. Ils avaient l'un et l'autre son odeur dans les cheveux, sur leurs corps. Ils avaient fait l'amour sur la berge, et elle se sentait encore alanguie, alourdie. Soudain, le regret l'étreignit ; elle aurait voulu que la journée ne s'achève jamais : Corin et elle dans un lieu ombragé par un jour de chaleur, faisant l'amour encore et encore, sans se préoccuper de quoi que soit d'autre. Comme s'il lisait dans ses pensées, Corin tira sur les rênes pour que le cheval s'arrête. Il balaya la maison du regard avant de se tourner vers elle.

« Tu es prête ?

— Non ! s'écria-t-elle, farouchement. Je... J'aimerais que tous les jours soient comme aujourd'hui. Absolument parfait.

— C'est vrai, mon cœur, reconnut Corin qui lui prit la main et la porta à ses lèvres.

— Promets-moi que nous y retournerons. Il n'est pas question que je bouge d'un centimètre tant que tu ne me l'auras pas promis.

— On doit rentrer, la nuit tombe... mais je te promets que nous y retournerons. On pourra le faire chaque fois qu'on en aura envie, je te jure que nous aurons beaucoup d'autres journées comme celle-ci. »

Caroline regarda son profil qui se détachait dans le crépuscule indigo, distingua une lueur dans ses yeux, l'esquisse d'un sourire. Elle effleura son visage : « Je t'aime. »

Corin agita les rênes et le cheval se mit à descendre la pente paresseusement. À chacun de ses pas, un vague pressentiment se renforçait en Caroline. Les yeux fixés sur la terre noyée dans l'obscurité, elle eut soudain peur que, malgré le serment de Corin, l'avenir ne lui réserve aucune journée aussi douce que celle qui venait de s'écouler.

...le regard
Rivé, apparemment studieux, sur mon livre
Qui dansait – excepté, par la porte entrouverte,
Un bref coup d'œil, tandis que bondissait mon cœur :
Allais-je voir enfin le visiteur, *serait-ce...*

Samuel Taylor Coleridge, *Gel à minuit*[1]

1. Traduction de Pierre Leyris, Paris, Gallimard, « Bibliothèque de la Pléiade », 2005.

3

Je tente de retrouver des bons souvenirs d'Henry. Peut-être est-ce un devoir que nous avons envers lui, puisque nous avons pu grandir, vivre, aimer, rompre. Il aimait raconter des blagues idiotes que j'adorais écouter. Beth avait beau être gentille, m'emmener partout, m'aider, elle était du genre sérieux, même petite. Une fois j'ai tellement ri à une des blagues d'Henry que j'ai failli faire pipi dans ma culotte – la peur a interrompu mes gloussements, m'a précipitée aux toilettes, la main entre les jambes. *Comment on appelle un dinosaure borgne ? Tucroikilnousavus. Comment on appelle un chien qui n'a pas de pattes ? On ne l'appelle pas on va le chercher. Pourquoi les éléphants peignent en jaune la plante de leurs pieds ? Pour pouvoir se cacher la tête en bas dans de la crème renversée. Qu'est-ce qui est orange et fait penser à trouille ? Une citrouille.* Il était capable de continuer des heures, à force j'en avais mal aux joues.

Je devais avoir sept ans, c'était un samedi parce que les reliefs d'un petit déjeuner complet jonchaient toujours la table de la cuisine. Le soleil brillait, mais il faisait encore frais. L'air, juste assez frisquet pour me chatouiller les chevilles, entrait par les portes-fenêtres ouvertes sur la terrasse. Je ne regardais pas ce que faisait Henry qui enchaînait les blagues. Je n'étais pas attentive. Je me bornais à le suivre pour le faire trébucher, à l'écouter suffisamment pour exiger – *Encore une* – dès qu'il marquait une pause. *Comment tu sais qu'il y a un éléphant dans ton lit ? On voit le E sur son pyjama. Qu'est-ce qui est petit et marron ? Un marron*. Il avait pris deux sablés dans la boîte à biscuits, qu'il tartinait d'une épaisse couche de moutarde anglaise. La très forte qui a une couleur affreuse dont Clifford raffolait, notamment sur les saucisses. Moi qui cherchais un bon souvenir d'Henry : voilà celui qui remonte à la surface.

Je n'ai pas pensé à lui demander pourquoi. Je n'ai pas pensé à lui demander où nous allions. Il a enveloppé les sablés dans une serviette, les a fourrés dans sa poche. Je lui ai emboîté le pas pour traverser la pelouse, à la manière d'un singe apprivoisé, réclamant encore des blagues, plus de blagues. On s'est dirigés non pas au sud dans les arbres, mais vers le sentier ; on l'a longé derrière la haie jusqu'au campement de Dinny. Henry s'est accroupi dans le fossé, m'a tirée pour que je l'imite. Un parapet qui moussait de cerfeuil sauvage à l'odeur âcre derrière lequel disparaître. Ce n'est qu'à ce moment-là que j'ai eu l'idée de chuchoter : « Qu'est-ce que tu fais, Henry ? Pourquoi on se cache ? » Il m'a dit de la fermer alors j'ai obéi. Un jeu d'espions, ai-je pensé. J'essayais de ne pas faire de bruit, vérifiant qu'il n'y avait ni orties, ni fourmilières, ni bourdons sous moi. Le grand-père de Dinny était assis sur une chaise pliante devant son camping-car cabossé, un chapeau rabattu sur ses yeux, les bras croisés, les mains coincées sous les aisselles. Il dormait. De profondes rides traçaient des sillons des ailes de son nez aux coins de sa bouche. Le menton sur les pattes, ses chiens étaient couchés de part et d'autre de son siège. Deux colleys noir et blanc, Dixie et Fiver. On n'avait le droit de les caresser que si grand-père Flag le permettait. *Ils feront qu'une bouchée de tes doigts si tu les provoques.*

Henry a jeté les sablés par-dessus la haie. Les chiens ont bondi, sans aboyer, parce qu'ils avaient senti les petits gâteaux. Ils les ont engloutis avec la moutarde. J'ai retenu mon souffle. *Henry !* ai-je crié dans ma tête. Dixie a toussé, posé le museau sur une patte, se l'est frotté avec l'autre. Elle a levé des yeux bigleux, éternué, secoué la tête, gémi. Henry avait les phalanges collées à ses dents, le regard étincelant, concentré. Irradié de l'intérieur, voilà comment il était. Grand-père Flag, réveillé, parlait tout bas à ses chiens. Dixie a eu des haut-le-cœur, il lui a flatté le cou tout en l'observant. Fiver, lui, a décrit lentement un petit cercle, s'est traîné et a vomi un infect magma jaune. Un rire s'est échappé du poing d'Henry. Étranglée de pitié pour les chiens, dévorée de culpabilité, je n'avais qu'une envie me lever et crier – *C'était pas moi* – avant de courir vers la maison. Je suis restée à me balancer sur mes jambes pliées, le visage enfoui dans les genoux.

Le plus épouvantable s'est produit ensuite : un pincement au bras m'a avertie que j'avais, enfin, le droit de partir. Nous avions à peine fait une vingtaine de pas lorsque Dinny et Beth sont apparus, le bas de leur pantalon trempé de rosée. Une petite feuille verte était accrochée dans les cheveux de Beth.

« Qu'est-ce que vous fabriquiez tous les deux ? a demandé ma sœur.

— Rien », a répondu Henry. Il était capable d'injecter du mépris dans un mot.

« Erica ? » Elle m'a scrutée avec dureté. Elle n'en revenait pas que je sois avec Henry, de mon air coupable, de ma trahison. Mais, eux, où étaient-ils allés sans moi ? avais-je envie de hurler. Ils m'avaient laissée tomber. Henry m'a incendiée du regard et poussée.

« Rien », ai-je menti. Le reste de la journée, j'ai boudé sans proférer une parole. Quand j'ai vu Dinny le lendemain, je n'ai pu le regarder. Il était rentré chez lui. Je savais qu'il savait. Tout ça à cause des blagues d'Henry.

« Rick ? On y va ? » Eddie passe la tête à la porte de ma chambre, où je me suis réfugiée pour une fois, contemplant par la vitre embuée la blancheur du monde. De petits cristaux, floconneux et parfaits, se sont formés aux coins de la fenêtre.

« *Le gel remplit son secret ministère. Sans l'aide d'aucun vent*, dis-je.

— C'est quoi ?

— Coleridge. Bien sûr, Eddie. Donne-moi cinq secondes.

— Un, deux, trois, quatre, cinq ?

— Très drôle. Fiche le camp. Je descends le plus vite possible, je ne peux tout de même pas sortir en robe de chambre. » Je la portais, par provocation, quand j'avais ouvert à Maxwell plus tôt.

« Pas aujourd'hui, reconnaît Eddie, qui recule. Il fait un froid à geler le cul d'un pingouin.

— De très bon goût, mon garçon ! »

Le givre a gainé les arbres de blanc. On dirait un autre monde – un monde d'une fragilité immaculée où l'albâtre et les bleus opalescents ont remplacé le gris et le marron. Une clarté éblouissante. Tout scintille, la moindre brindille, la moindre feuille, le moindre brin d'herbe. Le manoir est comme neuf ; ce n'est plus l'ombre ou la carcasse d'une demeure dont je me souviens. Je suis d'un optimisme débordant aujourd'hui, il serait difficile de ne pas l'être. Après tant de jours couverts, le ciel semble se déployer à l'infini. Une immensité vertigineuse. Et Beth a accepté de nous accompagner, cette journée est vibrante à ce point.

À l'annonce de la présence de Dinny, elle s'était figée. L'espace d'une minute, j'avais eu peur. Elle donnait l'impression d'avoir cessé de respirer. Le sang pouvait s'être glacé dans ses veines, son cœur s'être arrêté de battre, tant elle était tétanisée. Un long moment suspendu pendant lequel j'ai attendu, observé, essayant de deviner la réaction suivante. Enfin, elle avait détourné le regard et passé le bout de la langue sur sa lèvre inférieure.

« Nous serons des étrangers, à présent », avait-elle constaté avant d'entrer à pas lents dans la cuisine.

Elle ne m'avait pas demandé comment je le savais, comment il était, ce qu'il faisait ici. Et cela m'avait été égal de ne pas le lui dire, de le garder pour moi, de conserver dans ma tête les paroles qu'il avait prononcées. De me les approprier. Elle était à nouveau détendue lorsque j'étais allée la retrouver ; nous avions préparé du thé, j'avais trempé des petits gâteaux dans ma tasse. Beth n'avait rien mangé ce soir-là. Pas un seul biscuit. Ni l'assiette de risotto que j'avais posée devant elle. Ni la glace.

Aujourd'hui, c'est le 20 décembre. La voiture s'embue tandis que je traverse le village, avant de bifurquer pour emprunter l'A361.

Je claironne, tout en pliant mes doigts engourdis par le froid à l'intérieur de mes gants : « Plus qu'un jour, mes amis, puis on dévalera la pente jusqu'au printemps !

— Tu ne peux pas souhaiter la fin de l'hiver jusqu'à ce qu'on ait fêté Noël, proteste Eddie.

— Vraiment ? Même quand mes mains sont collées au volant par le gel... Regarde ! Malgré tous mes efforts, je n'arrive pas à le lâcher ! Prises par le gel... Regarde ! »

Eddie se moque de moi.

« Tenir le volant pendant que tu conduis est recommandé, observe Beth, d'un ton ironique.

— Dans ce cas, c'est parfait que je sois congelée. »

Je prends le virage pour Avebury. Eddie a étudié la préhistoire ce trimestre. Le Wiltshire foisonne de vestiges. Nous nous garons, refusons d'adhérer au National Trust et rejoignons la file de personnes qui cheminent vers les mégalithes. Le sol étincelle, le soleil triomphe.

C'est un samedi et il fait beau, alors il y a beaucoup de monde. Emmitouflés comme nous, silhouettes informes et sombres, ils entrent et sortent des anneaux concentriques. Si les blocs de grès antédiluviens ne sont pas aussi hauts que ceux de Stonehenge, ni aussi imposants ni disposés avec autant d'ordre, les cercles sont infiniment plus grands. Une route les traverse ; la moitié du village y est dispersée, en revanche l'église se dresse sagement à l'extérieur. Cela me plaît. Tant d'existences, tant d'années, accumulées en un seul lieu. Nous faisons le tour d'un des cercles. Beth lit le guide, je ne suis pas persuadée qu'Eddie l'écoute. Une fois de plus, il a trouvé un bâton. Il se bat à l'épée avec un ennemi imaginaire. Qui ? J'aimerais bien le savoir. Peut-être des barbares ou bien un garçon de l'école ?

« Les ensembles circulaires mégalithiques d'Avebury, les plus grands de Grande-Bretagne, sont situés dans le cromlech qui occupe la troisième place en matière de taille. La tranchée, le talus et la zone qu'ils entourent couvrent onze hectares cinq…

— Beth ! » J'ai crié car elle s'approche du bord d'un talus, glissant à cause de la neige fondue.

« Oups. » Elle s'en écarte avec un petit rire.

« Eddie, je vais t'interroger là-dessus plus tard », dis-je. Ma voix déchire l'air immobile. Un couple de gens âgés se retourne. Je veux qu'il écoute Beth.

« Les pierres ont été extraites avec des pics et des râteaux en bois de cerf, des omoplates de bœuf, sans doute des pelles en bois et des paniers...

— Super », dit consciencieusement Eddie.

Nous passons devant un arbre qui a poussé dans le rempart, ses racines cascadent comme une chute d'eau pétrifiée. Eddie le dévale façon commando, s'accroupit, s'y accroche et lève les yeux – il se trouve à trois mètres en dessous de nous.

« Tu es un farfadet ? demande Beth.

— Non, un homme des bois à l'affût, pour vous dévaliser.

— Je parie que tu ne m'attraperas pas avant que j'aie dépassé l'arbre, le provoque Beth.

— Il n'y a plus l'élément de surprise, gémit Eddie.

— J'y vais », le titille sa mère. Elle s'avance d'un pas nonchalant. Avec un hurlement de rebelle, Eddie escalade les racines. Il glisse, dérape, se cogne les genoux. Il attrape Beth à deux mains et elle pousse un petit cri. « Je me rends, je me rends », dit-elle en riant.

Nous nous éloignons du village et empruntons l'avenue dallée qui mène au sud. Le soleil brille sur le visage de Beth : cela fait une éternité que je ne l'ai pas vu éclairé de la sorte. Sa pâleur la vieillit, mais elle a les joues roses, une expression sereine. Eddie nous précède, brandissant son épée. Nous continuons jusqu'à ce que nous ayons trop froid aux pieds.

Sur le chemin du retour, je m'arrête au magasin Spar de Barrow Storton acheter du Canada Dry pour Eddie. Beth attend dans la voiture, elle est silencieuse à présent. Son fils et moi feignons de ne pas le remarquer. Nous avons l'impression affreuse qu'elle vacille au bord d'un précipice. Nous hésitons à la tirer d'un côté, de peur de la pousser accidentellement, de la faire basculer du mauvais côté.

« Je peux avoir du Coca plutôt ?

— Oui, si tu préfères.

— En fait, l'alcool, ça me dit rien. J'ai bu de la vodka le trimestre dernier, au dortoir.

— De la vodka ?

— Oh rien qu'une fois ! Ça m'a donné la nausée, Boff et Danny ont gerbé. Ça puait dans toute la piaule. Dégueu. Je pige pas pourquoi ça plaît aux adultes », conclut-il, désinvolte. L'air glacial enflamme ses joues, ses yeux miroitent comme de l'eau.

« Tu changeras peut-être d'avis plus tard. Quoi qu'il en soit, pas un mot à ta mère, pour l'amour du ciel ! Elle piquerait une crise.

— Tu me prends pour un imbécile, proteste-il.

— Pas du tout. »

Je grimace à la vue des deux énormes bouteilles de Coca qu'il met dans le panier. Comme nous approchons de la caisse, Dinny entre. Au-dessus de la tête, la clochette retentit, une petite fanfare entraînante. Je ne sais plus où poser les yeux, comment me tenir. Il est passé devant la voiture où se trouve Beth. L'a-t-elle vu ? L'a-t-elle reconnu ?

« Bonjour, Dinny. » Je l'accueille par ces mots. Après tout, on est voisins. Il n'empêche que mon cœur bondit dans ma poitrine.

Il me lance un regard stupéfait : « Erica !

— Je te présente Eddie, enfin Ed. Je t'ai parlé de lui, c'est mon neveu – le fils de Beth. »

Je tire le garçon près de moi. Il sourit aimablement, le salue. Dinny le dévisage et sourit : « Le fils de Beth ? Ravi de te rencontrer, Ed. »

Ils se serrent la main, ce qui m'émeut, me bouleverse. Un simple geste ; le contact de leurs peaux réunit mes deux univers.

« Vous êtes le Dinny avec qui ma mère jouait quand elle était petite ?

— Oui.

— Erica m'a dit que vous étiez très potes. »

Dinny me fixe sévèrement. Même si c'est la vérité, je me sens coupable : « Oui, j'imagine, répond-il de sa voix grave et calme, au ton toujours uni.

— Tu fais des provisions pour Noël ? » Quelle question idiote !

Le magasin n'est pas surchargé d'articles pour les fêtes, à part quelques guirlandes défraîchies collées sur le bord des rayons. Dinny secoue la tête : « Honey a envie de chips au vinaigre, explique-t-il, avant de détourner les yeux, l'air penaud.

— Tu as vu maman, dehors ? Elle est dans la voiture... tu lui as dit bonjour ? » enchaîne Eddie. Mon estomac se contracte.

« Non. Je... Je vais le faire maintenant. » Sur ce, Dinny se tourne vers la porte, aperçoit ma bagnole blanche, sale. Il a un regard intense, les épaules crispées comme s'il était obligé de se diriger vers elle.

Je le vois à travers la vitre, entre les festons de neige artificielle. Il se penche à la fenêtre, son haleine se condense. Ma sœur baisse la vitre. Dinny me dérobe son visage. Beth porte les mains à sa bouche puis les écarte, elles voltigent comme en apesanteur. Je me baisse, me dévisse le cou pour les voir, l'oreille aux aguets, mais je n'entends que Slade diffusé par la radio derrière le comptoir. Dinny pose le bras sur le toit de la voiture, et j'arrive à sentir le froid du métal sur le mien.

« Rick, c'est notre tour », me prévient Eddie, en me poussant du coude. Obligée d'interrompre ma surveillance, je soulève le panier jusqu'au comptoir et souris à l'homme sinistre qui tient la caisse. À peine ai-je payé le Coca, un Twix et du jambon pour le déjeuner que je me précipite vers la voiture.

« Alors, qu'est-ce que tu fais maintenant ? Si je me souviens bien, tu voulais être flûtiste de concert ? » est en train de dire Dinny. Il se redresse et croise les bras. Soudain, il semble sur la défensive. Beth n'est pas sortie de la voiture pour lui parler. C'est tout juste si elle le regarde, elle ne cesse de tripoter son écharpe.

« Oh, ça n'a pas marché en fin de compte », répond-elle avec un petit rire. Je suis parvenue au niveau intermédiaire et puis... » Elle s'interrompt. Elle était arrivée à ce niveau avant la disparition d'Henry. « Je ne travaille plus autant, terminet-elle, platement. Je fais des traductions à présent, surtout du français et de l'italien.

— Ah bon ! » Dinny la dévisage.

J'interviens parce que le silence s'éternise : « J'ai déjà assez de mal avec l'anglais – l'inculquer à des ados, c'est une entreprise quasi désespérée. Beth a toujours eu un don pour les langues.

— Il faut écouter, c'est tout. » Il y a une sorte de reproche dans son ton.

— Ça n'a jamais été mon fort, reconnais-je. Nous revenons d'Avebury. Eddie avait envie de voir ce site, qui est à son programme. Remarque, ce qui l'intéressait le plus une fois là-bas, c'était de prendre une glace nappée de chocolat chaud au pub, n'est-ce pas, Ed ?

— C'était génial », commente celui-ci.

Dinny m'adresse un sourire interrogateur. Beth ne lui pose plus de questions. Rembruni, il recule de quelques pas.

« Vous restez combien de temps ? me demande-t-il, car ma sœur regarde droit devant elle.

— En tout cas pour Noël. Sinon, nous n'avons encore rien décidé, il y a beaucoup de rangement à faire. » Ce qui a le mérite d'être à la fois vrai et ambigu. « Et toi ?

— Pour l'instant, répond Dinny, encore plus ambigu que moi.

— Ah !

— Il faut que j'y aille. J'ai été content de te revoir, Beth. Et ravi de te rencontrer, Ed, dit-il, avant de s'éloigner.

— Il n'a pas pris les chips, fait observer Ed.

— Il a dû oublier. Je vais en chercher, je les lui apporterai plus tard.

— Nickel. »

Eddie ouvre la portière arrière d'une main, l'autre est occupée à déchirer l'emballage du Twix. Quelle désinvolture. Il n'imagine pas l'énormité de ce qui vient de se passer, ici devant la fenêtre de la voiture. Je retourne dans le magasin, achète des chips au vinaigre. Une fois dans la voiture, je démarre et nous ramène à la maison, sans regarder Beth – je suis trop mal à l'aise et je ne vais sûrement pas lui poser les questions qui me brûlent les lèvres devant son fils.

Eddie est allongé sur son lit, en pyjama, son iPod vissé sur les oreilles. À plat ventre, il balance les talons au-dessus de son dos. Il lit un livre intitulé *Sasquatch !* Sa musique l'empêche d'entendre les hiboux qui s'interpellent d'un arbre à l'autre. Je le laisse. En bas, Beth prépare du thé à la menthe, ses doigts serrent les coins du sachet qu'elle ne cesse de plonger dans l'eau.

« J'espère que Dinny ne t'a pas donné un choc en apparaissant à la fenêtre de la voiture ? » J'ai posé la question d'un ton aussi léger que possible.

Beth me jette un coup d'œil, pince les lèvres : « Je l'avais vu entrer dans le magasin, dit-elle, sans cesser de tremper son sachet.

— Vraiment ? Et tu l'as reconnu ? Si je l'avais simplement aperçu, je ne crois pas que je l'aurais reconnu.

— Ne sois pas ridicule, il n'a absolument pas changé. »

Je me sens nulle : elle a remarqué quelque chose qui m'a échappé : « En tout cas, c'est incroyable de le revoir après tant d'années, non ?

— Oui, sans doute », murmure-t-elle. Je ne sais quoi ajouter. Elle ne devrait pas être aussi indifférente, cela devrait avoir beaucoup plus d'importance. Je cherche des indices sur son visage, dans son attitude. « Nous pourrions les inviter à prendre un verre ?

— Les ?

— Dinny et Honey. C'est sa... enfin, je ne suis pas sûre qu'ils soient mariés. Elle va bientôt avoir son bébé. Tu réussirais peut-être à la convaincre de ne pas accoucher dans les bois, il t'en serait sûrement reconnaissant.

— Accoucher dans les bois, quelle idée bizarre ! s'étonne Beth. Honey, c'est un joli nom. »

Sa réaction cache quelque chose. Forcément. « Tu es certaine que ça va ?

— Pourquoi ça n'irait pas ? »

Elle a toujours le même ton perplexe qui ne me convainc pas. Tout à coup, je m'aperçois qu'elle trempe les doigts dans sa tasse. L'eau a beau être brûlante, elle ne bronche pas.

« C'est tout juste si tu lui as parlé. Vous étiez très proches... tu n'as pas eu envie de rattraper le temps perdu ?

— Vingt-trois ans, c'est très long, Erica. Nous avons beaucoup changé.

— Pas tant que ça : tu es toujours toi, il est toujours lui. Nous sommes toujours ceux qui jouaient ensemble...

— Les gens changent. Ils évoluent.

Je lance, brûlant les étapes : « Beth, qu'est-ce qui est arrivé à Henry ?

— Qu'est-ce que tu veux dire ?

— Qu'est-ce qui lui est arrivé ?

— Il a disparu. » Sa voix monocorde est glaciale.

« Non, tu te rappelles, au bord de la mare, ce jour-là ? Celui de sa disparition. Comment ça s'est passé ? » Je m'entête alors que je ne devrais pas. Je suis partagée entre l'envie de savoir et celle de la bousculer. Quoi qu'il en soit, j'aurais mieux fait de m'abstenir. Sa main glisse sur le plan de travail. La tasse bascule, du thé se renverse. Ma sœur prend une profonde inspiration.

« Comment oses-tu me poser cette question ? demande-t-elle, oppressée.

— Pourquoi m'en empêcherais-je ? » Mais dès que je la regarde, je vois qu'elle tremble et que ses yeux jettent des éclairs.

Elle met un moment à répondre : « Ce n'est pas parce que Dinny est dans le coin... que tu as le droit de fouiller dans le passé !

— Quel rapport avec Dinny ? J'ai simplement posé une question.

— Eh bien, arrête, Erica ! Arrête de m'emmerder avec ça ! » me rabroue-t-elle avant de sortir de la pièce.

Je reste longtemps assise à me remémorer les événements de ce jour-là.

La nuit avait été tellement étouffante que nous nous étions levées tôt. Je m'étais réveillée à de multiples reprises, les draps autour des jambes, les cheveux trempés, collés sur le front et le cou. Après le petit déjeuner, nous avons écouté la radio dans le jardin d'hiver où il faisait frais parce qu'il était orienté au nord. Sol carrelé de tomettes. Orchidées et fougères sur le rebord des fenêtres. Nous étions vautrées dans le fauteuil à bascule de Caroline, dont les coussins recouverts d'une toile bleue dégageaient une odeur âpre, presque féline. Caroline était morte à cette époque-là, j'avais cinq ou six ans quand elle avait rendu l'âme. Un jour, toute petite, j'étais passée en courant devant ce fauteuil et ne l'avais vue que lorsqu'elle avait tendu sa canne pour m'arrêter. *Laura !* avait-elle crié – le nom de ma mère. *Va chercher Corin. Dis-lui que je dois le voir. Qu'il faut absolument que je le voie.* J'ignorais qui était Corin. Le ballot de tissu tassé dans le siège, la force incongrue de la canne sous laquelle je m'étais faufilée, m'avait terrorisée et j'avais pris la fuite.

Nous nous habillâmes le plus tard possible pour nous rendre, à contrecœur, à l'église, avec Meredith et nos parents. Nous déjeunâmes sur la pelouse, à l'ombre du chêne. On avait dressé une petite table uniquement pour Henry, Beth et moi. Au menu : sandwiches au beurre de cacahouète et aux concombres. Maman nous les avait préparés, sachant que nous avions trop chaud et étions trop grognons pour avaler de la soupe. L'osier de la chaise me grattait derrière les jambes. Avec son couteau, Henry gratta une fiente d'oiseau tombée sur notre table et l'envoya dans ma direction. Je me baissai si brutalement que je dégringolai de ma chaise, cognai le pied de la table, renversai la limonade de Beth et la mienne. Henry se tordit tellement de rire qu'il s'étrangla avec un bout de pain à en avoir les yeux pleins de larmes. Ma sœur et moi l'observâmes, ravies, sans lui taper dans le dos. Il fut odieux le restant de la journée. Nous essayâmes de le semer par tous les moyens. La chaleur l'assommait et le rendait aussi violent qu'un taureau victime d'une insolation. Il finit par être obligé de rentrer après avoir été surpris en train de ligoter les pattes d'un des labradors pantelant qui restait d'une patience à toute épreuve. Meredith ne supportait pas que l'on tourmente ses chiens.

Il ressortit, néanmoins, au cœur de l'après-midi et nous trouva près de la mare, Dinny, Beth et moi, évidemment. J'avais nagé, jouant à être une loutre, une sirène, un dauphin. Il se moqua de mon maillot ruisselant. *Tu as fait dans ta culotte, Erica ?* Puis quelque chose. Une course. Des pensées à propos du trou d'écoulement au fond de la mare, où Henry avait dû sombrer. Voilà pourquoi je leur avais répété : *Cherchez dans la mare. Je crois qu'il est là. Nous y étions tous*. On l'avait déjà fait, me dirent maman et le policier. Et il n'y était pas. Les plongeurs n'auraient servi à rien, l'eau était suffisamment transparente. Meredith me prit par les épaules, me secoua, cria : *Où est-il, Erica ?* Un filet de salive jaillit de sa bouche et atterrit sur ma joue. *Mère, arrête ! Je t'en prie !* On nous fit dîner, Beth et moi, dans la cuisine ; livide et préoccupée, maman versait des haricots sur nos toasts. À la tombée de la nuit, l'air était saturé d'une odeur d'herbe roussie qui s'humidifiait, si délicieuse qu'on en aurait mangé. Mais Beth ne mangeait pas. Pour la première fois, ce soir-là. Ce fut la première fois que je vis sa bouche scellée. Rien n'y entra, rien n'en sortit.

« C'est quoi toutes ces chips ? » veut savoir Beth. Elle pousse les sachets parmi les reliefs du petit déjeuner.

« Elles sont pour Honey, j'ai oublié de les lui apporter hier. » Assis sur le banc, le dos tourné à la table, Ed fait rebondir une balle de tennis sur le mur. Elle est dégonflée et usée, sans doute appartenait-elle à l'un des labradors. Il la lance par à-coups, c'est exaspérant. Je lui demande : « Ed, tu veux bien arrêter ? »

Il soupire, vise la poubelle où elle tombe après avoir décrit un arc de cercle.

« Joli coup, chéri. » Beth sourit ; Eddie lève les yeux au ciel. « Tu t'ennuies, ajoute-t-elle ?

— Un peu. Non, pas vraiment », bredouille-t-il. Une réponse à la fois honnête et pleine de tact.

Je lui propose d'apporter les chips à Honey.

« Je ne la connais même pas. Quant au type, je ne l'ai rencontré qu'hier. J'aurais du mal à me pointer dans leur jardin avec des paquets de chips.

— Je t'accompagne. » Sur ce, je me lève. « Tu viens avec nous, Beth ? Le campement n'a pas changé de place. » Ça me dépasse qu'elle n'ait pas envie d'y retourner.

« Non. Non, merci. Je vais… Je vais chercher le journal du dimanche au village.

— Je peux avoir un Twix ?

— Eddie, tu vas finir par te transformer en Twix.

— S'il te plaît.

— Dépêche-toi, on y va. Mets des bottes, il y a beaucoup de gadoue. »

Je prends le chemin le plus long pour aller au campement, celui qui passe par la mare. Un pèlerinage qui devient quotidien. Il fait froid et sombre aujourd'hui, le givre étincelant d'hier a disparu. Je m'approche du bord, regarde au fond. Immuable, il ne me donne aucune réponse. Peut-être que je ne faisais tout simplement pas attention quand c'est arrivé. Parfois mon esprit s'égare – il se fait happer par une pensée souterraine, se laisse piéger –, cela m'arrive quand d'autres professeurs s'adressent à moi. L'idée de souvenirs refoulés, de traumatisme, d'amnésie, me déplaît. Comme tout ce qui a trait aux maladies mentales.

« Elle t'obsède un peu cette mare, Rick, constate Eddie, non sans gravité.

— Pas du tout. Pourquoi dis-tu ça ?

— Chaque fois qu'on vient, tu te mets à ressembler à Luna Lovegood.

— Qu'est-ce que tu racontes !

— Je déconne. » Il me donne gauchement un coup d'épaules. « N'empêche, c'est toujours la même, non ? » Il s'éloigne de quelques pas, s'accroupit, ramasse une pierre qu'il jette dans l'eau. La surface se disloque. Soudain, une douleur fuse dans mes genoux comme si j'avais raté un barreau d'échelle.

« Allez, viens ! » Je me détourne précipitamment.

« Il s'est passé quelque chose ici ? demande précipitamment Eddie, l'air tendu, inquiet.

— Pourquoi cette question ?

— C'est juste que... t'y retournes à tout bout de champ. Sans compter ton regard, le même que celui de maman quand elle est déprimée », marmonne-t-il. Je m'injurie silencieusement. « Et puis maman, elle... elle aime pas ce coin. »

On a tendance à oublier que rien n'échappe à un enfant :

« Tu as raison, Eddie. Dans notre enfance, notre cousin Henry a disparu. Il avait onze ans, le même âge que toi. Personne n'a découvert ce qui lui était arrivé, alors on ne l'a jamais oublié.

— Ah bon. » D'un coup de pied, il fait voltiger des feuilles mortes. « C'est très triste.

— En effet.

— Il a peut-être fait une fugue, et... je sais pas, moi, rejoint une bande.

— Peut-être. » J'acquiesce, faute de mieux. Apparemment, l'explication satisfait Eddie.

Dinny est en compagnie d'un homme que je ne reconnais pas. Les chiens se précipitent vers nous, ils nous entourent pour marquer leur territoire. Je lui adresse un signe de la main comme si je passais tous les jours ; il me répond d'un geste plus hésitant. Son compagnon me sourit. Petit et maigre, il a des cheveux blonds très courts et le cou tatoué d'une fleur bleue. Eddie se rapproche de moi, me bouscule. Avec une certaine nervosité, nous pénétrons dans le cercle des véhicules.

« Salut, désolée de vous déranger, dis-je d'un ton que je voulais enjoué, mais qui sonne faux.

— Bonjour, je m'appelle Patrick. Vous devez être nos voisins, ceux qui habitent la grande maison ? » Son sourire cordial n'est pas artificiel, sa poignée de main me décroche l'épaule. Son accueil a le mérite de me détendre.

« C'est exact. Moi, c'est Erica, et voici mon neveu, Eddie.

— Ed ! me reprend celui-ci, sifflant entre ses dents irrégulières.

— Ed, ravi de te rencontrer. » Et Patrick de décrocher également l'épaule de mon neveu.

Harry est assis derrière eux, sur le marchepied d'une camionnette. L'idée de lui dire bonjour me traverse, puis je me ravise. Il tient de nouveau quelque chose dans ses mains, qu'il scrute. Ses dreadlocks et sa moustache dissimulent la plus grande partie de son visage.

« Bon, euh, ça va peut-être te sembler bizarre, mais on a remarqué que tu avais oublié d'acheter les chips pour Honey hier. Du coup, je lui en apporte. À moins qu'elle n'ait envie de cornichons ce matin. » Je brandis le gros paquet de chips. Patrick lance un regard gentil, un peu surpris toutefois, à Dinny.

« En tout cas, moi, ça me gonfle quand maman oublie les trucs que je lui ai demandés. » Eddie vient à ma rescousse. Au son de sa voix, Harry lève les yeux. Dinny, lui, hurle en direction de l'ambulance :

« Honey !

— Ce n'est pas la peine de la déranger… » Je sens le rouge me monter aux joues. Le visage de

Honey s'encadre dans l'une des petites fenêtres. Joli, maussade.

« Quoi ? crie-t-elle beaucoup plus fort qu'il n'est nécessaire.

— Erica a quelque chose pour toi. »

Je me tortille. Eddie se dirige vers Harry pour tenter de voir ce qu'il est en train de faire. Honey sort, descend prudemment les marches. Ses cheveux clairs forment un contraste saisissant avec le noir dont elle est vêtue aujourd'hui. Plantée à une certaine distance de moi, elle m'observe d'un air soupçonneux.

« Bon, c'est idiot vraiment. On a pris ça pour vous. Dinny a dit que vous en aviez très envie, alors... » Sans terminer ma phrase, je serre le paquet. Honey s'avance lentement et me le prend.

« Combien je vous dois ? demande-t-elle, les sourcils froncés.

— Ne vous inquiétez pas, je ne me souviens pas. Oubliez ça. »

J'agite la main. Elle décoche un regard impérieux à Dinny, qui met la main à la poche.

« Deux livres, ça ira ?

— Ce n'est vraiment pas la peine.

— Si, je t'en prie. »

De guerre lasse, j'accepte.

« Merci, maugrée Honey avant de rentrer dans l'ambulance.

— Ne faites pas attention à Honey, intervient Patrick, le sourire aux lèvres. Elle est née de mauvais poil, ç'a empiré à la puberté et maintenant qu'elle attend un bébé...

— Va te faire foutre, Pat ! » s'écrie Honey, qui a disparu. Le sourire de Patrick s'élargit.

Eddie s'est approché davantage de Harry. Il examine les mains de l'homme, le privant sans doute de lumière.

« Ne le gêne pas, Ed, d'accord ? dis-je, avec un sourire contraint.

— Qu'est-ce que c'est ? » demande Eddie. Harry ne répond pas, mais le regarde gentiment.

« Harry est comme ça, explique Dinny. Il n'aime pas beaucoup parler.

— Ah bon ! On dirait que c'est une lampe de poche, non ? Je peux voir », insiste Eddie. Harry ouvre les mains, montrant des petites pièces détachées.

« Erica, est-ce que vous voulez venir à notre petite fête de ce soir, en l'honneur du solstice, lance soudain Patrick.

— Oh, je ne sais pas trop. » Je jette un coup d'œil à Dinny, qui me dévisage comme s'il cherchait à résoudre un problème.

« Bien sûr que si ! Plus on est de fous plus on rit, pas vrai, Nathan ? Il y aura un feu de camp et un barbecue. Vous êtes la bienvenue, voisine, et encore plus si vous apportez à boire, m'assure Patrick.

— Dans ce cas, peut-être.

— Elles sont super tes dreadlocks, dit Eddie à Harry. Tu ressembles un peu à *Predator*. T'as vu le film ? » Il tripote les pièces détachées, en prend certaines, les trie. Harry a l'air un peu médusé.

« Il faut que je file. À plus. » Patrick nous adresse un signe de tête. Il sort du campement d'un pas vif, les mains enfoncées dans les poches d'un vieux ciré.

Je fixe les pointes boueuses de mes bottes, puis Eddie, qui rassemble les pièces de la lampe électrique sous les yeux ébahis de Harry.

« Ed est un bon gars, constate alors Dinny.

— Il n'y a pas plus gentil. Et c'est un grand soutien. »

Un silence tombe. Dinny finit par le rompre : « Quand j'ai parlé à Beth... elle m'a paru, enfin je ne sais pas.

— Comment ?

— Elle n'est plus comme avant. On aurait presque dit qu'elle n'était pas là.

— Elle souffre de dépression. C'est toujours la même Beth, simplement elle est... devenue plus fragile. » J'ai beau avoir l'impression de la trahir, je me sens obligée de fournir cette explication. Il fronce les sourcils. « À mon avis, c'est la disparition d'Henry qui en est la cause », dis-je. Même si Beth le nie, je suis sûre d'avoir raison. D'après elle, tout a commencé un jour d'orage où elle rentrait chez elle, au crépuscule. Il y avait un plafond de nuages, mais à mesure qu'elle roulait vers l'horizon, ils se sont déchirés, laissant apparaître des pans lumineux. C'était un de ces ciels pommelés. Soudain, elle n'a plus été capable de distinguer l'horizon du ciel. Les collines des nuages. La terre de l'air. C'était tellement désarçonnant qu'elle a failli se déporter dans le flot de voitures venant en sens inverse ; elle a eu le mal de mer toute la soirée comme si le sol se dérobait sous ses pieds. Depuis lors, elle ne sait plus vraiment ce qui est réel, sans danger. Pour elle, c'est là que tout a commencé. Moi, en revanche, je me souviens de son silence, des haricots laissés dans son assiette, le soir de la disparition d'Henry.

« Cela me désolerait que ces événements l'aient rendue si longtemps malade », déclare calmement Dinny.

Il sait ce qui s'est passé. Il le sait.

« Ah ? » Si seulement il pouvait continuer, en dire plus. Il s'en garde bien.

« Ce n'était pas... Je suis navré d'apprendre qu'elle est malheureuse.

— Je croyais que cela lui ferait du bien de revenir ici mais... je crains que ça n'aggrave son état. Tu comprends, ça fait tout remonter à la surface. En somme, elle peut aller mieux ou plus mal. Heureusement qu'Eddie est là, il la distrait. Sans lui, elle aurait oublié Noël.

— Tu penses que Beth viendra à la fête de ce soir ?

— Honnêtement, non. Je le lui demanderai si tu veux ? »

Le visage assombri, Dinny hoche la tête : « Oui, c'est ça. Emmène Eddie, qui a l'air de bien s'entendre avec Harry. Il est génial avec les enfants – ils sont moins compliqués pour lui. »

Je risque une proposition : « Si tu t'en chargeais, je suis certaine qu'elle viendrait. À condition que tu montes au manoir. »

Dinny m'adresse un sourire ironique : « Mes rapports avec cette maison ne sont pas au beau fixe. Demande-le-lui, toi. Peut-être que je vous verrai toutes les deux ce soir. »

J'acquiesce et fourre les mains dans les poches arrière de mon jean : « Ed, je rentre, tu viens ? »

Ed et Harry me regardent. Deux paires d'yeux bleu clair.

« Je peux rester pour finir ça, Rick ? »

Je me tourne vers Dinny. Il hausse les épaules : « Je les surveillerai. »

Nous avions fait entrer Dinny clandestinement dans la maison, un jour où Meredith était allée à Devizes, pour un rendez-vous chez le dentiste. Henry avait été invité par un garçon du village, devenu son copain, chez qui il y avait une véritable piscine.

« Allez ! T'es pas un bébé ! » soufflai-je à Dinny. Je tenais absolument à lui montrer les vastes pièces, les immenses escaliers, les gigantesques caves. Non pour l'impressionner ni pour frimer, mais pour voir ses yeux s'écarquiller, pour lui montrer quelque chose pour changer, être aux commandes. Beth nous suivait, un sourire crispé aux lèvres. Il n'y avait personne hormis la gouvernante – qui ne s'occupait jamais beaucoup de nous. On s'accroupit malgré tout derrière le dernier buisson protecteur avant de nous faufiler à l'intérieur. J'étais tellement proche de Dinny que ses genoux s'enfonçaient dans ma hanche, que je sentais l'odeur boisée de sa peau.

Dinny était réticent. On lui avait assez souvent répété de ne pas entrer dans le manoir, son grand-père Flag et ses parents lui avaient raconté assez d'histoires, il avait même rencontré fugacement Meredith. Certain de ne pas être le bienvenu, il se doutait qu'il n'aurait pas dû avoir envie de le visiter. Il n'en était pas moins dévoré de curiosité, comme n'importe quel enfant enfreignant un interdit. Jamais je ne l'avais vu aussi peu sûr de lui ; jamais je ne l'avais vu hésiter avant de se décider. Comme nous passions d'une pièce à l'autre, je jouais au guide : « Là, c'est le salon. Par là, on va à la cave. Viens voir, elle a la taille d'une maison ! Ça, c'est la chambre de Beth. Elle occupe la plus grande parce que c'est l'aînée, mais de la mienne on a une vue sur les arbres et, une fois, j'ai vu un hibou ! » Je n'arrêtais pas de jacasser tandis que les labradors, sur nos talons, aux anges, remuaient la queue.

Sauf que plus je continuais, plus nous lui montrions de choses, plus nous l'entraînions dans des pièces, plus Dinny se taisait. Muet, il n'écarquillait plus les yeux. Et je finis par le remarquer. « Ça ne te plaît pas ? » Un haussement d'épaules, un froncement de sourcils. Puis le bruit d'une voiture dans l'allée. Pétrifiés, affolés, le cœur battant la chamade, l'oreille tendue : entraient-ils par-devant ou par-derrière ? Un risque calculé ; je fis le mauvais choix. Nous nous précipitâmes sur la terrasse au moment précis où ils surgirent d'un côté du manoir. Meredith, mon père et, le pire, Henry de retour de chez son copain. Un grand sourire lui fendit le visage. Après un instant de flottement, j'attrapai le bras de Dinny, le tirai, et nous traversâmes la pelouse comme des bolides.

Le plus grand acte de rébellion de ma vie – pour sauver Dinny, pour éviter qu'il n'entende les invectives de Meredith. Le choc la réduisit au silence une fraction de seconde. Elle se dressait de toute sa hauteur dans son tailleur de lin bleu canard, bien coiffée, impeccable. À peine nous étions-nous éloignés que sa bouche, une ligne dure enduite de pigment rouge, s'ouvrit. « Erica Calcott, reviens immédiatement ! Comme oses-tu emmener cette ordure chez moi ? Comment oses-tu ! J'exige que tu rentres sur-le-champ ! Et toi, sale gitan, voleur, déguerpis comme la racaille que tu es ! » Il me plaît de penser que mon père est intervenu. Il me plaît de penser que Dinny n'a rien entendu, mais bien sûr, dans mon for intérieur, je sais que ce n'est pas le cas. S'enfuir comme un voleur, comme un intrus. Et moi qui me trouvais courageuse, héroïque pour lui ! En réalité, il m'en voulut des jours durant de l'avoir incité à entrer dans la maison et obligé à se sauver.

Je suis dans la chambre de Meredith. La plus grande, naturellement, où trône un affreux lit à baldaquin surchargé de décorations. Il est surélevé et recouvert d'un gros matelas. Comment les prochains propriétaires arriveront-ils à le déplacer ? Il est énorme. Ils n'auront pas le choix, il leur faudra s'en débarrasser et le remplacer par un meuble moderne, beige sans doute. Je m'affale sur la courtepointe en brocart et compte les minutes jusqu'au moment où je cesse de rebondir. Qui a fait ce lit ? La gouvernante, j'imagine. Le matin où Meredith s'est écroulée en allant au village. Peu à peu, je m'immobilise, prenant conscience que je saute sur le lit de ma défunte grand-mère, celui où elle a dormi la veille de sa mort.

Ici plus qu'ailleurs, son ombre semble s'attarder. C'est normal. Je regrette de ne pas être venue la voir une fois adulte, de ne pas l'avoir acculée à me révéler les causes de sa méchanceté. Il est beaucoup trop tard maintenant. Sa coiffeuse, gigantesque, est flanquée de chaque côté de petits tiroirs ; au milieu, un large tiroir s'ouvre sur mes genoux – un miroir en triptyque surmonte un autre ensemble de tiroirs. Le dessus est lisse comme du satin, une patine créée par une ribambelle de doigts féminins qui l'ont manipulé pendant des siècles. Outre les photos, maman devrait avoir des bijoux. Meredith ne s'était pas privée de dire à mes parents qu'elle avait vendu les plus beaux, de même que les meilleures terres du domaine, pour payer les réparations du toit. Et ce sur un ton accusateur, comme s'ils auraient dû mettre la main à la poche, ou fouiller sous les coussins du canapé d'où ils auraient extrait trente mille livres. Quoi qu'il en soit, il restait sûrement quelque chose à trouver pour mes mains de voleuse.

Rouges à lèvres, ombres à paupières et fards à joues dans le premier tiroir de droite. Des petits tas de poudre chatoient sous la débauche de tubes en métal, de boîtes en plastique. Dans le deuxième, des ceintures lovées comme des serpents, des mouchoirs, des pinces à cheveux ; il est imprégné des effluves de Meredith, son parfum mêlé d'un soupçon de l'odeur canine des labradors. Il y a des boîtes dans le dernier. Je les sors et les soulève pour y jeter un œil. La plupart sont pleines de bijoux. L'une, la plus grosse, brillante et noire, est bourrée de papiers et de photos.

Avec un frisson d'excitation, j'en examine le contenu. Lettres de Clifford et Mary ; cartes postales de mes parents ; vieux relevés de compte planqués là pour on ne sait quelle raison. J'en parcours quelques-uns, en proie au plaisir illicite de l'indiscrétion. Les photos, je les mets de côté. Et puis je découvre les coupures de presse. Au sujet d'Henry, évidemment. L'affaire avait d'abord été couverte par les journaux de la région. *Disparition du petit-fils de lady Calcott. Les recherches s'intensifient. Les vêtements trouvés dans les bois de Westridge n'appartiennent pas au garçon disparu.* Ensuite, les journaux nationaux s'en étaient mêlés. Craintes d'un enlèvement, spéculations à propos d'un clochard mystérieux chargé d'un ballot qui aurait pu être un enfant, repéré sur l'A361. Un garçon correspondant à la description d'Henry avait été aperçu dans une voiture à Devizes. *La police est très inquiète.* Je n'arrive pas à en détacher mes yeux. Comme si un clochard aurait été capable de porter Henry le costaud. Beth et moi n'avions rien vu de tout ça. Bien sûr que non. On ne lit pas les journaux à huit ans, et nous n'avions pas le droit de regarder les nouvelles à la télé.

Apparemment, Meredith achetait plusieurs journaux tous les jours. Avait-elle découpé les articles sur le moment ou plus tard, des années après, une façon de garder espoir, de le garder vivant ? Je ne m'étais pas doutée de l'importance de cette histoire. Jusqu'à présent, je n'avais pas établi le lien entre les reporters qui grouillaient devant le portail et un scandale national. À présent, je comprends pourquoi ils étaient là et pourquoi les articles, d'abord très nombreux, sont devenus de plus en plus courts au fil des mois avant de disparaître complètement. Les enfants ne devraient pas se volatiliser sans laisser de traces. C'est ce qu'il y a de pire, peut-être pire que de découvrir le corps. On reste sans réponse, dans l'ignorance absolue. Pauvre Meredith. Après tout, c'était sa grand-mère, elle était censée veiller sur lui.

Je scrute l'agrandissement d'une photo d'Henry. Il est propre et soigné, vêtu d'un blazer, la cravate à rayures de son école nouée autour du cou. Bien coiffé, un sourire tout en dents. On l'avait exposée dans la vitrine du magasin, placardée sur les poteaux télégraphiques, insérée dans les journaux, mise dans les salles d'attente des médecins, les supermarchés, les garages et les pubs. Les sites Internet n'existaient pas à l'époque. Le soleil avait vite décoloré celle, en couleur, du magasin, mais ses teintes étaient toujours vives quand je l'avais vue. *Je peux aller au magasin ? Non ! Tu n'as pas le droit de sortir !* Je ne comprenais pas pourquoi. Maman s'était décidée à m'y accompagner ; elle me tenait la main et avait demandé poliment aux reporters de nous laisser passer, de ne pas nous suivre. Quelques-uns ne s'en étaient pas privés, ils nous avaient photographiés alors que nous émergions du magasin avec des sucettes glacées. Une petite coupure de la fin du mois d'août 1987. Une année après. La dernière ligne empreinte de regret : *Malgré une enquête approfondie, la police n'a pas trouvé la moindre trace du garçon qui a disparu.*

Une douleur me laboure les côtes, je me rends compte que je retenais mon souffle. Comme si l'histoire pouvait se terminer autrement. Je constate qu'il pleut des cordes maintenant. Eddie est dans les bois, il va être trempé. Cela paraît irréel de lire des articles sur Henry, sur cet été-là. En même temps, l'événement en devient encore plus réel, encore plus effroyable. C'est bien arrivé, et j'étais là. Je remets les coupures dans la boîte, prenant soin de ne pas les froisser. Je les garderai, enfin je crois. Dans cette boîte, si semblable à un cercueil, où Meredith les a rangées vingt-trois ans auparavant.

Je regarde rapidement les autres instantanés, une façon d'occulter l'horreur des coupures de journaux. La plupart sont des photos de famille et de vacances – c'est celles-ci que maman souhaite récupérer. Sur l'une, petite, en noir et blanc, on voit Meredith et Charles le jour de leur mariage ; Charles, mon grand-père, a été tué pendant la Seconde Guerre mondiale. Il n'était pas dans l'armée, il était allé à Londres pour affaires et un V2 isolé avait trouvé le chemin du club où il déjeunait. Les meilleurs clichés de leur mariage trônent sur le piano du salon dans de lourds cadres en argent. Sur celui que j'examine, Meredith se contorsionne pour lancer un regard par-dessus son épaule, s'éloignant de Charles, comme si l'ourlet de sa robe s'était accroché. Ils sortent de l'église, passant de l'obscurité à la lumière. Meredith a un profil juvénile, empreint d'une douloureuse anxiété. Ses cheveux sont très blonds, ses yeux lui dévorent le visage. Comment une jeune fille aussi ravissante, aussi nerveuse, est-elle devenue Meredith ? Celle de mes souvenirs, glaciale et dure, comme le marbre des étagères de l'office.

Une seule autre photo, très vieille, aux bords abîmés, retient mon attention ; l'image surgit d'un océan sépia. Une jeune femme d'une vingtaine d'années au chignon sévère, dans une robe à col officier, porte sur ses genoux un enfant de tout juste six mois vêtu de dentelle. Il a des cheveux noirs, le visage un peu brouillé, spectral, comme s'il avait gigoté au moment de la pose. La femme, c'est Caroline. Je la reconnais grâce aux autres portraits d'elle disséminés dans la maison, bien qu'elle ne soit jeune sur aucun d'eux. Je la retourne, un cachet à peine visible figure au dos, *Gilbert Beaufort & Son, New York City*, et une date écrite à la main, *1904*. L'encre s'est presque effacée.

Pourtant, Caroline n'a épousé Henry Calcott, mon arrière-grand-père, qu'en 1905. Il y a quelques années, tante Mary, prise d'une passion soudaine pour la généalogie, a créé l'arbre de la famille à laquelle elle était si fière d'appartenir grâce à son mariage. Nous avons tous eu droit à une copie sur sa carte de Noël de cette année-là. Du coup, je sais que mes arrière-grands-parents avaient perdu un enfant avant Meredith, née en 1911. Déconcertée, je lève la photo à la lumière pour y trouver plus d'indices. Caroline me regarde calmement, entourant son bébé de ses mains protectrices. Qu'est devenu cet enfant ? Pourquoi a-t-il disparu de notre arbre généalogique ? Je glisse la photo dans ma poche, commence à trier les bijoux que je vois à peine. L'épingle d'une broche me pique le bout d'un doigt, et je passe un moment à lécher mon sang.

Après le dîner Eddie s'échappe pour aller regarder la télé. Beth et moi, nous nous attardons devant la vaisselle sale. Elle a un peu mangé. Pas assez, un peu malgré tout. Elle se force quand son fils l'observe. Je prends la dernière pomme de terre du bol et, me calant dans mon siège, sens quelque chose de rigide dans ma poche arrière.

« Qu'est-ce que c'est ? » demande Beth lorsque je sors la photo de notre arrière-grand-mère. Son ton est un peu contraint, elle ne m'adresse plus beaucoup la parole depuis que je lui ai posé des questions sur Henry. Il n'empêche que je sais reconnaître un rameau d'olivier.

« Je l'ai trouvée dans la chambre de Meredith – c'est Caroline. »

Beth examine le visage juvénile, les yeux clairs : « Mince alors ! Je me souviens de ces yeux, ils avaient gardé cette couleur argentée même quand elle était très vieille, tu te rappelles ?

— Non, pas vraiment.

— Tu étais toute petite.

— Elle me faisait horriblement peur ! J'avais l'impression qu'elle n'était pas un être humain.

— Ah bon ? Pourtant, elle ne nous embêtait pas. Elle ne faisait pas très attention à nous.

— C'est vrai. Sauf qu'elle était... tellement vieille ! »

— Ça, oui, acquiesce ma sœur en gloussant. D'une autre époque.

— Quels autres souvenirs as-tu d'elle ? »

Beth repousse son assiette, où gît la moitié de sa part de quiche : « L'expression de Meredith chaque fois qu'elle devait la nourrir ou l'habiller. D'une neutralité appliquée. Je me disais qu'elle devait nourrir des pensées abominables pour s'évertuer à ce que son visage ne les trahisse pas.

— Et Caroline ? Certaines de ses paroles ou de ses actes te reviennent ?

— Attends, je réfléchis. Ah oui, la fois où elle a piqué une crise à la fête d'été – quand ? J'ai oublié. Peu de temps avant sa mort. Tu te rappelles ? Les feux d'artifice, les lanternes accrochées le long de l'allée pour l'éclairer jusqu'à la maison.

— Mon Dieu ! Ça m'était complètement sorti de la tête... à part les feux d'artifice et le festin. Maintenant je revois Meredith poussant Caroline à l'intérieur parce qu'elle s'était mise à crier sur une serveuse. Ça t'évoque quelque chose ?

— Oui. »

À ce moment-là, la scène remonte à la surface comme si elle était imprimée dans mon esprit depuis toujours, attendant que Beth la fasse resurgir.

La fête d'été du Storton Manor avait lieu tous les ans, en général le premier samedi de juillet. Tantôt nous arrivions à temps, tantôt pas, cela dépendait du calendrier scolaire. Nous espérions toujours être là – c'était la seule fois où nous avions envie d'assister à une réception de Meredith, tant les lumières, les invités, la musique, les beaux atours métamorphosaient le manoir – ce n'était plus la même demeure, le même univers. Cette année-là,

Beth passa des heures à me coiffer. J'avais fondu en larmes parce que ma plus belle robe était devenue trop petite pour moi. Nous ne l'avions découvert que lorsque je l'avais enfilée plus tôt dans la soirée. Elle avait beau me serrer sous les bras, les smocks avaient beau me gratter, je devais la mettre puisque je n'en avais pas d'autre. Alors, pour me remonter le moral, Beth avait entrelacé des rubans turquoise dans mes cheveux, quinze ou vingt en tout, rassemblés en une cascade de boucles derrière ma tête.

« Le dernier, tiens-toi tranquille ! Voilà, tu ressembles à un oiseau du paradis, Erica », me dit-elle, en nouant le dernier.

Je penchai la tête d'un côté à l'autre, ravie de sentir les rubans m'effleurer le cou.

Les torchères qui jalonnaient l'allée empestaient la paraffine et leurs flammes vacillaient dans l'air du soir. Elles émettaient un bruit semblable à un drapeau qui flotte. Un quatuor à cordes était installé sur la terrasse, à proximité de longues tables couvertes de nappes blanches et chargée de rangées de verres étincelants. Des seaux à glace sur pied en argent contenaient des bouteilles de champagne frappé. Quand j'y trempai les doigts, piquant des glaçons pour les sucer, les serveurs haussèrent les sourcils. Les plats étaient sans doute succulents, mais je me rappelle avoir recraché dans une plate-bande le blini au caviar que j'avais fourré dans ma bouche. D'incompréhensibles conversations de grandes personnes nous survolaient ; ragots et rumeurs circulaient dans la foule, sans tenir compte des petites espionnes aux aguets.

La plupart des membres de la famille éloignée – des gens que je ne vois plus jamais – étaient présents, ainsi que l'élite de la société du comté. Un photographe du *Wiltshire Life* prenait des photos des plus jolies invitées, des hommes les plus importants. Des femmes au visage chevalin, mal coiffées, à grandes dents, arboraient des robes du soir aux couleurs criardes. Elles avaient exhumé leurs diamants pour l'occasion, autant de cabochons qui étincelaient sur les peaux anglaises, constellées de taches de rousseur. Le jardin était saturé d'effluves de leur parfum auquel se mêla, à peine le bal eut-il commencé, une odeur de transpiration. Les hommes portaient des smokings. Mon père tripotait son col, sa ceinture, gêné par les bords rigides, les couches de tissu dont il n'avait pas l'habitude. Des insectes tournoyaient autour des lanternes comme des étincelles. La pelouse résonnait de voix et de rires, un brouhaha constant qui enflait à mesure que les bouteilles se vidaient, ne s'interrompant qu'au moment du feu d'artifice. Et les enfants que nous étions regardèrent, émerveillées, le ciel pourpre s'incendier.

On avait embauché une armée de domestiques pour assurer le service. Sommeliers, cuisiniers qui avaient investi la cuisine, serveuses qui portaient les plateaux garnis des canapés chauds préparés par ces derniers. Sans compter les serviteurs impassibles, cantonnés dans la maison, chargés d'indiquer courtoisement aux invités la direction des toilettes du rez-de-chaussée et d'empêcher les curieux de jeter un œil indiscret dans les chambres. Inexplicablement, ce fut l'une de ces employées anonymes que Caroline agressa. On l'avait installée dans son fauteuil sur la véranda, suffisamment près de la terrasse pour qu'elle entende la musique, mais à l'abri dans la maison. Les gens s'approchaient pour lui rendre hommage, ils se penchaient gauchement afin de ne pas la dominer et s'éloignaient dès qu'ils le pouvaient sans faire preuve d'impolitesse. Caroline en gratifiait certains d'un signe de tête distant, en ignorait d'autres. Et puis une serveuse s'avança en souriant, lui présenta un plateau.

Elle avait le teint très mat, je m'en souviens. Jeune, tout juste sortie de l'adolescence probablement. Beth et moi l'avions remarquée plus tôt dans la soirée, à cause de ses cheveux que nous enviions. Nattés en une lourde tresse qui pendait sur son épaule, ils étaient d'un noir de jais, lustrés, magnifiques. Elle avait un joli corps potelé, une jolie figure ronde, des yeux marron foncé, des joues rouges comme des pommes. Une Grecque ou peut-être une Espagnole. Nous la suivions, captivées par sa beauté que nous trouvions extraordinaire, aussi n'étions-nous pas loin lorsque Caroline l'aperçut. Ses yeux s'écarquillèrent, elle ouvrit une bouche immense – un trou sans lèvres au milieu de son visage. J'étais assez près pour remarquer qu'elle tremblait, pour être frappée par l'expression inquiète de la serveuse.

« Magpie ? » chuchota Caroline, le souffle précipité, si bien que je crus avoir mal entendu. Mais elle répéta plus distinctement. « Magpie, c'est toi ? »

La serveuse eut beau secouer la tête, Caroline leva les mains en poussant un cri rauque.

Les sourcils froncés, Meredith lança : « Est-ce que vous allez bien, mère ? »

L'ignorant, celle-ci continua à fixer la serveuse aux cheveux noirs, le visage convulsé de terreur : « C'est impossible que ce soit toi ! Tu es morte ! Je le sais… je l'ai vu.

— Ce n'est pas grave », dit la fille avant de reculer.

Beth et moi regardâmes, fascinées, des larmes couler sur les joues de Caroline.

« Ne me fais pas de mal…, s'il te plaît, croassa-t-elle.

— Qu'est-ce qui se passe ? » Meredith se dressa près de sa mère et foudroya du regard la malheureuse serveuse, dans ses petits souliers. « Calmez-vous, mère. Que vous arrive-t-il ?

— Non ! Magpie… comment serait-ce possible ? J'étais sûre… Je… Je ne voulais pas », supplia Caroline, les mains sur sa bouche, l'air éperdu. La serveuse s'éloigna, visiblement très mal à l'aise. « Magpie… attends !

— Il suffit, personne ne répond à ce nom ! Bonté divine, mère, ressaisissez-vous, la tança Meredith. Nous avons des invités. » Sur ces mots, elle se pencha pour parler à l'oreille de Caroline, qui cherchait toujours la fille aux cheveux noirs dans la foule.

« Magpie ! Magpie ! » cria-t-elle, toujours en larmes. Agrippant la main de Meredith, elle la dévisagea avec de grands yeux angoissés. « Elle reviendra ! Ne la laisse pas me faire de mal !

— Bon, en voilà assez. Clifford, viens m'aider », lança sèchement Meredith à son fils.

À eux deux, ils tournèrent le fauteuil de la vieille dame qu'ils poussèrent entre les grandes portes vitrées. Caroline se débattit, continua à tendre la tête pour essayer d'apercevoir la fille, à répéter le nom. C'est la première et la dernière fois qu'elle me fit de la peine, à cause de sa panique et de son immense tristesse.

« Magpie, c'était ça. Quel étrange prénom », dis-je. Beth se tait, défait sa longue tresse et passe les doigts dans ses cheveux. « Je me demande pour qui elle prenait cette fille ?

— Qui sait ? Elle était dans les vapes à l'époque. N'oublie pas qu'elle avait plus de cent ans.

— Meredith le savait à ton avis ? Elle l'a tellement rabrouée.

— Aucune idée. Meredith était toujours brutale.

— N'empêche qu'elle a été épouvantable, ce soir-là. » Je me lève et pose la bouilloire sur la plaque pour faire du café.

« Si tu cherches de vieilles photos et des paperasses, tu devrais aller fouiller au grenier, ajoute Beth, prise d'un soudain enthousiasme.

— Ah oui ?

— Il y a une vieille malle en cuir rouge là-haut. Quand nous sommes venus pour l'enterrement de Caroline, je me rappelle que Meredith y avait fourré ses affaires. On aurait dit qu'elle voulait faire disparaître tout ce qui lui avait appartenu.

— Je ne m'en souviens pas. J'étais où ?

— Tu étais restée à Reading, chez nos voisins Nick et Sue. Papa te trouvait trop petite pour assister à un enterrement.

— J'irai y jeter un œil plus tard. Tu devrais venir avec moi.

— Non, non. L'histoire de la famille ne m'a jamais vraiment passionnée. Tu dénicheras peut-être quelque chose d'intéressant », conclut-elle, en souriant.

À l'évidence, elle préfère que je fouille le passé lointain plutôt que le nôtre, plus récent. Elle n'a qu'une envie, détourner mon attention.

L'attente

1902-1903

Cependant que le printemps cédait la place à l'été, la présence de Magpie et de Joe, de la mère de celui-ci et de sa sœur Annie, une veuve, dérangeait moins Caroline. Elle ne retourna pas à leur campement. En revanche, Corin l'avertit que c'était une tradition chez les Indiennes de débarquer à l'improviste et d'échanger des cadeaux. De fait, les Poncas lui rendirent plusieurs fois visite puis cela perdit manifestement tout intérêt pour elles. À ces occasions, Caroline voyait le trio s'approcher avec appréhension et, mal à l'aise du début à la fin, elle ne savait comment leur parler ni que leur offrir en échange des présents qu'elles apportaient – miel, mitaines ou une louche joliment sculptée. Au bout du compte, elle leur donnait de l'argent, que Nuage-Blanc acceptait, avec une expression maussade. Caroline leur préparait du thé et attendait impatiemment leur départ. Lorsqu'elles cessèrent de venir, elle eut le sentiment que, d'une façon ou d'une autre, c'était sa faute. Et elle regardait par la fenêtre Joe aller et venir dans le ranch, intriguée par ses traits insolites et sa crinière noire. Le long couteau qu'il portait en permanence dans un étui glissé à sa ceinture lui glaçait le sang.

Elle ne s'accoutumait pas à la chaleur, de plus en plus intense au fil des jours. Le soleil de midi, un disque plat et blanc, lui martelait le crâne comme la main d'un géant dès qu'elle mettait le nez dehors ; il l'accablait, l'alourdissait, l'aveuglait à moitié. Lorsque le vent soufflait, on aurait dit qu'il jaillissait d'un four. Aussi Caroline, tout adepte de la grasse matinée qu'elle fût, décida-t-elle de sortir du lit à l'aube, en même temps que Corin, afin d'avoir un moment où exister, où vivre avant que cela ne devienne intolérable. À cette heure-là, le ciel était un lavis de violet et d'azur semé d'étoiles à l'infime scintillement, qui s'effaçaient à mesure que le jour se levait. Corin décida de l'emmener à Woodward commander des tissus pour les rideaux, des tapis, un grand miroir à suspendre au-dessus de la cheminée, autant d'achats qu'il régla, le visage empreint d'une certaine perplexité. Au cours des semaines que prit leur acheminement par le train de Kansas City, Caroline bouillait d'impatience. À leur arrivée, elle tapa dans ses mains, folle d'excitation. Peu à peu, elle réussit à changer de place les meubles de la maison ; les jours de grand vent, elle passait son temps à balayer pour se débarrasser du sable, au point que ses mains se couvrirent d'ampoules. De guerre lasse, elle renonça et colmata avec des chiffons les fissures qu'elle repéra autour des fenêtres et des portes.

Il lui fut encore plus difficile de s'habituer aux tâches quotidiennes inhérentes à la tenue d'une maison. En tant qu'épouse de Corin, c'était à elle de préparer son petit déjeuner avant qu'il ne vaque à ses occupations dans le ranch mais, au moment où elle était prête – ablutions terminées, chignon impeccable, corset lacé –, il s'en était chargé et était parti travailler.

« Pourquoi mets-tu si longtemps à te coiffer, mon cœur ? Personne n'aura une mauvaise opinion de toi si tu te contentes de les attacher », lui dit gentiment son mari un matin. Relevant les mèches collées à son cou moite, il les caressa du pouce.

« Moi, ça m'indisposerait, répliqua Caroline. Une dame ne peut se montrer en cheveux. Cela ne se fait pas. »

Elle crut néanmoins que la remarque avait un sens caché, si bien qu'elle décida de se lever plus tôt pour être présentable et avoir le temps de s'occuper du petit déjeuner. Quand la citerne était à sec, il fallait tirer l'eau du puits situé au sommet d'une butte, au nord de la maison ; un puits qui n'était rien de moins qu'un miracle, s'empressa d'expliquer Corin, car la nappe phréatique du comté était en grande partie souillée par du gypse, lequel putréfiait les intestins et avait un goût infect.

« Même la plus belle maison de Woodward n'a pas de réserve d'eau potable aussi proche, lui précisa-t-il, non sans fierté. On la transporte encore du sud, par chariot. »

Cela prenait un temps fou de faire bouillir l'eau sur le fourneau et, vu le manque de bois, on se servait surtout des bouses de vache séchées que

Hutch avait utilisées – sous les yeux de Caroline – pour allumer le feu de camp. Lorsqu'elle eut découvert de quoi il s'agissait, Caroline refusa tout net d'en ramasser, ne consentant qu'à les pousser dans le fourneau à l'aide de pinces en fer. À proximité du ranch coulait un petit ruisseau, surnommé Toad Creek par les cow-boys, le long duquel se dressait un maigre rideau de peupliers, de pruniers des sables et de noyers, dont les feuillages étaient plus que bienvenus.

« Pourquoi ne pas couper du bois près du ruisseau ? demanda Caroline, fronçant le nez tandis que Hutch, un peu mécontent qu'on lui eût imposé la corvée, déposait un panier de bouses de vache à la porte.

— On pourrait, m'dame, mais ça ne durerait que deux mois. Après, on recommencerait à utiliser la bouse de vache et il n'y aurait plus d'arbres pour embellir la vue », lui répondit sèchement Hutch.

Caroline avait l'habitude de retrouver les vêtements qu'elle avait mis au sale, repassés et pliés deux jours plus tard. La découverte de la somme de travail effectuée dans ce laps de temps la sidéra. Ainsi, tous les matins, il y avait l'eau à puiser, le fourneau à nettoyer et à rallumer ; le petit déjeuner à préparer et la vaisselle à faire ; la lessive et la bataille sans fin à livrer au sable dans la maison et sur la véranda. Sans compter le potager aux légumes flétris, rabougris, dont elle devait s'occuper. Corin lui avait donné les graines, troquées avec un voisin : pastèques et courges, petits pois et haricots. Il lui avait aussi acheté deux minuscules cerisiers, qu'elle arrosait scrupuleusement, se faisant du mauvais sang lorsque le vent les secouait. Ils poussaient mal dans le sol rouge et ne fleurissaient pas, malgré les soins dont elle les entourait. Ensuite, il y avait le déjeuner, le ravaudage, le dîner. Caroline n'était pas un cordon-bleu, loin de là. Elle faisait brûler les œufs. Elle oubliait de saler le bœuf. Ses légumes étaient mous, sa viande de la semelle. Le cœur de ses haricots blancs était dur, son café de la lavasse, son pain, qui refusait de lever, compact et caoutchouteux au sortir du four. Chaque fois qu'elle se répandait en excuses, Corin la rassurait : « On ne t'a pas élevée pour faire ça, voilà tout. Tu t'y mettras vite. » Et il avalait courageusement ce qu'elle avait posé devant lui.

Dès que ses mains se salissaient, Caroline les lavait car elle détestait la crasse, les croissants noirs sous ses ongles. Elle les récurait si souvent que sa peau, rouge et irritée, se crevassait. À la fin de la journée, elle s'asseyait, les joignait sur ses genoux et se lamentait sur la perte de leur douceur.

Pour prendre un bain chaud, il fallait remplir laborieusement une cuve en cuivre sous laquelle on allumait un feu, puis verser l'eau à l'aide de seaux dans le tub, caché derrière un paravent que Caroline avait commandé à cet effet. Corin avait beau désapprouver ce gaspillage d'une eau précieuse, elle était endolorie de la tête aux pieds au terme d'une journée de labeur. Lorsqu'elle s'adossait à la baignoire de fortune, elle sentait les protubérances de sa colonne vertébrale qui se dépliait, le creux délicat entre chaque vertèbre.

Quand elle tordait le gant, ses mains tremblaient de fatigue. À la lueur jaune de la lampe à pétrole, elle examinait ses ongles cassés et le hâle de ses bras là où elle avait retroussé ses manches. Elle massait ses cals, elle en avait désormais, avec une crème parfumée à la rose pour les adoucir tandis que la mélopée des coyotes esseulés retentissait dans la nuit.

Elle ne se plaignait pas, fût-ce en son for intérieur. S'il lui arrivait de flancher, elle imaginait le sourire moqueur et triomphal de Bathilda ou songeait à l'admiration de Corin, qui la trouvait courageuse et belle. Il n'était pas question de lui donner tort, même s'il semblait percevoir ses moments d'abattement. Ces soirs-là, il brossait tendrement ses cheveux pour en ôter le sable, tout en fredonnant des chansons ou en lui racontant des histoires qui la faisaient rire. Celle d'une vache très intelligente qui buvait de la bière et avait appris à compter ; celle du pionnier qui s'était enduit de la boue rouge du comté de Woodward afin de se faire passer pour un Indien et de s'établir sur leurs terres. À moins qu'il n'apparût devant le paravent lorsqu'elle se massait les mains dans le tub et ne pétrît les muscles contractés de son cou, de ses épaules, jusqu'au moment où elle sombrait dans un demi-sommeil. Alors, il la prenait dans ses bras et la portait, ruisselante, dans le lit où il lui faisait l'amour. Et l'extase fulgurante abolissait tous les autres maux de Caroline.

Un soir, allongés côte à côte, ils reprenaient leur souffle après leurs ébats. S'appuyant sur un coude, Corin essuya les gouttes de leur sueur sur la poitrine de sa femme avant de poser la main sur son ventre. Souriante, elle remua sous la pesanteur, la chaleur de sa peau.

« Un garçon ou une fille pour commencer ? demanda-t-il.

— Qu'est-ce que tu préfères ?

— C'est moi qui ai posé la question en premier. »

Elle soupira de bonheur : « Cela m'est égal. Peut-être une fille... une petite fille qui aurait tes yeux noisette et tes cheveux couleur de miel.

— Et ensuite un garçon ?

— Bien sûr. Tu aimerais mieux avoir d'abord un garçon ?

— Pas forcément... encore que ce serait formidable de le former, d'avoir un peu plus d'aide dans le ranch...

— Pauvre petit ! Il n'est pas encore né que tu lui mènes déjà la vie dure ! » s'indigna Caroline.

Corin lui embrassa le ventre : « Psst, hé toi là-dedans – si tu es un garçon, je t'achète un poney dès que tu sors ! »

Éclatant de rire, Caroline prit la tête de son mari entre ses mains, sans se soucier de leur rugosité.

Deux mois s'écoulèrent avant que des voisins ne lui rendent visite. Caroline examinait d'un œil navré le gâteau au miel qui avait dégonflé au sortir du four lorsqu'elle entendit crier devant la maison.

« Salut, les Massey ! » appela-t-on de nouveau. À sa grande surprise, Caroline se rendit compte que c'était une voix de femme. Après avoir lissé ses cheveux, secoué la farine de son tablier, elle ouvrit la porte et s'avança d'un pas digne sur la véranda. Là, elle resta bouche bée. Non seulement la femme, pour peu que c'en fût une, portait des vêtements d'homme – pantalon, jambières en cuir, chemise de flanelle cintrée par un gros ceinturon –, mais elle montait un grand alezan à califourchon, avachie sur la selle comme si elle y était née.

« Vous êtes là, je commençais à croire que je braillais devant une maison déserte. » Elle balança une jambe par-dessus la croupe du cheval et se laissa brutalement tomber à terre. « Evangeline Fosset, enchantée de vous rencontrer. Appelez-moi Angie, comme tout le monde. » Sur ce, la femme s'approcha, un sourire aux lèvres. Une longue queue-de-cheval rousse oscillait dans son dos. Son visage avait beau être aussi hâlé que celui de Corin, il était joli et empreint d'énergie. Ses yeux bleus pétillaient.

« Caroline. Caroline Massey.

— C'est bien ce que je pensais. » Elle la regarda des pieds à la tête. « Hutch m'a dit que vous étiez une beauté, par Dieu, cet homme ne ment jamais. » Caroline sourit timidement. « Je suis votre voisine. Mon mari Jacob et moi, nous avons une ferme à une dizaine de kilomètres d'ici. » Angie pointa le doigt au sud.

« Ah… hum… donnez-vous la peine d'entrer », proposa Caroline, d'une voix hésitante.

Elle découpa des carrés de son gâteau au miel, au bord, là où il était plus présentable, et les disposa sur une grande assiette pour accompagner le thé et l'eau. Angie en but une longue gorgée.

« Comme je vous envie ce puits ! C'est extraordinaire d'avoir de l'eau qui n'a pas un goût de gypse ou de citerne, je vous le garantis. » Elle vida son verre. « Corin vous a raconté sa découverte ? Celle du puits, je veux dire.

— Non.

— Eh bien, ils avaient creusé à peu près une centaine de trous et n'avaient trouvé que du gypse, encore du gypse, et de l'eau gypseuse puante. Ils puisaient celle du ruisseau, sauf qu'il est à sec la moitié de l'année, comme vous le verrez bientôt. Ils faisaient tellement gaffe aux réserves que pas un gars du ranch ne s'était lavé depuis un mois. C'est pas un bobard, croyez-moi : leur odeur arrivait jusque chez moi. Bon, un jour, un drôle de vieux type monté sur un mulet efflanqué s'est pointé. Il a demandé à Corin s'il voulait trouver de l'eau potable dans sa propriété. Corin n'hésite jamais à donner sa chance à quelqu'un. C'est vrai qu'il ne voyait pas comment le vieux réussirait alors qu'il se plantait depuis des mois, n'empêche qu'il lui a dit bien sûr. » Angie s'interrompit pour reprendre son souffle et enfourner un morceau de gâteau. Caroline l'observait, fascinée. « Le vieux sort une branche fourchue, toute lissée par les années, et le voilà parti. Il arpente le terrain dans tous les sens, sans lâcher sa baguette. Le soleil de plomb de la mi-journée ne l'arrête pas, jusqu'au moment où il grimpe en haut de la butte et bing ! La baguette tournicote avant de se tendre comme une flèche vers le gazon. "Elle est là votre eau potable, m'sieur", affirme le vieux. Effectivement, il a suffi de creuser pour que le puits apparaisse. C'est incroyable, hein ? » Son histoire terminée, Angie regarda Caroline d'un air impatient.

« Ma foi, je... », commença celle-ci. Sa voix frêle formait un contraste saisissant avec le récit plein d'énergie d'Angie. « Bien sûr, si vous le dites », acheva-t-elle, avec un petit sourire.

Angie se rembrunit puis son visage s'éclaira à nouveau. « Alors, comment ça se passe votre installation ? Vous vous habituez à la vie du ranch ?

— Oui, je crois. C'est assez différent... de New York.

— Pour sûr ! Pour sûr ! dit Angie, éructant un rire caverneux.

— C'est la première fois que je vois une femme monter à califourchon, ajouta Caroline, ne pouvant s'empêcher d'y faire allusion même si c'était impoli.

— Oh, c'est le seul moyen de se déplacer, je vous le garantis. Une fois qu'on a essayé, on ne peut plus monter en amazone. Quand j'ai appris que Corin ramenait une fille de la ville, j'ai pensé, la pauvre petite, elle ne sait pas ce qui l'attend. Moi, je me plais ici, c'est chez moi, Dieu sait pourtant s'il arrive à dame Nature d'être une garce dans cette région – passez-moi l'expression, mais c'est la vérité. » Angie lança un regard à Caroline, qui, gênée, esquissa un sourire contraint. Elle resservit du thé à son invitée. La tasse en porcelaine aux motifs de roses et de rubans bleus, si charmante sur le catalogue, paraissait être un jouet dans la main robuste d'Angie. « Certaines femmes souffrent de la solitude, ça peut être insupportable de ne voir personne – aucune amie – pendant des semaines, parfois des mois. Comment ça va, seule à la maison toute la sainte journée ?

— J'ai été... très occupée, répondit Caroline, avec circonspection, sidérée par le toupet de cette femme.

— Comme nous toutes, à coup sûr. » Angie haussa les épaules. « Quand les enfants viendront, ça sera plus facile. Rien ne vaut une maisonnée pleine pour vous distraire, ça, je vous le garantis. »

Caroline rosit. Elle attendait avec impatience son premier bébé. Il lui tardait de bercer un petit, de sentir la douceur de sa peau, de fonder une famille qui l'enracinerait.

« Corin en veut cinq, précisa-t-elle timidement.

— Cinq ! Bonté divine, vous avez du pain sur la planche, ma fille ! s'exclama Angie. Bon... vous êtes encore jeune. Espacez-les, c'est mon conseil, comme ça les aînés vous donneront un coup de main pour les mioches. Surtout prévenez-moi quand vous serez enceinte, l'aide et l'expérience d'une aînée vous seront utiles. Si vous avez besoin de quoi que soit, n'oubliez pas de me le faire savoir.

— C'est vraiment très gentil », la remercia Caroline, persuadée que ce serait inutile. Certes, elle ne faisait pas mieux la cuisine et ne s'adaptait pas physiquement aux travaux ménagers, en revanche, elle avait une certitude : la maternité était sa vocation.

À son départ, environ une heure après, Angie ne prit pas la direction de sa maison mais celle des corrals où quelques hommes travaillaient. Corin avait beau vouloir qu'elle s'initie à la gestion du ranch, Caroline ne s'y aventurait guère. Les cow-boys et la nature de leur activité l'effarouchaient. Ce qu'elle en avait vu lui avait paru d'une extrême brutalité. Plaquage d'animaux au sol, écornage, immersion de leur tête dans un bain parasiticide caustique et nauséabond, marquage au fer rouge du sigle *MR*, l'emblème du ranch. La vulnérabilité des bêtes roulant des yeux l'horrifiait. Mais lorsqu'elle vit Angie conduire calmement son cheval vers Hutch, en train de marquer des veaux dans l'enclos le plus proche, Caroline se sentit exclue. Elle s'empressa d'ôter son tablier, attrapa son bonnet et s'avança rapidement pour les rejoindre.

Hutch s'était approché de la clôture. Il s'y appuyait et continuait à surveiller le marquage tout en parlant à Angie. Au moment où, très tendue, Caroline cherchait un moyen de signaler sa présence, elle entendit son nom. Elle fit alors un pas de côté de sorte que l'ombre du dortoir la dérobât à leur vue. L'odeur de poils et de peau brûlés lui donna un haut-le-cœur, elle étouffa le bruit avec sa main.

« Elle n'est pas très sympathique, hein ? lança Angie, croisant les bras.

— Elle fait de son mieux, m'est avis. Ça doit pas être simple vu l'enfance facile qu'elle a eue. Elle avait sans doute pas fait plus de cinq cents mètres à pied jusqu'à son arrivée ici et, d'après Corin, elle n'avait jamais fait la cuisine.

— Dommage qu'il ne se soit pas installé plus près de la ville, elle aurait pu être institutrice ou autre chose – ses bonnes manières lui auraient servi, constata Angie, d'un ton désapprobateur. Ils en pensent quoi les gars ?

— Difficile à dire. Elle ne sort pas souvent de la maison ; elle ne monte pas à cheval ; pour sûr, elle nous apporte pas de la citronnade quand il fait chaud. » Un grand sourire fendit le visage de Hutch. « Elle supporte pas la chaleur.

— Quelle mouche a piqué Corin ? Il épouse un tendron et il la laisse se dépatouiller.

— M'est avis qu'il trouvait que c'était une jolie fille avec la tête sur les épaules.

— Hutchinson, le jour où je t'entendrai critiquer qui que ce soit ou quoi que ce soit, je tomberai de cheval. Peut-être qu'elle a la tête sur les épaules en ville, mais ici ? Ma parole, elle fait le ménage avec un corset serré au point qu'elle arrive à peine à respirer ! C'est du bon sens, ça ? »

Hutch dit quelque chose que Caroline n'entendit pas à cause des hurlements de veaux paniqués, puis il se tourna vers Angie. Craignant d'être vue, Caroline contourna le dortoir et rentra chez elle d'un pas précipité, les yeux pleins de larmes de colère.

Au dîner, Caroline observa son mari. Il avalait sans se plaindre sa nourriture insipide. Il était arrivé tard parce qu'il avait dû rattraper deux bêtes égarées et s'était attablé, l'estomac dans les talons, s'étant contenté d'asperger son visage et ses mains à l'abreuvoir. Sous la lampe, il paraissait fruste, plus vieux qu'il ne l'était. Du sable de la prairie s'était incrusté à la naissance de ses cheveux en bataille. Après une journée en plein air, on aurait dit qu'il avait absorbé le soleil tant il rayonnait le soir. Le soleil lui réussissait, contrairement à Caroline ; il brûlait sa peau claire, criblait ses joues de taches de rousseur, sans compter son nez pelé d'une façon peu attrayante. Son amour pour lui la submergea, mais il était mâtiné de désespoir. Corin avait beau être son mari, elle avait peur de le perdre. Elle n'avait pas eu conscience de son fiasco jusqu'à sa rencontre avec Angie Fosset et le jugement sans appel qu'elle avait prononcé sur sa mollesse. Incapable d'expliquer la cause de ses larmes à Corin, elle les ravala.

« Evangeline Fosset est passée aujourd'hui, déclara-t-elle d'une voix un peu compassée.

— Ah oui ? Tant mieux, c'est une voisine formidable et très amicale, tu ne trouves pas ? » Caroline but quelques gorgées d'eau pour ne pas répondre sur-le-champ. « S'il existe un exemple de la liberté que l'Ouest procure aux femmes, une liberté qu'elles n'ont jamais eue et de l'usage qu'on peut en faire, c'est Angie, poursuivit Corin.

— Elle n'a pas laissé de carte pour me prévenir de sa visite, je n'étais pas prête à recevoir une invitée, dit Caroline, aussi mécontente de son ton glacial que des compliments de son mari sur une autre femme.

— Ma foi... s'il faut parcourir une dizaine de kilomètres pour annoncer une future visite, c'est normal de la rendre une fois qu'on est là, j'imagine.

— Je l'ai entendue parler de moi à Hutch. Elle m'a traitée de tendron, qu'est-ce que cela signifie ?

— Tendron ? » Un petit sourire se dessina sur les lèvres de Corin. Il reprit vite son sérieux à la vue de l'expression de sa femme, de la lueur qui étincelait dans ses yeux. « Voyons, mon cœur, je suis sûr que ce n'était pas une critique : ça veut simplement dire que tu n'es pas habituée à l'Ouest. Ni à la vie en plein air.

— Comment le serais-je ? Suis-je responsable du lieu de ma naissance. Est-ce une raison pour jeter la pierre à quelqu'un ? Je m'efforce de m'adapter à la vie d'ici !

— Je le sais bien. » Corin prit les mains de Caroline et les serra. « Ne te mets pas dans un tel état, tu t'en sors très...

— Non, ce n'est pas vrai. Je suis une mauvaise cuisinière ! Je n'arrive pas à bout de tout ce qu'il y a à faire ! Les plantes ne poussent pas... il y a du sable partout dans la maison !, s'écria-t-elle.

— Tu exagères...

— Hutch sait que je suis une mauvaise cuisinière, tu le lui as sûrement dit. »

Corin s'empourpra : « Désolé, mon cœur, je n'aurais pas dû. Mais si tu as besoin d'aide, n'hésite pas à m'en réclamer, on t'en trouvera, affirma-t-il, caressant son visage, là où les larmes avaient coulé.

— J'en ai besoin », reconnut Caroline, piteusement. Aussitôt, elle eut l'impression d'être soulagée d'un grand poids.

« Dans ce cas, tu en auras. »

Et Corin de murmurer des mots doux jusqu'à ce qu'elle s'arrête de pleurer et lui sourie.

On embaucha donc Magpie pour qu'elle se charge d'une partie des tâches ménagères. Même si Caroline n'était pas emballée que la jeune Ponca soit là toute la journée, Magpie débarqua, le sourire aux lèvres. Elle se mit immédiatement au travail, c'était inné chez elle. Caroline fut trop heureuse de la laisser faire la cuisine : les os et haricots secs devenaient une soupe épaisse et savoureuse ; la pâte à pain, étalée entre des chiffons humides, levait dès qu'on la mettait au soleil sur le rebord de la fenêtre ; des herbes mystérieuses glanées dans la prairie donnaient aux sauces un goût exquis. La lessive prenait deux fois moins de temps et revenait plus propre. Magpie assumait les tâches les plus pénibles, comme chercher l'eau ou porter le linge mouillé pour le suspendre. Aussi, pour la première fois depuis son arrivée, Caroline put-elle s'asseoir dans la journée pour lire ou coudre. Elle n'aurait jamais imaginé que sa satisfaction d'être déchargée d'une partie de ces corvées ne serait pas entière, pourtant elle enviait la facilité, la bonne humeur, avec laquelle Magpie les effectuait. En outre, la jeune Ponca lui apprenait beaucoup de choses, avec tact, sans jamais sous-entendre qu'elle aurait dû savoir les faire ni qu'elle n'était pas à la hauteur. Il était donc impossible de lui en vouloir.

Malgré tout, la présence de Magpie l'empêchait de se concentrer. Non seulement elle attirait le regard mais elle fredonnait de vieilles mélodies, inconnues de Caroline, qui comparait leur lugubre étrangeté à la mélopée des coyotes. Elle se déplaçait à pas tellement feutrés que la jeune femme l'entendait à peine. Un matin qu'elle brodait une guirlande de petites fleurs dans le coin d'un chemin de table, elle sentit une présence dans son dos. Elle se retourna et vit que Magpie, tout près de son épaule, appréciait son ouvrage.

« Très bon, madame Massey. Vos points très jolis.

— Ah… merci, Magpie », dit Caroline, le souffle coupé par l'apparition inopinée de la jeune fille. Il n'y avait pas une nuance de roux ni de marron dans sa longue tresse, noire comme une aile de corbeau, qu'accrochait le soleil. Caroline remarqua son épaisseur, son lustre, et la trouva grossière. Avec son visage rond et ses pommettes saillantes, Magpie ressemblait, malgré son teint plus sombre et plus rougeaud, aux femmes de l'Empire céleste que Caroline avait aperçues à New York. La Ponca la fascinait quel que soit le frisson qui la parcourait lorsque leurs bras se frôlaient. En pleine chaleur, alors que son front luisait d'une transpiration qui la démangeait sous ses vêtements, Magpie, elle, paraissait ne souffrir de rien. Encore une chose qu'elle lui enviait.

Un jour de canicule, Caroline, sûre de devenir folle faute de trouver un soulagement quelconque, se précipita dans sa chambre, ferma la porte, ôta chemisier et corset. Elle s'assit et sentit la relative fraîcheur de l'air sur sa peau collante, brûlante. Peu à peu, le vertige persistant qui l'assaillait depuis le début de la matinée s'amenuisa. L'humidité était si forte, l'atmosphère si lourde, le ciel d'un éclat si aveuglant qu'il lui semblait que son sang s'épaississait et bouillonnait dans ses veines. Lorsqu'elle se rhabilla, elle ne remit pas son corset. Cela passa inaperçu, il n'y avait pas grand-chose à remarquer. À cause du travail, de la chaleur et de sa cuisine qui lui avaient fait perdre l'appétit, elle avait beaucoup maigri.

Plus tard dans la semaine, il se mit à pleuvoir comme si les cieux saisis de courroux contre la terre cherchaient à la blesser. Il plut à torrents, non des gouttes, mais des hallebardes qui jaillissaient de nuages sombres et dégringolaient sur le sol, le transformant en une soupe dévalant vers Toad Creek – le modeste ruisseau se gonfla en un torrent furieux. Stoïques, la crinière ruisselante, les chevaux se rapprochaient les uns des autres. Les vaches, elles, se couchaient dans le pré, les yeux plissés. Corin se trouvait avec Hutch à Woodward où ils avaient convoyé sept cents têtes de bétail. Allongée sur son lit, Caroline pria avec le plus de ferveur possible pour que la North Canadian ne déborde pas, que sa crue ne dure pas et n'empêche pas son mari de rentrer. Elle laissa les volets ouverts, écoutant la pluie marteler le toit, attendant, les bras tendus, que l'air qui s'engouffrait pas la fenêtre la rafraîchisse – nul doute que l'eau balaierait la chaleur.

On frappa timidement à la porte: Magpie apparut.

« Qu'est-ce qui ne va pas ? » Caroline se redressa en tressaillant.

« Rien, madame Massey. Je vous ai apporté quelque chose pour vous faire du bien. »

Avec un soupir, Caroline repoussa ses cheveux moites : « Rien ne peut me faire du bien.

— Essayez, insista Magpie. Il ne faut pas trop se coucher, ce n'est pas comme ça qu'on s'adapte. » Caroline se leva péniblement et suivit la jeune Ponca dans la cuisine. « Pastèque, la première de l'été ! Goûtez. » Magpie lui tendit une grosse tranche, un croissant de lune couleur de sang qui dégoulina sur ses doigts.

« Merci, Magpie, je n'ai pas vraiment faim...

— Goûtez », répéta la jeune Indienne, d'un ton ferme. Caroline lui jeta un coup d'œil, croisa son regard noir, étincelant, et n'y vit que de la bonne volonté. Acceptant le fruit, elle en grignota un morceau.

« C'est bon, hein ?

— Oui », reconnut Caroline. Elle en prit de plus grosses bouchées. Ni sucrée ni amère, la pastèque avait un léger goût terreux. Sa chair apaisa la sécheresse qui parcheminait sa gorge.

« Et buvez ça. » Magpie lui passa un gobelet. « De l'eau de pluie. Tombée tout droit du ciel.

— Eh bien, il n'en manque pas aujourd'hui ! fit Caroline en souriant.

— L'eau de la terre, l'eau du ciel, expliqua Magpie, désignant d'abord le fruit puis le gobelet. Manger et boire ces choses, met... met en harmonie avec la terre et le ciel. Vous voyez ? Comme ça, vous ne sentez plus autant que vous êtes punie, vous sentez que vous faites partie de cette terre et du ciel.

— Ce serait merveilleux de ne pas avoir l'impression d'être punie.

— Buvez plus, mangez plus », l'encouragea Magpie.

Elles restèrent à la table de la cuisine, le menton dégoulinant de jus, tandis que la pluie chuintait dehors. Caroline ne tarda pas à sentir une fraîcheur miséricordieuse, venue de l'intérieur, se répandre sur sa peau brûlante de fièvre.

Clara, une jument brun foncé, aux jambes fines et courtes, avait un corps compact, un ventre comme un tonneau, une encolure maigrelette. Elle était au crépuscule de sa vie et avait mis bas une douzaine de fois, donnant à Corin des poulains, tous devenus de beaux chevaux de selle à l'exception d'un seul, complètement braque. Personne n'avait réussi à le débourrer, il avait rompu les os de plusieurs des meilleurs cow-boys avant que son cœur ne lâche sous l'effet de sa fureur.

« Ce jour-là, Clara a été accablée de chagrin alors que le poulain était à Woodward », raconta Hutch à Caroline, en train de caresser timidement la tête de la jument.

Sous le soleil de la matinée, les âcres odeurs de cheval et du cuir de la sellerie étaient prégnantes. Protégée par son bonnet, elle regarda le contremaître. Ses yeux étaient des fentes serties sous ses sourcils et entourées de pattes-d'oie. Il avait beau n'avoir que quelques années de plus que Corin, les rides de son visage étaient très profondes.

« À votre avis, elle savait que son petit était mort. Comme c'est triste ! s'apitoya Caroline.

— Je pense bien. C'te poulain, on l'avait appelé Brasier. Quand on s'approchait de lui, il vous fixait d'une manière qui faisait trembler n'importe quel type.

— Quelle horreur ! Comment un animal aussi doux que Clara a-t-elle pu avoir un rejeton aussi vicieux.

— Plus d'un assassin s'est révélé être le fils d'une femme bien qui croyait en Dieu. J'imagine que ce qui vaut pour les êtres humains s'applique aux chevaux. Bon, Clara ne ferait pas de mal à une mouche : montez sur son dos, criez à tue-tête, donnez un énorme coup de cravache, elle vous en voudra même pas.

— Ma foi, je ne ferai rien de tout ça, dit Caroline en riant.

— Bien sûr que si… en tout cas, vous monterez sur son dos.

— Oh non ! Je croyais apprendre seulement à la seller aujourd'hui, protesta Caroline, non sans inquiétude.

— Pour sûr, et ça va prendre cinq bonnes minutes. Ça servirait à quoi de seller un cheval si personne s'assoit sur son dos ?

— Hutch, je… je ne sais pas si j'en suis capable.

— Y a qu'un moyen de le découvrir », déclara-t-il, avec gentillesse. Il la prit par le coude pour qu'elle se rapproche du cheval. « Allez, madame Massey, c'est pas possible que la femme d'un propriétaire de ranch sache pas monter. Et il n'y a aucune raison d'avoir peur, c'est comme d'être assis dans un fauteuil.

— Les fauteuils ne courent pas ! Ils ne ruent pas.

— Vrai de vrai, mais ils vous emmènent pas d'un endroit à l'autre deux fois plus vite qu'un chariot », plaisanta Hutch. Son sourire en coin était si chaleureux qu'elle ne put refuser la main qu'il lui tendit.

« Cela ne me paraît pas une bonne idée, objecta-t-elle, d'une petite voix.

— Dans une dizaine de minutes, vous vous demanderez pourquoi vous en faisiez toute une histoire », lui assura le contremaître.

Hutch entoura son mollet de ses mains et la poussa sur la selle d'amazone où elle se percha, livide, s'attendant à être précipitée dans le sable d'un instant à l'autre. Il lui montra comment enrouler la jambe droite autour de la fourche du pommeau et porter son poids sur l'étrier gauche afin de garder son équilibre.

« Ça va ? En confiance ? demanda-t-il.

— Pas exactement, répondit-elle, parvenant malgré tout à esquisser un vague sourire.

— Maintenant, donnez-lui un petit coup avec ce talon, lâchez les rênes et dites *Hue, Clara !*

— Hue, Clara, s'il te plaît, lâcha Caroline avec le plus de conviction possible, poussant un cri lorsque la jument lui obéit.

— Et voilà, vous montez ! s'exclama Hutch. Détendez-vous, elle n'ira nulle part. Détendez-vous, madame Massey ! » l'admonesta-t-il, marchant à côté, une main posée sur les rênes. « Vous vous en sortez très bien. »

Pendant une demi-heure, Hutch l'escorta dans le corral désert. Clara avançait au pas, s'arrêtait et repartait, tournait à droite et à gauche, ne montrant pas le moindre signe de mauvaise humeur ou d'ennui. Attentive aux conseils du contremaître, Caroline essayait de les graver dans sa mémoire, de sentir l'allure de la jument et de l'épouser, sans réussir à chasser l'impression que celle-ci ne pouvait que lui en vouloir et risquait, à tout moment, de redevenir sauvage et de l'envoyer valdinguer. Son dos et ses jambes furent rapidement endoloris. Lorsqu'elle le dit à Hutch, il jeta un regard méprisant à la selle d'amazone.

« C'est normal quand on fait quelque chose pour la première fois, mais, franchement, madame Massey, vous seriez mille fois mieux à califourchon...

— Les hommes montent à califourchon, les femmes en amazone, assena Caroline d'un ton sans réplique.

— C'est vous la patronne. »

Voilà que Corin déboulait au galop d'une pâture, accompagné de deux cow-boys. Le soleil éclaboussait la robe noire de Catin, ses jambes antérieures ruisselaient de transpiration. Caroline se redressa, horriblement mal à l'aise. Les hommes, dont les noms lui échappaient toujours, portèrent la main à leur chapeau tout en ralentissant leurs montures. L'espace d'un instant abominable, elle crut qu'ils regarderaient la fin de sa leçon. Écarlate, elle les salua d'un geste. Ils montaient avec un naturel comparable à celui de Magpie quand elle faisait la cuisine ou le ménage, avachis sur la selle comme si leur corps avait été conçu à cet effet. À son grand soulagement, ils se dirigèrent vers l'abreuvoir; Corin fut le seul à s'arrêter devant l'enclos.

« À la bonne heure ! Tu as une allure fantastique à cheval, ma chérie ! » Rayonnant, il se découvrit pour se masser le crâne.

« Vous voulez aller jusque-là ? demanda Hutch à Caroline, qui acquiesça. Eh bien ! allez-y, vous savez comment faire. » Avec circonspection, elle ordonna à la jument de tourner la tête et la persuada de s'approcher de la barrière.

« C'est extraordinaire, Caroline, si tu savais comme je suis content de te voir enfin à cheval ! lança Corin.

— Je n'arriverai jamais à la seller toute seule – c'est tellement lourd, dit Caroline, anxieuse.

— Peut-être bien, mais tu pourras demander à un des gars de t'aider. Il y en a toujours dans les parages, et ils se bagarreront pour donner un coup de main à une jolie fille comme toi.

— Puis-je descendre à présent, Hutch ?

— M'est avis que ça suffit pour aujourd'hui. » Le contremaître remonta son jean. « Après deux autres leçons comme celle-ci, on vous appellera Annie Oakley[1]. »

En dépit de l'attention avec laquelle Caroline, qui se sentait un peu moins « tendron », écouta Hutch lui décrire la meilleure façon de descendre

1. (1860-1916). Une des légendes de l'Ouest américain.

de son cheval, son pied se coinça dans l'étrier, sa jupe s'entortilla autour de ses genoux et elle tomba à plat ventre dans le sable du corral. L'air s'expulsa de ses poumons tandis que, derrière elle, Clara émettait un petit grognement de surprise.

« Bon Dieu ! Ça va, Caroline ? jura Corin, sautant de sa monture.

— Hum, ça ne devait pas se passer tout à fait comme ça. » Hutch la prit par le bras pour l'aider à s'asseoir. « Ne bougez pas, reprenez votre souffle. »

Caroline n'avait aucune envie de rester dans la saleté ou près de Clara plus que nécessaire. Elle se releva, tremblante, saisie d'une quinte de toux ; ses yeux, pleins de sable, ruisselaient. Elle s'était fait mal au cou et tordu un poignet. Couverte de poussière de la tête aux pieds, furieuse contre elle-même, morte de honte, elle foudroya Corin du regard.

« Ma parole, quand vous êtes en rogne, vous avez l'air aussi sauvage que Brasier, dit Hutch, admiratif.

— Sans parler des joues en feu, ajouta Corin, le visage fendu d'un grand sourire.

— Ne... te moque pas de moi ! » fulmina Caroline, ivre de rage et de frustration. Sur ce, elle tourna les talons et se dirigea d'un pas raide vers la maison. Encore sous le choc de sa chute, elle chancelait, les jambes flageolantes à cause de l'équitation. Sa déception était intolérable – une fois de plus, elle n'avait pas été à la hauteur et s'était couverte de ridicule.

« Mais non ! Reviens, Caroline, je ne me moquais pas de toi », entendit-elle Corin crier. Peine perdue. Les épaules droites, elle continua à marcher.

L'automne arriva dans la prairie avec son cortège d'épouvantables orages, de violentes tempêtes de grêlons qui déchiraient un ciel fuligineux. Un soir, Hutch débarqua chez Caroline et Corin. Dès qu'il se fut un peu réchauffé devant le poêle, il leur annonça qu'un éclair tombé au milieu du troupeau avait foudroyé trois bêtes, les projetant en l'air comme des confettis. L'histoire fit pâlir Caroline, aussi Corin réprimanda-t-il son contremaître du regard. Cela échappa au pauvre homme qui claquait des dents, tordait ses mains rougies, à présent brûlantes. Cette saison où la nature se déchaînait ne fut qu'un intermède, avant le début de l'hiver. Et là, Corin rentrait, les sourcils mouchetés de neige fondue, transi, se déplaçant avec raideur. Il parvenait malgré tout à sourire à sa femme.

« Il souffle un sacré vent du nord », déclara-t-il, un jour, au dîner.

Son vocabulaire ne choquait plus Caroline, elle n'en fronça pas moins les sourcils – la force de l'habitude – et s'emmitoufla dans son châle pour se protéger de la rafale qui s'était engouffrée avec son mari. Jamais elle n'aurait imaginé regretter la chaleur, pourtant, c'était bien le cas.

L'année 1902 s'acheva, et une fête à la ferme des Fosset inaugura 1903. Tous les propriétaires de ranch, leurs familles et les cow-boys y étaient conviés. Il faisait un temps sec et calme ce soir-là, l'air les enveloppait comme une couverture glacée. Au cours du trajet en carriole, Caroline eut les doigts, les orteils, le nez et les oreilles gelés. Il n'y avait pas de lune, la lanterne de l'attelage n'éclairait la prairie que sur quelques mètres devant eux. On eût dit que l'obscurité environnante était une créature de chair et de sang, à l'affût. Frissonnante, Caroline se pelotonna contre Corin. Elle entendait les sabots des chevaux des cow-boys du ranch Massey, qui les suivaient de près comme s'ils avaient, eux aussi, l'impression d'être talonnés. Enfin, la maison des Fosset se profila, trouant la nuit de ses illuminations. Caroline récita une courte prière de remerciement.

Des feux crépitaient dans la cour. La viande fumait et grésillait sur une plaque. Invités et chevaux se bousculaient dans cette oasis de lumière et de vie surgie au milieu du néant plongé dans les ténèbres. On secoua le bras de Corin, on lui tapa sur l'épaule; l'instant d'après, la foule chaleureuse des voisins engloutit le couple. Un accordéon, un violon et un instrument à percussion se mirent à jouer dans la grange que les danseurs réchauffèrent tandis que l'odeur animale dégagée par l'haleine et la sueur prédominait. Une bannière que les enfants d'Angie avaient confectionnée avec un vieux drap, où ils avaient peint *Bonne apnée!* [sic] flottait au-dessus du portail dans les infimes remous de l'air. Angie avait deux filles, de douze et huit ans, et un fils de quatre – il avait les cheveux roux de sa mère et des yeux d'un bleu exceptionnel. Même quand elle dansait, riait ou parlait, Angie ne quittait pas du regard son merveilleux petit garçon. Surprenant Caroline en train de l'admirer, elle l'appela.

« Kyle, c'est Caroline Massey, notre gentille voisine. Alors, qu'est-ce qu'on dit ? lui chuchota-t-elle, le soulevant et le calant sur sa hanche.

— Content d'vous rencont'er, m'dame Massey, bredouilla Kyle, sans cesser de sucer ses doigts.

— Moi de même, Kyle Fosset. » Caroline serra doucement la menotte libre de l'enfant. À peine Angie l'eut-elle posé par terre qu'il s'éloigna, pataud, sur ses petites jambes potelées. « Oh, Angie, il est adorable ! s'exclama-t-elle.

— C'est mon petit ange, répondit la mère, rayonnante. Il le sait, vous pouvez me croire.

— Et les filles aussi... vous devez être tellement fière de... »

Incapable de contrôler sa voix, Caroline s'interrompit.

« Ah non, pas question ! On fête la nouvelle année et tout ce qu'elle va nous apporter de magnifique, vous m'entendez ? martela Angie, d'un ton lourd de sens. Ça va vous arriver, vous devez être patiente, d'accord ? »

Caroline hocha la tête, songeant qu'elle aimerait avoir les mêmes certitudes.

« Madame Massey, vous acceptez de danser avec un grossier cow-boy ? demanda Hutch, surgissant à leurs côtés.

— Avec plaisir. » Caroline se tamponna précipitamment les yeux. L'orchestre joua deux morceaux d'affilée, et Hutch la fit tournoyer au rythme d'une danse s'apparentant à la valse tout en étant différente. Malgré la propreté douteuse de certains d'entre eux, la masse confuse de visages souriants rappela à Caroline le bal des Montgomery. Même si à peine un an s'était écoulé, elle avait l'impression qu'il avait eu lieu dans une autre vie. Au fond, c'est normal que je me sente encore une étrangère, j'ai parcouru un tel chemin, pensa-t-elle.

« Tout va bien, madame Massey ? s'enquit Hutch, très sérieux.

— Oui, naturellement, pourquoi est-ce que ça n'irait pas ? riposta-t-elle, d'une petite voix trop enjouée.

— C'était juste une question. » Hutch portait sa plus belle chemise, dont le premier bouton ne tenait plus qu'à un fil. Caroline se promit de l'ajouter à la pile de vêtements à raccommoder. « Vous êtes prête pour une nouvelle leçon d'équitation ? reprit-il. Vous vous en êtes très bien sortie la première fois, mais vous n'avez pas réessayé.

— Non… je ne crois pas être douée pour l'équitation. En plus, je gèlerai maintenant qu'il fait si froid.

— Vrai de vrai, il y en a pour qui c'est facile, d'autres pour qui ça l'est pas. N'empêche, même ceux qui avaient du mal, je les ai vus y arriver, à force d'entraînement. Ce qu'il faut, c'est avoir envie de remonter. Madame Massey, vous devez vous remettre en selle », insista Hutch.

Ne parlait-il que d'équitation ? Elle n'en était pas sûre : « Je… », commença-t-elle. Puis, ne sachant qu'ajouter, elle fixa ses pieds et s'aperçut que ses chaussures étaient couvertes de poussière. Ses yeux se remplirent de larmes.

« Ça va aller souffla Hutch, si bas qu'elle l'entendit à peine.

— Hutchinson, tu permets ? C'est ma femme que tu serres contre toi, la plus jolie fille de la pièce. » Corin prit les mains de Caroline et la fit virevolter. Les yeux brillants de joie, les joues empourprées par le whisky et la danse, il était superbe, tellement superbe qu'elle éclata de rire et jeta les bras autour de son cou.

« Bonne année, mon chéri », murmura-t-elle à son oreille qu'elle effleura de ses lèvres. Il l'enlaça encore plus étroitement.

En février, il tomba beaucoup de neige. Elle s'amoncela en congères, formant un monde éblouissant qui blessait les yeux. Caroline contemplait le paysage monotone derrière la fenêtre, collée au poêle, les mains enfouies dans les mitaines que la Ponca lui avait données. Ainsi, elle pouvait ravauder, mais ses doigts gourds lâchaient souvent l'aiguille.

« Maintenant, vous êtes contente de les avoir, constata Magpie, désignant de la tête les grosses mitaines. Quand Nuage-Blanc vous les a apportées, j'ai vu que vous étiez sûre de n'en avoir jamais besoin.

— J'aurais dû les payer deux fois plus. »

À cette remarque la jeune Indienne plissa un peu le front : « Vous voulez bien raconter une histoire pendant que je travaille ? » demanda-t-elle. Agenouillée devant le baquet à linge, elle frottait les taches d'une salopette de Corin sur une planche à laver.

« Quel genre d'histoire ?

— Ça n'a pas d'importance. Une histoire de votre peuple. »

Ne sachant trop à quel peuple elle appartenait, Caroline lui raconta l'histoire d'Adam et Ève dans le jardin d'Éden. La traîtrise du serpent, la délicieuse pomme, la chute. À la fin, elle posa son ouvrage et décrivit la honte qui s'était emparée d'eux lorsqu'ils avaient pris conscience de leur nudité, leur quête fébrile pour trouver de quoi la dissimuler. Les yeux pétillants, Magpie pouffa, ce qui gonfla davantage ses joues.

« C'est une belle histoire, madame Massey. Un missionnaire a raconté la même à mon père, vous savez ce qu'il a dit mon père ?

— Qu'a-t-il dit ?

— Que c'était une réaction de Blanche. Une Indienne aurait ramassé un bâton, tué le serpent et tout serait redevenu merveilleux dans le jardin. »

Piquée au vif par la critique implicite, Caroline ne tarda pourtant pas à s'associer au rire contagieux de la jeune fille : « C'est sans doute vrai », concéda-t-elle.

Les deux femmes riaient toujours à l'arrivée de Corin. Après avoir épousseté la neige de ses épaules, il regarda Caroline, assise près du poêle avec son ouvrage puis Magpie, à genoux devant le baquet, et fronça les sourcils. « Corin, qu'est-ce qui ne va pas ? » lança Caroline. Sans proférer une parole, il s'approcha du poêle pour se réchauffer.

Plus tard, alors qu'ils dînaient, Corin livra le fond de sa pensée : « Ce que j'ai vu quand je suis rentré tout à l'heure m'a... m'a déplu, Caroline.

— Qu'est-ce que tu veux dire ? demanda-t-elle, la gorge serrée.

— Tu étais installée bien au chaud, alors que Magpie travaillait dur...

— Absolument pas ! Je ravaudais. Pose-lui la question... je m'étais arrêtée pour lui raconter l'histoire d'Adam et Ève... » L'air malheureux, Caroline ne termina pas sa phrase.

« Je sais que tu as l'habitude d'avoir des domestiques, mais Magpie n'en est pas une. Mon idée, c'était qu'elle te décharge des travaux ménagers, pas qu'elle fasse tout. Elle doit tenir sa maison, sans compter qu'elle devra bientôt lever le pied. Il faut l'aider plus, ma chérie », conclut-il gentiment. Arrachant un bout de pain de la miche, il l'émietta.

« Elle m'aide beaucoup, enfin je l'aide aussi, je veux dire : on se partage le travail ! Qu'est-ce que tu entends quand tu affirmes qu'elle va devoir lever le pied ? Pourquoi ?

— Mon amour... » Un regard filtra sous les sourcils dorés en broussaille de Corin. « Magpie est enceinte. Joe et elle vont avoir un bébé, leur premier. »

Il se détourna, le visage sombre. Caroline prit cette expression pour une accusation. Des larmes lui montèrent aux yeux. L'émotion qui la submergeait, un mélange insupportable de colère, de chagrin, de culpabilité, lui tordait les entrailles et l'assourdissait. Se levant brusquement, elle courut dans la chambre où elle s'enferma.

Dans une carriole légère attelée à un alezan au port de tête altier, on pouvait se rendre à Woodward en une journée, à condition de partir à l'aube et de ne faire qu'une pause à midi pour se reposer et abreuver l'animal. La plupart des cow-boys et des employés, dont Joe et Magpie, les accompagnèrent à cheval. Caroline observait la jeune Indienne juchée sur un poney gris, se demandant comment le ballonnement éloquent de son ventre, la légère vigilance dont ses mouvements étaient empreints avaient pu lui échapper.

« Est-ce prudent que Magpie monte dans son état ? » chuchota-t-elle à Corin, sans savoir s'il l'entendait par-dessus le martèlement des sabots, le vent, le grincement des roues.

« C'est ce que j'ai dit à Joe, il s'est moqué de moi. J'imagine que les Poncas sont plus costaudes que les Blanches. »

Quelques gouttes de pluie voltigèrent. Caroline se tut. Pourtant les paroles de son mari la blessaient. Qu'il en ait conscience ou pas, il avait insinué qu'elle était faible et ne s'adaptait pas à l'Ouest. Ni en tant que femme ni en tant qu'épouse.

Dès leur arrivée à Woodward, à la tombée de la nuit, ils prirent une chambre au Central Hotel. Joe, Magpie et les employés du ranch disparurent en ville – soit dans les saloons, soit au bordel que tenait Dollie Kezer, soit au Dew Drop Saloon, soit chez des amis. Malgré sa fatigue et son dos endolori par le long trajet, Caroline insista pour que Corin lui fît l'amour. Quand elle le sentit se répandre dans son corps, elle ferma les yeux et pria pour que la magie, quelle qu'elle fût, nécessaire à ce que sa semence engendre un enfant opère cette fois. Enfin.

Le moral de Caroline était remonté en flèche à la perspective de cette sortie en ville pour assister au gala de printemps et danser. Ils quittaient très rarement le ranch et n'étaient pas sortis depuis la fiesta du nouvel an des Fosset. Woodward, qui lui avait paru être un trou perdu à son arrivée de New York, lui semblait à présent déborder de vie et d'activité. De quoi l'attrister un peu car cela donnait la mesure de son isolement. Au lever du jour le lendemain, il faisait beau. Les rues grouillaient de cow-boys et de pionniers qui, de part et d'autre de la grand-rue, formaient deux épais cordons le long de plusieurs pâtés de maisons, ondulant là où le trottoir se surélevait devant un magasin. L'air, chargé de l'odeur de milliers de corps, des relents de chevaux et de fumier, des effluves du bois et de la peinture des bâtiments desséchés au soleil, résonnait de voix excitées. Les portes des boutiques aux façades décorées de banderoles aux couleurs vives étaient grandes ouvertes pour accueillir la clientèle du jour, une occasion sans précédent.

En matière de divertissement, il y eut un spectacle de rodéo, une parodie de chasse au bison, des concours de tir. Sans oublier les numéros de lasso artistique, ni ceux de marquage au fer rouge, d'une violence excessive aux yeux de Caroline, qui se détournait lorsque le cowboy tordait la tête du bouvillon et que les deux mordaient la poussière. Au concours de lancer de couteau, Joe l'emporta de loin sur ses concurrents, lançant sa lame à maintes reprises au cœur de la cible fixé sur des bottes de foin : il gagna une boîte de cigares et un couteau Bowie[1] flambant neuf. Même si les applaudissements qui saluèrent sa victoire furent clairsemés, comparés à ceux dont bénéficiaient les vainqueurs blancs de n'importe quelle autre compétition, Joe admira ses trophées, un demi-sourire aux lèvres. Ils mangèrent des grillades, des pêches, des glaces et des gâteaux au miel ; les femmes burent du thé glacé, les hommes de la bière. Privée de glace depuis son départ de New York, Caroline trouva la boisson divine. Ils tombèrent sur des voisins avec lesquels Corin échangea des tuyaux sur les prix du blé et du bétail, puis sur les Fosset. Outrageusement maquillée, Angie portait une robe lilas, criarde. Quand Corin la complimenta, elle s'exclama en riant :

« Oh, j'ai une allure de danseuse de music-hall, ça j'le sais. Enfin, nous, les filles, on n'a pas souvent l'occasion de s'habiller ! Et, pour être mignonne, j'ai besoin d'un coup de pouce, par Dieu, on peut pas être toutes aussi jolies que ta femme, Corin Massey.

---

1. Conçu par le colonel Bowie, doté d'une lame d'au moins quinze centimètres de long.

— Ma foi, insista celui-ci, portant galamment la main à son chapeau, moi je te trouve charmante. »

Pendant que les hommes discutaient, Angie prit Caroline à part : « Des nouvelles, mon chou ? » En guise de réponse Caroline secoua la tête en se mordant la lèvre. « Alors, il y a un truc que tu pourrais essayer. »

Dans la soirée, l'orchestre joua des valses et des polkas ainsi que des quadrilles. Comme il n'existait aucune salle en ville pour recevoir autant de couples, on avait étendu des toiles sur le sable de la grand-rue. Caroline dansa avec la grâce qu'on lui avait inculquée, malgré les faux pas de Corin, qui avait bu trop de bière, et les plis de la toile où l'on risquait de se prendre les pieds faute d'attention. Au milieu de la foule, entourée d'édifices, Caroline se sentait mieux que depuis des mois cependant qu'ils tournoyaient au rythme d'une valse mexicaine. Au lieu d'être vaillant ou contraint, le sourire qu'elle affichait fut, l'espace d'un instant, naturel.

Un peu plus tard, alors qu'elle parlait avec un groupe de femmes de Woodward, Caroline aperçut Corin de l'autre côté de la rue. S'inclinant devant Magpie, il posa les mains sur son ventre. On eût dit qu'il le caressait avec une sorte de vénération et la jeune Indienne semblait gênée mais contente. Caroline retint son souffle, le sang lui monta aux joues. Son mari avait beau avoir un verre dans le nez, cela n'excusait pas sa conduite. Puis elle fut écarlate pour une autre raison : le visage détourné, Corin avait un regard vague. Et elle comprit qu'il attendait que l'enfant bouge dans le ventre de la Ponca. Témoin de cette scène intime, elle eut soudain l'impression qu'il y avait de la possessivité dans le geste de son mari – la manifestation d'un intérêt excessif.

4

Il fait froid quand nous prenons la direction du bois. C'est la plus longue nuit de l'année. Nous sommes trois. Eddie a tellement insisté pour que Beth nous accompagne qu'elle a cédé, presque intriguée. Un petit vent frisquet s'infiltre sous nos manteaux et nous marchons vite, les membres raides. Dans la nuit claire, le faisceau de notre lampe de poche vacille au hasard. La lune brillante semble voguer dans le ciel à cause de la course des nuages. Comme nous approchons des arbres, une renarde glapit.

« C'était quoi ? souffle Eddie.

— Un loup-garou, dis-je, d'un ton neutre.

— Ha, ha ! De toute façon, ce n'est pas la pleine lune.

— D'accord, c'était un renard. Tu n'es plus drôle, Edderino. »

D'excellente humeur, j'ai l'impression d'être délivrée, comme si on avait coupé mes cordes et que je pouvais flotter librement. Les nuits lumineuses et agitées ont cet effet sur moi, le vent qui souffle dans les ténèbres a quelque chose de particulier, une manière de frôler, une nonchalance. Il semble susurrer : *Je pourrais t'enlever, je pourrais t'emporter si j'en avais envie.* Il y a une promesse dans cette soirée.

À présent, nous entendons de la musique, des voix fortes, des rires. Le feu rougeoie entre les arbres. Beth hésite. Elle croise les bras sur sa poitrine. La lueur des flammes accuse tous les sillons d'anxiété de son visage. Si Eddie n'était pas avec nous, elle resterait ici, à l'abri du bois, passant d'une ombre à l'autre, se contentant de regarder. Je sors une bouteille de whisky de la poche de mon manteau, l'ouvre difficilement avec mes mains gantées. Nous formons un cercle. Les plumules de nos haleines s'élèvent vers le ciel.

« Un petit coup. Ça te réchauffera. » Pour une fois, elle ne discute pas. Elle boit une longue gorgée.

« Je peux en avoir ? demande Eddie.

— Jamais de la vie », riposte Beth. Elle s'essuie le menton et tousse. Elle semble si réelle, si présente, tellement elle-même que je lui prends les mains, aux anges.

« Viens, tu vas faire la connaissance de Patrick. Il est supersympa. » À mon tour, j'avale une lampée. Le whisky embrase ma gorge. Nous repartons.

Lorsque nous arrivons près du feu, nous sommes tendues toutes les deux. L'éternelle incertitude, serons-nous les bienvenues ? Puis Patrick nous découvre. Il nous présente à une myriade de gens dont j'ai du mal à garder les noms en tête. Sarah et Kip – longs cheveux étincelants à la lueur des flammes, bonnets à rayures ; Denise – une petite femme au visage très ridé, aux cheveux d'un noir d'encre ; Smurf – un énorme type, aux mains comme des battoirs, au gentil sourire ; Penny et Louise – Penny la plus masculine, au crâne rasé, aux yeux féroces ; avec leurs vêtements et leurs cheveux de couleurs vives, on dirait des papillons qui se détachent du sol hivernal. Une sono est installée à l'arrière d'une camionnette. Des véhicules sont garés tout au long du chemin. Des enfants se fondent dans la foule et resurgissent. Eddie disparaît. L'instant d'après, je l'aperçois : il a retrouvé Harry, ils entassent des feuilles mortes sur des branchages qu'ils jettent dans le brasier.

« Qui c'est ce type avec Eddie ? demande Beth, une pointe d'inquiétude dans la voix.

— Harry. Je le connais, ne t'affole pas. Il a l'esprit un peu lent. D'après Dinny, il s'entend bien avec les enfants. Il est inoffensif. » Je lui parle à l'oreille, haussant le ton. La chaleur dégagée par les flammes ourle nos lèvres et nos sourcils d'une pellicule de sueur.

« Ah bon ! » Beth n'a pas l'air convaincue. Honey traverse la clairière, précédée par son énorme ventre.

Ce soir, son visage est animé et souriant, elle est ravissante. Je ressens un pincement de désespoir. Sans en tenir compte, je précise à Beth : « La blonde, là-bas, c'est Honey. » Sa physionomie est tellement mobile que j'en suis sûre : j'ai eu des élèves plus âgées qu'elle. Elle est trop jeune pour avoir un bébé. Je ne suis pas loin d'être en colère, contre qui ? Je n'en sais rien.

Puis Dinny apparaît à côté de Beth, son sourire réservé aux lèvres. Ses cheveux détachés, noirs et ébouriffés, balaient sa mâchoire. Il se détourne à moitié du feu, si bien que la lumière le coupe en deux, met brutalement son visage en relief. J'en retiens mon souffle jusqu'à ce qu'il me brûle la poitrine.

« Content que vous soyez venues, Beth, Erica. » Il sourit à nouveau, l'effet de l'alcool est perceptible – pour la première fois depuis nos retrouvailles, il est chaleureux.

« Merci infiniment de nous recevoir, répond Beth, parcourant les invités du regard comme si nous étions à une réception mondaine.

— Tu as de la chance avec la météo ce soir. Il a fait un temps infect jusqu'à maintenant », dis-je.

Dinny me jette un coup d'œil amusé : « Pour moi, ça n'a pas d'importance. Il fait le temps qu'il fait.

— Ce n'est pas le temps qui est infect, c'est nous qui ne nous habillons pas comme il faut, c'est ça ?

— Exactement ! Vous avez goûté au punch ? Il ne manque pas de... punch. Quoi qu'il arrive, ne l'approchez pas des flammes.

— Je n'y touche plus, dis-je. Il paraît que ça ne m'a pas réussi une fois. C'est peut-être un bobard parce que je ne me souviens de rien.

— Beth, alors ? Tu te laisses tenter ? »

Ma sœur acquiesce. Elle semble toujours un peu hébétée, voire stupéfaite d'être ici. La main sur son coude, Dinny l'emmène. Me retrouvant seule, une émotion m'envahit. L'émotion de toujours lorsque

Beth et Dinny m'abandonnaient. Je me secoue, reconnais des personnes et m'impose.

Je sens la chaleur du whisky dans mon sang, je dois faire attention. Eddie passe devant moi à toute allure, s'agrippe à ma manche et me bouscule.

« Tu ne m'as pas vu ! Ne leur dis pas que tu m'as vu ! m'exhorte-t-il, hors d'haleine, très excité.

— À qui ? » Il est déjà reparti. Quelques secondes plus tard, une petite bande d'enfants et Harry se précipitent dans son sillage. Après avoir bu une autre gorgée de whisky, je tends la bouteille à une fille à la figure pointue, au nez percé d'anneaux, qui la fait passer en rigolant. Les étoiles tournoient au-dessus de ma tête, le sol vibre. Je ne me souviens pas de ma dernière cuite, elle remonte à une éternité. J'avais oublié à quel point c'était agréable. Je vois Beth debout près de Dinny, au milieu d'un petit groupe de gens, l'air presque détendue bien qu'elle se taise. Elle est intégrée, et pas murée en elle-même. J'en suis absolument ravie. Je danse avec Smurf, il me fait virevolter jusqu'à ce que j'aie la nausée.

« Ne tombe pas amoureux d'elle, Smurf. Ces filles Calcott ne restent pas dans les parages », lui crie Dinny lorsque nous le croisons.

Je suis trop lente pour demander ce qu'il veut dire. Je m'approche aussi près du feu que je l'ose, racle les cendres avec un tisonnier pour attraper une pomme de terre en robe des champs. Elle me brûle la langue. Elle a la saveur de la terre. Je salue Honey et me fiche du manque de naturel de sa réponse. J'observe Dinny. Au bout d'un moment, je n'en ai même plus conscience. Où que je sois, je sais où il est. Comme si le feu l'éclairait mieux que les autres. La nuit sombre et animée gravite autour du campement. Puis je distingue la lumière bleutée de gyrophares dans le chemin.

Les policiers sont obligés de se garer et de continuer à pied. Deux véhicules déversent quatre agents qui s'approchent d'un pas martial. Avec zèle, ils commencent à chercher de la drogue, ordonnent aux invités de retourner leurs poches. La musique s'arrête, les voix faiblissent. Un moment suspendu où le feu craque et ronfle.

« Il y a un Dinsdale ici ? » demande un jeune policier, une lueur pugnace dans les yeux. Il est petit, trapu, impeccable.

« Plusieurs, répond Patrick.

— Puis-je voir des papiers d'identité qui le prouvent, monsieur ? » exige alors le policier. D'un geste, Dinny impose silence à Patrick, plonge dans sa camionnette et présente son permis de conduire. « Je suis quand même obligé de vous demander de vous disperser car il s'agit d'un rassemblement illégal dans un lieu public. J'ai tout lieu de croire que cela peut dégénérer en une rave party tout aussi illégale. Il y a eu plusieurs plaintes…

— Ce n'est pas un rassemblement illégal, nous avons le droit de camper ici, vous le savez. Ainsi que celui de recevoir quelques amis comme le reste de la population, rétorque froidement Dinny.

— Il y a eu des plaintes à cause du bruit, monsieur Dinsdale.

— De qui ? Il n'est que vingt-deux heures.

— D'habitants du village, et du manoir.

— Du manoir ? Vraiment ? » Dinny me jette un coup d'œil par-dessus son épaule. Je m'approche de lui. « Tu as porté plainte, Erica ?

— Absolument pas. Beth et Eddie non plus, j'en suis sûre.

— Et qui êtes-vous, madame, sans indiscrétion ? lance le policier, dubitatif.

— Erica Calcott, propriétaire de Storton Manor. Et voici ma sœur Beth. Comme nous sommes les seules à y habiter, il est raisonnable d'affirmer que tous ses résidents cautionnent cette fête. Et qui êtes-vous, sans indiscrétion ? » Ce n'est pas seulement le whisky qui me désinhibe, je suis en colère.

« Brigadier Hoxteth, madame... lady... Calcott, et je... »

Je l'ai troublé. Remarquant à la périphérie de mon champ de vision que le regard de Dinny s'éclaire, j'interromps le policier : « Mademoiselle Calcott. Avez-vous un lien de parenté avec Peter Hoxteth, le vieux flic.

— C'est mon oncle, mais je ne vois pas le rapport...

— Je me souviens de votre oncle. Lui, il avait de bonnes manières.

— Il y a malgré tout eu des plaintes, et je suis habilité à disperser ce rassemblement. Je ne souhaite pas créer de frictions, toutefois...

— Les Hartford de Ridge Farm donnent un bal tous les étés ; il y a deux fois plus de monde sans compter l'orchestre et la sono. Si je téléphone pour porter plainte à ce sujet, vous y débarquerez pour y mettre fin et chercher de la drogue ?

— Je ne pense pas vraiment…

— De toute façon, nous ne sommes pas dans un lieu public mais chez moi. C'est donc ma réception. Ma réception privée. À laquelle vous n'êtes pas conviés, je le crains.

— Vous pouvez certainement comprendre, mademoiselle…

— Nous allons baisser le volume de la musique et, à minuit, ce sera terminé, comme prévu. Les enfants doivent se coucher, intervient Dinny. Si vous voulez nous faire déguerpir sans procéder à des arrestations, il vaudrait mieux trouver une meilleure raison que des plaintes fabriquées de toutes pièces, brigadier. »

Hoxteth se rebiffe. Il y a de la tension dans ses épaules qu'il redresse : « En tant qu'officiers de police, c'est notre devoir de donner suite aux plaintes et d'enquêter…

— Ben, c'est fait. Alors foutez le camp », lâche Honey, bougeant agressivement son ventre.

Dinny la retient d'une main. Les yeux d'Hoxteth s'attardent un instant sur Honey, sa jeunesse, sa beauté, l'épaisseur de sa taille. Il pique un fard, sa mâchoire se crispe. Il fait signe à ses hommes. Et ils repartent en file indienne.

« Pas de musique. Et plus personne à minuit. On reviendra vérifier », prévient-il, nous menaçant du doigt. Honey réagit par un doigt d'honneur, mais le policer s'est détourné.

« Branleur, marmonne Patrick. Plein de zèle juvénile, celui-là. »

Dès que les voitures ont disparu, Dinny s'adresse à moi, l'air amusé : « Ta réception, c'est ça ?

— Et alors, ça a marché.

— Sans aucun doute. Je ne t'imaginais pas en rebelle.

— Voilà qui prouve ton ignorance. J'ai même été arrêtée une fois – ça me donne un peu de prestige, non ?

— Ça dépend pourquoi on t'a arrêtée ?

— J'ai jeté un œuf sur un député, reconnais-je à contrecœur. Rien de très anarchiste.

— En effet, mais c'est un début.

— C'était génial », me félicite Eddie, qui surgit à mon côté, à bout de souffle. Je passe un bras autour de ses épaules et le serre contre moi avant qu'il ne s'échappe.

Ce que Beth prépare pour le déjeuner emplit le rez-de-chaussée d'une vapeur à l'odeur d'ail qui embue les fenêtres. La pluie engloutit le monde extérieur, en sorte que la maison semble être une île. Eddie est parti dans les bois avec Harry. Les accords de la cinquième de Sibelius – la symphonie préférée de Beth – s'élèvent dans l'escalier en même temps que la vapeur. Pour moi, c'est bon signe qu'elle ait cherché le disque dans la collection de Meredith et concocte un plat qu'elle est susceptible de manger. Que font Dinny et Honey avec une pluie pareille, par une journée aussi déprimante ? Ils n'ont ni pièces où déambuler, ni d'innombrables livres ou disques, ni télévision. Leur mode de vie est un sujet de spéculation pour moi. À leur place, je serais au pub du village. L'espace d'une seconde, je songe à les rejoindre, mais mon estomac proteste, me rappelant que je soigne une gueule de bois. Faute de mieux, je vais au grenier.

Je me souviens très bien de l'oncle du brigadier Hoxteth. On le voyait quelquefois au village, quand nous allions acheter des bonbons ou des glaces à la boutique. Il avait toujours le sourire. Il venait souvent au manoir, soit à la demande de Meredith, soit à celle des Dinsdale. Ils ont le droit de camper ici, comme Dinny l'a fait observer. Il existe un acte de donation, un contrat ou je ne sais quoi, de l'époque de mon arrière-grand-père, avant son mariage avec Caroline. Il était dans l'armée avec le soldat Dinsdale, en Afrique je crois – l'histoire a été oubliée au fil des années. Quoi qu'il en soit, à leur retour, Dinsdale voulait un lieu où s'installer et sir Henry Calcott lui en a donné un à perpétuité, dont tous les membres de sa famille pouvaient jouir. Ils ont un exemplaire du document, le notaire de notre famille aussi. Cela tapait sur les nerfs de Meredith.

Lorsque nous voyions le brigadier Hoxteth, il attendait toujours, planté, mal à l'aise, dans l'antichambre, l'apparition de Meredith au regard de Gorgone. La fois où elle ordonna à l'un des fermiers de garer une énorme machine agricole en haut du chemin pour en interdire l'accès aux gens du voyage. La fois où, apprenant que ces derniers ne s'appelaient pas tous Dinsdale, elle exigea leur expulsion. La fois où, voyant l'un d'eux puiser de l'eau à l'un des abreuvoirs du domaine, elle voulut porter plainte. La fois où Meredith accusa les Dinsdale de voler des provisions dans le cellier et des babioles dans la maison jusqu'à ce que l'on découvre que la gouvernante avait une vieille mère à charge. La fois où l'un des chiens des gitans se faufila dans le jardin, et où Meredith lui *flanqua la frousse* avec un fusil de calibre douze. Au village, les gens crurent que c'était la guerre. *Il aurait contaminé mes animaux*, se contenta-t-elle d'expliquer sèchement.

Il nous arrivait de monter au grenier pour farfouiller dans le bric-à-brac. Nous nous imaginions toujours qu'il y avait quelque chose d'extraordinaire à découvrir, mais nous nous lassions vite des caisses, lampes cassées, chutes de moquette. La chaudière gargouille et chuinte comme un dragon endormi. Un jour pluvieux comme aujourd'hui, il fait très sombre, les combles disparaissent dans l'obscurité. Les rares lucarnes, très espacées, sont constellées de taches d'eau et de lichen. Il règne un silence si profond que j'entends les bruits infimes de la maison, le gloussement musical de la pluie s'infiltrant dans les gouttières engorgées. Sans m'en rendre compte, je marche sur la pointe des pieds.

Le cuir rouge de la vieille malle, sec et cassant, presque sablonneux quand je le touche, s'effrite entre mes doigts. Les yeux étrécis pour voir ce qu'il y a dedans, je finis par la traîner devant la fenêtre la plus proche. Elle laisse une empreinte dans la poussière du plancher, quand l'a-t-on bougée pour la dernière fois ? À l'intérieur, je découvre des liasses de papiers et des boîtes. Une espèce de petite valise, très abîmée. Quelques objets mystérieux enveloppés dans des pages de journal jaunies. Une écritoire en cuir. C'est bien peu, s'il s'agit de toutes les affaires de Caroline. C'est bien peu pour un siècle d'existence. Mais j'imagine que les vieilles demeures de ce genre sont déjà meublées, décorées. Les vies y défilent, en revanche, leur contenu est inamovible.

Non sans fébrilité, je fouille dans les papiers. Invitations à diverses réceptions ; brochure administrative sur les mesures à prendre en cas de raid aérien ; télégramme de la reine adressé à Caroline pour ses cent ans ; ordonnances rédigées d'une écriture de médecin, illisible comme il se doit. J'ouvre quelques-uns des paquets. Un poudrier en or avec le rouge à lèvres assorti ; un éventail d'une telle délicatesse que j'ose à peine le toucher ; un nécessaire de coiffeuse en argent incrusté de nacre – les brosses sont soyeuses, le miroir est fendu ; un étrange hochet d'une douceur satinée, doté d'une clochette d'argent qui tinte. Qu'est-ce qui indique que ces objets appartiennent à Caroline ? Qu'est-ce qui a empêché Meredith de les vendre comme d'autres tout aussi précieux. Au bout d'un moment, je remarque qu'ils sont tous gravés du monogramme *CC*. Je cherche sur le hochet et finis par trouver, au bord de la clochette en argent terni, une minuscule inscription presque effacée qui me laisse songeuse : *Pour un superbe fils*.

Autant de trésors que je remets dans leurs emballages puis dans la malle. Je ne sais trop ce qu'ils deviendront. En théorie, ils sont à nous désormais, mais ce n'est pas vraiment le cas. Ils n'appartenaient pas davantage à Meredith, c'est pourquoi elle les a cachés ici. Le sac de voyage est vide, sa doublure de soie rose en lambeaux. Je sors l'écritoire, bourrée des lettres de Caroline, un grand nombre toujours dans leurs enveloppes – des enveloppes blanches, beaucoup plus petites que celles dont on se sert aujourd'hui. Je les regarde rapidement : l'adresse à l'encre noire est toujours de la même petite écriture penchée, juste un peu trop en pattes de mouches pour être élégante. J'en ouvre une avec précaution et saute à la fin. La plupart des lettres sont de Meredith, elles portent un cachet du Surrey.

Avec un étrange pincement au cœur, je retourne à la première page de celle que je tiens.

28 avril 1931.

Chère mère,

J'espère que vous serez en bonne santé quand vous recevrez cette lettre et que vos rhumatismes vous tourmentent moins que ces derniers temps. Vous serez heureuse d'apprendre que mon installation se passe bien, je m'habitue peu à peu à tenir ma maison, même si vous me manquez et que je regrette Storton Manor. Charles est assez peu exigeant, il tient simplement à ce que le petit déjeuner soit servi à huit heures et le dîner à vingt et une heures ! Un homme facile à contenter, aussi ai-je eu le loisir de faire les choses à ma manière. La maison est tellement plus petite que le manoir que vous seriez sans aucun doute amusée par le nombre et la diversité des instructions que j'ai dû donner aux domestiques pour qu'ils y transportent mes affaires. Je crains qu'ils n'aient trop pris l'habitude de s'occuper d'un célibataire qui, de surcroît, ne s'intéressait vraisemblablement que de très loin au changement des draps et des fleurs ou à l'aération des chambres d'amis.

Il est vrai que c'est assez insolite de me retrouver seule toute la journée alors que Charles est à son bureau. L'après-midi, le silence prend une qualité singulière ; je tourne souvent la tête à gauche pour vous faire observer quelque chose et me rends compte que la pièce est vide. J'imagine que je devrais profiter de la paix et du calme avant que le trottinement de petits pieds ne les trouble... Je suis écartelée entre deux émotions : le bonheur et la terreur à la perspective de la naissance de votre premier petit-enfant. Tous les jours, je me répète que les femmes accouchent sans problème depuis un grand nombre d'années et que je suis sûrement capable d'en faire autant. Aviez-vous peur la première fois que vous attendiez un enfant ? J'espère du fond du cœur que vous viendrez nous voir, mère, vos conseils me seraient d'un grand secours. Vous avez beau ne pas être accoutumée à une maison aussi petite que la nôtre, elle n'en est pas moins très confortable. J'ai changé les rideaux et la literie de la plus grande chambre d'amis, les précédents étaient usés, ainsi tout est prêt pour votre venue. Le jardin foisonne de pâquerettes, une fleur que vous aimez, et il est agréable de se promener dans la campagne environnante, pleine de charme. Écrivez-moi et annoncez-moi votre visite en me précisant la date. Charles m'a interdit de conduire, mais je peux envoyer notre factotum, Hepworth, vous chercher à la gare à n'importe quelle heure ; le trajet est court et facile. Venez, je vous en prie.

Avec toute mon affection,
Meredith.

En 1931, Meredith n'avait que vingt ans. Déjà mariée, elle attendait un bébé qu'elle a dû perdre puisque ma mère est née longtemps après. Je relis la lettre tout en m'efforçant d'imaginer Caroline comme une mère aimée, qui manquait manifestement à sa fille. La lettre m'attriste. Je la parcours une troisième fois pour en comprendre la raison. Elle exsude le sentiment de solitude. De loin, en bas, j'entends Beth m'appeler pour le déjeuner. Je glisse la lettre dans l'écritoire que je coince sous mon bras avant de descendre.

Il pleut jusqu'au mardi après-midi. J'ai hâte de mettre le nez dehors. J'envie Eddie. Il rentre à la tombée de la nuit, les boucles mouillées, le jean couvert de boue à la hauteur des genoux. À quel âge commence-t-on à prêter attention au froid, à l'humidité, à la gadoue ? Sans doute au même qu'à celui où on cesse de vagabonder. Dans la chambre d'enfants, le vide laissé par l'armoire me saute aux yeux – la peinture est intacte sur le mur couvert de poussière et de toiles d'araignée. Je commence à trier les piles de linge que j'en ai sorties, mettant de côté draps pour berceau, gigoteuses, minuscules taies d'oreiller. Une sublime robe de baptême. Des carrés de mousseline et un petit édredon. J'ignore ce qui sera susceptible de servir à Honey et à son nouveau-né. Aura-t-elle un berceau ? Il n'empêche que c'est du beau linge, épais, doux au toucher. De qualité. L'idée d'y emmailloter son enfant pourrait lui plaire, malgré le côté sommaire de l'ambulance. Une fois de plus, j'aperçois les taies d'oreiller brodées de fleurs jaunes. Quel est le nom de ces fleurs, je ne dois pas oublier de le chercher ; peut-être que ça m'aiderait à comprendre pourquoi elles titillent mon subconscient.

« Où vas-tu avec ça ? demande Beth, me voyant traîner un ballot dans l'escalier.

— Je l'apporte à Honey. Ce sont des affaires de bébé, je me suis dit que ça pourrait lui servir. » Beth fronce les sourcils. « Qu'est-ce qu'il y a ?

— Erica, qu'essaies-tu de... ?

— Quoi ?

— Tu le sais, voyons. Tu ne devrais pas te donner tant de mal pour redevenir leur amie.

— Pourquoi ? De toute façon, je ne me mets pas en quatre. Ce sont nos voisins après tout, tu avais l'air plutôt contente de bavarder avec Dinny à la fête de l'autre soir.

— Tu m'as forcée à y aller. Enfin, Eddie et toi. Ne pas lui adresser la parole aurait été impoli. Mais je... je ne crois pas que nous ayons grand-chose en commun à présent. En réalité, je ne suis pas sûre que nous le connaissions aussi bien que nous l'imaginions. Et ça ne rime à rien de feindre que tout est comme avant.

— Bien sûr que nous le connaissions ! Qu'est-ce que tu entends par là ? Et pourquoi les choses ne devraient-elles pas redevenir comme avant, Beth ? » Les lèvres closes, Beth détourne le regard.

« S'il s'est passé quelque chose que j'ignore entre vous...

— Ce n'est absolument pas le cas.

— Je n'en suis pas persuadée. En plus, si tu n'as plus envie d'être son amie, je ne suis pas tenue de t'imiter. » Je tire le sac vers la porte puis enfile mon manteau.

« Erica, attends. » Beth traverse le vestibule. Je fais volte-face, la dévisage pour trouver des indices. Yeux bleus tourmentés, sur la défensive. « Nous ne pouvons pas retourner en arrière. Il s'est passé trop de choses. Il s'est écoulé trop de temps. Il vaut beaucoup mieux... continuer, ne pas remuer le passé », déclare-t-elle, sans me regarder.

Je me rappelle la main de Dinny, sa façon possessive de la tenir doucement par le coude. Je m'obstine : « À mon sens, non seulement tu ne le veux plus, mais tu ne veux pas que je l'aie.

— L'avoir ? Qu'est-ce que ça signifie ? » réplique-t-elle, sèchement. Le rouge aux joues, je garde le silence. Beth est oppressée : « C'est déjà assez difficile comme ça d'être ici, Erica, sans que tu te comportes comme si tu avais de nouveau huit ans. Pour une fois, tu ne pourrais pas rester à l'écart ? Nous étions censées passer du temps ensemble. Or Eddie ne quitte plus Harry, quant à toi, tu préférerais courir après Dinny que... Je ne suis pas obligée de rester, tu sais. Je pourrais ramener Eddie à Esher pour Noël...

— Quelle idée géniale, Beth. C'est exactement le genre de comportement imprévisible que Maxwell attend ! » À peine ai-je lâché la phrase que je la regrette. Beth a un mouvement de recul. Je m'empresse d'ajouter : « Pardonne-moi.

— Comment peux-tu me dire des choses pareilles ? » demande-t-elle avec douceur, les yeux brillants, voilés de larmes. Elle me tourne le dos et s'éloigne.

Dehors, je retiens mon souffle, écoute les croassements assourdis des freux, le goutte-à-goutte des feuilles ruisselantes qui se déplient. Un bruit, une odeur de vie au cœur de l'hiver. Cela m'avait échappé jusqu'à présent. Saisie d'un doute tout à coup, je laisse tomber le sac de linge et m'assieds sur un banc de métal rouillé, près de la pelouse ; le froid transperce mon jean. Des voix me parviennent du ruisseau, derrière la lisière du jardin. Je m'avance dans cette direction, franchis une petite porte et descends la pente broussailleuse. Mes pieds s'enfoncent dans le sol spongieux.

Eddie et Harry sont dans le ruisseau. Des tourbillons atteignent presque le haut de leurs bottes en caoutchouc. Les précipitations de ces derniers jours ont augmenté le débit du cours d'eau surtout au milieu, où le barrage de cailloux et de bouts de bois qu'ils ont construit le canalise. Harry est mouillé jusqu'aux hanches. L'eau est glaciale, je le sais.

« Rick ! Vise un peu ça ! On l'avait presque terminé puis il s'est en partie écroulé, s'écrie Eddie, quand je les rejoins. Mais avant ça, l'eau est montée très haut, c'est là qu'on a été trempés, en fait...

— Je le vois bien. Vous devez être gelés, les garçons ! » Je souris à Harry. Il me rend mon sourire avant de montrer une pierre à mes pieds. Je me penche pour la ramasser et la lui tends maladroitement, glissant sur la berge boueuse. Il la dépose sur le barrage.

« Merci, dit Eddie, sans se rendre compte qu'il parle au nom de son ami. Une fois qu'on est habitué, elle est pas si froide que ça.

— Vraiment ?

— Non, pas vraiment, mes foutus pieds sont glacés, annonce-t-il avec jubilation.

— Ton langage ! » J'ai lancé cette exclamation machinalement, sans beaucoup de conviction. « Il est bien ce barrage, je dois le reconnaître. Vous en ferez quoi si vous réussissez à l'achever ? Ça va créer un énorme lac.

— C'est ça l'idée.

— D'accord. Mon Dieu, Eddie, tu es couvert de boue ! » Il en a sur les manches de son pull, qu'il a retroussées avec ses mains, sur son pantalon où il les a essuyées. Son front est maculé d'une traînée qui plaque ses cheveux. « Comment tu t'es débrouillé pour te salir à ce point ? Regarde, Harry, il est resté propre.

— Il est plus loin du sol que moi.

— Ce n'est pas faux. »

Eddie agrippe le manteau de Harry pour se remettre d'aplomb et s'avance vers moi, en se balançant sur les pierres du lit du ruisseau : « C'est l'heure du déjeuner ? J'ai la dalle. » Il perd l'équilibre, se penche pour se rétablir.

« Oui, presque. Rentre te laver, tu finiras le barrage une autre fois. Tiens. » Je tends la main. Il l'attrape et fait un bond pour sortir du ruisseau, s'accrochant à mon bras. « Non, ne tire pas, Eddie, je vais glisser ! » Trop tard. Mes jambes se dérobent sous moi et je tombe sur les fesses avec un plouf.

« Désolé ! » souffle Eddie.

Derrière lui, Harry, le visage fendu d'un grand sourire, émet un ahanement bizarre. En fait, il rit.

« Tu trouves ça drôle, hein ? » Je me relève, énervée. La boue liquide s'infiltre dans ma culotte. Je remonte mon pantalon que je macule de grosses taches. Eddie trébuche à nouveau, s'avance en pataugeant et, d'un coup de pied, fait jaillir de l'eau qui éclabousse mes bottes. « Eddie !

— Désolé », répète-t-il. Cette fois, il ne parvient pas à réprimer un sourire, et Harry rit plus fort.

« Espèces de petits cons ! C'est glacé ! Voilà pour toi ! » Et j'appuie mon doigt le plus crotté sur le nez d'Eddie.

« Ouah, merci, Rick ! Ben... voilà pour toi ! Joyeux Noël. »

Eddie ramasse de la boue qu'il me lance. Elle s'écrase sur le plastron de mon chandail gris clair. Le souffle coupé, je l'examine. Eddie se fige comme s'il craignait d'être allé trop loin. J'enlève le plus gros, le soupèse dans ma paume.

« Tu es... un homme mort ! » Je me précipite sur lui. Avec un éclat de rire, Eddie s'esquive, bondit sur la berge et se rue dans les taillis.

Je cours un moment avant de le rattraper. Il ne me laisse approcher que lorsque j'ai jeté la boue et réclamé une trêve. Je lui serre le bras, essentiellement pour me réchauffer les doigts. Harry qui nous a suivis s'immobilise pour observer deux rouges-gorges en train de s'invectiver dans une aubépine.

Je demande à mon neveu : « Il vient ?

— Il arrête pas de regarder des oiseaux ou ce genre de trucs. À plus, Harry. »

Il serait mieux d'entrer par l'office, mais la porte est fermée à clé, alors nous devons passer par la porte principale. Nous ôtons nos bottes à l'extérieur – vaine précaution, nos chaussettes aussi sont trempées et boueuses. Beth sort de la cuisine.

« Seigneur Dieu, qu'est-ce que vous avez fabriqué ? s'indigne-t-elle. Vos vêtements ! »

L'air contrit, Eddie m'appelle au secours d'un coup d'œil.

Je propose une explication en me composant un visage innocent : « Hum, je m'efforce d'avoir de nouveau huit ans ? »

Beth me regarde sévèrement. Elle ne tient pas longtemps, l'ébauche d'un sourire éclôt sur ses lèvres : « Ça serait une bonne idée de vous changer avant le déjeuner, non ? »

Dans l'après-midi, je téléphone à maman. Pour m'assurer que tout va bien et m'enquérir de l'heure de leur arrivée.

« Comment ça se passe là-bas ? Comment va Beth ? » Je reconnais son ton détaché, c'est celui qu'elle emploie pour poser des questions importantes. Je marque une pause, à l'affût de bruits qui révéleraient que ma sœur est dans les parages.

« Pas trop mal, il me semble. Des hauts et des bas.

— Elle a fait des commentaires ? Sur la maison ?

— Non – quel genre de commentaires ?

— Rien de particulier. J'ai hâte de vous voir toutes les deux, Eddie aussi bien sûr. Il s'amuse ?

— Énormément, il est ravi. C'est un courant d'air, il joue dans les bois toute la journée. Maman, tu veux bien me rendre un service ?

— Naturellement, de quoi s'agit-il ?

— Tu pourrais retrouver l'arbre généalogique de tante Mary et l'apporter ?

— D'accord. Si j'arrive à mettre la main dessus. Pourquoi ?

— J'ai quelque chose à vérifier. Tu as entendu parler d'un bébé que Caroline aurait eu, avant son mariage avec lord Calcott ?

— Non, jamais. J'en doute, elle était très jeune quand elle l'a épousé. Pourquoi me demandes-tu ça ?

— À cause d'une photo que j'ai dénichée ; je te la montrerai quand tu seras là.

— Très bien. Mais si tu as des questions à poser sur l'histoire de la famille tu devrais interroger Mary. Après tout, c'est elle qui a fait toutes les recherches…

— Oui, je suppose. Bon, il faut que je file. À très bientôt. »

Je suis incapable d'appeler ma tante Mary – la mère d'Henry. Je suis incapable de lui parler au téléphone. Cela provoque une sensation à peine supportable, comme si l'air se solidifiait dans mes poumons. Aux obsèques de Meredith, je me suis cachée. À ma grande honte. Je l'ai fuie en me camouflant derrière une immense gerbe de lilas.

Dans mon lit, ce soir-là, je pose l'écritoire de Caroline sur mes genoux et lis d'autres lettres de Meredith. Les plus anciennes datent de l'époque où elle était en pension. Elles décrivent la sévérité d'un professeur de maintien, le règlement du dortoir, les virées de shopping en ville. Puis il y a celles du Surrey, où elle se sent si seule. Après en avoir parcouru quelques-unes, je découvre, coincée dans une des poches de l'écritoire, une enveloppe où figure une adresse tracée d'une écriture très différente. À l'intérieur, le papier a la friabilité d'une feuille morte si bien que je le déplie avec d'infinies précautions. Un seul paragraphe sur une page. Beaucoup plus grosses que celles de Meredith, les lettres ont été formées en appuyant sur la plume, comme pour souligner l'importance du message. Elle est datée du 15 mars 1904.

Caroline,

Ta lettre que j'ai reçue ce matin n'a pas été sans m'inquiéter. Ton récent mariage et ta position intéressante sont autant de raisons de se réjouir; personne ne pourrait être plus satisfait que je ne le suis de te voir établie et liée à un homme tel que lord Calcott, qui est en mesure d'assurer ton bonheur. Il serait d'une extrême imprudence de compromettre ta situation actuelle. Ce que tu te sens contrainte d'avouer, quoi que ce soit, je me permets d'insister vivement, concernant des événements de ta vie antérieure en Amérique doit <u>rester en Amérique</u>. Il *ne sert à rien d'y revenir à présent. Sois reconnaissante du nouveau départ qui t'est offert, de l'aisance que t'apportera ce mariage inespéré, et que ce soit la dernière fois que nous abordons ce sujet. Si tu mettais notre famille ou toi-même dans une situation périlleuse ou si tu déshonorais notre nom, je serais dans l'obligation, quel que soit le chagrin que j'en éprouverais, de cesser toutes relations avec toi.*

Ta tante,
B.

C'était tout juste si le trait sous la phrase *rester en Amérique* n'a pas déchiré la page. Dans le silence qui succède à ma lecture de ces mots vibrants, j'imagine les secrets de cette maison sous la forme de moutons amoncelés dans les coins de la pièce, d'ombres qui y sont tapies.

Nos parents arrivent la veille de Noël ; l'apparition de leur voiture familière dans l'allée semble de l'ordre d'un petit miracle. La preuve de l'existence d'un monde extérieur, la preuve que le manoir, Beth et moi en faisons partie. Je comptais garder Eddie à la maison ce matin – je l'avais suggéré à Beth –, mais il s'est levé avant nous et a filé. Bol vide dans l'évier, corn-flakes desséchés, verre à moitié rempli de jus de cassis sur la table.

J'annonce à papa : « On a perdu ton petit-fils, j'en ai peur. » Je l'embrasse avant de sortir leurs bagages du coffre. La phrase, malheureuse, m'a échappé. Je m'en mords les doigts.

Maman hésite : « Qu'est-il arrivé à Eddie ?

— Il a un ami, Harry, qui campe ici, exactement comme… Enfin, ils passent leur vie dans les bois. On le voit à peine en ce moment », répond Beth. Ça a l'air de l'ennuyer un peu.

« Il campe ? Tu ne veux pas dire que… ?

— Dinny est ici. Avec son cousin Patrick et d'autres. » Ma réponse est désinvolte, et je ne peux m'empêcher de sourire.

« Dinny, tu plaisantes ? lance maman.

— Bien, bien ! enchaîne papa.

— Maintenant, vous comprenez ce que nous ressentions », dit maman à Beth qu'elle embrasse sur la joue.

Ma sœur et moi échangeons un regard : ça ne nous avait jamais traversé l'esprit.

Beth ressemble à maman depuis toujours et ça s'accentue avec le temps. Elles ont la silhouette svelte de Meredith, la délicate ossature de son visage, la finesse de ses mains d'artiste. En revanche, maman laisse ses cheveux naturels et ceux de Beth sont longs, contrairement à ceux de Meredith, courts et toujours mis en plis. Elles ont une allure qui me fait défaut. La grâce, j'imagine. Je tiens davantage de mon père. Plus petite, plus trapue, plus maladroite aussi. Papa et moi, on se cogne partout. On prend nos manches dans les poignées de porte. On renverse nos verres de vin. On se fait des bleus sur les coins des tables basses, les pieds de chaise, les plans de travail. Cette caractéristique me plaît puisqu'elle me vient de lui.

Nous buvons du café en admirant l'arbre de Noël ; livré hier, il se dresse dans la cage d'escalier. Nous n'avons pas acheté assez de décorations. Elles semblent un peu perdues sur d'aussi grandes branches. En revanche, les lumières étincelantes et l'odeur de résine qui flotte dans toute la maison rappellent la saison.

« Un tantinet extravagant, non, ma chérie ? dit papa à Beth.

— Il faut égayer la maison. Pour Eddie. » Elle effleure ses sourcils avec un rien de condescendance.

« Ah, oui, c'est vrai », concède papa.

Il porte un pull rouge. Ses cheveux se hérissent en épis comme ceux d'Eddie tandis que le café chaud lui rosit les joues. Il a l'air jovial, gentil – ce qu'il est.

On frappe un grand coup à la porte. Je vais ouvrir : Eddie et Harry sont sur le perron, essoufflés comme toujours et mouillés.

« Salut, Rick, je suis venu faire un bisou à grand-père et grand-mère. Et j'ai dit à Harry qu'il pouvait m'accompagner pour voir l'arbre. C'est pas un problème, hein ?

— Bien sûr que non, à condition de retirer ces bottes avant de faire un pas de plus ! »

On embrasse Eddie, on l'étreint, on le bombarde de questions. Papa tend une main à Harry pour qu'il la serre, mais celui-ci se borne à la regarder avec perplexité. Il s'avance vers l'arbre, s'accroupit pour le contempler comme s'il tentait de le voir dans toute sa hauteur, dans toute sa majesté. Papa me lance un coup d'œil interrogateur. Je remue les lèvres : *Je t'expliquerai plus tard*. Le déjeuner n'étant pas loin, nous décidons de garder Eddie et de renvoyer Harry chez lui avec une boîte de tartelettes de Beth. Il s'empresse d'y plonger les doigts alors qu'il traverse la pelouse en traînant les pieds.

« Il m'a l'air un peu bizarre, constate maman, avec douceur.

— Il est dément ! Il connaît les meilleurs endroits dans les bois – ceux où on trouve des champignons ou des nids de blaireaux, s'insurge Eddie, solidaire de son copain.

— Les blaireaux ont des terriers, pas des nids, Eddie. Et j'espère que vous n'avez pas joué avec des champignons, c'est très dangereux ! s'exclame maman.

— Harry sait reconnaître ceux qui sont comestibles.

— J'en suis certaine. Tout va bien, maman », interviens-je pour l'apaiser. J'ajoute en douce à l'adresse d'Eddie : « Les personnes âgées ne savent pas que dément signifie formidable. » Il roule des yeux puis se rue dans l'escalier pour aller se changer.

« Ça lui fait du bien d'avoir un ami avec qui jouer dehors. Il passe tellement de temps cloîtré à l'école, ajoute Beth, d'un ton ferme.

— Ce n'était pas une critique, se défend maman. Dieu sait si vous étiez sans arrêt fourrées dans les bois avec Dinny.

— Dis, maman, ça ne t'embêtait pas, hein ? » demande Beth, anxieuse. Elle est devenue très sensible aux torts des enfants envers leurs parents.

Les nôtres se tournent l'un vers l'autre ; papa sourit avec tendresse à maman.

« Non, pas vraiment, répond celle-ci. Malgré tout, nous aurions bien aimé que vous ayez envie de rester un peu plus avec nous… » Un silence pesant succède à ses paroles. Comme Beth et moi échangeons un regard coupable, maman éclate de rire : « Ce n'est pas grave, les filles, c'était le début de mon syndrome du nid vide, voilà tout.

— Je ne sais pas ce que je ferai quand Eddie ira à l'université, c'est déjà dur qu'il soit pensionnaire toute la semaine, murmure Beth.

— Tu le regretteras, tu le pourriras dès qu'il rentrera à la maison et tu trouveras un nouveau passe-temps, comme toutes les autres mères, ma chérie, assure maman, passant le bras autour des épaules maigres de sa fille aînée.

— Ce n'est pas pour demain, il n'a que onze ans, dis-je.

— Oui, sauf que c'était un bébé il y a cinq secondes.

— Les enfants grandissent à toute vitesse, acquiesce papa. Il faut t'en réjouir, Beth. Après avoir côtoyé un adolescent pendant six ans, tu seras enchantée de son départ.

— Et pense à ce qui t'attend – disputes sur le couvre-feu, leçons de conduite, premières petites amies passant la nuit chez toi. La découverte de magazines porno sous le lit de ton fils… Le regard avec lequel tu sonderas le sien, vitreux, le matin en te demandant à quoi il s'est défoncé la veille au soir…

— Erica, je t'en prie ! me réprimande maman tandis que Beth écarquille des yeux horrifiés.

— Désolée.

— À mon avis, tu es prof depuis trop longtemps, Rick », intervient papa en gloussant.

Beth s'adresse à moi en fronçant les sourcils : « Toi, tu es atteinte du syndrome de la tante suffisante. Tu vas me regarder passer par tout ça en rigolant sous cape de me voir me planter et m'arracher les cheveux, conclut-elle d'un ton accusateur.

— Voyons, Beth, je plaisante. Tu es une mère parfaite, qui n'a jamais commis la moindre erreur. » Et je m'empresse de continuer avant que le souvenir de son récent faux pas, énorme, ne leur revienne à l'esprit : « Et si vous goûtiez aux tartelettes, Beth s'est surpassée. »

Plus tard, je montre à maman les photos que je lui ai trouvées. Elle identifie ceux que je n'ai pas reconnus – des parents éloignés, morts à présent, dont il ne reste que les visages sur le papier et des gouttes de sang dans nos veines. Quant à celle de Caroline avec le bébé niché au creux de son bras gauche, maman l'examine.

« Il s'agit incontestablement de Caroline. Dieu qu'elle avait les yeux clairs ! Elle était superbe, n'est-ce pas ?

— Que faisait-elle à New York ? Et ce bébé, de qui il était si elle n'a épousé lord Calcott qu'en 1904 ? Tu crois qu'ils en ont eu un avant de se marier ?

— Ce qu'elle faisait à New York ? Mais elle en venait !

— Caroline était américaine ? Comment se fait-il qu'on ne me l'ait jamais dit ?

— C'est incroyable que tu ne t'en sois pas rendu compte à son accent...

— J'avais cinq ans, maman... En plus, à cause de son grand âge, elle parlait à peine à cette époque-là.

— C'est vrai.

— Toujours est-il que ça explique sa présence à New York en 1904. Bon, mais le bébé, il était de qui ? »

Maman gonfle les joues : « Aucune idée, il est impossible qu'elle ait eu un enfant avec Henry avant qu'elle ne l'épouse, même si cela n'aurait pas provoqué un énorme scandale. Elle ne l'a rencontré que fin 1904, quand elle est arrivée à Londres. Ils se sont mariés en 1905, peu de temps après leur rencontre.

— C'était son second mariage ? Elle avait emmené le bébé avec elle ?

— Non, je ne crois pas. Vraiment, tu aurais plus de réponses si tu interrogeais Mary. Autant que je sache, Caroline était une riche héritière de vingt-deux ou vingt-trois ans qui a épousé un homme titré plutôt rapidement, point à la ligne. » Étonnée par ma déception, je hoche la tête. « Elle avait peut-être un filleul, qui sait ? ajoute maman.

— C'est de l'ordre du possible. » Sur ces mots, je reprends la photo et la regarde attentivement. Je cherche l'annulaire de la main gauche de Caroline, mais il est caché dans les plis de la robe de l'enfant fantomatique. « Ça t'ennuie si je la garde un peu ?

— Bien sûr que non, ma chérie.

— J'ai... lu quelques lettres. Celles de Caroline. » J'ai autant de mal à l'avouer que s'il s'agissait d'un journal intime, même d'un mort. « Tu as l'arbre généalogique ? Il y en avait une d'une certaine tante B.

— Tiens, le voici. Le côté de Caroline est un peu sommaire, je le crains. Mary semble avoir été plus intéressée par la lignée des Calcott, sans compter que les archives de la famille de Caroline se trouvent en Amérique. »

En fait, il se résume aux noms de ses parents. Ni tantes ni oncles. Un minuscule rameau avant qu'elle ne se greffe à l'arbre principal en 1905. Caroline Fitzpatrick, c'est ainsi qu'elle s'appelait.

J'examine son nom, espérant je ne sais quoi.

« Dans cette lettre, sa tante – tante B. – écrit que ce qui s'est passé en Amérique doit rester en Amérique, et qu'elle ne devrait en aucun cas faire quoi que ce soit qui risquerait de nuire à son mariage avec lord Calcott. Ça te dit quelque chose ?

— Non. Absolument rien.

— Et si elle avait eu un bébé avant de venir en Angleterre.

— Dans ce cas, elle ne se serait pas mariée ! Les jeunes filles de bonne famille n'avaient pas d'enfants illégitimes, c'était inconcevable.

— Mais... et si elle avait épousé un autre homme avant lord Calcott ? Au grenier, j'ai trouvé un truc – dans la malle où Meredith avait rangé toutes les affaires de Caroline – qui porte une inscription : *Pour un superbe fils*. »

Maman réfléchit : « C'était sans doute à Clifford. De quoi s'agit-il au juste ?

— Je ne sais pas… une sorte de hochet. J'irai le chercher pour te le montrer. »

Nous sommes entrées dans le salon. Maman saisit les photos sur le piano l'une après l'autre. Elle les regarde longuement, le visage traversé d'expressions contradictoires. Du pouce, elle effleure le verre de celle du mariage de Charles et de Meredith. Une caresse machinale.

« Elle te manque ? » C'est idiot de poser cette question à un être qui a perdu sa mère. Sauf que Meredith n'était pas une mère comme les autres.

« Bien sûr. Il serait difficile de ne pas regretter une femme qui savait occuper l'espace à la manière de ma mère. » Maman sourit, repose le cadre, essuie ses empreintes avec les manches de son cardigan.

« Pourquoi elle était comme ça ? Tellement… en colère ?

— Caroline la maltraitait. Non pas physiquement ni même verbalement… peut-être même pas intentionnellement. Il n'empêche, que sait-on des dégâts provoqués par l'absence d'amour ?

— Je n'arrive pas à imaginer qu'une mère n'aime pas son enfant. Comment la maltraitait-elle ?

— De mille et une façons, des détails. » Maman soupire tout en réfléchissant. « Par exemple, Caroline n'a jamais offert de cadeaux à Meredith. Pas une seule fois. Ni pour son anniversaire ni pour Noël, même quand elle était petite. Ni pour son mariage ni pour ma naissance. Rien du tout. Tu te figures à quel point c'est susceptible de... laminer un être.

— Si elle n'en recevait jamais, peut-être qu'elle n'en attendait pas ?

— Tous les enfants savent qu'on reçoit des cadeaux d'anniversaire, Erica, il suffit de lire un bouquin. Les domestiques lui offraient des bricoles lorsqu'elle était petite – mère m'a raconté que cela lui faisait très plaisir. Je me rappelle que, une année, la gouvernante lui avait donné un lapin.

— Comme c'est triste ! Pour Caroline, les cadeaux, ce n'était pas indispensable ?

— À mon avis, elle oubliait la date. En fait, je suis convaincue qu'elle ignorait le jour de l'anniversaire de Meredith. On aurait dit qu'elle ne l'avait pas mise au monde.

— Si Caroline était tellement épouvantable, pourquoi Meredith lui était-elle attachée ? Pourquoi revenir s'installer ici avec Clifford et toi à la mort de ton père ?

— Détestable ou pas, c'était sa mère. Elle l'aimait et ne songeait qu'à lui... plaire. » L'air un peu abattue, maman ouvre le piano et appuie sur la touche de la note la plus aiguë, qui résonne dans la pièce, parfaitement juste. « Nous n'avions pas le droit de toucher à ce piano. Du moins jusqu'à ce que nous ayons un certain niveau. Nous faisions nos gammes sur un vieux piano droit, dans notre chambre. Clifford n'a jamais été assez bon, moi si. Juste avant mon départ à l'université.

— Il y a des tas de lettres de Meredith dans les affaires de Caroline. Elles sont toutes assez tristes, comme si elle se sentait toujours seule malgré son mariage.

— Je ne me souviens pas de mon père, soupire maman. Je ne sais donc pas comment ça se passait avant sa mort. Elle l'aimait infiniment, me semble-t-il. Trop peut-être. Une fois, Caroline m'a dit que la perte d'un amour pareil creusait un gouffre impossible à combler. Cela s'est gravé dans ma mémoire car elle m'adressait rarement la parole. À Clifford non plus d'ailleurs. Elle ne paraissait pas avoir conscience de notre existence. Ce jour-là, je regardais maman dans le jardin et, quand elle m'a parlé, j'ai sursauté parce que je ne l'avais pas entendue s'approcher.

— Elle pouvait marcher alors ?

— Bien sûr ! Elle n'a pas toujours été très vieille.

— Pourquoi Caroline n'aimait pas Meredith ? C'est ça que je ne comprends pas.

— Moi non plus, ma douce. Ton arrière-grand-mère était une femme étrange. Très lointaine. Il m'arrivait de m'asseoir près d'elle et de tenter de lui parler, mais je ne tardais pas à m'apercevoir qu'elle ne m'écoutait pas. Elle se contentait de me regarder avec ses yeux gris comme si j'étais transparente. Il n'est pas étonnant que Meredith se soit mariée si jeune – elle devait jubiler d'avoir trouvé quelqu'un qui l'écoutait.

— C'est incroyable que tu sois aussi normale. Tu es une mère fabuleuse.

— Merci, Erica. Ton père – mon Prince charmant – y est pour beaucoup. Si je m'étais installée ici après avoir décroché mon diplôme, si j'étais restée assez longtemps pour ne plus les supporter… qui sait ?

— Peut-être que tout le monde n'est pas fait pour avoir des enfants, je n'imagine pas Meredith comme la plus tendre des…

— C'est vrai, elle n'en était pas moins une bonne mère. Dans l'ensemble. Sévère, bien sûr, mais pas aussi… dure quand nous étions petits qu'après notre installation ici. Plus Caroline déclinait, plus elle avait besoin de soins. C'était lourd pour ma mère, qui s'est occupée de nous le mieux possible. Je ne crois pas qu'elle se soit jamais remise de la mort de papa, ni de la déception d'être coincée dans ce manoir avec Caroline. Nous nous en sommes malgré tout bien sortis, Clifford et moi, non ? » me demande-t-elle, le visage empreint d'une soudaine tristesse.

Je traverse la pièce pour la serrer dans mes bras : « Plus que ça.

— Je suis venu glaner des baisers », claironne papa, brandissant du gui, un grand sourire aux lèvres.

Après le dîner, nous plaçons nos cadeaux sous l'arbre. Eddie – robe de chambre bleu marine à monogramme, pyjama à rayures, pantoufles en feutre rouge – a l'air d'un petit gentleman. Il vérifie l'étiquette de chaque paquet qu'il dispose selon un ordre personnel. Nous buvons du cognac. Nous écoutons des chants de Noël. La pluie cingle la maison par bourrasques, comme si on jetait du gravier sur les vitres. J'en frissonne.

Aux environs de minuit, il cesse de pleuvoir. Les nuages se dispersent et la lune irradie le ciel. Elle éclaire les plantes grimpantes du papier peint de ma chambre, l'unique armoire, les fenêtres cintrées orientées à l'est, au-dessus de l'allée. Une colonie de freux a élu domicile dans le marronnier aux branches dénudées, où les nids ressemblent à des caillots. Le sommeil me fuit. Dès que je commence à m'endormir, ma cervelle se met à fonctionner, m'envoyant une pléiade de visages, de noms, de souvenirs. Le cognac a parfois cet effet sur moi. Je dois extirper chaque pensée d'un sac de nœuds, afin de la chasser de mon esprit. Les souvenirs de Dinny, en revanche, je les garde. Les nouveaux à ajouter aux autres, archiconnus, à ceux qui sont joyeux. Désormais, je connais son aspect sous la lumière de l'hiver, sous la pluie ou à la lueur du feu. Je connais sa réaction à l'alcool, sa façon de gagner sa croûte, son mode de vie. Je sais comment le grand sourire indolent de son enfance a changé pour devenir un éclair de dents sur son visage sombre. Je sais qu'il nous en veut, à Beth et à moi. Et peut-être commencerai-je bientôt à comprendre pourquoi.

La matinée de Noël s'écoule rapidement dans un agréable brouillard : préparation de plats, champagne, tas de papiers déchirés. Papa aide Eddie à défaire le paquet de sa nouvelle console de jeux. Ils l'essaient sur le vieux poste de télévision tandis que nous, les femmes, investissons la cuisine. La dinde tient à peine dans le four. On doit tordre les pilons ; les bouts qui touchent les parois noircissent.

« Tant pis, tout le monde préfère le blanc », dit maman à Beth. Celle-ci lève une main nerveuse dans les volutes de fumée qui s'échappent du four.

La cuisson prendra des heures. Invoquant une légère migraine, Beth nous annonce qu'elle va se reposer. Elle nous décoche un coup d'œil furieux avant de sortir, certaine que nous allons parler d'elle. Dort-elle dans des moments pareils ou reste-t-elle couchée à lire l'avenir dans les fissures du plafond, à observer les araignées prendre l'abat-jour dans leur filet ? J'espère qu'elle dort.

Maman et moi nous installons sur les bancs de la cuisine, les mains enlacées sur la table. Nous avons tellement envie de parler de Beth que la conversation a du mal à s'engager. Je romps le silence :

« Dans les tiroirs de la coiffeuse de Meredith, j'ai aussi trouvé des coupures de journaux. Sur Henry. » Précision inutile.

Maman soupire, lâche ma main : « Pauvre Henry. » Elle se frotte le front et repousse une mèche imaginaire.

« J'ai beaucoup pensé à lui. À ce qui s'est passé...

— Qu'est-ce que tu veux dire ? », lance sèchement maman.

Je lève les yeux de l'ongle du pouce que je curais : « Simplement qu'il s'est volatilisé. Il a disparu.

— Ah ?

— Pourquoi ? Qu'est-ce qui lui est arrivé, à ton avis ?

— Je n'en ai aucune idée. Pendant un moment, j'ai cru que… peut-être vous, les filles, en saviez plus que vous ne le disiez…

— Que nous y étions pour quelque chose ?

— Non, bien sûr que non ! Je me disais que vous protégiez peut-être quelqu'un.

Je m'emporte : « Dinny, c'est ça ?

— Oui, absolument. Il était coléreux, ton jeune héros. Quoi qu'il en soit, Erica, Henry a disparu. Je suis persuadée qu'on l'a kidnappé. Quelqu'un l'a enlevé et emmené, un point c'est tout. S'il lui était arrivé quelque chose dans la propriété, les policiers auraient trouvé une preuve, conclut-elle, redevenue calme. C'est affreux, horrible, mais personne d'autre que son ravisseur n'est à blâmer. Il existe des êtres très dangereux, Henry a eu la malchance d'en rencontrer un.

— Je suppose. » Ça sonne faux. Je ne suis pas convaincue. Je me remémore Eddie au bord de la mare, jetant une pierre. Et cette douleur dans mes genoux.

« N'en parlons plus, d'accord ?

— D'accord.

— Dans quel état est Beth ?

— Pas génial. Il s'est un peu amélioré. L'autre soir, on est allés à une fête. Elle a bavardé avec Dinny, ç'a eu l'air de lui remonter le moral. Et puis maintenant que vous êtes là…

— Tu es allée à une fête avec Dinny ? s'étonne maman.

— Oui, et alors ?

— Je trouve ça tellement bizarre que vous renouiez avec lui au bout de tant d'années !

— Ce n'est pas le cas. Nous sommes voisins, voilà tout. Pour le moment. Il est... en fait, il n'a pas beaucoup changé, moi non plus... » L'espace d'un instant affolant, je crains de piquer un fard.

« Il était amoureux fou de Beth à l'époque où ils avaient douze ans. » Perdue dans la contemplation du passé, maman sourit. « Il paraît qu'on n'oublie jamais son premier amour. »

Je vide la fin de mon champagne, me lève pour prendre la bouteille. La brûlure de mes joues s'étend à mon nez, menace de se muer en larmes : « Bon, ces patates ne s'éplucheront pas toutes seules, dis-je, lui tendant un économe.

— Combien de temps Beth va-t-elle se reposer ?

— Une heure peut-être. Assez longtemps pour échapper à la corvée de pommes de terre, c'est sûr et certain. »

Je plisse les yeux dans l'obscurité qui s'intensifie. Il n'est pas encore dix-sept heures, pourtant je distingue à peine mes pieds. Ils butent contre des touffes d'herbe, bouts de bois et racines invisibles. Je suis sortie chercher Eddie. Je passe par le campement plongé dans le silence. Je ne sais toujours pas à qui appartient chaque véhicule. Ils sont tellement rapprochés les uns des autres, comme soudés contre le monde, que j'ai peur d'aller frapper aux portes pour demander si Harry est là. Je coupe par le bois, où il fait encore plus sombre.

J'aurais dû apporter une lampe électrique. La nuit tombe rapidement ; la lumière est terrassée.

Je crie : « Eddie ! » Un appel pitoyable. Je revois les équipes de recherche qui, en rangs serrés, parcouraient les bois il y a vingt-trois ans. La disparition remontait à cinq jours, mais les policiers n'avaient pas renoncé. Leurs chiens les tiraient en avant, ils avaient le visage sévère. Les radios crépitaient. *Henry !* Ils avaient beau crier haut et fort, ils manquaient de naturel comme s'ils étaient gênés, comme s'ils savaient que le nom était hurlé en vain et ne parviendrait qu'à leurs propres oreilles. Il faisait un temps infect ce week-end – après tout, c'étaient le dernier week-end d'août. À cause de la queue de l'ouragan Charlie, une tempête s'était abattue sur la Grande-Bretagne. « Ed ! » Je m'époumone de toutes mes forces. Quand je cesse d'avancer en trébuchant, le silence devient assourdissant.

Je sors des bois derrière la mare. Le tumulus se détache vaguement sur l'horizon. Comme je contourne le champ, longe la clôture, prends le chemin de la maison, je vois des silhouettes émerger lentement, au bord de la mare. Deux grandes, une petite. J'expulse l'air de mes poumons, tandis qu'un frisson glacé me parcourt le dos. Je ne m'étais pas rendu compte à quel point j'avais peur. Harry, Eddie, Dinny. Ils pourraient être les trois protagonistes d'un récit d'aventures. Or les voilà qui jouent à faire ricocher des pierres, à la tombée d'un jour de Noël.

Ils m'aperçoivent : « Qui c'est ? demande Eddie, d'une voix aiguë, enfantine.

— C'est moi, espèce de guignol, dis-je, me moquant de ma trouille.

— Ah, salut, Rick. »

Harry émet un hululement bizarre – le premier véritable son que je l'ai entendu produire. Il accourt vers moi, en grandes enjambées pataudes. Je retiens mon souffle, attends qu'il glisse, fasse un faux pas. Heureusement, il ne perd pas l'équilibre. Il me montre une petite pierre plate, presque triangulaire. Je discerne vaguement son sourire.

« Il veut que tu essaies », m'explique Dinny.

Je m'approche d'eux prudemment. Je prends la pierre et la tourne dans ma main. Elle est chaude, lisse.

« Je suis venue chercher Eddie. Il doit rentrer. C'est l'heure, il fait noir comme dans un four ici. » Je me sens irritable, exposée. À nos pieds, l'eau n'est qu'un puits d'obscurité.

« Il suffit de donner à tes yeux le temps d'accommoder », riposte Dinny.

Les deux garçons retournent à leurs pierres, à la mare étale, au décompte des fleurs d'écume dans le crépuscule.

« On doit tout de même rentrer, mes parents sont arrivés...

— Ah oui ? Salue-les de ma part.

— Je n'y manquerai pas. » Je me tiens si près de Dinny que nos manches se touchent. Tans pis, j'ai besoin de me raccrocher à quelque chose, d'avoir un point d'ancrage. J'entends sa respiration, un bruit infime parmi les échos que renvoie la mare.

« Tu ne lances pas cette pierre ? » L'idée semble l'amuser.

« Je vois à peine l'eau.

— Et alors, tu sais qu'elle est là. » Il me coule un regard en coin. Ce n'est qu'une silhouette. J'ai envie de toucher son visage, pour vérifier s'il sourit avec mes doigts.

« Eh bien ! voilà. » Je m'approche du bord, trouve une bonne prise de pieds, m'accroupis et mouline du bras. À peine ai-je lâché la pierre que je suis sa trajectoire vers la mare, vers l'obsidienne liquide. Un, deux, trois… Je compte les flocs et trébuche, ma vision s'emballe avec une rapidité vertigineuse, mes pieds glissent sur la berge, j'ai le souffle coupé. Dans quel lieu ai-je expédié cette pierre innocente – dans quel gouffre de ténèbres ?

« Trois, c'est nul ! Harry en a fait sept il y a deux minutes », me crie Eddie.

Je sens les mains de Dinny sous mes bras, son poids rassurant tandis qu'il me relève. Ma poitrine palpite sous l'effet de la panique.

« Ce n'est pas un soir idéal pour nager », murmure-t-il.

Je secoue la tête, trop contente qu'il ne puisse voir mon visage, mes yeux pleins de larmes et j'ordonne d'une voix chevrotante : « Allez, Eddie, on rentre.

— Mais je viens…

— Tout de suite, Eddie ! »

Il soupire et remet, non sans solennité, le reste de ses cailloux à Harry. Ils tintent joyeusement en changeant de paumes. Je m'éloigne de la mare, pivote pour retourner à la maison.

« Erica », appelle Dinny. Je fais volte-face, il hésite avant de poursuivre : « Joyeux Noël. »

Je devine que ce n'était pas ce qu'il comptait dire. N'ayant pas le courage de l'interroger, je réponds : « Joyeux Noël, Dinny. »

La perte

1903-1904

À mesure que l'été progressait, le ventre de Magpie s'arrondissait. Elle se déplaçait avec une grâce étrange, d'un pas toujours aussi décidé mais jamais précipité, propulsant adroitement sa nouvelle ampleur autour des meubles et dans la porte étroite de la cahute qu'elle partageait avec Joe. Caroline l'observait et s'interrogeait, tenaillée par des soupçons qu'elle rejetait ou validait une vingtaine de fois par jour. C'était cependant la jalousie qui la torturait par-dessus tout. Chaque nouveau centimètre que gagnait le tour de taille de la jeune Indienne la déprimait, assombrissait son humeur, l'emplissait d'amertume. Si quelque chose était susceptible de la pousser à braver le soleil implacable, c'était cela.

La maison en bois ne protégeait pas de la chaleur comme les épais murs en grès de New York. De toute façon, il n'y sévissait jamais de canicule pareille et elle n'avait jamais eu à s'activer par de telles températures. Mais le sang-froid de Magpie conjugué aux exhortations de Corin lors du nouvel an l'obsédait. Aussi, par un matin où le ciel était un peu plus couvert et où il faisait un peu plus frais que d'ordinaire, décida-t-elle de sortir. Après avoir fourré un melon bien mûr, des petits gâteaux et une bouteille d'eau gazeuse dans un panier, elle attacha les rubans de sa capeline sous son menton et partit pour la ferme la plus proche. Située à une dizaine de kilomètres, au nord-ouest, elle appartenait à une famille d'Irlandais, les Moore. Caroline, qui ne savait pas ce que représentait une telle distance à pied, se souvenait d'avoir entendu Corin dire que la norme était six kilomètres à l'heure pour un homme. En partant tôt, elle arriverait à temps pour prendre un café, peut-être même pour casser une petite graine, puis elle aurait largement celui de rentrer et d'aider à préparer le dîner. Elle prévint Magpie de sa destination, redressant ses épaules lorsque la jeune fille lui lança un regard incrédule, clignant lentement les yeux comme une chouette.

La première heure, elle marcha en admirant les fleurs des menthes et des verveines sauvages dont elle cueillit de quoi composer un bouquet à offrir aux Moore, mais le panier ne tarda pas à peser horriblement lourd et à lui meurtrir le bras. Malgré les nuages, elle était inondée d'une sueur dont elle sentait les picotements sous son chapeau. Bardanes et chardons s'accrochaient à sa jupe souillée qui, s'entortillant autour de ses jambes, la faisait trébucher. Sa progression sur le sol sablonneux se révélait plus difficile que prévu ; elle parvint au sommet d'une côte qu'elle avait eu du mal à gravir, sûre d'apercevoir la ferme de là-haut. Ce ne fut pas le cas. Hors d'haleine, elle découvrit une immensité s'étirant à perte de vue.

Elle posa son panier avant de tourner lentement sur elle-même, les yeux fixés sur l'horizon sans bornes. Au loin, les hautes herbes ondulaient – on eût dit un océan moiré, émaillé de vert – sous le souffle du vent chaud qui charriait des senteurs de terre sèche et de sauge et sifflait une note basse à ses oreilles.

C'est le néant, murmura Caroline. La panique à moins que ce ne fût la colère l'envahit. *C'est le néant !* hurla-t-elle le plus fort possible. Sa gorge à vif était desséchée. Le vent emporta ses mots et ne lui donna aucune réponse. Elle s'allongea dans la prairie pour se reposer : un ciel illimité au-dessus d'elle, une plaine illimitée autour d'elle. Si elle ne se relevait pas, si elle restait là, seuls des chiens sauvages ou des buses la retrouveraient. La pensée terrifiante avait néanmoins un attrait irrésistible.

Lorsqu'elle finit par rebrousser chemin, sans avoir atteint la ferme des Moore, Caroline faillit rater le ranch dont elle s'était écartée de deux kilomètres ou plus, au nord. Elle ne vit que par un pur hasard de la fumée s'élever, sur sa droite, d'une vieille cabane, où Rook, un Nègre taciturne de Louisiane, devait préparer le dîner des employés du ranch. Aussitôt, elle bifurqua vers le sud, les jambes tremblantes sous l'effet de la fatigue. Sa bouche était parcheminée et son visage, décomposé, la démangeait à force d'avoir été exposé au soleil et au vent. Dans son dos, elle sentait l'immensité de la prairie qui couvrait tous les points du compas au-delà de la propriété. Les corrals, clôtures, champs de blé et de sorgho délimités par son mari avaient des dimensions dérisoires. Le ranch se réduisait à une île, à un minuscule atoll de civilisation perdu dans une mer d'une étendue incommensurable. Quand Caroline arriva enfin à la maison, à bout de souffle, éparpillant ses fleurs fanées, elle claqua la porte et éclata en sanglots.

Cette nuit-là, Caroline, malgré son épuisement, ne trouva pas le sommeil. Les nuages se dispersèrent à la tombée de la nuit et une lune pleine se leva. Ce n'était pas sa clarté qui l'empêchait de dormir, c'était sa prise de conscience du vide et de l'ampleur de la contrée où elle vivait désormais. Angoissée par l'impression d'y être engloutie – point infime et invisible –, elle aurait voulu grandir, s'élargir, occuper plus d'espace d'une façon ou d'une autre. Acquérir de l'importance. L'air de la chambre était étouffant, saturé de langueur estivale. Corin ronflait doucement à côté d'elle, le visage enfoui dans l'oreiller, les bras le long du corps, dont le clair de lune éclairait les muscles, de même que ceux de ses épaules et que la ligne de démarcation sur son cou brun, là où il redevenait blanc comme son dos. Caroline se leva, prit une couverture et sortit.

Après l'avoir étalée parmi les pastèques mûres, elle s'allongea dessus. Une créature qui détala dans les feuilles tout près de sa figure la fit frissonner. Aucun autre bruit ne vint troubler le silence, bien qu'elle fût à l'affût du moindre mouvement en provenance du dortoir, du moindre signe de l'approche d'un employé. Alors elle releva sa chemise de nuit, ne garda que ses seins couverts et exposa le reste de son corps dénudé. Ses hanches saillantes projetaient leur ombre dans la clarté argentée. Son cœur battait la chamade, elle ne ferma cependant pas les yeux. Les étoiles criblaient le ciel. Elle se mit à les dénombrer, perdit le compte, recommença, ne sachant plus depuis combien de temps elle était couchée là, ni où elle se trouvait. Soudain, la porte s'ouvrit, des pas hésitants résonnèrent, et Corin, la prenant par les aisselles, l'attira sur ses genoux.

« Qu'est-ce qui se passe ? Qu'est-ce qui ne va pas ? » souffla Caroline.

Les yeux agrandis d'effroi, Corin avait un visage strié de blanc et de gris.

« Qu'est-ce que tu fais dehors ? Tu te sens mal ?

— Non... très bien. Je... J'étouffais dans la chambre... » Caroline s'empressa de baisser sa chemise de nuit.

« Voyons, il fait aussi chaud ici ! Pourquoi étais-tu toute nue ? » voulut-il savoir.

Il tremblait. Alarmée, Caroline se mordit la lèvre et détourna les yeux.

« Je prenais un bain de lune.

— Quoi ?

— Je prenais un bain de lune, répéta calmement Caroline. D'après Angie, ça pourrait aider. » Quand leur voisine lui en avait parlé, elle s'était moquée de cette superstition en son for intérieur. À présent, elle était prête à essayer n'importe quoi.

« Aider à quoi ? Ce que tu dis n'a pas de sens, mon cœur.

— Une femme à être enceinte. D'exposer son corps au clair de lune, expliqua Caroline, l'air penaud.

— Et tu l'as crue ?

— Non, pas vraiment. C'est juste que… pourquoi ne suis-je toujours pas enceinte, Corin ? Ça fait plus d'un an ! s'écria-t-elle. Je ne comprends pas.

— Moi non plus, mais je suis sûr que ces choses arrivent au moment voulu. Un an, ce n'est pas long, tu es jeune et… il ne faut pas oublier le chambardement que ç'a été pour toi de me rejoindre ici. Ça viendra, mon cœur, ne te tourmente pas, je t'en prie. » Il lui releva le menton. « Allez, rentre maintenant.

— Corin… de quoi avais-tu tellement peur ? demanda Caroline, en se mettant péniblement debout.

— Quand ?

— Au moment où tu m'as trouvée. Tu avais l'air très inquiet, pourquoi ? Que craignais-tu ?

— Il y a deux ans, une femme qui habitait de l'autre côté de Woodward… peu importe. J'ai simplement eu peur qu'il te soit arrivé quelque chose. Il n'en est rien, alors tout va bien.

— S'il te plaît, raconte, insista-t-elle, percevant sa réticence. Qu'est-il arrivé à cette femme ?

— Elle ne supportait apparemment pas mieux la chaleur que toi et elle avait le mal de son pays, la France, et elle avait pris l'habitude de dormir dans la cour, pour profiter d'un semblant de fraîcheur, mais un soir… un soir, elle… » Il agita les doigts dans l'air nocturne, cherchant une façon de continuer tout en restant dans le vague.

« Elle quoi ?

— Elle s'est tranché la gorge, termina-t-il précipitamment. Trois enfants l'attendaient à l'intérieur, bref, l'horreur. »

Caroline déglutit, la gorge serrée à imaginer une scène d'une telle violence. « Et tu pensais que j'avais fait la même chose ?

— Non, non, mon amour. Je m'inquiétais pour toi, c'est tout. »

Il la ramena dans la chambre et lui promit de veiller jusqu'à ce qu'elle s'endorme. Sauf qu'il ne tarda pas à ronfler de nouveau et Caroline à fixer le plafond.

La jeune femme s'interrogeait. Où Corin passait-il ses journées ? La question ne lui avait jamais traversé l'esprit auparavant. Il avait beau lui raconter sa journée pendant le dîner, comment être sûre qu'il disait la vérité ? Comment aurait-elle pu savoir le temps qu'il fallait pour rassembler des bêtes égarées, pourchasser des voleurs de bétail, marquer les nouveaux bouvillons au fer, amener l'étalon Apache à une jument, réparer les clôtures, labourer, ensemencer, moissonner les champs de blé, ou faucher ? Et Corin n'avait bien sûr aucun problème pour se débarrasser de Joe. Et Magpie partait fréquemment une à deux heures avant que Corin ne rentre. Souvent, très souvent, elle ignorait où l'un et l'autre se trouvaient. Sans oublier le geste de Corin à la fête de Woodward – la façon dont il avait posé les mains sur le ventre de Magpie. Telles étaient les pensées que ressassait Caroline lorsqu'elle souffrait d'insomnie ou lorsqu'elle attendait le retour de Corin dans le silence assourdissant des fins de journée. Ses craintes se dissipaient dès qu'il apparaissait ; en revanche, à peine était-elle seule qu'elles poussaient comme du chiendent. Seule la laideur, du moins selon ses propres critères, de Magpie la rassérénait. Il lui suffisait de s'appesantir sur les cheveux rêches, la lourde silhouette, les bizarres méplats du visage de l'Indienne pour se rappeler les compliments dont l'abreuvait Corin.

Mais même cette consolation lui fut enlevée, et ce, par une journée d'août où le soleil implacable blanchissait l'herbe de la prairie. Devant la fenêtre de la cuisine, Magpie se tenait de profil afin d'appuyer sa hanche sur le banc tandis qu'elle pelait des carottes avec un petit couteau à lame aiguisée. Comme à l'ordinaire, elle fredonnait, le visage empreint de douceur, les mains occupées. Caroline l'observait par la porte de la pièce principale, derrière un livre qu'elle était censée lire, et une pause dans la chanson la fit ciller. Magpie n'épluchait plus les légumes, le regard dans le vague, elle avait posé une main sur son ventre distendu. Un petit sourire lui tordit les lèvres puis elle recommença à chanter et à travailler. Le bébé avait bougé, comprit Caroline. Il était réveillé, il vivait dans le corps de sa mère qu'il écoutait. À son tour, Caroline toucha son ventre, concave plutôt que plat, sans replis de chair, stérile. Elle sentit ses côtes, les os de ses hanches, rigides et pointus. Comparé à celui de Magpie, son corps sec, dur, mort, avait la sécheresse des cosses de blé, de la paille que les hommes séparaient du blé. Un nouveau regard à la jeune Ponca lui coupa le souffle. Le soleil qui entrait à flots par la fenêtre s'accrocha au lustre des épais cheveux noirs de Magpie, à la courbe de sa lèvre supérieure, à ses pommettes, à ses yeux en amande et à l'éclat de son teint. Magpie était belle.

Le lendemain, avant l'aube, alors que Corin sortait à peine du sommeil, Caroline se rendit à la cuisine sur la pointe des pieds. Elle versa du thé froid dans une tasse, coupa deux grosses tranches dans la miche de pain de la veille, qu'elle tartina de miel. Une collation qu'elle lui offrit au moment où il se redressait, clignant des yeux dans la lueur ténébreuse du point du jour.

« Le petit déjeuner au lit, c'est mon rituel du samedi matin, lui dit-elle, souriante.

— Eh bien, j'ai droit à un traitement de roi ! » Il entoura le visage de sa femme d'une de ses paumes avant d'avaler une grande gorgée de thé.

Caroline cala les oreillers derrière lui : « Installe-toi bien, mon chéri. Rien ne t'oblige à te dépêcher.

— Ne jamais remettre au lendemain ce qu'on peut faire le jour même, soupira-t-il, contrit.

— Rien que cinq minutes, le supplia-t-elle. Goûte le pain, j'y ai étalé le miel que Joe a récolté pour nous.

— C'est incroyable comme cet homme sait s'y prendre avec les abeilles, je n'ai jamais rien vu de tel. Il s'approche des essaims, y plonge les bras et n'est jamais piqué.

— Un tour de magie indien, peut-être ?

— Ou alors sa peau est d'une épaisseur à nulle autre pareille », suggéra Corin.

De quoi rappeler à Caroline les yeux impitoyables de Joe, sa peau semblable à de l'écorce. Parcourue d'un léger frisson, elle se demanda comment Magpie supportait de coucher avec lui.

« Corin ?

— Oui ?

— Nous sommes mariés depuis plus d'un an maintenant et... nous ne sommes jamais retournés nager, comme le jour de notre lune de miel.

— Je sais. Je le sais bien, Caroline. Je n'ai pas une minute à moi, répondit Corin, appuyant sa tête sur le mur, le visage encore chiffonné de sommeil.

— Si nous y allions bientôt ? J'ai... J'ai envie de passer une journée avec toi. Tu travailles tellement que cela ne nous arrive presque jamais.

— Écoute, Caroline, c'est compliqué. Je suis débordé en ce moment ! On n'a jamais eu de bœufs aussi stupides – ils défoncent les clôtures dès qu'ils le peuvent, se perdent, se retrouvent coincés dans le ruisseau, dans les barbelés ou je ne sais quoi d'autre... Dans une semaine peut-être. Ou deux... qu'en penses-tu ?

— Tu l'as promis.

— Et nous le ferons », affirma-t-il.

Peu après, il se leva, enfila ses vêtements, effleura d'une main les cheveux de sa femme et l'embrassa sur le sommet du crâne avant d'aller se faire du café dans la cuisine. Écoutant le crépitement des grains, le son métallique de la bouilloire sur le fourneau, Caroline, envahie par une lassitude indéfinissable, eut l'impression de ne pas avoir la force de vivre cette journée jusqu'au bout car ses os semblaient coulés dans du plomb. Elle prit une profonde inspiration, sortit du lit et s'habilla lentement.

Un après-midi pluvieux de la fin du mois de septembre, Joe se présenta à la maison. Son chapeau à la main, les yeux mi-clos pour les protéger de l'averse, il dégageait un calme impénétrable. Caroline eut beau sourire, elle ne put s'empêcher de s'écarter de l'Indien, dont le regard se durcit.

« Magpie est arrivée à terme. Elle demande que vous veniez là-bas, déclara-t-il.

— Où ça ? Pourquoi ? lança Caroline, sans comprendre.

— Près d'elle. Pour le bébé », expliqua Joe, avec son accent guttural.

Même si son ton détaché correspondait à son impassibilité, Caroline devina qu'il n'approuvait pas forcément la requête de sa femme. Hésitante, elle sentit son pouls s'accélérer. Il lui faudrait entrer chez eux. Si habituée qu'elle fût devenue à la présence de Magpie dans la maison, elle considérait la cahute à moitié enterrée comme une sorte de tanière.

« Je comprends, dit-elle calmement.

— De cette façon, elle vous fait honneur, précisa Joe, solennellement. C'est réservé à la famille. »

Clouée sur place par le regard indéchiffrable de l'Indien et à court de mots, Caroline mit du temps à se précipiter à l'intérieur. De plus en plus affolée, elle se coiffa de son chapeau et ôta son tablier. En matière d'accouchement, elle n'avait aucune expérience, aucune idée de l'assistance à apporter. De plus, elle n'était pas sûre d'être prête à s'y risquer.

Dehors, Joe montra son impatience par un signe – c'était la première fois que Caroline le voyait en manifester. Il tourna son chapeau entre ses mains et, par-dessus son épaule, lança un coup d'œil à la masure où sa femme était en travail. Saisie de remords, Caroline se hâta de le rejoindre. Elle le suivit, tête baissée, pour éviter de regarder l'espace terrifiant qui les environnait. Depuis l'échec de son équipée chez les Moore, le néant du paysage du comté de Woodward l'horrifiait à lui donner le tournis. L'immensité la vidait de pensées, créant une tension intolérable derrière ses yeux. L'envie la tenailla de prendre ses jambes à son cou et de rentrer chez elle avant de se désintégrer dans le vaste ciel. Ils marchèrent dans les flaques qui trempèrent le bas de sa robe et la maculèrent de boue.

Dès qu'ils eurent descendu les trois marches menant à la cahute, ils se retrouvèrent dans une pénombre chaleureuse, éclairée par une lampe à pétrole livrant bataille à l'obscurité qui régnait tant à l'intérieur qu'à l'extérieur. La fumée du poêle, les peaux de bêtes et les plantes que Caroline ne put identifier composaient une odeur prégnante. Le sang martela ses tempes quand elle se rendit compte que tous les regards convergeaient vers elle – ceux de Magpie, de Nuage-Blanc et d'Annie, la sœur de Joe. Quant à ce dernier, il disparut sous la pluie. Magpie avait le visage en sueur, les prunelles dilatées par la peur. Les autres femmes arboraient des expressions circonspectes, réservées sans être hostiles.

« Joe… m'a demandé de venir. Il m'a dit que tu voulais… que je sois près de toi », balbutia Caroline. Magpie esquissa un sourire juste avant que son corps ne se torde ; elle serra alors les dents, ce qui conféra une sorte de sauvagerie à ses traits. « Qu'est-ce que je dois faire ? Je ne sais pas quoi faire ! »

Nuage-Blanc parla rapidement en ponca, puis tendit un petit seau en bois et un torchon propre à Caroline. D'un geste, elle lui indiqua de le tremper dans le récipient et, appuyant la main sur son front, elle désigna Magpie. Aussitôt, Caroline s'agenouilla près de la parturiente pour essuyer sa figure ruisselante, craignant, alors qu'elle effectuait ce soin intime, que la jeune fille ne perçoive son tumulte intérieur.

Dans la semi-pénombre, Nuage-Blanc entonna un chant dont la douceur monotone les berça, au point que Caroline en perdit la notion du temps. Il lui semblait entendre dans les paroles, indistinctes et coupantes, l'interminable plainte du vent chaud de la prairie, solitaire et antédiluvienne. Magpie luttait contre la douleur qui la submergeait avec la régularité de vagues qui s'écrasent sur le rivage. Les yeux fermés, les dents serrées, elle ressemblait à un chat sauvage, à ceci près qu'elle ne laissait échapper aucun son. Les contractions se succédaient cependant que l'obscurité s'épaississait ; Nuage-Blanc continuait de chanter et de préparer un breuvage âcre qu'elle donnait à Magpie, une cuillerée après l'autre. Enfin, la jeune Ponca émit un bruit de gorge semblable à un grognement étranglé et le bébé tomba dans les mains tendues d'Annie. Le chant de Nuage-Blanc se mua en un cri de joie, son visage ratatiné se fendit d'un grand sourire puis elle éclata de rire. Un sourire de soulagement incurva les lèvres de Caroline, mais, lorsque Annie remit le bébé vagissant à sa mère, elle eut l'impression qu'une lance lui transperçait le cœur. Les larmes lui montèrent aux yeux qu'elle détourna pour les dissimuler. C'est alors qu'elle aperçut, dans un coin sombre de la cahute, une paire d'éperons attachés à des lanières en cuir. Corin les avait cherchés et lui avait demandé si elle les avait vus dans la maison. Elle les regarda fixement et la lance se ficha encore plus profondément dans sa poitrine.

Deux mois plus tard, l'enfant était potelé et adorable. On avait beau l'avoir prénommé *fils aîné* en ponca, ses parents et tout le monde l'appelaient William. Magpie l'emmenait partout dans un porte-bébé accroché à son dos, d'où il regardait le monde d'un air légèrement étonné. Il y dormait, pelotonné, le menton dégoulinant de salive, sans bouger lorsque sa mère s'attelait à ses tâches dans la grande maison, ne paraissant pas du tout fatiguée par l'enfant. Ni le froid ni la chaleur n'affectaient le moral de Magpie, qui arrivait, emmitouflée dans son épaisse couverture aux motifs de couleurs vives, les joues rougies par le vent, les yeux d'un noir de jais étincelants.

Bien que cela la fît souffrir de porter William, Caroline le réclamait souvent. On eût dit qu'elle cherchait à fouailler une plaie ou à se meurtrir. Le calant au creux de son bras, elle le berçait doucement. C'était un bébé facile qui ne pleurait pas avec les inconnus. Le jeu de ses expressions enfantines l'attendrissait, émoussant la pointe de la lance fichée dans son âme : un froncement de sourcils étonné quand elle émettait des sons ; le fléchissement de sa bouche et ses paupières quand il avait sommeil ; son émerveillement quand elle lui montrait son éventail en plumes de paon. En revanche, c'était un crève-cœur de plus en plus douloureux de le rendre à sa mère qui en était si fière ; rien ne l'était autant sinon de voir Corin jouer avec lui à la fin d'une journée de labeur. Ses mains brunes autour du petit garçon paraissaient énormes, et il arborait un air béat, ridicule, dès qu'il parvenait, à force de chatouilles et de grimaces, à le faire rire. Chaque fois qu'il y parvenait, il lançait un coup d'œil à sa femme, pour l'associer à sa joie, mais elle avait du mal à lui adresser le sourire qu'il attendait. L'amour qu'il vouait à William, un enfant qui n'était pas le sien, lui était presque insupportable.

William ne serait pas baptisé. Si Caroline en comprenait la raison, elle en fut tout de même étonnée. Les dangers encourus par l'âme de l'enfant la tracassaient mais Magpie se borna à rire lorsqu'elle lui suggéra timidement de procéder à la cérémonie, pour mettre toutes les chances de son côté.

« Nos ancêtres veillent sur lui, madame Massey. Ne vous inquiétez pas », assura-t-elle.

Aussi Caroline laissa-t-elle tomber, proposant d'organiser un déjeuner de bienvenue pour le bébé à la place, ce que Magpie accepta. Caroline lança donc les invitations. La seule disposée à fêter la naissance d'un petit Indien, fut Angie Fosset, qui arriva sur son grand cheval, aux sacoches de selle bourrées de vêtements d'enfant et de langes.

« Je n'ai pas l'intention d'avoir plus de trois gosses, alors je n'en ai plus besoin », expliqua-t-elle à Magpie.

Caroline, elle, avait expédié Hutch à Woodward la semaine précédente pour récupérer les cadeaux commandés au nom de Corin et au sien. Magpie reçut chacun d'eux avec une gêne croissante, si bien que l'atmosphère de la petite réception devint pesante.

« Madame Massey... c'est trop », finit par protester Magpie, embarrassée, tandis qu'Angie et Nuage-Blanc échangeaient un regard dont le sens échappa à Caroline.

« Bonté divine, que de jolies choses ! s'exclama Angie.

— Ma foi, un adorable petit garçon doit avoir de jolies choses », répondit Caroline, se sentant percée à jour. Nul doute qu'ils avaient deviné qu'elle aurait rêvé offrir ces cadeaux à son enfant, pas à celui de Magpie. Elle se tourna vers William dans son porte-bébé pour cacher son désarroi, effleurant d'un doigt sa figure ensommeillée. Ce fut pire, ses joues s'enflammèrent et elle eut du mal à respirer. « Qui veut une part de gâteau ? »

lança-t-elle, tendue, avant de s'enfuir dans la cuisine.

Le deuxième hiver de Caroline dans la prairie fut plus éprouvant que le premier. Les quatre murs de la maison devinrent une prison, où elle était piégée entre Magpie et William, qui lui rappelaient en permanence son échec. Car si la gaieté et la facilité avec laquelle Magpie s'était remise au travail lui prouvaient quelque chose, c'était qu'elle ne serait jamais de la prairie comme la jeune Ponca. Jamais elle ne s'y adapterait, jamais elle n'y prospérerait, jamais elle ne s'y établirait. Au lieu de s'y enraciner, elle resterait ballottée à la surface telle une amarante. Il lui était de plus en plus pénible de parler à Magpie, de chanter et de raconter des histoires comme auparavant. Les mots se coinçaient dans sa gorge tant elle craignait que son admiration pour Magpie ou William, toute sincère qu'elle soit, ne semble hypocrite à cause de son chagrin.

Lorsque Hutch venait prendre un café chez Caroline, il l'incitait gentiment à livrer le fond de sa pensée, à remonter à cheval, à faire n'importe quoi plutôt que de rester enfermée. L'air absent, elle le rassurait sur son état ; il ne restait plus au contremaître qu'à prendre congé, le regard songeur. Quand, n'en pouvant plus d'être cloîtrée, Caroline s'armait de courage pour sortir, le vent la cinglait comme s'il lui donnait des coups de couteau et le ciel la terrifiait. Elle rentrait transie, mettant des heures à se réchauffer si proche qu'elle fût du poêle. Un matin où elle brisait la glace de la citerne et que la brûlure du gel lui mordait les mains, l'eau délicieuse de l'étang où ils avaient nagé lors de leur lune de miel lui revint en mémoire. Envahie par le désespoir, prostrée, elle s'abîma dans la contemplation des profondeurs ténébreuses de la cuve.

La nuit, Caroline et Corin restaient souvent éveillés cependant que le vent hurlait autour de la maison, avec trop de stridence pour être ignoré. Sous la couverture, il dessinait sur l'épaule de sa femme des motifs qui l'apaisaient tout en l'excitant. Elle chérissait l'odeur de Corin, forte, animale et fétide après une journée de travail dans de lourds vêtements. S'accrochant à lui telle une noyée à une épave, les yeux clos, elle avait l'impression que la maison risquait de capituler à tout moment devant l'assaut qui l'arracherait du sol avec eux à l'intérieur. La maison, un mirage, une infime carapace entre la nature déchaînée et eux, pouvait se volatiliser en un éclair. Tant que Corin est là, cela m'est égal, se répétait-elle. Il semblait percevoir ses frayeurs et parlait pour les calmer, de la même façon qu'il parlait à des chevaux agités. À voix si basse qu'elle devait tendre l'oreille pour l'entendre au-dessus du vacarme – un chapelet de paroles comme égrenées goutte à goutte lui parvenait dans son demi-sommeil.

« On devrait penser à Nuage-Blanc et à Annie, c'est vrai que les Poncas sont habitués à cette vie et qu'ils sont beaucoup plus résistants que nous. N'empêche, par une nuit de ce genre, ça ne me plairait pas qu'il n'y ait que des peaux entre le vent et moi. Hutch m'a raconté l'hiver meurtrier de

1887, avant mon arrivée dans l'Ouest, quand nous deux, toi et moi, habitions New York et que nous ne nous connaissions pas. Chaque fois que nous avons un hiver rude, chaque fois que j'évoque le froid, il m'assure que ce n'est rien comparé à celui-là. Des troupeaux entiers ont gelé sur place. Des cow-boys ont péri dans la prairie, on ne les a trouvés qu'au printemps, à la fonte des neiges, desséchés et assis, les genoux repliés contre la poitrine, une ultime posture pour tenter de se réchauffer. Les bœufs étaient maigres et affaiblis à cause de la sécheresse de l'été qui avait précédé l'hiver en question, où il y avait eu pénurie d'herbe et de fourrage. Ils mouraient sur pattes. Les vaches perdaient leurs veaux avant terme parce qu'il n'y avait pas de quoi nourrir une bouche, alors deux… Hutch, lui, a perdu trois orteils : deux à son pied droit, un au gauche. Il montait dans un tel blizzard qu'il distinguait à peine les oreilles de son cheval alors qu'il poussait les bêtes à avancer pour éviter qu'elles ne se blottissent les unes contre les autres et ne se transforment en un énorme tas de barbaque. Quand il est descendu de selle à la fin de la journée, il ne sentait plus ses jambes, ses pieds encore moins. Il m'a raconté qu'il n'avait enlevé ses bottes que trois jours plus tard : ses pieds étaient énormes et noirs, le sang avait gelé dans ses veines. C'est vrai, il m'a montré les trous à la place de ses orteils. Nous n'avons jamais vu de tempêtes de neige pareilles. Elles soufflaient du Mexique au Canada, balayant les régions entre ces deux pays. Je me souviens de n'avoir pas mangé de bœuf une année dans mon enfance, et toi ? Tu étais peut-être trop jeune, moi, en tout cas, je me rappelle qu'il en manquait à New York. La cuisinière avait beau en chercher toutes les semaines, elle n'en trouvait pas. C'était impossible, presque toutes les pauvres bêtes étaient ensevelies sous les congères. Alors cette tempête, ce vent, eh bien, comme le dit Hutch, ce n'est rien, ma chérie. La prairie nous traite gentiment. Nous sommes au chaud, non ? Et en sécurité. Comment ne le serions-nous pas, puisque nous sommes ensemble. » Corin continuait ainsi jusqu'au bout de la nuit tandis que les grêlons martelaient le toit comme autant de grenailles de plomb, et Caroline, somnolente, buvait ses paroles, les pieds glacés en souvenir des orteils perdus de Hutch, le cœur glacé en souvenir des cow-boys serrant leurs genoux contre leur poitrine, dans la gentille prairie battue par le vent.

Au printemps de 1904, les nouveau-nés donnèrent l'impression de proliférer. Des poulains dégingandés couraient sur les talons de plusieurs juments. Les poules voguaient dans une mer de poussins duveteux. On entendait parfois les hurlements de William aux quatre coins du ranch. Une petite chienne terrier à poils rêches appartenant à Rook, le cuisinier noir, mit bas une portée de chiots à la suite d'une rencontre imprévue avec un bâtard de Woodward. La chaleur s'annonçait, les jours rallongeaient. Il n'y avait plus de glace dans la citerne, plus d'averses de grêle, plus de vent du nord. Les jeunes pousses de blé et de sorgho étaient vert pâle, et quelques fleurs s'épanouissaient courageusement sur les cerisiers rachitiques de Caroline. Pourtant, malgré tous ses efforts, la jeune femme n'arrivait pas à se débarrasser du poids de ses espérances déçues, ni de sa peur de cette vaste terre que Corin aimait tant.

Un dimanche, par un bel après-midi, ils étaient installés sur la véranda après qu'un pasteur itinérant avait célébré un office pour les résidents du ranch. Corin se balançait dans son fauteuil, l'air tellement béat que Caroline se sentait à mille lieues de lui.

« Qu'est-ce que tu lis ? » lui demanda-t-il. Le croyant assoupi derrière son numéro du *Woodward Bulletin*, elle tressaillit avant de lui montrer la couverture. « Quoi ? Encore *Le Cavalier de Virginie* ? Tu n'en as pas assez ?

— Un peu, mais c'est l'un de mes préférés. Alors, en attendant que tu m'emmènes acheter d'autres livres en ville...

— D'accord, d'accord. On ira la semaine prochaine, qu'en penses-tu ? Dès que Bluebell aura mis bas. Cela dit, tu pourrais t'y rendre sans moi, tu ne courrais aucun risque...

— Tu n'en sais rien, j'aime mieux t'attendre », le coupa Caroline. La simple idée de faire la route toute seule jusqu'à Woodward lui soulevait le cœur.

« Très bien. » Corin disparut à nouveau derrière son journal. « Lis-moi un passage pour que je comprenne ce que ce bouquin a d'extraordinaire. »

Caroline regarda la page où elle s'était arrêtée. Le roman n'avait rien d'extraordinaire si ce n'était que l'héroïne, une dame raffinée de l'Est, s'était créé une belle vie et avait trouvé le bonheur dans cette région reculée. Contrairement à Caroline, elle était sensible à sa beauté et comprenait son mari. La jeune femme ne cessait de sonder les pages comme si elles recelaient le secret de cette réussite, comme si elle pouvait y découvrir la façon de s'établir dans l'Ouest, de l'aimer, de s'y épanouir. Mais, dans le passage qu'elle venait de lire, Molly Wood décidait de partir – une mauvaise passe avant l'heureux dénouement. Caroline hésita avant d'en faire la lecture. Le dos bien droit, ainsi qu'on le lui avait inculqué, elle leva le volume, pour ne pas nuire à la musicalité de sa voix en se tordant le cou.

« *C'était le résultat essentiel de la visite que le Virginien lui avait rendue. Il lui avait confié que son heure viendrait bientôt, une heure à laquelle elle avait décidé de se dérober. Elle fuyait son cœur. Elle n'osait se faire confiance pour un nouveau face à face avec son amant, redoutable et indomptable...*

— Oh ! là, là ! c'est bien mélo », murmura Corin, d'un ton somnolent lorsque Caroline eut terminé.

Elle ferma le livre, caressant la couverture, écornée et froissée à force d'avoir été manipulée.

« Corin, tu es réveillé ? » demanda Caroline un peu plus tard. Le soleil était une boule ronde dans le ciel.

« Mmm...

— Je vais bientôt toucher mon héritage. Je te l'ai déjà dit, mais... je ne t'ai pas précisé à combien il s'élevait. En fait... à beaucoup d'argent. On pourrait aller où bon te semble... tu ne serais plus obligé de travailler autant...

— Aller où? Pourquoi veux-tu que nous partions? »

Caroline se mordit la lèvre: « C'est... tellement isolé ici – tellement loin de la ville! On pourrait... On pourrait acheter une maison à Woodward. J'y passerais quelques jours par semaine... ou bien déplacer le ranch! Je pourrais m'inscrire au Coterie Club.

— Qu'est-ce que tu racontes, Caroline? Je ne peux évidemment pas installer le ranch plus près de la ville. Il faut des pâturages pour le bétail et les terres autour de Woodward ont toutes été données à des pionniers.

— Ne comprends-tu pas que tu n'auras plus besoin de faire de l'élevage? On aura de l'argent – beaucoup d'argent! » s'écria-t-elle.

Corin se redressa et plia son journal. Il regarda sa femme, qui, voyant son expression peinée, eut un mouvement de recul. « Si je m'intéressais à l'argent, je serais resté à New York. Écoute-moi, mon cœur, je rêve de cette vie depuis que mon père m'a emmené à Chicago quand j'étais petit et que j'ai vu le spectacle du Far West de Buffalo Bill à l'Exposition universelle de 1893. C'est à ce moment-là que j'ai pris la décision de l'accompagner quand il recherchait de nouveaux fournisseurs. En regardant les cow-boys exécuter leurs numéros de rodéo, j'ai su que c'était ce que je voulais faire de ma vie. L'élevage n'est pas seulement mon travail... c'est ma vie. Notre foyer est ici, et je ne crois pas que j'aurai jamais envie de m'installer ailleurs. C'est ce que tu veux ? Déménager, loin de moi peut-être ? »

Il posa cette question d'une voix hachée. Levant les yeux, Caroline, bouleversée, se rendit compte qu'il était au bord des larmes : « Non ! Bien sûr que non ! Jamais loin de toi, Corin. Simplement...

— Quoi ?

— Rien. Je pensais juste... que je serais peut-être plus heureuse si j'avais du monde autour de moi. Une société plus raffinée que celle d'ici. Et... si j'étais plus heureuse, peut-être que nous fonderions enfin une famille. »

À ces mots, Corin tourna la tête du côté des corrals et parut s'abîmer dans ses pensées. Considérant que la discussion était close, Caroline se renversa dans son fauteuil et ferma les yeux, en proie à une tristesse infinie, épuisée par l'effort qu'elle avait fait pour formuler ses craintes.

« Nous n'aurons qu'à construire. L'argent servira à doubler la taille de la maison si tu en as envie et à recruter une servante. Elle remplacera Magpie, qui doit s'occuper de William... Et un groupe électrogène. Sans compter la plomberie ! Une véritable salle de bains pour toi, avec de l'eau courante... Qu'est-ce que tu en penses ? Est-ce que ça arrangerait les choses ? insista Corin, qui semblait désespéré.

— Oui, peut-être. Une salle de bains, ce serait merveilleux. Attendons d'avoir l'argent.

— Et je vais t'emmener en ville très bientôt. Nous y passerons une nuit, deux si tu préfères. Nous achèterons autant de livres et de magazines que nous pourrons en rapporter. En plus, je dois me procurer de nouveaux éperons chez Joe Stone, j'ai eu la bêtise de casser ma paire de rechange et je n'ai toujours pas retrouvé les autres…

— Ils sont chez Joe et Magpie. Dans la cahute, déclara Caroline, d'un ton monocorde.

— Quoi ? Comment tu le sais ?

— Je les ai vus quand j'y suis allée pour l'accouchement. »

Se fustigeant, Caroline dévisagea Corin à l'affût de signes de culpabilité, de gêne ou d'une rougeur éloquente. Au lieu de quoi, Corin se tapa le front.

« Seigneur, bien sûr ! Ça fait des mois que je les ai prêtés à Joe. Le jour où nous avons poursuivi les voleurs de bétail jusqu'à la frontière du Texas, l'un des siens s'est cassé net. Comme Catin était calme, contrairement à son hongre, je lui ai filé les miens. À la fin de cette longue chevauchée, je tombais tellement de sommeil que je ne les ai pas récupérés. Pourquoi ne pas m'en avoir parlé, mon cœur ?

— Euh, je… J'ai oublié. Le bébé est arrivé, et ça m'a tourneboulée… »

Corin se leva d'un bond : « C'est formidable que tu t'en souviennes maintenant ! Je vais les chercher, sinon ça nous sortira de la tête. »

Caroline le suivit des yeux avant de s'enfouir le visage dans les mains. Combien de fois, depuis la naissance de William, avait-elle imaginé les éperons chez Magpie ? Combien de fois s'était-elle représenté la hâte avec laquelle ils y avaient peut-être été abandonnés, jetés par des mains avides de se retrouver sous des couvertures, cocon de l'adultère ?

Après qu'elle eut suggéré ce déménagement en ville et à l'approche du deuxième anniversaire de leur mariage, Caroline surprit le regard insistant que son mari posait sur elle de temps à autre, peut-être guettait-il des signes de mal-être ou de mélancolie. De plus en plus silencieuse, elle s'étiolait, cela ne lui avait sûrement pas échappé, mais il ne pouvait rien y faire. Quand il s'enquérait de son état, elle le rassurait en souriant. Elle ne lui livrait pas sa sensation, dès qu'elle ouvrait la porte, d'être précipitée dans le néant de la prairie où aucune construction humaine ne l'ancrait. Ni que, dès qu'elle regardait au loin, son cœur tressaillait puis cognait dans sa poitrine si bruyamment que Magpie devait l'entendre. Ni que le ciel était d'une immensité trop vertigineuse pour qu'elle le contemple. Elle ne trouvait du réconfort qu'en berçant William. La force croissante avec laquelle il s'évertuait à attraper des objets ou à s'emparer de ses doigts pour les mordiller l'émerveillait. Le petit corps qui gigotait contre le sien semblait combler une béance en elle, et Magpie se réjouissait de la tendresse de l'expression de Caroline. Mais celle-ci était toujours obligée de rendre le bébé à sa mère ; chaque fois, son vide intérieur se creusait à nouveau.

Les plantes se desséchèrent, étouffées par de mauvaises herbes. Les légumes pourrirent au soleil faute d'être ramassés. Si Magpie accepta de s'occuper du jardin, elle s'inquiétait également pour Caroline. D'ailleurs, elle l'obligea à surveiller l'arrachement des plantes d'hiver et lui demanda conseil pour celles d'été.

« Vous devez me dire quoi planter, madame Massey. Et où. » Certes, elles savaient toutes les deux que Magpie s'y connaissait beaucoup mieux en la matière. Caroline eut beau protester, la Ponca aux cheveux aile de corbeau n'en démordit pas. Caroline restait toujours à l'ombre de la maison, les mains dans le dos, s'appuyant au bois grossier du mur comme pour y trouver un support, tandis que Magpie déterrait et binait. Un jour, celle-ci bondit en arrière en étouffant un cri car elle venait de découvrir un serpent à sonnette tapi sous des feuilles mortes. L'instant d'après, elle le tua d'un coup de houe et le poussa sur le côté. « Vous vous rendez compte, si la dame blanche avait fait pareil dans le jardin d'Éda ! » plaisanta-t-elle.

Sa violence avait soulevé le cœur de Caroline qui murmura : « Éden. C'est le jardin d'Éden. » Puis elle rentra dans sa maison, n'ajoutant pas un mot et prenant soin de ne pas décoller ses doigts du mur.

Un soir, Caroline vit Corin aborder Magpie qui, William sur son dos, se dirigeait vers la cahute où elle ferait un deuxième dîner et un deuxième ménage. Postée devant la fenêtre, elle retint son souffle : Corin s'approchait de la jeune Ponca, lui effleurait le bras pour qu'elle s'arrête. Caroline tendit l'oreille comme si elle pouvait entendre les questions de son mari, car, même de la maison, elle distinguait les interrogations inscrites sur son visage. Magpie lui répondit avec sa réserve habituelle. Sans gestes, sans expressions révélatrices – pour Caroline à tout le moins. À peine Corin, ayant libéré la jeune femme, s'apprêta-t-il à rentrer qu'elle se détourna et garnit les plats du repas que Magpie leur avait préparé. Soupe de maïs, grosses tranches de rôti, pain tout juste sorti du four.

De toute évidence, Corin était troublé par ce qu'elle lui avait dit. Caroline en voulut à Magpie, mais elle posa le dîner sur la table en veillant à afficher un sourire, pour le rassurer, pour qu'il ne s'inquiète pas à son sujet, parce qu'elle ne saurait que lui répondre au cas où il lui demanderait si elle était heureuse. Lorsqu'ils furent attablés, il prit la parole :

« Vraiment, mon cœur, tu devrais apprendre à monter et m'accompagner de temps en temps afin de découvrir la propriété. Rien ne me remonte plus le moral que de galoper dans la prairie, exalté par le vent et un cheval rapide... » Il s'interrompit en voyant Caroline secouer la tête.

« Je ne peux pas, Corin ! N'insiste pas, je t'en prie. Les chevaux me terrifient. Ils le savent – d'après Hutch, ils sentent ce qu'on éprouve et ça les pousse à mal se comporter.

— Tu avais peur de Joe et de Magpie jusqu'à ce que je te les présente. Ce n'est plus le cas, n'est-ce pas ?

— Non », concéda-t-elle, du bout des lèvres. Bien sûr, Magpie ne l'effrayait plus, en revanche, chaque fois que Joe venait chez eux parler à Corin ou déposer les fournitures qu'il était allé chercher à Woodward, son estomac se nouait. Elle trouvait son visage féroce, quoi qu'en dise Corin. Ses traits évoquaient violence et sauvagerie.

« Ce serait pareil avec les chevaux. La jument que tu as montée – Clara –, ma parole, elle est douce comme un agneau ! Et les toiles d'araignées s'accumulent sur la selle d'amazone que je t'ai achetée, qui reste dans la remise... C'est une nouvelle saison, il fait meilleur... Si seulement tu acceptais de venir avec moi pour voir la terre vierge, telle que Dieu...

— Je ne peux pas ! Je t'en prie, n'essaie pas de m'y obliger. Je suis beaucoup plus heureuse de rester ici.

— L'es-tu ? » Caroline remua sa cuillère dans sa soupe et ne répondit pas. « À en croire Magpie... » Il ne termina pas sa phrase.

« Quoi ? Qu'a-t-elle dit sur moi ?

— Que tu refuses de sortir. Que tu ne bouges pas de la maison et que tu es très silencieuse. Qu'elle a beaucoup plus de travail. Caroline... Je...

— Quoi ? répéta-t-elle, redoutant la suite.

— Je voudrais seulement que tu sois heureuse », termina-t-il, l'air accablé.

Il la regarda avec de grands yeux, qui ne reflétaient qu'amour et sincérité. Elle s'en voulut davantage encore d'avoir cru qu'il la trompait, qu'il avait délaissé son corps stérile pour engendrer un fils dans un autre. « Je... », commença-t-elle. Ne sachant trop quoi ajouter, elle murmura : « Moi aussi, j'ai envie d'être heureuse.

— Alors, dis-moi, dis-moi ce que je peux faire pour que tu le sois », la supplia-t-il. Caroline garda le silence. Que pouvait-elle répondre ? Il avait fait tout son possible pour lui donner un enfant, en vain, elle n'avait pas conçu. Il était tombé amoureux d'elle, il l'avait épousée, il lui avait offert une nouvelle vie à laquelle il était hors de question qu'elle lui demande de renoncer. « Nous allons retourner nager. Nous aurons une nouvelle lune de miel. Nous irons dimanche prochain. Au diable le ranch, au diable le travail – rien que toi et moi, mon amour. Cette fois, nous ferons un bébé, j'en suis sûr. Alors ? » la pressa-t-il.

Caroline secoua la tête. Il lui sembla qu'un spasme la secouait dans ses profondeurs. C'était trop tard pour une deuxième lune de miel. La route était trop à découvert, l'étang trop éloigné ; la perspective d'y retourner la terrifiait ; c'était au-dessus de ses forces à présent. Mais que lui restait-il à suggérer à son mari ? « Promets-moi seulement de ne jamais me quitter », finit-elle par répondre.

Corin la prit dans ses bras et, désarmé, l'étreignit désespérément : « Je ne te quitterai jamais. »

Au cœur de la première nuit caniculaire de juin, Caroline se réveilla en sursaut. La sueur dégoulinait entre ses seins, s'accumulant au creux de son ventre, plaquant des mèches sur son front. Dans son rêve, elle marchait seule dans la prairie comme si, le jour de son équipée chez les Moore, elle avait sombré dans un sommeil dont elle n'était jamais sortie. Il n'y avait pas âme qui vive, ni maison, ni ranch, ni Corin. Immobile, elle écouta le sang battre dans ses oreilles et son souffle retrouver un rythme régulier. Ses bras étaient hérissés de chair de poule. La silhouette rassurante de Corin se profilait dans la lumière grise filtrant à travers les volets. La mélopée des coyotes qui hantait la nuit sans relâche, sans rencontrer d'obstacles sur des kilomètres et des kilomètres à la ronde, déchira le silence. Caroline ferma les yeux pour tenter de ne pas l'entendre. Au sortir d'un tel rêve, d'un tel cauchemar, elle ébranlait son âme, évoquant encore et toujours l'étendue déserte et impitoyable qui les environnait.

Soudain, Caroline fut confrontée à ce qu'elle savait depuis longtemps mais refusait d'accepter. C'était son foyer, son mari, sa vie. Il n'y avait aucun espoir de changement, ni de déménagement, Corin avait mis les points sur les *i*. Quant aux enfants, depuis leur mariage qui remontait à deux ans, s'ils n'en avaient pas, ce n'était pas faute d'avoir essayé. Elle regarderait Magpie et Joe élever les leurs et n'en aurait jamais. Ce serait intenable. Et si Magpie retombait enceinte, sa présence serait carrément insupportable. Alors, la maison serait vide, quand Corin s'absenterait pour acheter ou vendre des têtes de bétail, emmener un pur-sang chez son nouveau propriétaire ou discuter du prix du blé à Woodward. Une maison déserte dans un désert. *Je vais perdre la raison*, en conclut Caroline, pour qui ce fut soudain aussi évident que si les mots imprimés défilaient devant ses yeux. *Je vais perdre la raison*. Elle se redressa en poussant un cri et se martela les oreilles pour ne plus entendre le hurlement puis le silence assourdissant qui lui avait succédé.

« Que se passe-t-il ? Tu es malade ? demanda Corin d'une voix ensommeillée. Qu'est-ce qu'il y a, ma chérie, tu as fait un cauchemar ? Dis-le-moi, je t'en supplie. » Il lui prit les mains pour l'empêcher de se taper dessus.

« Je... Je..., souffla-t-elle, en hoquetant.

— Quoi ? Dis-moi !

— Ces damnés coyotes qui hurlent toute la nuit m'empêchent de dormir ! Ils ne s'arrêtent jamais ? Toute la nuit ! Toutes les nuits ! Nom de Dieu, ils me rendent folle ! » brailla-t-elle, les yeux incendiés de fureur et de peur.

Appréciant cette virulence, Corin sourit : « C'est la première fois que je t'entends jurer, tu sais ça ? » Il la lâcha et repoussa les cheveux ébouriffés qui tombaient sur son visage. « Pour sûr, tu n'as pas mâché tes mots ! » Cessant de pleurer, Caroline distingua vaguement le sourire de son mari dans l'obscurité. Un étrange calme s'empara d'elle – la torpeur du manque de sommeil et de l'épuisement la submergea en quelques secondes.

Le lendemain matin, Corin partit avant le petit déjeuner. Il ne s'absenta que peu de temps, et, à son retour, il posa sur sa femme des yeux pétillants. Ceux de Caroline, bouffis, la picotaient. En silence, elle prépara le petit déjeuner. Sauf que les grains de café brûlèrent dans la poêle si bien que le breuvage fut amer et grumeleux. Elle mit à chauffer du potage aux haricots de la veille au soir et fit une fournée de galettes pour l'accompagner. Corin engloutit le tout avec appétit. Il avait à peine terminé qu'on cria à l'extérieur. Ouvrant la porte, Caroline découvrit Hutch et Joe ; le pistolet à la ceinture, ils étaient juchés sur leurs chevaux isabelle ; des fusils dépassaient de leurs selles. Joe tenait les rênes de Catin, harnachée, prête à être montée.

« Je croyais que tu réparais des clôtures aujourd'hui ? » lança Caroline à son mari, d'une voix fatiguée par l'explosion de colère de la nuit.

Corin termina son café, n'esquissant qu'une très petite grimace : « Ma foi, j'ai décidé de faire une petite virée.

— Où ?

— Nous allons – Corin sauta en selle – à la chasse aux coyotes. Tu as raison, Caroline, il y en a beaucoup trop près du ranch. On a perdu des poules, toi le sommeil. Et puis, c'est une belle journée pour prendre un peu d'exercice ! » Il fit tourner Catin, qui, excitée, piaffa.

« Oh, Corin ! » s'exclama Caroline, émue par les efforts qu'il déployait pour elle.

Après l'avoir saluée en soulevant leurs chapeaux, les hommes poussèrent un cri de joie et disparurent dans un martèlement de sabots, sans laisser d'autres traces que des empreintes sur le sable.

À l'heure du déjeuner, de gros nuages venant du nord-ouest s'amassèrent dans le ciel de plus en plus couvert. Caroline et Magpie écossaient des petits pois dans la cuisine. Endormi aux pieds de sa mère, William remuait et gémissait comme s'il rêvait. Si Magpie en souriait, Caroline en avait le cœur serré. Encore combien de temps, songeait-elle, avant que le froid ne devienne inexorable et ne lui glace le cœur comme il avait gelé les orteils de Hutch. Magpie, sensible à sa tristesse, finit par rompre le silence :

« Nuage-Blanc a beaucoup de sagesse. » Le bruit des petits pois qui jaillissaient des cosses et tombaient dans la bassine résonnait dans le calme ambiant. Ne sachant comment réagir à cette déclaration, Caroline attendit. « Elle sait faire des remèdes », ajouta enfin Magpie.

Caroline leva la tête, la Ponca la scrutait de ses yeux noirs. « Ah bon ? dit-elle, essayant, poliment, de montrer de l'intérêt.

— Dans l'ancien temps, quand elle vivait avec notre peuple sur les terres loin au nord, beaucoup de Poncas lui demandaient conseil. Beaucoup de femmes », insista lourdement la jeune Indienne.

Caroline sentit le rouge lui monter aux joues, elle se leva pour allumer une lampe car l'après-midi était bien sombre. La lumière jaune fit briller les nattes lustrées et la peau mate. Caroline eut l'impression d'être un spectre, comme si, contrairement à Magpie, elle n'était pas tout à fait réelle. Pas tout à fait complète. Pas tout à fait de chair et d'os. La lampe ne l'éclairait pas de la même façon.

« Tu crois que... Nuage-Blanc pourrait m'aider ? » murmura-t-elle, se concentrant sur les petits pois qu'elle avait du mal à distinguer.

Magpie lui lança un regard compatissant et répondit avec douceur : « Si vous voulez, je peux lui demander. »

Incapable de parler, Caroline acquiesça.

Plus tard, elle regarda par la fenêtre les premières gouttes. Ce n'était pas un déluge, juste une pluie régulière qui tombait du ciel. Il n'y avait pas un souffle de vent. Caroline l'écouta tambouriner sur le toit, gargouiller dans les gouttières tandis qu'elle coulait dans la citerne. Elle mit un moment à comprendre la cause de son malaise. La pluie était arrivée lentement par le nord-ouest, la direction vers laquelle les cavaliers avaient galopé. Ils l'avaient sûrement vue approcher et draper l'horizon d'un voile gris. Elle avait dû tomber sur eux avant de tomber sur le ranch, pourtant ils n'étaient pas rentrés. Il était impossible de chasser par un temps pareil d'autant que l'après-midi touchait à sa fin. Cela faisait plus d'une heure que Magpie était partie, après avoir enfourné un ragoût de lapin. La table était dressée, tout était prêt. Caroline s'était curé les ongles pour enlever les taches laissées par les petits pois. Elle se tenait devant la fenêtre et chaque goutte de pluie intensifiait son inquiétude.

Lorsqu'elle crut enfin apercevoir des cavaliers, le crépuscule l'empêcha de les discerner. Deux chapeaux apparurent. Deux cavaliers, pas trois. Son cœur bondit dans sa poitrine – les battements ne s'accélèrent pas, ils la martelèrent, la broyant avec une lenteur inexorable, presque douloureuse. Deux chapeaux. Deux chevaux, de toute évidence, à mesure qu'ils s'approchaient. À robe brune, vit-elle une fois qu'ils furent plus près. Aucun à robe noire.

Captif, dans la grande cité, de sombres cloîtres,
Qu'avais-je à voir d'aimable hormis le ciel et les étoiles ?

Samuel Taylor Coleridge, *Gel à minuit*[1]

1. Traduction de Pierre Leyris, Paris, Gallimard, « Bibliothèque de la Pléiade », 2005. Toutes les notes sont de la traductrice.

5

Le lendemain de Noël, à mon réveil, j'entends des voix dans la cuisine, le raclement de la bouilloire sur le fourneau, le robinet en train de couler, le bruit sourd de l'eau dans les tuyaux du mur près de mon lit. Cela ressemble tellement aux matins de mon enfance que je reste couchée, en proie à la sensation vertigineuse de remonter le temps. Sans doute suis-je la dernière à me lever, comme à l'époque. Toujours rassasiée et alourdie par le copieux dîner de la veille, je monte au grenier en robe de chambre, sors le hochet en os de la malle de Caroline et l'emporte en bas. Une odeur de café et de bacon grillé flotte dans l'escalier, et contre toute logique elle fait gargouiller mon estomac.

Ils sont tous les quatre autour de la table dressée : assiettes, couverts, tasses, énorme cafetière, plat d'œufs au bacon, porte-toasts plein. Autant de signes du fossé générationnel qui m'attendrissent. Je n'aurais jamais eu l'idée de mettre la table du petit déjeuner ni de poser des toasts ailleurs que dans mon assiette. Les quatre êtres auxquels je tiens le plus au monde sont réunis autour d'une table garnie. Je m'appuie au montant de la porte, regrettant que cela arrive si rarement. De la vapeur chaude s'élève dans l'air; le lave-vaisselle tourne en ronronnant.

« Te voilà, tu as décidé de nous honorer de ta présence. »

Le visage rayonnant, papa me sert du café.

« Tu exagères, il n'est que neuf heures. » Je bâille, m'approche d'un pas nonchalant et m'assieds sur un banc.

« Moi, je suis déjà sorti pour rapporter des tonnes de bois, se vante Eddie, en train d'enduire un toast de pâte à tartiner au chocolat.

— Frimeur.

— Ed, as-tu envie d'un toast avec ton Nutella ? » lance Beth, d'un ton plein de sous-entendus.

Eddie prend une énorme bouchée de sa tartine qui laisse un sourire au chocolat sur ses joues.

Je demande à mes parents s'ils ont bien dormi.

Ils occupent la même chambre d'amis qu'auparavant. Malgré la multitude de pièces, nous nous sommes tous installés dans celles qui nous étaient attribuées dans le passé, tels des enfants bien élevés.

« Très bien, merci, Erica.

— Tiens, maman – voici le hochet dont je t'ai parlé, celui que j'ai déniché dans les affaires de Caroline. On dirait que la poignée est en os. »

Maman tourne l'objet dans ses mains, me jette un regard incrédule : « Il ne s'agit pas d'un hochet, petite andouille, mais d'un anneau de dentition. Et très joli en plus. C'est de l'ivoire, pas de l'os...

la clochette en argent sert de hochet. Une valeur ajoutée.

— Un anneau de dentition, vraiment ?

— Sans aucun doute, d'une facture très ancienne.

— J'ai vu ce genre de trucs à la télé, dans l'émission *The Antiques Roadshow*, il n'y a pas très longtemps, intervient papa.

— De l'ivoire et de l'argent – c'était pour un gosse de riche », embraie Eddie, la bouche pleine.

Je demande à ma mère : « Il appartenait à Clifford ? Tu t'en souviens ?

— Non. Je l'ai peut-être oublié, à moins que… » Maman tend le bras derrière elle pour attraper l'arbre généalogique posé sur le buffet. « Regarde le temps qui sépare le mariage de Caroline et la naissance de Meredith : sept ans ! C'est inhabituel. Ma grand-tante Evangeline est morte avant d'avoir un an, la pauvre choute. » Du doigt, elle désigne le nom précédant celui de Meredith, l'écart affreusement court des dates entre parenthèses. « Deux bébés en sept ans, ce n'est pas beaucoup. Peut-être a-t-elle eu un fils qui est mort avant d'avoir Meredith, et cet anneau appartenait-il à ce pauvre petit bout.

— Dans ce cas, il devrait figurer sur l'arbre généalogique, non ?

— Pas forcément, si c'était un prématuré ou un mort-né, réfléchit maman à voix haute. Je sais que Meredith a perdu un enfant avant moi. C'est parfois héréditaire, ce genre de chose.

— Serait-il possible d'avoir un autre sujet de conversation pendant le petit déjeuner ? » nous interrompt doucement Beth.

Contrites, maman et moi, nous nous taisons aussitôt. Beth a fait une fausse couche avant la naissance d'Eddie. Un petit souffle de vie, dont l'absence a soudain brillé tel un point lumineux.

« Quel est le programme pour aujourd'hui ? demande alors papa, en se resservant une portion d'œufs brouillés. Moi, j'ai besoin de me dégourdir les jambes pour digérer les excès d'hier.

— Et faire de la place pour ceux d'aujourd'hui, David ? proteste maman, en regardant l'assiette de son mari.

— Absolument », acquiesce-t-il joyeusement.

Même si le ciel est plus clair, des nuages gris s'y amassent et le vent est frisquet, pénétrant. Après avoir traversé le village, nous nous dirigeons vers l'ouest, passons devant la petite église nichée au flanc d'une côte verdoyante parsemée des tombes de générations de morts de Barrow Storton. Le carré réservé aux Calcott se trouve au fond. Par un accord tacite, nous en approchons de conserve. Il a environ deux mètres de large sur deux de long. Une couche en marbre glacial, destinée au repos de notre famille. Ci-gît Henry, lord Calcott, et Caroline avec la petite fille qu'elle a perdue avant Meredith. Evangeline. À présent, Meredith les a rejoints. Si récemment qu'il reste des fleurs de son enterrement dans un petit vase en cuivre et qu'on vient manifestement de graver son nom sur la pierre tombale. Je ne peux m'empêcher de penser qu'elle aurait préféré reposer près de son mari Charles au lieu d'être coincée pour l'éternité avec Caroline. Mais, c'est trop tard. Je frissonne et me fais silencieusement le serment de ne pas échouer dans cet angoissant caveau familial. Je romps le silence : « Si Caroline avait eu un fils, il serait enterré ici, non ? »

Beth pousse un gros soupir avant de s'avancer vers Eddie, qui escalade le porche du cimetière.

« Sans doute. Mais qui sait ? S'il était tout petit, ils lui auraient peut-être donné une tombe d'enfant, répond maman, songeuse.

— Elle aurait quel aspect ?

— La stèle serait plus petite et il y aurait des anges ou un chérubin. »

Papa me coule un regard en coin : « Je trouve que tu t'intéresses beaucoup à ça tout d'un coup.

— Non. Je n'ai jamais supporté les mystères non résolus, voilà tout.

— Dans ce cas, tu n'es pas née dans la famille qu'il fallait. »

Je crie à mon neveu : « Hé, Eddie, cherche des petites tombes surmontées d'anges, gravées au nom de Calcott. »

Eddie se fend d'un élégant salut et se met à courir le long des rangées de tombes.

Beth me foudroie du regard : « Pourrait-on éviter de rechercher des bébés morts ! » Le vent étouffe sa voix.

Je réponds : « Donne-moi cinq minutes !

— On devrait peut-être avancer, Erica ? suggère timidement maman.

— Cinq minutes, s'il te plaît. »

Je parcours des yeux les sépultures alignées de l'autre côté que celui qu'inspecte Eddie, mais elles semblent toutes avoir une taille normale.

« Il existe quelquefois un coin réservé aux tombes d'enfant... » Maman désigne le fond du cimetière. « Essaie là-bas, tu vois ? Sous le hêtre. »

Je m'approche rapidement de l'arbre dépouillé que le vent balaie avec un mugissement évoquant la mer. Une quinzaine ou une vingtaine de tombes s'y trouvent. Sur les plus anciennes, des chérubins, aux traits effacés par le lichen, étreignent tristement la pierre de leurs bras potelés. Sur les plus récentes, ils sont remplacés par des nounours, gardiens moins célestes qui détonnent. J'imagine que c'est volontaire. Un cimetière n'est pas un lieu pour les enfants. Autant de vies avortées, de pertes qui ont déchiré l'âme de parents – cœurs brisés inhumés auprès des petits corps qui les avaient brisés. C'est mélancolique. Je me dépêche de lire les noms et des dates puis m'éloigne en frissonnant du lugubre petit groupe.

Jusqu'à présent, les cimetières ne me paraissaient ni sinistres ni particulièrement déprimants. J'aime les expressions d'amour figurant sur les pierres tombales, les déclarations d'êtres qui ont existé et compté. Qui connaît les sentiments secrets des enfants, des frères ou sœurs, des maris ou femmes qui ont fait graver ces listes ou s'ils avaient vraiment des souvenirs affectueux. L'espoir n'en subsiste pas moins que chaque vie éphémère a été essentielle pour les survivants, laissant un sillage riche d'émotions, une empreinte s'estompant au fil des années.

Je lance à Eddie : « Tu as trouvé quelque chose ?

— Non. Il y a un ange là-bas, sauf que la dame avait soixante-treize ans. Elle s'appelait Iris Bateman.

— On y va maintenant, s'impatiente Beth. Si tu as tellement envie de savoir si Caroline a eu un fils, tu n'as qu'à regarder le registre d'état civil. C'est sur Internet maintenant.

— Au fond, peut-être qu'elle s'était mariée en Amérique, intervient maman, me prenant par le bras d'un geste conciliant. Peut-être que le bébé pris en photo y est mort avant son départ pour l'Angleterre. »

Au nord du village, sentiers et pistes cavalières se faufilent entre les mornes champs d'hiver. Nous empruntons un chemin circulaire, avançons d'un bon pas, deux par deux quand il devient plus étroit. Eddie m'attend pour marcher en ma compagnie. Il part à la fin de la journée. Je regarde son visage anguleux, ses cheveux en bataille, et ressens un élan d'affection, auquel succède un étrange désespoir. De quoi imaginer ce que Beth éprouve. Comme s'il lisait dans mes pensées, Eddie rompt le silence :

« Ça va aller pour maman ? »

Son ton est d'une neutralité circonspecte qui n'est pas de son âge.

« Bien sûr, lui réponds-je avec le plus de conviction possible.

— C'est juste que… la dernière fois que papa est venu me chercher, avant Noël, elle avait l'air vraiment malheureuse. Elle maigrit à nouveau. Et puis, aujourd'hui, elle a pas été cool avec toi.

— Les sœurs se disputent toujours, Eddie. Il n'y a rien d'anormal à ça ! » Comme j'éclate d'un rire forcé, il me jette un regard accusateur. J'arrête de crâner : « Désolée. Écoute, c'est… c'est dur pour ta mère de se retrouver au manoir. Elle t'a parlé du testament de ton arrière-grand-mère ? Il stipule que nous ne pouvons garder la maison qu'à condition d'y habiter. » Il hoche la tête. « C'est la raison de notre séjour ici. Nous voulons voir si ça nous plairait de nous y installer.

— Pourquoi elle la déteste tellement ? Parce qu'on a kidnappé votre cousin et qu'il lui manque ?

— C'est possible qu'il y ait un rapport avec Henry. En plus, cette maison fait partie de notre passé, et ce n'est peut-être pas une bonne idée de tenter de vivre dans le passé. Franchement, je ne crois pas qu'on y habitera. Je vais malgré tout essayer de convaincre ta mère de rester un peu plus longtemps, même si elle n'en a pas envie.

— Pourquoi ?

— Eh bien… » Je cherche une bonne façon de le lui répondre. « Une fois, ton doigt a enflé au point de devenir gros comme une saucisse, c'était tellement douloureux que tu as refusé de nous laisser l'examiner. On a fini par le faire parce que ça n'allait pas mieux et on a découvert une esquille de métal à l'intérieur, tu te rappelles ?

— Ouais, je me rappelle. J'avais l'impression qu'il allait exploser.

— Dès qu'on a enlevé le bout de métal, il a cicatrisé, hein ? » Eddie acquiesça. « Bon, je crois que ta mère ne… guérit pas parce qu'elle a une esquille. Non pas en métal ni dans son doigt, mais à l'intérieur. C'est ça qui l'empêche de se rétablir. Je vais la lui enlever. Je vais… trouver ce que c'est et l'en débarrasser. » J'espère avoir l'air calme et sûre de moi, alors que je suis désespérée. Si je croyais en Dieu, je passerais toutes sortes de marchés en ce moment précis. *Fais que Beth guérisse. Fais que Beth soit heureuse*.

« Comment ? Pourquoi il faut que vous soyez ici pour ça ?

— Parce que… je pense que c'est ici que l'esquille s'est enfoncée en elle. »

Eddie réfléchit à mon explication, le visage creusé de sillons d'inquiétude qui me désolent : « Je l'espère. J'espère que tu trouveras ce que c'est, finit-il par dire. Tu le trouveras, hein ? Et elle ira mieux ?

— Je te le promets, Ed. » L'échec m'est interdit désormais. Nous ne pouvons partir sans que le problème soit résolu d'une façon ou d'une autre. Cette promesse est lourde, elle me ligote.

À peine le déjeuner terminé, nos parents s'en vont et, à l'heure du thé, Maxwell vient chercher Eddie. Grognon, rougeaud à force d'abus, Maxwell n'a manifestement pas envie de parler. Je fourre des sacs remplis de cadeaux dans le coffre, sous le regard sombre de Beth. On dirait que je suis complice du rapt de son fils.

« À bientôt, Edderino.

— Salut, tantine », répond-il avant de monter à l'arrière.

Il est calme, résigné. Bringuebalé d'un foyer à l'autre, il a le bon sens de ne pas en faire un plat. Il se laisse emmener, feignant de ne pas remarquer l'angoisse de Beth. Une attitude un rien cruelle comme s'il voulait dire : tu es responsable de cette situation, c'est toi qui l'as créée.

Je lui demande, en m'appuyant à la voiture : « Tu as prévenu Harry de ton départ ?

— Oui. Mais tu peux le lui rappeler si tu le vois, je ne suis pas persuadé qu'il ait capté.

— D'accord. » J'enchaîne à voix basse : « Appelle ta mère plus tard.

— Sûr », marmonne-t-il, fixant ses mains.

Les feux de position rougeoient tandis qu'ils roulent dans l'allée. Il s'est remis à pleuvoir. Beth et moi agitons la main comme des imbéciles jusqu'à ce que la voiture disparaisse. Nous les laissons tomber presque à l'unisson. Ni l'une ni l'autre n'avons envie de retourner dans la maison à présent que la fête est finie. Noël. Les préparatifs, les repas, les plaisirs à inventer pour Eddie et nos parents. Et maintenant quoi ? Nous sommes livrées à nous-mêmes. Pas de délai à respecter, pas d'emploi du temps. Je jette un coup d'œil à Beth, des gouttelettes perlent sur les mèches qui encadrent son visage. Je ne peux même pas lui demander ce qu'elle veut pour le dîner, même pas nous projeter dans cet avenir tout proche. Il y a un monceau de restes, prêts à être consommés.

« Eddie est un garçon extraordinaire, Beth. Tu l'as vraiment réussi. » J'avais besoin de rompre le silence.

Une lueur triste passe dans les yeux de ma sœur : « Je ne crois pas lui avoir transmis grand-chose.

— Si, ses qualités. » Je lui serre la main. Elle secoue la tête. Et nous rentrons, seules.

Quand elle est silencieuse à ce point, quand elle est pâle et immobile comme une statue, je la revois à l'hôpital. Au moins, ce n'est pas moi qui l'aie trouvée. Je ne dispose que des descriptions de mon neveu pour l'imaginer. Elle était couchée sur le côté dans sa chambre, pliée en deux, comme si elle s'était redressée avant de basculer. Ses cheveux tombaient sur son visage. Il ne se souvient plus combien de temps il était resté tétanisé avant de s'approcher d'elle tant il avait peur de repousser les mèches pour découvrir ce qu'il y avait en dessous. Sa mère ou le cadavre de sa mère. Il n'était, bien sûr, pas obligé de la toucher. Il aurait pu se contenter d'appeler une ambulance. Mais c'était un enfant, un petit garçon. Il voulait s'en occuper tout seul. Il voulait la toucher et la trouver endormie, rien de plus. De quel courage il avait dû s'armer pour relever les cheveux de sa mère. Je suis tellement fière de lui que c'en est douloureux.

Elle avait avalé beaucoup de somnifères puis essayé de s'ouvrir les veines. D'après les conclusions toutefois, elle avait hésité avec le petit couteau que je l'avais vue si souvent utiliser pour couper une banane en rondelles à mélanger aux céréales d'Eddie. Elle avait hésité – peut-être la première entaille, profonde, mais pas assez pour causer de vrais dégâts, lui avait fait plus mal qu'elle ne s'y attendait. Un instant de flottement pendant lequel les comprimés s'étaient dilués dans son sang et elle s'était évanouie. Elle s'était entaillé le poignet dans le mauvais sens. À angle droit par rapport aux veines et aux tendons, non parallèlement, ce qui est plus efficace comme le savent, de nos jours, ceux qui ne veulent pas se rater. Les médecins estimèrent que c'était plutôt un appel au secours qu'une véritable tentative, un avis que je ne partageais pas. Je me précipitai à l'hôpital où j'attendis dans un couloir le temps qu'on lui lave l'estomac. En face de moi, une fenêtre aux stores baissés me renvoyait mon reflet. Sous la lumière verdâtre, j'avais l'air morte : cheveux raides et ternes, visage accablé. Je glissai une pièce dans un distributeur qui expulsa un chocolat chaud délayé pour Eddie. Puis Maxwell vint le chercher.

Quand elle se réveilla, j'entrai dans sa chambre. Avant de me retrouver près d'elle, je n'avais pas eu conscience de ma colère. Je n'avais jamais été aussi furieuse contre elle.

« Qu'est-ce qui t'a pris ? Et Eddie alors ? »

Ce furent les premiers mots que je lui crachai au visage. Une infirmière me lança un regard réprobateur : « Elizabeth doit se reposer. » On aurait dit qu'elle connaissait mieux ma sœur que moi. Une ecchymose marbrait le menton de Beth, ses yeux étaient cernés de violet, ses joues creusées. *Et moi alors ?* avais-je envie d'ajouter, effondrée qu'elle ait souhaité m'abandonner. Par un effet boule de neige, j'étais en proie à la même sensation que lorsqu'elle s'enfuyait avec Dinny. Au lieu de me répondre, elle fondit en larmes ; ça me fendit le cœur et ma colère se dissipa. Prenant une longue mèche de ses cheveux emmêlés, je cherchai les nœuds du bout des doigts.

Ça fait des lustres que je n'ai pas parlé, encore moins téléphoné, à ma tante Mary. Quelle que soit ma réticence, l'affaire est lancée. J'ai commencé à découvrir des choses, à me heurter à des secrets. Si je persévère, je finirai tôt ou tard par percer ceux qui m'obsèdent. Je me trémousse sur ma chaise en attendant que Mary décroche. C'est une femme effacée, taciturne, d'une telle discrétion la plupart du temps qu'on ne la remarque pas. Un teint rose, des yeux et des cheveux clairs. Des chemisiers impeccables rentrés dans des jupes impeccables. L'entendre hurler, pleurer, jurer après la disparition d'Henry avait été un choc. Une fois que tout avait été terminé, elle était devenue encore plus silencieuse qu'auparavant comme si elle avait épuisé les cris qu'elle avait à sa disposition en cet unique éclat. Sa voix flûtée et atone a la fragilité d'un Kleenex mouillé.

« Mary Calcott à l'appareil ? » Son ton est si hésitant qu'elle ne paraît pas certaine de son identité.

« Bonjour, tante Mary, c'est Erica.

— Erica ? Ah, bonjour, mon chou. Joyeux noël. Enfin, c'est un peu tard, bonne année plutôt. »

Ses vœux manquent de conviction. Je me demande si elle nous déteste parce que nous sommes vivantes, contrairement à Henry, et là pour le lui rappeler.

« De même. Comment vas-tu ? Tu n'as pas accompagné Clifford pour récupérer les petites affaires dont tu avais envie ?

— Non, non. Je suis sûre que tu comprends qu'il n'est pas facile pour moi de me retrouver à Storton Manor. J'évite de penser à cette maison ou d'y retourner », m'explique-t-elle avec tact.

Elle ne m'inspire aucune compassion. C'est tout de même insensé d'évoquer la perte de son fils en termes si mesurés comme s'il s'agissait d'un incident gênant qu'il valait mieux oublier. Je suis très injuste évidemment. Je sais qu'elle n'est plus une personne à part entière : « Bien sûr. » Je me creuse la tête pour trouver d'autres banalités, sans succès. « Je t'appelle, j'espère que tu ne m'en voudras pas, parce que j'ai des questions à te poser sur tes recherches généalogiques d'il y a deux ans.

— Ah bon ?

— J'ai trouvé une photo de Caroline, prise à New York, en 1904…

— C'est normal puisqu'elle est arrivée à Londres à la fin de cette année-là. En revanche, la date exacte n'est pas facile à connaître.

— Il y a un enfant avec elle sur la photo. Il semble avoir environ six mois. Saurais-tu qui c'est par hasard ?

— Un enfant ? Alors là, ça m'étonne.

— Elle était mariée aux États-Unis ? À la façon dont elle tient le bébé… on dirait que c'est un portrait de famille. Elle a l'air tellement fière que j'ai l'impression que c'est son fils.

— Voyons, Erica, c'est impossible. Une seconde, je vais chercher le dossier. » J'entends grincer une porte de placard. « Non, j'ai une copie de son acte de mariage avec sir Henry Calcott et, dans la case de l'état civil, il est spécifié qu'elle était vieille fille. À vingt et ans ! Une dénomination plutôt inadéquate, non ?

— Elle aurait pu avoir divorcé ?

— Miséricorde, sûrement pas, c'était très rare à l'époque. On en aurait sûrement parlé, en tout cas lors de son second mariage. Ce doit être l'enfant d'une autre.

— Entendu, merci…

— Il est vrai que Caroline n'a jamais beaucoup évoqué sa jeunesse en Amérique. On savait juste qu'elle avait grandi sans famille proche et était venue en Angleterre pour un nouveau départ, une fois qu'elle avait touché son héritage. Elle a épousé Henry Calcott très vite après l'avoir rencontré ce qui, à mon sens, prouve peut-être qu'elle souffrait de solitude. »

Tante Mary a prononcé le nom d'Henry à deux reprises. « En effet, ça donne cette impression. Quoi qu'il en soit, je te remercie d'avoir cherché.

— Je t'en prie, Erica. À propos, tu pourrais m'envoyer la photo ? Je l'ajouterai à ma page de présentation. Il y en a très peu de la jeunesse de Caroline et de ceux de sa génération.

— Maman m'a demandé de lui donner toutes celles que je trouverai, mais elle sera certainement ravie de t'en envoyer des copies.

— Très bien, je lui en parlerai la prochaine fois que je la verrai. »

Un ange passe. Je n'arrive pas à lui dire au revoir, à reconnaître que je ne lui ai téléphoné que pour obtenir ce renseignement et que je n'ai aucune envie de poursuivre la conversation. Il y aurait tant à dire, tant à passer sous silence : « Alors, comment s'est passé Noël ? » Je l'entends reprendre son souffle, se blinder.

« Très bien, merci. » Après un nouveau silence, elle poursuit : « Tu sais, je continue à acheter un cadeau à Henry tous les ans. Clifford me trouve complètement folle, évidemment, mais il n'a jamais compris ce que représente la perte d'un enfant pour une mère. Je suis incapable de tourner la page comme lui. »

Malgré moi, je laisse échapper : « Qu'est-ce que tu as choisi ?

— Un livre sur la RAF, des nouvelles chaussures de foot et des DVD », répond-elle avec animation comme enchantée de ses cadeaux qu'elle n'offrira jamais. Je suis à court de mots. J'éprouve un désir plutôt malsain de savoir si elle a pris une pointure d'enfant ou s'est risquée à deviner celle qu'il aurait eue adulte. « Erica, il t'arrive de penser à ton cousin ? Est-ce que tu te souviens d'Henry, ajoute-t-elle, précipitamment.

— Bien sûr, bien sûr. Surtout depuis que nous sommes ici.

— Tant mieux, tant mieux, ça me fait plaisir. »

Je me demande ce qu'elle veut dire et si elle perçoit la culpabilité qui plane autour de Beth et de moi telle une odeur nauséabonde.

« Il n'y a pas eu de nouvelles de lui – d'Henry ? » C'est ridicule de poser la question vingt-trois ans après sa disparition. N'empêche, quelle conclusion tirer des cadeaux qu'elle s'obstine à lui acheter si ce n'est qu'elle s'attend à le voir revenir un jour ?

« Non. » Elle se contente de répondre par ce seul mot, sans faire le moindre effort pour développer.

J'enchaîne : « Eddie a passé Noël avec nous.

— Qui ?

— Edward, le fils de Beth.

— Ah oui, naturellement.

— Il a onze ans, le même âge que... En tout cas, il s'est bien amusé. Il a passé son temps à vagabonder dans les bois, à se salir.

— Clifford en voulait un autre, tu sais. Après que nous avons perdu Henry, ce n'était pas encore trop tard.

— Oh !

— Mais je lui ai dit que c'était au-dessus de mes forces. Qu'est-ce qu'il s'imaginait ? Qu'on pouvait remplacer Henry comme une montre qu'on aurait perdue ? » Elle émet un son bizarre, censé être un rire, je suppose.

J'abonde dans son sens : « Non. Non, bien sûr que non. » De nouveau un long silence, de nouveau le souffle de Mary.

« Vous ne vous êtes jamais entendues avec Henry. Beth et toi, vous ne l'aimiez pas, déclare-t-elle soudain, d'un ton offensé.

— Ce n'est pas vrai ! » Un mensonge. « Le problème, c'est qu'on aimait aussi Dinny, alors il fallait prendre parti.

— Tu n'as jamais pensé qu'Henry était... parfois insupportable parce que vous le laissiez toujours tomber pour aller jouer avec Dinny.

— Non. Il ne m'a jamais donné l'impression d'en avoir envie.

— Eh bien moi, j'en suis persuadée ! Et il était vexé que vous n'ayez de cesse de filer », affirme ma tante. J'essaie d'imaginer mon cousin ainsi, de faire cadrer cette description avec la façon dont il nous traitait, dont il traitait Dinny. En vain, ça ne colle pas. Les choses ne se passaient pas comme ça, il n'était pas comme ça. J'ai beau être indignée, je ne peux évidemment pas mettre les choses au point. Le silence bourdonne sur la ligne. « Bon, Erica, je dois vraiment y aller, finit-elle par conclure avec un grand soupir. J'ai été contente... de discuter avec toi. Au revoir. »

Tante Mary raccroche avant que j'aie le temps de réagir. Sans violence, sans brusquerie, distraitement plutôt, comme si son attention avait été attirée par autre chose. Depuis la mort d'Henry, ses marottes et activités se sont succédé au fil des années. Tapisserie, aquarelle, astrologie, décalquage, poésie anglo-saxonne. L'entreprise qui a duré le plus longtemps, qu'elle a menée à terme, c'est l'arbre généalogique. Un bon prétexte pour enfreindre l'interdit de Clifford et prononcer le prénom de son fils – *Henry Calcott, Henry Calcott, Henry Calcott.* Et pour le reconstruire en quelque sorte grâce à tout ce qu'elle apprenait sur ses ancêtres et sur ses origines.

Il est mort. J'en ai la certitude. On ne l'a pas enlevé. Il n'était pas couché à l'arrière d'une voiture dans un parking de Devizes. Un mystérieux clochard ne l'a pas emmené sur l'A361. Je le sais. Le souvenir de sa mort est gravé en moi. J'ai beau ne pas le voir au bord de la mare, je le sens. De la même façon que j'entendais le souffle de Dinny dans l'obscurité, le jour de Noël. Nous étions là, Henry était là. Puis il est mort. Le dessin est là, il me reste à le colorier. Je suis au point mort. Je suis bloquée. Je suis incapable de prendre une direction tant que je n'aurai pas comblé ce trou de mémoire, tant que je n'aurai pas débarrassé Beth de son esquille. Ces deux blancs font dévier mes autres pensées, et je ne le supporte pas. C'est devenu intolérable. Si je dois commencer en 1904 pour trouver le fil conducteur, je le ferai.

Par la fenêtre de la cuisine, j'aperçois Harry près des arbres, au fond du parc. La pluie s'est intensifiée. L'air malheureux, les mains dans les poches de son manteau bariolé, il est trempé. Sans réfléchir, je sors des restes du frigo et du garde-manger. Je découpe d'épaisses tranches de la dinde froide aux pilons calcinés. Après avoir enduit de mayonnaise deux tartines de pain blanc, j'y fourre la dinde et la farce durcie. Puis je lui apporte le sandwich enveloppé dans du papier d'alu, me protégeant la tête avec mon manteau. Il ne me sourit pas. Il se dandine d'un pied sur l'autre, en proie aux affres de l'indécision. Des gouttes tombent de ses dreadlocks. L'odeur animale qui se dégage de son corps, mal lavé, est incroyablement émouvante.

« Tiens, Harry, j'ai préparé ça pour ton déjeuner. Un sandwich à la dinde. » Il le prend. J'ignore pourquoi je m'attends à ce qu'il parle alors que je sais qu'il ne le fera pas. C'est une caractéristique tellement humaine, je suppose, de communiquer par la voix. Je lui annonce le plus gentiment possible qu'Eddie est retourné chez son père. « Tu comprends ce que je dis ? Il n'est plus là. » Si j'avais connu la date du retour d'Eddie, je la lui aurais précisée. Ce n'est pas le cas. Je ne sais pas combien de temps nous allons rester. Je ne sais rien. « Son père est venu le chercher aujourd'hui. » Harry jette un coup d'œil au sandwich. La pluie tombe sur le papier d'alu qui émet un discret son métallique. J'insiste tout en lui tapotant la main : « Mange-le, ça te fera du bien. »

Beth me trouve dans le cabinet de travail. Je suis pelotonnée dans le fauteuil en cuir. J'ai grimpé sur le bureau pour attraper un ouvrage consacré aux plantes sur la plus haute étagère. Quand je l'ai eu dans les mains, des cadavres de mouches l'ont escorté de leur odeur d'existences révolues. Le volume, plutôt lourd, est à présent ouvert sur mes genoux à une double page où s'étalent des iris des marais. Pétales jaunes alanguis sur de longues tiges à la manière de drapeaux par un jour sans vent. Je les ai reconnus au premier coup d'œil.

« Il ne pleut plus. Ça te dit de faire un petit tour ? » Beth a natté ses cheveux, enfilé un jean propre et un pull framboise.

J'acquiesce, éberluée : « Et comment !

— Qu'est-ce que tu lisais ?

— Oh, je regardais un livre sur les fleurs des champs. Dans l'armoire de la chambre d'enfants, il y avait de vieilles taies d'oreiller brodées de fleurs jaunes, dont je voulais connaître le nom.

— Et alors ?

— Ce sont des iris des marais, ça te rappelle quelque chose ?

— Non. Ça devrait ?

— T'inquiète, c'était à tout hasard. Je vais mettre des bottes. »

Nous n'allons pas très loin car le ciel est noir comme du charbon à l'horizon. Nous passons par le village avant de monter au tumulus. Je jette un regard par la fenêtre à l'intérieur du pub. Une fille assise près de l'âtre – je suis certaine de l'avoir vue à la fête du solstice – accepte une pinte que lui tend un homme qui me tourne le dos. Des effluves accueillants de bois, de fumée et de bière, ainsi qu'un chaleureux brouhaha s'échappent par la porte, mais nous continuons notre chemin. Beaucoup de villageois sont sortis se promener aujourd'hui pour digérer les gâteaux et puddings de la veille. Ils ont beau nous saluer, je suis persuadée qu'ils ne nous reconnaissent pas. Quelques visages me sont très vaguement familiers ; ils sont enfouis dans mes souvenirs, trop imprécis cependant pour que je les identifie.

Une femme corpulente nous croise sur son cheval, à la queue entrelacée de guirlandes argentées.

Nous traversons les prés fauves, montons jusqu'au tumulus, effrayons une colonie de freux qui se pavanaient. Ils s'envolent, poussés par le vent ; de loin, on dirait des impacts de balles dans le ciel. Beth glisse son bras sous le mien, elle marche d'un pas vif.

Je demande, prudemment : « Ça va aujourd'hui, non ?

— En effet. J'ai pris une décision.

— Ah bon, laquelle ? »

Nous sommes arrivées. Beth me lâche, grimpe sur le tertre en trois longues enjambées et se tourne pour contempler l'horizon. « Je m'en vais. Je ne reste pas. » Elle tend les bras d'une façon juvénile, grandiloquente, prend une profonde inspiration et exhale non sans affectation.

« Qu'est-ce que tu veux dire ? Où vas-tu ?

— Je rentre chez moi. Mes valises sont bouclées, je pars plus tard dans la journée. » Elle pouffe de rire, comme déchaînée soudain. « Je prends cette route », précise-t-elle, les yeux étrécis, le doigt pointé vers le rideau de grands peupliers qui bordent le chemin sortant du village.

« Tu ne peux pas ! » L'idée de me retrouver seule au manoir m'emplit d'une terreur indéfinissable. Je préférerais plonger dans la mare, la laisser m'engloutir. Une sorte de panique me laboure le ventre.

« Bien sûr que si. Pourquoi rester ? Qu'est-ce qu'on fiche ici d'ailleurs ? Je n'arrive même pas à me rappeler pourquoi nous sommes venues. Tu le sais, toi ? »

Je cherche mes mots avant de lui répliquer : « Pour trier les affaires. Pour décider… ce qu'on voulait faire.

— Voyons, Erica. Ni l'une ni l'autre n'avons envie de rester. »

Baissant les bras, elle me regarde tout à coup. « Ça ne te dit rien d'habiter ici, n'est-ce pas ?

— Je ne le sais pas encore.

— Ce… n'est pas possible. C'est la maison de Meredith. Tout parle d'elle. Et puis il y a l'autre… chose.

— Henry ? » Elle fait un signe de tête affirmatif. Un seul. « Le manoir est à nous maintenant, Beth. À toi et à moi.

— Mon Dieu, tu veux rester ? C'est ça, hein ? » Elle n'en revient pas.

« Je n'en sais absolument rien. Pas pour toujours peut-être. Pour un moment. Je t'en prie, ne t'en va pas, Beth. Pas encore. Je n'ai pas encore terminé. Je ne peux ni partir ni rester toute seule. S'il te plaît, retarde un peu ton départ. »

Au sommet du tumulus, Beth s'affaisse. Je l'ai poignardée, privée d'air. Nous nous taisons. Le vent balaie la crête, fait onduler l'herbe. Beth frissonne. Elle a l'air incroyablement seule.

Elle finit par descendre et me rejoint, paupières baissées.

« Pardonne-moi, dis-je.

— Qu'est-ce que tu n'as pas encore terminé ? » Sa voix est devenue monocorde.

« Il faut que je découvre ce qui s'est passé. Il faut que je me souvienne. » Une demi-vérité. Je ne peux faire allusion à l'esquille, ni à l'objectif que je poursuis. Elle se dégagerait brutalement et m'interdirait de la toucher, exactement comme Eddie avec son doigt gonflé.

« Te souvenir de quoi ? »

Je la scrute. Elle sait sûrement de quoi je parle.

« D'Henry. De ce qui lui est arrivé. »

Furieuse, elle me dévisage. Le ciel gris se reflète dans ses yeux. J'attends.

« Tu t'en souviens, ne mens pas. Tu étais assez grande.

— Non, vraiment pas. Je t'en prie, aide-moi. »

Beth détourne le regard qui se perd à l'est, au-delà des toits et des colonnes de fumée des cheminées du village en dessous, comme si elle s'y projetait.

« Non, il n'en est pas question. Je ne le dirai jamais à personne.

— S'il te plaît, Beth, je dois le savoir !

— Non ! Et si... si tu m'aimes, cesse de me harceler.

— Dinny le sait ?

— Oui, bien sûr. Pourquoi ne pas lui poser la question ? » Elle me regarde avec une rancœur qui me glace. « Toi aussi. Si tu as oublié, eh bien... c'est peut-être une bonne chose. » S'éloignant de moi, Beth prend le chemin de la maison.

Elle s'arrête devant la mare. À ma connaissance, elle n'y est encore jamais retournée. Elle s'immobilise si brusquement que je manque lui rentrer dedans. Le vent ride la surface qu'il brouille et profane. Je m'attends à ce qu'elle pleure, mais ses yeux sont secs et durs. Les sillons tristes de son visage sont plus creusés que jamais. Elle sonde l'eau.

« J'avais tellement peur la première fois que tu y as nagé, murmure-t-elle si bas que je l'entends à peine. Je croyais que tu n'arriverais pas à sortir. Comme le hérisson de l'étang à la maison, tu te rappelles ? Il en avait fait plein de fois le tour jusqu'à l'épuisement et s'était noyé. Et puis il y avait les vidéos qu'on nous montrait à l'école, où on nous recommandait de ne jamais nager dans les carrières ou les rivières. Pour moi, d'horribles créatures aux pouvoirs maléfiques, tapies dans l'eau sans chlore, guettaient les enfants pour les dévorer.

— Je me rappelle que tu me criais après comme une harpie.

— Je m'inquiétais pour toi, explique-t-elle, avec un infime haussement d'épaules. C'est toi maintenant qui passes ton temps à t'inquiéter pour moi. Sauf aujourd'hui. Pourquoi suis-je obligée de rester ? Tu te rends sûrement compte que… c'est mauvais pour moi, non ?

— Au contraire… je crois que ça pourrait te faire du bien.

— Qu'est-ce que tu veux dire ? » lance-t-elle, sombrement.

Mon cœur bat plus vite : « Que tu ne peux pas continuer à éluder le sujet, Beth. Si seulement tu acceptais d'en parler…

— Non ! Je ne cesse de te le répéter. Ni à toi ni à qui que ce soit.

— Pourquoi pas à moi ? Je suis ta sœur, Beth, rien de ce que tu pourrais me dire ne m'empêchera de t'aimer. Rien.

— C'est ce que tu penses, hein ? Qu'il y a en moi quelque chose d'abject que j'essaie de dissimuler ? murmure-t-elle.

— Non, Beth, je pense exactement le contraire ! Tu ne m'écoutes pas. Tu me caches quelque chose, tu ne peux pas le nier. Moi, je n'ai pas de secrets pour toi.

— Bien sûr que si, tout le monde en a, Erica. »

Détournant les yeux parce que c'est vrai, je continue :

« Tout ce que je souhaite, c'est que nous arrivions à tourner la page.

— Parfait, c'est exactement ce que je veux aussi. Alors, on n'a qu'à partir.

— Partir n'a rien à voir avec tourner la page. Regarde-toi, depuis que nous sommes ici, j'ai l'impression de cohabiter avec un fantôme. Tu es… malheureuse et décidée à le rester !

— Qu'est-ce que tu racontes, fulmine ma sœur. C'est toi qui es résolue à me garder ici – c'est toi qui me rends malheureuse. Je ne suis venue que parce que tu m'y as forcée.

— Je suis résolue à te débarrasser de ce qui t'empêche de te rétablir, Beth. C'est dans cette maison, j'en ai la certitude. Ne m'abandonne pas. » Je lui attrape le bras pour l'arrêter.

Le souffle court, livide, Beth refuse de croiser mon regard : « Si tu ne me laisses pas partir, je ne te le pardonnerai peut-être jamais. Je ne sais pas ce que je vais faire », conclut-elle, d'une voix tremblante.

Interdite, je la lâche même si je me doute que ce n'était pas ce qu'elle voulait dire. J'ai peur de la décision qu'elle va prendre. Ma résolution a beau chanceler, je tiens bon.

« Je t'en prie, reste ici avec moi. Au moins jusqu'au nouvel an. Essayons de... trouver la solution, quelle qu'elle soit.

— La solution ? répète-t-elle, avec amertume. Il ne s'agit pas d'une énigme, Erica.

— Je sais, mais la vie ne peut pas continuer ainsi. C'est le moment où jamais de réparer les choses – l'occasion ne se représentera pas.

— On ne peut pas tout réparer, Erica. Plus vite tu l'accepteras, mieux ce sera », chuchote-elle, les yeux brillants de larmes qui lancent des éclairs quand elle les lève. « C'est irréparable », affirme-t-elle, brutalement, avant de s'enfuir.

Je ne la suis pas sur-le-champ, car je tremble.

Nous jouons à cache-cache le restant de la journée. Le manoir a toujours été un lieu idéal pour ça. La pluie le fouette en biais, des courants d'air s'engouffrent par les cheminées. Je fais entrer Harry et lui prépare une tasse de thé sucrée. Assis à la table de la cuisine, il boit à la cuillère comme un enfant. Il en renverse par terre. Il emplit la pièce d'une odeur de laine mouillée. Je n'arrive pas à trouver Beth pour lui donner une tasse de thé, lui demander ce dont elle a envie pour le dîner, lui proposer de faire un tour ou louer un film à la station-service, sur la route de Devizes. Je sens qu'il m'incombe désormais de meubler son temps, celui que je l'oblige à passer ici. Mais elle disparaît dans la maison comme un chat, et je la cherche en vain d'une pièce à l'autre.

Un jour, Henry l'avait laissée des heures dans une cachette.

Seule, prise au piège, affolée. Une fois de plus, il m'avait rendue complice de son sale tour. J'étais petite. Sans aucun doute, puisque Caroline était toujours de ce monde. Ce jour-là, on l'avait poussée sur la terrasse, dans son énorme fauteuil roulant en osier. Et bien sûr, elle n'avait pas le petit fauteuil en métal et plastique de la sécu ! Les roues aux rayons étincelants du sien grinçaient, mais Henry prétendait que c'était Caroline qui grinçait tant elle était vieille, momifiée. N'importe quoi, je le savais. Pourtant, chaque fois que je l'entendais, j'imaginais les déchirures d'une peau parcheminée, des cheveux réduits en poussière au moindre toucher, une langue raidie et ligneuse dans une bouche flétrie. On ne nous obligeait jamais à l'embrasser si nous n'en avions pas envie. Maman y veillait, Dieu merci.

À l'époque, elle était alitée le plus clair du temps mais il faisait beau et nous étions tous là – Clifford et Mary, mes parents. On la poussa devant la table et on fixa un plateau dans les fentes des accoudoirs. La gouvernante apporta la soupe dans une soupière de porcelaine blanche, en forme de gigantesque chou-fleur ; il y avait aussi des pommes de terre, de la salade et du jambon sur la table. On me gronda parce que j'avais trempé mes doigts dans le beurre fondu au fond du plat de pommes de terre. Meredith aidait sa mère. Il lui arrivait de la nourrir comme un bébé, et, dans ces cas-là, elle fronçait les sourcils et pinçait les lèvres. Le crâne de Caroline apparaissait à travers ses cheveux clairsemés, il était vraiment parcheminé. La conversation se poursuivait autour d'elle, moi j'avais les yeux rivés sur mon assiette. Elle ne prit la parole qu'une fois et, bien que sa voix fût plus forte que je ne m'y attendais, les paroles s'égrenèrent sur un ton solennel.

« Cet homme, Dinsdale, est-il toujours vivant ? » Elle laissa tomber sa fourchette, qui retentit sur les dalles. C'était apparemment trop difficile de la tenir et de parler en même temps.

« Non, mère, il ne l'est plus », répondit Meredith. L'envie de dire que beaucoup de Dinsdale vivaient à moins de deux cents mètres de l'endroit où nous étions assis avait beau me brûler la langue, je me gardai de parler à table. Caroline émit un petit bruit perçant et chevrotant, qui pouvait avoir beaucoup de significations. La satisfaction peut-être. « Je crois que son fils l'est, en revanche, ajouta Meredith.

— Ne peux-tu pas te débarrasser de lui, mon enfant ? »

Je fus aussi surprise de l'entendre appeler Meredith *mon enfant* qu'indignée de sa question. De l'autre côté de la table, Henry ricana et me donna un coup de pied dans le mollet.

« Pas plus que vous, riposta Meredith.

— Les gens du voyage, marmotta Caroline. Ils étaient censés s'en aller, se remettre en route.

— Ils partent et reviennent, grommela Meredith. Je n'y peux malheureusement pas grand-chose. »

À ces mots, Caroline se tut. Un silence anormal. On s'attendait à ce qu'elle le rompe d'un instant à l'autre. En vain. Meredith plia nerveusement sa serviette sur ses genoux, commença à se servir de salade, les sourcils toujours froncés. Je lançai un coup d'œil à Caroline, elle contemplait les arbres dressés à la lisière de la pelouse comme si elle pouvait voir à travers. Sa tête tremblotait sur son cou et, de temps à autre, ses mains se tordaient, mues par un mouvement involontaire, mais son regard pâle et perdu dans le lointain ne cillait pas.

Après le déjeuner, Henry et moi dûmes aller faire la sieste. Moi, j'étais petite et grognon, lui avait été impoli ; du coup Beth n'avait personne avec qui s'amuser. Henry fut l'instigateur du jeu. Il se cacha en premier. Nous finîmes par le trouver au grenier, derrière la malle de cuir rouge que j'ai redécouverte récemment. Un nuage de poussière tourbillonna et étincela dans la lumière tombant des avant-toits. Je dénichai un paon-de-jour enrobé de toiles d'araignée, aussi momifié que je craignais que ne le soit Caroline. Je claironnai que c'était à mon tour de me cacher, or c'était à celui de Beth, la première à trouver Henry. À genoux au pied de l'escalier, Henry et moi nous mîmes à compter, les yeux fermés.

Sans doute ne savais-je pas compter jusqu'à cent à l'âge que j'avais. Je me fiais à Henry. Il commença normalement *un, deux, trois, nous irons au bois… quatre-vingt-dix-neuf, cent*. Après ce qui me parut être un long moment, passé à écouter les bruits de la vaisselle que faisait la gouvernante, j'ouvris un œil. Henry n'était plus là. Je le vis descendre l'escalier. Il me sourit méchamment. Je jetai un regard à la ronde – un réflexe dès que j'étais seule avec lui et qu'il avait cette expression, au cas où de l'aide serait à proximité. Mon cœur battait la chamade.

« Il faut chercher Beth, non ? chuchotai-je.

— Non, pas encore. Je te le dirai. Viens avec moi. » Il avait sa voix faussement gentille, suraiguë, celle dont il s'était servi pour piéger les labradors. Il tendit sa main, je la pris à contrecœur. Nous nous rendîmes dans le cabinet de travail, où il alluma la télé.

« C'est l'heure maintenant ? » lui redemandai-je. Quelque chose clochait. Comme je me dirigeais vers la porte, il allongea sa jambe et me bloqua le passage.

« Pas encore – t'as pas le droit d'aller la chercher avant que je t'y autorise. »

J'attendis, horriblement malheureuse. Au lieu de regarder la télé, j'observais alternativement Henry et la porte. Qu'est-ce que le temps à cinq ans ? Je ne me souviens plus de celui qu'il me força à attendre, sans doute plus d'une heure, une éternité pour moi. Lorsque la porte s'ouvrit, je me précipitai. Mon père entra, il voulut savoir où était Beth. Henry haussa les épaules. Papa et moi, nous parcourûmes la maison en appelant ma sœur. Nous l'entendîmes dans le couloir du dernier étage – coups, faibles cris de désespoir. Il y avait un placard sous la dernière volée de marches menant au grenier. Papa tourna la clé en fer fichée dans la serrure, souleva la clenche et Beth sortit en trébuchant, livide, le visage barbouillé de saleté et de larmes.

« Au nom du ciel, qu'est-ce que… ? » lança papa, la prenant dans ses bras.

Elle respirait si fort que ses sanglots l'étranglaient à moitié et sa pupille dilatée m'effraya. On aurait dit qu'elle s'était coupée de moi, du monde. À cause de sa terreur, elle s'était retranchée en elle-même. L'interrupteur se trouvait à l'extérieur du placard exigu, plein de toiles d'araignée. Henry avait éteint la lumière et fermé la porte à clé au moment où je le croyais en train de compter. Il l'avait laissée seule avec les araignées, sans place pour se retourner. Je le savais. Alors je le racontai à mon père, qui exigea la vérité d'Henry. Beth, derrière lui, gardait un silence anormal. Ses genoux étaient couverts de poussière, ses mains d'égratignures ; une boucle, échappée de son bandeau en s'accrochant à quelque chose, pendouillait.

« Moi, j'y suis pour rien. J'étais tout le temps en bas. On en a eu marre de la chercher », affirma Henry.

Surexcité, il dansait d'un pied sur l'autre mais gardait son sérieux. Beth ne pleurait plus. La haine avec laquelle elle regardait Henry me donna un choc.

Au milieu de l'après-midi, je me tiens recroquevillée sur le rebord de la fenêtre de ma chambre. Mon haleine a embué la vitre, masquant la vue. Cela n'a pas d'importance puisque je lis d'autres lettres de Meredith à Caroline. Je trouve surprenant que Meredith les ait gardées et rangées avec les affaires de sa mère, en souvenir de leur relation difficile. Les lettres ont beau appartenir au destinataire, il aurait été compréhensible qu'elle les ait détruites après la mort de sa mère. Peut-être Meredith y tenait-elle précisément parce qu'elles témoignaient de sa tentative, même avortée, de se créer une autre vie.

Chère mère,

Je vous remercie de la carte que vous avez envoyée. Étant donné les circonstances, je vais aussi bien que possible. Je suis très occupée par Laura, qui marche depuis très peu de temps ; elle est sans arrêt dans mes jambes, et j'ai beaucoup de mal à l'empêcher de faire des bêtises. Cette semaine, elle se passionne pour la boue et les vers de terre. J'ai une excellente nounou, Doreen, qui a le mérite d'avoir une influence apaisante sur l'enfant ainsi que sur moi, je dois l'avouer. Il semble que rien ne l'atteigne, une véritable qualité en cette période troublée. J'ai beaucoup réfléchi à votre proposition de revenir vivre avec vous à Storton Manor mais, pour l'heure, je souhaite rester chez moi. Mes voisins se sont révélés très secourables, ils m'ont beaucoup soutenue dans cette épreuve. Un grand nombre de femmes de la région ont des fils ou des maris au front, et, chaque fois que le télégramme redouté arrive, un petit groupe va vérifier chez la malheureuse concernée s'il reste des provisions, si les enfants sont habillés, si leur mère respire toujours. Je doute qu'une telle mixité sociale rencontre votre approbation, Dieu sait pourtant si ce genre de visite m'a touchée lorsque la nouvelle de la mort de Charles s'est ébruitée. Vendredi dernier, je suis allée à Londres, pour récupérer ses effets au club et à son bureau. Vous ne pourriez croire les scènes d'horreur auxquelles j'ai assisté, elles m'ont glacé le cœur.

Aussi vais-je rester ici le plus longtemps possible car, quand bien même il m'est très douloureux de le coucher sur le papier, je ne vous ai pas encore pardonné de ne pas être venue à l'enterrement de Charles. Ni votre réserve à son encontre en tant que mari ni votre aversion des voyages ne justifient votre absence et l'affront que vous lui avez ainsi infligé. L'indélicatesse n'a pas échappé à nos relations. Et qu'en est-il de moi ? Ne comprenez-vous pas que j'aurais aimé que vous fussiez là, que j'avais besoin de votre soutien en un jour pareil. Il y a tout de même des bornes au stoïcisme d'une veuve de fraîche date, n'est-ce pas ? Je n'ajouterai aucun commentaire. Je dois m'accoutumer à vivre sans mon mari, m'occuper de la petite Laura, du bébé que je porte et prendre soin de moi. Je ne crois pas que qui ce soit puisse me demander davantage.

Meredith.

Je suis sur le point de terminer la lecture de la lettre, lorsque la sonnette retentit. Je descends du rebord en faisant la grimace à cause de l'afflux du sang dans mes jambes ankylosées. Je me dirige vers l'escalier, m'arrête lorsque j'entends Beth ouvrir la porte et la voix de Dinny. Ma première impulsion, c'est de dévaler les marches pour le voir, pour leur faciliter les choses. Mes pieds refusant de m'obéir, je m'immobilise, la main sur la rampe, l'oreille tendue.

« Comment vas-tu, Beth ? » La question de Dinny est plus chargée de sens qu'elle ne le serait d'ordinaire.

« Très bien, merci, répond celle-ci, sur un ton bizarre que je ne parviens pas à définir.

— C'est que... D'après Erica, tu...

— Mais encore ? le coupe-t-elle sèchement.

— Tu ne voulais pas remettre les pieds ici. Tu as envie de partir. » Si Beth réplique, je ne l'entends pas. « Je peux entrer ? reprend-il, non sans nervosité.

— Non. Je... J'aimerais autant pas, je suis occupée », ment Beth.

Mes épaules se raidissent tant sa tension est perceptible.

« Ah bon ! En fait, je suis venu remercier Erica des affaires de bébé qu'elle a apportées à Honey. Elle a même souri quand je suis rentré... une première. »

Voilà qui m'enchante. Je ne suis cependant pas sûre que Beth sache que Honey sourit très rarement.

« Eh bien... je le lui transmettrai. À moins que tu ne préfères que je l'appelle ?

— Non, ce n'est pas la peine », déclare Dinny. Un silence tombe. Déconfite, je sens un courant d'air qui, entrant par la porte, monte jusqu'à moi. « Écoute, Beth, je voudrais te parler de... ce qui est arrivé. Il y a des choses que tu ne comprends pas…

— Non ! l'interrompt Beth, plus fort à présent, manifestement affolée. Je refuse d'en parler. Cela fait partie du passé.

— Vraiment ? » demande-t-il doucement.

Je retiens mon souffle, à l'affût de la réponse de ma sœur.

« Oui ! Bien sûr que oui ! Qu'est-ce que tu veux dire ?

— Que certaines choses sont difficiles à oublier. En tout cas pour moi.

— Il faut essayer. Tu n'as qu'à te donner plus de mal. »

Un bruit de pas sur les dalles me parvient. J'imagine Beth en train de gigoter, de tenter d'esquiver le sujet.

« Ce n'est pas si simple, n'est-ce pas ? insiste Dinny, plus durement. Avant, on pouvait discuter de tout, toi et moi.

— C'était il y a très longtemps.

— Tu ne peux pas avoir réponse à tout, Beth. Ni prétendre que rien ne s'est passé, te laver les mains de tout et… te désintéresser de moi.

— Je refuse d'en parler, martèle-t-elle, détachant chaque syllabe.

— Tu n'as peut-être pas le choix, il y a des choses que tu dois entendre, assène Dinny tout aussi fermement.

— Je t'en prie, supplie Beth, d'une petite voix apeurée. Je t'en prie, tais-toi. »

Un long silence tombe, pendant lequel je n'ose respirer.

« Ça me fait plaisir de te revoir, Beth », dit enfin Dinny. À nouveau, il ne s'agit pas de la formule creuse. « Je commençais à croire que ça n'arriverait jamais. Te revoir, s'entend.

— Nous ne devrions pas être ici. Je ne serais pas là sans...

— Et tu ne vas pas tarder à repartir, n'est-ce pas ?

— Oui. Bientôt. Après le nouvel an.

— Jamais un regard en arrière, hein ? lance-t-il, avec un rien d'amertume.

— Non », opine Beth, qui ne semble pas vraiment convaincue.

L'air froid me fait frissonner et le désir de savoir ce qu'ils savent, de m'en souvenir, me taraude une fois de plus.

« Je m'en vais. » Dinny s'avoue vaincu. « Remercie Erica de ma part. J'espère... J'espère te revoir, Beth. Avant que tu ne disparaisses. »

Je n'entends pas la réponse de ma sœur, je n'entends que la porte claquer et un énorme soupir, comme si un millier de mots refoulés jaillissaient en même temps de sa bouche et que le vestibule renvoyât leur écho.

Je m'attarde dans l'escalier, écoute Beth entrer dans le cabinet de travail. Le fauteuil où elle s'écroule chuinte. Puis il n'y a plus aucun bruit. Ce serait plus facile de soutirer la vérité aux pierres de ces murs qu'à ma sœur. Frustrée, je remonte au grenier, ouvre le couvercle de la malle rouge sans mes précautions habituelles et laisse courir mes doigts dans les affaires de Caroline. Quelque chose m'a sûrement échappé, qui serait susceptible de me révéler l'identité du bébé de la photo et son sort, de m'expliquer pourquoi elle haïssait les Dinsdale au point d'être incapable d'aimer sa fille. Une fois que j'ai tout sorti, je ne suis pas plus avancée. Je m'accroupis, constate que mes mains tremblent. À l'instant où je m'apprête à remettre un paquet en place, je remarque une déchirure dans la doublure en papier du fond de la malle, derrière laquelle apparaît un bout d'enveloppe. Je la prends, m'aperçois que ce n'est pas l'écriture de Meredith et, au fil de ma lecture, mon pouls s'accélère.

Me relevant, je me précipite dans le cabinet de travail. Le feu qui dévore un énorme tas de bûches dégage beaucoup de chaleur.

« Beth, j'ai fait une découverte là-haut. Dans les affaires de Caroline. »

Elle me regarde. Elle a les traits tirés. Elle ne m'a pas encore pardonné ma sortie près de la mare. « Quoi ? demande-t-elle, impassible.

— Une lettre adressée à Caroline – elle s'était perdue. Je l'ai trouvée dans la doublure de sa malle et elle date d'avant son arrivée en Angleterre. Écoute ça. » C'est encore une minuscule enveloppe ; le papier est si vieux à l'intérieur que l'encre délavée a viré au marron clair. Les feuilles déchirées sont constellées de taches, comme si on les avait très souvent manipulées et parcourues. Lorsque je les ouvre, elles se déchirent un peu plus le long des pliures. Je les touche avec le plus de délicatesse possible. Même si certains passages sont presque indéchiffrables, cette lettre contient amplement de quoi étayer une hypothèse. Je commence à lire :

« *Le 22 avril, 1902. Caroline, ma chérie, j'ai reçu ta lettre et ai été profondément désolé d'apprendre que tu n'avais pas reçu la mienne, ni la précédente apparemment ! Sois certaine, je t'en conjure, que je t'ai écrit – au vrai, je t'écris tous les soirs. Il y a énormément de travail ici, afin de tout préparer pour ton arrivée, en sorte que je suis plutôt exténué à la fin de la journée, mais je pense tout le temps à toi, je te le promets. Des orages de printemps nous ont beaucoup contrariés : avant-hier, des grêlons de la taille de mon poing sont tombés avec une telle force qu'ils auraient pu tuer un homme ! Cette terre sauvage a besoin d'être domptée par la douceur d'une main féminine, mon amour. Et je suis convaincu que ces tempêtes ne me tourmenteront plus une fois que tu seras auprès de moi.*

« *Ne sois pas triste du départ de ta tante, je t'en prie ; tu auras ici un foyer et une famille qui te combleront. Je sais que cela te chagrine que vous vous quittiez en mauvais termes, mais sûrement...* »

Je ne parviens pas à lire ce qui suit ni, en fait, la plus grande partie de ce paragraphe. Je plisse les yeux.

« *J'ai veillé à ce que... Cela me fait de la peine... encore un peu de patience, ma chérie, et nous serons réunis. J'ai trouvé un endroit près de la maison où t'aménager un jardin. Je me souviens que tu m'as dit que tu adorerais en avoir un. Eh bien, cela va être le cas et tu pourras y semer ce que tu veux. Même si le sol est un peu sablonneux, beaucoup de plantes s'y épanouiront. Nous aussi, je le sais. Mon cœur me rappelle ton absence quotidiennement, et je remercie Dieu que nous soyons bientôt réunis.*

« Je n'arrive pas à déchiffrer ce passage, on dirait qu'il a été mouillé. » Interrompant ma lecture, je parcours la fin de la page. « Puis il termine : *Il me tarde de te revoir et l'idée de ton prochain départ pour me rejoindre me comble de félicité. Rassure-toi, ma chérie, nous allons commencer notre autre vie dans très peu de temps. À toi, pour toujours. C.* Alors, qu'est-ce que tu en penses ?

— Elle a donc bel et bien été mariée ! s'exclame Beth.

— Ça en a tout l'air… rien ne le précise mais, à l'époque, cet homme n'aurait pas eu d'autre raison de lui écrire une lettre pareille, d'évoquer le début de leur vie commune, la nouvelle famille qu'elle aurait et le reste.

— Quelle était la destination de son voyage ? Qu'est-ce qu'il y a sur le cachet de la poste ?

— C'est illisible, tout s'est effacé.

— Dommage. Et si elle s'était mise en route pour l'épouser et qu'un incident l'avait empêchée d'arriver.

— Que fais-tu du bébé ?

— Ah oui, c'est vrai. Elle a perdu un mari et un bébé avant son arrivée en Angleterre. Quel âge avait-elle à ce moment-là ?

— Vingt et un ans, je crois. Elle venait de toucher son héritage.

— C'est tout de même incroyable que rien ne figure sur l'acte de mariage ou que ça ait été oublié jusqu'à maintenant. Comment est-ce possible ?

— Qui sait ? Si elle avait divorcé, elle ne voulait peut-être pas l'avouer ? À en croire Mary, Caroline refusait de parler de sa jeunesse : elle avait peut-être quelque chose à cacher. Tu te rappelles la lettre de tante B. que je t'ai montrée – selon laquelle ce qui s'était passé en Amérique devait rester en Amérique. Elle craignait manifestement un scandale. Si son mari était mort, on aurait tout simplement écrit veuve sur son acte de mariage avec lord Henry. À mon avis, elle l'a quitté. Et la perte de son bébé, si c'est ce qui lui est arrivé, expliquerait son côté glacial, impénétrable. »

Beth se tait. Elle n'a fait aucune allusion à la visite de Dinny. Elle ne m'a pas transmis ses remerciements. Je ne peux savoir si c'est une décision ou une omission, sans révéler que j'écoutais. Cela me tracasse, j'ai une envie folle d'entendre ce que Dinny voulait lui dire.

Je lui demande : « Qu'est-ce qu'il y a ?

— Erica, pourquoi tu tiens tellement à tout savoir ? »

Elle me lance un regard entre ses longs cils. Le feu la nimbe d'une lueur orange.

« Ça ne t'intéresse pas ? Je veux comprendre la raison pour laquelle notre famille déteste les Dinsdale. Détestait. Et celle de la cruauté, de l'amertume, de la perversité de Meredith – un legs de Caroline, apparemment. Voilà tout, je veux comprendre…

— Tu y es parvenue ?

— Non, j'ignore pourquoi elles haïssaient les Dinsdale. Il ne s'agissait pas seulement d'un préjugé de classe, il y avait sûrement plus que ça.

C'était personnel. D'autant que, dans ses lettres, Meredith ne donne pas l'impression d'être tellement contrariée de l'effondrement des barrières sociales pendant la guerre. En revanche, je crois savoir pourquoi Caroline était si froide. Pourquoi, elle n'a jamais aimé Meredith, comme me l'a dit maman.

— Parce qu'elle a perdu un enfant ?

— Sa vie, plutôt. Tu te souviens du jour où Caroline a cru reconnaître une serveuse au bal ?

— Oui, et alors ?

— Pour qui l'a-t-elle prise ? Pourquoi ça l'a bouleversée ? »

Une fois de plus, Beth ne répond pas. Cette façon qu'elle a de se rendre inaccessible m'est insupportable. « Les iris de marais me trottent dans la tête, dis-je. Je suis sûre de me souvenir de quelque chose à leur sujet… »

Mais Beth ne m'écoute plus : « Perdre un enfant… je suis incapable d'imaginer ce qu'on peut ressentir. Un enfant dont le destin est de grandir, de devenir un adulte accompli, tandis que l'amour qu'on éprouve pour lui a eu le temps de s'approfondir. Pour moi, c'est inimaginable.

— Pour moi aussi.

— Non, Erica, c'est une expérience que tu n'as pas – tu n'as pas idée de la force de cet amour-là, me reprend-elle, vivement.

— J'ai très peu d'expérience », reconnais-je, blessée.

Le feu crépite dans le silence, les bûches s'affaissent en se consumant.

« Nous n'avons jamais regretté Henry, murmure-t-elle, se recroquevillant dans l'ombre du fauteuil si bien que je distingue mal son visage. Nous avons assisté aux recherches et à la manière dont ça a failli diviser la famille – les conséquences en quelque sorte de... ce qui est arrivé. Lui, nous ne l'avons jamais regretté. Nous sommes restées à la périphérie de la catastrophe. Des souffrances qu'elle a suscitées.

— C'est normal, Beth, il était odieux.

— Bien sûr, mais c'était un petit garçon. Il était si jeune, Erica ! Je ne sais pas... Je ne sais pas comment Mary a survécu », enchaîne-t-elle, les mots s'étranglant dans sa gorge.

À mon sens, Mary n'a pas survécu, pas complètement. L'espace d'un instant abominable, j'imagine Beth suivant ses traces. Beth dans vingt ans, aussi vide et désertée que Mary. Une perspective inéluctable si je ne réussis pas à la soigner, si je me suis trompée – si l'emmener ici n'a fait qu'aggraver les choses. Je n'ose parler. Dans ma main, la lettre de Caroline ne pèse rien, elle est impondérable, les mots de l'inconnu frôlent à peine les feuilles, sa voix est un murmure qui se dissipe dans le passé. J'effleure le *C* de sa signature, lui envoie une pensée à travers le temps comme s'il pouvait la capter et y puiser du réconfort.

Il est tard, ça fait longtemps que Beth est montée se coucher. Deux jours seulement depuis Noël, depuis la dernière fois que j'ai vu Dinny, pourtant le désespoir m'envahit. Si Beth refuse de me révéler la vérité, ce sera à Dinny de s'en charger. Il le doit. Ce qui signifie qu'il me faudra le lui demander or je sais qu'il ne veut pas qu'on lui pose de questions à ce sujet. Les ténèbres ont beau s'être refermées, je n'ai pas pris la peine de tirer les rideaux. J'aime que la nuit m'environne. Il y a un film idiot à la télé, mais le volume est baissé et j'ai regardé le feu mourir, absorbée dans mes pensées. Même si personne d'autre que moi n'entend la tempête, c'est rassurant de savoir Beth là-haut. Sans elle, le sentiment de vide que j'éprouve dans cette maison serait insoutenable. De loin en loin, une goutte de pluie tombe sur les cendres, chuinte en atterrissant. Un bout de papier cadeau, qui a viré au gris, est coincé dans la grille du foyer. Il oscille au gré du vent qui s'engouffre dans le tuyau de cheminée et m'hypnotise.

Que serait-il arrivé si Henry n'avait pas disparu ? Peut-être que Meredith ne serait pas devenue si désagréable ? Peut-être que maman ne se serait pas brouillée avec elle, poussée à bout, ayant épuisé sa patience et son indulgence. Clifford et Mary auraient continué à venir, n'auraient pas été lésés. Je sais que Clifford est furieux de n'avoir pas hérité de la maison. Un roi sans château. Ses visites n'avaient pas suffi, le refus de Mary de l'accompagner exaspérait Meredith. *Veut-elle oui ou non être une Calcott, Clifford ? Quelle lâcheté !* Henry aurait été l'honorable Henry Calcott, attendant la mort de son père pour prendre le titre de lord. Beth et moi aurions passé plus d'étés ici. Nous aurions peut-être grandi avec Dinny. Beth et Dinny ensemble – adolescents maladroits, timides, passionnés. Je ferme les yeux, chasse cette idée.

On frappe derrière mon épaule : un visage collé à la vitre noire me coupe le souffle. Dinny. Je le fixe bêtement comme s'il avait surgi de mes pensées. La pluie a plaqué ses cheveux sur son front et il a relevé son col pour se protéger du froid. J'ouvre la fenêtre que le vent arrache presque de ma main.

« Je suis désolé de… désolé qu'il soit si tard, Erica. J'ai vu la lumière. J'ai besoin d'un coup de main. » Ses lèvres sont perlées de gouttes de pluie dont j'ai l'impression de sentir le goût. Hors d'haleine, il a l'air dans tous ses états.

« Qu'est-ce qui se passe ?

— Honey a commencé à avoir des contractions… il y a un problème, Erica. Ça ne va pas et tous les véhicules sont embourbés à cause de la pluie diluvienne. On doit absolument aller à l'hôpital, tu peux nous y emmener, s'il te plaît ? Ça sera plus rapide que d'attendre qu'une ambulance trouve le campement.

— Bien sûr ! Mais je m'enliserai aussi si je vais chez vous en voiture.

— Arrête-toi en haut du chemin vert, d'accord ? Je la porterai.

— Très bien. Tu es sûr de pouvoir la porter ?

— Dépêche-toi, s'il te plaît – il faut faire vite ! »

Dinny s'enfonce dans l'obscurité. J'attrape mes clés, mon manteau ; une fraction de seconde, j'hésite à prévenir Beth, puis je renonce : elle doit dormir et je n'ai pas le temps de lui expliquer. Après avoir fourré mon portable dans ma poche, je me précipite vers ma voiture. La pluie ruisselle sur le pare-brise. Le petit sprint que j'ai piqué depuis la maison a suffi à me détremper les épaules. J'ai le souffle court, beaucoup trop. Mes mains tremblent alors que je cherche à tâtons le démarreur et je marque une pause pour recouvrer mon calme. Je soulève des gerbes d'eau lorsque je roule dans l'allée semée de flaques, les essuie-glaces marchant à fond.

Une fois en haut du chemin vert, je ne les aperçois pas. Le faisceau de mes phares balaie la haie, illumine le campement. Je d escends et dévale la pente, en patinant sur le sol bourbeux. Sous mes pieds, l'herbe s'arrache, se désagrège. Le vent cingle les arbres qui émettent le fracas d'un océan invisible. Dès que je parviens à l'endroit que la lumière des phares n'éclaire plus, je m'arrête et scrute l'obscurité. La pluie transperce les semelles de mes chaussures. Enfin, je les vois avancer lentement et, comme je me dirige vers eux d'un pas hésitant, Dinny glisse, tombe sur un genou, se débat pour garder son équilibre, ployant sous le poids de la fille enceinte qu'il tient dans ses bras. Honey s'accroche à ses épaules, sous l'effet de la peur ses mains sont des griffes.

Quand j'arrive à leur hauteur, je demande à Honey si elle se sent capable de marcher. Elle hoche la tête en grimaçant. « Dinny, lâche-la ! Laisse-la se mettre debout. »

Il se penche d'un côté, pose les pieds de Honey par terre puis l'aide à se redresser. Elle se tient droite une seconde avant de se plier en deux.

« Merde ! » hurle-t-elle. Je lui prends l'autre main dont les ongles s'enfoncent dans la mienne. Ses cheveux trempés voilent son visage. « C'est pas possible, il y a quelque chose qui ne va pas, gémit-elle.

— Elle a perdu les eaux, qui étaient décolorées, m'informe Dinny.

— Je ne sais pas ce que ça signifie.

— Des problèmes. Le bébé a des problèmes. Ça veut dire qu'on doit filer. »

Sauf que Honey, toujours pliée en deux, sanglote maintenant. À cause de la douleur ou de la peur, c'est difficile à dire.

« Ça va s'arranger, lui dis-je pour la rassurer. Tout ira bien. Tu es sûre de pouvoir marcher ? La voiture n'est plus très loin. »

Honey acquiesce, les yeux fermés ; sa respiration fait un bruit de forge. Mon cœur a beau battre la chamade, je me sens calme. J'ai un but. Nous arrivons à la voiture et réussissons à allonger la jeune fille sur la banquette arrière. Je suis couverte de boue jusqu'aux genoux. Pâle, trempée jusqu'aux os, Honey grelotte.

« Je vais conduire, occupe-toi de Honey, déclare Dinny, en s'avançant vers la portière du conducteur.

— Non, elle a besoin de toi. C'est ma voiture, la direction n'est pas très fiable quand il fait humide. Ce serait plus prudent que je conduise.

— L'un ou l'autre, on y va, bordel ! » beugle Honey.

Bousculant Dinny, je prends la place du conducteur tandis qu'il monte derrière. Nous descendons du bas-côté en dérapant, zigzaguons dans le chemin, arrivons sur la route. Je roule vers Devizes à une vitesse imprudente, aussi vite que je l'ose, louchant sous la pluie battante. Un virage fait basculer Honey sur la banquette arrière si bien que je ralentis ne sachant trop ce qui est préférable. Elle pleure doucement entre ses contractions et Dinny semble frappé de stupeur.

« On approche, Honey, ça va aller, n'aie pas peur. Le bébé sortira tellement vite que tu n'auras pas le temps de réclamer une péridurale. » Je lui jette un regard dans le rétroviseur. J'espère ne pas lui mentir.

« On arrive ? souffle-t-elle, fixant mon reflet de ses yeux implorants.

— Plus que cinq minutes, je te promets. On va prendre soin de toi et du bébé. Ça va très bien se passer, n'est-ce pas, Dinny ? »

Il sursaute comme si je l'avais frappé. Ses doigts serrés autour des mains de Honey sont blancs :

« Oui, absolument. Tout va très bien se passer, ma chérie. Tiens bon.

— Tu as pensé à des prénoms ? » J'ai posé cette question pour la distraire. De sa peur, du froid, de la nuit pluvieuse, de la douleur qui couvre de sueur sa figure.

« Euh… je crois, hum… Callum, si c'est un garçon… » Elle halète et s'interrompt, le visage crispé par une contraction qui lui laboure le ventre.

« Et si c'est une fille ?

— Une fille… une fille… Haydee… » Elle grogne, tente de se redresser. « Il faut que je pousse.

— Pas encore ! Pas encore ! On y est presque ! » J'appuie sur le champignon cependant que la lumière orange de la ville se précise.

Je freine devant l'hôpital. Dinny saute avant l'arrêt de la voiture et revient avec du secours et un fauteuil roulant.

« On est arrivés, Honey. » Je me retourne, lui prends la main. « Tu es tirée d'affaire maintenant. »

Les joues ruisselantes de larmes, elle m'agrippe la main. Son mauvais caractère, sa violence, le mouvement arrogant de son menton ont disparu, on dirait presque une gamine. La pluie martèle le toit de la voiture, puis la portière arrière s'ouvre et des gens la font sortir. Elle hurle, les agonit d'injures. Nous entrons dans le bâtiment, clignant des yeux sous la lumière impitoyable. Je les suis dans une enfilade de trois couloirs où les pas résonnent et me sens perdue après avoir franchi plusieurs portes. Devant les dernières, on nous empêche d'aller plus loin, Dinny et moi. Une main se pose sur mon bras, gentiment mais implacablement.

« À partir d'ici, l'accès n'est autorisé qu'aux conjoints, je le crains. Il y a une salle d'attente au bout des couloirs », me dit l'homme, désignant ceux que nous venons d'emprunter, puis il s'adresse à Dinny : « Vous êtes le conjoint de Honey ?

— Oui... non. Je suis son frère, elle est célibataire.

— Très bien. Alors, venez. »

Ils disparaissent par les portes, qui battent dans leur sillage. Un raclement et un bruit sourd se font entendre lorsqu'ils les franchissent, une fois, deux fois, trois fois. Mon souffle ralentit en même temps qu'elles ; enfin, elles s'immobilisent. Dinny est le frère de Honey.

L'horloge murale est la copie conforme de celle de la salle de classe de mon enfance. Ronde, en plastique blanc tirant sur le jaune, pourvue d'une trotteuse rouge qui avance en tremblotant. Elle affiche minuit quarante lorsque je m'affale dans un siège en plastique vert, et je la regarde tourner autour du cadran, en me demandant pourquoi cela ne m'avait jamais effleuré l'esprit que Dinny puisse avoir une sœur. Comme il n'en avait pas autrefois, j'en avais conclu que c'était toujours le cas. Ils ne se ressemblent pas du tout. Je fouille dans ma mémoire : les ai-je jamais vus se toucher, se parler comme s'ils étaient un couple ? Non, bien sûr. Il n'appartient pas à Honey, ce n'est pas son bébé, voilà qui fait naître un timide espoir en moi.

Trois heures et demie du matin et je suis toujours seule dans cette salle d'attente. Des gens empruntent de temps à autre le couloir, leurs chaussures crissent sur le carrelage. J'ai les jambes lourdes à force d'être restée assise. Une sorte de torpeur m'envahit. Je vois le campement de Dinny dans mon imagination, par un jour d'été, du début de l'été. Une brise légère éparpillait les fleurs des arbres qui tombaient en cascade, le soleil ricochait sur les calandres des camionnettes. Grand-père Flag somnolait dans son fauteuil, le vent soulevait les pointes de ses cheveux gris fer, sinon il ne bougeait pas. Même s'il nous adressait rarement la parole, je le trouvais gentil, rassurant. On le croyait profondément endormi, puis une phrase ou quelque chose le faisait éclater de rire. Un hennissement qui explosait dans sa poitrine.

À l'ombre de son chapeau cabossé, toujours bien enfoncé, ses yeux noirs pétillaient. Il avait des joues parcheminées, ravinées. Une vie au grand air l'avait hâlé, son teint avait la même couleur noisette que les bras de Dinny l'été. Après la disparition d'Henry, les policiers l'avaient obligé à changer de place à plusieurs reprises. Grand-père Flag les observait avec son regard calme et pénétrant. Ils avaient forcé tous les membres de la tribu à déplacer leurs camionnettes un nombre incalculable de fois, à grand renfort de vrombissements de moteurs et de gaz d'échappement. La caravane d'un homme prénommé Bernie n'avait pas de véhicule pour la remorquer. Mickey et les autres hommes l'avaient docilement soulevée, bien que la caravane fût assez haute pour qu'on puisse facilement regarder en dessous. J'avais demandé à maman ce que les policiers cherchaient. *De la terre fraîchement retournée*, m'avait-elle répondu. Je n'avais pas compris.

Une silhouette qui passe la porte me réveille. Dinny. Il marche lentement. Je me rue dans le couloir.

« Dinny, qu'est-ce qui s'est passé ? Tout va bien ?

— Erica ? Qu'est-ce que tu fais ici ? » Il a l'air abattu et éberlué de me voir là.

« Eh bien... j'attendais des nouvelles. Et puis j'ai pensé que tu aurais envie qu'on te raccompagne.

— Je te croyais partie. Ce n'était pas la peine de m'attendre aussi longtemps, je peux rentrer en bus...

— Il est presque quatre heures du matin.

— Un taxi alors, s'entête-t-il.

— Dinny, tu veux bien me dire comment va Honey ? Et le bébé ?

— Bien, elle va très bien, répond-il. Le bébé se présentait par le siège, mais elle a fini par accoucher. C'est une fille, en parfaite santé. » Il a une voix rauque. Il est épuisé.

« C'est génial ! Félicitations oncle Dinny.

— Merci, dit-il, un sourire un peu contraint aux lèvres.

— Combien de temps doivent-elles rester à l'hôpital ?

— Deux ou trois jours. Honey a perdu beaucoup de sang et le bébé a une légère jaunisse. Elles dorment à poings fermés.

— Tu as l'air éreinté. Tu veux que je te ramène ? »

Dinny se frotte les yeux : « Oui, merci. »

Le temps n'est pas levé. Je roule plus lentement. J'ai l'impression que, seuls au monde, nous creusons un tunnel dans la campagne déserte, plongée dans l'obscurité. J'ai beau être hébétée, je suis trop fatiguée pour avoir sommeil. Je dois me concentrer pour conduire correctement. J'entrouvre la vitre ; l'air glacé, chargé de gouttelettes, me fouette. Son mugissement emplit la voiture, dominant le silence pesant.

« Tu ne m'avais pas dit que Honey était ta sœur. Je ne l'avais pas compris, fais-je lourdement observer.

— Tu croyais quoi ?

— Eh bien... qu'elle était... je ne sais pas...

— Ma petite amie, c'est ça ? complète-t-il, incrédule, avant d'éclater de rire. Voyons, Erica, elle a quinze ans. »

Je proteste, sur la défensive : « Je n'en savais rien. Tu n'avais pas de sœur avant.

— C'est vrai, elle est née après votre départ. Maman la surnommait Prime sur le tard. » Il eut un petit sourire. « Elle n'en est plus aussi sûre.

— Ah bon ?

— Tu as vu Honey, elle n'a pas un caractère facile.

— Qu'est-ce qui est arrivé ? Comment se fait-il qu'elle vive avec toi ?

— Le bébé. Lorsqu'elle s'est retrouvée enceinte, maman lui a conseillé de s'en débarrasser pour éviter de gâcher sa vie. Honey n'a pas voulu en entendre parler. Maman lui a alors suggéré de le faire adopter, ce qu'elle a également refusé. Elles ont eu une violente dispute au cours de laquelle Keith a ajouté son grain de sel. Honey s'est barrée et ils lui ont interdit de remettre les pieds chez eux. » Il pousse un soupir. « Elles sont en mauvais termes, c'est tout.

— Keith est le nouveau mari de ta mère ?

— Ils ne sont pas mariés, mais c'est du pareil au même. C'est un type bien, un peu collet monté.

— J'ai du mal à imaginer ta mère avec un homme collet monté.

— Honey non plus.

— Elle doit pourtant être habituée à une existence plus conventionnelle, non ?

— Elle a voyagé avec nous jusqu'à la mort de papa. Elle avait sept ans et devait avoir déjà ça dans le sang. En fait, elle ne s'est jamais adaptée à un mode de vie sédentaire.

— Maintenant qu'elle a un bébé, elle ne peut sûrement pas rester avec toi ?

— C'est hors de question. »

Je lui jette un coup d'œil. Il paraît très soucieux. Le silence retombe dans la voiture. « Et le père ? finis-je par demander avec circonspection.

— Rien pour l'instant. Ça risque de changer quand j'aurai mis la main sur lui, répond Dinny, la mine sévère.

— Ce n'est donc pas un Prince charmant ?

— Un petit imbécile de la ville, d'une vingtaine d'années, qui lui a certifié qu'elle ne tomberait pas enceinte la première fois.

— La vieille rengaine ! Il lui a raconté sciemment un bobard ! À vingt ans, un garçon connaît les risques.

— Comme je viens de te le dire, si jamais je le chope… Honey refuse de me donner son nom ou son adresse. »

Je murmure, ironique : « On se demande bien pourquoi. Il n'empêche que la vie que tu mènes doit être géniale pour élever un enfant. Bouger dès qu'on en a envie. Pas d'emprunt immobilier, d'horaires, de problèmes de garderie ni de compétition avec les voisins… La vie au grand air…

— C'est parfait pour les gens comme moi, mais pour une gamine de quinze ans avec un gosse ? Elle n'a même pas fini ses études secondaires. Non, elle doit retourner chez notre mère. »

Je me gare devant le manoir. La lampe du cabinet de travail que j'ai laissée allumée éclaire le tronc des arbres les plus proches de la maison.

« Merci, Erica, de nous avoir conduits. Tu as vraiment été formidable avec Honey, ajoute Dinny, la main sur la poignée de la portière.

— Pourquoi ne pas venir te réchauffer ? Il y a du cognac, et tu pourrais prendre une douche si tu en as envie. Tu es tout crotté. »

Il penche la tête, me fixant de son air perplexe : « Tu me proposes de prendre une douche ? »

Je bafouille : « Ou ce que tu voudras. Je te trouverai un tee-shirt propre.

— Ça ne me semble pas une bonne idée, Erica.

— Pour l'amour du ciel, Dinny ! Ce n'est qu'une maison, où tu es le bienvenu maintenant. Tu ne vas pas être contaminé par les conventions si tu te sers des installations sanitaires.

— Je ne suis pas sûr d'y être le bienvenu. Je suis passé voir Beth, elle ne m'a pas laissé entrer », répond-il calmement.

Je lâche, malgré moi : « Je sais. » Il m'interroge du regard. « J'écoutais en haut de l'escalier. »

Dinny lève les yeux au ciel : « Toujours la même Erica.

— Bon, tu viens ou pas ? »

Il me dévisage si longuement que ça finit par me gêner. Puis il tourne la tête vers la nuit hostile : « D'accord, merci. »

J'emmène Dinny dans le cabinet de travail. Il y fait encore chaud bien que le feu soit éteint. Je tire les rideaux.

Je m'exclame : « Seigneur, c'est fou ce qu'il fait noir dehors ! À Londres on empêche la lumière d'entrer, ici on se barricade contre la nuit. » Le vent plaque une feuille morte sur la vitre. « Tu trouves toujours que le mauvais temps n'existe pas ?

— Oui, sauf que je reconnais ne pas m'être habillé comme il faut pour celui de cette nuit, concède-t-il.

— Assieds-toi, je vais chercher du cognac. »

À pas de loup, je me rends dans le salon où je prends le flacon et deux verres en cristal en faisant le moins de bruit possible. Je ferme doucement la porte. « Beth dort, le préviens-je, tout en nous servant.

— La maison est exactement comme dans mes souvenirs », constate Dinny. Il fait une petite grimace après avoir bu une gorgée du liquide ambré.

« Meredith n'a jamais aimé les changements inutiles.

— Les Calcott font partie de la vieille garde. Pourquoi aurait-elle voulu changer quoi que soit ?

— C'était avant. Ça ne s'applique ni à Beth ni à moi. C'est une mère célibataire qui gagne sa vie, et moi je suis une institutrice sans moyens. »

Ma remarque arrache un petit sourire ironique à Dinny : « Ça a dû vraiment faire chier Meredith.

— Merci. Cette idée nous plaît. Tu en veux d'autre », lui dis-je, le voyant vider son verre.

Il refuse d'un signe de tête, se cale dans son fauteuil, étire ses bras et se cambre à la manière d'un chat. Je l'observe, une chaleur dans le ventre, le sang martelant mes oreilles.

« En revanche, je te prendrais bien au mot pour la douche, dit-il. J'avoue que ça fait un certain temps que je n'ai pas eu accès à de telles installations.

— Bien sûr. Par ici. »

La chambre la plus éloignée de celle de Beth est celle de Meredith. En plus, la salle de bains attenante possède la meilleure douche – une grande cabine en verre, certes entartrée, et une pomme à jet puissant. Je déniche une savonnette, une serviette propre, et allume une lampe de chevet : le plafonnier diffuse une lumière trop brillante qui filtrerait sous le jour de la porte et, si Beth est réveillée, elle risquerait de venir voir ce qu'il se passe. Planté au milieu de la pièce, Dinny se tourne, appréciant le gigantesque lit, les lourds rideaux, l'élégance des meubles anciens. Le tapis vert étalé sur les lattes gondolées est usé jusqu'à la trame. Je détecte l'odeur familière de poussière, de naphtaline et de chien.

« C'est sa chambre, n'est-ce pas ? La chambre de lady Calcott », s'enquiert Dinny. Dans la lumière tamisée, ses yeux sont noirs, leur expression est indéchiffrable.

« C'est là qu'il y a la meilleure douche, dis-je, d'un ton désinvolte.

— Cela semble un peu… inconvenant.

— Elle te doit bien une douche. »

Dinny se tait, commence à déboutonner sa chemise tandis que je sors précipitamment. Comme je m'éloigne silencieusement dans le couloir, j'entends le jet de la douche, le gargouillis de l'eau coulant dans les murs. Je ferme les yeux, espérant que Beth ne se réveillera pas. Au moment où cette pensée me traverse l'esprit, elle apparaît, passant la tête par la porte de sa chambre au fond du corridor. Ses cheveux pendouillent de chaque côté de son visage, ses pieds nus sont blancs, vulnérables.

« C'est toi, Erica ? » Sa voix est tendue.

« Oui, tout va bien. » Je chuchote, car je ne tiens pas à ce que Dinny sache qu'elle est réveillée.

« Qu'est-ce que tu fabriques ? Quelle heure est-il ? ajoute-t-elle, en bâillant.

— Il est très tôt. Retourne te coucher, ma chérie. » Beth se frotte le visage. Ses yeux, immenses, ont le regard vague qu'on a au réveil.

« Erica, qui est dans la douche ?

— Dinny. » Fixant mes chaussettes sales, je me dandine, contrite.

« Quoi ? Qu'est-ce qui se passe ?

— Rien de grave. Honey a accouché cette nuit – j'ai dû les conduire à Devizes et nous avons été trempés, couverts de boue. Alors, quand nous sommes rentrés, je lui ai proposé de prendre une douche ici, dis-je d'une traite.

— Tu es allée à Devizes ? Pourquoi ne m'as-tu pas prévenue ?

— Tu dormais ! J'ai dû partir précipitamment : Honey se sentait mal, il fallait se dépêcher. » J'écrase un de mes pieds avec l'autre. « Tu imagines la crise de rage qu'aurait piquée Meredith si elle avait appris qu'un Dinsdale était dans sa salle de bains ! »

Sans sourire, Beth lance : « Et toi, pendant que Dinny prend sa douche, tu attends comme une... oh je ne sais pas.

— Pas du tout, j'allais lui chercher un tee-shirt propre.

— Erica, qu'est-ce qui te prend, reprend-elle, sérieusement.

— Rien, rien du tout. » Même si c'est vrai, ça sonne faux. « Je n'aurais pas dû lui proposer d'entrer ?

— En effet.

— Pourquoi ?

— Il... C'est pratiquement un inconnu, Erica. Tu ne peux pas inviter des vagabonds au milieu de la nuit ! »

Je proteste, soutenant son regard : « Il s'agit de Dinny ! »

J'ai gagné. Elle ne peut expliquer son objection qu'en révélant d'autres choses. Sans rien ajouter, elle retourne lentement vers sa chambre.

Je me précipite dans la mienne, exhume un grand tee-shirt qui me sert de pyjama de ma valise et vais le poser devant la porte de Meredith. De la vapeur chargée d'une odeur minérale d'eau chaude s'échappe par-dessous. Je dévale l'escalier, bats en retraite dans le bureau, où je vide mon verre de cognac.

J'en sors quand j'entends Dinny descendre. Le vestibule est plongé dans la pénombre. À ma vue, il s'arrête.

« Erica, tu m'as fait sursauter. » Manifestement fatigué, il se passe les doigts dans les cheveux. Ils dégouttent et mouillent les épaules de mon tee-shirt à l'effigie des Rolling Stones.

« Et voilà pour les vêtements secs.

— Ils le sont toujours plus que les miens. D'autant que je serai de nouveau trempé dès que je serai dehors. Merci de toute façon. Cette douche est géniale, je te l'accorde. »

Il semble que je sois incapable de lui répondre et de respirer correctement. On dirait que je ne sais plus le faire – l'inspiration ne succède plus à l'exhalation, j'ai oublié le mode d'emploi. Une fois au pied de l'escalier, Dinny me rejoint. J'ai l'impression d'être trop près de lui. Ni l'un ni l'autre ne bougeons. Il penche la tête, me lance un regard perplexe. Le même que des années auparavant quand je lui racontais avoir vu des trolls dans un creux sur les collines et, soudain, les souvenirs se bousculent : il m'apprend à plonger ; il regarde mes multiples essais ratés ; il me montre comment sucer le nectar des fleurs blanches d'orties fanées ; il en cueille une qu'il m'offre. Peu à peu, l'expression de son visage se modifie, devient sérieuse. J'ai beau me liquéfier sous son regard scrutateur, je ne parviens pas à m'éloigner comme je le devrais. Une goutte coule sur son bras, lequel se couvre de chair de poule. Ma main bouge sans que je l'aie décidé.

Je touche l'endroit où la gouttelette s'est immobilisée, effleure son avant-bras pour en effacer la trace. Je sens la forme de ses muscles. La chaleur du sang sous sa peau. Même si la mienne me paraît être à vif, je ne retire pas ma main. Je suis clouée sur place. L'espace d'une seconde, il reste aussi figé que moi, comme si ma caresse nous avait transformés en statues de sel. L'immense vestibule dont le plafond renvoie des échos paraît se resserrer autour de moi. Enfin, Dinny s'écarte. Une distance infime, suffisante.

« Il faut que j'y aille, déclare-t-il. Merci de... nous avoir aidés cette nuit, vraiment. » Il semble perplexe.

« De... de rien. À ta disposition, dis-je, clignant des yeux, prise de court.

— À un de ces jours. »

Un sourire gêné plaqué sur les lèvres, il sort dans l'aube glauque.

Le chant funèbre

1904

Caroline se retrouva dehors sans se rappeler avoir bougé. Elle grelottait, l'eau coulait dans ses yeux, ses cheveux et le dos de sa robe en coton. Elle se précipita en pataugeant vers les deux chevaux qui entraient au trot dans la cour. L'odeur nauséabonde qui émanait des animaux en nage l'assaillit. Les chapeaux des cavaliers, Hutch et Joe, étaient vissés sur leur tête et, comme elle s'apprêtait à les interroger, elle aperçut le troisième cavalier, inerte, en travers de la selle de Hutch ; tête nue, ses cheveux cuivrés, foncés et raidis, ruisselaient.

« Corin ? » souffla-t-elle, tendant la main pour le secouer légèrement. Elle ne pouvait ni voir sa figure ni obtenir un regard de lui. « Où est son chapeau ? Il va attraper froid ! » hurla-t-elle à Hutch, d'une voix stridente et crispée qu'elle ne reconnut pas.

« S'il vous plaît, madame Massey, écartez-vous. On doit le porter à l'intérieur. Il faut faire vite », l'admonesta Hutch d'un ton comminatoire. Il poussa son cheval pour essayer de la contourner.

« Où est Catin ? Qu'est-il arrivé à Corin ? Dites-le-moi ! »

Folle d'inquiétude à présent, elle s'accrocha aux rênes du cheval, qu'elle empêcha d'avancer en tirant sur sa bouche. Hutch lâcha un ordre. Aussitôt, Joe sauta de sa monture, prit la main de Caroline, libérant les rênes et cria quelque chose. Caroline ne lui accorda aucune attention. Des hommes arrivèrent pour emmener les chevaux, pour transporter Corin. Elle les suivit en trébuchant jusqu'à la première marche de la maison, devant laquelle elle s'effondra. Elle ne réussit pas à se relever, ne sachant plus marcher, plier les jambes, bouger les pieds. Des bras vigoureux la soulevèrent et même s'ils l'emmenèrent là où elle souhaitait, elle se débattit sauvagement, une façon d'occulter l'horreur.

On étendit Corin sur le lit. Caroline essuya soigneusement ses cheveux avec une serviette en lin, retira sa chemise mouillée et ses bottes détrempées, qui éclaboussèrent le sol. Elle alla chercher des couvertures propres dont elle le recouvrit. Elle serra ses mains glacées entre les siennes, sentant les cals familiers, tentant de leur insuffler une chaleur qu'elle n'avait pas. Elle apporta un bol de ragoût de lapin, fumant et odorant, et le posa sur la table de chevet.

« N'en veux-tu pas un peu ? Cela te réchauffera, lui murmura-t-elle.

— Il coursait un grand coyote, le dernier qu'on pourchassait parce qu'on avait vu que la pluie s'annonçait. Catin – elle a toujours été la plus rapide. Le pied léger aussi – ce qui n'est pas pareil.

L'esprit vif, prompte à réagir. Je n'ai jamais vu une entente aussi parfaite entre un cavalier et son cheval qu'entre Corin et cette jument... » Hutch parlait bas, d'un ton monocorde, les yeux rivés sur Corin, ne cessant de décrire des cercles avec ses mains, de les frotter, de les tordre. Caroline ne l'entendait que très vaguement. « Puis, sans crier gare, elle s'est cabrée. À la verticale, les sabots au-dessus de sa tête, m'est avis qu'elle avait marché dans du sable mouvant, par mégarde, sinon je suis sûr qu'elle l'aurait évité. Corin a été éjecté et... et Catin est tombée sur lui. Ça s'est passé tellement vite ! Comme si Dieu avait fait basculer ce pauvre cheval d'une chiquenaude. Ses deux pattes antérieures se sont cassées. Joe l'a tuée. Et on a dû l'abandonner à ces foutus coyotes. Une jument si courageuse ! » Il s'interrompit, les joues inondées de larmes.

Caroline cligna des yeux. « Eh bien, finit-elle par articuler, aussi lentement que si elle était ivre. Il faudra aller la chercher. Corin ne montera aucun autre cheval. » Hutch lui jeta un regard troublé. « Le médecin est-il là ? » reprit-elle, se retournant vers le lit. De l'eau foncée souillait les carrés en soie de la courtepointe autour de Corin. Des taches d'une couleur violente s'épanouissaient sur son torse et ses bras, comme une atroce incandescence. Son épaule droite formait un angle bizarre tandis que sa tête ballottait à gauche, toujours à gauche. Caroline glissa les mains sous la couverture pour voir s'il se réchauffait, mais il était froid et sa chair avait une densité anormale. Elle posa la tête près de la sienne, refusant de prêter l'oreille au tréfonds de son être épouvanté qui savait que Corin était mort.

Corin fut enterré dans sa propriété, au sommet d'un coteau verdoyant, à quelque cinq cents mètres de la maison et à une bonne distance du puits d'eau potable. Venu de Woodward, le pasteur essaya de convaincre Caroline qu'il serait plus convenable de l'inhumer dans le cimetière de la ville. Celle-ci étant trop prostrée pour réagir, Hutch eut le dernier mot, après avoir insisté sur la volonté de Corin d'être enterré dans la prairie. Angie Fosset et Magpie furent chargées de veiller à ce que Caroline fût présente ce jour-là. Elles la revêtirent d'une robe noire empruntée, qui, trop large pour elle, flottait sur son corps décharné. Elles lui dénichèrent un chapeau doté d'un voile et de deux longues plumes d'autruche.

« Tu as prévenu sa famille, Caroline ? demanda Angie tout en brossant les cheveux emmêlés de la jeune femme. Tu as écrit à sa maman, ma chérie ? »

Caroline ne lui répondit pas. La volonté de respirer ou de former des mots lui faisait défaut. Lançant un regard sombre à Magpie, Angie l'entraîna pour un aparté que Caroline ne chercha pas à écouter. Elles l'emmenèrent en haut du coteau, restant près d'elle devant la tombe pendant que le pasteur lisait un sermon à une assemblée composée de cow-boys, de voisins et d'une bonne partie de la population de Woodward. Le ciel était maussade. Un vent tiède agita la couronne de roses blanches, charriant quelques gouttes de pluies qui aspergèrent la congrégation.

À la fin des prières conventionnelles, Hutch s'approcha et se tint à quelques pas du cercueil. Les paupières respectueusement baissées, les gens attendirent et ne réagirent que par des coups d'œil épisodiques quand il tarda à prendre la parole. Même Caroline risqua un regard sous son voile pour voir ce qui se passait. Puis Hutch commença enfin à parler, d'une voix douce, grave et calme :

« Le beau sermon du pasteur était destiné à nous consoler, je le sais. Et peut-être que certains seront rassérénés de penser que Corin Massey nous a précédés au paradis. Quant à moi, il me faudra du temps pour arriver à trouver du réconfort dans cette idée. J'espère que ça lui plaît là-haut. J'espère qu'il y a de beaux chevaux et de grands espaces verts où il peut galoper. J'espère que le ciel y a la couleur de l'aube au printemps. Mais aujourd'hui… » Sa voix se brisa, il s'interrompit. « Aujourd'hui, j'espère que Dieu me pardonnera si je Lui en veux de nous avoir enlevé Corin trop tôt. Rien qu'aujourd'hui, je crois que nous avons le droit d'être malheureux du départ de notre grand ami. Car il va énormément nous manquer. Il va énormément me manquer, plus que je ne peux le dire. C'était le meilleur d'entre nous, il est impossible de rencontrer un homme plus équitable, plus rempli de bonté. » Hutch déglutit, deux larmes coulèrent sur ses joues. Après les avoir essuyées du revers de la main, il se racla la gorge et entonna un chant :

Là où perle la rosée et où se pose le papillon,
Où l'églantine fleurit sur les crêtes de la prairie,
Où les coyotes hurlent et le vent se déchaîne,
Ils le firent reposer dans la solitude de la prairie.

Lugubre comme le vent, le chant transperça Caroline, qui se sentait aussi impalpable que l'air ou les nuages. Ses yeux se posèrent à nouveau sur le cercueil en bois clair. Il n'évoquait rien de Corin. C'est comme s'il avait été effacé de la terre, pensa-t-elle, et cela lui semblait inconcevable. Elle n'avait ni photos ni portraits de lui. Son odeur n'imprégnait déjà plus son oreiller et ses vêtements. Hutch, Joe, Jacob Fosset et trois autres hommes se mirent de chaque côté du cercueil et s'emparèrent des cordes dans leurs mains crevassées. Le pasteur reprit la parole, mais Caroline s'éloigna et descendit du coteau ; la robe noire empruntée balayait le sol, lugubre rappel de la traîne de sa robe de mariée. Elle ne pouvait supporter de voir la tension des cordes dans ces mains. Elle ne pouvait supporter d'imaginer ce qui lestait le cercueil, et les ténèbres de la tombe béante qui l'attendait l'épouvantaient.

« Ne la laisse pas seule une seconde, Magpie. Elle souffrait déjà de solitude du vivant de Corin, que Dieu lui vienne en aide », chuchota Angie, sur le départ, à la jeune Indienne. Caroline avait beau se trouver tout près d'elle, Angie, devinant son hébétude, la saisit fermement par les épaules : « Je reviendrai mardi, ma chérie », lui promit-elle tristement.

Dès qu'elle ouvrit la porte, Caroline retrouva sa voix: « Ne pars pas ! » croassa-t-elle. C'était au-dessus de ses forces d'être abandonnée et confrontée au vide. Elle était désormais aussi terrorisée à l'intérieur de la maison qu'à l'extérieur. « S'il te plaît… ne pars pas, Angie. »

Celle-ci fit volte-face, le visage pétri de sollicitude: « Si tu savais à quel point tu me brises le cœur. »

Fondant en larmes, Caroline s'accrocha à Angie: « Je… Je ne peux pas le supporter… je ne le peux pas ! » s'écria-t-elle.

Son angoisse semblait être de nature à la terrasser lentement. Accablée de chagrin, Magpie enfouit son visage dans ses mains.

Angie était cependant obligée de s'en aller, elle avait charge de famille. Aussi Magpie passa-t-elle le plus de temps possible dans la maison. Elle dormait sur une couverture pliée dans la pièce principale, William à côté d'elle. Les pleurs de l'enfant en pleine nuit tiraient du sommeil Caroline, qui, affolée par ces cris inhabituels, croyait que des coyotes étaient entrés dans la maison ou que Corin, revenu, hurlait de douleur. Dès qu'elle était complètement réveillée, sa lassitude reprenait possession d'elle. Un soir, elle jeta un coup d'œil par une fissure de la porte et aperçut Magpie en train d'allaiter son bébé à la lueur d'une bougie, fredonnant si doucement que ç'aurait pu être le souffle d'une brise ou le bourdonnement du sang dans les oreilles de Caroline. Dans son dos, l'obscurité la menaçait, c'était une goule qui la terrorisait au point de l'empêcher de se retourner.

La chambre plongée dans les ténèbres était vide, un néant aussi absolu que la prairie. L'absence de Corin, lorsqu'elle était couchée dans leur lit, lui fouaillait lentement le cœur comme si un couteau y était fiché. Caroline resta donc longtemps ainsi, attirée par la lumière tel un papillon de nuit, jusqu'à ce que Magpie interrompe sa chanson et change de position, un mouvement infime destiné à lui montrer qu'elle se sentait observée.

Ce n'était même plus la peine de lutter contre la canicule du plein été. Caroline, docile, mangeait tant que Magpie lui tenait compagnie et l'y forçait. Le soir, Magpie parlait de banalités tout en la déshabillant et en brossant ses cheveux, exactement comme Sara auparavant. Caroline fermait les yeux et se remémorait le passé, sa détresse à la mort de ses parents et sa certitude qu'elle ne serait plus jamais aussi perdue et triste qu'à cette époque. Or c'était pire, bien pire.

« Tu te rappelles le jour où mon père nous a emmenées au cirque, Sara ? murmura-t-elle une fois, l'ombre d'un sourire aux lèvres.

— Qui c'est Sara ? Je suis Magpie, votre amie, madame Massey. »

Ouvrant les yeux, Caroline croisa le regard de la Ponca dans le miroir.

« Oui, bien sûr », acquiesça-t-elle, d'une voix sans timbre pour cacher que, l'espace d'un instant, elle n'avait pas su où elle était.

Magpie prit l'habitude, quand elle vaquait aux tâches ménagères, de poser William sur les genoux de Caroline, surtout si celle-ci restait longtemps silencieuse, sans répondre aux questions, le visage figé dans une expression vacante. Le petit garçon, qui avait dix mois, ne tardait pas à gigoter, et elle était obligée de le retenir, de le calmer, de lui prêter attention.

« Chantez-lui une chanson, madame Massey. Racontez-lui l'histoire du jardin d'Éda », la pressait Magpie.

Si Caroline n'avait pas le cœur à ça, elle parvenait, malgré tout à sourire au bébé, et ses mains s'animaient pour le chatouiller, l'empêcher de tomber, le réinstaller dans son giron. Lorsqu'il lui tirait les cheveux, elle ne tressaillait même pas. William la considérait avec ses étranges yeux d'un noir velouté, remplis de curiosité, lui adressant de temps à autre un grand sourire mouillé. Et Caroline le prenait quelquefois dans ses bras, le serrait contre elle, comme si elle puisait des forces dans ce corps minuscule. À ces moments-là, Magpie se tenait à proximité, prête à récupérer l'enfant au cas où l'étreinte, trop forte, le ferait pleurer.

Pendant tout l'été, Caroline passa de longues heures sur la véranda à tapoter de ses orteils les patins du fauteuil à bascule de Corin, puis à l'écouter grincer tandis qu'il se balançait d'avant en arrière. Elle évitait de penser. De se demander ce qui se serait passé si elle n'avait accusé les coyotes de l'effrayer. Si elle n'avait pas fait ce cauchemar. Si elle n'avait pas eu peur de la nature. Si elle avait été plus forte, mieux armée, plus courageuse. Si elle n'avait pas été le genre de femme capable d'envoyer son mari à la mort dans une chasse aux coyotes. Elle ne s'apercevait pas qu'elle pleurait et ne bougeait pas malgré le sel incrusté sur son visage. Elle se désolait de n'avoir pas au moins un enfant à qui parler avec une tristesse retenue de l'homme superbe, magnifique, merveilleux qu'était son père. Il ne lui restait même pas cette parcelle de lui pour la consoler. Contemplant l'horizon sans limites, elle se laissait envahir par la peur qu'il lui inspirait. Une peur qui la tourmentait toute la journée. Elle n'avait trouvé d'autre punition à s'infliger que cette détresse abyssale qu'elle était sûre de mériter.

Au bout de quelques semaines, Hutch entra dans la maison après avoir respectueusement frappé à la porte. Si elle n'avait pas été aussi murée en elle-même depuis la mort de Corin, Caroline aurait remarqué la souffrance de cet homme qui la fuyait, car il se sentait responsable de la mort de Corin. Il avait maigri. L'accident l'avait tellement ébranlé qu'il était incapable d'avaler quoi que soit. Les rides de son visage s'étaient creusées bien qu'il n'eût pas encore trente-cinq ans. Le sentiment de culpabilité le minait. Le chagrin le vieillissait et l'écrasait autant que Caroline, mais elle n'était pas en mesure d'apporter du réconfort. Fût-ce à Hutch. Elle lui prépara un café et se rendit compte, sans en éprouver de satisfaction, qu'elle avait enfin réussi à en faire un bon, un fort, ni amer ni bouilli. Elle imagina Corin en train de le boire à petites gorgées, son sourire épanoui, les compliments dont il l'aurait abreuvée tout en l'enlaçant et en l'embrassant. *Mon amour, je n'ai jamais goûté un meilleur café !* Il s'enorgueillissait de ses moindres petits succès. Elle défaillait lorsque de telles pensées la traversaient.

« Madame Massey, vous savez que je n'aime pas vous déranger, mais je dois attirer votre attention sur certaines choses », déclara Hutch.

Il prit la tasse de café qu'elle lui tendait. D'un petit geste, Caroline le pria de s'asseoir. Il eut beau se tourner vers le siège indiqué, il resta debout.

« Lesquelles ? demanda-t-elle.

— Eh bien, maintenant que M. Massey est... parti, c'est vous la propriétaire du ranch. Bon – bon, il ne faut surtout pas que ça vous inquiète, je resterai pour l'exploiter. Je sais comment m'y prendre et je suis au ranch depuis assez longtemps pour le considérer comme mon foyer. Votre mari se fiait à moi pour ses affaires, j'espère que vous l'imiterez. Il y a malgré tout des choses que je ne peux pas faire – payer les cow-boys et les employés entre autres.

— Les payer ? Voyons... je n'ai pas d'argent.

— Peut-être pas ici. Tous les deux mois, Corin tirait l'argent des paies à sa banque de Woodward, et ce serait pas un problème que vous le fassiez à sa place.

— Vous... voulez que j'aille à Woodward ? Je ne peux pas. » C'était une fin de non-recevoir comme s'il lui avait demandé d'aller sur la lune.

« Je vous y conduirai. On n'y passera qu'une nuit si vous préférez, sinon vous pourrez en profiter pour rendre visite à des dames. Je crois... » Hutch s'interrompit et tourna la tasse entre ses mains. « Je crois que vous devez aller à Woodward, m'dame. Vous avez besoin de voir des gens, de prendre l'air. En plus, si vous ne les payez pas, les gars partiront ailleurs. Ce sont de braves types, fidèles avec ça, mais ils n'ont pas reçu d'argent depuis deux mois, ça ne peut pas durer. Et puis, sans eux, je suis incapable de faire marcher le ranch. »

Il but enfin son café. Son air étonné lorsqu'il en découvrit la saveur exquise n'échappa pas à Caroline. L'idée du périple à Woodward l'épuisait à l'avance. Elle se balança d'avant en arrière, faillit perdre l'équilibre et s'appuya au dossier d'une chaise pour se remettre d'aplomb.

« Dans ce cas, si c'est le seul moyen. Corin... Corin aurait voulu qu'on continue à exploiter le ranch.

— Pour sûr, madame Massey », approuva Hutch. Il baissa tristement la tête. « Votre mari était un homme bien, vrai de vrai, le meilleur que j'ai connu de ma vie. Le ranch, c'était sa fierté et sa joie, alors m'est avis qu'on lui doit de continuer à l'exploiter, l'agrandir et le rendre plus florissant que jamais. » Il leva les yeux dans l'espoir que Caroline ferait écho, mais elle regardait par la fenêtre et l'entendit à peine. « L'est sacrément bon ce café, excusez mon langage, m'dame », ajouta-t-il, vidant sa tasse.

Caroline lui lança un coup d'œil et acquiesça d'un signe de tête.

Comme elle avait oublié son ombrelle, le soleil lui brûla la peau dès qu'ils se mirent en route pour Woodward. Les yeux étrécis pour se protéger de la lumière, elle pensa aux rides qui se graveraient inéluctablement autour et découvrit qu'elle s'en moquait. Il soufflait un vent sec et chaud ; Woodward était enveloppé d'un nuage de poussière. Des grains pénétrèrent dans les yeux de Caroline, si bien que son visage ruisselait de larmes lorsqu'ils s'engagèrent dans la grand-rue. Se les frottant brutalement, elle sentit l'étrange fermeté des globes oculaires derrière ses paupières.

« Arrêtez, arrêtez ça », lui dit doucement Hutch. Après avoir humecté son mouchoir avec de l'eau de sa flasque, il prit une de ses mains dans les siennes tout en lui essuyant la figure avec l'autre. « Voilà, c'est mieux comme ça. M'est avis que vous avez versé assez de larmes ces derniers temps, ça devrait suffire pour une vie. » Il desserra sa poigne mais, sans lâcher la main de la jeune femme, il ôta délicatement un dernier grain de sa joue.

« C'est ici ? » demanda-t-elle, d'un ton morne.

Ils s'étaient arrêtés devant la banque Gerlach, un grand immeuble pourvu d'une plaque imposante.

« Nous y sommes. Vous voulez que je vous accompagne ?

— Non merci, ça va aller. »

Il faisait frais à l'intérieur du bâtiment plongé dans un silence si absolu que les chaussures de Caroline retentirent sur le parquet. Elle s'approcha d'un jeune employé en tenue impeccable, qui eut un mouvement de recul à la vue du désordre de sa tenue et de sa coiffure. Une horloge de parquet égrenait un tic-tac solennel, un bruit qu'elle n'avait pas entendu depuis son départ de New York. C'était une copie presque conforme de celle qui trônait dans le vestibule de Bathilda, et on eût dit un meuble d'un autre monde.

« En quoi puis-je vous aider, madame ?

— Je souhaiterais effectuer un retrait. » À peine eut-elle formulé cette requête qu'elle se rendit compte qu'elle ne connaissait rien de la marche à suivre puisque c'était une première.

« Avez-vous un compte dans cette banque, madame ? » demanda l'employé, laissant entendre que c'était improbable.

Caroline observa sa moustache bien taillée, son complet et son col immaculés. Elle le trouva bien arrogant pour un employé de banque. Se redressant, elle le fixa sans ciller : « Mon mari a un compte chez vous depuis de nombreuses années, je suis Mme Corin Massey. »

Aussitôt, un homme d'un certain âge se profila derrière le jeune employé et lui adressa un sourire engageant.

« Madame Massey, donnez-vous la peine de vous asseoir, je vous en prie. Je me présente : Thomas Berringer. Je vous attendais, tout est en ordre et, bien entendu, vous pouvez avoir accès au compte de votre défunt mari. Puis-je vous proposer un verre d'eau ? » Il fit signe au garçon d'en apporter un tout en approchant un siège.

Quant à la somme à retirer, Caroline n'en avait aucune idée. Elle ne savait pas combien gagnait un cow-boy ou un employé du ranch, combien on leur devait, ni même le nombre de jeunes gens qu'il fallait rémunérer. Elle prit la moitié des fonds disponibles. Visiblement étonné, M. Berringer n'en remplit pas moins les formulaires qu'il lui donna à signer sans commentaire. Elle eut un choc en voyant la date qu'il avait écrite en haut.

« C'est mon anniversaire, déclara-t-elle. J'ai vingt et un ans aujourd'hui.

— Eh bien, dans ce cas, bon anniversaire, madame Massey », dit en souriant M. Berringer, non sans un certain embarras.

Les liasses de billets de banque constituaient un paquet lourd et encombrant. Caroline les soupesa, ne sachant trop où les ranger. Sensible à son dilemme, M. Berringer vint à son secours. Il fit de nouveau signe à l'employé, qui trouva un sac en toile où l'argent serait à l'abri de regards indiscrets. Sur quoi, elle sortit de la banque et resta sur le trottoir surélevé à regarder passer piétons, chevaux, carrioles. Elle ne se sentait plus bien nulle part, se rendit-elle compte, alors qu'elle avait adoré être entourée de gens. L'occasion lui était fournie de courir les magasins, de s'offrir des livres, des provisions de bouche ou des vêtements, or elle n'avait envie de rien. Avisant une mercerie, elle acheta une couverture blanche au crochet pour William ainsi qu'un moïse en osier.

« Avec cette chaleur, ce sera plus frais pour lui que le porte-bébé en cuir, expliqua-t-elle à Hutch.

— C'est rudement gentil à vous, Caroline. Je suis sûr que Magpie sera très contente », approuva-t-il tout en rangeant les cadeaux sous le siège de la carriole.

Longtemps après, trop longtemps pour qu'elle le relève, Caroline s'aperçut que c'était la première fois que Hutch l'avait appelée par son prénom.

Ils ne passèrent qu'une nuit dans l'hôtel où ils avaient séjourné le soir de la fête. Caroline demanda la même chambre, hélas occupée. Elle aurait aimé se trouver dans une pièce où Corin avait été, à la manière d'un pèlerin dans un lieu saint. Comme si sa présence y avait laissé un souvenir, comme si son essence pouvait y être perceptible. Elle s'attarda devant la fenêtre tandis que le coucher de soleil enflammait la ville d'or et de vieux rose. Elle observa les passants et écouta des bribes de leurs conversations, leurs éclats de rire, essayant de se rappeler ce que c'était que d'être l'une d'eux. À la tombée de la nuit, elle vit Hutch sortir, les cheveux lissés, vêtu d'une chemise propre. Il s'éloigna d'un pas nonchalant dans la grand-rue; elle le suivit des yeux jusqu'à ce qu'il disparaisse dans la foule.

Une fois les hommes payés, la liasse de billets n'était réduite que d'un tiers. Caroline la remit dans le sac en toile qu'elle rangea dans son vanity-case. Ce faisant, sa main effleura quelque chose de doux: sa pochette en velours bleu qui contenait les émeraudes de sa mère et d'autres beaux bijoux. Elle l'ouvrit pour regarder les pierres étincelantes, songeant à la dernière fois où elle les avait portées, le soir de sa rencontre avec Corin. Quand s'était-elle imaginée les mettre ici? Ils étaient aussi ridicules dans cette chambre austère que des fleurs de serre dans un champ de blé. Les approchant de sa peau, elle se mira dans la glace. Comme elle avait changé! Quelle maigreur, quel hâle! Sans parler de la constellation de taches de rousseur sur son nez, de ses cheveux ternes et mal coiffés.

Elle avait l'air de la femme de chambre d'une lady parée des bijoux de sa patronne ; elle comprit qu'elle ne les porterait sans doute plus jamais tant ils étaient déplacés dans la prairie. Après les avoir remis dans la pochette puis dans la mallette, elle commença, sans l'avoir décidé, à emballer d'autres effets – lingerie propre, corsages, une chemise de nuit à manches longues trop chaude pour l'été, peignes, un poudrier. Elle rabattit le couvercle et ferma les clapets, se demandant où elle pourrait bien aller.

À la fin du mois d'août, il n'y eut plus d'activité dans le ranch. Hutch, Joe et quelques hommes étaient partis dans les herbages avec presque un millier de têtes de bétail pour les dernières semaines d'engraissement avant que les animaux ne soient chargés sur des trains et transportés au nord, vers les halles aux viandes des États de l'Est. Beaucoup de ceux restés au ranch étaient immobilisés par une maladie qui, se propageant rapidement de l'un à l'autre, les clouait au lit avec de la fièvre et des tremblements. Un matin qu'elle était assise sur la véranda dans un état de vacuité absolue, Caroline aperçut Annie, la sœur de Joe, sortir du ranch sur le poney gris de Magpie. Elle se dirigeait vers l'est, poussant sa monture au galop. Le visage de la Ponca, lorsqu'elle passa devant la maison, était marqué d'inquiétude. Caroline la regarda jusqu'à ce qu'elle disparaisse puis, après un instant de réflexion, elle se rendit compte qu'elle n'avait pas vu Magpie depuis l'après-midi de la veille. Elle se leva et traversa la cour à pas lents.

Il faisait chaud dans la cahute où Magpie était couchée tandis que William gazouillait dans le couffin offert par Caroline. Aux relents caractéristiques d'ammoniaque et d'excréments se dégageant du bébé, se mêlait une odeur métallique et fétide qui effraya Caroline. Le cœur battant à grands coups dans sa poitrine, elle s'agenouilla près de Magpie qu'elle secoua doucement. La jeune femme avait un visage cramoisi, desséché. Elle ouvrit des yeux étrangement vitreux et Caroline eut un léger mouvement de recul.

« Magpie, tu es malade ? Où est partie Annie, demanda-t-elle précipitamment.

— Oui. Nuage-Blanc aussi. Ses remèdes ne nous ont pas guéries », chuchota Magpie. Caroline ramassa un bol en bois qui se trouvait près du lit, rempli d'une potion sentant le vinaigre. Elle l'approcha de la jeune Indienne, qui détourna la tête : « J'en veux plus.

— Tu dois boire si tu as de la fièvre, je vais aller chercher de l'eau. Il faut que tu te lèves, Magpie, William est sale…

— Je peux pas me lever. Je peux pas le changer, répondit Magpie, l'air si malheureux que Caroline chancela. Changez-le s'il vous plaît.

— Mais je ne sais pas comment m'y prendre ! objecta Caroline. Pourquoi n'as-tu pas envoyé quelqu'un me prévenir que tu étais malade ? » Dans le regard que Magpie lui lança, elle lut la réponse : personne ne l'avait jugée capable de rendre service. Les larmes lui montèrent aux yeux. « Je vais le nettoyer et chercher de l'eau », enchaîna-t-elle, s'essuyant la figure. Malgré le vertige suscité par les odeurs nauséabondes de la malade et du bébé, elle attrapa un seau et se dirigea vers la citerne. « Où est Nuage-Blanc ? Où est partie Annie ? demanda-t-elle de l'embrasure de la porte.

— Nuage-Blanc est malade, elle aussi. Elle se repose dans le tipi. Annie est partie chercher des remèdes chez notre peuple, près de la rivière Arkansas.

— La rivière Arkansas ? C'est presque à trois cents kilomètres, cela va lui prendre des jours et des jours ! » s'écria Caroline.

Le visage creusé par l'épuisement et le désespoir, Magpie se contenta de répéter : « Changez William, s'il vous plaît. »

Après avoir rempli le seau, trouvé une louche, Caroline dut rassembler toutes ses forces pour soulever la tête et les épaules de Magpie afin de la faire boire, mais la malade parvint à peine à avaler quelques petites gorgées.

« Plus, je t'en prie », la supplia Caroline.

Mais Magpie se rallongea sur sa couche infecte et ferma les yeux. Caroline fouilla dans la cahute, où elle trouva des langes propres et une serviette. Sortant William du couffin, elle l'emmena dehors. Elle eut un haut-le-cœur en découvrant ses déjections et jeta le tissu souillé sur le tas de charbon d'un feu qui se consumait. L'eau était froide, William pleura quand elle le plongea dans le seau pour rincer son postérieur. Il vagissait en fait, ce qui l'épuisait manifestement si bien qu'il s'assoupit le temps qu'elle finisse de le laver puis s'évertue à placer un lange propre entre ses jambes. Assise par terre, elle l'étendit sur ses cuisses et le caressa, en extase jusqu'au moment où elle s'aperçut qu'il était brûlant et écarlate. Elle se toucha le front : la différence était incontestable. En toute hâte, elle le prit dans ses bras et rentra dans la masure.

« Magpie... William est très chaud, je crois qu'il a aussi de la fièvre, annonça-t-elle, approchant le bébé du lit pour le montrer à sa mère dont les yeux se remplirent de larmes.

— Je ne sais pas comment le soigner. S'il vous plaît... il va tomber malade. Vous devez l'emmener chez vous ! Le changer et le nourrir, souffla la jeune Ponca.

— Je l'ai changé, regarde ? Il va guérir... vous allez guérir tous les deux, affirma Caroline.

— Nuage-Blanc... », murmura Magpie.

Après avoir couché William dans le moïse, Caroline se dirigea vers le tipi. Une fois devant, elle hésita, n'osant aller plus loin, se rappelant le regard inflexible de la vieille Ponca, l'étrangeté de sa voix quand elle avait chanté.

« Nuage-Blanc, je peux entrer ? » lança-t-elle timidement. Il n'y eut pas de réponse. Oppressée, Caroline souleva le rabat de la tente et pénétra à l'intérieur. À la façon dont Nuage-Blanc était recroquevillée à même le sol, on eût dit un tas de chiffons. Avec ses cheveux gris trempés de sueur plaqués sur son crâne, ses yeux fermés, ce n'était plus qu'une petite vieille très mal en point. Caroline eut honte d'en avoir eu peur. « Nuage-Blanc ? » répéta-t-elle tout bas. S'agenouillant, elle essaya de la secouer comme elle venait de secouer Magpie. En vain. Nuage-Blanc ne bougea pas. Elle irradiait la chaleur, sa respiration était convulsive. Caroline se sentit impuissante. Sortant, elle resta plantée, les jambes coupées et les mains tremblantes, cernée par des êtres qui avaient soudain besoin de son aide.

Magpie insista pour que Caroline emmène William chez elle. Il dormait profondément, le poing dans sa bouche. À peine l'eut-elle déposé dans le coin le plus frais et le plus sombre de la maison qu'elle explora les placards de la cuisine, cherchant de la nourriture à apporter à Magpie. S'armant de courage, elle se rendit dans le dortoir où elle découvrit trois lits occupés. Les cow-boys, terrassés, lui assurèrent aller bien malgré leur faiblesse qui les empêchait de se lever. Caroline leur donna à boire de l'eau d'un seau avant de laisser un gobelet plein près de chacun d'eux. Son espoir de trouver un homme capable de sauter sur un cheval pour aller quérir le médecin se révélait irréalisable. La gorge nouée sous l'effet de la panique, Caroline retourna chez elle et prépara une soupe aux haricots, y ajoutant la carcasse d'un poulet que Magpie avait fait rôtir deux jours auparavant. Puis elle remonta une citrouille de la cave qu'elle mit à cuire afin d'en faire une purée pour William.

Ses faibles vagissements de détresse la réveillèrent en pleine nuit. Elle se leva, le prit dans ses bras et le calma avec des mots tendres et des baisers. Dès qu'il se rendormit, elle le recoucha puis, assise au bord de son lit, pleura doucement parce que c'était son rêve de toujours d'avoir un bébé à consoler, à aimer. Mais William n'était pas son fils et Corin n'était pas allongé près d'elle en sorte que cet avant-goût de la façon dont les choses auraient dû se passer avait une douceur bien amère.

Le matin, il fut indéniable que William avait attrapé la fièvre. Brûlant, il dormait trop et, quand il se réveillait, il était sonné et inerte. Caroline apporta sa soupe au dortoir puis, sur le chemin de la cahute de Magpie, elle s'arrêta devant le tipi. De toute évidence, elle devait y entrer pour tenter à nouveau de sortir Nuage-Blanc du sommeil et lui donner à boire. Mais la peur s'empara d'elle, une peur différente, instinctive, irrationnelle. La nuque parcourue de frissons, Caroline se força à relever le rabat de la tente – Nuage-Blanc n'avait pas bougé, aucun souffle ne soulevait ni n'abaissait sa poitrine –, alors elle le laissa retomber et battit en retraite, horrifiée, tremblant de tous ses membres. Oppressée, elle entra dans la cahute.

Magpie était plus faible et plus difficile à réveiller. Le blanc de ses yeux était grisâtre, sa peau encore plus chaude. Caroline lui appliqua un chiffon humide sur la figure avant d'introduire de l'eau entre ses lèvres crevassées.

« Comment va William ? Il est malade ?

— Il… » Caroline s'interrompit, ne voulant pas lui dire la vérité. « Il a de la fièvre. Il est calme ce matin », répondit-elle, gravement.

Une faible lueur de frayeur brilla dans les yeux de Magpie : « Et Nuage-Blanc ? »

Caroline s'activa avec le chiffon, le seau d'eau, la louche : « Elle dort. » Quand elle leva la tête, Magpie la fixait et elle ne put soutenir son regard.

« Je sais pas quoi faire. Je sais pas comment me soigner ou soigner Nuage-Blanc, chuchota la jeune Ponca, au désespoir. Pourvu qu'Annie revienne vite avec les remèdes.

— Cela prendra beaucoup trop de temps ! protesta Caroline. Il faut que quelqu'un se rende en ville, tu ne peux pas attendre Annie ! » Marchant de long en large, elle finit par dire : « Je vais y aller, je ne suis pas malade... j'emmène William. Le médecin le soignera tout de suite, puis il reviendra avec moi pour s'occuper de toi et des autres. Il n'y a pas d'autre solution.

— Vous allez emmener William...

— C'est la meilleure solution, Magpie. Tu es incapable de veiller sur lui, moi si. Je vais prendre la carriole, comme ça, le docteur le verra ce soir. Ce soir, Magpie ! Je t'en prie, William pourra ainsi avoir des médicaments très rapidement. » À présent qu'elle s'était décidée, elle était pressée de se mettre en route. Elle pensa à Nuage-Blanc, dénudée et prostrée. « Sinon il risque d'être trop tard. »

Magpie cligna ses yeux agrandis d'effroi pour en chasser les larmes : « S'il vous plaît, prenez soin de lui. S'il vous plaît, revenez vite.

— Bien sûr ! Je t'enverrai le docteur sur-le-champ. Tout ira bien – ne t'inquiète pas », affirma Caroline, d'une voix tremblante car son cœur battait la chamade. Elle serra très fort la main de Magpie.

Après y avoir déposé son vanity-case, le moïse et un sac d'affaires de William, elle partit dans la carriole qu'elle conduisit aussi vite qu'elle l'osa, guidant le cheval entre les fourrés comme le faisaient Hutch et Corin. Le niveau de la North Canadian était bas, de l'eau jaillit sous les roues quand elle passa à gué, remuant le lit de la rivière d'où s'éleva une odeur douceâtre et minérale. Au cours de la halte qu'elle fit pour souffler et reposer le cheval, Caroline sortit William du couffin. Toujours chaud, il pleurait par à-coups chaque fois qu'il se réveillait, ce qu'il ne fit pas à ce moment-là. Son visage apaisé rappela tellement à Caroline celui de Corin assoupi dans son fauteuil que l'idée que le bébé était peut-être son fils germa de nouveau, une fraction de seconde. Le souffle coupé, elle s'assit dans le sable, William sur ses genoux, et le scruta, laissant courir un doigt de la racine de ses cheveux à ses doigts de pied. Ses orteils, fuselés, étaient très espacés, exactement comme ceux de Corin. Si ses cheveux étaient noirs, son teint était, en revanche, plus clair que celui de Magpie ou de Joe. L'iris de ses yeux, incontestablement marron, était cerclé d'un anneau verdâtre qui les éclaircissait. Dans le sillon qui barrait le front minuscule ou le modelé des lèvres au-dessus du menton, il lui sembla percevoir des traces de son mari. Berçant William, elle sanglota. À cause de la trahison de Corin, de sa mort, de l'émotion exquise et atroce qu'elle éprouvait à serrer son enfant dans ses bras.

Dès qu'il eut jeté un regard au visage ravagé de Caroline et au bébé qu'elle portait, le médecin les fit entrer. Il examina soigneusement William, tout en interrogeant Caroline sur les symptômes des adultes au ranch, sur la durée de l'épidémie. Il écouta le cœur et la respiration du bébé, sentit la chaleur qui émanait de sa peau douce.

« À mon avis, il va se rétablir. Il n'a pas trop de fièvre et un cœur solide, ne soyez surtout pas dévorée d'inquiétude. Vous restez en ville ce soir ? Bien. Le plus important, c'est de faire tomber la fièvre le plus rapidement possible. Appliquez des compresses mouillées sur son visage et changez-les régulièrement. Donnez-lui trois gouttes de ceci sur sa langue avec une cuillerée d'eau, toutes les quatre heures. S'il a envie de boire et de manger, ne l'en empêchez pas. Je crois qu'il guérira vite. Ne vous affolez pas, vous me l'avez amené à temps. Quant à moi, je dois partir pour le ranch parce que la maladie risque d'être nettement plus grave si on ne la jugule pas. Vous prendrez la route demain pour que je puisse réexaminer votre fils ? » Caroline hocha la tête. « Très bien. Reposez-vous tous les deux. Et n'oubliez pas les compresses mouillées. Il y a d'autres enfants ou des vieillards au ranch ? » s'enquit le docteur en la raccompagnant.

Votre fils.

« Il n'y a pas d'autres enfants. Nuage-Blanc… est une vieille femme, mais je ne saurais dire son âge, murmura-t-elle. Malheureusement, je crois… je crois qu'elle est morte », ajouta-t-elle, la gorge serrée.

Le médecin lui lança un regard incrédule. « Je dois partir tout de suite et faire le trajet de nuit – j'espère arriver au lever du soleil. Voici l'adresse d'un de mes confrères, n'hésitez pas à faire appel à lui si l'état de William empire. » Il tendit une carte à Caroline qu'il salua rapidement avant de sortir d'un air digne.

Caroline ne dormit pas. Elle récupéra une cuvette d'eau froide dans la cuisine de l'hôtel et, suivant les instructions, appliqua doucement des compresses mouillées sur William. Incapable de le quitter du regard, elle scrutait son visage, ses cheveux. D'une manière obsessionnelle, elle consultait l'horloge et lui administrait sa dose toutes les quatre heures. Il se réveillait de temps à autre et la dévisageait à son tour, lui serrant le doigt avec une force qui la rassurait. Le matin, elle était hébétée de fatigue ; William, lui, était moins rouge et moins chaud. Il mangea le pudding au riz que la logeuse lui avait préparé, tout en observant les deux femmes avec un calme qui les fit sourire. Caroline l'emmaillota dans la couverture au crochet, le coucha dans le couffin, plaça une tétine entre ses mains potelées et le couva des yeux. Il pourrait être le sien – le médecin l'avait cru sur-le-champ. Il pourrait être le fils d'une Blanche respectable, rien n'indiquait que du sang ponca coulait dans ses veines. Il aurait pu être le mien, pensa-t-elle. À l'évidence.

Caroline éprouvait une forte réticence à rentrer au ranch. Elle aurait dû se mettre en route beaucoup plus tôt, au lever du soleil, mais l'idée l'épuisait tellement qu'elle ne regardait ni la carriole noire garée dans la cour ni le corral où le cheval avait passé la nuit à mâchonner du foin et à se frotter la tête contre la barrière. Le médecin s'occuperait des malades. Dès son retour, Caroline n'aurait pas le choix, il lui faudrait rendre William. Elle pensa au corps abandonné de Nuage-Blanc. À Magpie, impotente et malade. À une vie s'étirant année après année sans Corin. Il lui suffisait de regarder William pour qu'un sourire se dessine sur ses lèvres et qu'une émotion la submerge, chassant ses autres pensées, lui permettant d'envisager de continuer le cours de son existence. Son retour était impossible. La perspective était aussi sombre et terrifiante que la tombe creusée dans la prairie par Hutch pour recevoir le cercueil de Corin. Son retour était impossible.

De l'autre côté de la ville, des panaches de fumée s'élevaient de la voie ferrée. Caroline se dirigea vers la gare, sa mallette dans une main, le couffin dans l'autre. Si déséquilibrée qu'elle fût par leur poids, elle marcha d'un pas décidé, refusant de réfléchir. La même odeur métallique que celle qui l'avait escortée lors de son premier voyage à Woodward flottait sur le quai envahi par la vapeur. En revanche, l'énorme locomotive était positionnée en sens inverse, vers le nord, vers Dodge City, Kansas City et au-delà. À rebours du chemin qu'elle avait pris pour venir, loin de la prairie qui lui avait déchiré le cœur.

« Regarde, William, regarde le train ! » s'écria-t-elle, soulevant le bébé afin qu'il le découvre. William le considéra d'un œil méfiant, tout en essayant d'attraper un filet de fumée. Puis le coup de sifflet du chef de gare les fit tressaillir tandis que le train vomissait de la vapeur et que ses roues se mettaient en mouvement. Un retardataire arriva en courant sur le quai, ouvrit brutalement la porte d'un compartiment et sauta à bord à l'instant où le train s'ébranlait.

« Venez, m'dame ! Allez, vite, sinon vous allez le rater ! » la pressa l'homme en souriant, la main tendue. Après une brève hésitation, Caroline la prit.

6

Le rire de Meredith résonnait très rarement. Même à l'occasion du bal de l'été ou des dîners qu'elle donnait parfois – interdits aux enfants, aussi sortions-nous à pas de loup de nos lits pour écouter aux portes – je l'avais à peine entendu. Elle se bornait à sourire ou à émettre un bruit de gorge quand quelque chose lui plaisait. Comme la plupart des petites filles, le rire m'était aussi naturel que la respiration. J'en avais conclu, je me rappelle, que cette faculté s'atrophiait avec l'âge, comme si le rire était une bobine de rubans multicolores lovée en soi qui disparaissait une fois dévidée.

Je l'ai malgré tout entendu une fois, et j'ai été estomaquée. Non seulement par son bruit – strident et tonitruant, avec une intonation grinçante évoquant le son d'un gond rouillé – mais aussi par ce qui l'avait déclenché. C'était peu de temps avant la disparition d'Henry, il faisait sombre ce jour-là. Nous étions dans le camping-car de Mickey et Mo, où nous écoutions la radio tout en jouant au rami avec Dinny. À son grand dam, il était consigné à l'intérieur parce qu'il avait un peu de température. Mes tentatives pour le pousser à sortir jouer dans la cabane de l'arbre avaient échoué : il était plus obéissant que Beth et moi. Le silence régnait dans le campement, la plupart des adultes étant partis travailler. Des draps séchaient sur une corde tendue entre des véhicules. Ils se profilaient à la fenêtre par intermittence, gonflaient et s'aplatissaient. Je les voyais du coin de l'œil, alors que je me trémoussais sur la banquette en vinyle et pressais silencieusement Beth de se défausser d'un quatre ou d'un valet. Je fus donc la première à distinguer leur aspect soudain bizarre, le changement de leur couleur, la façon dont le ciel au-dessus d'eux s'épaississait.

Ils avaient pris feu. Frappée de stupeur, je contemplais ce spectacle inattendu. Des flammes jaune et bleu les dévoraient en suivant d'étranges motifs ; elles dessinaient des traits noirs, faisaient jaillir des nuages de fumée et réduisaient le tissu en loques carbonisées qui se déchiraient comme autant de toiles d'araignée. Un cri retentit. Dinny se leva d'un bond, me bouscula et se pencha par la fenêtre.

« Tu as vu ça ! m'exclamai-je bêtement.

— Erica, pourquoi tu n'as rien dit ? » me réprimanda Beth.

Dinny se précipita dehors et nous le suivîmes. Deux femmes clouées au lit par le même virus que Dinny arrachaient les draps de la corde avant de les piétiner frénétiquement. La gaine en plastique de la corde avait fondu, disséminant les lambeaux embrasés sur le sol, ce qui était sans doute préférable. Une affreuse tache brunâtre étalée sur le flanc du camping-car révélait la proximité de l'incendie.

« Putain de bordel, comment c'est arrivé ? » jura une des femmes, qui retenait son souffle alors que les dernières flammes s'éteignaient. Les mains sur les hanches, elle examinait les cendres fumantes.

« Si on avait pas été là... Mo les a pendus juste avant de partir, ils n'étaient même pas encore complètement secs ! s'exclama l'autre, nous fixant d'un regard grave.

— On jouait aux cartes à l'intérieur ! Je le jure devant Dieu ! » déclara Dinny, catégorique.

Beth et moi le confirmâmes avec force hochements de tête. La fumée entra dans mon nez, me fit éternuer. La première des deux femmes, s'accroupit pour ramasser un lambeau de tissu du bout des doigts. Elle le huma.

« De la paraffine », dit-elle, la mine sombre.

Beth et moi partîmes à ce moment-là, prenant nos jambes à nos cous jusqu'à ce que nous fussions hors de vue. Après avoir contourné les écuries et cherché dans le garage, nous trouvâmes Henry dans l'appentis. Il tenait une bouteille en plastique de je ne sais quoi, pourvue d'un bec rouge. Je pensais aux motifs que les flammes avaient tracés comme si elles se conformaient à un mode d'emploi. Il rangea la bouteille sur une étagère et se retourna, le visage réjoui.

« Qu'est-ce qu'il y a ? lâcha-t-il.

— T'aurais pu mettre le feu aux fourgonnettes. T'aurais pu tuer quelqu'un, répondit Beth, calmement, l'observant avec un tel sérieux, une telle gravité, que je fus encore plus perturbée, encore plus effrayée.

— Je sais pas de quoi tu parles ! » s'insurgea Henry d'un ton hautain. Ses mains sentaient la paraffine, l'odeur l'imprégnait de la tête aux pieds.

« C'était toi, affirmai-je.

— Prouve-le, me nargua-t-il avec un grand sourire.

— Je vais le dire. T'aurais pu tuer quelqu'un », répéta Beth.

Le sourire d'Henry s'évanouit : « Vous avez pas le droit d'aller au campement, tu diras rien », ricana-t-il.

Beth pivota sur ses talons, je la suivis et Henry m'emboîta le pas. On fit la course. On se rua dans l'antichambre, appelant Meredith à cor et à cri, hors d'haleine.

C'était trop grave, nous devions dire la vérité. Meredith ne pourrait que gronder Henry, même s'il était son préféré, nous en étions persuadées. Empoisonner des chiens, c'était une bêtise, mais là, Beth avait raison, quelqu'un aurait pu perdre la vie. Henry avait dépassé les bornes.

« Henry a mis le feu au linge des Dinsdale ! »

Les mots sortirent de la bouche de Beth, à bout de souffle, tandis que Meredith levait les yeux de la lettre qu'elle écrivait, assise derrière le secrétaire, dans le salon.

« Que signifie ce boucan ? demanda-t-elle.

— Nous étions au campement. Je sais qu'on a pas le droit d'y aller, mais on jouait seulement aux cartes. Et Henry a mis le feu aux draps accrochés à la corde ! Avec la paraffine de l'appentis. Le camping-car a failli s'embraser et quelqu'un aurait pu mourir », expliqua Beth d'une traite, avec une énonciation parfaite néanmoins.

Meredith ôta ses lunettes avant de s'adresser à Henry : « Est-ce vrai ?

— Non ! Moi, je m'approche jamais de leur campement dégueulasse.

— Menteur ! m'écriai-je.

— Erica ! » L'interpellation qui claqua comme un coup de fouet me réduisit au silence. « Alors, comment cet incendie s'est-il déclaré, pour peu qu'il y en ait vraiment eu un ?

— Bien sûr que oui ! Pourquoi l'aurais-je..., protesta Beth.

— Ma foi, Elizabeth, tu avais aussi promis de ne plus te commettre avec les romanichels ainsi que je n'ai cessé de l'exiger, comment veux-tu que je sache quand tu mens et quand tu ne mens pas ? »

Beth pinça les lèvres, ses yeux lançaient des éclairs.

« Eh bien, Henry ? reprit Meredith. Comment le feu a-t-il pris, tu as une idée ?

— Non ! Sauf que... ces deux-là aiment tellement ces manouches qu'elles se jetteraient au feu pour eux. C'est peut-être ça qui l'a déclenché. »

Sur ces mots, il la scruta, presque en souriant, guettant sa réaction. Après l'avoir dévisagé un instant, Meredith éclata de rire. Un bruit tonitruant, insolite, qui nous sidéra tous, même Henry. Deux taches écarlates s'épanouirent sur ses joues, il exultait.

Malgré l'absence de Caroline à l'enterrement de Charles, et bien qu'elle n'eût apparemment pas rendu visite à Meredith dans le Surrey, celle-ci revint à Storton Manor. Peut-être la vie s'était-elle révélée trop difficile sans mari et avec deux enfants. Peut-être fallait-il s'occuper de Caroline, qu'elle aimait envers et contre tout. Peut-être avait-elle considéré que c'était son devoir, en tant que future lady Calcott, de retourner dans la maison familiale. Je ne le saurai jamais car les lettres s'arrêtent à ce moment-là. Je me rappelle les soins dont elle entourait Caroline devenue très vieille – elle la nourrissait, l'habillait, lui faisait la lecture à voix haute. Et si elle s'était donné tout ce mal sans obtenir de l'amour ? Et si elle avait espéré, en vain, une confession de sa mère sur son lit de mort – comme quoi elle l'avait toujours aimée, comme quoi Meredith avait été une fille admirable ? Et si elle avait rêvé de se remarier, de repartir à zéro ? Peut-être s'attendait-elle à ce que Caroline meure rapidement après son retour et avait-elle eu des idées pour animer la maison, y attirer un nouveau mari, la remplir d'autres enfants ? Mais Caroline, comme la reine, avait continué à vivre si bien que l'héritière avait vieilli, rongeant son frein. C'est probable. Autant d'espoirs déçus, une immense désillusion, susceptibles de transformer Meredith et de la rendre capable de traiter si cruellement notre mère quand elle avait refusé de faire les mêmes sacrifices.

Telles sont mes pensées d'un lundi matin. J'enfile un pantalon chaud en velours côtelé, puis glisse l'anneau de dentition dans une poche. La clochette émet un petit tintement joyeux, une sorte de gloussement. J'entre dans le cabinet de travail, prends un crayon et un bloc de papier dans un des tiroirs du bureau que je fourre dans mon sac. C'est à nouveau une journée où la lumière cristalline est éblouissante. Je tente d'être optimiste comme la dernière fois où le ciel était aussi bleu – nous étions allés à Avebury et Eddie était là pour nous réchauffer le cœur. Je laisse Beth en pleine conversation avec Maxwell au téléphone, en train de négocier le retour de son fils. Elle est assise devant la fenêtre de la cuisine sous un rayon incandescent qui m'empêche de distinguer son expression.

Le soleil est bas dans le ciel, inexorable. Il me transperce à travers le pare-brise, ricoche sur la route mouillée, de sorte que je roule dans un mur de lumière. Au sortir du village, j'ai du mal à bifurquer sur la grand-route puis j'aperçois une silhouette familière qui marche le long du bas-côté couvert de givre. Vêtements légers comme de coutume, mains dans les poches : son unique concession au froid mordant. Mon cœur bondit dans ma poitrine. Je m'arrête, baisse la vitre et l'appelle. Dinny met sa main en visière, ses yeux sont cachés, seul le bas de son visage est visible – le trait mince de sa bouche, parfois si sévère.

« Tu vas où ? » Le froid pénètre dans mon torse, j'en pleure.

« À l'arrêt du bus.

— Ça, je m'en doutais. Alors, où ? Je me rends à Devizes, je te dépose quelque part ? »

Dinny s'approche, laisse tomber ses mains. Sous la lumière éblouissante du soleil, ses yeux ne sont pas noirs, ils ont la couleur chaude des marrons et ses cheveux des reflets auburn.

« Merci, ça serait génial, accepte-t-il.

— Des courses ? » Je m'écarte de l'accotement, le moteur manque de reprise à cause du gel.

« J'ai eu envie d'acheter quelque chose pour le bébé. Et j'ai besoin de quelques fournitures. Et toi ?

— Je vais à la bibliothèque, on peut s'y connecter à Internet, n'est-ce pas ?

— Aucune idée, je n'y ai jamais mis les pieds, reconnaît-il, un rien penaud.

— Tu n'as pas honte.

— Il y a bien assez de tragédies dans les journaux, ce n'est pas la peine d'en lire d'inventées. Tu vas consulter tes mails ?

— Oui, entre autres. Et aussi les registres d'état civil, je suis sur la piste d'un secret de la famille Calcott.

— Ah bon ?

— J'ai trouvé une photo de mon arrière-grand-mère, Caroline, tu te souviens d'elle ?

— Pas vraiment, j'ai dû la voir de loin, à une ou deux reprises.

— Elle était américaine. Fin 1904, elle est arrivée en Angleterre où elle a épousé lord Calcott, or elle porte un bébé sur la photo qui date de la même année. » Je fourrage dans mon sac et la lui tends. « Personne n'a l'air de savoir ce qui est arrivé à ce bébé, il n'y a aucune trace d'un précédent mariage. Pourtant j'ai trouvé une lettre qui suggère le contraire.

— Le bébé est sans doute mort là-bas, avant qu'elle ne débarque ici.

— Probablement. N'empêche, je veux le vérifier – au cas où il figurerait sur les registres. S'il est... Si je parviens à prouver que Caroline a perdu un enfant – enfin, un autre, car elle a perdu une fille ici, à Barrow Storton – ça permettrait d'expliquer son comportement. »

Dinny ne réagit pas. Les sourcils légèrement froncés, il examine la photo.

« Peut-être, murmure-t-il, au bout d'un moment.

— Vois-tu, je cherche à comprendre pourquoi les Calcott, ceux de la vieille génération, étaient tellement obsédés par vous, les Dinsdale. Caroline et Meredith s'entend. Je cherche à comprendre pourquoi elles maltraitaient ta famille. » J'apporte cette précision, mue par une envie soudaine de gagner son soutien.

« Obsédés, répète-t-il calmement. C'est un doux euphémisme.

— Bien sûr », dis-je pour m'excuser. Sur ce, je change de sujet : « Alors comment va Honey ? »

Nous parlons de sa sœur jusqu'au moment où, tentant de me garer à Devizes, je me retrouve cernée par une foule de gens et une multitude de voitures.

« Qu'est-ce qui se passe ?

— Des accros aux soldes, soupire Dinny. Essaie Sheep Street. »

Je finis par glisser la voiture dans une place, tamponne celle qui est collée à la mienne en ouvrant la portière. Des volutes de gaz d'échappement s'élèvent vers le ciel, la ville bourdonne de voix, de piétinements. C'est beaucoup trop bruyant. Il me semble tout à coup que le silence de Storton Manor s'est infiltré en moi à la dérobée. Son absence me frappe, comme si quelque chose d'essentiel avait disparu.

« Je te ramène ?

— Combien de temps ça va te prendre ?

— Aucune idée, une heure et demie ? Peut-être plus.

— D'accord, merci. Je te retrouve ici ?

— Pourquoi pas au troquet de High Street, celui qui a un auvent bleu ? Il y fera chaud si l'un de nous doit attendre. »

Dinny opine, me salue d'une main et se faufile entre les voitures garées.

La bibliothèque étant située dans Sheep Street, j'ai très peu à marcher pour y arriver. Le ventilateur au-dessus de la porte déverse un air chaud tellement suffocant que, à peine entrée, je retire mon manteau et mon écharpe. Il n'y a pas grand monde hormis quelques usagers qui inspectent les rayonnages et une femme à la mine revêche, derrière le bureau de la réception, trop occupée pour lever les yeux. Assise devant un ordinateur, je lance une recherche pour les décès survenus en 1903, 1904 et 1905, afin de couvrir une vaste période, dans les familles Calcott et Fitzpatrick, tant à Londres que dans le Wiltshire. Je parcours les résultats en quête d'enfants décédés à moins de deux ans. Mon bloc demeure vierge. Au bout d'une heure, j'y gribouille : *Rien*.

Je fixe la dernière liste de noms affichée sur l'écran, jusqu'à ce que mon regard errant parmi les pixels se focalise sur un point à mi-distance. Le bébé est sans doute mort en Amérique. Voilà la raison – outre celle qui l'a poussée à quitter l'homme qui signait C – du départ de Caroline pour l'Angleterre. Cela a sûrement contribué à son attitude distante, à sa froideur. Alors pourquoi ne pas renoncer ? Qu'est-ce qui me titille et réclame d'être élucidé ? Un souvenir enfoui. Combien sont tapis dans un recoin de ma cervelle, attendant que je m'efforce de les faire remonter à ma conscience ? Je sors l'anneau de dentition de ma poche, effleure l'ivoire immaculé. Le poinçon est gravé à l'intérieur de la clochette, sur le bord. Un minuscule cartouche de lion, une ancre, un G gothique et un autre motif indéchiffrable. Je le lève à la lumière, l'approche de mon visage. Une flamme ? Un arbre – un arbre étique ressemblant à un sycomore ? Un marteau ? La lumière s'y réfracte. Il s'agit d'une tête de marteau. Verticale, comme vue de côté en train de taper.

Me retournant vers l'ordinateur, je lance une recherche *Poinçons argent de marque américaine G*. Plusieurs encyclopédies apparaissent ainsi que des répertoires de collectionneurs d'objet en argent. Sous la lettre G, le sceau de la clochette s'affiche en un rien de temps. Gorham. Une orfèvrerie fondée à Rhodes Island en 1831 ; elle a créé divers services à thé pour la Maison Blanche et le trophée de la coupe Davis, mais cuillères, dés et autres petites pièces d'argenterie sont ses spécialités. Je trouve la tête de marteau verticale dans la liste des poinçons Gorham de 1902. Voici la preuve : qui que soit le père du bébé de la photo, qui que soit ce dernier et quel qu'ait été son sort, l'anneau de dentition lui appartenait. C'était bien à lui, ce fils chéri, qu'on l'avait offert. Non pas à Clifford ni à aucun autre enfant que Caroline avait perdu une fois en Angleterre. Je l'entoure de ma main. Le métal se réchauffe et le battant de la clochette oscille à peine, telle l'infime palpitation d'un cœur.

Je mets du temps à me frayer un chemin jusqu'à High Street, parmi des groupes de badauds déterminés. Dans les vitrines, une débauche de banderoles promet des affaires à ne pas rater, des rabais insensés ; une musique tonitruante rivalise avec l'effervescence ambiante ; les gens portent quatre, cinq, six sacs à bout de bras. On me bouscule et le troquet, lorsque je finis par y arriver, est bondé. Une bouffée d'irritation monte en moi jusqu'à ce que j'aperçoive Dinny, installé à l'une des petites tables près de la fenêtre embuée. Il flotte une délicieuse odeur de café. J'avance entre les tables.

« Salut, désolée, ça fait longtemps que tu attends ? dis-je, tout en posant mon manteau sur le siège vide en face de lui.

— Non. J'ai eu de la veine de trouver cette table – deux mamies partaient quand je suis entré.

— Tu veux un autre café ou manger quelque chose ?

— Un autre café, merci. » Il joint les mains et me paraît soudain tellement étrange que je le dévisage, abasourdie par cette impression. Puis je comprends : je n'ai presque jamais vu Dinny entre quatre murs, assis à une table sans être pressé de sortir, faisant quelque chose d'aussi banal que de boire un café. « Qu'est-ce qu'il y a ? s'étonne-t-il.

— Rien, je reviens tout de suite. »

Je commande deux grands crèmes et un croissant aux amandes pour moi.

« Tu as sauté le petit déjeuner aujourd'hui ? me demande-t-il lorsque je reprends place.

— Non, mais c'est Noël. »

Je déchire un bout du croissant que je trempe. Dinny sourit, lève un sourcil compréhensif. Le soleil qui entre par la fenêtre le nimbe d'un halo ; il m'éblouit au point que je parviens à peine à le regarder.

« Tu as trouvé ce que tu cherchais ?

— Oui et non. Le décès d'un bébé de ce côté de l'Atlantique n'est enregistré nulle part, il doit donc être mort de l'autre côté comme tu l'as suggéré.

— À moins que...

— Quoi ?

— Que le bébé ne soit pas mort.

— Où est-il dans ce cas ?

— Aucune idée, c'est ta recherche. Je me borne à te signaler une raison qui expliquerait pourquoi sa mort n'est enregistrée nulle part.

— C'est vrai. Sauf que, sur l'acte de mariage, Caroline a le statut de célibataire. Ce serait impossible si elle était arrivée avec l'enfant d'un autre. » Dinny hausse les épaules, je lui passe l'anneau de dentition. « J'ai vérifié l'origine du poinçon. C'est un…

— Anneau de dentition ?

— Ce que manifestement personne n'ignore à part moi. » Je lève les yeux au ciel. « C'est un poinçon américain, gravé en 1902.

— Tu savais qu'il était né en Amérique, non ? Qu'est-ce que ça prouve ?

— À tout le moins que Caroline fût sa mère. Lorsque j'ai montré la photo à maman, elle a suggéré que Caroline était peut-être sa marraine ou qu'il s'agissait de l'enfant d'une de ses amies. Ça me paraît impossible puisqu'elle ne s'est jamais séparée de l'anneau de dentition, tu ne crois pas ?

— Je suppose », acquiesce Dinny, en me le rendant.

J'avale d'un trait le café brûlant et le sang afflue à mes joues. Dinny regarde la rue noire de monde, perdu dans ses pensées.

« Alors, ça vous fait quel effet d'être les dames du manoir ? Vous commencez à vous y habituer ? lance-t-il de but en blanc, les yeux toujours rivés sur la rue.

— Pas vraiment. Je ne crois pas que nous aurons un jour l'impression que la maison nous appartient. Quant à nous y installer… eh bien ! les frais d'entretien suffiraient à nous en empêcher, sans parler des autres raisons.

— Et le pactole des Calcott dont vous auriez hérité, à en croire les bruits qui circulent dans le village ?

— Une rumeur, je le crains. La fortune familiale décline depuis la guerre – celle de 1914-1918 s'entend. Meredith n'arrêtait pas de reprocher à mes parents de ne pas assez contribuer à l'entretien du manoir, ce qui l'obligeait à vendre des terres, les plus beaux tableaux, l'argenterie… la liste n'en finissait pas. L'argent qui reste va servir à régler les droits de succession.

— Et le titre ?

— Il passe à Clifford, le père d'Henry. » En prononçant le nom, je regarde Dinny droit dans les yeux une fraction de seconde. « Faute d'avoir un fils, mon arrière-grand-père, un autre Henry, a modifié les lettres patentes par une loi. Ainsi, la baronnie pouvait être transmise à Meredith puis revenir à des garçons. Les héritiers mâles par primogéniture, enfin quelle que soit l'expression.

— Pourquoi Meredith, qui s'est mariée, a-t-elle continué à porter le nom des Calcott. Et pourquoi est-ce aussi le cas de ta mère et de vous deux ?

— Parce que Meredith y a forcé mes parents. Pauvre papa, il était battu d'avance. D'après elle, le nom des Calcott était trop prestigieux pour être abandonné. Celui d'Allen n'avait apparemment pas le même poids.

— C'est bizarre qu'elle vous ait laissé le manoir si le titre passait à ton oncle, elle qui tenait tant à la perpétuation de la lignée familiale, constata-t-il, songeur, en remuant le café au fond de sa tasse.

— Meredith était bizarre. Si elle ne pouvait intervenir pour le titre, elle était libre de faire ce qu'elle voulait de la maison. Peut-être pensait-elle que nous représentions la meilleure chance de perpétuer la famille.

— Du coup, après Clifford, le titre…

— N'existera plus. En théorie, Clifford pourrait retourner au tribunal pour qu'il passe à Eddie, mais Beth ne l'acceptera pour rien au monde.

— Ah bon ?

— Elle considère que ça ne la concerne pas. La maison non plus d'ailleurs. En un sens, cela a une répercussion sur ma décision : il faudrait que nous habitions toutes les deux ici si nous voulions la garder. »

Dinny garde le silence. On dirait que la réticence de Beth, et ce qui l'explique, tente de s'agréger dans l'air entre nous.

« Ce n'est pas vraiment surprenant, murmure-t-il enfin.

— Non ? » Je me penche vers lui, mais il s'écarte.

« Pourquoi es-tu ici si tu es sûre de ne pas rester ? demande-t-il.

— Je pensais que ce serait peut-être salutaire. Pour Beth. Pour nous deux en réalité. De revenir et de… » J'agite la main, cherchant mes mots : « Revisiter le passé, tu comprends.

— Pourquoi est-ce que ça ferait du bien à Beth ? Je n'ai pas l'impression qu'elle ait ne serait-ce qu'envie de penser à votre enfance, encore moins de la revisiter.

— Dinny… » Je m'interromps. « Le jour où tu es venu la voir, que voulais-tu dire quand tu as déclaré qu'il y avait des choses qu'elle devait savoir ? Que tu tenais à lui confier ?

— Tu écoutais vraiment aux portes, hein ? lance-t-il d'un ton ambigu.

— C'était à propos d'Henry ? dis-je, le cœur battant, essayant de prendre un air contrit.

— Je lui dois... Non, ce n'est pas le mot juste. Elle a droit à des explications sur notre enfance. Je ne sais pas ce qu'elle pense, mais... les apparences sont parfois trompeuses.

— C'est-à-dire ? » Je le force à croiser mon regard. Il hésite, ne répond pas. « Beth répète à l'envi qu'on ne peut pas remonter le temps ni revenir en arrière. Quoi qu'il en soit, tu peux te fier à moi, Dinny.

— Pour quoi faire, Erica ? s'enquiert-il avec une certaine tristesse.

— Je suis de ton côté. Quoi qu'il arrive, quoi qu'il soit arrivé. » Ce n'est pas très clair, j'en ai conscience. Je ne sais pas comment l'être davantage. Dinny pince l'arête de son nez, ferme les yeux un instant. Quand il les rouvre, je suis stupéfaite d'y voir des larmes, qui ne couleront pas.

« Tu racontes n'importe quoi, lâche-t-il, doucement.

— Qu'est-ce que tu veux dire ?

— Tu n'as plus rien à faire en ville ? » demande-t-il, prêt à s'en aller.

Lorsque je consulte ma boîte vocale, je suis informée de trois appels en absence de ma colocataire, Annabel. Le nom me semble appartenir à une autre époque, un autre monde. Je me demande distraitement s'il y a un problème avec le loyer, ou avec le radiateur de ma chambre dont une fuite perpétuelle tache la moquette. En réalité ces questions ne me concernent pas, il ne s'agit plus de ma vie. C'était celle que je menais puis, à un moment donné, sans même que je m'en rende compte, ça ne l'a plus été. Et je ne dispose pas de beaucoup de temps pour comprendre où j'en suis. Je monte lire des lettres et réfléchir dans ma chambre. J'écoute le silence, vibrant après le remue-ménage de la ville. Les freux croassent faiblement. Aucun chant d'oiseau, carillon de cloche ou rire d'enfant ne charme l'oreille, ne trouble le profond silence qui me perturbait tellement au début. Je le laisse me pénétrer. Comme cette sensation d'être chez moi est surprenante !

Le mardi, je me rends en voiture à West Hatch, les yeux plissés en raison du soleil paresseux. Je fais deux fois le tour du village, qui n'est pas grand, avant d'apercevoir ce que je cherche. Devant une maisonnette en brique, un vieux camping-car occupe toute l'allée. À l'époque très lointaine où il était neuf, le véhicule était crème, zébré d'une bande marron de chaque côté. Il est verdi de lichen à présent et sans pneus. Pourtant, je le reconnais. J'y suis souvent montée, je me suis assise sur une banquette en plastique poisseuse, j'y ai bu de la citronnade faite maison. Son état me donne presque un choc. La maison de Mickey Mouse. Je revois Mo telle qu'elle était, rondouillette, un tantinet ironique, adossée à la porte, s'essuyant les mains avec un torchon bleu, alors que Dinny, Beth et moi lui tournions le dos. Et Mickey avec sa moustache taillée, sa salopette maculée d'essence, ses mains crasseuses.

Devant la porte, j'ai les nerfs à vif. D'excitation davantage que de peur. La sonnette émet un bruit électronique assez doux *ding… dong*. Je n'aurais jamais imaginé Mo répondre à une telle sonnette, or elle le fait. Elle a beau être plus petite, plus âgée, un peu décatie, je la reconnais aussitôt. Son visage est sillonné de rides, ses cheveux sont d'un châtain improbable, mais elle a les mêmes yeux perspicaces. Elle me jauge d'un regard tellement insistant que je me réjouis de n'avoir rien à lui vendre.

« Oui ?

— Hum, je suis venue voir Honey et le bébé. Je suis Erica. Erica Calcott. » Un petit sourire aux lèvres, je patiente tandis qu'elle recherche des traits familiers sur ma figure.

« Erica ! Seigneur, comme tu as changé !

— Vingt-trois ans peuvent avoir cet effet sur une fille.

— Entre, entre donc, nous sommes tous dans la salle de séjour. »

D'un geste, elle m'indique une pièce à gauche et je suis soudain intimidée. Nous tous, de qui s'agit-il ? « Merci », dis-je, m'attardant dans l'entrée, les mains collées à l'emballage en plastique des fleurs.

« Entre, entre donc », répète-t-elle. Je n'ai pas le choix. « J'ai appris que tu avais failli faire la connaissance de la petite Haydee sur le chemin de l'hôpital.

— Presque ! »

L'instant d'après, je me retrouve dans une pièce remplie de gens. Je suis la seule debout. La chaleur est étouffante. La vapeur qui s'échappe du radiateur fait trembler la vue qu'on aperçoit par la fenêtre. Sentant le rouge me monter aux joues, je lance un regard circulaire. Installé à un bout du canapé, Dinny lève vivement les yeux et me sourit.

Honey est assise près de lui, un couffin vide à ses pieds, un petit ballot dans ses bras. Mo me présente Lydia, une amie de sa fille, aux cheveux d'un rose insensé, la lèvre ornée d'un piercing de cristal, et un homme d'un certain âge, maigre et noueux, Keith, son compagnon. Vu qu'il n'y a pas un siège libre, je suis un peu mal à l'aise dans cette petite pièce. Honey essaie de se redresser.

« Oh, non, ne te lève pas ! » Je lui offre les fleurs et les chocolats avant de les poser sur la table parmi un fouillis de tasses vides et un plat de petits gâteaux.

« Non, en fait, je te la passe. » Honey bat ses paupières noircies de khôl et manœuvre prudemment pour me tendre son bébé.

« Mais non, voyons, tu as l'air tellement bien.

— Te dégonfle pas, prends-la, insiste Honey. Comment tu nous as trouvés ?

— Je suis d'abord allée au campement, où je suis tombée sur Patrick. Il m'a dit que tu étais à la maison. » Je jette un coup d'œil à Dinny, c'est plus fort que moi. Il m'observe avec une expression indéchiffrable. Laissant tomber mon sac, je prends Haydee. Un petit visage rose, plissé et courroucé, sous une tignasse de cheveux noirs, plus fins qu'une toile d'araignée. Elle ne bouge pas lorsque je me juche sur le bras du canapé, ni lorsque je lui embrasse le front, humant une odeur de peau de bébé et de lait. Soudain, j'ai envie de savoir ce que je ressentirais si c'était ma petite fille. De comprendre le secret de la force qui se reflète dans le regard de Beth lorsqu'elle contemple son fils ; sa joie dès qu'il se trouve dans la même pièce qu'elle. Quel pouvoir ces petits êtres ont sur nous ! Il y a comme un germe de désir en moi dont je n'avais pas conscience. « Elle est minuscule, dis-je à Honey, qui lève les yeux au ciel.

— Ça, c'est vrai. Toutes ces nausées et tout ce lard pour une puce de trois kilos ! » réplique-t-elle, sans arriver à cacher son bonheur et sa fierté.

L'initiation est terminée, ce qui détend l'atmosphère.

« Elle est ravissante, Honey. Bravo ! Elle pleure beaucoup ?

— Non, pas jusqu'à maintenant. Elle a été très sage. »

Honey se penche vers moi, ne supportant pas d'être éloignée de son bébé, ne serait-ce qu'un instant. De près, je remarque ses cernes et sa pâleur au point que les veines de ses tempes apparaissent sous sa peau. Malgré sa fatigue, elle est au comble de la félicité.

« T'inquiète, elle se mettra à brailler », assure Mo, d'un ton chagrin. Honey lui lance un regard légèrement indigné.

« Je vais refaire du thé. » Keith s'extirpe de son fauteuil et rassemble les tasses vides sur un plateau en fer-blanc. « Vous en prendrez, Erica ?

— Volontiers, merci. » Sentant qu'on me regarde, je pivote vers la droite. Dinny m'observe toujours. Ses yeux sombres, redevenus d'un noir hermétique, ne cillent pas. Puis il se détourne, se lève brusquement. M'en veut-il de m'être invitée ainsi dans sa famille ?

« Il faut que j'y aille, dit-il.

— Quoi ? Pourquoi ? proteste Honey.

— J'ai... des trucs à faire. » Après s'être courbé pour embrasser sa sœur sur le sommet du crâne, il hésite puis s'adresse à moi : « Nous nous retrouvons tous au pub demain soir, peut-être que Beth et toi pourriez vous joindre à nous ?

— Merci. Oui – je vais en parler à Beth.

— Buvez à ma santé, maugrée Honey. La Saint-Sylvestre, et je serai au lit à neuf heures.

— Alors là, tu vas devoir t'habituer à rater des tas d'occasions, claironne Mo à l'intention de sa fille, qui se rembrunit.

— À plus tard. Au revoir, maman. » Dinny caresse la joue de Mo avant de sortir.

« Tu lui as fait quoi ? » Honey a beau me sourire, elle est sur ses gardes.

« Qu'est-ce que tu veux dire ? » Je suis abasourdie.

« Il a sauté comme un lapin quand tu es entré. » À peine m'a-t-elle répondu que son attention se reporte sur son bébé. Je le lui rends.

Keith revient avec un plateau garni de tasses fumantes. Les lumières de l'arbre de Noël dressé dans un coin de la pièce clignotent. Mo m'interroge sur le manoir, Meredith, Beth et Eddie : « Nathan m'a dit que le jeune Eddie, quand il était là, jouait avec notre Harry.

— Ils se sont entendus comme larrons en foire. Eddie est un gentil garçon, très tolérant.

— Ça ne m'étonne pas, Beth l'était aussi. » Mo souffle sur son thé, plissant sa lèvre supérieure comme le faisait grand-père Flag. Cette ressemblance, un signe de la fuite du temps, me donne un choc. Mo, bientôt une vieille femme.

« C'est vrai. Et elle... est une mère merveilleuse.

— Mon Dieu ! À vous voir devenus adultes, j'ai l'impression d'être une rombière. Sans parler de Beth... avec un fils, par-dessus le marché !

— Tu es bien grand-mère, toi.

— Oui, même si je n'y étais pas vraiment prête, dit Mo, lançant un regard ironique à Honey.

— Oh ! ça suffit, maman. On a déjà eu cette conversation une centaine de fois », s'insurge celle-ci, exaspérée.

Mo esquisse un geste conciliant puis, avec lassitude, elle se passe la main sur le visage et marmonne. « Seigneur, qui l'aurait cru ? »

Un sourire se dessine cependant sur ces lèvres tandis que nous restons assis en silence. Je finis par le rompre :

« J'ai une question à te poser, Mo, si ça ne t'ennuie pas.

— Vas-y. » Elle croise les doigts sur ses genoux comme pour rassembler ses forces. Son visage se crispe.

« Est-ce que tu pourrais m'expliquer pourquoi on appelait grand-père Flag... Flag[1] ? On a beau me l'avoir raconté quand j'étais petite, je n'arrive pas à m'en souvenir. »

Elle se détend : « Ce n'est pas sorcier. Son prénom, c'était Peter, mais il paraît, du moins c'est ce qu'on m'a raconté, que c'était un enfant trouvé. Tu le savais ? Les grands-parents de Mickey l'ont découvert un jour dans les bois, sur un lit d'iris des marais – tu connais ces fleurs jaunes ? Une gamine qui s'était fait mettre en cloque l'y avait sûrement abandonné. » La remarque lui valut un regard torve de sa fille. « Ils l'ont pris, décidant de l'élever avec leurs enfants et de l'appeler Peter. Sauf que la grand-mère de Mickey l'appelait sans arrêt "mon bébé des iris", et le surnom est resté.

— Je me rappelle. Sur un lit d'iris... » C'était le détail que j'avais oublié, tout le reste de l'histoire je m'en souvenais. J'ai cependant conscience qu'il n'est pas tout à fait exact. « Tu sais quand c'est arrivé, en quelle année ?

— Mon Dieu, non ! Désolée. Sans doute au début du siècle précédent, rien de plus précis. Pauvre petit bout de chou. Tu imagines, abandonner un bébé comme ça ? Sans savoir si on le trouvera ou s'il restera là à souffrir jusqu'à la fin. C'est affreux de faire une chose pareille. » Mo boit bruyamment son thé. « C'est vrai que si on avait un gosse à cette

1. Drapeau ou iris.

époque-là, on était mis au ban. On ne pouvait plus trouver de boulot ni se marier ni rien. Les salopards.

— Tu sais où ils l'ont trouvé ? Dans la région, je veux dire.

— Ici, bien sûr. À Barrow Storton. C'était un bébé du coin. »

J'enregistre. C'est tout juste si je ne lui livre pas le fond de ma pensée, puis je me ravise car mon idée est trop extravagante, invraisemblable, insensée, d'autant qu'elle coïncide avec une remarque qu'a faite Dinny au café hier.

« Pourquoi cette question ? veut savoir Mo.

— Par simple curiosité. Depuis mon retour, je m'intéresse au passé de la famille Calcott. Je cherche dans mes souvenirs, essaie de combler les lacunes.

— On est tous pareils. Il faut que ceux qui auraient pu répondre à nos questions soient morts pour qu'on se rende compte qu'on en avait à leur poser, constate Mo, non sans une certaine tristesse.

— Je ne suis pas persuadée que Meredith aurait répondu aux miennes, je n'étais pas sa préférée.

— Si c'est l'histoire de la maison qui vous intéresse, vous devriez aller parler au vieux George Hathaway, intervient Keith, les coudes appuyés sur ses genoux cagneux.

— Ah oui ? Qui est-ce ?

— Un type sympa. Il a tenu le garage sur la route de Devizes presque toute sa vie. Il est à la retraite maintenant, bien sûr. Il habite le Corner

Cottage, sa mère était domestique au manoir dans le temps.

— Quand ça, il y a longtemps ? »

Keith agite une main rouge et noueuse : « Très longtemps. Vous savez, elles se mettaient à travailler tôt à l'époque. Elle était très jeune, je crois, lorsqu'elle a commencé. Ça devait être avant la Première Guerre mondiale. » Je respire à fond, très excitée. « Vous savez où se trouve le Corner Cottage ? reprend Keith. À la sortie du village, sur la route de Pewsey, là où il y a le virage en épingle à cheveux, c'est la petite maison au toit de chaume et au portail vert.

— Oui, je le connais. Merci infiniment. »

Je pars peu de temps après, au moment où Honey s'assoupit dans le canapé. Sa mère lui prend le bébé, le recouche dans le couffin.

« Reviens, d'accord ? Amène Beth, ça me ferait plaisir de vous voir toutes les deux », dit Mo.

J'acquiesce avant de sortir dans le froid qui me gèle le nez.

Je me dirige aussitôt vers Corner Cottage, la seule maison au sortir de Barrow Storton. Ses murs autrefois blancs sont désormais gris et zébrés de traînées sales. Le revêtement s'écaille çà et là, le chaume pendouille. Le portail a beau être fermé, j'entre, traverse l'allée envahie de mauvaises herbes. Je tambourine trois fois à l'aide du heurtoir, tellement glacé qu'il me brûle les doigts.

« Oui, ma belle ? » Un vieil homme, petit et alerte, me sourit sans enlever la chaîne de la porte entrebâillée.

Je demande, en m'efforçant de rassembler mes idées : « Hum, bonjour. Désolée de vous déranger. Vous êtes George Hathaway ?

— C'est moi, ma belle. Je peux vous aider ?

— Je m'appelle Erica Calcott, et je me demandais si...

— Calcott, vous dites ? Du manoir ? m'interrompt-il.

— Oui, c'est exact. Je...

— Une seconde. » Il me ferme la porte au nez et l'ouvre après avoir enlevé la chaîne. « Ma parole, j'aurais jamais imaginé qu'une Calcott se pointerait chez moi un jour. Pour une surprise, c'en est une. Entrez, entrez, ne restez pas là.

— Merci. » Il fait chaud à l'intérieur. C'est en outre propre et en ordre, une bonne surprise par rapport à l'extérieur.

« Venez. Je vais mettre la bouilloire en route et vous me direz ce qui vous amène. » George me précède dans un étroit couloir. « Du café, ça vous va ? »

La cuisine, basse de plafond, déborde du bazar habituel – boîtes de biscuits, spatules, passoires rouillées, pelures d'oignons. D'autres objets, en revanche, révèlent l'absence de femme dans la maison. Une pièce détachée noire et graisseuse sur la table. Des clés à écrous en haut du frigo. George se déplace avec une rapidité et une souplesse qui démentent son âge. Des boucles blanches encadrent son visage ; ses yeux sont d'un vert clair surprenant, couleur d'un feu de bois flotté.

« Je suis là que depuis hier soir, vous avez de la chance de me trouver. J'étais chez ma fille pour Noël, à Yeovil. Ça m'a fait plaisir de la voir, ses petiots aussi pour sûr, mais ça fait autant plaisir d'être revenu dans ses pénates, pas vrai, Jim ? » Il s'adresse à un gros bâtard à poils blancs, qui sort de son panier en se dandinant pour flairer mes jambes. Malgré son odeur pénétrante de vieux chien, je le gratte derrière une de ses oreilles. Mes ongles sont aussitôt en deuil. « Et voilà. Asseyez-vous, ma belle. » Il me tend une tasse de Nescafé que j'accepte avec reconnaissance avant de m'asseoir sur une chaise derrière la table laquée de blanc. « Vous vous êtes installée au manoir, c'est ça ?

— Non, pas vraiment. Ma sœur est moi sommes venues y passer Noël, mais nous ne resterons sans doute pas. »

George se rembrunit : « Quel dommage ! Vous vendez pas, j'espère ? Ce serait pas bien, elle appartient à la famille depuis si longtemps.

— Je le sais bien. Sauf que les clauses du testament de ma grand-mère sont très précises et… bref ce sera assez difficile pour nous de les respecter.

— Alors, faut pas en dire plus. C'est pas mes oignons. Les familles, c'est comme ça, des hauts et des bas, Dieu sait, surtout les grandes familles !

— En effet.

— Ma mère a travaillé pour la vôtre, embraie George, une inflexion de fierté dans la voix.

— Je sais. En fait, c'est pour ça que je suis passée vous voir, les Dinsdale m'ont donné votre adresse.

— Mo Dinsdale ?

— Tout juste.

— Charmante dame. Et maligne avec ça. D'habitude, ce sont les mecs qui amènent leurs voitures – je tenais un garage, vous savez, sur la route de Devizes. Mais quand leur grosse bagnole avait besoin de réparations, c'était toujours Mo qui la conduisait et elle m'avait à l'œil. C'était pas la peine, je me gardais bien de la mener en bateau. Charmante dame, répète George avec un petit rire.

— Est-ce que votre mère parlait de l'époque où elle travaillait au manoir ? dis-je, en buvant une gorgée de café qui me brûle la gorge.

— Pas qu'un peu, elle en parlait à tout bout de champ, ma belle. Quand j'étais gamin du moins.

— Ah bon ? Elle y a travaillé longtemps ? Vous savez à quel moment elle a commencé ? » Impatiente, je me penche vers George. Jim, gras et chaud, est assis sur mon pied.

« La raison des ragots, c'était justement la durée de son service là-bas. On l'a flanquée à la porte, vous comprenez. Seulement huit ou neuf mois après qu'elle a commencé, notre famille avait honte de ça. »

Je ne parviens pas à cacher ma déception car je doute qu'elle ait appris grand-chose en un laps de temps aussi court : « Vous savez pourquoi ? Qu'est-ce qui est arrivé ?

— Lady Calcott a accusé ma mère d'avoir volé. Bien sûr, elle a nié de toutes ses forces. Sauf que les aristos se fichaient des preuves à l'époque. Alors on l'a virée, sans lui donner de références. Encore de la veine que mon paternel, le boucher du village, ait eu un coup de foudre pour elle peu de temps après. Ils se sont vite mariés. Grâce à ça, elle est pas restée trop longtemps sans ressources.

— De quelle lady Calcott s'agissait-il ? Vous savez en quelle année votre mère était au manoir ?

— Lady Caroline. Y me semble que ma mère m'a dit que c'était à la fin de 1904 et au début de 1905. » Se frottant le menton, George fouille dans sa mémoire. « C'est sûrement ça, elle a épousé mon vieux à l'automne 1905.

— Caroline était mon arrière-grand-mère. J'ai une photo d'elle dans mon sac, vous voulez la voir ? »

Les yeux de George brillent de plaisir : « Regardez-moi ça ! Elle est comme dans mes souvenirs ! À la bonne heure, mes vieilles cellules grises ont pas toutes joué les filles de l'air. »

Je lui demande, étonnée : « Vous la connaissiez ?

— Non, pas vraiment – les gens de ce monde ne prenaient pas le thé avec nous autres. Mais on la voyait de temps en temps quand j'étais gamin. Elle a inauguré la kermesse de l'église deux ou trois fois, et puis il y a eu la grande fête pour le couronnement en 1952. Le parc du manoir était ouvert, décoré de banderoles et tout le saint-frusquin. C'est pour ainsi dire la seule fois qu'ils ont fait quelque chose pour la collectivité. Tout le village s'y est pressé pour jeter un œil parce que, même pour des aristos et sans vouloir vous offenser, ma'mzelle, les Calcott ont toujours été radins. On a jamais été réinvités.

— Appelez-moi, Erica, je vous en prie. Votre mère a-t-elle raconté autre chose sur la période où elle travaillait pour Caroline ? Sur la raison pour laquelle on l'a accusée d'avoir volé malgré ses protestations ? »

George prend un air un peu penaud : « Là, c'est une longue histoire. Même si ma mère était sérieuse, très honnête, la plupart des gens avaient du mal à la croire, alors elle en a plus parlé au bout d'un certain temps. N'empêche, je me rappelle que quand j'étais gamin, elle disait savoir quelque chose qu'elle aurait pas dû. Elle avait découvert quelque chose qu'elle aurait pas...

— Quoi ? » J'ai du mal à respirer.

« Ben, laissez-moi en placer une ! me gronde gentiment George. D'après elle, un bébé avait disparu de la maison. À qui il appartenait, elle en savait rien. Elle l'a vu qu'une fois, voilà pourquoi les gens ne la croyaient pas. Les bébés n'apparaissent pas du jour au lendemain, pas vrai ? Faut qu'une fille l'ait porté puis enfanté. Ma mère soutenait que le bébé avait disparu aussi vite qu'il était apparu. Au même moment, les romanos en avaient trouvé un dans les bois ; ils l'avaient montré à tout le village ; comme personne ne l'avait reconnu, ils l'ont élevé. Ma mère jurait ses grands dieux que ce bébé était au manoir, puis que lady Calcott l'avait emmené et abandonné. Lady C. n'a évidemment pas voulu la garder.

Elle l'a accusée d'avoir piqué une babiole, point barre. Ma mère a dû filer si vite qu'elle a pas eu le temps d'enfiler son manteau. Pensez-en ce que vous voulez. Au village, des gens étaient sûrs qu'elle avait inventé cette histoire pour se venger, vous comprenez ? Pour mettre la pression sur les Calcott qui l'avaient chassée sans qu'elle puisse retrouver une place. Il y a peut-être du vrai là-dedans, ma mère avait pas plus d'une quinzaine d'années – elle était sans doute trop jeune pour un travail avec des responsabilités. N'empêche, je suis certain qu'elle a pas menti. Ni volé d'ailleurs. C'était une femme honnête, ma maman. »

Il s'interrompt, perdu dans son passé, et je m'aperçois que je retiens mon souffle. Mon cœur bat la chamade et mes doigts tremblotent. D'un ongle, je tapote le bébé flouté de la photo prise à New York. « Voici le bébé. Celui qui est apparu au manoir. Celui que Caroline a abandonné dans les bois. Votre mère ne mentait pas. »

George me dévisage. Moi, je suis enchantée d'avoir résolu un mystère, si éloigné de moi qu'il soit. Je lui livre mes conclusions tirées des lettres, de cette photo, de l'anneau de dentition et de la disparition de la taie d'oreiller brodée d'iris. Je parle à en avoir la bouche sèche en sorte que je dois l'humecter avec une gorgée de café froid. Lorsque j'ai terminé, je suis épuisée mais contente, comme si j'avais retrouvé un objet précieux égaré, comme si j'avais comblé une énorme brèche de mon passé, de notre passé. Le mien, celui de Beth, celui de Dinny. C'est mon cousin. Nous ne sommes pas deux familles en guerre, nous n'en formons qu'une. George prend enfin la parole :

« Eh ben, ça me renverse. La preuve au bout de toutes ces années ! Si ma mère elle peut vous entendre de là où elle est, croyez-moi, ma belle, elle va fêter ça par une petite danse de la victoire ! Vous êtes sûre de ce que vous dites ?

— Absolument. Autant que je peux l'être, même si, dans un procès, la partie adverse n'aurait aucun mal à réfuter mes arguments. Ce bébé est arrivé d'Amérique avec lady Caroline, qui l'a caché lorsqu'elle a épousé lord Calcott. Il s'est ensuite retrouvé au manoir, et elle a dû s'en débarrasser. Là, je patauge – où était-il entre-temps, pourquoi le cacher si elle avait déjà été mariée et avait eu un enfant ? Quoi qu'il en soit, la coïncidence ne laisse aucun doute : le bébé disparu est le même que celui qu'on a trouvé.

— Quel dommage que tous ceux qui ont traité ma mère de menteuse ne soient plus là pour qu'on leur mette le nez dedans.

— Comment s'appelait votre mère ?

— Cassandra. Evans, à l'époque où elle était domestique. Attendez, je vais vous montrer une photo. »

George va fouiller dans un tiroir du buffet. Il me tend un instantané de mariage de sa mère, devenue Cassandra Hathaway. Petite, frêle, une lueur volontaire dans les yeux, très souriante. Le teint velouté, des cheveux bruns relevés en chignon, entrelacés d'une guirlande de fleurs. Une robe simple, droite, au plastron en dentelle, au col orné de tulle. Cette fille avait vu grand-père Flag lorsqu'il était encore le superbe fils de Caroline. Peut-être avait-elle su ce que Caroline tenait tant à avouer à tante B. Je cherche ce secret dans ses yeux obscurcis par des taches granuleuses.

Je quitte Corner Cottage peu après, ayant promis de revenir.

« Une nouvelle entente cordiale entre les Calcott et les Hathaway ! » s'est félicité George au moment où je partais. Je n'ai pas eu le courage de lui dire que je ne reviendrai peut-être jamais au village ni au manoir. Ce que je ressens à cette idée me déroute, puisque je m'en suis très bien passée pendant plus de vingt ans. Il me semble être au bord d'un gouffre de tristesse d'où je ne réussirai jamais à m'extirper, la sensation qu'avait Beth lorsqu'elle craignait de me voir sombrer dans la mare. Pourtant, je n'ai même pas déballé mes affaires. Mes vêtements sont toujours dans ma valise. En désordre. Et moi, je suis en pleine confusion. M'étant écartée de ma trajectoire, je suis désormais en roue libre sans savoir quelle direction prendre.

Sur le chemin du manoir, je réfléchis aux liens du sang. Aux traces et aux aptitudes léguées par nos ancêtres. Ma tendance à faire le pitre dans des situations délicates ; le talent pour le dessin de ma mère ; la grâce de Beth ; les sourcils rectilignes et les yeux d'un noir de jais de Dinny. Une cascade de traces infimes qui tourbillonne au cœur de chacun de nous. Je pense au sang qui coule dans les veines de Beth et dans les miennes. À celui de Dinny, de grand-père Flag. Et bien sûr à celui d'Henry, le dernier descendant de la lignée des Calcott. Un jour, au tumulus, il nous a montré le sang de Dinny. Dans mon souvenir, il avait même été sous le choc une fraction de seconde. Avant d'être aux anges. De jubiler. C'était l'été de sa disparition, mais au début des vacances. Peut-être se voyaient-ils pour la première fois cette année-là, je n'en suis pas sûre.

J'avais évidemment déjà assisté à des bagarres de garçons. À l'école, dans un angle du fond de la cour où le mur de la salle de sport dérobait les combattants à la vigilance du surveillant. *Le coin*, c'est ainsi que nous l'appelions. Pendant les cours, le téléphone arabe fonctionnait pour annoncer le prochain rendez-vous, le prochain combat à mort – *Gary et Neil au coin, à l'heure du déjeuner !* J'étais toujours fébrile, si brèves que soient les bagarres. Manteaux arrachés ; un des protagonistes mordant la poussière ; tirage de cheveux ; coups de pied dans un mollet ; bleus aux genoux. Puis le rassemblement attirait l'attention du pion ou l'un des garçons se mettait à pleurer. Le vainqueur avait le droit de s'échapper, le vaincu devait rester et protester de son innocence.

Entre Dinny et Henry, les choses se déroulèrent autrement. Nous étions montés au tumulus pour essayer de faire voler des avions que nous avions passé la matinée à fabriquer avec du papier d'emballage et des bâtonnets de sucettes glacées. D'après Dinny, le verdict serait donné par un bon terrain de lancement : il fallait des courants d'air ascendants. Comme à l'ordinaire, Meredith fomentait des troubles au village.

Elle avait interdit aux métayers de la propriété de recruter des travailleurs temporaires, ce qui privait les premiers d'une aide indispensable qu'ils pouvaient rémunérer et les Dinsdale de travaux d'été sur lesquels ils comptaient – son objectif bien entendu, quoique je n'en sois plus aussi persuadée. Elle savait sûrement qu'elle devrait, en fin de compte, revenir sur sa position. À mon sens, elle ne le faisait que pour rappeler son existence aux Dinsdale et son hostilité à leur endroit. Nous avions entendu bon nombre de disputes à ce sujet au manoir. Henry aussi, bien sûr. Autant de munitions qu'il avait emportées au tumulus où il nous avait suivis.

« Tu devrais pas mendier ? Ta famille va être obligée de mendier, j'imagine, ou de voler. » Bille en tête, il agressa Dinny, en ricanant. « Si vous restez ici, vous aurez pas de quoi acheter à bouffer.

— La ferme, Henry ! Fiche le camp ! lui ordonna Beth.

— Toi, la ferme, la rabroua-t-il, avec un sourire torve. C'est pas à toi de me dire ce que j'ai à faire. Et je raconterai à grand-mère que tu joues avec les sales manouches.

— Vas-y, je m'en fiche comme de l'an quarante, cria Beth, toute droite, tendue comme un javelot.

— Ben, t'as tort – si t'es son amie, t'as qu'à devenir une romano. Tu pues déjà comme eux, t'es assez stupide pour en être une… » Il était essoufflé à force d'avoir couru pour nous rejoindre ; la hargne marbrait son cou de taches rouges.

Dinny le foudroya d'un regard tellement furieux que je lançai mon avion en papier en guise de diversion.

« Regardez, regardez, comme il va loin ! braillai-je, tapant du pied.

— Qu'est-ce que t'as ? T'as pas encore appris à parler, t'es trop bête ? » La crispation des mâchoires de Dinny fut sa seule réaction. Son silence était un défi qu'Henry releva : « Je viens de voir ta mère, elle cherchait votre dîner dans notre poubelle ! »

Dinny se jeta sur lui. Si vite que je n'en pris conscience que lorsqu'il percuta Henry et qu'ils roulèrent sur la pente.

« Arrête ! » hurla Beth.

Auquel s'adressait-elle ? Je ne le compris pas, tétanisée, clouée sur place. Il ne s'agissait pas d'une bagarre de cour de récréation, ça donnait vraiment l'impression d'être un combat à mort. Je vis des dents, des poings, des muscles contractés.

Puis Henry eut de la chance, un coup de poing assené au petit bonheur. Au sens propre. Les yeux fermés car Dinny lui griffait le visage, il moulina des bras, fit pleuvoir les coups et frappa par hasard le nez de Dinny, qui tomba à la renverse. Sonné, Dinny resta assis une seconde jusqu'à ce que du sang jaillisse de son nez et coule sur son menton. Beth et moi, nous étions muettes. Horrifiées parce que Henry avait gagné. Parce que Dinny saignait énormément. Jamais je n'avais vu un tel flot de sang aussi rouge. Cela n'avait aucun rapport avec les taches ternes sur le billot du boucher lorsque j'allais faire des courses avec maman.

Dinny mit ses mains en coupe sous son menton pour le récupérer comme s'il voulait le garder. Il avait sûrement mal. Les larmes lui montèrent aux yeux, glissèrent subrepticement sur ses joues pour se mélanger au sang. À peine se fut-il rendu compte de son exploit qu'Henry se dressa de toute sa taille devant Dinny, le visage fendu d'un grand sourire. Je me souviens de ses narines dilatées par le triomphe, de son air arrogant. Il s'éloigna d'un pas assuré. J'observai Dinny qui le regardait avec des yeux flamboyants, et, l'espace d'un moment, Beth et moi eûmes peur de l'approcher.

La Saint-Sylvestre tombe un mercredi, un jour comme un autre cette année. Je ne ressens pas l'excitation habituelle. Une excitation toujours mêlée de terreur, suis-je en mesure de comprendre maintenant. Le crépitement et la profusion des feux d'artifice sur la Tamise, l'appréhension à l'idée du temps que je mettrais à m'échapper de la foule. Aujourd'hui, c'est juste un mercredi sauf qu'il y a une échéance. Cédant à mes supplications, Beth a accepté de rester jusqu'au nouvel an. Demain. À mon avis, elle ne consentirait à prolonger son séjour que si elle réussissait à convaincre Maxwell de ramener Eddie avant la rentrée des classes.

Malgré tout, je suis excitée : j'ai décidé de faire une déclaration ce soir. Les rafales de vent sont d'une telle violence que j'augmente le volume de la radio pour en couvrir les gémissements qui s'infiltrent dans les coins de la maison. J'ai dû insister longtemps pour que Beth accepte de m'accompagner au pub – il m'a fallu mentir, faire valoir que ce serait peut-être la dernière fois qu'elle verrait Dinny avant notre départ. Il est possible qu'elle renonce à cause des bourrasques.

« Cheveux relevés ou lâchés ? » dis-je quand elle entre dans la salle de bains. Je les tords en chignon pour lui montrer, puis les laisse tomber et les secoue.

Elle m'examine, la tête penchée : « Lâchés. Après tout, ce n'est qu'une soirée au pub.

— Oui, je vais mettre un jean. »

Elle se tient derrière moi, se penche pour poser le menton sur mon épaule, regarde son reflet. Est-elle frappée par la maigreur de son visage par rapport au mien, la pâleur de son teint translucide ?

« Je sais que c'est la Saint-Sylvestre, mais je n'ai... pas envie de sortir. On ne les connaît pas, ces gens, ajoute-t-elle, en s'écartant.

— Moi si, du moins un peu, et tu les connaîtrais mieux si tu ne te cloîtrais pas. S'il te plaît, Beth, tu ne peux pas rester seule. Pas ce soir.

— Pourquoi ce besoin obsessionnel de passer du temps avec lui ? Qu'est-ce que ça nous apportera ? Nous ne le connaissons plus. Nous n'avons pas du tout le même mode de vie, d'autant que nous partons très bientôt et que nous le reverrons sans doute jamais. »

Agitée, elle marche de long en large derrière moi.

« Ce n'est pas une obsession. » J'applique de l'ombre argentée sur mes paupières et vérifie l'effet dans le miroir. Je sens qu'elle m'observe. « Nous parlons de Dinny, personne n'a plus compté que lui dans notre enfance. Écoute. » Je me retourne, l'oblige à croiser mon regard. « Ce soir, nous ne penserons pas à tout ça, d'accord ? On va boire en l'honneur de la nouvelle année et s'amuser, d'accord ? » Je la secoue un peu. Elle prend une profonde inspiration qu'elle retient un instant.

« Tu as raison. Désolée, lâche-t-elle.

— À la bonne heure. Bon, descends nous servir du whisky. Et une bonne dose. »

Lorsque j'entre dans la cuisine, elle me tend un verre.

« Ça devrait nous mettre en train », dis-je. Nous trinquons avant de boire. Même si son sourire est un peu forcé, Beth fait un effort. « Comment a été Maxwell ? Eddie revient ?

— Ici ? Non. Je veux qu'il passe le dernier week-end des vacances chez moi. Max tient à l'emmener chez ses parents… Je ne sais pas, soupire-t-elle. J'ai toujours l'impression d'être obligée de me battre pour avoir les meilleurs créneaux.

— Nous l'avons tout de même eu pour Noël… » La déception me lacère. Rien ne la retiendra ici. Le désir de trouver un moyen de me cramponner à elle, de prolonger notre séjour, me taraude. Je n'en ai pas terminé. Je suis survoltée.

« Quelques jours sur quatre semaines de vacances, ce n'est pas juste.

— Quatre jours très importants », je rétorque, d'une voix stridente. J'ai perdu le cours de la conversation. Je devrais la presser de se battre davantage pour récupérer Eddie – pour qu'il revienne voir son ami Harry. Beth sirote son whisky, je regarde sa gorge palpiter quand elle l'avale.

« Je sais, simplement... il me manque énormément, Rick. Je ne vois pas à quoi je sers quand je n'ai pas à m'occuper de lui.

— À être sa mère, qu'il soit là ou pas, et ma grande sœur. En ce moment précis, à boire du whisky avec moi, parce que je n'ai pas l'intention d'être la seule à commencer la nouvelle année avec la migraine.

— Cul sec alors. » Sur ce, Beth vide son verre, tousse et rigole car son nez la brûle.

« À la bonne heure ! »

Dehors, il fait très froid. L'air glacial transperce nos vêtements et dissipe les vapeurs d'alcool ; au bout d'une seconde, nous avons les larmes aux yeux et les lèvres gercées. Nous marchons vite, les dents serrées, voûtées, d'une démarche rien moins qu'élégante. Le ciel d'un noir d'encre est dégagé, balayé par les bourrasques. Les lumières qui brillent dans tout le village tiennent à distance la nuit désolée et, lorsque j'ouvre la porte du White Horse, la chaleur déferle comme une vague. C'est bondé. Les haleines chargées d'alcool et les effluves des corps nous assaillent. Le brouhaha est assourdissant. Il va certainement battre en brèche le silence de l'âme de Beth. Je nous fraie un chemin jusqu'au bar, cherchant des yeux Patrick, Dinny ou un autre visage familier. Ce sont les dreadlocks de Harry que je repère dans la petite arrière-salle. Je commande deux whiskies à l'eau, tourne la tête et, d'un sourire, fais signe à Beth de me suivre.

« Salut ! » dis-je, une fois devant la table. Je reconnais des invités de la fête du solstice, des gens que j'ai vus aller et venir autour du campement. Denise, Sarah et Kip. Patrick et Dinny évidemment, qui me sourient. Les yeux de ce dernier s'écarquillent de surprise lorsqu'ils se posent sur Beth. Son sourire s'adressait-il à elle plutôt qu'à moi ? Je reste dans le doute.

« Les dames du manoir ! Bienvenue, installez-vous ! » lance Patrick, désignant le groupe d'un geste ample.

Il a les joues roses, les yeux brillants. Comme Harry me tapote le bras, je lui embrasse impulsivement la joue, sa moustache m'effleure. Dinny m'observe. Les gens bougent, se serrent les uns contre les autres sur la banquette en fer à cheval afin de nous faire de la place.

Je crie : « Je n'ai jamais mis les pieds ici. Nous n'étions pas assez grandes lors de notre dernier séjour.

— Un scandale ! Étant donné que c'est notre local maintenant, il vaut mieux que tu le connaisses. À ta santé ! »

Patrick cogne son verre contre le mien. Du liquide froid éclabousse le dos de la main de Dinny.

« Désolée.

— Ce n'est pas grave. » Il lèche le whisky et fait une grimace de dégoût. « Comment tu peux boire ce poison ? »

Je riposte gaiement : « À la quatrième ou cinquième gorgée, on s'habitue. Et toi, tu t'habitues à être un oncle ?

— Pas du tout ! Je n'en reviens toujours pas que Honey ait eu un bébé – elle en était un il y a trois minutes, tu comprends ? explique Dinny, avec une expression amusée.

— Profites-en bien quand elle est petite, lui conseille Beth, haussant le ton pour couvrir le brouhaha. Tu n'imagines pas à quel point ils grandissent vite, ajoute-t-elle, encore plus fort.

— Pour l'instant, je gagne sur les deux tableaux. Je m'amuse avec le bébé et le rends à sa mère dès qu'il sent mauvais ou commence à brailler. »

J'opine, souriant à Beth : « C'est ce que je préfère dans mon rôle de tante. »

Nous continuons à bavarder comme des voisins, comme de futurs amis. De crainte de rompre le charme, je m'efforce de ne pas m'appesantir sur le côté miraculeux.

« Où en sont les recherches sur ta famille ? me demande Dinny un peu plus tard alors que, réchauffée, j'ai sûrement l'air un tantinet hébétée.

— Notre famille tu veux dire.

— Ah bon ? Comment ça ?

— Eh bien, j'ai découvert que nous étions cousins. »

Beth fronce les sourcils, Dinny me lance son regard interrogateur.

« Qu'est-ce que tu racontes Rick ? s'insurge ma sœur.

— Très éloignés – à moitié cousins, arrière-issus de germains, quelque chose comme ça. Sérieusement ! » Je dois lutter contre le scepticisme qui m'entoure.

« On t'écoute, dit Patrick, croisant les bras.

— Bien. D'abord, nous savons que Caroline a eu un fils avant d'épouser lord Calcott en 1904. Une photo en témoigne, ainsi qu'un anneau de dentition appartenant au bébé, qu'elle a gardé toute sa vie.

— Un fils qui n'a sûrement pas traversé l'océan avec elle, sinon elle n'aurait jamais pu se remarier en tant que fille mère, or elle n'a eu aucun problème, s'interpose Beth.

— Écoute-moi jusqu'au bout, d'accord. Ensuite, il manque une taie d'oreiller brodée d'iris jaunes d'une des vieilles parures. Bon, Dinny, ton grand-père m'avait raconté l'histoire de son surnom et ta mère me l'a remise en mémoire l'autre jour. En revanche, certains détails ont été tronqués au fil des ans – d'après Mo, on a découvert ton grand-père sur un lit d'iris des marais, d'où son sobriquet, alors que le sol des bois de Barton Storton, situés à flanc de colline et bien irrigués, n'est pas le terreau idéal pour ce genre de fleurs. Je suis sûre… sûre de me souvenir que grand-père Flag m'a dit qu'on l'avait trouvé emmailloté dans une couverture à fleurs jaunes. Il s'agit de la taie d'oreiller, c'est évident. » J'insiste car Patrick ricane et Dinny semble encore plus sceptique. « Enfin, j'ai rencontré George Hathaway aujourd'hui…

— Le mec qui tenait le garage sur la grand-route ? demande Patrick.

— Tout juste. Sa mère travaillait au manoir à l'arrivée de Caroline. On l'a virée au prétexte qu'elle avait volé, mais George assure qu'elle répétait que c'était parce qu'elle avait vu un bébé au manoir au moment où les Dinsdale avaient trouvé Flag. Ton grand-père était le fils de mon arrière-grand-mère, j'en suis certaine », conclus-je. Pompette, je pointe un doigt vers Dinny, qui se masse le menton et réfléchit.

« C'est… » Beth cherche le mot. « Ridicule !

— Et pourquoi ? Ça expliquerait l'hostilité de Caroline envers les Dinsdale : elle abandonne un gosse dont elle veut se débarrasser, ils l'adoptent et l'élèvent sur le pas de sa porte. Chaque fois qu'ils reviennent dans le coin, le bébé est avec eux. De quoi la rendre folle. Voilà la raison de la haine qu'elle leur vouait.

— Réponds à ça alors, intervient Dinny. Elle emmène le bébé. Il est avec elle quand elle se remarie – pour une raison quelconque, il n'existe pas d'acte de son premier mariage mais elle n'aurait sûrement pas pu épouser un lord si le bébé était illégitime. Elle le garde jusqu'à son arrivée à Barrow Storton, puis elle l'abandonne dans les bois. Alors je te pose la question : pourquoi aurait-elle fait une chose pareille ?

— Parce que… » Laissant ma phrase en suspens, je fixe mon verre. « Je ne sais pas. Ton grand-père avait un handicap ?

— Il était en pleine forme et malin comme un singe.

— Peut-être que lord Calcott ne voulait pas qu'elle garde le fils d'un autre ?

— Dans ce cas il ne l'aurait pas épousée, non ?

— Est-ce qu'il ne serait pas plus plausible que le bébé de Caroline soit mort aux États-Unis ? suggère Patrick. Une des servantes du manoir aurait eu des problèmes – la mère de Hathaway peut-être – et, en désespoir de cause, elle aurait piqué une taie et se serait débarrassée de son enfant illégitime ? Ce ne serait pas surprenant qu'elle ait menti et ait été virée à cause de ça.

— Il y a du vrai là-dedans », assène Beth.

Je m'obstine : « Non, c'était le bébé de la photo. J'en suis sûre et certaine.

— Quant à son attitude, enchaîne Patrick, c'était une femme de son époque. Encore de nos jours, les préjugés contre nous ont la peau dure, alors, il y a cent ans ! Le vagabondage était considéré comme un délit.

— D'accord, d'accord ! N'empêche que je suis persuadée d'avoir raison, ton avis, Dinny ?

— Je suis partagé. D'autant qu'être un Calcott ne me plaît pas vraiment. Cette famille n'a jamais bien traité ceux que j'aime, répond-il, avec un regard tellement direct que je détourne les yeux.

— À ta santé, cousine, finis ton verre », lance Patrick, conciliant mais pas convaincu.

On change de sujet, ma prestation n'a convaincu personne.

« Ta thèse se tenait », me console Beth, m'effleurant du coude.

Vers minuit, mes oreilles bourdonnent. Dès que je tourne la tête, le monde devient flou et met un certain temps à se stabiliser. Je m'appuie sur

Harry, qui, assis très droit, boit tellement de Coca qu'il m'enjambe pratiquement toutes les vingt minutes pour aller aux toilettes. Je suis associée aux conversations autour de moi. Au comble du bonheur, ivre, j'ai des œillères. À minuit, le barman augmente le volume de la radio et nous écoutons Big Ben, retenant notre souffle avant le premier carillon de la nouvelle année. Quand les acclamations retentissent dans le pub, je pense à Londres à des kilomètres d'ici, où j'écoutais les mêmes cloches, à ma vie d'avant qui se poursuit sans moi. Je découvre que je ne souhaite pas la reprendre. Patrick, Beth et d'autres m'embrassent, puis je tends la joue à Dinny, il y plante un baiser dont je sens longtemps l'empreinte, me demandant si elle sera indélébile.

Peu après, Beth me tire le bras pour me prévenir de son départ. Il ne reste que les éméchés, dont je fais partie, dans l'établissement qui se vide. Je n'ai aucune envie de partir. Je veux que la fête continue afin de garder l'illusion de faire partie de ce groupe. Beth me parle à l'oreille.

« Je suis fatiguée. Tu devrais venir avec moi pour que nous rentrions toutes les deux à bon port, tu as pas mal bu.

— Je vais parfaitement bien. » Je proteste mais ma voix trop stridente lui donne raison.

Beth se lève, salue tout le monde, met son manteau et me passe le mien.

« On s'en va, annonce-t-elle avec un sourire qui ne s'adresse à personne en particulier, sans croiser le regard de Dinny.

— Ouais, la fête est finie. » Patrick bâille, ses yeux pétillants sont injectés de sang.

Je propose d'une voix un peu trop forte : « Vous pouvez tous venir chez nous si ça vous dit, ce n'est pas l'alcool qui manque. »

Beth me jette un coup d'œil inquiet, mais personne ne me prend au mot ; on invoque l'heure tardive, l'ivresse, l'imminence d'un mal de tête. J'enfile mon manteau avec une telle maladresse que je ne trouve pas les manches. Je me cogne à la table en passant devant, les verres s'entrechoquent. Juste avant notre départ, Dinny prend Beth par le bras, l'attire à lui et chuchote à son oreille.

« Bonne nuit, cousine Erica », lance-t-il, tandis que je m'éloigne en titubant.

Je m'obstine : « J'ai raison !

— Erica, attends-moi ! » crie Beth dans le vent. Elle sort du pub à ma suite, mais je suis incapable de ralentir. Le sang brûle dans mes veines, j'ai perdu le contrôle de mon corps. « Attends-moi, je t'en prie. » Elle me rejoint en courant. « C'était très sympa, reconnaît-elle.

— Je te l'avais dit. » Je dois crier pour couvrir les rafales. Ce que je ressens est difficile à élucider. Une énorme impatience, la frustration sans bornes de n'être sûre de rien. « C'était à quel sujet cette messe basse entre Dinny et toi ?

— Il, euh... » Elle est prise de court. « Il me recommandait de veiller à te ramener et à te mettre au lit, c'est tout.

— Vraiment ?

— Oui, vraiment. Ne commence pas, Erica, tu es saoule.

— Pas tant que ça ! Vous avez toujours eu des secrets tous les deux et ça n'a pas beaucoup changé. Pourquoi l'un comme l'autre, vous refusez de me révéler ce qui s'est passé autrefois ?

— Je... Je t'ai déjà dit que je ne voulais pas en parler. D'ailleurs, tu ne devrais pas insister. Tu as interrogé Dinny ? » Elle semble inquiète, presque effrayée. Fouillant dans mon cerveau embrumé, je m'aperçois que non. Du moins pas clairement.

« Qu'est-ce qu'il t'a réellement chuchoté à l'instant ?

— Je viens de te le dire ! Mon Dieu, Erica... tu es toujours jalouse après toutes ces années ? »

Je me tourne pour la regarder à la faveur des dernières lumières éparses du village. Cela ne m'était jamais venu à l'esprit qu'elle savait. Qu'ils savaient. Qu'ils étaient conscients de l'attention que je leur réclamais. En un sens, c'est pire.

« Je ne suis pas jalouse », dis-je, regrettant que ce ne soit pas vrai. Nous nous remettons à marcher, trébuchons dans l'allée en silence. À l'approche de la maison, je suis de plus en plus mal à l'aise. Une mise en garde essaie de déchirer les brumes de mon ivresse. C'est le silence de Beth. Sa nature, son ampleur et sa profondeur.

À peine a-t-elle ouvert la porte que l'obscurité régnant à l'intérieur me fait reculer. On dirait un caveau sous la lueur blafarde de la lune. Beth entre, appuie sur l'interrupteur : une lumière jaune et aveuglante inonde le vestibule. Je me détourne.

« Viens, tu laisses échapper toute la chaleur, m'adjure-t-elle.

— Je vais faire un tour.

— Ne sois pas ridicule, il est une heure et demie du matin et on gèle. Entre.

— Non, je… reste dans le jardin. J'ai besoin de m'éclaircir les idées. » Mon ton est catégorique. Je m'éloigne. Beth n'est plus qu'une silhouette noire, sans visage, dans l'embrasure de la porte.

« Je t'attendrai dans ce cas. Ne tarde pas trop.

— Ne m'attends pas. Va te coucher. Je ne resterai pas longtemps.

— Erica, s'écrie-t-elle. Tu… Tu n'as pas l'intention de laisser tomber, n'est-ce pas ? Tu ne renonceras pas. »

Sa voix vibre de peur à présent, elle semble prête à se briser. Même si je suis affolée par sa transformation, sa soudaine vulnérabilité, sa façon de s'arc-bouter dans l'encadrement de la porte comme si elle risquait de voler en éclats, je me cuirasse : « Certainement pas. »

Il n'est pas question de laisser la soirée s'achever sans avoir retrouvé quelque chose. Sans qu'un ou plusieurs souvenirs aient refait surface. Je traverse en courant la pelouse détrempée, mes jambes me portent, mes articulations sont élastiques. Sous les arbres, l'obscurité est compacte. Je regarde le ciel, tends les mains et continue d'avancer à tâtons. Je sais où je vais.

La mare n'est qu'une étendue ténébreuse de plus à mes pieds. Son odeur vaseuse et minérale m'accueille. Il semble irréel que les étoiles du ciel pétrifié au-dessus de moi ne bougent pas, ne soient pas balayées par le vent. Leur immobilité me donne le vertige. Me voilà au cœur de l'hiver, au cœur de la nuit, une femme à la tête embrouillée par le whisky qui tente de remonter le temps, de redevenir une petite fille à l'imagination débordante sous un ciel estival. Je m'approche de la mare et m'assieds au bord. Ma respiration ralentit et, pour la première fois, je suis sensible au froid du sol qui traverse mon jean. Je replie les genoux sur ma poitrine. *T'as fait pipi dans ta culotte, Erica ?* Le rire d'Henry. Son sourire torve. Henry se penchant, regardant de tous côtés. Que faisait-il ? Que cherchait-il ? Et moi ? Je suis retournée à l'eau, j'en suis sûre. Une diversion – j'essayais de détendre l'atmosphère. J'ai pris mon élan pour sauter en faisant le plus grand plouf possible et je suis restée sous l'eau parce que ma culotte menaçait de tomber. Lorsque je suis remontée à la surface… lorsque je me suis essuyé les yeux… Henry avait-il trouvé ce qu'il cherchait ?

Avant même d'en prendre conscience, je suis dedans. Je prends mon élan et saute en faisant le plus grand plouf possible. L'instant d'après, la réalité me submerge tandis que ma peau prend feu dans l'eau glacée. La douleur est insoutenable. Je ne sais comment remonter, où me diriger, que faire. Je ne contrôle pas mon corps qui gigote et se tortille. L'air s'est expulsé de mes poumons, ils se sont dégonflés, mes côtes sont comprimées. Je vais mourir. Je tombe comme une pierre. Je vais réaliser mon rêve d'enfant et atteindre le fond. L'eau n'a pas de surface, le ciel a disparu. Tout à coup, je vois Henry. On dirait que mon cœur s'arrête de battre. Il me regarde du bord avec une expression médusée. Il vacille. Du sang coule dans ses yeux. Un flot de sang. Il commence à basculer. Puis je retrouve l'air – une bénédiction car il est chaud, plein de vie, après le coup de poignard de l'eau. Comme je reprends mon souffle, il se précipite dans mes poumons. Je pousse un cri de souffrance.

Je discerne la berge, qui tangue et devient floue au moment où je suis sur le point de sombrer à nouveau. Je m'efforce de remuer les bras, de battre des jambes. Aucun membre ne m'obéit comme il le devrait. Mon cœur s'emballe maintenant, il bat trop vite, il est trop grand pour ma poitrine. Il essaie d'échapper à ce froid envahissant. Je n'arrive pas à retenir l'air dans mes poumons. Il sort en sifflant tandis que l'eau m'enserre. Je suis une écorchée vive, un brasier. Une de mes mains se cogne à la berge, dont je ne sens que la résistance. Je m'y cramponne, enfonce les doigts dans la boue, essaie d'y poser l'autre main, de me hisser. Je me débats. Je suis un rat en cage, un hérisson pris au piège. Je geins.

C'est alors qu'on m'attrape sous les bras, qu'on me tire jusqu'à ce que mes genoux soient fichés en terre. On me traîne un peu plus et me voilà dehors. L'eau ruisselle de mes vêtements, de mes cheveux et de ma bouche. Je tousse. Je pleure de joie d'être sauvée. Et de douleur.

« Putain de bordel de merde qu'est-ce que tu fabriques ? »

Dinny. Sa voix se répercute bizarrement dans mes oreilles. Je ne suis pas encore capable de le regarder, ne pouvant remuer ma tête sur mon cou raidi. « Tu cherches à te tuer, ou quoi, espèce d'imbécile ? » Il est fou de rage.

« Je... Je n'en sais rien. » Je croasse en m'évertuant à tousser. Derrière sa tête, les étoiles vibrent et tournoient.

« Lève-toi », m'ordonne-t-il.

Il est tellement en colère que ma volonté m'abandonne. Je renonce. Étendue à même le sol, je me détourne. Je ne sens plus mon corps ni mon cœur : « Laisse-moi tranquille », lui dis-je, du moins en ai-je l'impression. Je ne sais pas si j'ai prononcé les mots ou simplement soufflé. Il se plante derrière moi et me prend par les aisselles.

« Viens. Tu dois te réchauffer avant de t'allonger et de te reposer.

— J'ai chaud. Je suis brûlante. » J'en suis sûre, sauf que je commence à être secouée, de la tête aux pieds, de spasmes qui convulsent chacun de mes muscles. Le sang me martèle la tête.

« Allez, viens. Marche, ce n'est pas loin. »

L'instant d'après, je reviens vraiment à moi. Ma peau est à vif. Une douleur vrille mes côtes, mes bras et mon crâne. Mes doigts et mes orteils me font horriblement mal. Je suis assise en sous-vêtements mouillés dans la caravane de Dinny. Emmitouflée dans une couverture. Du thé chaud fume près de moi. Dinny y verse des cuillerées de sucre, m'ordonne de le boire. J'obéis, me brûle la langue. Je tremble moins. Il fait plus chaud à l'intérieur de l'ambulance que je ne l'imaginais. Les braises du poêle nous éclairent. Banquettes étroites d'un côté ; placards, étagères et plan de travail de l'autre. Une place réservée aux gamelles. Une bouilloire sur le poêle. Des casseroles suspendues à des crochets.

Je demande, d'une voix rauque qui ne me dit rien qui vaille : « Comment se fait-il que tu te sois trouvé près de la mare.

— Ce n'était pas le cas, je rentrais chez moi quand j'ai entendu ton énorme plouf. Tu as eu de la chance que le vent souffle de l'est sinon je ne l'aurais pas entendu. Tu te rends compte de ce qui aurait pu arriver ? Même si tu étais parvenue à sortir et à t'allonger sur la berge... tu comprends ?

— Oui. » Je suis contrite, embarrassée. Le bain a dissipé mon ivresse.

« Alors, qu'est-ce que tu fabriquais ? » Il est assis en face de moi sur un tabouret pliant, une cheville posée sur le genou opposé, les bras croisés. Autant de barrières.

« J'essayais de me rappeler. Ce jour-là. Celui où Henry est mort. » Mort, je précise. Pas disparu. J'attends que Dinny me corrige. Il ne le fait pas.

« Pourquoi y tiens-tu ?

— Parce que je ne m'en souviens pas. Et qu'il le faut, c'est vital pour moi. »

Il reste longtemps silencieux, m'observant sans relever les paupières : « Pourquoi ? Pourquoi le veux-tu à ce point ? Si tu as oublié...

— Ah non, ne me sors pas que c'est mieux pour moi ! C'est ce que me rabâche Beth et ce n'est pas vrai. Il manque un maillon... ça m'obsède.

— Essaie de ne plus y penser.

— Je sais qu'il est mort. Que nous l'avons tué. » À ces mots, je me remets à grelotter et renverse du thé sur mes jambes. « *Nous* l'avons tué ? » Dinny me foudroie tout à coup du regard. « Non, *nous* ne l'avons pas tué.

— Qu'est-ce que ça signifie ? Que s'est-il passé, Dinny ? Où est-il allé ? »

La question reste longtemps en suspens entre nous. J'ai l'impression qu'il va enfin y répondre. Le silence s'éternise.

« Ce n'est pas mon secret, ce n'est pas à moi de te le révéler, déclare-t-il, l'air tourmenté.

— Je voudrais juste que les choses redeviennent comme avant. Non pas les choses, les êtres. J'aimerais que Beth mûrisse comme elle l'aurait dû si ça n'était pas arrivé. Tout commence là, j'en suis persuadée. Et j'aimerais que nous soyons amis, comme nous l'étions…

— Comme nous aurions pu l'être », me coupe-t-il, d'une voix blanche. Je lève les yeux, attendant une explication. « Vous avez cessé de venir ! s'exclame-t-il. Tu imagines ce que j'ai ressenti, après tout ce que je…

— Après tout quoi ?

— Le temps qu'on avait passé ensemble, dans notre enfance… vous n'êtes plus venues.

— Nous étions des gosses ! Nos parents ne nous ont plus emmenées… nous n'y pouvions pas grand-chose.

— Si, l'été suivant. Et celui d'après. Je vous ai vues, même si vous ne m'avez pas vu. Vous n'êtes pas descendues au campement. Les policiers l'avaient mis sens dessus dessous pour chercher ce garçon. On nous traitait comme des criminels ! Je parie qu'ils n'ont pas passé le manoir au peigne fin, hein ? Ni le potager à la recherche d'une tombe. »

Je le dévisage, fouillant dans ma mémoire. En vain. « J'ai cru d'abord qu'on vous l'avait interdit, mais ça ne vous avait jamais empêchées de venir. Puis j'ai pensé que vous aviez peur ou pas envie de parler de l'accident. Enfin, j'ai pigé, vous n'en aviez rien à foutre.

— Ce n'est pas vrai, nous n'étions que des enfants, Dinny ! Ce qui était arrivé était... trop terrifiant. Nous ne savions pas comment...

— Toi, tu n'étais qu'une petite fille, Erica. Beth et moi, nous avions douze ans – c'est grand. Du moins assez pour choisir son camp. C'était si difficile de venir, ne serait-ce qu'une fois ? De donner votre adresse ou d'écrire une lettre ?

— Je ne sais pas. J'ignore ce qui s'est passé. Je... J'observais Beth et je l'imitais. J'ai oublié quand tout m'est sorti de l'esprit. Je me rappelle à peine ce que j'ai pensé ou fait au cours des étés suivants. Après, nous ne sommes plus venus.

— Eh bien ! ce n'est pas surprenant. Vous étiez tellement paumées que votre mère devait considérer que vous étiez traumatisées.

— Nous l'étions, Dinny.

— Et voilà ! Ce qui est arrivé est arrivé. On ne peut rien y changer, même si tu le souhaites. »

Je murmure : « Je le veux. Je veux récupérer Beth. Et toi.

— Tu te sens seule, Erica. J'ai éprouvé longtemps ce sentiment. Personne à qui en parler. J'imagine qu'il faut se résigner.

— C'est le secret de qui, Dinny, si ce n'est ni le tien ni le mien ?

— Je n'ai jamais dit que ce n'était pas le tien.

— Le mien et celui de Beth ? »

Il me fixe sans répondre. Je sens les larmes me monter aux yeux, commencer à couler, brûlantes : « Pourtant, je ne sais rien.

— Si, bien sûr que si. » Dinny se penche vers moi. Ses cils sombres se détachent sur la lueur orangée du poêle. « Il est temps que tu ailles te coucher.

— Je n'en ai pas envie. »

Mais il est debout. Comme je m'essuie le visage, je remarque la rougeur de mes mains, la boue incrustée sous mes ongles.

« Tu peux garder la couverture pour l'instant. Tu me la rendras un autre jour. » Il roule les habits mouillés en un ballot, me les tend. « Je te raccompagne.

— Dinny ! » Je me lève, titube un peu. Dans le petit espace, quelques centimètres nous séparent. C'est encore trop. Il se retourne pour me faire face. Je ne trouve pas mes mots. Serrant la couverture, je me penche vers lui pour que mon front touche sa joue. Je m'approche d'un pas, ferme les yeux, pose une main sur ses épaules, appuie le pouce sur la saillie de sa clavicule.

Je reste ainsi une fraction de seconde, jusqu'à ce qu'il m'enlace. Je lève le menton. Ses lèvres effleurent les miennes et je me laisse happer par le baiser, embrasée par un désir qui me rend gauche. Il resserre son étreinte, m'étouffe. En aurais-je le pouvoir que j'empêcherais la terre de tourner afin de m'enraciner dans ce lieu plongé dans la pénombre, la bouche de Dinny sur la mienne.

Il me raccompagne jusqu'à la lourde porte d'entrée du manoir. Au moment où je la referme, un bruit m'interpelle. De l'eau coule. Son écho se répercute faiblement dans l'escalier tandis que le gargouillis synchrone résonne dans les tuyaux.

« Beth ? » Je claque des dents. Je retire mes bottes trempées, me dirige vers la cuisine éclairée où je ne trouve pas ma sœur. « Beth, tu n'es pas couchée ? » L'éclat de la lumière me fait tressaillir, ma tête éclate. L'eau coule toujours, imprimant à mes pensées un cours intolérable. Je lutte pour fixer mon regard : quelque chose cloche dans la cuisine à tel point que le sang martèle mes tempes, que ma gorge se dessèche. Plusieurs couteaux sont abandonnés près du porte-couteaux renversé sur le plan de travail. Pour la seconde fois au cours de cette sombre nuit, je n'arrive pas à respirer. Je me rue dans l'escalier sur des jambes qui refusent de bouger assez vite.

La résilience

1904-1905

Le chef de gare de Dodge City, très compréhensif, écouta patiemment la fable du billet perdu de Caroline et l'autorisa à régler sur-le-champ le montant du voyage de Woodward à New York. Elle passa les interminables journées du trajet à contempler par la fenêtre le ciel passant d'un gris d'orage, à un blanc aveuglant, puis à un bleu de porcelaine, d'une beauté si poignante qu'elle en avait mal à la tête. Elle ne pensait à rien, mais prenait parfois la mesure du chagrin tapi au fond de son cœur afin de voir si, contrairement au temps, la distance l'amenuisait. William, qui reprenait des forces après sa fièvre, dormait beaucoup et pleurnichait quand il se réveillait. Il connaissait Caroline, aussi parvenait-elle à le calmer. Au lieu de déjeuner à l'hôtel Harvey de Kansas City, elle fit des courses pour se procurer des langes propres, des couvertures et un biberon, se dépêchant de retourner à la gare, angoissée à l'idée que le train pût partir sans elle. C'était son unique maison à présent. Elle n'avait aucune autre idée, aucun autre projet.

« Oh, il est adorable ! Comment s'appelle-t-il ? » s'exclama une femme un soir. S'arrêtant dans le couloir, elle se pencha au-dessus du couffin, les mains jointes sur son cœur.

« William, répondit Caroline, déglutissant, la gorge sèche tout à coup.

— C'est un joli nom. Comme ses cheveux sont noirs !

— Il les tient de son père. » Caroline sourit. En revanche, sa voix empreinte de tristesse attira l'attention de la femme qui remarqua ses yeux ourlés de rouge et sa pâleur.

« Vous n'êtes plus que tous les deux maintenant, n'est-ce pas ? »

Caroline acquiesça, stupéfaite de la facilité avec laquelle le mensonge lui était venu : « Je l'emmène dans ma famille.

— Mary Russel, se présenta la femme, arborant une expression pleine de compassion. Je suis installée dans la troisième voiture, si vous avez besoin de quoi que ce soit – ne serait-ce que de compagnie – venez nous retrouver, mon mari Leslie et moi. Entendu ?

— Entendu, je vous remercie. » Tandis que Mary s'éloignait, Caroline regretta de ne pouvoir accepter la proposition. C'eût été possible dans une autre vie, où Corin n'aurait pas été mort et où ils auraient rendu visite à la famille de celui-ci à New York, avec un bébé que Caroline aurait porté dans son ventre, pas simplement dans ses bras. Elle recommença à regarder le paysage et William se rendormit.

New York était une ville incroyablement bruyante et gigantesque. Les immeubles semblaient se pencher en avant, projetant des ombres noires et sales ; quant au vacarme, on eût dit qu'un raz de marée écumeux s'écrasait à chaque coin de rue. Accablée de fatigue et à cran, Caroline héla un fiacre. Une odeur de transpiration se dégageait de ses vêtements constellés de taches.

« Vous allez où, m'dame ? » demanda le cocher.

Caroline rougit violemment. Elle n'en avait aucune idée. Elle connaissait l'adresse de quelques jeunes filles qu'elle aurait pu considérer comme des amies avant. Il était toutefois inconcevable de leur demander de la recevoir au bout de deux années de silence, avec un bébé aux yeux noirs et un visage maculé de suie. L'idée de la famille de Corin lui traversa l'esprit, mais William gigota dans ses bras et elle refoula ses larmes. Comment aurait-elle pu leur donner un petit-fils sans que Corin leur écrive à ce sujet ? La prise de conscience lui fit l'effet d'une douche froide. Il était impossible d'aller dans un lieu où on pourrait la chercher.

« À... euh, à l'hôtel Westchester, merci », finit-elle par répondre. C'était un établissement où elle avait déjeuné avec Bathilda. Le cocher agita les rênes, le cheval avança et faillit heurter une voiture qui s'arrêta pour les laisser passer tout en klaxonnant avec impatience.

Bathilda. Cela faisait des mois que Caroline évitait de penser à sa tante, se doutant de la manière dont elle aurait réagi à ses peurs et au naufrage de sa vie dans le comté de Woodward.

Fermant les yeux, la jeune femme vit aussitôt le regard averti de Bathilda, son expression méprisante. Elle l'imagina en train de l'écouter décrire ses épreuves puis proférer un *Ma foi*, lourd de sens et réprobateur. Si sa tante était restée à New York, elle ne serait pas réfugiée chez elle, quand bien même elle ne connaissait personne et ne savait où aller ni que faire. Elle refoula son funeste désir de voir un visage familier, fût-il inamical. Au reste, qui lui aurait témoigné de la chaleur humaine à présent ? Elle pensa à Magpie attendant dans la cahute, pas plus qu'une seconde tant c'était insoutenable. À Hutch, à la gamme d'émotions qui défilerait sur sa physionomie lorsque, au retour des pâturages, il découvrirait la mort de Nuage-Blanc, la disparition de William et la sienne, l'absence du moindre mot. Ses entrailles comme en feu se tordirent et une douleur fusa derrière ses yeux. S'enfouissant le visage dans les mains, elle étouffa un cri et se redressa sur la banquette capitonnée du fiacre.

Après avoir réservé une chambre convenable à l'hôtel Westchester, elle s'enquit d'une nourrice susceptible de s'occuper de William, expliquant que la sienne, tombée gravement malade, avait dû retourner dans sa famille. En un rien de temps, on lui présenta une jeune fille au nez retroussé, aux cheveux d'un roux flamboyant, nommée Luella, qui parut terrifiée quand Caroline lui tendit William. À peine celui-ci eut-il jeté un regard aux yeux effarés et à la tignasse carotte de l'inconnue qu'il se mit à brailler. Le tenant maladroitement dans ses bras, Luella sortit de la pièce. Caroline se rendit dans la salle de bains, dont la plomberie lui sembla tenir du miracle, et se fit couler un bain chaud où elle s'immergea pour tenter de se calmer car les questions sans réponses, les idées folles et les craintes menaçaient de la précipiter dans un gouffre de panique.

En fin de compte, Caroline ne resta pas plus d'une semaine dans la ville où elle était née et où elle avait grandi. La jeune femme ne s'y sentait pas plus chez elle qu'au ranch, à Woodward ou dans le compartiment du train. Les gaz d'échappement des voitures qui avaient proliféré pendant son absence lui irritaient la gorge et la foule lui donnait l'impression d'être aussi invisible que dans la prairie. Les immeubles, trop rapprochés, trop solides, lui semblaient se dresser tels les murs d'un labyrinthe d'où il était impossible de s'échapper. *Je ne suis de nulle part*, pensa Caroline un jour qu'elle promenait William dans son nouveau landau le long de rues qu'elle n'avait jamais vues, dont elle n'avait jamais entendu parler, espérant ainsi limiter les risques d'être reconnue. S'arrêtant à un carrefour, elle leva les yeux : une grue balançait une poutrelle d'acier, semblable à un cure-dent à cette distance, prête à tomber dans les bras tendus d'ouvriers. Ils se tenaient au sommet de la tour inachevée sans autre protection que leur équilibre. Elle eut un élan de compassion à cause du danger qu'ils couraient, du risque de chute, mais elle se remit vite en route pour éviter de s'appesantir sur le sentiment de la précarité de l'existence, de sa fugacité, qui l'habitait depuis des lustres.

Comme elle passait devant un cabinet de photographie, surmonté d'un enseigne dorée où s'affichait Gilbert Beaufort & Son, Caroline décida d'y entrer. Elle eut un mouvement de recul car l'atmosphère surchauffée de la boutique encombrée était saturée de relents des bains de développement. Incapable de sourire devant l'appareil, la jeune femme commanda plusieurs portraits de William et d'elle. Lorsque le paquet fut livré à l'hôtel Westchester, elle l'ouvrit avec des doigts tremblants. Elle les avait fait faire dans l'espoir de créer une sorte de pérennité, pour se prouver qu'elle existait et que, même si elle était veuve, l'enfant de Corin – légitimement le sien – consacrait son mariage. Elle avait une famille. Un document attesterait sa réalité, celle de sa vie, tellement aléatoire qu'elle se demandait parfois si elle ne se trouvait pas encore dans la prairie et si tout ce qui était arrivé depuis n'était pas un rêve. Malheureusement, William avait bougé sur presque toutes les photographies, si bien que son visage était flou. Dans le même temps, elle y paraissait aussi spectrale et factice qu'elle le ressentait. Une seule avait capturé la trace intangible qu'elle espérait : elle y avait l'air d'une vraie mère, fière, calme et possessive. Après l'avoir glissée dans son vanity-case, elle jeta les autres dans l'âtre.

Le quatrième jour, elle aperçut Joe. Elle cherchait un parc ou un jardin public, un espace vert à tout le moins pour prendre l'air et calmer William. Complètement rétabli, l'enfant avait récupéré sa vigueur et était insupportable. Il pleurait la nuit. Il repoussait Caroline lorsqu'elle tentait de le consoler ; il se débattait dans ses bras quand elle le berçait, essayant de fredonner comme Magpie. Mais elle ne parvenait pas davantage à retrouver les vieilles mélodies de la jeune Ponca qu'à hurler comme un coyote, et les cris de William rendaient ses efforts parfaitement vains. S'imaginant que c'était la prairie qui lui manquait, elle le promenait presque toute la journée, de plus en plus sensible au fait que les bruits et les odeurs si différents le désorientaient, ainsi qu'à la nocivité de l'air pollué pour ses petits poumons. Il n'était pas chez lui ici, elle non plus d'ailleurs, sauf que, contrairement à elle, William avait un foyer. Elle devrait l'y ramener. L'idée la cingla comme une gifle. Même s'il était le fils de Corin, même s'il aurait dû être le sien, sa place était dans le comté de Woodward. Cette prise de conscience la cloua sur place, cependant que les piétons déferlaient autour d'elle à la manière d'une rivière. Comment le pourrait-elle ? Comment se justifier ? Comment lui pardonnerait-on ? Elle se représenta les yeux accusateurs de Hutch, ceux brillants de colère et de peur de Magpie. Ils n'avaient eu de cesse de l'aider et de l'encourager, et voilà comment elle les remerciait de leur confiance – elle était un objet de scandale, une épave. C'était impossible. Elle était incapable de leur faire face. Il n'était pas question de revenir en arrière.

C'est alors qu'elle vit Joe. Débouchant du coin de la rue, il s'avançait dans sa direction, le visage déformé par la fureur, ses cheveux noirs flottant au vent, un couteau à la main pour la tuer. Glacée des pieds à la tête, Caroline resta pétrifiée lorsqu'il passa devant elle. En réalité, la tignasse noire était un foulard, le couteau un journal roulé, et l'homme un Mexicain basané, en retard et pressé. Secouée de spasmes incoercibles, Caroline s'effondra sur un banc, le vacarme de la ville décrut tandis que d'étranges bruits sourds résonnaient dans sa tête. À la périphérie de son champ de vision, des points noirs tourbillonnaient comme des mouches qui se muèrent en grains lumineux lorsqu'elle ferma les yeux pour les chasser. Le coup de sirène d'un bateau s'approchant des docks se répercuta dans la rue, ramenant Caroline à elle-même ainsi qu'aux cris de William. Elle lui caressa la joue, émit quelques sons apaisants, puis se leva, les yeux tournés vers le sud, vers les quais et la mer. Cinq heures plus tard, elle avait embarqué sur un paquebot à destination de Southampton.

Si Joe était effectivement à New York, il n'y arriva que quarante-huit heures après le départ de Caroline, en compagnie de Hutch. Ils se rendirent aussitôt chez Mme Massey, la mère deux fois endeuillée de Corin, indifférents aux regards que suscitaient leurs vêtements de bouseux et le sang indien de Joe. Personne n'avait vu Caroline et William depuis le petit déjeuner qu'elle avait pris à l'hôtel, le lendemain du jour où ils étaient partis de Woodward. Le directeur de la banque Gerlach avait confirmé l'absence de transactions sur le compte des Massey hormis le récent retrait pour les paies. Tous les voyageurs éventuels ou propriétaires des ranchs voisins avaient été priés de signaler aux autorités la moindre trace de son passage. Et malgré les affirmations de l'employé de la gare comme quoi aucune Blanche portant un bébé ne lui avait acheté de billet de train ni ce jour-là ni cette semaine-là, Hutch, écoutant son intuition, avait emmené Joe à New York et cherché en vain une Mme Massey dans toutes les gares.

La belle-mère de Caroline, qui, bien entendu, n'avait aucune nouvelle de sa bru, fut bouleversée d'apprendre sa disparition avec un enfant. Elle put leur fournir son nom de jeune fille et son ancienne adresse, mais leurs recherches furent tout aussi infructueuses. Ils rebroussèrent chemin, essayant le nom de Fitzpatrick au lieu de celui de Massey, n'ayant d'autre choix que de retourner au ranch où Magpie, délirante de chagrin, s'arrachait les cheveux et s'entaillait les bras, d'où le sang coulait sur ses doigts. Joe, lui, restait impassible ; sa rage s'était consumée ; privé de son fils, son cœur était vide. Les hommes réunirent la somme pour régler un mois d'honoraires à un détective de Pinkerton, mais il n'eut que le temps de suivre les mêmes traces que Joe et Hutch et il termina sans même réussir à déterminer si on avait enlevé Caroline et William ou si elle s'était enfuie avec lui. À la fois très perplexe et tenaillé par les soupçons, Hutch passait des nuits blanches à se ronger d'inquiétude tant au sujet de Caroline qu'à celui du ranch, lequel, privé de propriétaire, n'avait pas d'avenir.

Caroline prit le train de Southampton pour Londres et sa frayeur s'intensifia au fil des kilomètres. Une fois arrivée, elle trouva un hôtel dans ses moyens après avoir changé la liasse de moins en moins conséquente de dollars de la banque Gerlach en livres sterling. William pesait lourd dans ses bras et ses cris lui transperçaient les oreilles, elle n'en pouvait plus. Au cours de l'interminable traversée, elle s'était sentie très mal, distraite par le martèlement du sang à ses tempes qui l'empêchait de rassembler ses idées. William avait pleuré des heures, apparemment sans discontinuer ; elle avait eu beau se répéter qu'il devait souffrir des mêmes symptômes qu'elle, de la même douleur à la tête, elle était intimement persuadée que, conscient qu'on l'emmenait de plus en plus loin de chez lui, il hurlait de rage parce qu'il la tenait pour responsable. Chaque fois qu'elle le regardait, elle voyait une accusation sur son petit visage. Au lieu d'essayer de le calmer, de lui chanter des berceuses ou de le prendre dans ses bras, elle le laissait dans son couffin afin de pouvoir se recroqueviller sur sa couchette, face au mur de la cabine.

À peine débarquée dans une ville inconnue, exténuée à en être à peine capable de penser, le sol toujours instable sous ses pieds, Caroline souleva l'enfant dans ses bras et l'appuya au comptoir en marbre lisse du hall.

« J'ai besoin d'une nourrice, déclara-t-elle, une inflexion paniquée dans la voix. La mienne est alitée avec de la fièvre. » Le réceptionniste – grand, mince, impeccablement coiffé et habillé – la toisa avec condescendance. Elle avait conscience de son accent bien sûr, de sa tenue négligée, de son expression angoissée, de l'odeur infecte qui émanait de William, mais elle n'en fut que plus glaciale.

« Très bien, madame, je vais me renseigner », répondit-il alors d'un ton doucereux.

Sur quoi, Caroline monta péniblement l'escalier menant à sa chambre. Elle donna un bain à William dans la cuvette de la table de toilette, s'efforçant de ne pas souiller les serviettes avec la saleté dont ses fesses et jambes étaient couvertes. Pendant qu'elle le lavait, il s'arrêta de hurler, poussa de petits cris de joie et battit des pieds dans l'eau. Éclaircissant sa gorge desséchée, Caroline fredonna une berceuse jusqu'à ce qu'il s'assoupisse. Apaisée par l'absence de cris, elle le serra contre elle, sans cesser de chantonner, oubliant tout hormis le poids et la chaleur du corps de ce bébé endormi qui lui faisait confiance. Il ne lui restait plus assez d'eau pour sa toilette, aussi, après avoir couché William, arpenta-t-elle les couloirs à la recherche d'une servante susceptible de vider l'eau sale et de la possibilité de prendre un bain chaud.

Une femme ne tarda pas à s'annoncer en frappant un petit coup à la porte. Elle se présenta : Mme Cox. Corpulente, le teint rougeaud, les cheveux frisottés, elle portait une robe maculée de traînées grises. Elle avait, en revanche, des yeux pleins d'intelligence et de bonté qui brillèrent lorsqu'ils se posèrent sur William.

« C'est le petiot en manque de nounou ? » demanda-t-elle à Caroline.

D'un geste, celle-ci lui indiqua de le prendre dans ses bras : « Où logez-vous dans l'hôtel ? Au cas où j'aurais besoin de vous ou du bébé ?

— Je ne suis pas rattachée à l'hôtel, m'dame, même si on m'appelle souvent pour m'occuper d'enfants de clients quand ils se trouvent dans des situations difficiles, comme vous... J'habite pas loin d'ici, à Roe Street, avec mes gosses et mon mari. M. Strachen saura toujours où me trouver si nécessaire. Combien de temps vous voulez que je le garde, m'dame ?

— Je... Je ne sais pas encore. Deux ou trois jours, peut-être plus... je ne suis pas sûre », répondit Caroline, hésitante.

Mme Cox se rembrunit mais, dès qu'elle reçut une avance, son visage s'éclaira de nouveau. Et ce fut en faisant sauter un William stupéfait sur sa hanche qu'elle partit peu après. Le cœur de Caroline se serra lorsqu'il disparut puis une immense lassitude la terrassa. Elle s'allongea sur le lit dans ses vêtements crasseux et s'endormit sur-le-champ, malgré les borborygmes de son estomac.

Le lendemain, vêtue de sa robe la plus propre, la moins froissée, dénichée dans sa valise, elle tendit au cocher d'un fiacre le bout de papier où Bathilda avait écrit une adresse à Knightsbrigde et s'y laissa conduire avec la détermination et la dignité d'une condamnée en route pour l'échafaud. Il la déposa devant une maison de quatre étages, en pierre gris clair, coincée dans une rangée de constructions identiques, toutes pourvues de belles portes d'entrée rouges. Caroline tendit un bras qui lui sembla aussi lourd, aussi rigide que la balustrade, et son doigt trembla lorsqu'il s'approcha de la sonnette. Elle la pressa malgré tout ; une gouvernante lui ouvrit à laquelle elle se présenta, avant d'être introduite dans un vestibule lugubre.

« Attendez ici, je vous prie », lui enjoignit la gouvernante avant de s'éloigner à pas lents dans le couloir.

D'une immobilité de statue, Caroline n'était traversée d'aucune pensée, sa cervelle n'était qu'une chambre d'échos, une coquille de noix creuse. *Oh Corin !* Le nom y retentit comme un coup de tonnerre. Défaillante, elle secoua la tête et la vacuité occupa de nouveau toute la place.

Hormis quelques kilos supplémentaires et le blanc plus brillant de ses tempes, Bathilda n'avait pas changé en deux ans. Installée sur un divan tendu de brocart, une tasse de thé à la main, elle fixa sa nièce d'un regard abasourdi l'espace de quelques secondes.

« Miséricorde, Caroline, je ne t'aurais jamais reconnue si on ne t'avait pas annoncée ! s'exclama-t-elle, haussant les sourcils tout en arborant sa *froideur*[1] coutumière.

— Tante Bathilda, articula Caroline, d'une voix atone.

— Tu es horriblement mal coiffée et hâlée de surcroît, c'est catastrophique. Cela ne te va pas du tout. »

Caroline accepta la critique sans ciller, sans mot dire, tandis que Bathilda buvait son thé. Son

1. En français dans le texte.

cœur lui broyait la poitrine de la même manière que le jour où l'on avait ramené Corin de la chasse aux coyotes. Il s'agissait d'un autre genre de mort, mais bien d'une mort.

« Que me vaut cet honneur ? Où est passé ton bouvier de mari ? Il ne t'a pas accompagnée dans cette expédition à l'étranger ?

— Corin est mort. »

C'était la première fois qu'elle prononçait le mot. La première fois qu'elle y était obligée. Des larmes lui brûlèrent les yeux. Bathilda mit un moment à assimiler la nouvelle, puis elle s'amadoua :

« Viens t'asseoir, mon enfant. Je vais te faire apporter du thé. »

Et elle prit tout en main avec un certain plaisir maintenant que sa nièce, docile et brisée, ne la provoquait plus. L'après-midi même, Caroline retourna chercher ses effets à l'hôtel. On l'installa dans la chambre d'amis de la maison grise à l'élégante porte rouge. On la présenta à la cousine par alliance de Bathilda, Mme Dalgleish, qui maigre et sèche, dotée d'une bouche sans lèvres, arborait une expression sévère.

« Où est Sara ? » s'enquit Caroline, avec espoir.

Bathilda se contenta de grommeler : « La petite sotte a épousé un épicier. Elle est partie l'an dernier. »

La mort dans l'âme, Caroline demanda : « Est-ce qu'elle l'aime, est-elle heureuse ?

— Je n'en sais vraiment rien. À présent, revenons à nos moutons. »

Bathilda emmena Caroline à la banque afin d'organiser le transfert de l'argent de la banque de New York de ses parents sur un compte anglais. Bathilda fit des courses avec Caroline, acceptant la fable de la garde-robe abîmée au ranch. Elles se rendirent dans un salon de coiffure, où les pointes fourchues et les mèches rebelles furent coupées, les cheveux soigneusement disciplinés et bouclés. Elle commanda de la lotion à la paraffine, dont on enduisit le visage et les mains de Caroline pour les éclaircir. Ses ongles furent limés et polis, ses cals frottés à la pierre ponce. Enfin, pour la première fois depuis plus d'un an, sa taille fine fut de nouveau enserrée dans un corset.

« Tu es trop mince, assena Bathilda, scrutant le résultat de ses soins. N'y avait-il rien à manger dans ce pays de sauvages ? » Caroline réfléchissait à sa réponse lorsque Bathilda reprit : « Ma foi, tu es presque prête à entrer dans le monde. Il faudra te remarier naturellement, deux veuves dans cette maison c'en est une de trop. Je connais le gentleman idéal, il est en ville en ce moment pour rencontrer des jeunes filles en fleur. Un baron, s'il vous plaît – des terres mais pas d'argent, en mal d'héritier. Il fera de toi une lady… d'épouse de fermier à épouse d'aristocrate en l'espace de quelques mois, quelle métamorphose ! s'exclama Bathilda, posant les mains sur les épaules de Caroline pour les redresser. Il a beau ne plus être de la première jeunesse, on lui connaît une préférence pour les pucelles… au diable les veuves d'éleveur d'un trou perdu ! Il vaudrait mieux éviter toute allusion à ton malheureux premier mariage.

Est-ce possible ? Il n'existe rien pour le prouver ? Tu n'as rien passé sous silence ? » insista-t-elle, fixant Caroline de ses yeux d'un bleu glacial.

La jeune femme prit une profonde inspiration. Les mots réclamaient à cor et à cri d'être prononcés et son pouls s'accélérait. Mais si elle avouait avoir emmené un enfant, la nouvelle vie que Bathilda lui construisait se dissiperait comme un mirage, elle serait rivée à ce présent invivable, sans espoir d'avenir plus supportable. Elle devrait cohabiter avec Bathilda ou serait condamnée à la solitude, deux perspectives intolérables. Caroline connaissait la réponse qu'on attendait d'elle, et elle la donna. Se mordant la langue, elle secoua la tête. Quand elle leva la main pour retirer son alliance, une marque blanche apparut sur son annulaire. Elle la garda dans son poing fermé et, une fois dans sa chambre, la glissa dans la doublure de son vanity-case, à côté de la photo de William et d'elle.

L'anneau blanc sur sa peau ne tarda pas à disparaître, il resta caché sous des gants en satin et en agneau jusqu'à ce qu'il devienne invisible. Caroline rencontra lord Calcott à une réception où Bathilda la fit inviter la semaine suivante. Timide et réservée, elle l'écouta parler en observant un silence presque total ; ils dansèrent et il la couva d'un regard enflammé de désir qui la laissa de marbre. Âgé de quarante-cinq ans, il était fluet, pas très grand et affligé d'une légère claudication. Ses cheveux et sa moustache marron étaient striés de gris, ses ongles manucurés. Lorsqu'il l'enlaça pour une valse, il lui macula la taille de ses mains moites. Ils se revirent à deux reprises, à un bal et à un dîner, dans des salles surchauffées car cette fin d'automne était fraîche. Comme ils dansaient, il lui posa des questions sur sa famille, ses loisirs préférés, demandant si Londres et la cuisine anglaise lui plaisaient. Après quoi, il interrogea Bathilda sur le tempérament de sa nièce, son laconisme, sa fortune. Et lorsqu'il proposa à Caroline de l'épouser à la fin de l'une de ses soirées, elle accepta d'un signe de tête, esquissant un sourire aussi fugitif qu'un soleil d'hiver. Il la raccompagna à Knightsbridge dans un élégant équipage noir tiré par quatre chevaux ; son baiser d'adieu s'égara de la joue aux lèvres de la jeune femme et ses mains tremblèrent sous l'effet de sa concupiscence.

« Trésor », murmura-t-il d'une voix rauque tandis qu'il relevait sa jupe et s'agenouillait entre ses cuisses pour la pénétrer avec une telle violence que, sous le choc, elle en eut le souffle coupé. *Tu vois ?* Silencieusement, elle projeta son épouvante vers le lieu, quel qu'il soit, où était parti Corin. *Tu vois ce qui arrive parce que tu m'as abandonnée ?*

Caroline passa le Noël de 1904 en compagnie de Bathilda et de Mme Dalgleish. Elle programma son mariage avec Henry Calcott pour la fin du mois de février de la nouvelle année. Cette fois, ses fiançailles furent annoncées officiellement et une photo de l'heureux couple, prise lors du bal donné pour les fêter, parut dans le magazine *The Tatler*. À l'approche de la cérémonie, Caroline fut en proie à une lassitude dévorante, un goût de cuivre lui tapissait la bouche tandis que des nausées matinales lui faisaient regretter le café fort des cow-boys que Bathilda et sa cousine trouvaient bien trop vulgaire. Autant de symptômes que Bathilda surveillait de près.

« Apparemment, la date du mariage tombe à pic », constata-t-elle un matin où Caroline, couchée, était incapable de se lever à cause de ses vertiges et de sa faiblesse.

Lorsqu'elle comprit l'origine de son état, elle fut abasourdie : « Mais… Mais je… », réussit-elle seulement à répondre à sa tante.

Haussant un sourcil, celle-ci fit apporter un bouillon de viande qui donna des haut-le-cœur à Caroline. Elle passa les heures suivantes à réfléchir, évitant de s'appesantir sur les implications de sa grossesse. En effet, elle était tout aussi maigre que dans le Territoire de l'Oklahoma, voire davantage, et tout aussi malheureuse, voire davantage. Le seul changement, c'était l'homme avec qui elle couchait.

Storton Manor déplut à Caroline. Si imposant qu'il fût, il n'avait aucun charme ; les fenêtres étaient trop austères pour être belles, les pierres d'un gris trop foncé pour être chaleureuses. Pissenlits et chiendent avaient envahi l'allée, la peinture de la porte d'entrée s'écaillait et il manquait plusieurs tuyaux de cheminée. Son argent était plus que nécessaire, se rendit-elle compte. On eût dit que les domestiques, alignés en une tenue impeccable, étaient résolus à camoufler le délabrement de la maison. Gouvernante, maître d'hôtel, cuisinier, femme de chambre, fille de cuisine, palefrenier. Comme elle descendait de la calèche, Caroline refoula les sanglots qui menaçaient d'éclater au souvenir de l'accueil que lui avaient réservé les employés dépenaillés du ranch, son premier foyer. *Tu les as abandonnés*, se reprocha-t-elle. *Tu les as tous abandonnés sans les prévenir*. Elle adressa tour à tour un sourire à celui ou celle qu'Henry lui présentait, et chacun d'eux lui fit une révérence ou s'inclina, murmurant *lady Calcott* à voix basse. Elle se rappela son véritable nom, Caroline Massey, et le grava dans son cœur.

Quand elle parcourut la propriété, Caroline se sentit un peu mieux : les éclats de son être disloqué par la tourmente se remettaient doucement en place. L'air de la campagne anglaise avait une légèreté, une sorte de suavité verdoyante, fût-ce à la fin de l'hiver. Le vacarme des rues de la ville, chevaux, charrettes, passants, n'en troublait pas le silence. Ni les rafales du vent dans une prairie vide ni les hurlements des coyotes, et l'horizon ne s'étirait pas à l'infini. Elle n'avait ni trop chaud ni trop froid. Apercevant les toits et les panaches de fumée du village entre les arbres dépouillés de feuilles dressés autour du manoir, elle fut apaisée par l'idée que des gens vivaient à quelques minutes de marche. Un massif de jonquilles chatoyait au bout de la pelouse, elle marcha au milieu des fleurs, dont sa jupe faisait ployer les tiges qui se redressaient l'instant d'après. Méditant sur la vacuité de son esprit, le sentiment de vide qu'elle ne parvenait pas à chasser, elle s'abandonna fugacement à l'espoir d'être en sécurité et capable de tout supporter.

Henry Calcott était un homme concupiscent, en sorte que Caroline subit ses assauts tous les soirs au cours des trois premières semaines de sa vie conjugale. Passive, elle détournait son visage et s'étonnait que l'acte d'amour avec un homme pour lequel on n'éprouvait rien procurât si peu de plaisir. Avec détachement, elle remarquait les bruits mouillés que la rencontre de leurs corps suscitait, l'odeur charnelle légèrement fétide de son mari qui cherchait sa respiration et le fait qu'il louchait à l'approche de la jouissance. Elle s'efforçait de garder un visage impénétrable afin de ne pas montrer son dégoût.

Des ouvriers apparurent à Storton Manor. Ils aménagèrent le parc et restaurèrent la maison à l'intérieur et à l'extérieur.

« Est-ce que cela vous ennuierait que je me rende en ville ? Les hommes ne vous dérangeront pas ? demanda Henry à Caroline, trois semaines après son arrivée au manoir.

— Bien sûr que non, répondit-elle.

— Si vous souhaitez m'accompagner, vous êtes la bienvenue.

— Non, allez-y, vous. Je préfère rester et continuer à découvrir... la maison et...

— Très bien, très bien. Je ne serai absent qu'une semaine tout au plus. Quelques affaires dont je dois m'occuper », ajouta Henry avant de se replonger dans les journaux du matin.

Caroline regarda par la fenêtre le ciel nuageux. *Des affaires*, se répéta-t-elle. À l'un des bals de Londres, une jeune fille au visage mince et aux cheveux platine lui avait chuchoté qu'Henry Calcott aimait jouer au poker, même s'il perdait presque tout le temps. Caroline n'en avait cure, pour peu que cette habitude le poussât à se rendre souvent à Londres et la laissât à sa solitude.

Le surlendemain de son départ, une pluie régulière tendit ses rideaux autour de la maison. La campagne n'était qu'une palette de gris, de marron et de vert terne s'estompant derrière la vitre. Assise près du feu dans le salon, Caroline lisait un roman à l'eau de rose écrit par une certaine Elinor Glyn. Elle le parcourait, l'esprit néanmoins occupé par l'enfant qu'elle portait : pourquoi ses sentiments envers lui résistaient-ils à l'analyse ; quand devrait-elle en parler à Henry ; pourquoi ne l'avait-elle pas encore fait ? Au moins avait-elle la réponse à la dernière question : il lui était insupportable de communiquer à Henry Calcott une nouvelle qu'elle avait vainement espéré annoncer à Corin. La femme de chambre, une fille timide, prénommée Estelle, interrompit sa rêverie par un coup discret frappé à la porte.

« Je vous prie de m'excuser, madame la baronne, une femme souhaite vous voir, annonça-t-elle, d'un filet de voix.

— Une femme ? Quelle femme ?

— Elle a refusé de s'expliquer, madame la baronne, mais elle a donné son nom, Mme Cox. Est-ce que je la fais entrer ?

— Non ! » réussit enfin à articuler Caroline. Elle se leva brusquement au moment où Mme Cox, bousculant Estelle, vint se planter devant elle. De l'eau coulait de son ourlet sur le tapis persan, elle fixa Caroline d'un regard furieux, la mâchoire contractée. « Ce sera tout, Estelle », souffla Caroline.

Mme Cox était énorme pour une raison qui s'éclaircit dès qu'elle eut déboutonné son imperméable : William dormait, au chaud et au sec, dans un porte-bébé que la nourrice avait confectionné avec une cotonnade.

« Je comprends pas pourquoi vous avez fait ça ! s'exclama Mme Cox quand il devint évident que Caroline ne trouvait pas ses mots. Me laisser l'enfant si longtemps... je comprends pas comment vous avez pu faire ça !

— Je... » Mais Caroline n'avait pas de réponse à fournir. L'indifférence scrupuleusement observée, l'acceptation passive de son sort, avaient supprimé William du scénario. Elle avait évité de penser à lui et fui toute responsabilité à son endroit. En le revoyant alors que l'air frais et pur le réveillait, elle eut l'impression de recevoir un coup à l'estomac, d'être transpercée par un élan d'amour mêlé de remords et de peur. « Comment m'avez-vous retrouvée ? » Ce fut la seule question qu'elle réussit à formuler.

« Ç'a pas été compliqué, la nouvelle de votre mariage était dans tous les journaux. J'ai rongé mon frein, j'me suis dit que vous vouliez l'enfant à l'abri jusqu'à ce que soyez mariée, puis j'ai pigé que vous viendriez jamais le chercher. J'ai raison, pas vrai ? Il est adorable c'te mioche, en bonne santé avec ça… Je comprends pas pourquoi vous avez fait ça », répéta Mme Cox, d'un ton vibrant d'émotion à présent. Sortant un mouchoir de sa poche, elle se tamponna les yeux. « Il y a eu la dépense de l'amener ici en train et la peine de le porter sous la pluie sans qu'il prenne froid…

— Je peux vous payer. Pour le train et… les jours où vous vous en êtes occupée. Et même davantage, tenez. » Caroline se précipita vers le buffet où elle prit une bourse qu'elle tendit à la femme. « Accepteriez-vous de le garder ? »

Mme Cox la dévisagea : « Qu'est-ce que voulez dire ? Je ne dirige pas une pouponnière, vous savez. Vous êtes sa mère – un enfant appartient à sa mère. Et puis regardez la vie qu'il aura ici. » D'un geste, elle désigna le décor grandiose. « J'ai assez de bouches à nourrir et de lits à trouver sans me charger d'un autre gosse. » La femme semblait affolée. Caroline, réduite au désespoir, ne put que regarder Mme Cox défaire les nœuds qui attachaient le porte-bébé en bandoulière à son épaule. « Voilà, je vous l'ai ramené. En bonne santé. Ses affaires sont dans ce sac – toutes sauf le couffin, l'est trop petit pour lui maintenant, c'était pas pratique de le porter dedans pour venir ici. J'espère que vous l'aimerez, m'dame. C'est un bon petit gars qui mérite l'amour de sa mère. » Elle installa William sur le coussin en soie rouge d'une bergère. Il lui tendit les bras en souriant. « Non, mon lapin, tu restes avec ta vraie maman », lui dit-elle, en larmes. Maintenant que l'heure de le laisser était arrivée, Mme Cox hésitait. Son regard fit un va-et-vient entre William et Caroline, puis, le visage empreint d'inquiétude, elle croisa les mains dans les plis de sa jupe. « Prenez bien soin de votre fils, madame la baronne », ajouta-t-elle, avant de partir en toute hâte.

William resta tranquille une minute tandis que ses yeux se posaient tour à tour sur les objets inhabituels de la pièce. Après quoi, il éclata en sanglots. Saisie du besoin effréné de le cacher, Caroline le prit dans ses bras et se rua dans sa chambre, par l'escalier de service. Dès qu'elle eut posé l'enfant sur le lit, elle recula, les mains plaquées sur ses tempes, pour tenter d'apaiser son tumulte intérieur, les battements désordonnés de son cœur. À bout de souffle, elle respirait par saccades. Dans le sac rempli d'affaires de William, elle trouva un anneau de dentition qu'elle lui donna pour le distraire. S'arrêtant de pleurer, il tripota en gazouillant l'objet familier et tintinnabulant. Caroline recouvra peu à peu son calme. Comme il avait grandi ! Il est vrai qu'il avait un an et demi à présent. Le teint plus foncé, les cheveux plus épais, ses traits poncas se précisaient – pommettes saillantes, sourcils rectilignes. Comment avait-elle pu s'imaginer qu'il était le fils de Corin ? William était indien jusqu'au bout des ongles. Ç'aurait été évident, quand bien même elle n'aurait pas compris que la stérilité n'était pas de son fait. Ainsi, elle avait volé le bébé de Joe et de Magpie. Terrassée par l'énormité de ce crime odieux, elle s'écroula sur le sol, enfonçant un poing dans sa bouche pour ravaler des sanglots irrépressibles qui faillirent l'étouffer. Et elle ne pouvait offrir aucune réparation à Magpie, la douce, la gentille Magpie, si loyale et secourable, privée de son enfant qui se trouvait à des milliers de kilomètres d'elle. Dans un autre monde, une autre vie. En l'enlevant, Caroline avait franchi une frontière qui interdisait tout retour. Comment allait-elle vivre avec ça ? Elle n'avait plus qu'un désir, celui de mourir.

Une heure et demie plus tard, les servantes et la gouvernante, Mme Priddy, virent lady Calcott traverser péniblement la pelouse inondée, chargée d'un sac en tissu apparemment très lourd. Elles l'appelèrent, se demandant s'il ne vaudrait pas mieux l'accompagner et s'assurer qu'elle allait bien. Mais si lady Calcott les entendit, elle ne fit pas mine de s'arrêter et disparut avec son fardeau dans les arbres au fond du parc. Quand elle réapparut une demi-heure plus tard, livide et grelottante, à la porte de la souillarde, elle ne l'avait plus.

« Quelle journée pour se promener, madame la baronne ! » s'exclama Mme Priddy. Et de s'affairer pour trouver des serviettes propres et délacer ses bottines crottées. Au vrai, il faisait doux malgré les nuages anglais détrempés, du moins sûrement pas assez froid pour que sa frêle maîtresse soit secouée de tels frissons. « Je vais vous aider à monter dans votre chambre. Cass vous apportera du thé chaud, n'est-ce pas Cass ? » lança Mme Priddy à la femme de chambre, une adolescente de quinze ans qui fixait Caroline de ses yeux verts.

Si l'un des domestiques avait tiré une conclusion quelconque de la brève visite de Mme Cox, il se garderait bien d'en parler. Enfin, à l'exception de Cass qui, tard dans la nuit, chuchota des secrets à Estelle dans la petite chambre du dernier étage qu'elles partageaient.

Caroline resta alitée plusieurs jours. Son épouvante et sa tristesse s'intensifièrent lorsque, glissant la main sous l'oreiller, elle y découvrit l'anneau de dentition de William. Celui qu'elle lui avait donné pour le calmer ; le cadeau de bienvenue qu'elle et Corin lui avaient offert. Caroline effleura l'ivoire poli, prit délicatement la clochette en argent dans sa main. De toute évidence, elle devrait s'en débarrasser. Il ne fallait surtout pas qu'elle garde quoi que ce soit susceptible de la lier à l'enfant, à n'importe quel enfant. Mais elle en était incapable. Aussi le serra-t-elle dans son poing et le tint-elle sur son cœur, comme si l'essence de William, de Magpie, de l'amour et de la vie, s'était incrustée dans ce précieux talisman. Et lorsque lord Calcott revint de Londres, le portefeuille vide, elle lui annonça calmement son état, le visage impénétrable.

Contrairement à ce que Caroline avait présumé et malgré ses prières, les romanichels ne partirent pas. Au lieu de quoi, quelques jours plus tard, ils se présentèrent avec William pour demander poliment si quelqu'un de la maisonnée savait à qui appartenait l'enfant, étant donné que leurs recherches dans le village s'étaient révélées infructueuses. Caroline les vit arriver de sa place devant la fenêtre du salon. Son cœur se serra d'effroi de la même manière que le jour où Corin lui avait appris qu'elle avait des voisins indiens ; se levant pour prendre la fuite, elle s'aperçut qu'elle n'avait nulle part où aller. Alors elle attendit que le majordome ouvre la porte, entendit des chuchotements, puis un bruit de pas et un coup discret.

« Oui ? dit-elle, d'une voix chevrotante.

— Je suis désolé de vous déranger, madame la baronne, mais M. Dinsdale et sa femme ont trouvé un enfant dans les bois. Ils demandent si nous savons à qui il appartient ou si nous avons une idée de ce qu'ils devraient en faire. » À l'air perplexe du majordome, M. March, on eût dit qu'il s'interrogeait sur les convenances à respecter dans le cas de bébés perdus.

Caroline qui se sentait prête à vomir, l'agressa, glaciale : « En quoi est-ce que cela peut me concerner ?

— Oui, madame la baronne », proféra M. March tout aussi froidement.

Il fit une infime courbette avant de se retirer. Et les Dinsdale s'en allèrent avec William, regardant la maison par-dessus leurs épaules comme s'ils n'en revenaient pas d'avoir été congédiés. Caroline les suivit des yeux avec un malaise croissant, tandis qu'un afflux de sang dans sa tête lui donnait le tournis : elle attribua sa réaction à la façon dont M. March les avait désignés : *M. Dinsdale et sa femme*, comme si elle les connaissait.

« Dinsdale ? Ah, vous avez rencontré nos jeunes campeurs ? » lança Henry lorsque Caroline lui posa des questions sur les romanichels. Elle posa ses couverts, la gorge trop nouée pour avaler quoi que ce soit. « Ils sont inoffensifs. Bon, je sais que cela sort un peu de l'ordinaire, mais je les ai autorisés à occuper ce bout de terrain.

— Quoi ? Pourquoi avez-vous fait une chose pareille ? souffla Caroline.

— Robbie Dinsdale m'a sauvé la vie en Afrique, ma chère – à Scion Kop, il y a quelques années. Sans lui, je ne serai pas ici aujourd'hui », déclara Henry, avec emphase, enfournant une énorme portion de gratin dauphinois.

Une goutte de crème coula sur son menton, Caroline détourna les yeux : « Voyons... ce sont des bohémiens. Des voleurs et pire encore ! C'est impossible qu'ils soient nos voisins.

— Je crains que si, ma chère. Le soldat Dinsdale est resté avec moi dans notre minable tranchée après qu'on m'a tiré dessus, il m'a défendu contre une douzaine de tireurs d'élite boers jusqu'à la prise de Twin Peaks et la retraite de ces salopards. » Henry agita énergiquement sa fourchette. « Bien qu'il ait été blessé et à moitié mort de soif, il ne m'a pas quitté alors qu'il aurait pu s'enfuir. Ce qui subsistait de mes hommes constituait un spectacle innommable, une scène sortie tout droit de l'enfer. La guerre l'a changé au demeurant... On l'a rendu à la vie civile pour raisons médicales, bien que les médecins n'aient jamais compris de quoi il souffrait. À mon avis, il a un peu perdu la boule là-bas. Un jour, il s'est arrêté de parler et de manger, refusant de se lever quels que soient ceux qui lui en donnaient l'ordre, si bien que j'ai dû intervenir. Son état a beau s'être nettement amélioré, il n'a jamais réussi à se réadapter à la vie civile. Il a été apprenti chez un maréchal-ferrant du village, mais ça n'a pas duré. Comme il ne pouvait plus payer son loyer, on l'a fichu à la porte de son cottage et il s'est retrouvé à la rue. Je lui ai permis de s'installer ici du moment qu'il ne posait pas de problèmes, ce qu'il n'a jamais fait. Ils sont donc restés. »

Henry retira les bouts de pomme de terre de sa moustache avec une serviette blanche, impeccable. Caroline, elle, les yeux rivés sur son assiette, se trémoussait avec nervosité.

« Vous dites qu'il est devenu un vagabond, n'est-ce pas ? Dans ce cas il se déplace dans la région avec les siens, ils ne sont pas souvent là ? murmura-t-elle.

— Si, très souvent. D'une part, le terrain n'est pas loin de sa famille et de celle de sa femme, de l'autre, Dinsdale est connu dans la région, ce qui lui permet de trouver des travaux de ferronnerie à droite à gauche. Il va falloir vous habituer à eux, j'en ai peur. Cela ne devrait pas vous tracasser, d'autant qu'il vous suffit d'éviter ce coin de la propriété pour ne pas tomber sur eux », conclut Henry.

Le sujet était clos, comprit Caroline qui ferma les yeux. Mais elle sentait leur présence, plutôt celle de William, qui se trouvait à moins de deux cents mètres de la pièce où elle dînait. S'il restait toujours là, ce serait une torture qui la rongerait à petit feu. Elle pria pour que les Dinsdale renoncent à l'enfant ou s'en aillent, emportant l'objet de ses remords et de ses tourments.

À la naissance de son bébé, Caroline fondit en larmes. Sa petite fille était d'une telle perfection qu'elle semblait plus un fruit de la magie que de la nature. L'amour dévorant qu'elle ressentit pour elle accentua sa prise de conscience de la gravité de ses torts envers Magpie, tant la simple idée d'être séparée de son bébé était intolérable. Aussi pleura-t-elle de bonheur et d'horreur de soi. Rien ne put la consoler. Henry, perdu, lui tapota la tête sans vraiment parvenir à dissimuler sa déception de ne pas avoir de fils. Estelle et Mme Priddy n'eurent de cesse de lui répéter que sa fille était ravissante et de la féliciter, ce qui redoubla ses sanglots qu'elles mirent sur le compte de l'épuisement. La nuit, Caroline rêvait de Magpie – le cœur embrasé, les yeux brillants de fièvre, la Ponca s'étiolait et mourait de chagrin. Elle se réveillait, minée par sa faute, et sa tête l'élançait comme si elle allait éclater. Le bébé, appelé Evangeline, portait des robes blanches en dentelle. Pendant quatre mois, Caroline l'aima passionnément. Puis, une nuit, la petite fille mourut dans son berceau pour une raison que les médecins furent incapables de déterminer. Sa flamme s'éteignit comme celle d'une bougie mouchée. Caroline fut anéantie. Sa résilience, vacillante depuis la perte de Corin, l'abandonna tel un flot de sang s'écoulant d'une plaie que rien ne pouvait étancher.

Un mardi, des mois plus tard, Caroline descendit à la cuisine où Mme Priddy et Cass Evans préparaient un panier de légumes du potager à l'intention de Robbie Dinsdale. Celui-ci, invisible, affûtait des couteaux sur une meule dans l'arrière-cuisine ; des étincelles jaillissaient et le gémissement strident du métal repassé résonnait dans la pièce. Caroline n'aurait pas cherché l'origine du raffut n'eût été l'air coupable de Mme Priddy qui sursauta dès qu'elle l'aperçut. En outre, Cass porta la main à sa bouche. Tous les domestiques étaient au courant de l'aversion de lady Calcott pour les Dinsdale, sans toutefois en comprendre la raison. Caroline se précipita dans l'arrière-cuisine et interrompit Dinsdale, qui posa sur elle ses yeux d'ambre pleins de douceur. La meule s'arrêta lentement de tourner. Les cheveux longs et gras de Dinsdale, vêtu d'habits grossiers, étaient attachés par un lacet. Il avait un très beau visage d'une innocence juvénile, ce qui aggrava son cas en un sens. Caroline avait un cœur de pierre à présent. Elle savait que le destin l'avait châtiée en lui infligeant le même sort qu'à Magpie, mais sa douleur était si insoutenable qu'elle ne l'acceptait pas – elle ne le pouvait pas. Elle se révoltait et une colère dévastatrice courait dans ses veines.

« Dehors ! cria-t-elle d'un ton vibrant de fureur. Sortez de cette maison ! » À peine Dinsdale eut-il sauté de son tabouret tel un diable de sa boîte et se fut-il sauvé que Caroline s'en prit à la gouvernante et à la femme de chambre : « Qu'est-ce que cela signifie ? Je croyais m'être fait parfaitement comprendre à propos de cet homme ?

— M. Dinsdale affûte les couteaux pour nous depuis toujours, madame la baronne, je n'ai pas pensé à mal, tenta de se justifier Mme Priddy.

— Peu m'importe, je ne veux pas qu'il entre dans la maison, ni qu'il s'en approche. Qu'est-ce que c'est ? demanda-t-elle, désignant le panier de légumes. Vous volez dans le potager ? »

À ces mots, Mme Priddy, indignée, fronça les sourcils : « Ça fait plus de trente ans que je travaille ici, madame la baronne, et on ne m'a jamais accusée de quoi que ce soit. Le surplus du potager sert à payer les hommes du coin pour les travaux...

— Eh bien, c'est terminé. Pour cet homme en tout cas. Est-ce clair ? assena Caroline, s'efforçant de maîtriser sa voix qui menaçait de devenir stridente.

— Y a une nouvelle bouche à nourrir chez eux, s'immisça Cass.

— Chut, petite ! la rabroua la gouvernante.

— Quoi ? » N'en croyant pas ses oreilles Caroline regarda d'un air effrayé la fille aux yeux verts. « Quoi ? » répéta-t-elle, mais Cass refusa de répondre.

Seule l'intervention de lord Calcott empêcha Mme Priddy de rendre son tablier après cette algarade. Il ne comprenait pas l'hostilité de sa femme envers Dinsdale, au reste il n'essayait pas. Il se contenta de lui imposer silence, avant de filer à Londres pour fuir son humeur massacrante. Les domestiques se mirent à éviter Caroline, craignant ses accès de rage ou ses crises de larmes, imprévisibles. Un soir, tard, alors qu'elle s'était retirée dans sa chambre, Caroline se leva et descendit chercher de l'Alka-Seltzer à la cuisine, pour calmer ses crampes d'estomac. Elle marcha à pas feutrés, les pieds chaussés de pantoufles, et s'immobilisa devant l'arrière-cuisine où les servantes faisaient la vaisselle du dîner tout en bavardant avec Davey Hook, le valet d'écurie.

« Ben, sinon pourquoi qu'elle les aurait pris en grippe comme ça ? » L'accent villageois de Cass était facile à reconnaître.

« Pasqu'elle est de la haute – y sont tous pareils, bêcheurs, dit Davey.

— Moi, je crois que la pauvre a plus toute sa tête depuis la mort de la petite Evangeline, lança Estelle.

— Je l'ai entendu, que je vous dis. C'était pas possible de se tromper. Cette femme qu'est venue de la gare, elle cachait quèque chose sous son manteau, puis j'ai entendu un bébé pleurer dans la chambre de madame – vrai de vrai ! Voilà t'y pas que Robbie Dinsdale trouve un mioche dans les bois, et que nous on l'a vue y aller en portant quèque chose.

— Mais pas ce qu'elle portait, hein ?

— Qu'est-ce ç'aurait pu être ?

— N'importe quoi, voyons, Cass Evans ! s'exclama Estelle. Pourquoi madame aurait emmené un enfant dans les bois ?

— Tu viens de dire qu'elle avait plus sa tête, riposta Cass.

— Seulement depuis la mort de la petite.

— Le bébé, c'est peut-être le sien – celui d'un autre homme. Et elle a dû le cacher à monsieur, pourquoi pas ? les provoqua Cass.

— C'est toi qu'as perdu la boule, Cass Evans, pas elle là-haut. Les aristos, ils abandonnent pas les mômes comme les filles de paysan, fit Davey, en rigolant. En plus, le gamin que les Dinsdale ont récupéré, l'est noiraud. C'est pas son fils, ça se peut pas, alors qu'elle est blanche comme un linge. C'est un gosse de romano, de la tête aux pieds. D'autres l'ont posé là, trop de bouches à nourrir, point final.

— Cass, il ne faut pas dire ce genre de chose sur madame la baronne, l'admonesta gentiment Estelle. Tu ne récolteras que des ennuis.

— Mais j'suis sûre de ce que j'ai entendu, de ce que j'ai vu, et c'est pas juste ! » Cass tapa du pied.

La poitrine de Caroline était en feu. Le souffle qu'elle retenait s'échappa, un bruit infime qui suffit à interrompre la conversation.

« Chut ! » siffla Estelle.

Des pas s'approchèrent de la porte. Caroline tourna les talons et se hâta de remonter l'escalier, le plus silencieusement possible.

Cass Evans fut congédiée en l'absence d'Henry Calcott. Caroline régla la question avec Mme Priddy, après avoir expédié la jeune fille dans sa chambre pour emballer ses maigres possessions.

« Je connais bien la famille de cette fille, madame la baronne. Ce n'est pas une voleuse, j'en suis convaincue. »

L'inquiétude assombrissait la figure de la gouvernante.

« Je ne l'en ai pas moins trouvée en train de fouiller dans mon coffret à bijoux. À présent, une broche en argent a disparu, répliqua Caroline, surprise de son intonation glaciale malgré sa vague de panique.

— Quel genre de broche, madame la baronne ? Peut-être est-elle égarée dans la maison ?

— Non, sûrement pas. Cette fille doit être renvoyée, madame Priddy, je n'ai rien à ajouter. »

Désarmée, la gouvernante scruta Caroline d'un regard si perçant qu'elle ne put le soutenir longtemps. Se tournant vers le miroir accroché au-dessus de la cheminée, elle ne se vit pas la moindre trace de culpabilité, de peur ou de nervosité. Les traits de son visage blême étaient figés.

« Puis-je au moins lui donner de bonnes références, madame la baronne, pour qu'elle trouve du service ailleurs ? C'est une gentille fille, qui travaille dur.

— Une voleuse, madame Priddy. Si vous fournissez des références, je vous prie de le signaler, répondit calmement Caroline, remarquant derrière elle l'expression incrédule de la gouvernante. Ce sera tout, madame Priddy.

— Très bien, madame la baronne », dit froidement la gouvernante, qui sortit d'un pas raide.

À peine la porte se fut-elle refermée que Caroline s'affaissa et dut s'agripper au manteau de la cheminée. Son estomac se souleva et de la bile remonta dans sa bouche. La ravalant, elle se remit d'aplomb. Au bout d'environ une heure, Cass partit par la porte de la cuisine, en larmes, poussant de hauts cris. Caroline l'observa à la dérobée par la fenêtre du couloir de l'étage, et quand la jeune fille se retourna pour jeter un ultime coup d'œil à la maison, elle foudroya Caroline d'un regard incendiaire qui aurait brûlé vif un être plus sensible.

Un matin où la nouvelle femme de chambre, grosse et laide, tira les rideaux du lit, Henry se contenta de grommeler : « Qu'est-il arrivé à l'autre fille ?

— J'ai dû la congédier », répondit Caroline, d'un ton sans réplique.

Il n'approfondit pas le sujet, d'autant que cela ne le dérangeait guère : ses séjours au manoir se raréfiaient. Il les mettait cependant à profit pour œuvrer à la conception d'un deuxième enfant – ce qui prit un certain temps. Une fois enceinte de nouveau, Caroline craignit de ne pas éprouver le même émerveillement que lorsqu'elle avait tenu Evangeline dans ses bras. Mais la transformation de son corps s'accompagna d'une irrésistible espérance. Se repliant sur elle-même, la jeune femme fredonnait des berceuses au fœtus blotti dans son ventre, un noyau de chaleur et de vie dans la cosse moribonde de son être. Hélas, le fils, car c'en fut un, prématuré de plusieurs mois, était condamné. Malgré l'insistance du médecin qui voulait l'emporter avec les draps ensanglantés, Caroline exigea de le voir. Scrutant le minuscule visage, à peine ébauché, elle s'étonna d'être encore capable de souffrir, d'avoir encore des larmes à répandre. Dans cet unique et long regard posé sur le bébé mort, elle déversa tout ce qui subsistait en elle d'amour et d'humanité. Puis le docteur l'emmena. Et tout fut fini.

Le rétablissement de Caroline fut lent, et jamais complet. Quand elle eut la force de recevoir des visites d'amies et de Bathilda, celles-ci la trouvèrent apathique, ennuyeuse, sans conversation et beaucoup moins belle. Les yeux cernés, les joues creuses, les tempes grisonnantes bien qu'elle n'eût même pas trente ans, les mains squelettiques, elle avait un côté spectral, comme si une partie d'elle était ailleurs. Les gens secouaient tristement la tête, réfléchissant à deux fois avant d'ajouter les Calcott à leur liste d'invités. Livrée à elle-même, Caroline marchait beaucoup, ne cessant de faire le tour du parc comme en quête de quelque chose. Un jour, elle s'enfonça dans les bois jusqu'à la clairière où les Dinsdale campaient toujours. Ils évitaient désormais le manoir, où ils n'étaient jamais revenus troquer leur travail contre de la nourriture. Privée d'un prétexte pour réclamer leur départ, Caroline, très contrariée, ne les en exécrait que davantage.

Elle attendit au milieu des arbres, le regard fixé sur leur roulotte peinte d'une couleur vive et le poney noir et blanc attaché à proximité. Cet abri coquet niché dans l'herbe verte de l'été paraissait extraordinairement fonctionnel et plaisant. Il rappela à Caroline le tipi de Nuage-Blanc ce qui, à l'instar du moindre souvenir du ranch, noyait ses yeux de larmes et la plongeait dans la détresse. À cet instant, les Dinsdale revenaient du village. La femme portait un bébé, ses cheveux blonds retombaient en anglaises angéliques, tandis que son mari tenait par la main un garçonnet vigoureux, au teint mat, d'environ trois ans, qui marchait d'un pas sûr. Ses parents s'arrêtaient souvent pour lui permettre de s'accroupir et d'examiner ce qui attirait sa curiosité, manifestement insatiable. Caroline suffoqua : William ressemblait tellement à Magpie que le regarder était de l'ordre de l'insoutenable.

Elle les épia un certain temps. Après avoir couché le bébé dans la roulotte, Mme Dinsdale s'assit sur le marchepied et appela William. Il courut vers elle en tendant les bras pour qu'elle le soulève. Bien sûr, elle n'employa pas le nom de William ; Caroline entendit mal celui qu'elle lui donnait, *Flag*, lui sembla-t-il. Submergée par une tristesse et une envie presque incoercibles, elle fut aussi embrasée de colère envers cette famille de vagabonds si fertile, alors qu'elle avait perdu deux enfants. Elle haït William, elle les haït tous. *Cela suffit*, pensa-t-elle, *je ne peux en supporter davantage*. Le prix qu'elle avait été obligée de payer était bien trop élevé et, même si une partie d'elle estimait que cette injustice devait, d'une façon ou d'une autre, être réparée, elle savait que c'était impossible. Elle s'assit dans l'ombre, pleurant Corin, qui ne pouvait venir à son secours.

Par là même, toute saison te sera douce;
Que l'été vienne revêtir la terre entière
De verdure ou que le rouge-gorge perche et chante
Entre neige et neige espacées sur la branche nue du pommier
Couvert de mousse, alors qu'auprès, le chaume fume
En dégelant au soleil, que les gouttes d'eau qui ruissellent
Du larmier ne s'entendent que par rafales,
Ou que le gel, selon son secret ministère,
Les suspende en silencieuses stalactites
Qui miroitent tranquillement par-devers la lune tranquille.

Samuel Taylor Coleridge, *Gel à minuit*[1]

1. Traduction de Pierre Leyris, Paris, Gallimard, « Bibliothèque de la Pléiade », 2005. Toutes les notes sont de la traductrice.

7

L'escalier pompe ce qui me reste d'énergie, en sorte que j'arrive devant la salle de bains, hors d'haleine, la gorge nouée. La lumière est allumée, des filaments de vapeur s'échappent sous la porte, et le robinet coule toujours. Ma main sur la porte, tétanisée, je ferme les yeux une fraction de seconde. J'ai peur, tellement peur de ce que je risque de voir. Je pense à Eddie, relevant les cheveux de Beth quand il l'avait trouvée au retour de l'école. Là, j'ai besoin de son courage.

J'appelle, trop doucement : « Beth ? » Pas de réponse. Je déglutis avant de frapper deux petits coups à la porte et de l'ouvrir.

Beth est dans la baignoire. Ses cheveux flottent dans l'eau qui, presque au niveau du bord, s'écoule dans le trop-plein. Ses paupières étant baissées, je crois un instant l'avoir perdue. C'est Ophélie, elle va dériver loin de moi, dans un oubli serein. Puis elle les relève, tourne son visage vers moi, et mon immense soulagement me fait chanceler. J'entre en trébuchant, m'affale sur la chaise où ses vêtements sont pliés.

« Rick ? Qu'est-ce qu'il y a ? Où sont tes habits ? » demande-t-elle, fermant le robinet avec son gros orteil.

Je les ai laissés tomber avec la couverture de Dinny dans le vestibule, avant de me ruer dans l'escalier. Je ne porte que des sous-vêtements mouillés, maculés de boue.

« Il m'a semblé… Il m'a semblé… » Mais je ne veux pas le lui dire. Ce serait une trahison de la croire capable de recommencer.

« Quoi ? lance-t-elle, tendue.

— Rien. » La lumière me blesse les yeux, j'en tressaille. « Pourquoi prends-tu un bain à cette heure indue ?

— Je t'ai prévenue que je t'attendrai. Et j'ai eu froid. Tu es allée où ? » Elle se redresse, ses cheveux mouillés tapissent ses seins. Elle plie les genoux, les entoure de ses bras luisants. Je vois ses côtes, les bosses de sa colonne vertébrale qui s'enfonce dans l'eau.

« J'étais avec Dinny. Je… suis tombée dans la mare.

— Quoi ? Qu'est-ce que faisait Dinny là-bas ?

— Il m'a entendue tomber. Il m'a aidée à sortir.

— Tu es juste tombée dedans ? demande-t-elle, incrédule.

— Oui ! L'abus de whisky, j'imagine.

— Et tu t'es… déshabillée, ou est-ce qu'il t'a aussi donné un coup de main ? » enchaîne-t-elle, d'un ton acerbe.

Je la dévisage, furieuse à présent qu'elle m'ait flanqué une trouille bleue et de m'être fait peur. « Qui est jalouse ? dis-je, avec autant d'aigreur.

— Je ne suis pas... », commence-t-elle. Puis, posant le menton sur ses genoux, elle détourne les yeux. « Erica, c'est bizarre que tu coures après Dinny, d'accord ?

— Pourquoi ça ? Parce qu'il a été ton premier ?

— Oui ! » s'écrie-t-elle. Je suis stupéfaite qu'elle le reconnaisse. « Tu veux bien ne pas avoir d'histoire avec lui ? C'est une sorte d'inceste. C'est... moche. » Ayant du mal à s'expliquer, elle étire ses mains.

Je précise, la mort dans l'âme : « Absolument pas. L'idée te déplaît, voilà tout. Tu n'as pas à t'inquiéter de toute façon, je crois qu'il est toujours amoureux de toi. »

Je la guette, sûre qu'elle changera d'expression. Peine perdue.

« Nous devrions partir, Erica, tu ne comprends pas ça ? Et ne jamais remettre les pieds ici. Ce serait la meilleure solution. On pourrait s'en aller demain. » Sa voix gagne en assurance, elle me dévisage avec des yeux désespérés. « Tant pis pour le tri des affaires de Meredith, nous ne sommes pas venues pour ça. Les services de débarras n'auront qu'à s'en charger. D'accord ? S'il te plaît.

— Je sais pourquoi je suis ici, Beth. » J'en ai marre de ne pas en parler, de tourner autour du pot. « Je voulais que nous y venions ensemble parce que je pensais que ça t'aiderait à aller mieux. J'ai envie de découvrir la cause de tes tourments. La faire remonter à la surface, l'amener à la lumière et... te montrer que ce n'est pas épouvantable. Rien ne l'est autant à la lumière du jour, Beth ! C'est bien ce que tu dis à Eddie quand il a fait des cauchemars, non ?

— Certaines choses si, Erica ! Certaines choses le sont autant. » Les mots sortent difficilement de sa bouche, elle est terrifiée. « Je veux partir. D'ailleurs, je pars demain.

— Il n'en est pas question. Du moins pas tant que nous n'aurons pas affronté ça. Tant que nous n'y aurons pas fait face.

— N'importe quoi », fulmine Beth. Elle se lève brusquement, éclabousse le sol de la salle de bains et attrape sa robe de chambre qu'elle enfile avec brusquerie. « Tu n'as pas le droit de m'en empêcher.

— Je ne te conduirai pas à la gare.

— Je prendrai un taxi.

— Le premier de l'an, en pleine cambrousse ? Bonne chance.

— Nom de Dieu, Erica ! jure-t-elle. Pourquoi fais-tu ça ? » Sous l'empire de la colère, ses yeux sont traversés d'éclairs, ses paroles glaciales. Les murs carrelés les renvoient en écho, et c'est comme une double agression.

« Je... Je l'ai promis à Eddie. De t'aider à aller mieux.

— Quoi ? » souffle-t-elle.

Avant de lui répondre, je réfléchis à ce que j'ai vu lorsque la mare m'a engloutie.

Je demande doucement : « Qu'est-ce qu'Henry cherchait près de la mare.

— Quoi ? Quand ?

— Au bord de la mare. Le jour où il a disparu et où j'y nageais. Il cherchait quelque chose par terre. » J'entends Beth retenir sa respiration. Ses lèvres sont exsangues.

« Je croyais que tu ne te souvenais de rien ?

— Ça revient. Un peu. Pas tout. Je me rappelle avoir replongé dans la mare et regardé Henry, qui cherchait quelque chose par terre. Et puis... » Je déglutis. « Je me rappelle qu'il saignait. Du sang coulait de son crâne.

— Tais-toi ! La ferme ! Je refuse d'en parler ! » crie à nouveau Beth. Se bouchant les oreilles, elle secoue la tête comme une forcenée.

Je la regarde, abasourdie, jusqu'à ce qu'elle s'arrête, à bout de souffle, la poitrine palpitante. Quand je lui prends le bras avec précaution, elle tressaille.

J'insiste : « Dis-moi ce qu'il cherchait.

— Des pierres, bien sûr, répond-elle, de guerre lasse. Des pierres à jeter. » Sur ces mots, elle se dégage, sort de la salle de bains et file dans le couloir obscur.

Le sommeil me fuit. J'essaie de compter mes respirations, les battements de mon cœur. Comme surpris par une telle attention, il s'emballe, me donne mal à la tête. Je ferme si fort les yeux que des formes colorées fleurissent dans le noir et sillonnent le plafond lorsque je les rouvre. La lune est brillante. Au fil des heures, je la vois voguer insouciante d'un carreau de la fenêtre à l'autre.

À mon réveil, je me sens affreusement mal : abattue et fatiguée. La gorge irritée, j'ai une douleur persistante derrière les yeux. Il gelait hier soir – Dinny avait raison à propos de ce qui aurait pu arriver si je m'étais allongée sur le sol, ivre et en pleine confusion. Un épais brouillard est tombé, il est d'une telle clarté que je ne le distingue pas du ciel. En vérité, Beth et moi avons couru ce jour-là. Je me rappelle être sortie de la mare le plus vite possible et m'être écorché les pieds sur des silex. Je me rappelle les doigts semblables à des griffes de petits oiseaux que Beth enfonçait dans mon bras tandis que nous prenions nos jambes à nos cous. Pour foncer nous cacher à la maison jusqu'à ce que les ennuis commencent. Ou plutôt jusqu'à ce qu'on s'aperçoive de l'accident. Nous n'étions pas retournées à la mare, j'en suis sûre. La dernière fois que j'avais vu Henry, il se tenait au bord. Il vacillait. Était-il tombé ? Est-ce la raison pour laquelle je m'étais dépêchée de sortir de l'eau ? Est-ce la raison pour laquelle j'avais affirmé à tout le monde qu'il se trouvait dans la mare. Or il n'y était pas et je sais qu'il n'y avait qu'une seule autre personne à proximité. La seule à même d'avoir déplacé Henry, incapable de bouger. On l'avait emmené dans un lieu secret et camouflé, à tel point que personne ne l'avait découvert au terme de vingt-trois ans de recherches. Mais je m'en approche.

Peut-être ce souvenir que je me suis escrimée à retrouver provoque-il cette douleur à la tête. Il m'obsède, je n'ai plus besoin de me concentrer pour me le remémorer. Henry qui saigne, Henry qui tombe. J'avais refusé le petit déjeuner, ça me tracassait. J'avais regardé la nourriture, m'étais rappelé Henry et il n'avait plus été question d'avaler une bouchée. De mettre quoi que ce soit dans ma bouche, d'apaiser ma faim ou d'éprouver du plaisir. Beth a-t-elle ressenti la même chose pendant vingt-trois ans ? L'idée me glace. C'est comme de savoir qu'on vous suit, une impression à donner la chair de poule, une mobilisation permanente. Une entité obscure qui ne vous lâche pas plus que votre ombre.

La sonnette me fait sursauter. Dinny. Pour une fois, il porte un gros manteau en toile, ses mains sont enfoncées dans les poches. Le rouge me monte aux joues, une sensation indéfinissable m'envahit. Soulagement ou appréhension.

« Dinny ! Bonjour, entre.

— Salut, Erica. Je voulais simplement vérifier que tu allais bien après ton bain d'hier soir. » Dinny s'avance jusqu'au paillasson, pas plus loin.

« Entre, je ne peux pas fermer la porte si tu restes là.

— Mes chaussures sont pleines de boue.

— C'est le cadet de nos soucis en ce moment.

— Alors, comment te sens-tu ? Je me demandais... si tu avais avalé de l'eau de la mare, ça pourrait te rendre malade. » Il est gêné, il manque d'assurance. Cela ne lui ressemble pas, j'en suis émue.

« Ça va, je t'assure. Enfin, j'ai mal aux cheveux et certainement une tête épouvantable, sinon ça va.

— Tu aurais pu te tuer, déclare-t-il gravement.

— Je sais, je sais. Désolée. Ce n'était pas mon intention, crois-moi. En tout cas, merci de m'avoir sauvée – j'ai une dette envers toi. »

Il réagit vivement, ses yeux me sondent. L'instant d'après, il se radoucit, sort une main et m'effleure la joue de ses doigts glacés. Retenant mon souffle, je suis parcourue d'un frisson.

« Idiote, dit-il avec douceur.

— Merci. »

Un bruit retentit à l'étage. J'imagine une valise tirée de sous un lit. Dinny s'empresse de remettre sa main dans sa poche.

« C'est Beth ? demande-t-il.

— Beth ou un fantôme Calcott. Elle emballe sans doute ses affaires. Elle refuse de rester, ne serait-ce qu'un jour de plus.

— Vous partez donc ?

— Je... Je ne sais pas. Je n'en ai pas envie. Pas tout de suite. Peut-être jamais. » Je lui jette un coup d'œil. En réalité, je ne crois pas que je pourrais rester dans cette maison toute seule.

« Plus de Dinsdale ni de Calcott à Storton Manor. C'est la fin d'une époque, constate Dinny, qui ne semble pas le regretter.

— Vous reprenez la route ? » Mon cœur proteste par une petite embardée.

« Tôt ou tard. C'est un endroit pourri où camper l'hiver. Je suis seulement revenu pour Honey.

— Je croyais que tu avais lu la notice nécrologique de Meredith.

— Oui, pour ça aussi. J'ai pensé que Beth et toi seriez probablement dans le coin. »

Nous gardons le silence. Je ne suis pas encore assez sûre de lui pour analyser ce courant qui nous entraîne loin l'un de l'autre. Peut-être ressent-il la même chose.

« J'aimerais dire au revoir à Beth avant que vous ne disparaissiez », ajoute-t-il enfin. Je hoche la tête. Évidemment, c'est normal. « Je n'en ai pas eu l'occasion la dernière fois que vous êtes parties, précise-t-il, d'un ton plein de sous-entendus.

— Elle est là-haut. On s'est disputées. Je ne sais pas si elle descendra. » J'observe ses mains. Carrées, crasseuses, les ongles en deuil. Je pense à la vase près de la mare. À la façon dont il m'en a sortie. À son étreinte d'une seconde tandis que le feu mourait et que je grelottais. À son baiser. À mon désir de le garder ici.

« À quel sujet vous êtes-vous disputées ?

— Qu'est-ce que tu crois ? » Mon ton est amer. « Elle refuse de me révéler ce qui s'est passé. Pourtant, elle doit y faire face, Dinny ! C'est ce qui la rend malade, j'en suis persuadée. » Dinny pousse un soupir. Il se balance un peu comme pour s'enfuir. Exaspéré, il se frotte le front. « Tu n'as jamais réussi à lui dire ce que tu voulais, Dinny, mais tu peux me le confier.

— Erica...

— Je veux savoir !

— Et si ça changeait tout ? Et si, pour une fois, ta sœur et moi avions raison et qu'il valait mieux que tu aies oublié. » Il plonge ses yeux incandescents dans les miens.

« C'est exactement ce que je veux ! De toute façon, qu'est-ce que ça changerait ? C'est ma sœur.

Je l'aime et je l'aimerai toujours, quoi qu'elle fasse. Ou ait fait.

— Il ne s'agit pas seulement de Beth.

— De qui alors ? De quoi ? Dis-le-moi.

— Ne crie pas, Erica, je t'entends très bien. Je parle de... toi et moi », répond-il, plus doucement.

Je me tais l'espace de deux battements de cœur. Ils ont beau être rapides, j'ai l'impression que l'intervalle entre les deux est infini.

« Ce qui signifie ?

— Que ce que tu apprendrais... de ce qui s'est passé, changerait tout. » Fuyant mon regard, il croise les bras. « Tu comprends ? »

Je mords ma lèvre inférieure, sens des picotements dans mes yeux. Puis je revois Beth dans son bain hier soir, physiquement intacte mais dont l'esprit se dérobait, et j'éteins la flammèche que Dinny vient d'allumer en moi.

« Peut-être, il n'empêche que je dois le savoir. » J'essuie mon nez qui coule d'un revers de main. J'attends qu'il parle. Peine perdue. Son regard navigue du sol, à la porte, à l'escalier, et il contracte sa mâchoire déjà crispée. « Dis-le-moi, Dinny. Beth et moi, on s'est sauvées. J'ai tout oublié sauf que nous t'avons laissé seul avec Henry près de la mare. Or c'est la dernière fois que qui que soit l'a vu. Dis-le-moi ! » Je répète mon injonction avec une inflexion étrange, trop aiguë.

« C'est à Beth...

— Beth s'en gardera bien. Elle se décidera peut-être un jour. À moins qu'elle ne refasse une tentative de suicide, réussie cette fois. Je dois lui soutirer cette histoire. »

Sous le choc, Dinny me dévisage : « Elle a voulu se suicider ? À cause de ça ?

— Oui ! Parce qu'elle est déprimée. Elle est malade, Dinny, pas seulement malheureuse. Et il faut que j'en comprenne la cause. Si tu continues à te taire, tu contribueras à la maintenir dans son état – elle est traumatisée. » Je l'implore : « Qu'est-ce que tu as fait de son corps ? Où est-il ? » Mon sang déferle comme un tsunami, hurle dans mes oreilles.

« Erica ! » Le cri de Beth se répercute dans le vestibule. Dinny et moi sursautons comme des gamins pris en faute. « Ne dis rien ! s'époumone-t-elle en dévalant les marches, défigurée par la peur.

— Je n'en avais pas l'intention, Beth », répond Dinny, qui lève une main pour la calmer.

Je me rebiffe : « Et pourquoi ? Parce que Beth te l'interdit ?

— Tu ne dois jamais le dire. À personne », s'obstine ma sœur.

C'est tout juste si je la reconnais. Je lui prends la main, tente de l'obliger à croiser mon regard, mais elle ne quitte pas Dinny des yeux. Ils ont une manière de communiquer qui m'est insupportable.

« Beth, je t'en prie ! Beth, regarde-moi ! Tu vois où ça t'a menée de vouloir garder ce secret. Il est temps de t'en débarrasser. Lâche prise, pour Eddie. Il a besoin que tu sois heureuse...

— Ne mêle pas Eddie à ça ! proteste-t-elle, au bord des larmes.

— Au nom de quoi ? Ç'a aussi des répercussions sur sa vie, tu es responsable de lui. Tu dois être forte pour lui…

— Qu'est-ce que tu en sais, Erica ? Quelle expérience as-tu de la responsabilité ? Tu n'as pas de travail fixe, tu changes d'appartement tous les six mois, tu vis comme une étudiante depuis que tu es partie de la maison – tu n'as même pas un animal domestique, alors ne parle pas de mes responsabilités ! » vocifère-t-elle.

Blessée, j'ai un mouvement de recul : « Je suis responsable de toi.

— En aucun cas.

— Beth, intervient Dinny. Tu refuses de m'écouter alors que j'essaie de te parler depuis que tu es ici, mais c'est très important… et je crois qu'Erica a le droit de…

— Elle était là, Dinny. Si elle ne s'en souvient pas, ça ne lui apportera rien. Est-ce qu'on pourrait laisser tomber maintenant, s'il vous plaît ? Dinny, tu devrais t'en aller.

— Il n'en est pas question ! C'est moi qui lui ai demandé d'entrer. » M'approchant de la porte, je me plante devant. « En fait, personne ne partira jusqu'à ce que j'obtienne la vérité de l'un ou de l'autre ou de vous deux. Je suis sérieuse. Vous me la devez depuis des lustres. » Mon cœur me martèle les côtes.

« Comme si tu pouvais m'en empêcher, marmonne Dinny.

— Erica, arrête de nous harceler, s'écrie Beth. Arrête !

— Il vaudrait sans doute mieux lui dire, elle le gardera pour elle. Nous ne sommes que tous les trois. Je... Je pense qu'elle a le droit de savoir », insiste Dinny, avec douceur.

Blanche comme un linge, Beth le dévisage : « Non, chuchote-t-elle.

— Bon Dieu ! Je me demande pourquoi tu es revenue, s'énerve-t-il, levant les bras au ciel.

— Vas-y, Dinny. C'est la seule façon de l'aider, dis-je.

— Non ! » siffle Beth.

Je le supplie : « S'il te plaît, dis-moi où est Henry.

— Tais-toi ! » m'intime Beth, secouée de tremblements incoercibles.

Dinny serre les dents. Il me fixe les yeux sur moi après avoir regardé par-dessus ses épaules. Ses yeux flamboient. Il semble indécis, écartelé. Je retiens mon souffle, ce qui me donne le tournis.

« Très bien, aboie-t-il, m'attrapant par le bras. Si tu es sûre que c'est le seul moyen de l'aider. Si tu te trompes, en revanche, je t'aurai prévenue du chambardement que ça va provoquer, alors je ne veux aucun reproche. » Tout à coup, il est furieux contre nous. Il me pince. Il m'écarte de la porte qu'il ouvre avec violence.

« Non, Dinny ! Non ! hurle Beth, lorsqu'il m'entraîne dehors.

— Aïe, arrête, qu'est-ce que tu fais ? Où va-t-on ? » Instinctivement, je me débats et m'efforce de ficher mes talons dans le sol, sauf qu'il est beaucoup plus fort que moi.

« Tu veux savoir ce qui est arrivé à Henry ? Je vais te montrer ! » lâche-t-il.

La peur me tord les entrailles. Être sur le point de trouver Henry me panique. Sans compter la terreur que m'inspire Dinny. Il a une poigne de fer, une expression implacable.

Je souffle : « Dinny, s'il te plaît. » Il m'ignore.

« Erica, non ! » Le cri entrecoupé de Beth parvient jusqu'à nous. Je regarde en arrière : elle se tient dans l'embrasure de la porte, la bouche tordue, les mains accrochées au montant.

Dinny me tire. Nous traversons la pelouse, sortons du jardin, nous enfonçons dans les bois, si bien que j'en conclus que nous nous dirigeons vers la mare. Soudain, je prends conscience que je ne le veux à aucun prix. Sous l'effet de la panique, mes genoux flageolent ; je recommence à lutter pour me libérer.

« Viens », fulmine Dinny, en me tirant plus fort.

Il pourrait m'arracher le bras. En fait, nous n'allons pas à la mare. Il s'avance vers l'ouest. Nous nous rendons au campement. Je le suis telle une ombre récalcitrante, je zigzague et trébuche. Dinny ouvre la porte de la première fourgonnette, sans prendre la peine de frapper. Harry sursaute puis, nous reconnaissant, il sourit. Dinny me pousse à l'intérieur, où règne une odeur de chips, de chiens et de vêtements mouillés.

« Merde, à quoi ça rime ? » Ma voix chevrote. J'ai le souffle coupé, je vais voler en éclats.

« Tu voulais savoir où était Henry. » Dinny désigne Harry du doigt. « Voici Henry. »

La tête vide, je décroche. Je ne sais pas combien de temps j'écarquille les yeux, mais j'ai la gorge sèche quand j'arrive à proférer un son.

« Quoi ? » Le mot est à peine audible, un souffle infime exhalé avec le peu d'air qui subsiste dans mes poumons. Sous mes pieds, le sol vacille ; la terre ne tourne plus autour de son axe, elle vire en m'embarquant, prise de vertige et impuissante. Dinny baisse le bras puis passe une main lasse sur ses yeux fermés.

« C'est Henry », répète-t-il.

Je l'entends un peu mieux : « Comment est-ce possible ? Henry est mort. Ce n'est pas lui.

— Il n'est pas mort. » Accablé, Dinny laisse tomber sa main. Il m'observe. Je ne peux ni bouger ni penser. Un sourire hésitant se dessine sur les lèvres de Harry. « Évite de crier, ça le perturbe », me recommande Dinny. J'en suis incapable. Je suis incapable de quoi que ce soit. Je suis incapable de respirer. La pression s'accumule dans ma tête, je crains qu'elle n'éclate. Je serre mes tempes pour que tous les os de mon crâne restent soudés. « Allez viens, sortons parler », murmure Dinny, me prenant par le bras, gentiment cette fois.

Je me dégage et me penche vers Harry. J'ai affreusement peur au point que mes genoux fléchissent – ils font un bruit sourd quand ils touchent le sol. Au point qu'une nausée atroce me saisit. Je suis à la fois glacée jusqu'à la racine de mes cheveux, et brûlante. J'écarte des dreadlocks de la figure de Harry, que je regarde dans les yeux pour essayer de le reconnaître. En vain. Je ne le peux pas. Je ne le veux pas.

« Tu racontes n'importe quoi. Tu mens !

— Ni l'un ni l'autre. Viens, sortons pour en parler. » Dinny m'aide à me relever et m'entraîne dehors.

Pour la deuxième fois en douze heures, je suis assise dans la camionnette de Dinny, grelottante et hébétée. Il prépare du café sur le poêle dans un pot cabossé. Le liquide crachote et répand une odeur exquise. Dinny m'en donne une tasse. Je le bois, me brûle et me sens revivre.

Je chuchote : « Je… Je n'arrive pas à y croire. Je ne comprends pas. »

Une porte claque dehors. Popeye et Blot aboient doucement, pour m'accueillir plutôt que pour me mettre en garde. Dinny a posé une cheville sur son genou opposé, sa position habituelle. Il arbore une expression dure et il est nerveux.

« Qu'est-ce que tu ne comprends pas ? demande-t-il, sincèrement curieux.

— Eh bien, où a-t-il disparu pendant tout ce temps ? Comment est-ce possible qu'on ne l'ait jamais trouvé ? On l'a cherché partout.

— Personne ne cherche vraiment partout. Il était ici. Avec ma famille ou des amis de ma famille. Il n'y a pas qu'un seul campement de gens du voyage dans le sud de l'Angleterre. Mes parents avaient beaucoup de copains chez qui le laisser ; ils se sont occupés de lui jusqu'au moment où les choses se sont tassées. Dès que j'ai eu l'âge de le surveiller, je m'en suis chargé.

— Mais enfin... je l'ai vu en sang. Je l'ai vu tomber dans la mare...

— Et puis vous vous êtes enfuies toutes les deux. Je l'ai repêché avant d'aller chercher mon père. Il avait beau ne plus respirer, papa est arrivé à le ranimer. Sa plaie à la tête n'était pas aussi grave qu'elle en avait l'air... cette partie du corps saigne toujours beaucoup. » Dinny fixe ses chaussures, tord le bout effrangé d'un des lacets entre son pouce et son index.

« Et après, vous l'avez emmené à l'hôpital ? Pourquoi n'être pas venus au manoir ? » L'histoire de vingt-trois années de ma vie se réécrit, elle se débobine comme un écheveau de laine. Dinny met très longtemps à répondre. Le menton dans sa main, il a des jointures blanches. Il me scrute de ses yeux de braise.

« Je refusais d'expliquer ce qui s'était passé, la façon dont il s'était blessé... qui était responsable. Alors papa a cru que c'était moi. Il s'est imaginé qu'on s'était bagarrés, Henry et moi. Il a voulu me protéger.

— Tu aurais pu dire que c'était un accident.

— À d'autres, Erica. Les gens cherchent sans arrêt à prouver qu'ils ont raison à notre sujet – toute ma vie, ç'a été comme ça –, que nous sommes des voleurs, des criminels... le rebut du genre humain. Les services sociaux auraient sauté sur l'occasion pour me séparer de mes parents. Un séjour dans une maison d'arrêt pour mineurs, puis un véritable foyer avec une véritable famille...

— Tu n'en sais rien.

— Bien sûr que si. C'est toi qui ne sais rien, Erica.

— Pourquoi est-il… comme ça ?

— En tout cas pas à cause du coup sur la tête. Papa l'a emmené chez une vieille amie, Joanna, qui avait été infirmière à Marlborough. L'après-midi même, avant qu'on ne découvre sa disparition. Elle lui a fait quelques points de suture, a estimé qu'il avait peut-être une commotion cérébrale mais que ça n'avait rien d'inquiétant. Nous comptions attendre qu'il reprenne connaissance, vérifier qu'il allait bien, puis le déposer près du village et nous évanouir dans la nature. Du moins, c'était le plan. Les premiers jours, Joanna s'est occupée de lui. Après être resté quarante-huit heures dans le coma, il… en est sorti.

— Vous auriez pu le ramener à ce moment-là, le laisser dans un endroit où on l'aurait retrouvé. Pourquoi ne pas l'avoir fait ?

— Les recherches étaient menées sur une échelle gigantesque. On nous surveillait. Nous ne pouvions bouger sans qu'un flic zélé ne le remarque. Bien sûr, Henry aurait tout raconté dès qu'on l'aurait retrouvé, mais nous pensions avoir une longueur d'avance. Quand nous nous sommes rendu compte qu'il était impossible de le ramener sans être vus, il était trop tard. En plus, nous avions tous perçu que quelque chose clochait depuis qu'il était revenu à lui. Papa m'a emmené le voir puisque j'étais celui qui le connaissait le mieux. *Donne-moi ton avis*, m'a-t-il demandé. Je n'ai compris ce qu'il entendait par là que lorsque j'ai parlé à Henry. Assis sur un lit chez Joanna, il tenait un verre d'orange pressée à la main comme s'il ne savait qu'en faire. J'aurais préféré être partout ailleurs que dans cette pièce avec lui. » Dinny fourrage dans ses cheveux, se gratte le crâne. « J'ai essayé de lui parler pour obéir à papa. Ce n'était plus le même garçon, il avait beau être tout à fait éveillé… il était distant. Hébété.

— Pourquoi ? D'après toi, il n'avait pas reçu un coup si fort que ça sur la tête.

— En effet. C'était à cause du temps qu'il avait passé sans respirer. Avant que papa ne lui fasse du bouche-à-bouche. »

Dinny semble épuisé, plombé. La compassion germe en moi, mais je ne peux pas lui laisser libre cours. Trop d'émotions déferlent. Lorsque je reprends la parole, j'ai fini mon café. Je n'avais pas remarqué le silence. Dinny m'observe, en se tapotant la cheville du pouce. Il patiente, à l'affût de ma réaction sans doute, une lueur de défiance dans les yeux.

« Les choses ne se sont jamais tassées, tu sais. Ni pour ses parents ni pour notre famille…

— Tu crois qu'elles se sont tassées pour moi ou pour ma famille ? Depuis, je suis obligé de le voir tous les jours et je ne cesse de me demander si ç'aurait été différent si j'avais essayé de le ranimer sans attendre l'arrivée de papa… Si nous l'avions emmené à l'hôpital.

— Vous n'avez jamais rien dit, vous l'avez gardé.

— Nous ne l'avons pas gardé, nous nous sommes occupés de lui.

— Vous l'avez gardé, redis-je. Vous avez laissé sa famille – ses parents croire qu'il était mort ! Et tu nous as laissées, ma sœur et moi, croire qu'il était mort.

— Non, je ne savais pas ce que vous pensiez. Comment l'aurais-je pu ? Vous vous êtes sauvées, tu te rappelles ? Et vous vous en êtes lavé les mains. Vous n'êtes jamais venues me poser de questions. Vous l'avez abandonné et je... nous... avons fait ce que nous estimions être le mieux. »

C'est incontestable.

« J'avais huit ans.

— Moi douze – je n'étais encore qu'un gamin, obligé de laisser mes parents croire que j'avais failli tuer un garçon, chez qui j'avais provoqué des lésions cérébrales. Du moins, c'était ce que je pensais devoir faire. Quand j'ai compris que Beth et toi ne viendriez jamais, c'était trop tard pour changer quoi que ce soit. À ton avis, j'y ai trouvé mon compte ? »

Le sang se retire de mon visage, je le sens. *Obligé de les laisser croire*... Un souvenir se fraie un chemin dans mon tumulte intérieur. Henry se baisse pour ramasser quatre ou cinq cailloux. L'eau ruisselle dans mes yeux et une oreille dont le bourdonnement assourdit les voix. Henry traite Dinny de tous les noms. D'une voix stridente, Beth lui ordonne : *Arrête ! Fiche le camp, Henry ! Ne fais pas ça !* Les injures d'Henry : *Minable ! Ordure ! Sale manouche ! Voleur !* À chacune, il jette une pierre avec ce mouvement d'épaule que, contrairement aux filles, les garçons apprennent à l'école. Un lancer susceptible de renvoyer une balle de cricket de la limite du terrain et d'atteindre la cible. Je me souviens du cri de Dinny, de sa grimace, de sa main serrant son épaule qu'une pierre venait de percuter. *Je me souviens de ce qui est arrivé*. Et de Beth dans l'embrasure de la porte il y a un instant, de ses hurlements, de sa figure déformée par la terreur. *Non !*

Je murmure en me levant péniblement : « Je dois y aller.

— Erica, attends.

— Non, je dois y aller. »

J'ai mal au cœur. Je ne peux pas garder tout ça en moi. Je me rue vers la maison en trébuchant. Dans les toilettes glaciales du rez-de-chaussée, je vomis, je m'effondre. Malgré ma gorge irritée et la puanteur qui m'environne, je me sens mieux. J'ai l'impression qu'il s'agit du début d'un châtiment mérité. Je sais désormais ce qui torture Beth depuis si longtemps et pourquoi elle se punit de la sorte. Je me rince dans le lavabo, suffoque, me redresse avec difficulté. Je suis glacée d'effroi, car je pressens ce qu'elle risque de s'infliger.

Je l'appelle, saisie d'une quinte de toux : « Beth ! Où es-tu, j'ai quelque chose à te dire. » Les jambes flageolantes et paniquée à en avoir le tournis, je fais le tour des pièces du rez-de-chaussée. Ma voix monte, je crie ou tout comme. Je grimpe l'escalier à pas lourds, me précipite dans la salle de bains avant de foncer dans le couloir menant à la chambre de Beth. La porte est fermée, je me jette contre elle. L'obscurité règne à l'intérieur, les rideaux sont tirés. Et ce que je redoutais le plus est devant moi. Cela occupe tout mon champ de vision, m'ébranle de fond en comble. « Non ! » Je me rue dans la pièce. Ma sœur est recroquevillée à même le sol, entourée d'une flaque sombre, le visage détourné, de grands ciseaux dans sa main. « Beth, non ! » Mes poumons sont vides, il n'y a plus de sang dans mes veines. Tombant à genoux, je la prends dans mes bras – elle est incroyablement légère, un poids plume. La douleur me réduit au silence puis elle plonge ses yeux grands ouverts dans les miens. Et j'éclate de rire.

« Erica ? dit-elle d'une petite voix.

— Oh, Beth ! Qu'est-ce que tu as fait ? » Comme j'écarte ses cheveux de son front, je comprends. Elle les a coupés. La flaque sombre, c'était ça. Elle ressemble à une petite fille. « Tes cheveux ! » J'éclate à nouveau de rire et je l'embrasse. Elle ne s'est pas ouvert les veines, elle ne saigne pas.

« Je n'ai pas réussi. Je le voulais mais... Eddie...

— Tu ne le voulais pas. Tu ne le veux pas. Pas vraiment, j'en suis sûre. » La serrant contre moi, je la berce.

« Si, bien sûr que si. » Elle pleure de colère. Si elle en avait la force, elle se dégagerait. « Pourquoi l'as-tu forcé à te le dire ? Pourquoi ne m'as-tu pas écoutée ?

— Parce qu'il le fallait. C'est à toi de m'écouter maintenant, d'accord ? C'est important. » J'aperçois mon reflet dans le miroir. Si grise et spectrale que je sois, je vois dans mes yeux la vérité prête à être révélée. Je respire à fond. « Beth, Henry n'est pas mort. Harry est Henry ! C'est vrai. Dinny m'a tout raconté. Avec sa famille, ils l'ont emmené chez une de leurs amies pour les premiers secours, puis ils l'ont placé dans différents campements des années durant. Voilà pourquoi on ne l'a jamais retrouvé.

— Quoi ? murmure-t-elle, sans me quitter du regard, comme si elle fixait un serpent, à l'affût d'une nouvelle attaque.

— Harry – celui avec qui ton fils a joué pendant les vacances de Noël – est notre cousin Henry. » Le désir de la délivrer, de colmater sa brèche, me taraude. Dans le silence, j'entends sa respiration et la palpitation de l'air qu'elle expulse.

« Ce n'est pas vrai.

— Si. J'en suis certaine. Dinny a refusé de dire à qui que ce soit ce qui s'était passé, alors Mickey a cru que c'était lui qui l'avait fait et il a eu peur qu'on l'emmène.

— Non, non, non ! C'est un tissu de mensonges ! C'est moi qui l'ai tué, Rick », gémit-elle. « Je l'ai tué », répète-t-elle plus calmement, comme soulagée d'avoir enfin prononcé les mots.

— Non, tu ne l'as pas tué.

— Pourtant… j'ai jeté la pierre… elle était trop grosse ! Je n'aurais jamais dû. Même Henry n'en aurait pas lancé une aussi énorme. Mais j'étais tellement furieuse contre lui que je pensais plus qu'à l'arrêter ! Elle est montée tellement haut. »

Je vois la scène. Enfin, enfin. Comme si elle avait toujours été là. Les filles n'apprennent pas à lancer. Elle avait pris un élan de tout son corps, l'avait lâchée trop tôt, jetée trop haut. On l'avait perdue de vue dans le ciel incandescent. Henry se moquait déjà d'elle, de l'ineptie de son lancer, lorsqu'elle lui était tombée sur la tête avec un bruit affreux. Un craquement horrible. Nous l'avions tous compris, même si nous n'en avions jamais entendu de semblable. Un bruit de chair qui se déchire, d'un coup jusqu'à l'os. Celui qui vient de me faire vomir comme si je le réentendais pour la première fois et ne le rejetais que maintenant. Ensuite, le flot de sang, son regard vitreux, ma sortie de l'eau et notre fuite. Tout s'est remis en place.

« Je ne l'ai pas tué ? » murmure Beth, dont les yeux me perforent pour m'arracher la vérité.

Je secoue la tête en souriant.

« Non, tu ne l'as pas tué. »

Le soulagement se peint sur son visage avec une extrême lenteur, comme si elle n'osait le croire. Je l'étreins, tandis qu'elle fond en larmes.

Au début de l'après-midi, je retourne au campement. Le soleil transperce le brouillard. À l'apparition des premiers fragments de ciel, vaporeux et éblouissants, une étrange sensation me parcourt. Proche de l'indifférence, elle pourrait se muer en autre chose, en joie peut-être. Je m'assieds à côté de Harry sur le marchepied de sa fourgonnette et lui demande ce qu'il fait. Sans répondre, il ouvre les mains pour me le montrer : dans l'une il y a un petit canif, dans l'autre un demi-cylindre en écorce grossièrement ciselé de motifs géométriques qui se chevauchent. Pour moi, c'est un miraculé. J'essaie de lui prendre le bras, mais il me repousse. Je n'insiste pas. C'est miraculeux qu'Henry soit devenu cet être doux. Le coup de

Beth l'a-t-il vraiment traumatisé ou a-t-il éradiqué sa méchanceté, son arrogance puérile et son agressivité ? Autant de vilains défauts légués par Meredith, outre la haine qu'elle lui avait inoculée. C'est une page blanche à l'évidence.

Je le laisse tranquille, après avoir attaché ses dreadlocks en un vague chignon pour pouvoir l'observer pendant qu'il travaille. Peu à peu des traits familiers apparaissent. Des traces infimes. Le nez Calcott à l'arête fine que nous avons tous. La nuance bleu-gris de ses iris. Mon regard scrutateur ne le gêne pas, il n'a pas l'air de le remarquer.

« Il me semble qu'il te reconnaît », constate Dinny qui nous a rejoints. Les bras le long du corps, les poings serrés, comme s'il était sur le qui-vive. « Le jour où tu es tombée sur lui dans les bois, où il t'a bloqué le passage, il t'a reconnue. »

Si je peux regarder Dinny, je ne suis pas encore capable de lui parler. Les tendons saillent sur son avant-bras, on dirait des poutres sous sa peau tendue. Il avait raison : tout a changé. De l'autre côté de la clairière, Patrick sort de sa camionnette et me salue d'un hochement de tête plein de dignité.

Au crépuscule, je monte chercher Beth, étendue depuis des heures pour assimiler la nouvelle. Je lui annonce qui est en bas. Elle accepte de les voir avec la solennité et la frayeur d'une condamnée en route pour le gibet. Ses cheveux coupés à la diable forment des épis bizarres, tandis que son visage est d'une impassibilité anormale. Quelle force de volonté cela doit exiger d'elle. La cuisine est éclairée. Dinny et Henry, assis l'un en face de l'autre à la table, jouent à la bataille et boivent du thé comme si le monde ne venait pas d'être secoué, jetant bas les fondations de notre existence, tel un chien s'ébrouant au sortir d'une eau boueuse. Dinny nous lance un regard, mais Beth n'a d'yeux que pour Harry. S'installant loin de lui, elle le dévisage. Moi, j'observe. Henry, qui bat maladroitement les cartes, en fait tomber quelques-unes sur la table qu'il remet une par une dans le paquet.

« Il me connaît ? » souffle Beth, d'une voix ténue, à peine audible. Elle est au bord de l'effondrement, je me tiens près d'elle, tends les mains pour la rattraper.

Dinny hausse les épaules : « On ne peut vraiment pas le savoir. Il a l'air… bien avec vous deux. Il lui faut un certain temps pour accepter des inconnus d'habitude, alors…

— J'ai cru que je l'avais tué. J'ai passé toutes ces années à croire que je l'avais tué.

— C'est bien ce que tu as fait », assène Dinny. Sous le choc, Beth ouvre la bouche. « Tu l'as assommé et tu l'as laissé la tête dans l'eau… »

Je le coupe : « Dinny, je t'en prie.

— Il serait mort si je n'étais pas intervenu. Ne l'oublie pas avant de me juger ou de juger ma famille. »

Je proteste : « Personne ne juge qui que ce soit. Nous n'étions que des gosses, nous ne savions pas quoi faire. Et ç'a été une chance que tu réagisses aussi promptement, Dinny.

— Pour moi, ce n'est pas de la chance.

— Appelle ça comme tu veux. »

Dinny prend une inspiration, pose sur moi ses yeux réduits à des fentes. Mais Beth commence à pleurer. Non des larmes d'apitoiement sur soi, mais des sanglots déchirants arrachés au tréfonds de son être. De longs gémissements surgis d'une part d'ombre presque palpable jaillissent de sa bouche, un trou rouge. Je l'entoure de mes bras comme si je pouvais la colmater. Dinny s'approche de la fenêtre où il colle son front, l'air de n'avoir qu'une envie, celle d'être ailleurs. J'appuie ma joue sur le dos de Beth, les frissons qui le parcourent se propagent en moi. Harry trie les cartes par couleurs et les empile soigneusement sur la table. Je suis incapable d'élucider ce que j'éprouve pour Dinny, qui a gardé si longtemps ce secret. Henry embarqué dans le labyrinthe de la campagne anglaise, dans des fourgonnettes, des camping-cars, des caravanes ou des camions ; un simple pas de côté, à mille lieues cependant des recherches menées porte à porte dans les villages coquets. C'est trop énorme. Je ne m'en fais pas une idée assez claire.

Nous nous séparons un peu plus tard. Dinny s'enfonce dans la nuit avec Harry. Je monte l'escalier avec Beth. Elle est calme après avoir longtemps pleuré. Je crois qu'elle réécrit l'histoire comme j'ai dû le faire, et qu'elle a besoin de temps. Pourvu qu'elle n'ait besoin de rien d'autre. Son visage est à nu. Non pas rouge et ravagé. À nu. Comme s'il n'était pas encore façonné, marqué par la vie. Innocent. J'espère que sa méfiance, sa neurasthénie et sa peur n'y sont plus gravées, en partie à tout le moins. C'est trop tôt pour en être sûre. Lorsque, telle une mère, je remonte la couverture jusqu'à son menton, elle esquisse un demi-sourire moqueur.

« Erica, depuis combien de temps es-tu amoureuse de Dinny ?

— Quoi ? » Je la rembarre d'un haussement d'épaules, me rendant compte, trop tard, que je copie Dinny.

« Ne le nie pas. Ça crève les yeux.

— Il faut que tu dormes, nous avons eu une rude journée.

— Combien de temps ? » s'obstine-t-elle, m'attrapant la main au moment où je m'éloigne.

Je la regarde. Dans cette lumière, son expression est impénétrable. Je suis aussi peu capable de mentir que de répondre.

« Je ne sais pas, dis-je d'un ton cassant. Je ne sais pas si je suis amoureuse de lui. » Comme je me dirige vers la porte d'un pas raide, j'ai l'impression que chacun de mes mouvements me trahit.

« Erica.

— Quoi ?

— Je... J'étais contente quand tu disais ne te souvenir de rien. Je ne voulais pas que tu t'en souviennes, tu étais si petite...

— Pas tant que ça.

— Tout de même. Ce n'était pas ta faute, tu en as conscience ? Bien sûr que oui. J'espérais que tu avais tout oublié parce que j'avais honte. Non pas de lui avoir lancé une pierre, mais de m'être enfuie. De l'avoir abandonné et de n'avoir rien dit à papa et maman. Je ne sais pas pourquoi j'ai fait ça ! Je ne le saurai jamais.

— Ce n'était pas...

— Il fallait prendre la décision sur-le-champ. C'est la conclusion à laquelle je suis arrivée au fil du temps. Une décision irrévocable une fois qu'elle est prise. Va-t-on faire face à son erreur, si grave soit-elle, ou la fuir ? Je me suis sauvée. J'ai failli.

— Mais non, Beth.

— Si. Toi, tu m'imitais. J'étais la meneuse, l'aînée. Il m'aurait suffi d'avouer la vérité tout de suite et il aurait pu vivre.

— Il a survécu.

— Il aurait pu avoir une existence normale ! Sans séquelles.

— Beth, ça ne rime à rien. Il a survécu. On ne peut pas revenir en arrière. Cesse de te torturer, je t'en prie, tu n'étais qu'une enfant.

— Quand je pense à Mary et à Clifford... »

Ses yeux sont à nouveau noyés de larmes. Je ne trouve rien à répondre. La vie de mon oncle et de ma tante a été infiniment plus dévastée que la nôtre. Une chape de plomb s'abat sur mon cœur quand je pense à eux.

Réveillée avant le lever du jour, dans l'obscurité qui s'attarde, je me rends à la cuisine sur la pointe des pieds. Je suis à nouveau dans un état bizarre, à la fois épuisée et galvanisée. Je prépare du café fort que je bois trop chaud. J'ai les pieds gelés à cause du sol glacial qui transperce mes chaussettes. La pendule du four à micro-ondes m'informe qu'il est sept heures et demie. Le silence qui règne dans la maison n'est troublé que par le grincement du chauffage en train de livrer sa bataille perdue d'avance. Je prends le journal de la veille, le parcours sans le lire et ne réussis pas à faire les mots croisés. La caféine a beau me remuer les méninges, elle ne m'aide pas à réfléchir. Comment ne pas annoncer aux parents d'Henry qu'il est vivant ? C'est impossible. Mais ils voudront savoir ce qui est arrivé. Même la placide Mary au cœur brisé. Et Clifford ne songera plus qu'à réclamer justice, sa conception de la justice. Il voudra engager des poursuites contre les Dinsdale pour avoir kidnappé Henry et l'avoir privé de traitements médicaux. Contre Beth et moi aussi probablement, même si ce sera plus difficile. Coups et blessures, peut-être. Entrave à l'exercice de la justice. J'ignore quels chefs d'accusation s'appliquent aux enfants. En tout cas, je l'imagine très bien s'en prendre à nous trois et ne pas nous lâcher. Alors, comment le leur annoncer ?

Le ciel s'éclaircit peu à peu. Beth apparaît à dix heures, habillée de pied en cap. Son sac en bandoulière, elle se tient dans l'embrasure de la porte.

« Ça va ?

— Pas mal, répond-elle. Il faut que je parte. Maxwell dépose Eddie chez moi demain, après le déjeuner. Rien n'est prêt et je dois aller chez le coiffeur avant son arrivée. Il restera jusqu'à mercredi, le jour de la rentrée des classes.

— Ah bon. Je croyais que nous pourrions en parler, non ? D'Henry.

— Je ne suis pas encore en état de le faire. Il n'empêche que je me sens bien.

— Tant mieux, j'en suis ravie, Beth. Vraiment. Rien ne me ferait plus de plaisir que de te voir tourner la page.

— C'est aussi ce que je veux. » L'air détendue, presque gaie, elle sourit, sur le départ, la main sur son sac.

« Sauf que… je ne sais pas ce qu'on devrait faire concernant Clifford et Mary », dis-je.

Elle se rembrunit. Ses pensées suivent apparemment le même cours que les miennes, mais j'ai quelques heures d'avance. Elle s'humecte les lèvres avec nervosité.

« Bon, je dois vraiment partir. Franchement, Rick, je n'ai pas voix au chapitre. Je n'en ai pas le droit. D'ailleurs, je ne le souhaite pas. Je lui ai fait assez de mal et à eux aussi par conséquent. Je n'aurais sûrement aucune bonne idée. » Des ombres passent à nouveau sur son visage.

J'affirme avec une assurance qui me surprend : « Ne t'inquiète pas, Beth, je trouverai une solution. »

Elle me sourit. Diaphane et merveilleuse, tel un papillon sorti de sa chrysalide, elle s'approche pour m'étreindre.

« Merci, Erica. Je te dois tant.

— Tu ne me dois rien du tout, tu es ma sœur. »

Elle me serre dans ses bras avec toute la force de son corps frêle.

De la neige fondue commence à tomber du ciel gris lorsque nous montons dans la voiture. À peine ai-je mis le contact que Dinny sort des arbres et frappe à la vitre.

« J'espérais te trouver. Je me doutais que tu partirais ce matin. » C'est à Beth qu'il s'adresse. Le reproche a beau être imperceptible, une ride se creuse entre les sourcils de ma sœur.

« Beth doit prendre le prochain train », dis-je. Il tourne les yeux vers moi et hoche la tête.

« Écoute, Beth, je voulais juste... revenir sur ce que je t'ai dit hier soir. Je n'ai bien sûr jamais pensé que tu avais tué Henry délibérément. Je demandais souvent à mes parents pourquoi il était si méchant. Pourquoi c'était une brute, un sale petit con... Ils me répétaient que les enfants qui se comportent ainsi sont malheureux ; pour une raison quelconque, ils sont habités par une peur et une colère dont ils se déchargent sur les autres. Évidemment, je ne les croyais pas ; pour moi, c'était un salaud, point barre. À présent, je sais qu'ils avaient raison. Henry n'était pas heureux à l'époque, en revanche, il l'est maintenant, c'est même l'être le plus heureux, le plus serein, que je connaisse. Voilà, je voulais que tu y réfléchisses. » Dinny déglutit avant de reculer.

« Merci. » Malgré ses efforts, Beth n'arrive pas à le regarder. « Merci pour ce que tu as fait. Pour avoir gardé le silence.

— Je n'aurais jamais rien fait qui puisse te nuire, Beth », répond-il avec douceur. Mes doigts qui serrent le volant sont blancs. Beth acquiesce d'un signe de tête, les yeux baissés. « Tu reviendras ici un jour ?

— Dans quelque temps, peut-être.

— Alors, à bientôt, Beth, conclut-il, un sourire triste aux lèvres.

— Au revoir, Dinny. »

Il tape sur le toit de la voiture du plat de la main et, docile, je démarre. Je le vois dans le rétroviseur, immobile, mains dans les poches, visage sombre. Il reste là jusqu'à ce que nous le perdions de vue.

Aujourd'hui, nous sommes le 3 janvier. Un samedi. La plupart des gens recommenceront à travailler lundi. J'ai l'intention d'appeler le notaire de la famille Calcott, un certain M. Dawlish de Marlborough, pour l'avertir qu'il peut mettre Storton Manor en vente. Maintenant que plus rien ne m'empêche d'avancer, j'ai des décisions à prendre. Il n'y a plus de maillons manquants, plus de brèches, plus d'excuses pour atermoyer. Je me déplace dans la maison silencieuse et n'ai pas envie d'allumer la radio ou la télé pour me tenir compagnie. Je ne chantonne pas, j'essaie de ne pas me cogner partout, je pose doucement les pieds. Je veux entendre claironner les vérités dans ma tête. Je pourrais tout laisser en plan, l'arbre immense et le houx que j'ai pulvérisé d'or – nids à poussière et à toiles d'araignée jusqu'au passage du commissaire-priseur qui emportera tous les objets de valeur puis à celui des hommes des services de débarras qui embarqueraient le reste. Les vestiges de notre étrange Noël. Mais je ne supporte pas l'idée que l'on jette à la poubelle les fragments de nos vies, comme autant de rebuts, à l'instar du trognon de Meredith dans celle du salon.

L'activité est salutaire. Ainsi, les pensées ne se pressent pas dans mon esprit. Je ne garderai que trois choses : l'écritoire de Caroline avec les lettres qu'il contient, le portrait de New York et l'anneau de dentition de Flag. Rien d'autre ne m'intéresse. Après avoir décroché babioles et boules de l'arbre, je vide le frigo et le garde-manger, éparpillant sur la pelouse les reliefs susceptibles d'exciter la convoitise des oiseaux ou des renards. Je trouve des pinces dans un tiroir de l'office, monte l'escalier jusqu'à l'endroit où l'arbre de Noël est attaché à la rampe, et coupe le fil de fer. « Gare », dis-je doucement au vestibule désert. L'arbre bascule lentement d'un côté avant de s'affaler tel un vieux chien. Un bris assourdi m'indique qu'il restait des boules. Une cascade d'aiguilles sèches tombe sur les dalles qu'elles tapissent. Avec un soupir, je vais chercher pelle et balai pour les ramasser. C'est plus fort que moi, je m'imagine une vie commune avec Dinny. Mes nuits sur la banquette à l'arrière de l'ambulance ; le petit déjeuner préparé sur le petit fourneau ; le nouveau travail dans chaque ville où nous passerons. Contrats à durée déterminée. Remplacement pour congés de maladie. Tutorat. Comme s'il était vraisemblable qu'on embauche un professeur suppléant sans domicile fixe. Je me vois couchée près de lui tous les soirs, écouter les battements de son cœur, être réveillée par ses caresses.

On frappe à la porte, et la voix de Dinny interrompt ma rêverie.

« Je tombe mal ? » Il passe la tête par la porte d'entrée.

« Au contraire, tu vas m'aider à traîner cet arbre dehors. » Je me relève avec une grimace. « Je suis à genoux depuis trop longtemps. Et même pas pour les bonnes raisons.

— Ah bon ? Quelles sont les bonnes raisons ? lance Dinny, dont le sourire malicieux me réchauffe le cœur.

— La prière, voyons », réponds-je, en toute sincérité.

Il part d'un petit rire et me tend une enveloppe : « Une carte de Honey. Pour ton aide de l'autre soir et les fleurs. » Il sort un élastique de sa poche, le tient entre ses dents le temps de relever ses cheveux qu'il attache ensuite avec.

« Ce n'était pas la peine.

— En fait, après ton départ de chez maman l'autre jour, elle s'est aperçue qu'elle ne t'avait même pas remerciée. Depuis que les hormones la travaillent moins, elle se rend compte qu'elle a été odieuse ces dernières semaines.

— Elle avait des excuses, ce n'était pas simple pour elle.

— Elle n'a pas facilité les choses. Enfin, tout semble aller pour le mieux à présent.

— Tiens – prends une branche. » J'ouvre les deux battants de la porte et nous tirons l'arbre, qui laisse une traînée verte dans son sillage.

« Tu n'aurais peut-être pas dû balayer avant, constate Dinny.

— Sans doute. »

Nous abandonnons l'arbre dans l'allée, enlevons les aiguilles de nos mains. Tout est mouillé, tout ruisselle. Les arbres sont zébrés de bandes sombres comme s'ils avaient transpiré sous l'effet de la fièvre. Les freux croassent de l'autre côté du jardin, leurs voix désincarnées se répercutent sur la maison comme autant d'échos inexorables ; j'ai l'impression qu'ils nous épient avec leurs petits yeux d'une dureté métallique. Rien ne bat plus vite que mon cœur à des kilomètres à la ronde, rien n'est comparable à mon tumulte intérieur. Soudain intimidée, je regarde Dinny. Je n'arrive pas à nommer ni à analyser ce qui se passe entre nous. Je lui propose de venir dîner le soir même. Il accepte.

J'ai préparé un repas avec ce qui reste de comestible dans le garde-manger, le frigo, le congélateur. C'est la dernière fois. Je jetterai tout. Boîtes de crème anglaise en poudre antédiluviennes ; biscuits pour chiens ; bocaux de mélasse aux couvercles rouillés ; sachets de préparation instantanée pour béchamel. Au lieu d'être habité, le manoir sera désert. Ce ne sera plus une maison, mais un bien immobilier. J'avais suggéré à Dinny d'emmener Harry, s'il en avait envie. Cela semblait naturel. Mon sentiment de devoir participer à sa prise en charge avait déplu à Dinny. Il arrive donc seul, à dix-neuf heures. Il est annoncé par un vieux hibou fauve perché dans un arbre. La nuit, calme et froide, suinte d'humidité comme un galet sur la berge d'une rivière.

« Beth allait mieux quand elle est partie », fais-je observer. J'ouvre une bouteille de vin et remplis deux grands verres. « Merci d'avoir dit qu'Henry était heureux.

— C'est vrai », assure Dinny en buvant une gorgée qui laisse une trace cramoisie sur sa lèvre inférieure.

Il savait. Pendant tout ce temps, toutes ces années, il savait. Aussi ne peut-il se douter de ce que je ressens en ce moment, où je prends enfin conscience que le sol se dérobe sous mes pieds.

« Qu'est-ce que c'est ? me demande-t-il, montrant un plat de sa fourchette.

— Du poulet à la provençale. Et ça, des boulettes au fromage. Et ça, une salade de haricots et d'épinards en boîte. Pourquoi ? Il y a un problème ?

— Non, aucun. » Sur ce, il commence vaillamment à manger.

Je goûte une boulette, elle a une consistance de pâte à modeler : « C'est infect, désolée. Je n'ai rien d'un cordon-bleu.

— Le poulet n'est pas mauvais », objecte-t-il gentiment.

Nous avons si peu l'habitude de partager un repas. Échanger des banalités. Former un duo dans ce nouvel ordre du monde. Le silence se prolonge.

« D'après ma mère, tu aurais été amoureux de Beth à l'époque. C'est pour ça que tu n'as jamais révélé ce qui s'était passé, pour protéger Beth ? »

Dinny mâche lentement, avale.

« Nous avions douze ans, Erica. Mais je ne voulais pas la dénoncer, c'est vrai.

— Tu l'aimes encore ? » Même si je n'en ai pas envie, il faut que je sache.

« Elle a beaucoup changé. » Il baisse les yeux, fronce les sourcils.

« Et moi ?

— Pas du tout, assure Dinny avec un sourire. Toujours aussi tenace.

— Ce n'est pas ma faute. J'essaie seulement de faire ce qu'il faut. Je veux… Je veux que tout soit pour le mieux.

— Tu as toujours été comme ça, mais la vie n'est pas aussi simple.

— En effet.

— Tu vas rentrer à Londres ?

— Je ne crois pas. Non, certainement pas. Je ne sais pas trop où je vais aller. » Malgré moi, je lui lance un regard interrogateur qu'il soutient, sans me relancer pour autant.

Au bout d'un moment, je déclare : « Si nous révélons la vérité, Clifford va réagir violemment. J'en suis convaincue. Mais je ne suis pas sûre d'être capable de me regarder en face si je laisse Mary et lui continuer à croire qu'Henry est mort.

— Ils ne le reconnaîtraient pas, Erica. Ce n'est plus leur fils.

— Évidemment qu'il l'est ! Qu'est-il d'autre ?

— Il vit avec moi depuis très longtemps. J'ai grandi avec lui… J'ai changé alors qu'il n'évoluait pas, comme si ce coup sur la tête l'avait figé dans le temps. C'est devenu mon frère, il fait partie de ma famille à présent.

— Nous faisons tous partie de la même famille, tu te rappelles ? À plus d'un titre. Ils pourraient t'aider à t'occuper de lui... Moi, je le pourrais en tout cas. Financièrement ou autrement. C'est leur fils, Dinny. Et il n'est pas mort.

— Bien sûr que si. Leur fils est mort. Harry n'est pas Henry. Ils le priveraient de tout ce qu'il connaît.

— Ils ont le droit de savoir. » Je ne parviens pas à lâcher prise.

« Et alors ? Tu te représentes Harry partageant leur vie, piégé dans une vie conventionnelle ou dans une institution, où ils lui rendront visite quand ça leur chantera et où on le plantera devant la télé le reste du temps ?

— Ça ne se passerait pas comme ça.

— Qu'en sais-tu ?

— Je... Je n'arrive tout simplement pas à imaginer leur souffrance pendant toutes ces années. » Nous nous taisons longtemps. « De toute façon, je ne déciderai rien sans toi.

— Je t'ai donné mon avis, enchaîne Dinny. Cela ne leur ferait aucun bien de le voir maintenant. Et nous n'avons pas besoin d'aide. »

Il a l'air triste. L'idée que c'est à cause de moi m'est insupportable. Je tends la main, entrelace mes doigts aux siens.

« Ce que tu as fait pour nous – pour Beth – prendre ça sur ton dos. C'est formidable, Dinny. Merci. »

À la fin de la soirée, je lui demande : « Tu restes ? »

Sans me répondre, il se lève et attend que je lui montre le chemin. Il n'est pas question de l'emmener dans la chambre de Meredith. J'en choisis une du dernier étage, dans les combles. Le plancher grince sous nos pas et les draps du lit sont froids, car des corps chauds ne s'y sont pas glissés depuis des lustres. Nous ne brisons pas le silence. La nuit qui s'infiltre par la fenêtre dépourvue de rideaux peint nos silhouettes de gris argent quand nous nous déshabillons. Sous ses caresses, ma peau frémit, mes poils se hérissent. Dans la lumière monochrome, son visage est une insondable vasque d'ombres. Je l'embrasse sur la bouche, mes lèvres se meurtrissent contre les siennes. Je l'absorbe. Je ne veux pas d'espace entre nous. J'ai envie de me lover autour de lui comme du lierre, comme une corde, qui nous ligaturerait. Il n'a ni tatouages, ni piercings, ni cicatrices. Il est intact, parfait. Ses paumes sont rugueuses sur mon dos. Il en lève une, renverse ma tête en arrière en me tirant les cheveux.

Je ferme les yeux afin de mieux sentir chacun de ses gestes, son haleine chaude, son poids sur moi. Je dégage ses coudes pour qu'il me recouvre, m'écrase. Il n'a plus rien de réservé, d'hésitant, de réfléchi. Les sourcils froncés d'une autre manière, il glisse les mains sous mes hanches, me soulève, me colle à lui, me pénètre. Le désir m'étreint de graver ce moment dans mon esprit, de rester à jamais dans cette chambre avec lui, de garder sa saveur sur ma langue, de faire durer éternellement chaque pulsation entre les secondes. Une sueur salée perle sur sa lèvre supérieure. Il chuchote dans mes cheveux. Je suis comblée.

« Je pourrais habiter chez toi, dis-je après, les paupières baissées, confiante. Et t'aider à t'occuper de Harry. Je peux trouver du travail n'importe où. Ce n'est pas à toi de tout assumer.

— Et passer ton temps sur les routes, et vivre comme nous ?

— Pourquoi pas ? Je n'ai plus de foyer.

— Tu es loin d'être sans abri, tu racontes n'importe quoi. »

Ses doigts serrés sur mon épaule ont mon odeur. Je me pelotonne contre lui. Sous ma joue, sa peau est chaude et sèche.

« Oh, je n'en sais rien. Ça ne me dit rien de rentrer à Londres et je ne peux pas rester ici, je suis à ta disposition. » Je glousse tant ma déclaration me paraît absurde. Dinny, lui, ne rit pas. Sa tension de plus en plus perceptible me met mal à l'aise. Je m'empresse d'ajouter : « Je n'ai pas l'intention de m'imposer. » Rien ne le retiendrait s'il décidait de s'en aller.

Il soupire et tourne la tête pour poser un baiser sur mes cheveux : « Ce ne serait pas désagréable que tu t'incrustes, Morveuse. Dormons, on verra demain. »

Il murmure si doucement que seule mon oreille collée sur son torse capte la résonance de ses paroles. Empreintes de fermeté. Je ne m'endors pas tout de suite, le temps d'entendre son souffle ralentir et prendre un rythme régulier. Puis je sombre dans le sommeil.

À mon réveil, je suis seule. Le ciel plat est d'un blanc mat. Un petit crachin crible les arbres. Sur une branche dénudée, un freux gonfle les plumes pour s'en protéger. Soudain, j'ai une envie folle d'été, de chaleur, de sol sec et de ciel infini. Je laisse courir ma main du côté du lit où Dinny se trouvait quand je me suis endormie. Les draps ne sont pas tièdes. Il n'y a pas de creux dans l'oreiller, pas de trace de sa tête. J'aurais pu avoir imaginé sa présence. Ce n'est pas le cas. Je ne me précipiterai pas là-bas. Je ne m'affolerai pas. Je me force à m'habiller, à manger des céréales arrosées de ce qu'il reste de lait. Je vais devoir faire des courses aujourd'hui ou m'en aller. Qu'en sera-t-il ?

Je traverse la pelouse détrempée ; mes bottes mouillées sont couvertes de feuilles mortes. J'ai les idées claires, je suis déterminée. Cela ne rime pas à grand-chose alors que je n'ai pas encore pris les décisions qui s'imposent, mais peut-être suis-je prête à les prendre et est-ce la raison de cette sensation. Je porte un carton d'objets destinés à Harry. Je les avais trouvés dans la cave et comptais les jeter avant de me rendre compte qu'ils pourraient l'intéresser. Un poste de radio Sony cassé, de vieilles lampes de poche, des piles, des ampoules et divers trucs en métal d'origine inconnue, qui s'entrechoquent. Les coups de boutoir de Dinny sur mon pelvis m'ont donné mal au dos. Je frissonne, ce souvenir charnel fait tressaillir mon coeur de joie.

Je reste longtemps pétrifiée au milieu de la clairière, tandis que la pluie ramollit le carton que je tiens dans mes bras. Camionnettes, chiens, panaches de fumée, tout a disparu. Le campement est abandonné, me laissant seule dans un lieu qui n'est plus que boue produite par les piétinements et le passage des roues. Et moi je ne suis plus que boue parce que je l'ai eu et perdu. Mon lointain cousin, le héros de mon enfance. Mon Dinny. Aucun vent ne souffle dans l'air d'une immobilité absolue. J'entends une voiture accélérer sur la petite route partant du village : ses pneus crépitent dans l'eau de pluie stagnante. Je n'ai ni son numéro de téléphone ni son adresse e-mail, et aucune idée de la direction qu'il a prise. Je tourne lentement sur moi-même au cas où il y aurait quelque chose derrière moi, ou quelqu'un qui m'attendrait.

L'héritage

1911

Le dernier enfant de Caroline naquit en 1911, longtemps après que les résidents de Storton Manor avaient renoncé à un héritier Calcott. Il y avait eu deux autres grossesses, lentes à arriver, mais le corps de Caroline avait rejeté les fœtus, perdus avant même d'avoir eu un semblant d'existence. La petite fille vint au monde en août, lors d'un été interminable, d'une chaleur exceptionnelle. Caroline suffoquait, se traînait dans le parc pour s'allonger à l'ombre, où elle s'assoupissait. La canicule était si forte que parfois, dans son demi-sommeil, elle se croyait de nouveau dans le comté de Woodward, assise sur la véranda, guettant le retour de Corin, si bien que lorsqu'une servante ou son mari approchaient, elle les fixait non sans confusion avant de les reconnaître et de se rappeler où elle se trouvait.

Le parc était roussi. Un garçon du village, Tommy Westenfell, se noya dans la mare. Ses pieds s'étaient emmêlés dans les herbes qui tapissaient le fond et son père, éperdu, le découvrit des heures plus tard, pâle, immobile, les yeux clos. Quant à Mme Priddy, elle fit un faux pas en rentrant de chez le boucher, chargée d'un gros gigot, et dut rester alitée trois jours, la peau marbrée de brun. Estelle et Liz, la grosse fille qui avait remplacé Cass, travaillèrent si dur pour la remplacer que la transpiration maculait leur tenue. Il régnait une odeur de terre assoiffée, de sueur et d'air sec. Les dalles de la terrasse brûlaient les pieds de Caroline à travers les semelles de ses pantoufles. Henry Calcott, mal à l'aise auprès de son épouse, ne s'attarda que le temps de s'assurer que le bébé allait bien, avant de partir chez des amis au bord de la mer, à Bournemouth.

Au terme de l'accouchement, long et difficile, Caroline avait déliré. Quand le médecin avait enfoncé un tube dans sa gorge pour lui faire avaler un peu de liquide, elle l'avait regardé de son lit avec une terreur pleine d'incompréhension. Les premiers jours, Liz et Estelle s'occupèrent du bébé ; à tour de rôle, elles posaient des compresses humides sur le visage de Caroline, pour la rafraîchir. Celle-ci finit par se rétablir mais, lorsque ses servantes lui apportèrent le bébé, elle la balaya d'un regard impassible puis se détourna, refusant de l'allaiter. On trouva une nourrice au village. Caroline, qui voulait être sûre que la petite fille vivrait avant d'oser l'aimer, se rendit compte au fil des mois puis des années, qu'elle avait trop attendu. N'ayant pas l'impression que l'enfant était le sien, elle ne ressentait aucun amour pour elle. Au point que la petite fille n'eut pas de prénom avant l'âge de deux ans. Estelle, Liz et la nourrice l'appelaient Augusta. Un jour, malgré tout, Caroline jeta un coup d'œil indifférent au berceau et décréta qu'elle porterait le nom de sa grand-mère : Meredith.

Meredith était une enfant solitaire. Outre l'absence de frère et de sœur, elle n'avait pas le droit de jouer avec les enfants qui vagabondaient dans les champs ou les chemins autour du manoir. D'ailleurs, celui-ci périclitait à ce moment-là, tandis que Barton Storton, privé de la plupart de ses jeunes gens partis mourir sur les champs de bataille du continent, était un village désert et triste. Henry Calcott habitait le plus clair de son temps en ville, où il perdait tellement d'argent au jeu que plusieurs domestiques, dont Liz et la fille de cuisine, furent congédiées, laissant Mme Priddy tenir la maison du mieux qu'elle pouvait, avec la seule aide d'Estelle. La gouvernante, très gentille avec Meredith, lui permettait de manger les restes de pâte à tarte, de garder un lapin dans une cage installée devant la porte de la cuisine et de le nourrir de carottes ou de feuilles de laitue. Cinq matinées par semaine, un précepteur initiait Meredith à l'alphabet, la musique, la couture et au maintien. La petite fille, qui détestait autant les leçons que le précepteur, se sauvait dans le jardin dès qu'elle en avait l'occasion.

En fait, c'était sa mère qui lui manquait. Caroline était devenue un être détaché des contingences et, vêtue de blanc, elle passait des heures, le regard perdu au loin, tantôt devant une fenêtre, tantôt sur la pelouse. Chaque fois que Meredith venait la câliner, elle le tolérait un instant, puis, se dégageant avec un léger sourire, elle la renvoyait à ses jeux. Mme Priddy lui recommandait de ne pas épuiser sa mère, ce qu'elle prenait à cœur, de peur d'être responsable de la léthargie persistante de celle-ci. Alors elle se tenait à distance, espérant ainsi que sa mère, moins fatiguée, se lèverait et l'aimerait davantage. Livrée à elle-même, Meredith observait tout. La parade nuptiale des pigeons sur les toits. La transformation du frai de grenouille du bassin d'agrément en têtards. La chasse des chats de la cuisine qui dévoraient d'infortunées souris à coups de dents rapides. Sans oublier les Dinsdale dans la clairière au fond des bois, le plus souvent qu'elle le pouvait, veillant, par timidité, à ce qu'ils ne la voient pas.

Les Dinsdale avaient trois enfants : un bébé que sa mère portait dans un sac sur son dos, une petite fille blonde comme sa mère, un peu plus grande que Meredith, et un garçon, au teint sombre, à l'aspect étrange, d'un âge qu'elle ne parvenait pas à deviner. Toujours dans les jambes de son père, il s'amusait aussi avec sa petite sœur qu'il ne cessait de taquiner. Leur mère, une jolie femme, souriait tout le temps, riait à leurs bêtises et les couvrait de baisers. Leur père, plus sérieux, comme les pères doivent l'être, estimait Meredith, avait cependant souvent le sourire aux lèvres, et il passait le bras autour de son fils ou soulevait la petite fille pour l'asseoir à califourchon sur ses épaules. Meredith n'imaginait pas le sien faire la même chose ; ne serait-ce que d'y penser la mettait mal à l'aise. Quoi qu'il en fût, les membres de cette famille la fascinaient. Ils avaient beau être heureux et enjoués, elle revenait de ses visites clandestines, au bord des larmes et malheureuse, sans comprendre qu'elle les enviait et brûlait du désir que sa mère la serrât dans ses bras de la même manière.

Un jour, elle commit une erreur. Caroline, installée dans son fauteuil en osier sur la pelouse, n'avait pas touché à la carafe de citronnade placée sur une table à côté d'elle. Des mouches assoiffées se posaient sans vergogne sur le filet en dentelle qui couvrait la carafe. Émergeant des bois, Meredith, interdite, s'empressa d'épousseter sa jupe et de se recoiffer. Sa mère ne leva pas les yeux à son approche, en revanche, elle esquissa un pâle sourire.

« Eh bien, mon enfant, où es-tu allée aujourd'hui ? » lui demanda-t-elle, d'une voix douce et sèche qui semblait venir de très loin.

Meredith s'avança plus près et lui prit timidement la main. « Dans les bois. En exploration. Voulez-vous que je vous serve de la citronnade ?

— Et qu'y as-tu découvert ? enchaîna Caroline sans répondre pour la citronnade.

— Les Dinsdale. » À peine eut-elle prononcé ce nom que Meredith porta la main à sa bouche. Mme Priddy lui avait recommandé de ne jamais le faire devant sa mère, pour une raison qu'elle ne comprenait pas.

« Quoi ? fulmina sa mère. Tu sais que c'est interdit ! J'espère que tu ne leur as pas adressé la parole ?

— Non, maman. » Caroline se carra dans son fauteuil, pinçant les lèvres qui devinrent une ligne exsangue. Le cœur battant, Meredith s'arma de courage : « Pourquoi n'ai-je pas le droit de jouer avec eux, maman ?

— Parce que ce sont des romanichels. Des bandits. Des voleurs. Des menteurs. Ils ne sont pas les bienvenus, et je t'interdis de t'approcher d'eux, sous aucun prétexte ! Tu comprends ? » Se redressant, hors de ses gonds, Caroline serra le poignet de sa fille avec une telle violence qu'elle lui fit mal.

« Oui, maman », murmura craintivement Meredith.

Ils ne sont pas les bienvenus. La phrase se grava dans l'esprit de Meredith. Lorsqu'elle les épia à nouveau, son envie se mua en jalousie, si bien qu'au lieu d'avoir envie de jouer avec eux et de partager leur existence heureuse, elle se prit à souhaiter qu'ils n'aient pas cette existence heureuse. À force de les observer, tous les jours désormais, elle leur voua une haine de plus en plus intense tandis que son mal-être s'amplifiait, et elle en vint à les rendre responsables de sa tristesse. Tant de la sienne que de celle de sa mère. Si elle réussissait à les faire partir, sa mère serait contente. Sans l'ombre d'un doute.

Par une chaude journée d'été de 1918, Meredith entendit les enfants Dinsdale à la mare. S'avançant dans la lumière mouchetée du sous-bois, elle se posta derrière le tronc lisse d'un hêtre pour les regarder. Ils sautaient dans l'eau, en ressortaient, c'était manifestement très amusant. Encore que, ne sachant pas nager, elle n'en fût pas tout à fait sûre. Il n'empêche qu'elle aurait bien essayé. La chaleur irritait tellement sa peau qu'elle avait du mal à résister au désir de se tremper dans l'eau fraîche et limpide. Les Dinsdale s'éclaboussaient et les gerbes de gouttes cristallines qui jaillissaient lui firent prendre conscience de la sécheresse de sa bouche. Avec son teint couleur de noix et ses cheveux hirsutes d'un noir de jais, le garçon était nettement plus basané que la fille. S'il taquinait sa sœur dont il enfonçait la tête sous l'eau, il la regardait à la dérobée pour s'assurer qu'elle riait avant de recommencer.

Meredith se pencha pour mieux voir. L'instant d'après, elle fut clouée sur place : les Dinsdale l'avaient repérée. D'abord le garçon, remonté sur la berge où il se tenait en caleçon dégoulinant, puis la fille qui décrivit un cercle en pataugeant, intriguée par ce que son frère regardait.

« Bonjour », lança-t-il, d'un ton désinvolte et amical. Meredith sentit son cœur au bord de l'implosion. « Comment tu t'appelles ? »

Qu'il ne le sût pas la stupéfia, car il lui semblait très bien les connaître. Elle en fut même indignée. Immobile comme une statue, le souffle coupé, elle hésita. Allait-elle s'enfuir ou rester ?

« Meredith, chuchota-t-elle, après un long silence gêné.

— Moi, c'est Maria, cria la fille de la mare, moulinant frénétiquement des bras sous la surface.

— Et moi, Flag. T'as envie de venir nager ? proposa-t-il. Tu risques rien. »

Les mains sur les hanches, la tête penchée d'un côté, il l'examina. Les courbes de ses bras et de ses jambes mouillés étincelaient tandis qu'une lumière aqueuse dansait dans ses yeux.

Pétrifiée de timidité, d'autant qu'elle le trouvait beau, Meredith fut à court de mots.

« Qu'est-ce que c'est que ce nom, Flag ? demanda-t-elle avec arrogance, malgré elle.

— C'est le mien. T'habites dans la grande maison ?

— Oui, acquiesça-t-elle, réticente.

— Alors, reprit le garçon après un silence, t'as envie de nager avec nous ou pas ? »

Sentant qu'elle rougissait violemment, Meredith baissa le menton pour le cacher. Elle n'avait pas le droit de nager – ne l'avait jamais eu –, mais la tentation était irrésistible. Et puis personne ne le découvrirait, raisonna-t-elle.

« Je ne sais pas nager, fut-elle obligée de reconnaître.

— T'as qu'à patauger, je te repêcherai si tu tombes », lâcha Flag.

Meredith avait beau n'avoir jamais entendu ce mot, elle en comprit le sens. Les doigts agités de tremblements fébriles car elle enfreignait un interdit, elle se déchaussa, assise sur le sol craquelé puis s'approcha à pas prudents du bord. *Je ne désobéis pas vraiment*, se persuada-t-elle. Personne ne lui avait interdit de patauger.

Après avoir dérapé sur les derniers mètres de la berge escarpée, elle trébucha dans la mare.

« Elle est glacée ! » glapit-elle, reculant précipitamment.

Maria gloussa : « Seulement au début, après elle est très bonne ! »

S'avançant à nouveau, Meredith s'aventura dans l'eau à la hauteur de ses chevilles. Sous l'effet de sa fraîcheur, une douleur fusa dans ses membres et elle fut parcourue de frissons. Au même moment, Flag prit son élan en hurlant et sauta au milieu de la mare, les bras autour de ses genoux pliés. La bombe créa une vague qui inonda Maria tout en trempant le bas de la robe de Meredith.

« Regarde ce que tu as fait ! s'écria-t-elle, affolée à l'idée que Mme Priddy ou sa mère le remarquent.

— Arrête, Flag ! lança gaiement Maria lorsqu'il fit surface en crachotant.

— Ça va vite sécher », dit-il avec insouciance.

Ses cheveux plaqués sur sa nuque évoquaient une fourrure de loutre. Furieuse, Meredith remonta sur la berge où elle inspecta ses pieds, passés du rose au blanc.

« Flag, excuse-toi ! ordonna Maria.

— Désolé d'avoir mouillé ta robe, Meredith », s'exécuta Flag, levant les yeux au ciel.

Meredith ne réagit pas, elle se borna à les regarder nager mais, apparemment, sa présence boudeuse gâchait leur plaisir. Aussi ne tardèrent-ils pas à sortir et à se rhabiller.

« Tu veux venir goûter chez nous ? » proposa Maria, un tantinet moins enthousiaste.

Flag s'apprêtait à partir. Ses cheveux ruisselants mouillaient sa chemise, la collant à sa peau. Malgré son désir de le regarder, Meredith, exaspérée, ne parvenait pas à ramener ses yeux sur lui.

« Je n'en ai pas le droit, répondit-elle.

— Allez, viens, Maria, s'énerva un peu Flag.

— Au revoir, alors », fit Maria, en lui adressant un petit signe de la main.

Pendant les quelque deux heures que mit l'épais tissu en coton de sa robe à sécher, Meredith resta à la lisière du parc où seul le jardinier était susceptible de l'apercevoir. Très vieux, il ne s'intéressait pas à grand-chose en dehors de ses courges. Elle pensa à ses pieds dans l'eau, à l'invitation de Maria et aux cheveux luisants de Flag avec une exaltation qui, contredisant sa rancœur, la fit sautiller sur place. Elle s'imagina ce que ça serait de prendre le thé dans la roulotte qu'elle avait si souvent observée de loin, d'en découvrir l'intérieur et de rencontrer leur mère blonde, affectueuse et souriante. *Comment allez-vous, madame Dinsdale ?* Elle répéta la phrase tout bas dans le refuge silencieux de la serre. Pour le coup, ce serait une énorme désobéissance ; certes c'en avait été une aussi de parler à Flag et Maria, même si elle avait une excuse toute prête pour avoir pataugé dans la mare. L'idée des conséquences si sa mère le découvrait suffit à la démoraliser et, quand on l'appela pour le thé, elle n'ouvrit pas la bouche pour éviter de se trahir.

Des jours durant, Meredith fut obsédée par les Dinsdale. Elle avait si peu de contacts avec les enfants – hormis des cousins de passage ou les enfants d'invités qui ne restaient jamais longtemps – qu'elle n'avait jamais eu l'occasion d'en connaître. Bien sûr elle était censée mépriser les romanichels, bien sûr elle se rappelait ce que lui rabâchait sa mère à leur sujet, bien sûr elle voulait toujours, plus que tout au monde, plaire à sa mère et la contenter, mais l'idée d'avoir des amis exerçait sur elle un attrait irrésistible. Une semaine plus tard, alors qu'elle jouait dans l'ombre projetée par la grande grille en fer forgée, elle vit Flag et Maria marcher sur le chemin menant au village. Ils ne la remarqueraient que si elle les appelait ; elle fut tétanisée une fraction de seconde, écartelée entre son désir de leur parler et l'interdiction de le faire – surtout de la grille, visible de la maison si quelqu'un se trouvait à l'une des fenêtres donnant à l'est. En désespoir de cause, elle trouva un compromis et entonna la première chanson qui lui passa par la tête, une chanson qu'Estelle fredonnait en accrochant le linge.

« *I'd like to see the Kaiser, with a lily in his hand*[1] », entonna-t-elle, sautant d'une barre dessinée par l'ombre à l'autre.

Flag et Maria se retournèrent, la virent et s'approchèrent de la grille.

« Bonjour, la salua Maria. Qu'est-ce que tu fais ?

— Rien, répondit Meredith, son cœur lui martelant les côtes. Et vous ?

— On va acheter du pain et du Viandox pour le thé au village. Tu as envie de venir ? Si on peut avoir un demi-pain, on aura un demi-penny pour des bonbons.

1. Paroles d'un célèbre fox-trot, composé en 1918 par Oliver Wallace et Harold Weeks : « Je voudrais voir le Kaiser, un lis à la main. »

— Pas forcément, nuança Flag. S'il reste plus de monnaie, on doit acheter du beurre, tu te rappelles ?

— Il n'y en aura jamais assez pour du beurre !

— C'est vous qui allez faire les courses ? demanda Meredith, stupéfaite.

— Bien sûr, bêtasse, qui d'autre irait ? rigola Maria.

— J'imagine que des domestiques courent acheter ton thé, c'est ça ? » intervint Flag, d'un ton moqueur.

Meredith se mordit la lèvre, le visage rouge de confusion. Elle ne se rendait presque jamais au village. Les rares fois où elle avait accompagné Mme Priddy ou Estelle pour une commission, c'était parce que son père était absent et que sa mère, alitée, n'en aurait rien su.

« Alors, tu viens ou pas ?

— Je n'en ai pas le droit », dit Meredith, l'air malheureux, les joues encore plus écarlates.

Flag pencha la tête, une lueur espiègle dans les yeux : « T'as pas la permission de faire grand-chose.

— Chut, c'est pas sa faute ! le rabroua Maria.

— Viens, chiche. À moins que t'aies la trouille ? » ajouta-t-il, haussant un sourcil.

Meredith le foudroya du regard : « Pas du tout, sauf que… » Elle hésita. Évidemment, elle avait peur qu'on l'apprenne, peur de la violence de la réaction prévisible de sa mère. Mais ce serait tellement facile de filer et de revenir, ni vu ni connu. Il faudrait la pire des malchances pour que cette conduite scandaleuse fût découverte.

« Poule mouillée, petite froussarde ! fredonna Flag.

— L'écoute pas, lui conseilla Maria. Les garçons sont des imbéciles. »

Un conseil que Meredith ne suivit pas, tenaillée qu'elle était par l'envie d'impressionner ce garçon aux yeux noirs, de devenir l'amie de sa sœur, d'avoir la même liberté de mouvements qu'eux, de pouvoir aller au village acheter des bonbons et du pain pour le thé. Il lui sembla que la grille de Storton Manor la dominait d'une hauteur encore plus inexorable. Les nerfs à vif, elle souleva le loquet, l'entrebâilla et se faufila à l'extérieur.

Flag précédait Maria et Meredith, les laissant marcher côte à côte, cueillir des fleurs des champs sur les haies et se bombarder mutuellement de questions – c'est comment de vivre dans une roulotte ; c'est comment d'habiter un manoir ; combien il y a de domestiques et comment ils s'appellent ; pourquoi Meredith n'allait pas à l'école ; c'est comment l'école et qu'est-ce qu'on y apprend ? Une fois au village, ils s'arrêtèrent devant la porte du maréchal-ferrant pour le regarder appliquer un fer chauffé au rouge sur le pied d'un cheval de labour, aux sabots de la taille d'une grande assiette. Malgré le nuage de fumée âcre qui se répandait autour d'eux, le cheval ne battait même pas des paupières.

« Ça ne lui fait pas mal ? demanda Meredith.

— Non, bien sûr. Pas plus mal que quand on te coupe les cheveux, assura Flag, haussant les épaules.

— Fichez-moi le camp, vous faites de l'ombre », ronchonna le maréchal-ferrant.

Il était vieux et revêche, aussi continuèrent-ils jusqu'à l'épicerie où ils achetèrent un demi-pain et du Viandox. Il ne resta de monnaie que pour acheter deux souris en sucre, mais l'épicière en donna un troisième à Meredith, à qui elle sourit.

« C'est pas souvent qu'on vous voit au village, mademoiselle Meredith. » La petite fille retint sa respiration. Comment cette femme la connaissait-elle ? Est-ce qu'elle avertirait Mme Priddy ? Meredith blêmit et des larmes brûlantes lui montèrent aux yeux. « Allons, allons, ne vous affolez pas ! Je sais garder un secret, la rassura l'épicière.

— Merci, madame Carter, lança gaiement Maria, tandis qu'ils sortaient pour dévorer leurs bonbons.

— Pourquoi tu n'as pas le droit de venir au village ? Tu risques rien. »

Flag lui posa cette question alors que, debout près d'un étang, ils contemplaient des canards qui y décrivaient des cercles paresseux. Puis ils s'assirent dans l'herbe ; Meredith grignota sa souris en sucre, décidée à la faire durer. Il lui arrivait si rarement de manger des confiseries.

« Maman dit que ce n'est pas convenable, répondit-elle.

— C'est quoi convenable ? voulut savoir Maria, qui se léchait les doigts avec délectation.

— Ça veut dire qu'elle est trop bien pour fréquenter la populace. Des gens comme nous », intervint Flag, l'air amusé.

Voilà qui plongea les filles dans un silence songeur.

« Alors... qu'est-ce qui se passerait si ta maman découvrait que t'étais avec nous, finit par demander Maria.

— Je me ferais... attraper », répliqua Meredith, d'un ton hésitant. En réalité, elle n'en savait rien. On l'avait grondée uniquement parce qu'elle observait les Dinsdale. Cette fois, non seulement elle était sortie furtivement du parc, s'était rendue au village avec eux, leur avait beaucoup parlé, mais une femme qui connaissait son nom l'avait vue à l'épicerie. Et quel plaisir elle y avait pris ! Elle termina sa souris, à peine sucrée à présent. « Il faut que je rentre », déclara-t-elle, à cran, en sautant sur ses pieds.

Comme s'ils avaient perçu sa tension, les Dinsdale se levèrent sans protester et se remirent en chemin. À peine furent-ils parvenus à destination que Meredith se faufila aussi discrètement que possible dans l'ouverture, n'osant regarder la maison de crainte que quelqu'un ne la surprenne. Le sang battait dans ses veines, elle ne fut rassurée qu'après avoir fermé la grille. Elle s'accrocha aux barreaux le temps de retrouver sa respiration.

« T'es vraiment bizarre, ça c'est sûr, constata Flag avec un sourire perplexe.

— Viens goûter chez nous demain, l'invita Maria. M'man est d'accord, je lui ai déjà demandé.

— Merci, mais... je ne suis pas sûre de pouvoir », articula Meredith. Épuisée par son équipée, elle n'avait qu'une idée en tête : s'éloigner de la grille avant qu'on ne la voie en train de leur parler. La figure collée sur le métal froid des barreaux, elle regarda les Dinsdale partir. Flag arracha de la haie un grateron à longue tige et le fourra dans le dos du chemisier de Maria, qui se dévissa le cou pour essayer de l'attraper. Lorsqu'elle les perdit de vue, Meredith se retourna et aperçut sa mère debout devant la fenêtre du couloir de l'étage. Derrière la vitre, ses yeux immenses mangeaient son visage d'une pâleur épouvantable. On eût dit un spectre figé à jamais dans son tourment.

Meredith eut l'impression que son cœur s'était arrêté de battre, elle pensa aussitôt s'enfuir au fond du parc. Cela ne ferait qu'empirer les choses, comprit-elle, lucide. Saisie d'une envie d'uriner, elle crut l'espace d'une atroce seconde qu'elle ferait dans sa culotte. Ses jambes tremblantes la portèrent tant bien que mal jusqu'à la maison, en haut de l'escalier et dans le couloir où l'attendait sa mère.

« Comment oses-tu ? » chuchota Caroline. Meredith fixa ses pieds. Son silence parut enrager sa mère davantage encore. « Comment oses-tu ? répéta-t-elle, hurlant avec une telle dureté que Meredith sursauta et fondit en larmes. Réponds-moi – où es-tu allée avec eux ? Qu'est-ce que vous avez fait ? »

Mme Priddy sortit d'une pièce située au bout du couloir qu'elle se dépêcha de parcourir. Et elle resta derrière Meredith pour la protéger : « Que se passe-t-il, madame la baronne ? »

L'ignorant, Caroline se pencha, serra les épaules de Meredith et la secoua brutalement : « Réponds-moi ! Comment oses-tu me désobéir ? » cracha-t-elle, le visage déformé par la fureur.

Les sanglots de Meredith redoublèrent, des larmes de terreur ruisselèrent sur ses joues. Caroline se redressa et prit une brève inspiration qui lui dilata les narines. Après avoir toisé sa fille un instant, elle lui flanqua une gifle.

« Madame la baronne, je vous en prie ! » souffla Mme Priddy.

Meredith, muette, sous le choc, garda les yeux rivés sur la jupe de sa mère, sans oser faire le moindre mouvement. L'attrapant par le bras, Caroline la traîna jusqu'à sa chambre, où elle la poussa si violemment qu'elle trébucha.

« Tu vas rester ici, tu n'auras le droit de sortir que quand tu auras compris la leçon », assena Caroline, glaciale. Meredith s'essuya le nez, la douleur irradiait son visage là où sa mère l'avait frappée. « Tu es une vilaine fille qu'aucune mère ne pourrait aimer », ajouta Caroline.

L'expression médusée de Mme Priddy fut la dernière chose que vit Meredith.

Elle resta enfermée dans sa chambre pendant une semaine. Les domestiques reçurent l'ordre de ne lui donner que de l'eau et du pain, mais lorsque Caroline se retirait, Estelle et Mme Priddy lui apportaient petits gâteaux, scones et sandwiches au jambon. Elles brossaient ses cheveux, lui racontaient des histoires drôles et appliquaient de la crème à l'arnica sur ses lèvres gonflées par la gifle. Retranchée dans son silence, Meredith était tellement fermée que ces femmes échangeaient des regards inquiets. *Aucune mère ne pourrait l'aimer*. Meredith ressassait cette phrase, refusant d'y croire. Elle obligerait sa mère à l'aimer. Elle lui prouverait qu'elle n'était pas vilaine. Elle s'efforcerait d'être sage, docile, respectueuse des convenances, et gagnerait ainsi son affection. Évidemment, elle fuirait les Dinsdale. À cause d'eux, sa mère ne pouvait pas l'aimer. *Ils ne sont pas les bienvenus*. Allongée sans énergie sur son lit, elle sentit renaître sa colère et sa rancune envers les Dinsdale qui, prenant toute la place, jetèrent un voile sombre sur son cœur et le glacèrent.

Épilogue

En fin de compte, le printemps semble être sur le point de triompher. Nous en avons fini avec l'étape des jonquilles couvertes de boue, avec la semaine où le vent et la pluie dépouillaient les arbres de leurs fleurs mousseuses, pourrissant en petits tas roses au bord de la route. À présent, de petites fissures craquellent la terre de ma pelouse clairsemée et des moineaux sont perchés sur la barrière – bec jaune grand ouvert, plumes duveteuses. N'étaient ces absurdes oisillons, collés les uns aux autres comme les perles d'un collier, je prendrais un chat. Je vérifie leur progrès tous les jours. Le dernier locataire garait ses motos sur le gazon où il entassait aussi des pièces détachées, alors il y a peu d'herbe, mais elle va sûrement pousser puisque le soleil s'est décidé à taper. Je m'assieds dehors, lui offre mon visage telle une pâquerette et sens, enfin, arriver l'été.

Au fond, j'ai été soulagée qu'on ait pris les décisions à ma place. Dinny s'entend. Que dire à Mary et à Clifford ? Qu'Henry est vivant mais mutilé. Que même si je l'avais vu plusieurs fois à Noël sans leur en avoir parlé, je ne sais plus où il est ? Et pourquoi rester au manoir alors qu'ils sont tous partis ? Beth, Dinny, Harry. Henry. Il est vrai que je ne m'en suis pas beaucoup éloignée. Cette décision-là, je l'avais déjà prise. Il n'était pas question de retourner à Londres, j'aurais eu l'impression de régresser. Et il y avait un cottage à louer dans les environs de Barrow Storton. Ni coquet ni pittoresque, parfait néanmoins. Une construction des années 1950, deux pièces à l'étage, deux au rez-de-chaussée, le dernier d'une rangée de maisonnettes identiques. Deux chambres pour recevoir Beth et Eddie. La mienne, en bas, a une vue magnifique : le village au fond de la vallée et le manoir en face, dont un coin se profile au loin, entre des arbres. De moins en moins, car leurs feuilles poussent. Puis les collines moutonnent jusqu'au tumulus qui se dresse à l'horizon.

Vivre ici me rend très sereine. J'éprouve un sentiment d'appartenance. Je n'ai pas l'impression que je devrais faire autre chose, ni tendre vers un but, ni changer quoi que soit. Je n'attends rien, j'y mets un point d'honneur. J'enseigne à Devizes, je marche beaucoup. Je passe prendre le thé chez George Hathaway. De temps à autre, mes amis de Londres me manquent – personne en particulier, mais le fait d'avoir un entourage. L'illusion à tout le moins. En revanche, ici, je fais attention aux gens que je fréquente et ne les considère pas simplement comme les membres d'un groupe. Je me suis liée avec mes voisins, Susan et Paul ; il m'arrive de garder gratuitement leurs petites filles, parce qu'elles portent des pantalons rapiécés trop courts et qu'elles ne vont pas à des cours de danse, de judo ou d'équitation. Quand je le leur ai proposé, le visage de Susan a pris une expression soupçonneuse avant qu'une joie incrédule ne s'y affiche. Ce sont de gentilles petites filles, obéissantes la plupart du temps. Je les emmène se promener dans les collines ou le long de la rivière ; nous préparons des gâteaux aux céréales et du chocolat chaud pendant que leurs parents vont au pub ou au cinéma, font des courses ou l'amour.

Honey sait que suis là, Mo aussi. Je suis retournée voir Haydee et leur ai dit où j'habitais. J'avais astiqué l'anneau de dentition de Flag et je l'ai glissé dans le berceau. Haydee l'a pris avec sa menotte potelée, la fourrant aussitôt dans sa bouche. *C'était à ton arrière-grand-père*, lui ai-je chuchoté. J'ai écrit mon adresse et recommandé à Honey de la garder au cas où on la lui demanderait. Elle m'a regardé droit dans les yeux, l'air solennel, puis haussé un sourcil sans faire le moindre commentaire. Elle retourne à l'école, alors c'est Mo qui vient à pied de West Hatch, en poussant le landau de Haydee. D'après elle, le bébé a besoin de grand air et de mouvement pour s'endormir. Mo marche en se dandinant, elle a mal au dos ; lorsqu'elle arrive chez moi – le but de sa promenade –, elle est en nage et tire sur son tee-shirt pour le décoller de ses seins. Elle adore sa petite-fille. Tandis que je prépare du thé pour la requinquer, elle remonte la couverture sur Haydee, les lèvres étirées en un sourire involontaire.

J'ai posé la photo encadrée de Caroline et de son bébé sur le rebord de la fenêtre. Je n'ai jamais réussi à la donner à maman. Je suis toujours fière d'avoir découvert l'identité de l'enfant, origine de la discorde entre la famille de Dinny et la mienne. Maman a été abasourdie lorsque je lui ai raconté l'histoire. Même s'il me manque une preuve irréfutable, je suis convaincue qu'elle est vraie. J'ai décidé d'accepter de ne pas tout comprendre, de ne pouvoir combler tous les blancs – les raisons pour lesquelles Caroline a dissimulé son premier mariage, caché son enfant. Où était Flag avant qu'il n'apparaisse au manoir et ne soit recueilli par les Dinsdale. Le passé engloutit certaines choses, d'où la fascination qu'exerce son mystère. Rien ne sera plus perdu dorénavant, presque tout est enregistré, conservé, archivé dans les ordinateurs. Ce serait facile de ne plus être émerveillé de nos jours. Il est plus difficile de garder un secret, bien que ce soit toujours possible. Harry en est le témoin vivant. En réalité, les secrets me tracassent deux fois moins si c'est moi qui les détiens, si je n'en suis pas exclue.

Le manoir a été vendu aux enchères pour un prix qui m'a serré le cœur l'espace d'une demi-heure, au cours de laquelle j'ai imaginé où j'aurais pu aller et ce que j'aurais pu faire avec cette somme faramineuse. Clifford est venu, mais je l'ai fui, restant à l'arrière de la salle de conférences d'un hôtel de Marlborough, le temps de la montée des enchères. J'ai perçu son angoisse à la tension de sa nuque, à la crispation de ses épaules. Il m'a fait de la peine. Je crois qu'il espérait que personne ne viendrait, que personne n'aurait envie de l'acheter, qu'il l'obtiendrait pour le prix d'une maison mitoyenne du Hertfordshire et clamerait qu'il lui revenait du fait de son droit d'aînesse. Sauf qu'une foule de gens s'est pointée et qu'un promoteur l'a acheté. On est en train de l'aménager en appartements de luxe, exactement comme Maxwell l'avait suggéré, car la région est considérée comme une banlieue désormais – l'aller et retour Pewsey-Londres ne posant aucun problème. Je n'arrive pas à m'imaginer l'intérieur une fois les travaux terminés. Ma petite chambre sera-t-elle une cuisine au plan de travail en granit noir ? Une salle de bains carrelée ? Du coup, je suis à moitié tentée d'aller jeter un coup d'œil à l'appartement-témoin quand il sera prêt. À moitié seulement. Je n'irai sans doute pas. Je n'ai aucune envie de gâcher mes souvenirs.

Je pense beaucoup à Caroline et à Meredith. À la remarque de Dinny – comme quoi les êtres qui brutalisent et haïssent les autres, les êtres froids et agressifs, sont malheureux. C'est l'origine de leur comportement. Même si j'ai du mal à éprouver de la compassion pour Meredith, j'y parviens maintenant qu'elle est morte. Sa vie n'a été qu'une succession de déceptions, sa seule tentative de fuir un foyer sans amour ayant avorté au bout de très peu de temps. Peut-être n'en aurais-je pas ressenti pour Caroline : je ne l'ai pas connue ; elle a abandonné son enfant ; elle en a élevé un autre sans l'aimer. Il aurait été facile de conclure qu'elle était incapable d'amour, trop froide pour être humaine et que c'était une tare de naissance, si je n'avais pas trouvé l'ultime lettre qu'elle a écrite avant sa mort.

Elle était restée cachée dans l'écritoire pendant des semaines après mon départ du manoir.

Caroline ne l'avait, bien sûr, jamais envoyée, même pas arrachée du bloc. Elle était là tout ce temps, le guide-ligne toujours glissé dessous. L'écriture en pattes de mouches couvre la page comme en s'effilochant. La date: 1983. Ni le jour ni le mois ne sont précisés, peut-être ne pouvait-elle faire mieux. À plus de cent ans, elle était à bout de forces. Elle se savait aux portes de la mort. Voilà pourquoi elle avait écrit cette lettre, oubliant qu'elle ne l'enverrait jamais et que personne ne la lirait, jusqu'à ce que je la découvre un quart de siècle plus tard.

Corin, mon bien-aimé,

Cela fait si longtemps que tu as disparu que j'ai perdu le compte des années. Je suis assez vieille pour attendre la mort. Il est vrai que je l'attends depuis que nous avons été séparés, mon amour. Les longues années que j'ai passées en Angleterre se sont écoulées dans un étrange brouillard. Comment ai-je rempli mon temps ? Cela m'est sorti de l'esprit. En revanche, mon amour, la moindre seconde à tes côtés, lorsque j'étais ta femme et que nous vivions ensemble, est gravée dans ma mémoire. Mon Dieu, pourquoi es-tu mort ? Pourquoi es-tu sorti à cheval ce jour-là ? J'y ai très souvent repensé. Je te vois te mettre en selle, et j'essaie de modifier ce souvenir. Je me persuade que j'ai couru derrière toi, te suppliant de ne pas partir, de ne pas me quitter. Ainsi, tu n'aurais pas fait cette chute, tu ne serais pas mort et je n'aurais pas vécu toutes ces interminables et tristes années sans toi. Parfois j'arrive à me convaincre que les choses se sont passées de la sorte et je suis bouleversée lorsque je reprends conscience de ton absence. Quelle que soit la douleur que cette scène provoque en moi, je ne cesse de la rejouer dans ma tête.

Corin, j'ai commis un acte abominable. Impardonnable. Je l'ai fui sans pouvoir le réparer, et il n'a cessé de me hanter. Mon unique consolation, c'est que je ne me le suis jamais pardonné et que je l'ai payé tout au long de ma vie. Si ce n'est qu'aucun châtiment n'est assez lourd. Je prie pour que tu ne saches pas de quoi il s'agit, sinon tu ne m'aimerais plus ce qui me serait insupportable. Je prie pour que Dieu n'existe pas, qu'il n'y ait ni paradis ni enfer, afin que tu n'aies pas pu voir le crime que j'ai perpétré. Si tu es au ciel, je ne t'y retrouverai jamais, car mon âme sera sûrement précipitée en enfer lors de mon trépas. Mais comment serait-il possible que tu ne sois pas au ciel, mon amour ? Tu étais déjà un ange ici-bas. Le seul bonheur que j'aie connu sur terre, les seuls moments où j'ai été heureuse, ce fut auprès de toi. Tout n'a été que cendres et poussières par la suite. Depuis combien de temps reposes-tu dans la prairie ? Cela fait des siècles que je ne t'ai pas vu. La création de l'univers et son apocalypse auraient pu avoir de nouveau lieu depuis notre dernière étreinte.

Mon plus cher désir serait de te revoir une dernière fois avant de mourir. Il me semble que ce ne serait que justice ; si le monde était un lieu d'équité, je devrais avoir droit à une seconde dans tes bras pour compenser ta perte. Peu importe mon geste dû au désespoir, peu importe la manière dont les choses ont empiré par ma faute et que je me sois enfoncée dans l'abîme depuis. Je serais prête à me condamner à une éternité de souffrances uniquement pour te revoir une dernière fois. C'est, hélas, impossible. Je mourrai et sombrerai dans l'oubli, comme toi. Mais je ne t'ai jamais oublié, mon Corin, mon mari. Quoi que j'aie fait d'autre, je ne t'ai jamais oublié. Et je n'ai jamais cessé de t'aimer.

Caroline.

J'ai lu et relu cette lettre au cours des semaines qui ont suivi sa découverte. Jusqu'à la connaître sur le bout des doigts et à avoir le cœur brisé par chacun de ses mots. De tels remords et une tristesse aussi abyssale pouvaient assombrir une journée ensoleillée. Dès que je la sens prendre possession de moi, dès que j'ai l'impression d'en être trop imprégnée, je pense à ma sœur Beth. Son crime ne la hantera plus. La chaîne a été brisée, et j'ai aidé à la briser. Cette idée suffit à me remonter le moral, à me donner de l'espoir. Je ne saurai jamais ce qu'a fait Caroline. Pourquoi elle s'est enfuie en Angleterre avec son bébé. Pourquoi elle l'a abandonné. À force de lire sa lettre, j'ai remarqué qu'elle n'y évoque jamais son fils. Pourquoi ? s'il était le sien et si Corin en était le père. Pourquoi ne parle-t-elle pas à Corin de son fils ? Pourquoi n'essaie-t-elle pas d'expliquer son geste ? Il s'agit peut-être du crime qu'elle souhaite qu'il n'ait jamais vu. En tout cas, ça s'était sûrement passé avant sa fuite d'Amérique. En outre, à l'aune de l'amour qu'elle prétend éprouver pour le père de l'enfant, l'abandon est insensé, inconcevable. La jeune fille au teint sombre du bal d'été remonte à ma mémoire – celle que Caroline avait appelée Magpie et qui avait les cheveux aussi noirs que ceux de Dinny. Je n'en aurai jamais la certitude, mais cet oubli est l'indice d'un crime. Du coup, ce que j'ai affirmé à Dinny sur notre lien de parenté est sujet à caution.

Beth est venue il y a deux semaines. Même si elle eût préféré que je me sois installée dans un autre village, elle s'habitue à l'idée. Le lieu ne l'effarouche plus.

« Ça ne te gêne pas de voir la maison là-bas ? » m'a-t-elle demandé.

Les expressions défilent à présent sur son visage, elles se bousculent comme des ballons. Ce qui pétrifiait ses traits auparavant s'est dissipé. Peut-être m'installerai-je ailleurs, bientôt ou plus tard. Je n'attends pas mais je veux rester là où il peut me trouver. Du moins jusqu'à la prochaine fois. Après tout, il ne manque pas de raisons de revenir. Outre moi et mon désir de lui, des êtres l'attirent ici. Une mère, une sœur, une nièce. Je crois que Honey me préviendrait de son retour.

Ma joie de voir Beth se rétablir éclate dès que je pose les yeux sur elle. Pas de miracle évidemment, un mieux néanmoins. Elle n'est plus la seule responsable de l'accident, Dinny y a joué un rôle. Elle n'est plus obligée de penser qu'elle est l'unique responsable de ce qui est arrivé à Henry Calcott. La vérité, le bien et le mal, sont plus diffus. Elle n'a pas pris une vie, elle l'a changée. Un changement qui laisse même une place au doute, à une infime interrogation – pour le meilleur ou pour le pire ? Pas de miracle, donc, sauf qu'elle m'en parle maintenant. Et comme elle a accepté d'analyser l'événement, il ne l'empêche plus d'évoluer. L'amélioration n'échappe pas à Eddie, bien qu'il ne m'ait pas posé de questions. Peu importe sa cause, il s'en réjouit.

Cela prend du temps de modifier la vision d'un être qu'on a vu des années ou pas vu du tout. Harry est resté Harry pour moi, même après que Dinny m'a affirmé qu'il s'agissait d'Henry. Et j'ai continué à avoir la même image de Dinny qu'auparavant, à l'aimer comme auparavant. Il mettra longtemps à me voir telle que je suis devenue, non plus comme une enfant, un poison, ou la petite sœur de Beth ou je ne sais quoi d'autre. Ce n'est peut-être pas encore le moment mais ça viendra, j'en suis convaincue. Il y a eu une querelle juridique à propos du terrain où les Dinsdale ont le droit de camper. Le promoteur refusait qu'une bande de gens du voyage occupe un espace vert où donnaient ses appartements flambant neufs. En fin de compte, le terrain ainsi que ce qui restait des bois et des prés ont été vendus à un fermier dont les terres sont contiguës et qui connaît les Dinsdale depuis des années. Alors le terrain les attend. Il l'attend. Un lieu merveilleux où camper l'été, verdoyant, abrité et à l'écart.

J'espère que l'été sera chaud. Un temps à se dorer au soleil et à justifier la vie léthargique que je mène. Un temps à donner des taches de rousseur à Honey, idéal pour la confection de sucettes glacées au jus de citron avec les filles de Susan et de Paul et pour foncer le teint de Dinny. Un temps qui permettra de filer à la mare, d'y patauger, d'y nager et d'en chasser les fantômes. Aujourd'hui, j'ai reçu un petit paquet par la poste. À l'intérieur, j'ai trouvé un bout d'écorce couvert de motifs informes hormis le nom au bas – HARRY – en lettres biscornues, boiteuses, presque indéchiffrables. Je le prends pour une volonté d'affirmer son identité ainsi que pour un message implicite de Dinny. Il l'a enveloppé et posté. Il sait où je suis. Il pense à moi. Pour l'instant, cela suffit à me rendre heureuse.

Remerciements

Toute ma gratitude et mes remerciements à Alison et Charlotte Webb pour leur lecture, leurs critiques et leur inépuisable enthousiasme au fil des années, ainsi qu'à John Webb qui ne m'a jamais suggéré de chercher un véritable travail.

Je remercie les membres de WordWatchers de Newbury pour leur soutien, leurs commentaires et les gâteaux.

Je remercie aussi Edward Smith et les membres de youwriteon.com pour avoir fait lire le livre et avoir attiré l'attention sur lui, et Sara et Natalie de chez Orion pour l'avoir mené jusqu'à son terme.

Composition : Soft Office (38320)

Achevé d'imprimer par N.I.I.A.G.
en janvier 2011
pour le compte de France Loisirs, Paris